JN178293

報いのウィル

カリン・スローター
田辺千幸 訳

THIS IS WHY WE LIED
BY KARIN SLAUGHTER
TRANSLATION BY CHIYUKI TANABE

ハーパー
BOOKS

THIS IS WHY WE LIED

BY KARIN SLAUGHTER

Published by K.K. HarperCollins Japan, 2024

デイヴィッドに——

尽きることのない親切心と忍耐に

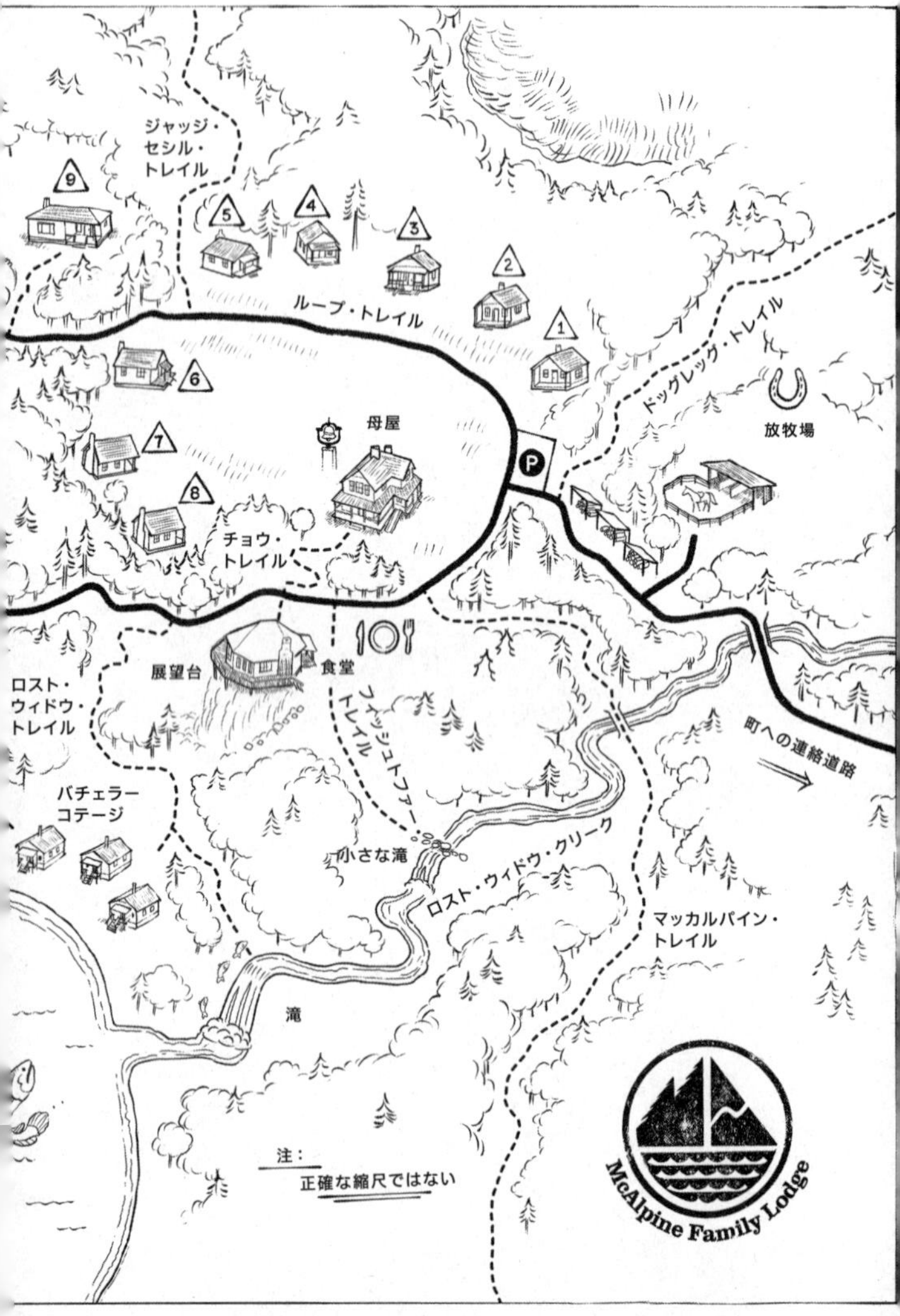
ジャッジ・
セシル・
トレイル
9
5
4
3
2
1
ループ・トレイル
ドッグレッグ・トレイル
6
母屋
7
8
放牧場
P
チョウ・
トレイル
展望台
食堂
ロスト・
ウィドウ・
トレイル
フィッシュイフアー・
トレイル
町への連絡道路
バチェラー
コテージ
小さな滝
ロスト・ウィドウ・クリーク
マッカルパイン・
トレイル
滝
注：
正確な縮尺ではない
McAlpine Family Lodge

〈マッカルパイン・ファミリー・ロッジ〉宿泊者
1. シドニー&マックス
2. チャック
3. ドリュー&ケイシャ
4. 空室
5. ゴードン&ランドリー
6. 空室
7. モニカ&フランク
8. 空室
9. 空室
10. ウィル&サラ
オーバー・ヤンダー・トレイル
10
見晴らしベンチ
リトル・ディア・トレイル
レイク・トレイル
パドルボートハウス
ビーズ・サークル
用具小屋
浮き桟橋
オールド・バチェラー・トレイル
ザ・シャローズ
古桟橋
砂浜
キャンプ・アワニータ
マッカルパイン湖
ブランコ

報いのウィル

おもな登場人物

ウィル・トレント――ジョージア州捜査局特別捜査官
サラ・リントン――ジョージア州捜査局の検死官。ウィルの妻
マーシー・マッカルパイン――ロッジを経営する一族の娘
デイヴ――マーシーの元夫
ジョン――マーシーとデイヴの息子
クリストファー（フィッシュ）――マーシーの兄
セシル――マーシーとクリストファーの父親
ビティ――マーシーとクリストファーの母親
ディライラ――マーシーの伯母
チャック――クリストファーの友人
フランク・ジョンソン――宿泊客。保険会社のIT担当
モニカ・ジョンソン――宿泊客。フランクの妻。歯科医
ゴードン・ワイリー――宿泊客。アプリ開発者
ランドリー・ピーターソン――宿泊客。ゴードンの恋人。アプリ開発者
ドリュー・コンクリン――宿泊客。ケータリング会社経営
ケイシャ・マリー――宿泊客。ドリューの妻。ケータリング会社経営
マックス／シドニー――宿泊客。投資家
フェイス・ミッチェル――ジョージア州捜査局特別捜査官。ウィルのパートナー
アマンダ・ワグナー――ジョージア州捜査局の副長官。ウィルとフェイスの上司

プロローグ

　ウィル・トレントは湖のほとりに腰をおろし、ハイキングブーツを脱いだ。暗闇のなかで、腕時計の数字が光っていた。真夜中まであと一時間。遠くで鳴くフクロウの声が聞こえた。木々のあいだをかすかな風が吹き抜けていく。夜空には満月が浮かび、水のなかの人影を照らしている。サラ・リントンが浮き桟橋に向かって泳いでいた。緩やかな波のなかを進んでいく彼女の体を冷たく青い光が包んでいた。すると彼女は振り返り、ゆったりと背泳ぎをしながらウィルに笑いかけた。

「来ないの？」

　ウィルは答えられなかった。自分のぎこちない沈黙にサラが慣れていることはわかっていたが、いまはそれとは違う。彼女を見ているだけで言葉を失っていた。彼女とウィルが一緒にいるところを見ただれもが思うだろうことで、彼の頭はいっぱいだった。なんだって彼女は彼と一緒にいる？　彼女はとんでもなく頭がよくて、面白くて、美しくて、それなのに彼は暗闇のなかで靴紐《くつひも》をほどくことすらできずにいる。

　サラがこちらに戻ってくるのを見ながら、ウィルはむしり取るようにしてブーツを脱いだ。サラのつややかな赤褐色の長い髪が頭に貼りついている。黒く見える水面から裸の肩がのぞいていた。水に入る前、サラは服を脱いでいた。ふたりがここにいることをほかのだれも知らない真夜中に、なにがいるかわからない湖に飛びこむのはあまりいい考えではないというウィルの意見に、彼女が耳を貸すことはなかった。

けれど、一緒に来てほしいという裸の女性の誘いに応じないのは、もっと悪い考えのように思えた。

ウィルはソックスを脱ぎ、ズボンのボタンをはずそうとして立ちあがった。彼が服を脱ぎ始めると、サラは満足そうに低く口笛を吹いた。

「わお。もう少しゆっくりお願い」

ウィルは笑ったが、胸のなかの浮き立つような感情をどうすればいいのかわからずにいた。こんなふうに長く続く幸せを経験したことはない。もちろん、つかの間の喜びなら知っている――初めてのキス、初めての性的経験、初めて三秒以上続いた性的経験、大学卒業、給料の小切手を現金にしたこと、憎らしい元妻との離婚がようやく成立した日。

けれど、これは別物だ。

結婚式をあげてから丸一日たっているが、式の最中に彼が味わった高揚感は少しも薄まっていなかった。それどころか、時間と共に高まっていた。彼が口にするばかげたジョークにサラが微笑《ほほえ》んだり、笑ったりすると、彼の心臓は蝶《ちょう》になったようにはためいた。そんなふうに感じるのが男らしくないことはわかっていたから、それが彼がぎこちない沈黙を好む理由のひとつでもあった。

湖へ入る前にウィルが大げさな仕草でシャツを脱ぐと、サラは感嘆の声をあげた。彼は裸で――それも戸外を――歩きまわることに慣れていなかったから、本来ならもっと時間をかけるべきだったが、すぐに水に体を沈めた。真夏だというのに、水は冷たかった。冷たさが肌を刺した。泥が足にからみつく不快な感覚があった。だがサラがぴったりと体を寄せてきたので、不満は消えた。

ウィルは言った。「ハイ」

「ハイ」サラが彼の髪をうしろに撫《な》でつけた。「湖に入ったことはある？」

「進んで入ったことはないな。ここは安全なのかい？」

サラはしばらく考えた。「アメリカマムシは普通、夕暮れどきに活動的になるの。こんな北のほうには、多分ヌママムシはいないと思う」

ウィルが考えていたのは蛇のことではなかった。彼は、汚れたコンクリートと使用済みの注射器だらけのアトランタの下町で育った。サラが育ったのは南ジョージアのカレッジタウンで、自然に囲まれたところだった。

蛇にも囲まれていたようだ。

「言わなきゃいけないことがあるの」サラが言った。「嘘《うそ》をついていたって、マーシーに話した」

「だと思ったよ」今夜起きたマーシーと彼女の家族との衝突は強烈だった。「彼女は大丈夫?」

「多分。ジョンはいい子みたいだし」サラは無力感に首を振った。「ティーンエイジャーは大変よね」

ウィルは彼女の気持ちを楽にしようとして言った。「養護施設で育つことにも、いい点はあるな」

サラは彼の唇を指で押さえた。ふざけないでという意味なのだろうと、ウィルは考えた。

「上を見て」

ウィルは上を見た。そしてその光景に圧倒されて、そのまま頭をうしろに倒した。彼はこれまで本物の星を見たことがなかった。少なくとも、こんな星は。ベルベットのような黒い夜空にちりばめられた、針で突いたような鮮やかな光。光害で薄くなってはいない。スモッグやもやでぼんやりしてはいない。ウィルは大きく息を吸った。心臓の鼓動が遅くなるのが感じられた。聞こえるのは虫の鳴き声だけだ。唯一の人工の光は、遠くに見える母屋をぐるりと囲むポーチの明かりだった。

彼はここが気に入っていた。

マッカルパイン・ファミリー・ロッジまでは、岩の多い地域を徒歩で八キロほどの行程だった。このロッジはずいぶんと昔からあって、ウィルは子供のころからその話を聞いていた。いつか行きたいと夢見ていた。カヌー、パドルボード、マウンテンバイク、ハイキング、たき火のまわりでスモアを食べること。サラと一緒にここに来られたという事実、自分が幸せな結婚をしたハネムーン中の男だという事実は、夜空できらめくどんな星よりも奇跡のように思えた。

サラが言った。「こんな場所では、表面をほんの少し引っ掻《か》いただけで、ありとあらゆる悪いものが顔を出すのよ」

彼女がまだマーシーのことを考えているのはわかっていた。息子との容赦のない言い争い。両親の冷ややかな反応。惨めな兄。最低のゲス野郎の元夫。変わり者の伯母。そして、それぞれに問題を抱えたほかの客たち。一緒に夕食をとった際にふんだんに振る舞われたアルコールのせいで、問題はさらに拡大したようだった。子供のころこの場所のことを想像したときは、ほかのだれかの存在は考えていなかったとウィルは改めて思った。とりわけ、あんなくそったれのことは。

「あなたがなにを言おうとしているのかはわかっているから」サラは言った。「だからわたしたちは嘘をついたのよ」

それは、ウィルが言おうとしたことではなかったが、まったく的外れでもなかった。

ウィルはジョージア州捜査局《GBI》の特別捜査官だ。サラはかつては小児科医であり、いまはGBIの検死官を務めている。どちらも見知らぬ人たちと長時間言葉を交わすことが多い職業だが、その相手のすべてが善人ではないし、なかにはとんでもない悪党もいる。ハネムーンを楽しむには、ふたりの仕事を隠しておいたほうがいいという結論に達していた。

とはいえ、自分はこういう人間だと宣言したからといって、そうなれるものではない。

ふたりはどちらも他人のことが気にかかるたちだった。とりわけマーシーが心配だった。いま彼女は世界中を敵に回しているように見える。まわりの人間すべてが自分を引き倒そうとしているときに、顔をあげ、前に進み続けることがどれだけの強さを必要とするものなのか、ウィルはよく知っていた。

「ねえ」サラは両脚を彼の腰に巻きつけ、さらに体を寄せた。「もうひとつ、言わなきゃいけないことがあるの」

彼女が微笑んでいたから、ウィルも笑みを浮かべた。胸のなかの蝶がざわつき始めた。押し当てられた彼女の体の熱が感じられたから、ざわついているのはそこだけではなかった。

ウィルは尋ねた。「なんだい？」

「あなたがもっと欲しい」サラは彼の反応を見るように歯を軽く立てながら、首の脇に押し当てた唇を上へとずらしていった。ウィルはまたぞくりとした。耳に彼女の息がかかると、彼の脳は欲望でいっぱいになった。ゆっくりと手をおろしていく。彼女に触れると、息を呑《の》んだのがわかった。裸の胸に当たる彼女の乳房が上下するのが感じられた。

夜気を引き裂く大きな鋭い悲鳴が聞こえたのはそのときだった。

「ウィル」サラが体をこわばらせた。「いまのはなに？」

彼にも見当がつかなかった。人間なのか、動物なのかすらわからない。血も凍るような甲高い悲鳴だった。言葉でも助けを求める叫びでもなく、抑えきれない恐怖の声。戦え、もしくは逃げろと脳の根幹に訴えるような音だ。

ウィルは逃げるようにはできていなかった。

サラの手を握り、即座に岸に戻った。自分の服を拾いあげ、サラに彼女の服を渡した。シャツを身につけながら、湖を眺めた。地図を見ていたから、湖が寝そべった雪だるまのような形をしていることは知っていた。頭部に当たる場所が、いまいる遊泳区域だ。腹部の曲線の先で、岸辺は闇に沈んでいる。音の出所を突き止めるのは難しかった。悲鳴が発せられたのは、当然ながら人のいるところだ。このロッジにはいま、ほかに四組のカップルと男性ひとりが滞在している。マッカルパイン一家は母屋だ。ウィルとサラ以外の客は、食堂を軸に扇形に点在している九棟のコテージのうちの五棟を使っていた。いまこのロッジには十八人の人間がいる。

悲鳴をあげたのはそのうちのだれかだ。

「夕食の席で喧嘩《けんか》をしていたカップル」サラがワンピースのボタンを留めながら言った。

「歯医者は酔っていた。IT男は――」

「あの独身男はどうだ?」ウィルは濡《ぬ》れた脚にカーゴパンツを引っ張りあげた。「マーシーをしきりにからかっていたやつだ」

「チャックね。弁護士はすごく感じが悪かった。どうやってWi-Fiにつないだのかしら?」

「馬に夢中の彼の妻はみんなをいらつかせていた」ウィルは素足をブーツに突っ込んだ。

ソックスはポケットに入れた。「嘘つきのアプリ男たちはなにかを企《たくら》んでいる」

「ジャッカルはどう？」

靴紐を結んでいたウィルは顔をあげた。

「ベイビー？」サラはサンダルを蹴とばして上に向け、足を入れた。「あなた――」

ウィルは靴紐を結ぶのをやめた。ジャッカルの話はしたくなかった。「準備はできた？」

ふたりは小道を走り始めた。ウィルは背中を押されるように速度をあげたが、サラが遅れ始めた。彼女はとても強健だが、履いているのはそぞろ歩くためのサンダルであって、ランニングシューズではない。

ウィルは足を止めて振り返った。「きみさえかまわなければ――」

「行って。追いつくから」

ウィルは小道をはずれ、木立のなかを直進した。両手で木の枝や、シャツの袖にからみつくとげだらけのつるをかき分けながら、母屋のポーチの明かりを頼りに進んだ。濡れた脚がブーツのなかで滑る。靴紐を結ばなかったのは間違いだったかもしれない。止まろうかとも考えたが、風向きが変わって銅貨のようなにおいが運ばれてきた。それが血のにおいなのか、それとも警察官の脳が過去の犯罪現場の記憶を掘り起こしているのかはわからなかった。

あの悲鳴は動物のものだったのかもしれない。

サラですら確信はなかった。ウィルにわかっているのは、あの声をあげた生き物は命の危険にさらされていたということだけだ。コヨーテ。ボブキャット。熊。ほかの生き物にそう感じさせることのできる森の生き物はたくさんいる。

過剰反応だっただろうか？

ウィルは木立のなかを進む足を止め、道の位置を確認しようとした。砂利を踏むサンダルの音で、サラがどこにいるのかはわかる。母屋と湖の中間あたりだろう。彼らのコテージは地所の端にある。彼女にはおそらくなにか考えがあるはずだ。ほかのコテージには明かりがついているだろうか？　彼女はドアをノックするつもりだろうか？　それとも自分と同じように、仕事柄、警戒しすぎたと考えているかもしれない。動物の断末魔の声を聞いて、湖での熱いセックスを中断してあわてて駆けつけたのは、彼女の妹に聞かせる笑い話になると思っているかもしれない。

いまは面白いとは思えなかった。汗のせいで髪が頭に貼りついている。踵《かかと》には水ぶくれができている。とげに引っ搔かれた額からは血が流れていた。彼は静まりかえった森に耳を澄ました。虫すら鳴いていない。首筋に止まった虫を叩《たた》きつぶした。頭上の木の枝をなにかが素早く移動していった。

やっぱりここはあまり好きではないかもしれない。

心の奥底ではこの苦境はジャッカルのせいだと思っていた。子供のころから、あのろくでなしが近くにいるときのウィルの人生は、なにひとつうまくいった試しがない。サディスティックなあの男は、悪運を引き寄せる生きたチャームのようだった。

そうすればジャッカルの記憶を脳から消せるとでもいうように、ウィルは両手で顔をこすった。ふたりはもう子供ではない。ウィルはハネムーンに来ている大人の男だ。

彼はサラのところに戻ろうとした。正確に言えばサラが向かったと思われる方向を目指した。暗闇のなかで、時間の感覚も方向感覚も失っていた。いったいどれくらいのあいだ、〈SASUKE〉に取り組んでいるみたいに森のなかを走っていたのかはわからない。アドレナリンが体を駆け巡っていれば、つる植物がからまっているところに顔から突っ込むこともできるだろうが、そうでもないと、生い茂った森のなかを歩くのは難しい。小道にたどり着いたら、ソックスを履いて靴紐を結ぼうと決めた。そうすれば今週ずっと足を引きずる羽目にならずにすむ。美しい妻を探そう。彼女を連れてコテージに戻り、さっき中断したところからやり直すのだ。

「助けて！」

ウィルは体を凍りつかせた。

今回は曖昧なところはまったくない。はっきりと聞き取れたから、女性の口から発せられたものだということは間違いなかった。

そして彼女はもう一度叫んだ——

「お願い！」

ウィルは、湖に向かって駆けだした。その声は遊泳区域の反対側、雪だるまの底の部分から聞こえていた。頭を低くした。脚を動かした。耳の奥で悲鳴の残響と血液が流れる音が聞こえていた。木立はすぐに密集した森に代わった。低く垂れた枝が腕を切りつける。顔のまわりをブヨが飛びまわる。突然、足元の地面が低くなった。足をひねる形で着地した。足首をねじっていた。

鋭い痛みを無視し、自分を駆り立てるようにして進んだ。アドレナリンを抑制しようとした。ペースを落とす必要がある。建物が立っているあたりは湖よりも高くなっている。食堂の近くは急斜面だ。ウィルは環状通路《ループ・トレイル》までやってくると、そこからジグザグに延びている別の道をくだった。心臓はまだ激しく打っている。頭のなかは非難の声が渦巻いていた。最初から直感に従うべきだった。わかっているべきだった。自分がなにを目の当たりにしようとしているのかを思うと、気分が悪くなった。あの女性は命の危機に瀕《ひん》して叫んでいて、人間以上に凶悪な生き物はいないのだから。

空気に煙が混じり始め、ウィルは咳《せ》きこんだ。月明かりが木々のあいだから射《さ》しこんだちょうどそのとき、地面が階段状になっている箇所が目に入った。よろめきながら空き地に出た。ビールの空き缶や煙草《たばこ》の吸殻が散らばっている。いたるところに工具が置いてあった。ウィルは警戒しながら、木挽《こび》き台や延長コード、横向きに倒れている発電機の脇を走り抜けた。いずれも補修の途中である三棟のコテージが立っていた。一棟のコテージの屋根は防水シートで覆われている。その隣のコテージの窓には板が打ちつけられている。三棟目は火に包まれていた。壁の丸太のあいだから炎が噴き出している。ドアは半開きだ。横手の割れた窓から煙がリボンのように立ちのぼっていた。屋根はもう長くはもたないだろうと思われた。

　助けを求める悲鳴。火事。

　なかにだれかがいるに違いない。

　ウィルは大きく息を吸ってから、ポーチの階段を駆けあがった。ドアを蹴り開けた。熱風のせいで目が乾く。一箇所を除いて、窓はすべて板が打ちつけられていた。炎以外の明かりはない。ウィルは煙より低くなるように体をかがめ、居間を通り抜けた。狭いキッチンに入った。バスタブのあるバスルーム。小さなクローゼット。肺が痛み始めた。呼吸が限界だ。黒い煙を一度だけ吸って、寝室に向かった。ドアはない。作りつけの家具はない。クローゼットはない。奥の壁ははがされ、間柱だけが残っていた。

　ウィルが通り抜けられるほどの隙間はなかった。

　炎のうなりに混じって、なにかがきしむ大きな音が聞こえた。ウィルは居間に駆け戻った。天井はすっかり火に包まれている。炎が梁《はり》を呑みこもうとしていた。天井が崩れかけていた。燃えている木材が雨のように降り注いでいた。煙のせいでほとんどなにも見えない。

　玄関は遠すぎた。ウィルは壊れた窓に駆け寄り、落ちてくるがれきのなかを最後の瞬間に飛び出した。地面に転がった。激しく咳きこんだ。まるで沸騰しようとしているみたいに、皮膚が張りつめていた。立ちあがろうとしたが、四つん這《ば》いになるのがせいいっぱいで、黒いすすを咳と共に吐き出した。鼻水が流れていた。汗が顔から滴っていた。再び咳きこんだ。肺に砕けたガラスがつまっているようだ。地面に額を押し当てた。焦げた眉に泥が当たって音をたてた。鼻から鋭く息を吸った。

銅のにおい。

ウィルは体を起こした。

警察官のあいだでは、酸素に触れた血液は鉄分のにおいがすると信じられている。だがそれは事実ではない。鉄分がにおいを放つためには、化学反応が必要だ。犯罪現場ではたいていの場合、皮膚の脂肪族化合物がそれにあたる。水分があると、においは増幅する。

ウィルは湖のほうを見た。目がかすんでいた。泥と汗を拭った。咳を押さえこんだ。

遠くに、ナイキの靴のソールが見えた。

膝までおろされた血の染みのあるジーンズ。

体の脇に浮かぶ両腕。

仰向《あおむ》けになったその体は、半分水に浸《つ》かっていた。

つかの間ウィルは、その光景に立ちすくんだ。月明かりが肌を蠟《ろう》のように青白く見せていた。児童養護施設で育ったことを冗談にしたのが頭に残っていたのかもしれないし、結婚式の際、彼の側の席に家族がひとりもいなかったことがいまも引っかかっていたのかもしれないが、気がつけば自分の母親について考えていた。

彼が知るかぎり、十九年という母親の短い人生を記した写真は三枚きりだ。一枚は、ウィルが生まれる一年前に逮捕されたときのマグショット。一枚は少女のころの母を写したポラロイド写真。そして最後の一枚は、彼女の解剖を行った検死官が撮影したものだった。これもポラロイド写真。色あせている。母親の肌の蠟のような青色は、六メートルほど先で横たわっている死んだ女性と同じ色だった。

ウィルは立ちあがった。足を引きずりながら死体に近づいた。

母親の顔だと錯覚することはなかった。だれなのかはすでに直感で悟っていた。それでも、死体を見おろすように立ち、自分が正しかったことがわかったときには、心のもっとも暗い場所に新たな傷が刻まれていた。

ぼろぼろになったもうひとりの女性。母親を失って育つもうひとりの息子。

マーシー・マッカルパインが浅瀬に横たわっていた。打ち寄せる波のせいで、肩を小さくすくめているように見える。頭は岩にのっていて、鼻と口が水の上に出ていた。水面に広がる金色の髪が幻想的な雰囲気を醸し出している——堕天使、消えつつある星。

死因は明らかだった。何度も刺されているのが見て取れた。夕食のときにマーシーが着ていたボタンダウンの白いシャツは、胸のあたりで丸まった血まみれの布と化していた。水がいくつかの傷をきれいに洗っていた。肩には、ナイフでえぐったような深い傷があった。濃い赤色の傷口は四角い形をしていて、刃がそれ以上食いこまなかったのはナイフの柄があったからだとわかった。

これまでの警察官人生でもっとひどい犯罪現場は何度も見ていたが、ほんの一時間足らず前、この女性は生きていて、歩いていて、ジョークを言っていて、だれかといちゃついていて、不機嫌な息子と言い争っていて、身勝手な家族と戦っていたのに、いまは死んでいる。彼女はもう息子との関係を修復することはできない。恋をする息子を見ることはできない。最愛の人と結婚する息子を最前列から見ることはできない。もう二度と、休暇や誕生日や卒業式や静かな時間を一緒に過ごすことはできない。

そしてジョンには、母親を失ったという痛みだけが残されるのだ。

ウィルは数秒間、悲しみに身を任せたあとで、すべきことに取りかかった。犯人がまだあたりにいるかもしれないと、木立を見渡した。凶器はないかと地面を探した。犯人はナイフを持ち去ったようだ。ウィルはもう一度木立に目をやった。妙な音はしないかと耳を澄ました。喉にたまったすすと胆汁を飲みこんだ。マーシーの脇に膝をついた。首の横に指を当てて脈を確認した。

速い鼓動が伝わってきた。

生きている。

「マーシー?」ウィルは彼女の顔をそっと自分のほうに向けた。彼女の目は開いていて、白目の部分がつややかな大理石のように光っていた。ウィルはしっかりした声を出そうとした。「だれにやられた?」

笛を吹くような音が聞こえたが、鼻からでも口からでもなかった。彼女の肺が、胸に開いた傷口から空気を取りこもうとしていた。

「マーシー」ウィルは両手で彼女の顔をつかんだ。「マーシー・マッカルパイン。ぼくはウィル・トレント。ジョージア州捜査局の捜査官だ。ぼくを見てほしい」

彼女のまぶたが震え始めた。

「ぼくを見るんだ、マーシー」ウィルは命じた。「ぼくを見ろ」

一瞬、白目がぴくぴく動いた。瞳孔が揺れた。数秒、あるいは一分がたち、ようやくウィルの顔に彼女の焦点が合った。彼を認識したと思ったのもつかの間、恐怖が取って代わった。彼女は戻ってきていた。恐怖と苦痛でいっぱいの自分の体に。

「きみは大丈夫だ」ウィルは立ちあがろうとした。「ぼくは助けを呼んでくる」

マーシーはウィルのシャツの襟をつかんで、自分のほうに引き寄せた。彼を見た——まっすぐに彼を見つめた。ウィルを見つめた。彼女が大丈夫でないことは、どちらもわかっていた。彼女はパニックを起こすのではなく、助けを呼びに行かせるのではなく、ウィルをその場にとどめようとしていた。これまでのことを思い出していた。家族に向けた最後の言葉。息子との言い争い。

「ジ、ジョン……あの子に……伝えて……に、逃げなきゃだめって、か、か……」

ウィルは、彼女のまぶたが再び震えるのを見た。ジョンになにも伝えるつもりはない。マーシーは最後の言葉を自分で彼に伝えるのだ。彼は声を張りあげた。「サラ！　ジョンを連れてくるんだ！　急いで！」

「だ、だめ……」マーシーの体が震え始めた。ショック状態だ。「ジ、ジョンは……あの子は……ここにいちゃだめ……逃げないと……逃げないと……」

「しっかりしろ、きみの息子にお別れを言わせてやれ」

「あ、愛して……あの子を愛してる……こ、心から」

ウィルは彼女の声に自分自身の悲嘆を聞いた。「マーシー、頼むからもう少しだけ気をしっかり持ってくれ。サラがジョンを連れてくる。彼はきみに会って――」

「ご、ごめんなさい……」

「謝らなくていいから、しっかりするんだ。頼む。ジョンが最後にきみに言ったことを思い出してくれ。あれを最後にしちゃいけない。彼がきみを憎んでいないことはわかっているだろう？　彼はきみの死を望んだりしていない。あのまま、彼を残していってはだめだ。頼む」

「彼を……ゆ、許し……」マーシーは咳きこみ、血を吐いた。「彼を許し……」

「自分でそう言うんだ。ジョンはきみからその言葉を聞かなきゃいけないんだ」

彼女の手がウィルのシャツを握りこんだ。さらに彼を引き寄せた。「か、彼を許し……」

「マーシー、頼むから――」ウィルの声が途切れた。マーシーはあまりにも早く逝こうとしている。サラがジョンをここに連れてきたら、彼がなにを目にすることになるのか、ウィルは不意に気づいた。別れを言うのにふさわしい場ではない。どんな息子も、母親の残酷な死の記憶と共に生きていくべきではない。

ウィルは自分の悲嘆を呑みこもうとした。「わかった。ジョンに伝える。約束する」

マーシーは彼の約束の言葉を許可と受け取った。

彼女の体から力が抜けた。襟をつかんでいた手が離れた。手が水面を打ち、さざ波が立った。体の震えが止まった。口が開いた。苦痛に満ちたゆっくりとしたため息が漏れた。ウィルは苦しそうな息が繰り返されるのを待ったが、彼女の胸はそれきり動かなかった。

ウィルは無言のまま、パニックに襲われていた。彼女を死なせるわけにはいかない。サラは医者だ。彼女ならマーシーを助けられる。彼女がジョンを連れてくるだろうから、そうしたら彼は最後の別れをすることができる。

「サラ！」

ウィルの声が湖に響いた。急いでシャツを脱ぎ、彼女の傷を覆った。ジョンに傷を見せるわけにはいかない。母親の顔だけ見ればいい。母親が彼を愛していたことがわかるはずだ。なにが起きたのだろうといぶかりながら、残りの人生を生きる必要はない。

「マーシー？」ウィルは顔ががくりと横向きになるくらい、強く彼女を揺さぶった。「マーシー？」

彼女の顔を平手で叩いた。肌は氷のように冷たい。血の気はまったくなくなっている。血はもう流れていない。息をしていない。脈も感じられない。心臓マッサージが必要だ。ウィルは両手を組んでマーシーの胸に当てると、肘をまっすぐに伸ばし、肩を怒らせ、全身の体重をかけて押した。

稲妻のように、痛みが手を貫いた。手を引こうとしたが、動かなかった。

「だめ！」サラがどこからともなく現れた。ウィルの両手をつかみ、マーシーの胸から離れないように押さえている。「動かないで。神経が切れるかもしれない」

サラが心配しているのがマーシーではないことに気づくまで、一瞬の間があった。彼女が心配しているのはウィルだ。

彼は自分の手元に視線を向けた。自分がなにを見ているのか、脳は理解できなかった。やがてゆっくりと理性が戻ってきた。いま目にしているのは殺人事件の凶器だ。攻撃は怒りに満ちた、激しいものだった。犯人はマーシーの胸をただ刺したのではない。うしろから彼女を襲い、柄が折れるほどの強さで背中にナイフを突き立てたのだ。刃はまだマーシーの胸に刺さったままだった。

ウィルは折れたナイフに手を突き刺していた。

1

殺人の十二時間前

マーシー・マッカルパインは、今週の予定を考えながら天井を見つめた。十組のカップルはすべて、今朝ロッジをチェックアウトした。今日、新たに五組が徒歩でやってくる。木曜日にはさらに五組が到着し、週末はまた満室になる。スーツケースをそれぞれのコテージに間違えないように運んでおかなければいけない。配送業者は今朝、最後のスーツケースを駐車場に置いていった。野良犬みたいに彼らの家の玄関先をうろついている、兄のばかな友人をどうするかを考えなくてはいけない。チャックはピーナッツ・アレルギーだから、彼がまた来たことをキッチンのスタッフに言っておかなくてはいけない。それとも黙っていれば、彼女の人生の不合理さレベルが半分になるだろうか。

残りの半分は、いま彼女の上で腰を振っていた。デイヴは、トンネルの出口に永遠にたどり着かない蒸気機関車のように、息をはずませている。両目が飛び出したようになっていて、頬は真っ赤だ。マーシーは五分前に、無言のままオーガズムに達していた。そう告げるべきだったのかもしれないが、彼に勝たせたくはなかった。

　顔を横に向けて、ベッド脇の時計を見ようとした。デイヴにシーツを交換する価値はなかったから、ふたりは四番コテージの床の上でことに及んでいた。そろそろ正午が近いはずだ。家族会議に遅れるわけにはいかない。客たちは、二時前後には到着し始めるだろう。かけなければいけない電話もある。ふた組のカップルからマッサージを頼まれていた。ぎりぎりになって急流でのラフティングを申しこんできたカップルもいる。乗馬の予約が朝の正しい時間になっているかを確かめなくてはいけない。嵐がまだこちらに向かっているのかどうか、もう一度、天気を確認する必要があった。業者が、桃ではなくてネクタリンを持ってきた。彼女には違いがわからないとでも思っているんだろうか？

「マース？」デイヴはまだ腰を振り続けていたが、その声には敗北の響きがあった。「限界みたいだ」

　マーシーはわかったというように、彼の肩を二度叩いた。デイヴがごろりと仰向けに転がると、だらりとしたペニスがマーシーの脚に当たった。彼は天井を見あげた。マーシーは彼を見つめた。彼は三十五歳になったばかりだが、八十歳近くに見える。目は分泌物過多で潤んでいる。破れた毛細血管が鼻に十字の模様を作っている。息はぜーぜーと苦しそうだ。アルコールと薬ではなかなかすぐに死なないからか、彼はまた煙草を吸い始めていた。

　彼は言った。「悪い」

こんなことは幾度となくあって、マーシーの言葉は永遠に消えないこだまのようにそこに漂っていたから、彼女が返事をする必要はなかった。あなたがハイになっていなかったら……あなたがお酒に酔っていなかったら……あなたがどうしようもない役立たずじゃなかったら……わたしが、負け犬の元夫と床の上で何度もファックするような孤独でばかな女じゃなかったら……

「やってやろうか――」彼は下のほうを示した。

「大丈夫」

デイヴは声をあげて笑った。「いっていないふりをする女は、おまえくらいだ」

マーシーは彼と一緒になって笑うつもりはなかった。彼がくだした間違った決断についてくどくどと非難する一方で、自分はいくらかでもましだと言わんばかりに彼とセックスを続けているのは彼女だ。マーシーはジーンズをはいた。数キロ太ったから、ボタンがきつかった。それ以外に脱いだのは靴だけだ。ラベンダー色のナイキの靴が彼の道具箱の隣にあるのを見て、思い出したことがあった。「客が来る前に、三番のトイレを修理しておいて」

「わかったよ、ボス」デイヴは立ちあがるために、ごろりと横向きになった。彼は決して急がない。「少し、金を融通してもらえないかな?」

「養育費の分を使えばいいんじゃない」

彼は顔をしかめた。彼は養育費を十六年分を滞納している。

「独身男《バチエラー》コテージの補修代金として、パパがあなたに払ったお金はどうしたの?」

「あれは手付金だ」立ちあがろうとしたデイヴの膝がポキリと大きな音をたてた。「資材を買わなきゃいけなかった」

彼の言うところの資材のほとんどは、ディーラーか胴元から買ったものだろうとマーシーは考えた。「防水シートと中古の発電機は千ドルもしないわよ」

「もういいじゃないか、マーシー・マック」

マーシーは聞こえるようにため息をつきながら、鏡に映った自分の姿を確かめた。顔を縦に走る傷痕が、白い肌の上で赤く目立っている。髪はぴっちりとうしろで束ねられたままだ。シャツには皺《しわ》すら寄っていない。世界で一番つまらない男に、もっとも満足できないオーガズムを与えられたようにしか見えなかった。

デイヴが訊いた。「あの投資の件をどう思う?」

「パパはやりたいようにやるんだと思う」

「おれは彼に訊いているんじゃない」

マーシーは鏡越しにデイヴを見た。彼女の父親は、朝食の席で裕福な投資家の話を切り出したのだった。マーシーに相談はなかったから、自分がまだ主導権を握っていることを知らしめるためのパパなりのやり方なのだろうと、彼女は考えていた。ロッジは七代にわたってマッカルパイン家が受け継いできた。これまで、少額の融資を受けたことはある。ここの存続を望む長年の客から借りることが多かった。それを使って屋根を修繕したり、新しい給湯器を買ったり、送電線を交換したことも一度ある。だが今回のものは規模が違っていた。投資家たちは別館を建てられるくらいの資金を用意しているとパパは言っていた。

マーシーは言った。「いい考えだと思うわよ。あの古いキャンプ場がある場所は、敷地のなかでも一番いいところだもの。大きなコテージを建てて、結婚式や親族会ができるようにしてもいいかもしれない」

「名前はキャンプ・ア・ウォナ・ペドのまま?」

笑いたくはなかったのに、マーシーは思わず笑った。キャンプ・アワニータは、百エーカーあるキャンプ場で、湖に面していて、鱒《ます》がたくさんいる川があり、素晴らしい山地の景色が広がっている。十五年前までは安定した利益を生み出していたが、ボーイスカウトや南部バプテスト教会を含め、そこを借りていたすべての組織がなんらかの小児性愛スキャンダルに関わっていたことが判明した。どれほどの数の子供がそこで被害に遭ったのかは不明だが、ロッジに累が及ばないようにするためには閉鎖するほかはなかった。

「どうだかね」デイヴが言った。「あそこの大部分には保全地役権が設定されている。小川が湖に流れこんでいる地点の先には、建物は作れない。それにパパは、金の使い道で人の意見を聞くとは思えないな」

マーシーは父親の言葉を引用した。「道路脇のあの看板にのっている名前はひとつだけ」

「おまえの名前だってのっているさ」デイヴが言った。「ここの運営については、おまえはよくやっているよ。バスルームをきれいにしたのは正解だった。あの大理石を運ぶのは大変だったが、間違いなく目を引く。蛇口やバスタブは雑誌から出てきたみたいだ。客は特別なものに余計に金を払うんだ。何度もリピートする。おまえがあれだけのことをしていなかったら、あの投資家たちは一切金を出さなかっただろうな」

マーシーは自慢したくなるのをこらえた。彼女の家族は褒め言葉をめったに口にしない。コテージのアクセントになる壁や、コーヒーバーを作ったことや、客をおとぎ話に足を踏み入れたような気分にさせる花でいっぱいの植木箱について、だれからもなにも言われたことはなかった。

マーシーは言った。「そのお金をうまく使えば、客はこれまでの倍、ひょっとしたら三倍だって払うでしょうね。ここまで歩いてこさせるんじゃなくて、車で来れるようにすれば間違いないわ。湖の向こう側までオフロードバギーを使えるようにしてもいい。あそこはとてもきれいだもの」

「確かにきれいだ。そいつは間違いない」デイヴは三棟の古いコテージを補修するという名目で、一日のほとんどをそのあたりで過ごしていた。「ビティはその金についてなにか言っているのか？」

マーシーの母親は常に父親の味方だが、彼女は答えた。「ママは、わたしより先にあんたに話をするわよ」

「おれはなにも聞いてないぜ」デイヴは肩をすくめた。いずれビティは、彼に話すだろう。彼女は自分の子供たちよりもデイヴを愛している。「おれに言わせれば、手を広げりゃいいってもんじゃない」

手を広げることが、まさにマーシーの望みだった。その知らせを聞いたときのショックが薄れたあとは、そう考えるようになっていた。現金が入ってくれば、いろいろなことを一新できる。苦しい財政状態のなかでここを運営するのは、うんざりしていた。

デイヴが言った。「大きな変化だな」

マーシーは化粧台にもたれて彼を見た。「事情が違っていたら、こんなひどいことになっていなかったかしらね？」

ふたりは見つめ合った。その質問には重みがあった。マーシーは、彼の潤んだ目と赤い鼻を見つめ、ここから連れて逃げると約束してくれた十八歳の少年をその向こうに見た。彼女の顔に大きな傷を残した自動車事故を見た。リハビリ。さらにリハビリ。ジョンの親権争い。禁酒を破るおそれ。繰り返しもたらされる失望。

ベッド脇のテーブルに置かれていたマーシーの電話が鳴った。デイヴが通知を見て言った。「登山口《トレイルヘッド》に着いた人間がいる」

マーシーは画面を開いた。カメラは駐車場に設置してある。最初の客が八キロの行程を歩いてロッジに到着するまで、あと二時間ということだ。いや、もっと早いかもしれない。ふたりはなんの問題もなく、ここまでやってくるだろう。男性は長身で、ランナーのようなひょろっとした体つきをしている。女性は赤みがかった癖のある髪を長く伸ばし、よく使いこんだバックパックを背負っていた。

　ふたりは長いキスを交わしてから、トレイルヘッドへと歩きだした。彼らが手をつないでいるのを見て、マーシーは嫉妬に心がずきりと痛むのを感じた。男性はずっと女性を見おろしている。女性はずっと男性を見あげている。そしてふたりは、自分たちがばかばかしいくらい愛し合っていることに気づいたみたいに笑った。

「こいつはメロメロだな」デイヴが言った。

　マーシーの嫉妬はさらに募った。「彼女も夢中みたいよ」

「BMWだ」デイヴが気づいた。「こいつらが投資家か？」

「金持ちはこんなに幸せじゃない。きっとハネムーンのふたりね。ウィルとサラ」

　デイヴはしげしげと眺めたが、ふたりはカメラに背を向けていた。「仕事はなにをしているんだろう？」

「彼は整備士。彼女は化学の教師」

「どこから来たんだ？」

「アトランタ」

「本当のアトランタか？　アトランタ都市圏？」

「知らないわ。アトランタ・アトランタ」

　彼は窓に近づいた。マーシーは、母屋を見つめている彼を眺めた。なにかが彼の怒りに火をつけたらしかったが、理由を訊くつもりはなかった。マーシーはデイヴのためにかなりの時間を費やしてきた。彼を助けようとした。彼を癒《いや》そうとした。充分に彼を愛そうとした。充分な存在になろうとした。なろうとした。なろうとした。彼の際限のない要求に呑みこまれないようにした。

おおらかで、気楽で、場を盛りあげる人気者と思われているデイヴだが、実は心のなかに巨大な不安のボールを抱えていることをマーシーは知っていた。心が穏やかであれば、なにかに依存することはなかっただろう。生まれてから十一年間、彼は児童養護制度のもとで過ごしていた。逃げ出した彼を探そうとした人間はいなかった。マーシーの父親がバチェラーコテージのひとつで眠っている彼を見つけるまで、キャンプ場を徘徊《はいかい》していた。母親が夕食を振る舞うと、彼は毎晩やってくるようになり、やがて母屋で暮らし始めて、マッカルパイン一家は彼を養子にした。そしてマーシーがジョンを身ごもると、たちの悪い噂《うわさ》が広がった。デイヴが十八歳でマーシーが十五歳になったばかりだったということも、それに輪をかけた。

ふたりが互いをきょうだいだと思ったことは一度もない。どちらかと言えば、夜にすれ違ったふたりの愚か者というほうが近い。彼は愛するようになるまでは彼女を憎んでいた。彼女は憎むようになるまでは彼を愛していた。

「気をつけろ」デイヴが窓から離れた。「フィッシュトファーがじきに来る」

マーシーが携帯電話をうしろのポケットに押しこんだところで、彼女の兄がドアを開けた。数匹いる猫のうちの一匹、丸々したラグドールを腕に抱いていた。いつもと同じ格好だ――フィッシングベスト、フライを何本も引っかけてあるバケットハット、山ほどのポケットがついた丈の短いカーゴパンツ、すぐに胴長靴《ウェイダー》を履いて川に入り、一日中釣り糸を投げていられるように足元はサンダルだった。彼のニックネームは、そういう理由だ。

デイヴは尋ねた。「どんな餌を撒《ま》かれてここにきたんだ、フィッシュトファー？」

「さあね」フィッシュは眉を吊りあげた。「なにかに釣りあげられた」

こんなやりとりが何時間も続きかねないことをマーシーは知っていた。「フィッシュ、カヌーをきれいにしておくようにジョンに言ってくれた？」

「ああ。自分でやれって言い返されたよ」

「もう」ジョンの素行はすべてデイヴの責任であるかのように、マーシーは彼をにらみつけた。「あの子はいまどこにいるの？」

フィッシュは、ポーチにいるほかの猫たちの隣に抱いていた猫をおろした。「町まで桃を買いに行かせた」

「どうして？」マーシーはもう一度時計を見た。「家族会議まで五分しかないのよ。夏のあいだじゅう、町をうろつかせるためにあの子にお金を払っているわけじゃない。スケジュールはわかっていてもらわないと」

「ここにいさせるわけにはいかなかった」重要なことを言っていると思っているときにいつもそうするように、フィッシュは腕を組んだ。「ディライラが来ている」

フロントポーチでルシファーがジグを踊っていると聞かされても、マーシーはこれほどのショックは受けなかっただろう。無意識のうちに、彼女はデイヴの腕をつかんでいた。心臓が肋骨《ろっこつ》の内側で激しく打っている。人でいっぱいの法廷で伯母と対決してから、十三年がたつ。ディライラはジョンの永久親権を得ようとした。彼を取り戻すための戦いで受けたマーシーの深い傷は、まだ癒えてはいなかった。

「あのいかれた女はここでなにをしているんだ？」デイヴが訊いた。「なにが望みだ？」

「さあね」フィッシュが答えた。「ぼくは道ですれ違っただけで、彼女はそのままパパとビティと一緒に母屋に入っていった。ぼくはジョンが彼女に気づく前に、町に行かせたんだ。礼はいいよ」

マーシーは礼を言うどころではなかった。汗をかき始めていた。ディライラはここから一時間の彼女なりの狭い世界で暮らしている。両親が彼女を呼び寄せたのは、なにか企んでいることがあるからに違いない。「パパとビティは、ポーチでディライラを待っていたの？」

「あのふたりは、午前中はいつもポーチにいる。だれかを待っていたかどうかなんて、ぼくにわかるはずがないだろう？」

「フィッシュ！」マーシーは地団太を踏んだ。彼は二十メートル離れたところからでもコクチバスとレッドアイ・バスを見分けられるのに、人間のことはまったく判断ができない。

「ディライラが現れたとき、ふたりはどんな様子だった？　驚いていた？　なにか言っていた？」

「そうは思わないな。ディライラは車から降りた。こんなふうに鞄《かばん》を持っていた」

フィッシュは腹の前で両手を握り合わせた。

「それから階段をあがって、三人でなかに入った」

デイヴが尋ねた。「いまもまだ、長くつ下のピッピみたいな格好なのか？」

「長くつ下のピッピってだれだ？」

「黙って。パパが車椅子に乗っているのを見て、ディライラはなにか言った？」

「いいや。だれもなにも言わなかった。いま思えば、妙なくらい黙りこくっていた」フィッシュはもうひとつ思い出したことがあったと言うように、指を一本立てた。「ビティがパパの車椅子を押そうとしたら、ディライラが代わったんだ」

デイヴがつぶやいた。「ディライラらしいな」

マーシーは奥歯を嚙みしめた。ディライラは、弟が車椅子に乗っているのを見ても驚かなかった。それはつまり、彼女は事故について知っていたということで、あらかじめ電話で話をしていたのがわかる。問題は――だれが電話をかけたのだろう？　彼女は招待されたのか、それともただやってきただけなのだろうか？

タイミングを見計らったかのように、彼女の携帯電話が鳴り始めた。マーシーはポケットから電話を出した。発信者名を見た。「ビティ」

デイヴが言った。「スピーカーにしてくれ」

マーシーは画面をタップした。彼女の母親は、電話をかけたときも受けたときも、同じ台詞《せりふ》を口にする。「こちらはビティ」

マーシーが応じた。「ええ、母さん」

「あなたたちは、家族会議に来ないの？」

マーシーは時計を見た。二分過ぎている。「ジョンを町に行かせたの。フィッシュとわたしはいま向かっている」

「デイヴを連れてきて」

携帯電話の上でマーシーの手が止まった。電話を切ろうとしていたのに、指が震えている。「どうしてデイヴを呼ぶの？」

母親が電話を切るカチリという音がした。

マーシーはデイヴを、それからフィッシュを見た。背中を大きな汗の粒が伝うのが感じられた。「ディライラはジョンを取り戻すつもりなのよ」

「いや、それはない。ジョンは誕生日を迎えた。もう大人も同然だよ」今回に限っては、論理的なのはデイヴだった。「ディライラが彼を奪い取るのは無理だ。そうしようとしたところで、裁判に持っていくまで最低でも二年はかかる。そのころには彼は十八歳だ」

マーシーは心臓のあるあたりに手のひらを押し当てた。彼の言うとおりだ。ジョンはたびたび赤ん坊のような振る舞いをするが、十六歳だ。そしてマーシーはもう、飲酒および《D》麻薬の影響下の運転《UI》で二度捕まり、ヘロインと抗不安薬《ザナックス》をやめようとしているどうしようもない依存者ではない。信頼のおける市民だ。家業の運営をしている。十三年間、クスリとは無縁だ。

「で、ぼくたちはディライラが来ていることを知っていていいのか？」

デイヴが訊いた。「彼女が車で通ったとき、あんたに気づかなかったのか？」

「そうだろうか？」フィッシュは答えるのではなく、尋ねていた。「納屋の脇で薪《まき》を積んでいたんだ。彼女はかなりのスピードを出していた。彼女がどんなだか、知っているだろう？　なにかの任務を負っているみたいな勢いだった」

マーシーの頭に浮かんだのは、口にするには恐ろしすぎる考えだった。「癌《がん》が再発したのかもしれない」

フィッシュは愕然《がくぜん》としたようだ。デイヴは数歩あとずさると、ふたりに背を向けた。四年前ビティは、転移性黒色腫と診断されていた。積極的治療のおかげで癌は寛解しているが、寛解は治癒ではない。専門医には、規則正しい生活をするように言われていた。

「デイヴ？」マーシーが訊いた。「なにか気づいたことはある？　いつもと違っていたところは？」

デイヴは首を振った。こぶしで目をこすった。彼は昔からマザコンで、ビティはいまもまだ彼を赤ん坊のように溺愛していた。彼に特別な愛情が注がれていることを、マーシーはねたむ気にはなれなかった。彼の実の母親は、消防署の外に置かれていた段ボール箱に彼を捨てたのだ。

「彼女は――」デイヴは喋《しゃべ》れるようになるまで、何度か咳払いをした。「再発したら、おれとふたりきりのときに話してくれるはずだ。家族会議の場でおれに知らせるようなことはしない」

そのとおりであることをマーシーは知っていた。病気が判明したとき、ビティが最初に打ち明けたのがデイヴだった。デイヴは昔から、彼女の母親と特別なつながりがあった。とても小柄な彼女に、ビティ・ママ（ビティには小さいという意味あがる）というニックネームをつけたのはデイヴだ。彼女が癌と戦っていたとき、医師のすべての診察や、すべての手術や、すべての治療に連れていったのはデイヴだ。包帯を交換し、投薬の管理をし、髪まで洗ってやったのはデイヴだ。

パパはロッジの運営で手一杯だった。

フィッシュが言った。「わかりきったことを忘れている」

デイヴはTシャツの裾で鼻を拭いながら、こちらに向き直った。「なんだ？」

フィッシュが答えた。「パパは投資家たちのことで話があるんだ」

マーシーは、真っ先にそのことを思いつかなかった自分をばかみたいに感じた。「お金を受け取るかどうかを決めるには、全員が集まらなきゃいけないの？」

「いいや」マッカルパイン家族信託の規則にだれよりも詳しいのはデイヴだった。養子だという理由で、ディライラは彼を締め出そうとしたことがあった。「その手の決定をくだすのは被信託人であるパパだ。それに、投票するには定足数があればいい。マーシー、おまえにはジョンの代理権があるから、おまえとフィッシュとビティがいれば、それでいいんだ。おれがいる必要はない。ディライラも」

フィッシュは不安そうに腕時計に目をやった。「行くべきだろう？　パパが待っている」

「待ち伏せているんだ」デイヴが言った。

それこそ父がもくろんでいることなのだろうとマーシーは考えた。家族団らんのひとときが待っているなどという幻想を抱いてはいなかった。

「さっさと終わらせよう」マーシーは言った。

彼女はふたりを引き連れて、地所を進んだ。二匹の猫が傍らをついてくる。自然と湧いてくる不安に抗《あらが》った。ジョンは安全だ。わたしは無力ではない。お尻を叩かれるほど幼くはないし、パパはもうわたしに追いつけない。

かっと顔が熱くなった。そんなことを考えるなんて、わたしはひどい娘だ。十八カ月前、マウンテンバイクのコースをガイドしていた彼女の父親は、つんのめってハンドルバーの向こうに放り出され、峡谷に頭から落ちた。ストレッチャーに乗せられた彼が救急ヘリに吊りあげられていくのを、客たちはおののきながら見守った。頭蓋骨が割れていた。頸椎《けいつい》が二個、砕けていた。背骨が折れていた。車椅子生活になることは間違いなかった。右腕の神経が損傷していた。運がよければ、左手の機能の一部は残るだろうということだった。自発呼吸はできていたが、事故後の数日、医者はすでに死んでいる人の話をするように彼のことを語った。

マーシーに悲しんでいる暇はなかった。ロッジにはまだ客がいた。その後も来る予定になっていた。スケジュールをたてなければいけなかった。ガイドを割り当てなければならなかった。食材を注文しなくてはいけなかった。支払いをしなくてはいけなかった。

フィッシュのほうが年上だが、彼は経営にまったく興味がなかった。彼が熱心なのは、水上に客を連れ出すことだけだ。ジョンはまだ子供だったし、なによりここを嫌っていた。デイヴは姿を見せるかどうかあてにできない。ディライラは問題外だ。ビティは当然ながら、パパの傍らを離れなかった。彼女が有能だったことを、家族は誇るべきだった。彼女が行った変更が一年はなかった。そういうわけで、マーシーがその仕事を引き受けるほか目に大きな利益をもたらし、二年目のいまはさらに倍増する勢いであることを、祝うべきだった。

だがリハビリ施設を退所して戻ってきた父親は、初めから怒りに煮えくり返っていた。事故に対してではない。壮健な体を失ったことではない。自由を失ったことでもなかった。理解しがたいなんらかの理由で、すべての怒り、すべての憎しみはまっすぐマーシーに向けられた。

毎日、ビティは彼の車椅子を押して建物のある敷地をまわる。毎日、彼はマーシーがしたことすべてにケチをつける。ベッドが正しく整えられていない。タオルが正しく畳まれていない。客が正しく扱われていない。食事が正しく給仕されていない。そしてもちろん、正しいやり方というのは彼のやり方だ。

　初めのうちマーシーは、必死になって父を喜ばせようとした。父の機嫌を取り、父がいなくてはなにもできないふりをし、助言と承認を求めた。なにひとつうまくいかなかった。父の怒りは増すばかりだった。彼女が金の延べ棒をひり出しても、父はその一本一本に欠点を見つけ出すだろう。父親が要求の厳しい傲慢な男であることは知っていた。気づいていなかったのは、彼が冷酷なだけでなく狭量だったことだ。

「ちょっと待て」こっそり湖に向かっている子供のように、フィッシュは声を潜めて言った。「ぼくたち、今回はどう出る？」

「いつもどおりだ」デイヴが答えた。「おまえは口を閉じて、床を見つめる。おれはみんなをいらつかせる。マーシーは備えを固めて、戦う」

　そう言って彼は笑みを作った。マーシーは玄関のドアを開ける前に、デイヴの腕をつかんだ。

　いつものごとく、そこは暗かった。風雨で傷んだ黒っぽい壁。小さな細長いふたつの窓。日光は射しこまない。南北戦争のあとで営業を開始したときのロッジが母屋の玄関ホールだった。当時の建物は釣り用の小屋に毛が生えた程度にすぎなかった。羽目板には、地所の倒木から厚板を切り出したときの斧《おの》の跡が残っていた。

　幸運にも、そして必要に迫られて、長年のあいだに家は建て増しされていった。トレイルをやってきたハイカーたちに歓迎の気持ちを伝えるため、ポーチの横手にふたつ目の入り口が作られた。裕福な客が使えるように個室が作られたので、上の階にあがる裏手の階段が必要になった。新しい国有林を散策するべくぞくぞくとやってきた未来のテディ・ルーズベルトたちのために、応接室と食堂が新たに作られた。薪コンロが使われなくなると、キッチンと母屋がつなげられた。家をぐるりと囲むポーチは、夏の強烈な暑さを和らげてくれた。十二人のマッカルパイン兄弟が、上の階の複数の二段ベッドで寝起きしていた時期があった。兄弟の半分が残りの半分をひどく嫌っていたので、湖のまわりに三棟のバチェラーコテージを建てる結果になった。

世界大恐慌が起きると、そのほとんどはここを出ていき、怒りっぽい孤独なマッカルパインがひとり残されて、やっとのことでここを維持していた。彼は、ひとりまたひとりと灰になって戻ってきた兄弟たちを、地下の棚に保管した。マーシーとフィッシュの曾祖父《そうそふ》にあたるその男が、厳重に管理された家族信託を開設したが、すべての項目に兄弟に対する彼の苦々しい思いがはっきりと記されていた。

彼はまた、何年も以前にこの地所が分割して売却されなかった唯一の理由でもあった。キャンプ場の大部分は保全地役権が設定されているので、開発できない。ほかの地域は、協定によって土地の使用方法に制限がつけられていた。なにか大がかりなことをするときには、総意を必要とすることを信託は定めていた。そして長年のあいだ、ただ面当《つらあ》てのためだけに総意を拒否するろくでなしのマッカルパインと争うのは、ろくでなしのマッカルパインだけだった。代々のうちでも彼女の父親が最悪のろくでなしとなったのは、驚くことではないだろう。

そしていま彼女たちはここにいる。

マーシーは肩をそびやかし、長い廊下を奥へと進んだ。開き窓から、次にパラディオ式窓から、その後はポーチの裏側に出る洒落《しゃれ》たアコーディオンドアから降り注ぐ太陽の光がまぶしすぎて、目が潤んできた。部屋のひとつひとつが、木の年輪のようだ。馬の毛を使ったしっくいと、表面を粒状に仕上げた天井と、新品のウルフ社製の六口のガスコンロを引き立てるアボカド色の電化製品が、時の移り変わりを示している。

そこで両親が待っていた。父親の車椅子は、事故のあとでデイヴが作った円形の一本脚テーブルの前に止められている。ビティは背筋をまっすぐ伸ばしてその横に座り、唇を結んで予定表の束に手をのせていた。彼女の外見は年齢を感じさせない。顔に皺はほとんどなく、マーシーの母親というよりは姉のように見えた。非難するような雰囲気は別として。いつものごとく、ビティはにこりともしなかったが、デイヴの姿が目に入ったとたん、エルヴィスがイエス・キリストを連れてきたかのように、ぱっと顔を輝かせた。

マーシーがその変化を気に留めることはなかった。ディライラがどこにも見当たらなかったので、再び頭のなかがぐるぐる回り始めた。どこに隠れているの？　どうしてここに来たの？　なにが望み？　あの狭い道路でジョンに会ったの？

「時間どおりに来るのは、そんなに難しいことなのか？」父親は、わざとらしくキッチンの時計に目を向けた。腕時計をつけてはいるが、左の手首を返すにはそれなりの労力が必要だった。「座れ」

デイヴはその命令を無視し、身をかがめてビティの頬にキスをした。「元気かい、ビティ・ママ？」

「ええ、元気よ」ビティは彼の頬を軽く叩いた。「さあ、座って」

ビティに触れられて、つかの間、デイヴの眉間の皺が消えた。彼は椅子を引き出しながら、マーシーに向かってウィンクをした。マザコン男。フィッシュは彼女の左側の指定席に腰をおろした。顔を伏せ、膝に両手を置いたのは驚くことではない。

マーシーは父親に視線を向けた。何本もの深い皺が目尻から広がり、こけた頬には丸括弧がくっきりと刻まれ、顔の傷は彼女よりも多い。今年で六十八歳だが、九十歳のように見えた。かつては活動的な、アウトドアを好む人だった。自転車事故の前は、食べ物を口に運んでいるあいだくらいしか、父親がひとところに座っているのを見たことはなかった。山が彼の家だった。トレイルの隅々まで知っていた。男たちは彼のような人生を求めた。女たちは彼の目的意識をうらやんだ。人々は彼をお気に入りのガイド、気の合う友人、心を打ち明けられる友と呼んだ。

彼らの父親ではなかった。

「いいかしら、子供たち」彼女たちがまだ幼い子供であるかのように、ビティはいつも家族会議を同じ台詞で始める。身を乗り出して、予定表を皆に配った。身長百五十センチちょっとしかない小柄な女性で、柔らかな声とケルビムのような愛らしい顔の持ち主だ。

「今日は五組のカップルが来る。木曜日にはもう五組」

「また満室だ」デイヴが言った。「よくやった、マーシー・マック」

父親の左手の指が、椅子の肘掛けをつかんだ。「週末にはもっとガイドが必要だ」

マーシーはすぐには声が出せなかった。両親は本当に、ディライラがどこかに隠れていないみたいに、会議を進めるつもりなの？　パパがなにかをもくろんでいることは確かだ。いまは調子を合わせるほかはない。

彼女は言った。「ザビエルとジルをすでに確保してある。ジェディダイアには待機してもらっている」

「待機？」パパが訊き返した。「待機とはどういう意味だ？」

マーシーは、ググりましょうかと言いたくなるのをこらえた。客とガイドの割合については厳格な決まりがある――安全上の理由だけではなく、ガイドつきのイベントは多額の費用を請求できるからだ。「客が直前になって、ハイキングを申しこむかもしれないので」

「そのときは、遅すぎると言えばいい。ガイドを遊ばせておくことはない。彼らは金のために働いているんだ。約束したからじゃない」

「ジェドは大丈夫よ、パパ。都合がついたら来るって言っていたから」

「だめだったらどうするんだ？」

マーシーは歯を食いしばった。パパはいつだって条件を変えてしまう。「そのときは、わたしがハイキングに連れていく」

「おまえが山を遊び歩いているあいだ、だれがここの面倒を見るんだ？」

「パパが同じことをしていたとき、ここの面倒を見ていた人たちが」

怒りにパパの鼻孔が広がった。ビティはひどくがっかりしているようだ。会議が始まって一分もしないうちに、すでに行き詰まっている。マーシーは決して勝てない。足取りを速めることも緩めることもできるけれど、それでも砂地獄のなかを走っていることに変わりはない。

「いいだろう」パパが言った。「おまえはなんでもやりたいようにやればいい」

パパが受け入れたわけではない。彼はそう言いながら、彼女が間違っていると告げていた。マーシーは言い返そうとしたが、やめろというようにテーブルの下でデイヴが脚を押しつけた。

どちらにしろ、父親は次の話題に移っていた。視線をフィッシュに移して、言った。

「クリストファー、おまえは投資家たちにいい印象を与えるようにするんだ。名前はシドニーとマックス。男と女だが、彼女はズボンをはいている。ふたりをフォールズに連れていって、必ず大物を釣らせろ。あれこれと環境保護の話をして、うんざりさせるんじゃないぞ」

「もちろんだ。わかっている」フィッシュはジョージア大学《UGA》で、水産業と水生科学に重点を置いた自然資源管理の修士号を獲得している。彼の情熱に魅了される客は多かった。

「ぼくは彼らが楽しめることを――」

「デイヴ」父親が言った。「バチェラーコテージはどうなっているんだ？　払った分の仕事はしているんだろうな？」

　無差別に放たれた遠まわしの攻撃は、テーブルについている全員にダメージを与えた。デイヴはすぐに答えようとはせず、その手がゆっくりと持ちあがった。ぼんやりした様子で顎を掻いてから、ようやく口を開いた。「三番目のコテージのところどころが、乾腐病にかかっているんだ。裏側を壊して、作り直す必要がある。基礎部分かもしれない。やってみなきゃわからない」

　父親の鼻孔が再び膨らんだ。彼にはデイヴの言葉を確認することができない。たとえオフロードバギーに彼を固定したとしても、地所のそのあたりにまで行くのは不可能だ。

「写真が見たい」父親が言った。「損傷部分を記録しろ。それからおまえの道具類は全部、片付けておくんだぞ。嵐が来る。濡れないようにするだけの分別がおまえになかったからといって、テーブルソーを買い替える金は出さないからな」

　デイヴは爪の下の汚れをほじくり出している。「わかったよ」

　マーシーは、父親の左手が椅子の肘掛けを握りしめたことに気づいた。二年前であれば、テーブルのこちら側までやってきていただろう。いまの彼は、自分の尻を掻くだけでもすべてのエネルギーを必要とする。

　マーシーは父親に尋ねた。「わたしはいつ投資家たちに会えばいいの？」

　父親はその質問に鼻を鳴らした。「どうしておまえが会うんだ？」

「わたしがマネージャーだから。集計表や損益計算書を管理しているのはわたしだから。マッカルパインの一員だから。わたしたちひとりひとりが、信託の同等の割り当てを持っているから。わたしにはその権利があるから」

「おれがおまえを黙らせる前に、おまえには自分の口を閉じる権利がある」父親はフィッシュに向き直った。「なんだってまたチャックが来ている？　ここはホームレスのシェルターじゃないぞ」

マーシーはデイヴと視線を見かわした。彼はそれを、爆弾を投げ込む合図だと受け取った。「ディライラが来ている理由を話してくれるか？」

ビティは座ったまま、居心地悪そうに身じろぎした。

父親は笑みらしきものを浮かべたが、それは独特な恐怖の感覚をもたらした。彼の残酷さは必ず痕跡を残す。「どうしてだと思う？」

「おれが思うに――」デイヴはこつこつと指でテーブルを叩き始めた。「投資家たちは、投資のためにここに来たわけじゃないと思う。買いに来たんだ」

フィッシュの口があんぐりと開いた。「え？」

マーシーは肺から空気が押し出されるのを感じた。「そ、そんなのありえない。信託は――」

「もう決まったことだ」父親が言った。「おまえたちがここをだめにしてしまう前に、おれたちは出ていくべきだ」

「だめにする？」マーシーは自分の耳が信じられなかった。「ばかじゃないの？」

「マーシー！」ビティが叱りつけた。「言葉に気をつけなさい」

「今シーズンは予約でいっぱいなのよ！」声を張りあげずにはいられなかった。「収益だって、去年より三十パーセントもあがっているのに！」

「おまえはそれを大理石のバスルームと高価なシーツに浪費した」

「そのおかげで、リピーターが増えたわ」

「そいつがいつまで続く？」

「パパがその老いぼれ頭を引っこめておいてくれれば続くわよ！」

部屋に反響する自分の声が、怒りに甲高くなっていることにマーシーは気づいた。罪悪感が全身を貫いた。父親にこんな口のきき方をしたことは一度もない。だれひとりとして、ない。

恐ろしすぎて、だれもそんなことはできなかった。

「マーシー」ビティが言った。「座りなさい。少しは敬意を払いなさい」

マーシーはゆっくりと腰をおろした。涙があふれた。ひどい裏切りだ。彼女はマッカルパインの一員だ。七代目の人間のはずだ。ここにとどまるために、すべて――すべてだ――をあきらめたのだ。

「マーシー」ビティが繰り返した。「お父さんに謝りなさい」

マーシーは首を振っていた。喉をふさぐぎざぎざした塊を飲みくだそうとした。

「よく聞くんだ、ミス・三十パーセント」父親の口調は皮をはぐ剃刀《かみそり》のようだった。「どんな間抜けでも、順調な年はうまくやれる。おまえの手に負えなくなるのは、不況の年だ。そのプレッシャーで、おまえはつぶれる」

マーシーは涙を拭った。「そんなのわからないじゃない」

父親は鼻で笑った。「おれが何度おまえを刑務所行きから救ってやったと思うんだ？ おまえのリハビリ費用を何度払った？ 弁護士費用を？ 保釈金を？ 保安官に金を握らせて、目をつぶらせた。小便を漏らすくらいおまえがべろべろに酔ったときは、坊主の面倒を見てやっただ」

マーシーは父親の肩の向こうにあるストーブを見つめた。これが一番深い砂地獄だ。彼女が決して逃げられない過去。

デイヴが言った。「ディライラは投票するために来たんだろう？」

父親はなにも答えなかった。

「家族信託は、地所の商業用地を売却するためには、総数の六十パーセントの賛成が必要だと定めている。あのコテージも商業用地に含められるように、おれにあそこの補修をさせたんだな？」

マーシーの耳に彼の言葉はほとんど聞こえていなかった。家族信託は複雑だ。その必要は一度も生じなかったから、マーシーが内容を本当に理解したことは一度もない。数十年遡《さかのぼ》ってみても、どの世代の人間もここを嫌って出ていくか、共通の利益のために渋々働くかのどちらかだった。

デイヴが言った。「おれたちは七人だ。つまり、売却するためには四人の賛成が必要だってことだ」

マーシーは驚いて笑った。「それは無理ね。十八歳になるまでは、わたしがジョンの代理人よ。わたしたちは拒否する。デイヴも拒否。フィッシュも拒否。パパは票を集められない。たとえディライラがいてもね」

「クリストファー？」父親はフィッシュに鋭い視線を向けた。「そうなのか？」

「ぼくは――」フィッシュは床を見つめたまま、顔をあげようとはしなかった。彼はこの地を愛していたし、地形の隅々まで把握していたし、いい釣り場や静かな場所のすべてを知っていた。だがだからといって、彼が彼であることに変わりはなかった。「ぼくはこういうことに巻きこまれたくない。忌避するよ。棄権でもいい。なんと呼んでくれてもいいが、ぼくははずれる」

彼が逃げたことに驚ければよかったのにとマーシーは思った。父に言った。「これで、それぞれが五十パーセントになるわけね。五十パーセントは六十パーセントじゃない」

「数字を教えてやろう」父親が言った。「千二百万ドル」

デイヴがごくりと唾を飲む音が聞こえた。お金はいつだって彼を変えてきた。彼を怪物に変える、ジキル博士の薬のようだ。

「半分税金で持っていかれるとして、六百万ドルを七人で分けるってことね　パパとビティの割り当ては同じ。投票しようとしまいと、フィッシュも自分の分は受け取る」

デイヴが口をはさんだ。「ジョンもだ」

「デイヴ、お願い」マーシーは彼の視線が自分に向けられるのを待った。彼の頭のなかはいまドル記号でいっぱいだ。ありとあらゆる買いたいものや、感心させたい人たちのことを考えている。マーシーは部屋のなかで家族に囲まれているのに、いつものごとく、独りぼっちだった。

ビティが言った。「それだけのお金があれば、なにができるかを考えてみて。旅行。起業。学校に行き直してもいいんじゃない？」

彼らがなにをするのか、マーシーにはよくわかっていた。ジョンの金は、いずれだれかの手に渡ってしまうだろう。デイヴは酒やクスリに溺れ、それ以上に欲しがるだろう。フィッシュは、どこかで見つけてきた河川保護団体に寄付するに違いない。マーシーは子供を産むために高校を中退した、二度のＤＵＩ歴のある重罪犯人だから、一ペニーの使い道にすら注意しなくてはいけない。彼女が老人になるまでその金がもつかどうかは、神のみぞ知る。それまで生きていられればだが。

一方で、彼女の両親は安泰だ。ふたりには年金――４０１（Ｋ）がある。父親の医療費とリハビリ費用は傷害保険がカバーしてくれた。どちらもメディケアに加入していて、どちらも給付金とロッジの配当金を受け取っている。彼らに金は必要ない。必要なものはすべて持っていた。

時間以外は。

マーシーは父親に尋ねた。「自分にどれくらい時間が残っていると思うの？」

父親は目をしばたたいた。つかの間、素の彼が現れた。「なんの話だ？」

「理学療法をやっていないでしょう？　呼吸の訓練だって拒否している。家の外に出るのは、わたしの粗探しをするときだけ」マーシーは肩をすくめた。「コロナやRSウィルスやひどいインフルエンザで、来週にもあの世行きかもしれないわよ」

「マース」デイヴがたしなめた。「意地の悪いことはやめろ」

マーシーは涙を拭った。意地の悪い段階はもう過ぎている。彼らにいつも傷つけられてきたように、彼らを傷つけたかった。「母さんはどうなの？　癌が再発するまであとどれくらいかしらね？」

「なんてこった」デイヴがつぶやいた。「やりすぎだ」

「わたしの生得権を奪ったのはどうなの？」

「おまえの生得権？」パパが応じた。「ばかな女だ。おまえの生得権がどうなったか知りたいのか？　鏡をのぞいて、その醜い顔をよく見るんだな」

マーシーは全身に震えが走るのを感じた。緊張感。吐き気がするような恐怖。

父親が身動きしたわけではなかったが、マーシーはまたティーンエイジャーに戻ったような気がしていた。首にかけられた彼の手。逃げようとすると髪をつかまれた。腱が切れるくらい乱暴に腕を引っ張られた。また学校に遅刻した、また仕事に遅れた、宿題をしなかった、宿題を早くやりすぎたと言って。彼は常にマーシーを見張っていた。彼女の腕を殴り、脚に痣《あざ》を作り、ベルトで叩き、納屋にあったロープで打った。彼女が妊娠したときは、腹を蹴った。吐き気で食べられずにいると、皿に顔を押しつけた。デイヴに会えないように、外から寝室に鍵をかけた。彼女には実刑がふさわしいと、判事の前で証言した。三人目の判事には、彼女は精神に異状があると言った。三人目の判事には、母親にはふさわしくないと言った。

マーシーは唐突に、驚くくらいはっきりと父を理解した。

パパは、自分が自転車事故で失ったものに腹をたてているのではない。

マーシーが得たものに怒っているのだ。

「あんたはばかな老人よ」そう言った彼女の声は、なにかに取りつかれているかのようだった。「わたしは人生のほぼすべてを、この辺鄙《へんぴ》な土地で無駄に過ごしてきた。あんたがここそこ話していたことや、電話の会話や、夜中の告白を、わたしが聞いていなかったとでも思っているの？」

父親は頭を引いた。「いいかげんに――」

「うるさい」マーシーは言い返した。「みんなよ。あんたたちみんな。フィッシュ。デイヴ。ビティ。どこに隠れているんだか知らないけれど、ディライラも。わたしはいまここで、あんたたちの人生をめちゃめちゃにできるんだからね。一本の電話で。一通の手紙で。あんたたちは二度と世間に顔を見せられなくなる。どれほどお金があったって、人生を取り戻せなくなる。あんたたちは終わりよ」

　彼らが震えあがったのを見て、マーシーはこれまで一度も感じたことのない力を得た気がした。彼らが脅しについて考え、勝算を検討しているのがわかった。彼女がはったりを言っているわけではないことを、彼らは知っている。マーシーはマッチの一本をすることもなく、彼らを燃やし尽くせるのだ。

　デイヴが言った。「マーシー」

「なに、デイヴ？　わたしの名前を呼んでいるの？　それともいつものようにあきらめているわけ？」

　デイヴはぐっと顎を引いた。「おれはただ、気をつけろと言っているだけだ」

「なにに気をつけるの？　わたしがパンチを受け止められるってこと、知っているよね。ばかなことだってうんとしてきた。わたしのこの醜い顔に書いてある。アトランタの墓地の墓石に彫られてる。わたしにはもう失うものはない。この場所しか残ってない。それまで失うってことになったら、言っておくけど、あんたたち全員を道連れにするからね」

　全員が脅しに黙りこんだその一瞬は、至福の時間だった。沈黙のなか、砂利を踏むタイヤの音が聞こえてきた。あの古いトラックは新しいマフラーが必要だが、その音ですらうれしく聞こえた。ジョンが町から戻ってきた。

　彼女は言った。「この続きは夕食のあとね。もうすぐお客さんが来るんだから。デイヴ、三番のトイレを直しておいて。フィッシュ、あのカヌーを掃除してね。ビティ、チャックがピーナッツ・アレルギーだってこと、キッチンに伝えておいて。それからパパ。パパにできることがあまりないのはわかっているけど、パパのいまいましい姉をわたしの息子に近づけないで」

　マーシーはキッチンを出た。アコーディオンドアからパラディオ式窓、そして開き窓の前を通り過ぎた。暗い玄関ホールまでやってくると、ドアノブをつかんだが、すぐには開けなかった。ジョンがトラックをバックで所定の位置に止めようとしている。クラッチがうまくはまらず、ギアがちゃんと入っていないのが音でわかった。

　マーシーは大きく息を吸うと、音をたててゆっくりと吐いた。

　この暗い部屋には歴史がある。百六十年以上にわたって通り過ぎていった、汗と苦労と土地。壁を覆っている写真は、どれも重要な節目のものだった。釣り小屋の銀板写真。敷地のあちらこちらで作業をしている様々なマッカルパインたちのセピア色の写真。最初の井戸を掘った。野生生物保護区《WPA》に送電線を引いた。キャンプ・アワニータを併合した。キャンプファイヤーを囲んで歌うボーイスカウト。湖のそばでマシュマロを焼く客。初めてのカラー写真に写っているのは、新しい屋内トイレだ。バチェラーコテージ。浮き桟橋。パドルボートハウス。家族写真。代々のマッカルパインたち――結婚や葬式や赤ん坊や人生。

　マーシーに写真は必要なかった。自分の人生は記録してある。子供のころの日記。事務室に隠してあった帳簿は見つけ出して、キッチンの古い戸棚の奥にしまってある。彼女が自分でつけ始めたメモ。それらはデイヴを破滅させる秘密だ。フィッシュを引き裂く暴露だ。ビティを刑務所に送る犯罪。そして、この場所を凶暴で強欲な自らの手に収めておくために、父親が行った紛《まが》うことなき悪事だった。

だれにもわたしからロッジを奪わせはしない。

そのためには、まずわたしを殺すことだ。

2

殺人の十時間前

アトランタの道路を一日八キロ走ることと山をのぼることのあいだには大きな違いがあると、ウィルはじきに気がついた。これまでの人生のほぼすべてをかけて、たったひとつの用途のために脚の筋肉を鍛えてきたのは間違いだったのかもしれない。サラはガゼルのように軽やかに山道をのぼっていたので、ますますその思いは強くなった。彼女が毎朝ヨガをしているところを見るのはとても楽しかったが、トライアスロンに備えてひそかにトレーニングしていることは知らなかった。

ウィルは足を止める口実として、バックパックから水筒を取り出した。「脱水症状にならないようにしないと」

彼の考えていることはお見通しだと、サラのいたずらっぽい笑みが語っていた。彼女はあたりの景色を眺めた。「ここは本当にきれいね。木々に囲まれているのがこんなに気持ちいいなんて、忘れていたわ」

「アトランタにだって木はある」

「でもこんなじゃない」

　そのとおりだと認めざるを得なかった。ふくらはぎをオオスズメバチに刺されているような気分じゃなかったら、ウィルも遠くに連なる山の景色に口を開けて見とれていただろう。

「ここに連れてきてくれてありがとう」サラはウィルの肩に手をのせた。「ハネムーンを始めるには最高だわ」

「ゆうべはそれなりに素晴らしかったけれどね」

「今朝もよ」サラは長々と彼にキスをした。「空港には何時に着かなきゃいけないの？」

　ウィルはにやりと笑った。結婚式はサラが取り仕切った。ハネムーンを担当したのはウィルで、彼女の妹に頼んだ荷造りを始めとして、行き先を秘密にしておくために彼はできるかぎりのことをした。ふたりのスーツケースはすでにロッジに送ってある。サラには、昼間はハイキングに行き、ピクニックを楽しみ、それからアトランタに戻って飛行機で目的地に向かうと言ってあった。

　ウィルは聞いた。「空港には何時に着きたい？」

「深夜便なの？」

「どうだろう？」

「長時間、座っていることになるの？　だからその前に、体を動かしたかったの？」

「もうお芝居はやめていいのよ」サラはじゃれ合うように彼の耳を引っ張った。「テッサが全部話してくれたんだから」

ウィルはもう少しで引っかかるところだった。サラと妹のテッサはとても仲がいいが、テッサが彼を裏切ることはありえない。「惜しかったね」

「なにを持っていくのかがわからないと困るのよ」もっともな言い分だが、卑怯《ひきょう》な試みでもあった。「水着がいるの？　それとも厚手のコート？」

「ぼくたちはビーチに行くのか、それとも北極に行くのかって訊いているの？」

「本気で真夜中まで教えてくれないつもりなの？」

目的地をいつ彼女に打ち明けるべきか、ウィルはずっと考えていた。ロッジに着くまで待つべきだろうか？　その前に話したほうがいい？　彼の選択をサラは喜んでくれるだろうか？　さっき彼女は深夜便かと訊いた。どこかロマンチックな場所を考えているんだろうか？　たとえばパリのような。パリに連れていくべきだったかもしれない。それなりの量の献血をすれば、ユースホステルくらいには泊まれたかもしれない。

「どこに行くのであれ」サラは彼の眉を親指でなぞった。「あなたと一緒なら幸せなのよ」

サラは再び彼にキスをした。ウィルは、話すならいまだと決めた。もし彼女が失望したとしても、少なくともそれを目撃する人間はいない。

ウィルは言った。「座ろうか」

バックパックをおろすサラを手伝った。プラスチックの皿とブリキの食器が当たる音がした。ふたりはすでに、たくさんの馬が草を食《は》んでいる牧草地の近くで、昼食を終えていた。ウィルは、アトランタのフランス風ペストリーショップでおしゃれなサンドイッチを買ってきたのだが、彼自身はおしゃれなサンドイッチを好むタイプではないという信念が強固になっただけだった。

だがサラは喜んだので、それで充分だった。

ウィルは向かい合って地面に腰をおろすと、そっと彼女の手を取った。無意識のうちに親指が彼女の薬指に触れていた。彼の母親のものだった指輪とつなげた細い結婚指輪を指でなぞった。結婚式を、いまだに消えていないあの高揚感を思った。ＧＢＩのパートナーであるフェイスが隣に立っていた。ボスのアマンダとダンスを踊ったのは、彼にとって母親のような存在だったからだ。子供の脚を撃って悪党をそちらに向かわせておき、そのあいだに自分が逃げるような女性が母親であればの話だが。

「ウィル？」

ウィルは口元にぎこちない笑みが浮かぶのを感じた。唐突に不安になった。彼女を失望させたくない。けれど過度なプレッシャーを与えたくもない。ロッジはとんでもないアイディアだったかもしれない。彼女はひどく嫌がるかもしれない。

サラは言った。「結婚式でなにが気に入ったかを教えて」

ウィルの笑顔からぎこちなさがいくらか消えた。「きみのドレスがきれいだった」

「ありがとう。わたしが気に入っているのは、みんなが帰ったあと、あなたが壁にわたしを押しつけてしたセックス」

ウィルは大笑いした。「答えを変えてもいいかな？」

サラは彼の顔の横を優しく指で撫でた。「言って」

ウィルは大きく息を吸うと、絞り出すようにして言葉を紡《つむ》いだ。「子供のころ、児童養護施設でいろいろな夏の行事をしてくれる教会のグループがあった。遊園地のシックス・フラッグスに連れていってくれたり、ドライブイン・レストランの〈ザ・ヴァーシティ〉にホットドックを食べに行ったり、映画を観《み》に行ったりした」

サラの笑顔が優しくなった。児童養護施設で過ごした日々が、彼にとってたやすいものでなかったのはわかっていた。

「サマーキャンプの資金も出してくれた。二週間、山で過ごすんだ。ぼくは一度も行かなかったが、行った子たちは――その年のあいだじゅう、ずっとその話をしていた。カヌー、釣り、ハイキング。そういった話だ」

サラは唇を結んだ。計算をしてみた。ウィルは児童養護制度のもとで十八年間過ごしている。そのあいだ一度もキャンプに行けなかったというのは、統計的にありそうもない。

ウィルは説明した。「聖書の節を覚えるように言われるんだ。教会の人たち全員の前で、与えられた言葉を暗唱しなきゃいけない。正しく暗唱できたら、キャンプに行ける」

サラの喉が動いたのがわかった。

「くそ、すまない」ウィルは、ハネムーンでサラを泣かせるのが得意らしい。「読み書き障害《ディスレクシア》のせいじゃなくて、自分で選んだことなんだ。節を覚えることはできたけれど、みんなの前で喋るのがいやだった。ぼくらが、自分の殻を破るためだったと思うんだ。知らない人の前で話をしたり、プレゼンテーションをしたり――」

サラは彼の手を握りしめた。

「とにかく」ウィルは話を進めなくてはならなかった。「毎年夏の終わりには、キャンプの話を聞かされて――子供たちはひたすら話し続けたよ――楽しいところなんだろうなってぼくは思った。キャンプのことじゃないよ。きみがキャンプを嫌っているのは知っている」

「ええ、そうね」

「でも、環境保護に留意したロッジがあって、そこへは歩いていくんだ。車では行けない。もう何年も同じ家族が運営している。ガイドがいて、マウンテンバイクや釣りやパドルボードに連れていってくれて――」

サラはキスで彼の口を封じた。「全部、素敵ね」

「本当に？　ぼくの楽しみだけじゃないんだ。きみのためにマッサージを予約したし、湖のそばで日の出ヨガもやっている。それに、Ｗｉ－Ｆｉもテレビもなければ、携帯電話も通じない」

「びっくりだわ」サラは心底驚いているようだった。「あなたはなにをするの？」

「コテージの全部の壁できみとセックスするさ」

「わたしたちのコテージがあるの？」

「こんにちは！」

その声にふたりは振り返った。トレイルの二十メートルほどうしろに、男女のカップルがいる。ハイキング用の服装に身を包み、車でタグをはずしたに違いないとウィルが考えたほど、真新しいバックパックを背負っていた。

男性が言った。「きみたちもロッジに行くの？　ぼくらは迷ってしまって」

「迷ってなんかいないわよ」女性がつぶやいた。ふたりはどちらも結婚指輪をつけてはいたが、彼女が夫に向けた険しい表情からすると、それも議論の余地があるかもしれないとウィルは感じた。「行き来できるトレイルは一本だけでしょう？」

サラはウィルを見た。彼が先導していたし、実際にトレイルは一本しかなかったけれど、彼は口を出すつもりはないようだ。

「わたしはサラ」サラが名乗った。「こちらは夫のウィルよ」

ウィルは咳払いしながら立ちあがった。彼女から夫と呼ばれたのは初めてだ。

男性はウィルを見あげた。「おやまあ、百九十センチくらい？　百九十三センチ？」

ウィルは答えなかったが、彼は気にしていないようだ。

「ぼくはフランク。彼女はモニカだ。一緒に行かせてもらってもいいかな？」

「ええ、もちろん」サラはバックパックを手に取った。ぎこちない沈黙と無礼なことは違うと、ウィルに向けた表情が語っていた。

「気持ちのいい日だね？　いい天気だ」ウィルは言った。

フランクが言った。「嵐になるかもしれないと聞いたんだが」

モニカが小声で何事かつぶやいた。

「こっちでいいんだろう？」フランクがサラの前に立ち、先頭を歩きだした。細い道だったから、ウィルはモニカについて最後尾を歩くほかはなかった。不機嫌そうに息を吐いているところをみると、彼女はハイキングを楽しんでいるわけではなさそうだ。準備も不十分だ。履いているスケッチャーズのスリッポンは、岩の上で何度も滑っていた。

「……ここに来ようと思ったんだ」フランクが話している。「ぼくはアウトドアが大好きなんだが、仕事が忙しくてね」

モニカがまた息を吐いた。ウィルは彼女の頭越しにフランクを見た。彼は頭のはげている部分を隠すために、鮮やかなピンク色の頭皮になにかスプレーのようなものを吹きつけている。汗でそれが流れ、シャツの襟に黒い輪染みができていた。

「……そうしたらモニカが言ったんだ。『あなたがその話をやめるって約束しなきゃ、わたしは行かないから』」フランクの声はハンマードリルのような響きがあった。「休みを取るのにスケジュールの調整をしなきゃならなかった。簡単じゃなかったよ。ぼくは、八人のチームの責任を負っているんだから」

フランクの話しぶりからすると、彼のほうが妻よりも稼ぎが悪いのだろうとウィルは考えた。そして、そのことを面白くないと感じている。ウィルは腕時計を見た。ロッジのウェブサイトには、だいたい徒歩二時間の行程だと書いてあった。ウィルとサラは昼食で休憩を取っていたから、あと十分から十五分というところだろう。あるいはフランクのペースが遅いから、二十分かかるかもしれない。

サラはウィルを振り返った。彼女はチームの仲立ちをするつもりはないらしい。ウィルが世間話をしなくてはならないようだ。

彼はフランクに訊いた。「ここのことはどうやって知ったんだ？」

「グーグルだ」フランクが答えた。

モニカが言った。「ありがとう、グーグル」

フランクが尋ねた。「きみたちは仕事はなにを？」

サラが背筋を伸ばしたのが見えた。ハネムーンにどこに行くにしろ、仕事については嘘をついたほうがいいだろうということで、数週間前にふたりの意見は一致していた。ウィルは警察バッジで自分の価値を判断されたり、中傷されたりするのはいやだったし、サラは医療についての妙な不満や、ひどく危険なワクチン説を聞きたくはなかったからだ。

サラが動揺しないうちに、ウィルは答えた。「ぼくは整備士だ。妻は高校で化学を教えている」

サラが笑顔になるのが見えた。ウィルが彼女を妻と呼んだのは、これが初めてだ。

「ぼくは科学系がひどく苦手なんだ」フランクが言った。「モニカは歯科医だ。モニカ、きみは化学を専攻したんだった？」

モニカは答える代わりに、低くうなった。彼女はウィルと同類らしい。

フランクが言った。「ぼくはアフメテン保険グループでＩＴを担当している。だれもそんな会社は知らないから、気にしなくていいよ。取引相手の大部分は個人富裕層と機関投資家だから」

サラが言った。「あら、見て。ほかにも人が」

さらに人が増えるのかと思うと、ウィルは腹のなかで胃が縮こまるのを感じた。ふた組目の男女は、サラとウィルが昼食をとっているあいだに抜いていったに違いない。ふたりはかなり年上で五十代半ばくらいに見えたが、山道を歩く覚悟も準備もしっかりできていた。

ふたりはウィルたちが追いつくのを笑顔で待っていた。

男性が言った。「きみたちはみんなマッカルパイン・ロッジに行くんだね。わたしはドリュー、彼女は連れ合いのケイシャだ」

ウィルは握手の順番が回ってくるのを待ちながら、サラとふたりきりだった至福の時間のことを考えまいとした。彼の脳は、マッカルパイン・ロッジのウェブサイトで見た画像を次々と浮かびあがらせていた。シェフが腕をふるった料理。ガイドつきのハイキング。フライ・フィッシング。どの写真にも、楽しそうな二、三組のカップルが写っていた。それぞれのカップルは、ロッジで知り合ったのだとウィルは初めて気づいた。

彼はフランクとパドルボードをすることになるのかもしれない。

ケイシャが言った。「ランドリーとゴードンに会い損ねたわね。ついいましがた、わたしたちを追い抜いてロッジに向かったわ。今回が初めてなんですって。ふたりはアプリ開発者なの」

「本当に？」フランクが訊いた。「なんのアプリなのか、言っていましたか？」

「わたしたちはみんな、景色の話をするのに夢中だったんだ」ドリューはケイシャの腰に手を回した。「今週は仕事の話はしないと誓いを立てたんだよ。きみたちも加わらないか？」

「いいですね」サラが言った。「行きましょうか？」

ウィルはいまほど彼女を愛しいと思ったことはなかった。

一行は無言で、山をのぼる曲がりくねったトレイルを歩き始めた。頭上の緑が濃くなっていく。道は再び細くなり、一行は一列になって進んだ。きちんと整備された木の橋が流れの速い小川にかかっていた。ウィルは逆巻く水を眺めた。土手まで水があふれることはよくあるのだろうかと考えたが、フランクが小川と川の違いについて熱弁し始めたので、その疑問は棚上げにした。足元でじゃれつくトイプードルのようにフランクがぺちゃくちゃ喋っているので、サラは苦々しい笑みをウィルに向けた。どういうわけかウィルはうしろから二番目を歩いていた。すぐ前にはドリューがいる。最後尾はモニカで、下を向き、相変わらず岩の上で何度も足を滑らせていた。彼女がハイキング用の靴をロッジに送っていることをウィルは願った。彼自身は、ハイックス（ワークブーツや登山靴のドイツのメーカー）のタクティカル・ブーツを履いている。これなら、ビルの壁をよじのぼれるかもしれない。ふくらはぎが爆発しなければだが。

　岩場を進まなければならなくなると、フランクはようやくお喋りを止めた。ありがたいことに、道幅が広がって歩くのが楽になっても沈黙は続いた。サラはなんとかフランクのうしろに回り、ケイシャと話ができるようになった。じきにふたりは笑い声をあげ始めた。ウィルはサラの気さくなところが好きだった。彼女はたいていの人と共通点を見つけることができる。ウィルはそういうことは苦手だが、これから六日間を彼らと一緒に過ごすのだという事実は意識していた。それに、さっきサラが彼に向けたあの表情。彼も会話に加わらなくてはいけないとサラは考えている。彼がお喋り上手になるのは、容疑者と向かい合わせに座っているときだけだ。

　ほかの四人の客たちのことを思い浮かべ、彼らはどんな犯罪者になりうるだろうかと考えた。ロッジが高額であることからすると、少なくともそのうちの三人は知能犯罪の可能性が高いだろう。フランクはまず間違いなく、なにか暗号通貨に関わることだ。ケイシャは、横領犯を思わせる有能そうで秘密めいた顔つきをしている。ドリューを見ると、栄養補助食品の投資金詐欺で逮捕した男を連想した。残ったのはモニカだが、彼女はフランクを殺しそうに見える。四人のなかで逃げおおせる人間がいるとしたら、それは彼女だろうとウィルは思った。彼女にはアリバイがあるだろう。弁護士を雇うだろう。もちろん、おとなしく尋問されたりはしない。

　彼女に罪を犯した責任を負わせるのは、きっと難しいだろう。頭のなかで犯罪者とやりとりしていない人間は、そうやって会話を始める。

「ウィル」ドリューが声をかけた。「ロッジに来るのは初めて？」

「ええ」ドリューが声を潜めていたので、ウィルもそれにならった。「あなたは？」

「三度目だ。あそこが気に入っていてね」彼はバックパックのストラップに両手の親指を引っかけた。「ケイシャとわたしはウェスト・サイドでケータリング会社をしているんだ。いつも遅くまで働いている。一度目は、彼女に無理やり引きずられるようにしてここに来たんだ。電話もインターネットもないなんて信じられなかった。一日もたたないうちに、ショック状態に陥ると思ったよ。だが――」

　彼は両手を広げて、深々と息を吸った。

「自然のなかにいると、リセットされるんだ。わかるだろう？」

　ウィルはうなずいたが、気になることがいくつかあった。「ロッジでは、なにもかもグループでやることになっているんですか？」

「食事は合同だ。アクティビティは、ひとりのガイドにつき最大四人の客ということになっている」

　ウィルはその答えが気に入らなかった。「それは、どうやって割り振るんです？」

「特定のカップルを指名できるんだよ」ドリューが答えた。「どうしてわたしがわざわざうしろにさがって、きみと話をしていると思う？」

　その答えは明らかだった。「本当にインターネットがないんですか？　受信できない？」

「わたしたちはね」ドリューはにやりと笑った。「緊急時のための固定電話はあるし、スタッフはＷｉ－Ｆｉにアクセスできるが、わたしたちはパスワードを教えてもらえない。実を言うと、初めて来たときには彼らをなんとかして説得しようとしたんだが、パパの管理が厳しくてね」

「パパ？」

「わお！」フランクが叫んだ。

　一頭の鹿が道を横切るのが見えた。百メートルほど先に広々とした空き地がある。日光が降り注いでいる。青空に虹がかかっている。まるで映画のワンシーンのようだ。足りないのは、歌う修道女だけだ。サラが再びウィルを見た。満面に笑みを浮かべている。ウィルは、気づかないうちに止めていた息を吐き出した。

　サラは楽しんでいる。

「ほら」ドリューが地図をウィルに差し出した。「古いものだが、自分の居場所くらいはわかるだろう」

〝古い〟というのは、正確な説明だった。その地図は七〇年代のものらしく、シールを貼った文字と線画で、興味を引く様々な地点を示している。上の四分の一ほどのところに、投げ縄のような不格好な円で囲まれた区域があって、細いトレイルを示す破線がそこから何本も延びていた。さっき渡ってきた、小川にかかる橋も描かれている。縮尺は適当らしい。橋からここまで、少なくとも二十分は歩いた。下の方に押されているマッカルパインのスタンプを見て、経営者たちは正確性にこだわってはいなかったのだろうとウィルは考えた。

彼は地図を眺めながら歩いた。投げ縄の下のほうにある横に広がった家が、この地所の中心らしい。何棟もの小さな家がコテージだろう。一から十までの番号がついていた。その横に皿とナイフとフォークの絵が描かれているところを見ると、八角形の建物は食堂に違いない。数匹の魚が宙にジャンプしている滝へと一本のトレイルが続いている。別のトレイルにはカヌーが並ぶ用具小屋があった。くねくねと曲がりくねったさらに別のトレイルの先はボートハウスだ。湖は壁によりかかる雪だるまのような形をしている。頭の部分は遊泳区域になっているようだ。浮き桟橋がある。見晴らし台らしきところには、景色を眺めるためのベンチがあった。

ウィルは、連絡道路が一本しかないことを知って面白いと思った。母屋の近くで終わっている。この道路は木の橋の近くで小川を横断し、つづら折りになって町まで続いているのだろう。一家は生活必需品を背負って運んでいるわけではない。この規模の施設であれば大量の補給品と従業員の移動手段が必要なはずだ。さらに水と電気もいる。電話線は地下に埋めてあるに違いない。アガサ・クリスティーの小説の舞台に閉じ込められたい人間はいない。

「ああ、ここは古びないな」ドリューが言った。

ウィルは顔をあげた。すでに目の前は開けていた。母屋は、いろいろなものをごちゃ混ぜにしたひどい建築物だった。二階をポンとのせただけのように見える一階の片側は煉瓦《れんが》造りだが、反対側は下見板張りだ。表玄関は正面にひとつ、横手にひとつの二箇所あるように見える。裏手には、三つめの入り口である小さな階段と車椅子用のスロープがあった。家をぐるりと囲む広々としたポーチのおかげで、かろうじて建物として成立して見えるものの、不似合いな窓ばかりはどうしようもない。いくつかの細長い開口部は、フルトン郡拘置所の独房を連想させた。

金髪を後頭部でぴっちりと結わえたアウトドア派らしい女性が、ポーチの階段の下に立っていた。カーゴ・ショーツに白いボタンダウン・シャツ、ラベンダー色のナイキの靴に身を包んでいる。傍らのテーブルには、スナックや水の入ったコップやシャンパンのグラスがずらりと並んでいた。ウィルは、モニカはまだそこにいるのだろうかと背後を振り返った。彼女はテーブルを見て生き返ったようだ。ゴール直前でウィルを追い抜き、シャンパンのグラスを手に取ると、ひと息に飲み干した。

「わたしはマーシー・マッカルパイン、マッカルパイン・ファミリー・ロッジのマネージャーです」アウトドア派の女性が告げた。「この地所には、三世代のマッカルパイン家が暮らしています。ようこそお越しくださいました。いくつかのルールと安全に関するお話がしたいので、少しお時間をいただければと思います。楽しい話はそのあとです」

　思ったとおり、サラは一番前に立ち、美しいオタクのように熱心に耳を傾けていた。フランクは相変わらず、彼女の横にいる。ケイシャとドリューはウィルと並んで、クラスの悪ガキのようにうしろのほうに立っていた。モニカはシャンパングラスをもうひとつ手に取り、一番下の階段に座った。筋肉質の猫が彼女の脚に体をこすりつけている。二匹目の猫がごろりと地面に仰向けになった。アプリ開発者のランドリーとゴードンはすでにオリエンテーションを終えて、ふたりきりの至福の時間を過ごしているのだろう。

「万一、緊急事態——火事や悪天候——が発生した場合、このベルが鳴ります」マーシーは柱に吊るされている大きなベルを示した。「このベルの音が聞こえたら、母屋の反対側にある駐車場に集まってください」

　ウィルはブラウニーとポテトチップを交互につまみながら、マーシーが語る避難計画を聞いていたが、やがて仕事で状況説明を受けているような気分になってきたので、彼女の声は聞き流すことにして地所を見まわした。テレビで見た大学のキャンパスを思い出した。花が咲き乱れる植木鉢。いくつものベンチや草地、猫たちが日光浴をするのだろうと思える敷石。

　母屋のまわりのこぢんまりした庭に八棟のコテージが建っていた。残りの二棟は投げ縄の外側にあるのだろうとウィルは考えた。おそらくマッカルパイン家の人間は、母屋で一緒に暮らしているのだろう。その大きさからして、上の階に少なくとも六つの寝室があるはずだ。足の下に人がいるところで暮らす自分をウィルはどうしても想像できなかった。だが、サラの妹は彼女のマンションの一階下に住んでいる。ウィルの頭のなかにあるのはアトランタの児童養護施設だけで、ウォルトン（アメリカの不動産投資・管理会社）が開発するような住宅を知らなすぎるのかもしれない。

「さて、次は楽しい話」マーシーが言った。

彼女はフォルダーを配り始めた。三組のカップルに三冊のフォルダー。サラは待ちかねたように自分のフォルダーを開いた。彼女は情報のつまったものが大好きだ。アクティビティがどのように行われるのか、集合場所はどこなのか、どんな道具が貸し出されるのかといったことをマーシーが説明し始めると、ウィルは再び彼女に意識を向けた。顔立ちは平凡だが、額からまぶた、鼻の横を通り、角度を変えて耳の下のほうへと続く長い傷がある。

ウィルは暴力による傷痕には詳しかった。こぶしや靴では、あんなにきれいな傷にはならない。ナイフではあそこまでまっすぐにはならない。野球のバットは直線的な傷を作るが、もっとも衝撃を受けた部位には波形の傷痕が残る。推測するとすれば、ああいった傷を作るのは鋭い金属かガラスだ。つまり、産業事故か自動車に関連する事故だろう。

「コテージの割り当てです」マーシーがクリップボードを見ながら言った。「サラとウィルは、通路の突き当たりにある十番コテージです。息子のジョンが案内します」

マーシーは母屋を振り返った。温かい笑みがその顔を優しく見せていたが、彼女の愛情は、ゆっくりとポーチの階段をおりてくる少年には通じていないようだ。彼は十六歳前後で、十代の少年がただ普通に暮らしているだけでそうなるような引き締まった体つきをしていた。彼がちらりと、けれど念入りにサラを眺めたことにウィルは気づいた。少年は癖のある髪をかきあげると、きれいに揃《そろ》った真っ白な歯を見せた。

「やあ」ジョンはフランクの脇を通り過ぎ、ありったけの魅力をサラに振りまいた。「ここまでのハイキングは楽しかった？」

「ええ、ありがとう」サラは子供の扱いは上手だが、この少年が自分に向けているまなざしは子供のものではないという事実を見逃していた。「あなたもマッカルパイン家の人？」

「そうなんだ。ここで暮らす第三世代だよ」彼はまた髪をかきあげた。櫛《くし》が必要かもしれない。「ぼくのことはジョンと呼んでくれていいよ。ここでの滞在を楽しんでほしいな」

「ジョン」ウィルはフランクの前に出た。「ぼくはウィル。サラの夫だ」

少年はウィルの顔を見るために首を伸ばさなければならなかったが、ウィルの意図は伝わったらしかった。「こっちです、サー」

ウィルが手書きの地図を返すと、ドリューはうなずいた。週の始まりとしては悪くない。ウィルは美しい女性と結婚した。山にのぼった。サラを喜ばせた。むらむらしているティーンエイジャーを怖がらせた。

ジョンはふたりを連れて歩き始めた。まだ体の使い方を学んでいる途中のように、その歩き方はぎこちない。それがどんな感じがするものなのか、ウィルはよく覚えていた。目が覚めたら髭《ひげ》が生えているのか、それとも思春期前の少女のように声がかすれているのか、なにもわからなかった日々。世界中の金を積まれても、そのころに戻りたいとは思えない。

　三人は五番と六番のコテージのあいだに延びる投げ縄のトレイルを進んだ。地面には砕石が敷かれている。一匹の猫がやぶに駆けこんでいったのは、おそらくシマリスを追っていったのだろう。夜に外を歩けるように低電圧の照明が設置されているのを見て、ウィルは安堵《あんど》した。森の暗闇と町の暗闇は違う。頭上の枝はびっしりと密集している。ジョンに先導されて進むにつれ、気温がさがっていくのがわかった。地形は緩やかにくだっている。小道のまわりのつるや枝は刈りこまれていたが、森の奥深くへと踏みこんでいるような気がした。

「この道はループ・トレイルって呼ばれているのね」サラはフォルダーの地図のページを開いていた。足取りを緩めたので、ジョンとの距離が開いた。「一周が、だいたい〇・八キロね。わたしたちのロッジは上半分にある。下半分は、夕食に行ったときに散策すればいいわ。食堂までは十分から十五分というところかしら」

　ウィルの腹が鳴った。

　サラはカレンダーのページを開いた。驚いてウィルを見る。「朝ヨガにふたり分申しこんだのね」

「ぼくもやってみようと思ってね」ヨガをする自分はばかみたいに見えるだろうとウィル

は思った。「きみは釣りが好きだって、きみの妹から聞いた」

「そのとおりよ。アトランタに来てからはやっていないけれど」サラは日程を指でたどった。「急流のラフティング。マウンテンバイク。ティーンエイジャーとのおしっこ飛ばしっこに申しこんではいないみたいね」

ウィルは笑いたくなるのをこらえた。「一度目は無料でできるはずだ」

「よかった。二度目には、お金を払ってほしくないわ」

サラはその言葉を和らげるようにウィルの腕に自分の腕をからめたが、ウィルは彼女の意図を理解した。サラはウィルの肩に頭をもたせかけ、ふたりは心地よい沈黙のなかを歩き続けた。ウィルは、こういうことには慣れていないとふくらはぎが訴えるほどには、道がのぼり坂になっているとは感じていなかった。短い距離ではなかった。五分ほどさらに歩いたところで、傾斜はさらに急になった。迫るように生えていた木々が後退していく。頭上で空が開けた。どこまでも続く魔法の絨毯《じゅうたん》のような山々が遠くに見えた。高度の変化のせいなのか、太陽の動きのせいなのかはわからないが、目を向けるたびに景色が違って見えた。様々な緑色が爆発したみたいな景色だ。空気が新鮮すぎて、肺が震えているようだった。

ジョンが足を止めた。二十メートルほど先にあるトレイルの分かれ道を指さした。「あの先が湖だ。暗くなってからは泳がないようにしてほしい。十番コテージは母屋から一番遠いところにあるけれど、分かれ道を左に行くと、ぐるっと回って食堂に着く」

ウィルは尋ねた。「このへんにキャンプ場があるよね？」

「キャンプ・アワニータ」ジョンが言った。

サラが訊いた。「アワニータって、ネイティブ・アメリカンの言葉？」

「チェロキーの言葉で子鹿っていう意味なんだ。でもしばらく前にある客が言っていたんだけれど、本当はふたつの言葉なんだって。Ahwi anida って書くらしい」

ウィルは訊いた。「そのキャンプ場はどこにあるんだろう？」

「ぼくが小さいころに閉鎖したよ」ジョンはトレイルを進みながら肩をすくめた。「そういうことに興味があるなら、ぼくのおばあちゃんのビティに訊くといいよ。夕食のときに会えるから。ビティはだれよりもここのことを知っているんだ」

ジョンの姿がカーブの向こうに隠れた。ウィルはサラを先に行かせた。うしろからの光景は一段と素晴らしい。彼女の脚の形を観察した。尻の曲線。むき出しの肩の引き締まった筋肉。ポニーテールにまとめた髪。歩いたせいで、うなじは汗で光っている。ウィルも汗ばんでいた。夕食の前に、一緒にゆっくりとシャワーを浴びるべきかもしれない。

「まあ」サラはトレイルから分岐した道を見あげた。

ウィルは彼女の視線をたどった。グロールフィンデル（『指輪物語』に登場するエルフの貴人）のために丘を彫って作ったかのような石の階段を、ジョンがのぼっていく。階段の両側にはシダが茂り、石は苔《こけ》に覆われている。あがりきったところに、ボード・アンド・バテンサイディング（板壁に一定の間隔で縦に細い材を入れる外装手法）の小さなコテージが建っていた。窓の外の植木箱には色とりどりの花。フロントポーチでハンモックが揺れている。これほど完璧なものを目指して十年の歳月をかけたとしても、自分が作るものは足元にも及ばないだろうとウィルは思った。

「おとぎ話の家みたい」サラの声にはあどけなさがあった。笑顔の彼女はなによりも美しい。「なんて素敵」

ジョンが言った。「この上からは三つの州が見えるんだ」

サラはバックパックからコンパスをはずした。フォルダーの地図を開く。遠くのほうを指さした。「こっちがテネシーね」

「そのとおり」ジョンは階段をおりてきて、別の方向を指さした。「あっちは、ルックアウト山の東側の斜面。見晴らしベンチって呼ばれているベンチがレイク・トレイルにあって、そこからだともっとよく見える。ここはカンバーランド高原にあるんだ」

「それじゃあ、アラバマはあっちの方向っていうことね」サラはウィルの背後を示した。

「そしてノースカロライナがずっと向こう」

ウィルはあたりを見まわした。見えるのは、山々を覆う何百万本もの木だけだ。午後の陽射しが湖の一部を鏡に変えていて、向きを変えるとまぶしい光が目を射った。上から見ると、湖は雪だるまというよりは地球の局面に呑みこまれた巨大なアメーバのようだった。

ジョンが言った。「あそこは浅瀬《ザ・シャローズ》。水は山頂から流れてきているから、この時期はまだちょっと冷たいんだ」

サラは本のようにフォルダーを開き、声に出して読み始めた。「マッカルパイン湖は、広さ四百エーカーで水深は二十メートル。レイク・トレイルの突き当たりにあるザ・シャローズのあたりは水深が五メートルもないので、泳ぐには最適。コクチバス、ウォールアイ、ブルーギル、イエローパーチが生息している。湖の八十パーセントは保全地に属しているため、開発することはできない。ロッジの敷地は、西側の七十五万エーカーはマスコギー州有林に、東側の八十万エーカーはチェロキー国有林に接している」

ジョンは言った。「チェロキーとマスコギーは、この地域にいたふたつの部族なんだ。ロッジは、南北戦争のあとで七代前のマッカルパインが作った」

その土地は、強制移住で手に入れたものだろうとウィルは考えた。元々の住人たちは自分の家から追い出され、西への移動を強いられた。その大部分は旅の途中で死んだ。

サラは地図を見ながら尋ねた。「分岐して小川に出るこの道は？　行方不明の未亡人の道《ロスト・ウィドウ・トレイル》っていうの？」

「急勾配の丘をくだって、湖の一番奥に通じるトレイルなんだ」ジョンが説明した。「こんな話がある。ここを始めた初代のセシル・マッカルパインは、悪党に喉を掻き切られた。彼の妻は夫が死んだと思った。彼女はそのトレイルの奥に姿を消した。実は彼は死んでいなかったんだが、妻はそれを知らなかったんだ。彼は何日も妻を探したが、その行方は永遠にわからないままだった」

「ここのことをよく知っているのね」

「子供のころ、おばあちゃんから毎日聞かされたからね。おばあちゃんはここが大好きなんだ」ジョンは肩をすくめたが、その顔が誇らしそうに紅潮したことにウィルは気づいた。

「用意はいい？」ジョンが訊いた。

　彼は答えを待たなかった。階段をあがり、コテージのドアをさっと開けた。鍵はかかってない。風が入るように、すべての窓は開け放たれていた。

　サラはまた笑顔になった。「素敵だわ。ウィル、ありがとう」

「スーツケースは部屋に運んであります」ジョンは何度も繰り返しているに違いない、型どおりの台詞を口にした。「コーヒーメーカーはあそこ。ポッドはあの箱のなかに入っています。マグカップはフックにかかっていて、カウンターの下の小型冷蔵庫に頼まれたものは全部入っています」

　ジョンが言うまでもないことを説明しているあいだ、ウィルは部屋を眺めた。そちらのほうが景色がよさそうだったので、寝室がふたつあるコテージを予約したのだ。その分値段は高くなったから、一年間はおそらくランチを持参しなくてはならないだろうが、サラの反応を見れば、その甲斐《かい》はあったと思えた。

　自分でもその選択に満足していた。コテージの主要部分は、ソファと二脚の安楽椅子が置いても充分な広さがある。革は使いこまれていて、座り心地がよさそうだ。畝《うね》織りのラグは弾力があって柔らかい。ランプはミッドセンチュリーモダン（一九四〇～六〇年代にブームになった家具のデザイン）だ。すべてがよく考えたうえで配置されていて、どれも高級そうだった。わざわざなにかを山に運んでくるのだから、長持ちするものを選ぶのは当然だとウィルは考えた。

ジョンとサラのあとを追って、大きいほうの寝室に入った。紺色のベルベットの毛布がかけられた高さのあるベッドに、スーツケースがのせられている。ここのラグも柔らかい。部屋に調和するランプ。隅には、これも座り心地のよさそうな革の椅子がサイドテーブルと並んで置かれていた。

バスルームをのぞいたウィルは、現代的な作りに驚いた。白い大理石、インダストリアルな最新の調度品。谷を見渡せる大きな窓の前に、大きなバスタブが置かれていた。息を呑むような景色を表現する言葉を思いつかなかったので、サラとふたりでこのバスタブに入ることを想像し、これから一年、ランチをピーナッツバターとジェリーのサンドイッチで過ごすだけの価値はあると考えた。

ジョンが言った。「ぼくたちのだれかが、毎朝八時と夜の十時にトレイルをぐるりと回ります。なにか必要なものがあれば、階段にメモを置いて石をのせておくか、ぼくたちが来るのをポーチで待っていてください。そうしないと、ロッジまで来てもらわなきゃならなくなります。なにかいるものはありますか？」

「いや、大丈夫だ、ありがとう」ウィルは財布を取り出そうとした。

「チップはもらっちゃいけないことになっているんです」

サラが口を開いた。「あなたのうしろのポケットに入っているペン型のベイプ（電子煙草を吸う道具）を、わたしが買うのはどう？」

ジョンがぎょっとした顔をしたが、ウィルも同じくらい驚いた。サラは小児科医としてベイプを嫌悪している。肺をだめにした子供を数多く見てきているのだ。

「お願いだから、母さんには言わないで」必死で訴えるジョンは、五歳ほど幼くなったように見えた。声が裏返っている。びくびくしている。「今日、町で買っただけなんだ」

「二十ドル払うわ」サラが言った。

「本当に?」ジョンはすでに金属製のペンを取り出していた。鮮やかな青色で、先端が銀色だ。セブン－イレブンで十ドルほどだろう。「レッド・ツェッペリンが入っているから。もっとカートリッジがいりますか?」

「いいえ、けっこうよ」サラはお金を払ってというように、ウィルに向かってうなずいた。

未成年者から煙草製品を没収するほうがウィルにとっては自然な行為だったが、整備士はそんなことはしないだろう。渋々、現金を手渡した。

「ありがとう」ジョンは慎重に二十ドル紙幣を畳んだ。どうすればもっと手に入れられるだろうと考えているのが、手に取るようにわかった。「そうしちゃいけないことになっているんだけれど、えーと、もし、その必要なら、Ｗｉ－Ｆｉのパスワードを知っているよ。ここではつながらないけれど、食堂かもしくは――」

サラが言った。「いいえ、けっこうよ」

ウィルはジョンを促すようにドアを開けた。ジョンは敬礼をすると、コテージを出ていった。彼のあとを追わないようにするのは難しかった。Ｗｉ－Ｆｉのパスワードは、知っていて役にたつ情報だ。

「まさか、パスワードをもらおうなんて考えていないわよね？」

ウィルは、アトランタ・ユナイテッド対ＦＣシンシナティの試合結果に興味などない男のふりをして、ドアを閉めた。サラが、バックパックから保存袋を取り出した。ベイプペンを袋に入れて封をし、バックパックの前ポケットにしまった。

「ジョンがゴミ箱から拾ったらいやだから」

「彼はまた別のを買うだけだよ」

「そうかもしれない。でも、今夜はないわ」

ジョンがなにをしようと、ウィルにはどうでもよかった。「ここを気に入った？」

「素晴らしいわ。こんな特別な場所に連れてきてくれてありがとう」サラはついてきてと言う代わりに彼に向かってうなずいてから、寝室に戻った。ウィルが期待を抱く間もなく、スーツケースのダイヤルロックを回し始めた。「このなかにはなにが入っているのかしら？」

「テッサに詰めてもらったんだ」

「ふたりして、こそこそしてたのね」サラは自分のバッグのジッパーを開けた。バッグを開き、またすぐに閉じた。「まずなにをする？　湖に行く？　散歩する？　ほかのゲストに会う？」

「夕食の前にシャワーを浴びる必要があるよ」

サラは腕時計を見た。「お風呂にゆっくり浸かって、それからベッドを試してみてもいいわね」

「いい考えだ」

「あなたはこの枕で大丈夫？」

ウィルは枕を確かめた。アシカの尻のように締まっている。彼はパンケーキのような枕のほうが好みだった。

「そこのところは、あなたは聞いていなかったわね――母屋に違うタイプの枕があるってジョンが言っていた」サラは再び笑みを浮かべた。「わたしが荷ほどきをしてお風呂にお湯を入れておくから、あなたは枕をもらってくるといいわ」

ウィルは彼女にキスをしてから、コテージを出た。石の階段をおりていると、ザ・シャローズの水面で日光がきらきらと躍っていた。ウィルは手で光を遮りながら、通路までおりた。ループ・トレイルを母屋まで戻るのではなく、そちらの道に慣れておきたかったから、湖の方角に向かった。湖面に近づくにつれ、景色が変わっていく。空気がしっとりしていくのがわかった。波が静かに打ち寄せる音が聞こえた。太陽はさっきよりも低くなっている。名前のとおり、見晴らしのいい見晴らしベンチを通り過ぎた。さっきと同じ穏やかさに包まれるのを感じた。自然のなかにいるとリセットされると言っていたドリューの言葉は正しい。森についてのサラの言葉も正しい。ここではなにもかもが違っていた。ゆったりしている。ストレスが少ない。一週間が終わってここを出ていくのは、辛いだろう。

ウィルは遠くに視線を向け、数分間頭を空っぽにして、いまこのときを楽しんだ。自分の体がどれほど張りつめていたのかに、初めて気づいた。指にはめた指輪を見つめた。手首のタイメックスの腕時計以外、彼が装飾品をつけることはないが、サラが選んだチタンの指輪の黒っぽい色合いは気に入っていた。ふたりはほぼ同時に互いにプロポーズをしたと言っていい。婚約指輪には給料の三カ月分を費やすものだと、ウィルは聞いていた。医者としてのサラの給料は、彼に恩恵をもたらした。

ぽかんと口を開けて遠くを眺めているのではなくて、なにかもっと彼女への感謝を表す方法を考えるべきだろう。ウィルは来た道を戻り始めた。サラとふたりでバスタブから太陽の動きを眺めるのはどうだろう。サラがしばらく彼をコテージから追い出したかったのは明らかだ。石の階段を通り過ぎたところで、ウィルは警察官のスイッチを切ろうとした。夕食のあとで新しい枕をもらうほうが簡単なことは、サラにもわかっていたはずだ。おそらく彼女はなにかウィルを驚かせる計画があるのだろう。彼はにやにやしながら、トレイルの急なカーブを進んだ。

「よう、ゴミ箱《トラッシュキャン》」

ウィルは顔をあげた。六メートルほど先に男が立っている。吸っている煙草が、きれいな空気を台無しにしていた。もう長いあいだ、ウィルはそのあだ名で呼ばれたことがなかった。児童養護施設でつけられたあだ名だ。はっきりした理由はない。赤ん坊のころの彼を警察がゴミ箱のなかで見つけたからかもしれない。

「どうした、トラッシュ、おれがわからないのか？」

ウィルは見知らぬ男を見つめた。ペインターパンツに染みだらけの白いTシャツ。ウィルより背が低い。肉づきはいい。切れた血管が蜘蛛《くも》の巣のように広がる黄色く濁った目は、長年にわたる薬物摂取の結果だ。だが、彼が何者なのかを見分ける手助けにはならなかった。ウィルが共に育った子供たちのほとんどは、なにかの依存と戦っていた。依存しないほうが難しかった。

「おれをからかっているのか？」男は煙草の煙を吐き出しながら、ゆっくりとウィルに近づいてきた。「本当にわからないのか？」

恐怖感が襲ってきた。男のわざとらしいゆっくりした動きが、記憶の扉を開いた。見知らぬ男を前に山道に立っていたはずのウィルは、気がつけば児童養護施設の休憩室にいて、ゆっくりと階段をおりてくるジャッカルと皆に呼ばれていた少年を見つめていた。一段。また一段。草を刈る鎌のように、彼は手すりに指を這わせていた。

養子縁組の社会には、六歳以上の子供は望まれないという暗黙の了解があった。それ以上大きな子供は、傷つきすぎている。ダメージを受けすぎている。ウィルはその実際例を児童養護施設で何十回となく見ていた。年かさの子供たちが里親のところへ行ったり、あるいはごくまれに養子にもらわれていったりする。戻ってきた子供たちの目には、必ず同じ表情が浮かんでいた。何人かは経緯を語った。そうでない場合には、彼らの体に残る傷痕でなにが起きたのかがわかった。煙草の火傷《やけど》。針金ハンガーの独特のフック。野球バットでできた波のような傷痕。自分の手で悲惨な人生を終わらせようとした手首に巻かれた包帯。

だれもがそれぞれの手段で傷を癒そうとした。過食嘔吐《おうと》。夜驚症《やきょう》。他人への攻撃。自分の体を切りつけることをやめられない者がいた。パイプやボトルに逃げこむ者がいた。怒りを制御できない者がいた。それ以外の子供たちは、ぎこちない沈黙の達人になった。

わずかではあるが、自分の傷を武器にすることを学んだ者もいた。ずる賢くて、攻撃的で、他人を利用しようとする彼らには、〝ジャッカル〟のようなあだ名がつけられた。彼らは友人を作らない。戦略的な同盟を結ぶことはあるが、それ以上の条件があれば簡単に切り捨てる。面と向かって嘘をつく。人の物を盗む。ひどい噂を流す。事務室に忍びこんで、人のファイルを読む。その人間の身になにがあったのかを探り出す。本人さえ知らなかったようなことを。そしてその人間にあだ名をつける。たとえばトラッシュキャンのような。そのあだ名は、一生その人間についてまわるのだ。

「そういうことだ」ジャッカルが言った。「思い出したようだな」

ウィルは全身が再び張りつめるのを感じた。「なにが望みだ、デイヴ?」

3

マーシーは三番コテージの小さなキッチンを指さした。「コーヒーメーカーはあそこにあります。ポッドはあそこの箱のなか。マグカップは――」

「大丈夫よ」ケイシャは、承知しているというように笑みを浮かべた。アトランタでケータリングの仕事をしているから、毎日同じルーティンを繰り返すのがどんなものかはわかっていた。「ありがとう、マーシー。戻ってこられて、本当にうれしいわ」

「ものすごくうれしいよ」ドリューは居間の開いたフレンチドアの前に立っていた。寝室がひと部屋のコテージからはどれも、チェロキー・リッジを見渡すことができる。「すでに血圧がさがっているのがわかるよ」

「あなたはまだ薬を飲んでいるんだから」ケイシャはマーシーに向き直った。「お父さんはお元気なの？」

「父は――」マーシーは歯を食いしばらないようにするのがせいいっぱいだった。人生をめちゃくちゃにしてやると脅したあと、家族のだれとも会っていない。「あなたたちは今回が三度目ね。戻ってきてくれて、みんなすごく喜んでいるのよ」

ケイシャが言った。「わたしたちがまた話をしたがっているって、ビティに伝えておいてね」

マーシーは彼女の声に険があることに気づいたが、これ以上抱えこまなくても、厄介ごとは充分に山積みだった。「ええ、そうする」

「今回は、いいグループが集まったようだな」ドリューが言った。「数人の例外はいても」

マーシーは顔に貼りつけた笑みを崩さなかった。歯医者とぎゃんぎゃんうるさい彼女の夫にはすでに会っている。モニカがアメックスのカードを出して、アルコールを切らさないようにしてほしいと頼んできたことに、驚きはしなかった。

ケイシャが言った。「教師のサラがすごく好きだわ。トレイルで話をしたのよ」

「夫も気持ちのいい男のようだ」ドリューが言った。「わたしたちと組み合わせてもらえるかな？」

「問題ないわ」夕食のあとでスケジュールをすべて組み直さなければならないとわかっていたが、マーシーは明るい口調で応じた。「フィッシュトファーが、あなたたちのために素晴らしい場所を見つけてあるの。喜んでもらえると思うわ」

「もう喜んでいるよ」ドリューはケイシャを見た。「きみは喜んでいる？」

「ええ、ハニー。わたしはいつだって喜んでいるわよ」

マーシーはそれを、部屋を出ていく合図だと受け取った。彼女がドアを閉めたときには、ふたりは抱き合っていた。彼らは彼女より二十歳も年上で、いまだに仲がいいことに感心するべきなのだろうが、彼女が感じていたのは嫉妬だった。いらだってもいた。彼らのコテージのトイレの水が流れ続けている音が聞こえていて、デイヴが修理していないことがわかった。

五番コテージに向かいながら、メモを取った。ポーチから彼女を見つめている父親の非難のまなざしが感じられた。ビティは彼の隣で、だれも着ることのないなにかを編んでいる。その足元で猫たちが寝そべっていた。両親はどちらも、家族会議はいつもどおり終わったように振る舞っていた。ディライラの姿はまだ見えない。デイヴはどこかに消えた。フィッシュは用具小屋へと逃げ出した。そうするようにとマーシーが言ったとおりのことをしているのは、おそらく彼だけだろう。一番心配しているのも彼かもしれない。

兄を見つけて謝るべきだろうと思った。大丈夫だと言ってやるべきだろう。売却に反対するようにデイヴを説きつける方法があるはずだ。彼に渡す金をかき集めればいい。デイヴはいつだって一週間後の五百ドルよりは、今日の百ドルを選ぶ。そしてそれから死ぬまで、手に入らなかった四百ドルのことを嘆くのだ。

「マーシー・マック！」チャックが遠くから大声で彼女を呼んだ。水分補給を必ず必要とする一流のスポーツ選手のように、いつものごとく巨大な水筒をぶらさげている。彼は足を片方ずつ前に投げるようにして歩く。デイヴが彼をチャックと呼び始めたのはそれが理由だ――スレッジハンマーを放り投げるみたいに、自分の足を放り出す《チャック》男。マーシーはもう、彼の本当の名前を思い出せなかった。わかっているのは、彼が自分に首ったけだということと、彼を見るたびに全身が総毛立つということだ。

マーシーは出まかせを言った。「フィッシュが、用具小屋であなたを待っているわよ」

「そうか」彼は分厚いレンズの向こうでまばたきをした。「ありがとう。でも、ぼくはきみを探していたんだ。きみが間違いなくぼくの――」

「ピーナッツ・アレルギーのことならわかっている」マーシーはあとを引き取って言った。彼のアレルギーは七年前から知っているのに、彼は毎回念を押してくる。「キッチンに伝えるようにビティに言っておいたから。彼女に確認して」

「わかった」彼は振り返ってビティを見たが、動こうとはしなかった。「なにか手伝うことはない？　ぼくは見かけよりは力があるんだ」

彼は、脂肪に覆われた筋肉を動かした。後生だから消えて、と言いたくなるのをマーシーは唇を噛んでこらえた。彼は兄の親友だ。正確に言えば、唯一の友人だ。せめて彼女にできるのは、薄気味悪いくそ野郎を我慢することくらいだ。「ビティに話をしておいたほうがいい。救急車がここまで来るのに一時間はかかるのよ。ピーナッツのせいで、あなたに死んでほしくないもの」

ムーンパイのような丸い顔に浮かんだ失望の表情を見なくてもすむように、マーシーは彼に背を向けた。彼女のこれまでの人生には、チャックたちが大勢いた。いい仕事についていて、身なりもきちんとしている人のいい間抜けな男たち。何人かと付き合った。その母親とも会った。彼らが通っている教会に行ったこともある。けれど彼女は気がつけばいつもデイヴのところに戻っていて、彼らとの関係は壊れていた。

　自分がどれほど愚かなのかがわかるくらい聡明《そうめい》なことがマーシーの最大の悲劇だという父親の言葉は、それほど的外れではないのだろう。彼女の過去はすべて、それが事実であることを物語っている。彼女がしたことのなかでよかったと言えるのは唯一、息子を取り戻したことだ。たいていの日には、おそらくジョンもそう思ってくれるだろう。マーシーが売却を妨害していると知ったら、彼はどう感じるだろうと考えた。そのときには、あの橋から飛びおりなくてはならないかもしれない。

　五番コテージの階段をあがった。ノックは思っていた以上に強くなった。

「はい？」ドアを開けたのはランドリー・ピーターソンだ。到着時に会ってはいたが、いま彼は腰にタオルを巻いているだけの裸体だった。ハンサムな男だ。右の乳首にはピアス。心臓の上あたりには、弧を描くような筆記体で書かれた〝ギャビー《Gabbie》〟の文字を色とりどりの花と一羽の蝶が囲んでいる刺青があった。

　その名前を見つめるうちに、マーシーの目がぴりぴりと痛み始めた。口がからからに乾いた気がした。無理やり刺青から視線を引きはがした。ランドリーの顔を見た。

　彼の笑顔はそれなりに気持ちのいいものだった。「なかなかの傷だね」彼は言った。

「わたし――」マーシーは思わず顔の傷に手を当てたが、すべてを隠すことはできなかった。

「詮索するようですまない。ぼくは以前、顎顔面外科医だったんだ」ランドリーは小首をかしげ、彼女がスライドガラスの下の標本であるかのようにじっと眺めた。「いい仕事をしている。かなり縫合したはずだ。手術にはどれくらいかかった？」

　マーシーはようやく唾を飲むことができた。頭のなかのマッカルパインスイッチを入れて、すべて順調なふりをした。「わからないわ。遠い昔のことなの。ともあれ、なにも問題はないことを確かめに来たのよ。なにか必要なものはある？」

「いまのところ、なにもないよ」彼はマーシーの背後に目を向け、まず左、それから右方向を眺めた。「ここはいいところだね。かなり稼げるはずだ。家族全員をここで養っているんだろう？」

　マーシーは面食らった。この男もどこかで投資家たちとつながっているんだろうかと考えた。慣れ親しんだ領域に話題を戻そうとした。「スケジュールはフォルダーに入っているわ。夕食は――」

「ハニー？」ゴードン・ワイリーがコテージのなかから声をかけた。豊かなバリトンに聞き覚えがあった。「来ないの？」

　マーシーは帰ろうとした。「ここでの滞在を楽しんでね」

「ちょっと待って」ランドリーが呼び止めた。「夕食はなんだって？」

「カクテルは六時。食事は六時半からよ」

　マーシーはノートを取り出し、階段をおりながらなにかを書いているふりをした。ドアが閉まる音が聞こえない。パパの強烈な非難のまなざしに、ランドリーが彼女を見つめる視線が加わった。背中が燃えているように感じながら、ループ・トレイルへと戻った。

ランドリーの態度は妙じゃなかった？　わたしが妙な態度にさせた？　ギャビーはなんだってありうる。歌、場所、女性。ゲイの男性の多くは、カムアウトする前にいろいろと試しているものだ。それともランドリーはバイセクシュアルなのかもしれない。マーシーの気を引いていたのかもしれない。以前にもそんなことがあった。あるいはマーシーがすくみあがっていたのかもしれまい。あのいまいましい刺青を見たせいで、心臓が雪崩《なだれ》のように山の斜面を滑り落ちていく気分だったからだ。

ギャビー。

マーシーは指先で顔の傷に触れた。ビフォーアフターを表す、これ以上の例はない。前《ビフォー》は、マーシーはただの残念なくずだった。彼女の人生で唯一のいいものを壊したのが、後《アフター》だ。いいものだけではなく、幸せになるチャンスも壊した。心穏やかでいられるチャンスを。時を遡って過去を変えたいと、切実に願ったりしないような未来を。

マーシーはマッカルパインスイッチを再び入れて、なにも問題はないと思いこもうとした。これ以上探さなくても、ストレスはもう充分に抱えている。するべきことのリストに目を落とした。ハネムーンのカップルの様子を確かめなくてはいけない。ビティがチャックのアレルギーのことを伝えているはずがないから、キッチンに立ち寄らなくてはいけない。フィッシュを探して、仲直りしなくてはいけない。壊れたトイレを自分で修理しなくてはいけない。そうしているうちにも、投資家たちが到着するだろう。彼らはきっとハイキングをするには育ちがよすぎるから、連絡道路を車で来るだろう。彼らに対してどういう態度を取るつもりなのか、それほど考える必要はなかった。慇懃無礼《いんぎんぶれい》に振る舞うか、それとも彼らの目をほじくり出してやるべきかで迷っていた。

ギャビー。

スイッチはうまく切り替わらなかった。トレイルから逸《そ》れて、一本の木にもたれかかった。背中を汗が伝った。胃がひっくり返ったみたいだ。前かがみになって、胃液を吐いた。吐いたものの重みで、クジャクシダの葉がしなった。マーシーも同じ気分だった。ひどい吐き気にいつものしかかられている気がしていた。

「マーシー・マック？」

くそったれのデイヴ。

「なんだって木立に隠れているんだ？」デイヴが生い茂った下草のなかを近づいてきた。安いビールと煙草のにおいがした。

「ジョンの部屋でベイプのカートリッジを見つけた。あんたのせいよ」

「え？」彼は侮辱されたとでも言いたげな顔になった。「おいおい、今日はなにもかもをおれのせいにするつもりか？」

「なんの用、デイヴ？　わたしは忙しいの」

「いいじゃないか。おれはただ面白い話をしてやろうと思っただけだ。だがおまえはそんな気分じゃないようだな」

マーシーは木にもたれた。彼が解放してくれないことはわかっていた。「なんなの?」

「そんな態度じゃ話せないな」

彼を引っぱたきたくなった。三時間前、彼はあえいでいる鯨のように彼女の上で腰を振っていた。二時間前、彼女は彼の人生をめちゃくちゃにすると脅した。そしていま彼は面白い話をしようとしている。

マーシーは折れた。「ごめんなさい。なに?」

「本当に聞きたい?」彼はそれ以上の謝罪は求めなかった。「おまえに話した施設の男のことを覚えているか?」

児童養護施設の子供たちのことは、彼から散々聞いていた。「どれのこと?」

「トラッシュキャンだよ。今日やってきた、長身の男だ。ウィル・トレント。赤毛と一緒に来た男だ」

マーシーは我慢できずに言った。「彼女が、あんたに初めてのフェラをしてくれた娘なの?」

「いいや、そいつは別の娘だ。アンジー。ようやく彼女は情けないあの男を捨てたんだろう。それともどこかのどぶで死んでいるのかもしれないな。あのぼんくら男が、まともな人間とくっつくとは夢にも思わなかったよ」

〝まとも〟というのは、ひどい子供時代のせいで人生を誤っていない人間を称するデイヴ流の表現だ。そのカテゴリーに入る人間に会うことはなかなかないが、サラ・リントンは運のいいわずかな人間のひとりらしい。女性だけが感じられるそんな雰囲気を、彼女は漂わせていた。彼女は正しく生きている。

マーシーは手の甲で口を拭った。床に散らばるレゴのように、彼女の厄介ごとはあたり一面に散乱している。

デイヴが言った。「こんなところで会うとはな。やつは字がよく読めないって話したろう？　聖書の節も暗記できなかった。いまごろになってあのキャンプ場の近くにやってくるなんて、なんか情けないよな。チャンスはあったんだ。次に進むべきときだっていうのにな」

マーシーは再び木にもたれた。汗が止まらない。吐物がかかったシダは彼の足からほんの三十センチのところにあった。例によって彼は、自分の話に夢中で気づいていない。例によって彼女は、興味があるふりをしている。マーシーは実際に興味を引かれていたから、〝ふり〟というのはふさわしい言葉ではないかもしれない。デイヴの悲惨な子供時代の話のなかで、トラッシュキャンは常に重要な役割を果たしていた。へまばかりしている少年は、彼が語るほぼすべての冗談の落ちになっていた。

デイヴが人を見誤るのはこれが初めてではなかった。マーシーはまだウィル・トレントと言葉を交わしてはいないが、彼の妻は冗談の落ちになる人間と付き合うようなタイプではない。付き合っているのはマーシーのほうだ。

「本当のところはどうなの？　トレイルヘッドのカメラで彼を見たとき、あんたはなんだか変だったけれど」

デイヴは肩をすくめた。「わだかまりってやつかな。おれにどうにかできるなら、やつには自分のいたところに帰れって言ってやるよ」

彼のばかげた空威張りに、マーシーは笑いたくなるのをこらえなければならなかった。

「彼はあんたになにをしたの？」

「なにも。問題は、おれがやつにしたことをやつがどう考えているかってことだ」デイヴは痰《たん》がからんだような大げさなくらいのため息をついた。「あだ名をつけたのがおれだと思いこんで、やつはおれに腹を立てたんだ」

ビティ・ママやマーシー・マックやチャックやフィッシュトファーといったばかげたあだ名をつけたのが彼ではないみたいに、デイヴは両手を広げて肩をすくめた。

「とにかくだ、児童養護施設で昔なにがあったにせよ、おれは大人として振る舞おうとした。あの男は正真正銘の間抜け野郎だよ」

「話をしたの？」

「あのトイレを修理しようと思って小道を歩いていたら、ばったり会った」

デイヴは彼女をどれほどばかだと思っているのだろうと考えた。十番コテージはループの端にある。トイレが漏れているのは彼女の真後ろにある三番コテージだ。

だが彼女はデイヴを促した。「それで？」

彼は再び肩をすくめた。「おれは正しいことをしようとした。やつの身に起きたことはおれのせいじゃないが、おれが謝ればトラウマを抜け出す手助けくらいにはなるんじゃないかと思ってね。だれかがおれにそうしてくれればって思っていたから」

マーシーは、デイヴの中途半端な謝罪を受ける側だった。あまり気分のいいものではない。「正確にはなんて言ったの？」

「覚えてない。過去のことは水に流そうみたいなことだ」再び肩をすくめる。「度量の大きいところを見せようとした」

マーシーは唇を噛んだ。デイヴにしてはもったいぶった言葉だ。「彼はなんて？」

「十から逆に数を数え始めた」デイヴは両手の親指をポケットに引っかけた。「脅されているっておれは感じるべきだったのか？　やつは頭が悪いって言っただろう？」

彼に表情を見られないように、マーシーはうつむいた。ウィル・トレントはデイヴより三十センチは背が高いし、ジョンよりも筋肉がついている。ウィルが五つ数える前に、デイヴがその場から逃げ出したほうにこのロッジの持ち分を賭けてもいいと彼女は思った。そうでなければ、デイヴは遺体袋に入って山をおりることになっていただろう。

マーシーは聞いた。「あなたはどうしたの？」

「その場を去ったさ。ほかになにができる？」デイヴは腹を掻いたが、それは嘘をついているときの彼の癖のひとつだった。「さっきも言ったとおり、やつは情けないんだよ。どうやって人と話せばいいのかわからず、いつも黙りこくっていた。なのに、これだけの年月がたってから、キャンプ場に現れたんだぞ？　なかには、過去と折り合いをつけられない子供がいるんだ。やつがまだ立ち直っていないのはおれのせいじゃない」

過去を手放せない人間について、マーシーに言えることはたくさんあった。

「とにかくだ」デイヴはうなるように言葉を継いだ。「家族会議でおまえが言ったことだが、ただのたわごとだ。そうだろう？」

マーシーは背筋が伸びるのを感じた。「いいえ、たわごとなんかじゃない。パパにここを売らせるつもりはない。わたしから奪わせるつもりはない。ジョンからも」

「それじゃあおまえは、自分の子供から百万ドル近い金を奪うってことか」

「わたしはなにも奪ったりしない」マーシーが言った。「まわりを見てよ、デイヴ。この場所をよく見て。ロッジがあれば、ジョンは一生生きていくのに困らない。ここを子供や孫に受け渡せるの。道路脇の看板に書かれているのは、彼の名前でもあるのよ。彼がしなくてはいけないのは、働くことだけ。わたしは彼にそれくらいはしなきゃいけない」

「おまえは彼に選ばせなきゃいけないんだ」デイヴが言った。「どうしたいのか、ジョンに訊いてみろ。あいつはもう大人だ。自分で決めるべきだ」

マーシーは彼が言い終える前から首を振っていた。「いいえ、だめ」

「だと思ったよ」デイヴは失望したように鼻を鳴らした。「おまえは臆病者で返事を聞くのが怖いから、ジョンに訊かないいんだな」

「わたしがジョンに訊かないのは、あの子がまだ子供だからよ。あの子に変なプレッシャーを与えたくない。ジョンは、あんたが売りたがっていることに気づく。わたしが売りたくないと思っていることにも気づく。わたしたちのどちらかを選ばせようとしているみたいなものよ。あんたは本当にあの子にそんなことをさせたいの？」

「大学に行けるんだぞ」

　マーシーはそれを聞いてショックを受けた。ジョンに教育を受けさせたくないからではなく、もう何年ものあいだ、大学は時間の無駄だとデイヴはジョンに思いこませてきたからだ。マーシーが一般教育修了検定《GED》を取るために夜間のクラスに通い始めたときも、彼は同じことをした。それがだれであれ、彼は自分がしてこなかったことをさせたくないのだ。

「マース、おまえがなにを失おうとしているのか、考えてみてくれ。おれたちが知り合ったころからずっと、おまえはこの山をおりたがっていたじゃないか」

「わたしは、あんたと一緒に山をおりたかったの、デイヴ。それにあんたにそう言ったとき、わたしは十五歳だった。わたしはもう赤ん坊じゃない。ここを運営している。うまくやっているってあんたも言ったじゃない」

「あれはただ――」デイヴは手を振って、彼女をひどく誇らしい気分にさせた褒め言葉を消し去った。「よく考えてみろよ。人生を変えるほどの金なんだぞ」

「あまりいいことじゃないわね。わたしがなにを考えているかは言わないでおくけれど、お金が近くにあるときのあんたがどれほど嫌なやつになるか、お互いよくわかっているんじゃない？」

「言葉に気をつけろ」

「気をつけることなんてなにもない。どうでもいいわ。熱気球の価格の話をするほうがまだましね。あんたにも、わたしからここを奪わせたりはしない。身も心もここに捧《ささ》げてきたいまは。あれだけのことをくぐり抜けてきたいまは」

「なにをくぐり抜けてきたっていうんだ?」デイヴが訊いた。「簡単じゃなかったことはわかるが、おまえには家があったじゃないか。いつだってテーブルに食い物があったじゃないか。降りしきる雨のなか、外で眠ったことなんてない。どこかの変態野郎に、地面に顔を押しつけられたことなんてない」

マーシーは彼の背後に目を向けた。子供のころに受けた性的虐待の話をデイヴから初めて聞いたとき、彼女は深い悲しみに打ちのめされた。二度目と三度目のときは、彼と一緒になって泣いた。そして四度目と五度目、百度目のときでさえ、あの暗い場所から彼を助け出すために、頼まれたことはなんでもしてきた。料理でも、掃除でも、寝室でなにかすることでも。痛みを伴うことでも。自分が汚れて、ちっぽけな存在に感じられることでも。彼の気を楽にさせるためならなんだって。

やがてマーシーは、子供のころのデイヴの身になにが起きたかはどうでもいいのだと気づいた。問題は、大人になったいま、彼が彼女に味わわせている苦しみだ。

彼の要求は砂地獄の底なしの穴だった。

「こんな話をしても無意味よ。わたしの心は決まっているんだから」

「そうなのか?　話をするつもりさえないのか?　おまえは実の子供をひどい目に遭わ

せようとしているんだぞ」

「彼をひどい目に遭わせようとしているのは、わたしじゃないわよ、デイヴ！」客に聞こえてもかまわないとマーシーは思った。「わたしが心配しているのは、あんただから」

「おれ？　おれがいったいなにをするっていうんだ？」

「あの子のお金を取るつもりね」

「ばかばかしい」

「ポケットに少しばかりの現金が入っているときのあんたがすることはわかっているの。パパが渡したあの千ドルだって、一日もたたないうちになくなっていたじゃない」

「資材を買ったって言っただろうが！」

「だれをごまかしているつもり？　あんたは百万ドル持っていたって、幸せにはなれない。車やフットボールの試合やパーティーやバーでみんなにおごることや町の大物になることに使い果たして、でもなにをしてもあんたの人生は変わらない。あんたをいまよりましな人間にはしてくれない。子供のころにあんたの身に起きたことを消してはくれない。それでもあんたはもっと欲しがる。だってそれがあんただから。あんたは奪って、奪って、それでだれかが空っぽになってもまったく気にしないのよ」

「そいつはひどい言い草だな」デイヴは首を振りながら歩きだしたが、じきに戻ってきた。「おれがジョンに手をあげたことがあるなら、教えてくれ」

「殴る必要なんてない。あんたはいるだけであの子をすり減らすの。あんたにはどうすることもできない。それがあんただから。いまも十番コテージの気の毒な人に同じことをしようとしているじゃない。あんたはこれまでずっと、まわりにいる人に惨めな思いをさせてきた。それが、あんたが自分を大物みたいに感じられる唯一の方法だったから」

「その汚らしい口を閉じろ」彼の両手が伸びてきて、マーシーの首にからみついた。木に背中を押しつけられた。肺から息が押し出された。彼を気の毒に思う気持ちがマーシーから消えたときに、こういうことが起きる。これが、デイヴが彼女の注意を自分に向けるもうひとつの方法だった。

「よく聞けよ、このくそアマ」

マーシーは、彼の顔や手に傷をつけてはいけないことをずっと昔に学んでいた。逃れようとして彼の胸をつかみ、爪を食いこませた。

「聞いているのか?」彼の手に力がこもった。「自分がすごく賢いと思っているのか? おれのことはなんでもわかっているって?」

マーシーの足が浮いた。実際に星が見えた。

「おまえが死んだら、だれがジョンの代理権を持つことになるのかを考えるんだな。墓のなかから、どうやって売却を阻止するつもりだ?」

マーシーの肺が震え始めた。怒りをたたえたデイヴのむくんだ顔が、目の前で揺れている。意識を失う寸前だった。死ぬのかもしれない。その一瞬、マーシーはそれでもいいと思った。最期を受け入れるのは簡単なことだ。デイヴに金を持たせるのを、ジョンが人生を台無しにするのを、フィッシュに山を出ていくすべを与えるのを受け入れるのは。パパとビティは安堵するだろう。ディライラは有頂天になる。マーシーがいなくなって残念に思う人間はだれもいない。色あせた写真すら飾られることはないだろう。

「くそったれのあばずれ女が」デイヴはマーシーが意識を失う前に手を緩めた。その顔に浮かんだ嫌悪の表情がすべてを語っていた。彼はすでに、自分にここまでやらせたのはマーシーだと責めている。「おれは大切に思っている人間から盗んだりはしない。そんなことを言ったおまえはくそだ」

　デイヴが荒々しい足取りで森のなかへと入っていくと、マーシーは地面にへたりこんだ。怒りに任せてわめき散らす彼の声が遠ざかるまで、動こうとはしなかった。目の下に触れてみたが、涙はなかった。木に後頭部をもたせかけた。枝を見あげた。日光が木の葉を透かしていた。

　かつては、彼女を傷つけたことをデイヴが謝っていたときがあった。やがて、とりあえず謝りはするものの、最後は自分に責任はないと締めくくる口先だけの謝罪の段階に移行した。いまでは、マーシーのせいで自分は卑劣なことをしてしまうのだと断固として信じこんでいる。おおらかなデイヴ。のんきなデイヴ。パーティーの主役のデイヴ。彼らが見ているデイヴが見せかけであることはだれも知らない。本当のデイヴ、真のデイヴは、たったいまマーシーを絞め殺そうとした男だ。

　そして、彼にそうして欲しがったのが本当のマーシーだった。

首を触って、傷む箇所を確かめた。間違いなく痣になるだろう。様々な言い訳が頭に浮かんだ。手綱に引っかかった。自転車のハンドルバーにぶつけた。カヌーから降りるときに滑った。釣り糸にからまった。使える言い訳は山ほどある。あとは明日の朝、鏡を見て、痛々しい青痣にふさわしいものを選ぶだけだ。

マーシーはふらつきながら立ちあがった。咳きこんだので、口を手で押さえた。手のひらに血が飛んだ。彼に暴力をふるわれたときのことをゲームのように思い出しながら、今回、デイヴは本気だった。彼は道へと戻った。引っぱたかれたり、殴られたりしたことは数えきれないほどあった。たいていの場合、彼は素早かった。殴りつけたかと思うと、すぐに体を引いた。ゴングを拒むボクサーのように殴り続けることはめったになかった。気を失うまで首を絞めたのは二度しかなく、どちらもひと月のあいだに起きたことで、どちらも離婚が原因だった。

マーシーは、デイヴの浮気を知った。その後、彼はまた彼女を裏切った。さらにまた。デイヴにとって一度許されたことは、同じことを繰り返してもよいという許可にすぎなかったからだ。デイヴが浮気相手の女性たちを愛していたとは、マーシーは考えていなかった。魅力を感じてすらいなかっただろう。彼より年上の女性がいた。不格好な女性も、半ダースの子持ちの女性も、とんでもなく不愉快な女性もいた。ひとりは彼のトラックをだめにした。ビティが買ってやったトラックだ。ひとりは彼から盗みを働いた。ひとりは、警察官にトレーラーのドアをノックされると、大麻の入った袋を持った彼を残して出ていった。

デイヴが浮気を好きなのは、セックスが理由ではない。彼のペニスが役にたつがどうかは、運次第だ。彼が気に入っているのは、浮気という行為そのものだ。人目を忍ぶこと。プリペイド式の携帯電話で、秘密のメッセージを送ること。マッチングアプリにアクセスすること。自分の居場所や、帰る時間や、だれと一緒にいるのかについて嘘をつくこと。マーシーが屈辱を感じるとわかっていること。引っかけた女たちは、彼がマーシーを捨てて自分と結婚すると考えるくらい愚かだと知っていること。いろいろな女とやりまくって、それをみんなに知られても平気だとわかっていること。

それでもマーシーは自分を受け入れるとわかっていること。

もちろんマーシーは、いつも彼にそのための努力をさせてきたが、彼もまたそれを楽しんでいた。自分は変わったというふりをしていた。見せかけの涙を流した。深夜の電話という芝居。ひっきりなしのメール。花束とロマンチックなプレイリストとバーのナプキンの裏に書いた詩を手にしての訪問。マーシーが彼を受け入れるまで、懇願し、訴え、頭をさげ、料理をし、掃除をし、突然ジョンの親らしくなってべたべたに甘い態度を取った。

そしてひと月後には、食卓に音をたてて鍵を置いたと言って、彼女をぼこぼこに殴りつけるのだ。

首を絞めるのはかなりの危険信号だ。少なくとも、ネット上にはそう書かれていた。男が女の首に手をかけたとき、その女はひどい暴力行為を受けるか、もしくは殺される可能性が六倍になるらしい。

デイヴが初めてマーシーの首を絞めたのは、彼女が初めて離婚を求めたときだった。離婚すると告げるのではなく、彼の許可がいるとでもいうように離婚したいと頼んだ。デイヴは激怒した。あまりに強く首を絞められて、マーシーは軟骨がずれるのを感じた。トレーラーのなかで失神し、気づいたときには小便まみれだった。

二度目は、ジョンとふたりで暮らすための小さなアパートを町で見つけたと彼に告げたときだった。そのあとなにが起きたのかをマーシーは覚えていない。ただ本当にこのまま死ぬのだと思ったことだけだ。時間の感覚が失われた。自分がどこにいるのかも、どうやってそこにたどり着いたのかもわからなかった。気づいたときには、その小さなアパートにいた。ジョンが隣の部屋で泣いていた。マーシーはあわててベビーベッドに駆け寄った。鼻水だらけの彼の顔は真っ赤だった。おむつはぱんぱんだった。怯《おび》えていた。

いまもマーシーは、必死になって彼女にしがみついていたジョンの小さな手を感じることがあった。小さな体を震わせながら泣いていた。マーシーは彼を落ち着かせ、ひと晩じゅう抱いていた。ジョンの無力さが、ついにデイヴと別れる決心をつけさせた。翌朝彼女は離婚を申し立てた。アパートを出て、ロッジに戻った。自分のためにしたのではなかった。彼女が屈しなかったのは、デイヴに屈辱を与えられ続けたことや、骨を折られたり、殺されたりするかもしれないことへの恐怖からではなく、もし自分が死ねばジョンを守る人はだれもいないことをようやく理解したからだった。

今度こそ、本当にパターンを崩さなくてはいけない。売却を阻止する。デイヴに彼女の息子を利用させないように、できることはすべてする。パパはいずれ死ぬ。ビティもきっと長くは生きないだろう。砂地獄で溺れるような人生をジョンに送らせるつもりはなかった。

そう考えたのが合図だったかのように、ループ・トレイルを歩くジョンのゆったりした足音が聞こえてきた。飛行機の翼のように両腕を広げていて、茂みの上で手をすべらせている。マーシーは黙ってそれを眺めた。小さいころも、そうやって歩いていた。小道で彼女を見かけたジョンが、どれほどうれしそうだったかを思い出した。彼女の腕のなかに飛びこんできた彼を、宙に抱えあげた。だがいまは、彼女に目を留めてくれれば、それだけで喜ぶべきだろう。

マーシーが小道に足を踏み入れると、ジョンは両手を体の脇におろした。「小屋に行って、カヌーの準備をしてるフィッシュを手伝おうと思ったんだ。でも大丈夫だって言われた。十番コテージは問題ないよ」

マーシーはたちまち彼に頼む次の仕事を考え始めたが、思い直した。「どんな人たち？」

「女の人は感じがいい。男のほうは少し怖いかな」

「奥さんにはちょっかい出さないほうがいいわね」

ジョンはきまり悪そうに笑った。「ここについていろいろと訊かれたよ」

「ちゃんと答えたの？」

「ああ」ジョンは腕を組んだ。「もっと詳しいことが知りたかったら、夕食のときにビティに訊くといいって言っておいた」

マーシーはうなずいた。父親の時代から彼女が変えたことはたくさんあるが、自分たちが暮らしている土地について彼女の息子がなにも知らないと思われるわけにはいかない。

ジョンが訊いた。「ほかには？」

マーシーは再びデイヴのことを考えた。喧嘩のあと、彼は決まった行動を取る。バーに行って、怒りを飲み干すのだ。彼女が心配しなければならないのは明日のことだ。彼は間違いなくジョンに投資家の話をするだろう。その話のなかで、マーシーが悪役になるのは確実だ。

マーシーは言った。「見晴らしベンチに行こうか。少しだけ、一緒に座っていようよ」

「仕事があるんじゃないの？」

「ふたりともね」マーシーはそう言いながらも、見晴らしベンチを目指してトレイルを歩きだした。ジョンが距離を置いてついてくる。マーシーは指で首に触れた。彼が痣に気づかないことを願った。デイヴがキレたときにジョンが見せる表情が、マーシーは嫌いだった。非難が半分、同情が半分。心配はとうの昔にしなくなっている。頭から壁に突っ込み、起きあがり、再び頭から壁に突っ込んでいく人間を見ているような気持ちなのだろうとマーシーは考えていた。

あながち、間違ってはいない。

「いいから」マーシーはベンチに腰をおろした。隣の空いたスペースを叩いて言った。「座ろう」

ジョンは短パンのポケットに両手を深く突っ込んだまま、反対側の端に座った。先月十六歳になった彼は、まるでひと晩にして思春期にどっぷりつかりこんだみたいだった。突然のホルモンの襲来は、振り子のように彼を振り回している。たったいま自信たっぷりの態度で、客の妻に言い寄っていたかと思うと、次の瞬間には途方に暮れた幼い少年のような顔になる。マーシーがしばし言葉を失うくらい、デイヴにとてもよく似ていると思うことがあった。

不愛想なティーンエイジャーの少年は顔をあげた。「なんでそんな変な顔でぼくを見ているの？」

マーシーは口を開き、そして閉じた。もっと時間が欲しかった。いまふたりのあいだには、危うい平穏がある。ベイプのことや、自分の部屋を掃除しないことや、マーシーが口うるさく言ってきたいつもの事柄について説教をしてそれを台無しにするのはやめて、景色に目を向けた。連なる緑、風が小さく波打たせているザ・シャローズの湖面。秋には、木の葉が色を変えていくさまをここから見ることができる。山頂からふもとへと徐々に色があせていくのだ。この場所をジョンのために残しておかなければいけない。ここで守られるのは彼の未来だけではない。彼の人生だ。

マーシーは言った。「ここがどんなに美しいのか、時々忘れてしまう」

ジョンはなにも言わなかった。町なかの窓のない箱のような部屋で、彼はなんの不満もなく暮らせると、どちらもわかっていた。彼にはデイヴと同じように、自分の孤独感を他人のせいにする傾向があった。人であふれている部屋にいても、ふたりとも孤独を感じている。正直に言えば、マーシーも同じように感じることが時々あった。

彼女は言った。「ディライラおばさんが来ている」

ジョンは彼女を見たが、なにも言わなかった。

「覚えておいてほしいの。あなたが赤ん坊のころになにがあったにしろ、ディライラはあなたを愛している。だから裁判を起こしたの。彼女はあなたを自分の手元に起きたがった」

ジョンは遠くを眺めた。マーシーがディライラを悪く言ったことはない。デイヴから学んだ唯一のいい教訓が、四六時中文句を言っていたり、不愉快な態度ばかり取ったりする人間はあまり同情されないということだった。だからデイヴは自分の怪物のような面をマーシーにしか見せないのだ。

ジョンが訊いた。「駐車場にあったのは、彼女のスバル?」

マーシーはばかみたいな気分になった。もちろんジョンはディライラの車を見ているに決まっている。

ここでは秘密は持てない。「パパとビティが彼女と話をしたんだと思う。そのために彼女はここに来たのよ」

「ぼくは彼女と暮らしたくないよ」ジョンはちらりとマーシーを見てから、視線を逸らした。「彼女がそのために来たんだったら――ぼくは出ていかない。とにかく彼女のところには」

マーシーの涙はとうの昔に涸《か》れていたが、きっぱりと言い切った彼の声を聞いて、締めつけられるような悲しみを感じた。彼は自分の母親の面倒を見ようとしている。これからしばらく、彼がそんな態度を見せることはないだろう。これっきりかもしれない。

ジョンが訊いた。「なんの用で？」

まるで釘《くぎ》を飲みこんだみたいに、マーシーの喉がひどく痛んだ。「パパに訊くのね。なにが起きているのか、パパが話してくれる」

「どうして母さんが話してくれないの？」

「それは――」マーシーはどうにかして説明しようとした。臆病なのではない。ジョンの考えを彼女の意見に同化させるのは簡単だ。けれど、息子を操れば、自分がデイヴと同類になってしまうとわかっていた。彼女にはそれができる。十六歳になったとはいえジョンはまだ人の言いなりになりやすい。ホルモンに左右されているし、とんでもなくだまされやすい。そうしようと思えば、言葉巧みに彼を崖から飛びおりさせることもできるだろう。デイヴは間違いなく、彼をだめにしてしまうだろう。

「母さん？　どうして母さんが話してくれないの？」

「違う意見の持ち主から話を聞く必要があるから」

ジョンは鼻で笑った。「変なことを言うんだな」

「わたしの意見が聞きたくなったら言って。わたしはできるかぎり正直になるから。でも最初はパパから聞く必要があるの。わかった？」

マーシーは彼がうなずくのを待った。彼の澄んだ青い目を見つめると、まるでだれかに胸に両手を突っ込まれて、心臓をふたつに引き裂かれたような気持ちになった。

それがデイヴのしたことだ。彼はまたマーシーの一部――もっとも大切な一部――を奪おうとしていて、彼女は二度とそれを取り戻せない。

ジョンが彼女を見つめていた。「大丈夫？」

「ええ。七番コテージの女性がウィスキーを欲しがっている。届けてあげてくれる？」

「わかった」ジョンが立ちあがった。「どれを？」

「一番高いやつを。明日もう一本いるかどうかを彼女に訊いておいて」マーシーも立ちあがった。「それが終わったら、今夜はもう休んでいい。夕食の片付けはわたしがするから」

ジョンはまた歯を見せて笑い、幼い少年が戻ってきた。「本当に？」

「本当よ」マーシーはうれしそうな彼を目に焼きつけた。このひとときをできるだけ長く味わいたかった。「あなたはここでの仕事をとてもよくやっているわ、ベイビー。自慢の息子よ」

彼の笑顔は、マーシーがこれまで使ったことのあるどんなドラッグよりも素晴らしかった。わたしはもっと彼を褒めて、もっと子供でいられる時間を与えなくてはいけない。わたしは家族全部を壊そうとしている。くそったれのマッカルパインの連鎖も断ち切らなくてはいけない。

「なにがあっても、わたしがあなたを愛していることを忘れないで。それだけは覚えておいて。あなたはわたしの人生における最高の贈り物よ。あなたを心の底から愛している」

「母さん」ジョンがうめくようにつぶやいた。

そして彼はマーシーを抱きしめ、マーシーは天にも昇る心地になった。

二秒ほどたって、ジョンは体を離した。呼び戻したくなるのをこらえながら、マーシーはトレイルを駆けていく彼を見送った。

その姿が見えなくなるのを待つことなく、マーシーは向きを変えた。数秒間気持ちを整えてから、仕事に戻った。分岐点で左に進み、湖の曲線に沿って歩いた。かびっぽいひそやかな森のにおいに混じって、きれいな水のにおいがする。

毎週土曜日の夜には、客を送る最後のイベントとしてザ・シャローズの近くでキャンプファイヤーをしている。スモアやホットチョコレートを振る舞い、フィッシュがマンドリンを奏でる。フィッシュはマンドリンを弾くような、感性豊かなタイプだからだ。客たちはおおいに楽しんだ。実のところ、マーシーも楽しかった。客の笑顔を見るのが好きだったし、彼らの喜びに自分も手を貸していることを知るのはいいものだった。ティーンエイジャーの息子の母であり、アルコール依存症のＤＶ男の元妻であり、非情なろくでなしの父親と薄情で冷たい母親の娘であるマーシーは、それができるところで楽しみを手に入れなくてはならなかった。

マーシーは湖面に目を向けた。パパは投資家たちのことを、ジョンにどう説明するだろう？　マーシーを悪く見せるようなことを言うだろうか？　大声をあげて、毒づくだろうか？　わたしは無意識のうちに、ジョンを操作していたんだろうか？　不愉快な態度ばかり取る人間はあまり同情されない。たとえ同意はできなくても、ジョンは彼女を守りたがるだろう。

いまは、彼が戻ってくるのを待つ以外、彼女にできることはなかった。

仕事をしていると、時間のたつのが早く感じられる。マーシーはメモ帳を取り出した。丘を戻る前に新婚カップルの様子を確かめよう。トイレは自分で修理しよう。キッチンのスタッフと話をしなくてはならない。ジョンが七番コテージに届けるウィスキーのボトルの裏には印をつけておいた。あの歯科医は、日曜日にチェックアウトするまでに相当額を落としてくれるような気がしていた。モニカが、アメックスのプラチナカードで最高級のウィスキーを買わない理由はない。パパは絶対禁酒家だ。アルコールの販売を推し進めたことは一度もなかった。だが去年マーシーが積極的に売ったウィスキーは、それだけで収益の大幅な増加をもたらした。

マーシーはメモ帳をポケットに押しこむと、階段状になった道をおりていった。用具小屋のそばにいるフィッシュが見えた。カヌーに水をかけている。膝をついている兄を見て、マーシーの心は痛んだ。フィッシュはとても真面目で熱心だ。彼は最初に生まれた子供なのに、パパはいつも彼をおまけの存在のように扱った。その後デイヴがやってくると、ビティはだれを自分の息子として考えているのかをはっきりと態度で示した。彼が事実上、姿を消すことを選んだのも無理はない。

彼の名を呼ぼうとしたちょうどそのとき、用具小屋からチャックが現れた。シャツを脱いでいる。顔と胸は日焼けしたように真っ赤だ。片手に広げたアルミホイル、もう一方の手にライターを持っていた。火をつけた。ホイルから煙が立ちのぼった。マーシーが見ている前で、彼はそれをフィッシュに近づけた。フィッシュは煙を自分の顔に向けて手であおぎ、大きく吸いこんだ。

「マーシー？」チャックが気づいた。

「大ばか野郎」マーシーはつぶやき、ふたりに背を向けた。

「マーシー？」フィッシュが呼びかけた。「マーシー、頼むから――」

トレイルを駆けあがる彼女の足音が、そのあとの彼の言葉をかき消した。兄のばかさ加減が信じられなかった。これこそが、家族会議で兄に警告したことだったのに。わたしが客だったらどうなったと思う？　ジョンはついさっきまで小屋にいた。もし彼が戻ってきて、ふたりがあんなことをしているのを目撃していたら？　彼らはどう言い訳ができただろう？

マーシーはループ・トレイルに向かう分岐点を通り過ぎ、そのまままっすぐに進んだ。ボートハウスが見えてくるまで、歩調を緩めることはなかった。顔の汗を拭った。今日という日がさらにひどいものになったことが信じられなかった。腕時計を見た。夕食の準備の手伝いを始めるまで、あと一時間ある。チャックのばかげたピーナッツ・アレルギーのことを、まだキッチンスタッフに話していなかった。

「ああ、もう」うんざりだった。斜面を戻るのではなく、岩だらけの岸に座りこんだ。長々と息を絞り出した。彼女を取り囲む自然に五感を同調させた。カサカサと音とたてる木の葉。緩やかな波。ゆうべのキャンプファイヤーのにおい。頭上の太陽の温《ぬく》もり。

もう一度、静かに息を吐いた。

ここは、彼女の安らぎの場所だった。ザ・シャローズは、彼女をこの地につなぎとめている目に見えない錨《いかり》だった。ここをあきらめるわけにはいかない。彼女のようにここを愛する者はだれもいない。

ゆらゆらと揺れる浮き桟橋を見つめた。ここに逃げてきたことも幾度となくあった。パパは水が嫌いで、泳ぎを覚えようとはしなかった。パパがキレたときには、逃げ出すために浮き桟橋まで泳いだ。星空の下で眠ってしまうことも時々あった。フィッシュが一緒にいることもあった。のちにはデイヴが一緒のときもあったが、その理由はまた別だった。

マーシーはいつのまにか首を振っていた。悪いことは考えたくない。兄はここで泳ぎ方を教えてくれた。怖がって水中に頭を沈められなかったデイヴに、水との付き合い方を教えたのも兄だ。マーシーは、浮き桟橋から飛びこむ一番いい場所や、水深が一番深い場所や、客が到着したときこっそり逃げ出せる場所をジョンに教えた。ジョンが幼かったころには、日曜の朝、ふたりでここまで来たものだ。彼は学校や女の子のことや将来なにをしたいかについて話してくれた。

ジョンがあんなふうに心を開いてくれることはもうないだろうが、彼はいい子だ。学校で大成功を収めてはいないし、どう考えても人気があるとは言えないが、彼の両親に比べれば、とてもよくやっている。マーシーが望むのは、彼が幸せでいてくれることだけだ。

それだけが彼女の望みだった。

ジョンはいずれ自分の居場所を見つけるだろう。時間はかかるかもしれないが、いずれ見つける。彼は優しい。だれからその優しさを受け継いだのか、マーシーには見当もつかなかった。確かに彼はデイヴのように短気だ。マーシーのように間違った判断をくだすけれど、彼は祖母をとても大切にしている。マーシーが仕事を言いつけても、あまり文句を言わない。もちろん、ここで退屈していることはわかっていた。どんな子供でもそうだろう。十二歳だったマーシーが酒瓶から盗み飲みをしなかったのは、彼女の人生があまりにも刺激的だったからだ。

「くそ」彼女の脳は悪い記憶を掘り返すことをやめようとしない。

マーシーは無理やりスイッチを切り替え、太陽が山脈のほうに移動を始めるまで頭を空っぽにして、ありえないほど青い空を見つめていた。まばゆい光に目を閉じた。網膜に白い点が残っている。点は次第に色を濃くしていき、やがて紺色になった。形を変えて文字になっていく。弧を描くような筆記体。ランドリー・ピーターソンの胸に記されていた文字。

ギャビー。

五番コテージの客は、ゴードン・ワイリーの名前で予約をしていた。ゴードンの運転免許証のコピーが、予約ファイルに入っている。前払い金は、ゴードンのクレジットカードであらかじめ支払われていた。トレイルヘッドに停《と》められているレクサスのナンバープレートはゴードンのものだ。送られてきたスーツケースの伝票にはゴードンの住所が記されていた。

ランドリーの名前は、宿泊台帳に同伴者として一度登場するだけだ。彼の勤め先はゴードンと同じ、ワイリー・アプリケーション・カンパニー。いまになって考えてみれば、アニメの世界の話のようだ。おそらく、ランドリーという名前は偽名だろうとマーシーは考えた。ロッジは、支払いの責任がある人間の身元しか確認しない。仕事や、興味のあることや、乗馬やロッククライミングやラフティングの経験については、客が正直に申告していると信用しているのだ。

つまり、ランドリー・ピーターソンはだれであってもおかしくないということだ。秘密の愛人かもしれない。長く続いているセフレかもしれない。それ以上のものを求めている仕事仲間かもしれない。あるいは、マーシーが十五年前に殺した若い女性に関係のある人物かもしれない。

彼女の名前はガブリエラといったが、家族はギャビーと呼んでいた。

4

　サラはベッドの端に座って泣いていた。感情に翻弄されて泣きじゃくっていた。結婚式までのストレスは相当なものだった。折れた手首のギプスがはずれるまで、式をひと月延期しなくてはならなかった。注文していたものをキャンセルし、スケジュールを組み直し、プロジェクトを調整し、仕事を先送りした。いとこやおばやおじのためにホテルを予約し、車を手配し、海の向こうから来てくれる人たちもいたので、食べたいものを用意し、行きたいところをピックアップするという曲芸のような作業もあった。一週間滞在することに決めた彼らは、ここでなにができて、どこを見ればいいのかを知りたがったので、サラがそのためのガイドを務めなければならなかった。

　妹と母親が手伝ってくれたし、ウィルも自分の割り当て以上のことをしてくれたが、なにかが終わってこれほどほっとしたことはなかった。

　サラは指にはめられた指輪を見つめた。気持ちを落ち着かせるように大きく息を吸った。ハイキングをしてからハネムーンに行くと今朝ウィルから聞かされたとき、これをはずさなかった彼女はアカデミー賞ものだ。二時間の行程。山のなかを。空港は彼の家から二十分の距離にあるというのに。

ふたりの家から。

サラはいらだつまいとした。バックパックに荷物を詰めているあいだも。車に乗りこんだときも。市境を越えたときも。トレイルヘッドに車を駐《と》めたときも。ハネムーンの担当はウィルだった。彼に任せたのはサラだ。けれど、山のなかで昼食のために休憩を取ったときには、時間がどんどん過ぎていることに気づき、キャンプをすると彼が突然言いだすのではないかと思ってパニックになった。

サラはキャンプが嫌いだ。嫌悪しているといったほうがいい。我慢してガールスカウトに入っていたのは、バッジを全部集めると固く心に決めていたからにすぎない。

サラはいつもそうだった。常に自分を極限まで追いこんできた。高校を一年早く卒業した。大学を駆け抜けた。医科大学のクラスではトップを争った。研修期間は全力を出し切った。そして小児科医として働き、やがて専任の検死官になった。得た知識をいつも他人のために使ってきた。地方の子供たちを診察し、その後公立病院で働いた。犯罪被害者の家族が気持ちの区切りをつける手助けをした。妹の面倒を見てきた。両親の世話をした。おばのベラの話し相手になった。最初の夫を支えた。彼の死を悼んだ。ウィルと意味のある関係を作りあげようと努力した。彼と上司の奇妙な関係の改善に手を貸した。彼のパートナーと親しい友人になった。彼の犬と恋に落ちた。

これまでの自分の人生を振り返ってみると、そこにいるのは常に前進を続け、まわりのだれもが満足するように気を配る女性だった。

いままでは。

サラは開いたスーツケースを眺めた。ウィルはｉＰａｄに彼女の本を全部ダウンロードしてくれていた。携帯電話のポッドキャストをアップロードしてくれていた。妹は洗面道具やヘアブラシまで、彼女が必要とするものを詰めてくれた。父親は手作りのルアーとひどい親父ギャグのリストを入れてくれた。おばはサラの幽霊のように白い肌を日光から守るため、大きな麦わら帽子を譲ってくれた。母親は小さな聖書を入れてくれていて、いささか高圧的だと最初は感じたものの、あるページに印がつけられていることに気づいた。ルツ記一章一六節のある箇所に薄い鉛筆で線が引かれていた。


……あなたを見捨て、あなたに背を向けて帰れなどと、そんなひどいことを強いないでください。わたしは、あなたの行かれる所に行き　お泊まりになる所に泊まります。あなたの民はわたしの民　あなたの神はわたしの神。（新共同訳より）

その一節を読んで、サラの張りつめていたものが切れた。母親はウィルに対する彼女の気持ちを完全に理解していた。サラは彼が行くところにはどこでも行く。彼が選んだところならどこでも一緒に横たわる。彼の選択は自分のものとして扱う。それが彼の望みであれば、キャンプが好きなふりすらするだろう。サラは完全に、心から彼に愛情を注いでいた。

そういうわけで、こぼれ始めた涙はすすり泣きに変わり、やがて泣きじゃくり、サラは打ちのめされたヴィクトリア朝時代の人間のようにベッドに倒れこんだ。どうすることもできなかった。なにもかもが完璧すぎた。素晴らしい結婚式。この美しいロッジ。家族からの贈り物。すべてを整えてくれたウィルの思いやり。彼は、キッチンの小さな冷蔵庫に彼女のお気に入りのヨーグルトを入れておくように頼んでくれていた。サラは生まれてこのかた、これほど大切にされていると感じたことはなかった。

「しっかりして」サラは自分を叱りつけた。感情に振り回される時間は終わり。ウィルがじきに戻ってくる。

トイレタンクの上にティッシュペーパーの箱があったので、洟をかんだ。深いバスタブの脇に何種類かのバスソルトが置かれていた。ウィルのために、一番香りの弱いものを選んでから、浴槽の蛇口をひねった。鏡で自分の顔を眺めた。まだらに赤くなっている。鼻は光って見えるほどだ。目は充血していた。湯気のたつバスタブでのセックスを期待して母屋から戻ってきたウィルは、頭のいかれた逃亡者のような彼女を見ることになる。

もう一度洟をかんだ。ウィルが好きだと知っていたから、髪をほどいて垂らした。それから寝室に行き、スーツケースからすべての服を出した。妹は完全に利他的だったわけではないようだ。面白半分で、スーツケースの底に大人のおもちゃを忍ばせていた。サラがそれをバッグに戻したところで、正面の窓の外から大きな声が聞こえてきた。

「ポール！」男が呼んだ。「待てって言っているだろう？」

サラは前の部屋に移動した。窓が開いている。彼女は姿を見られないようにしながら、トレイルで言い争いをしているふたりの男を眺めた。彼女よりは年上で、とてもたくましくて、明らかにいらだっている。

「ゴードン、きみがどう考えようとどうでもいい」ポールが言った。「あれは正しい選択なんだ」

「正しい選択？　いったいいつからきみは正しい選択を気にするようになったんだ？」

「彼女がどんな暮らしをしているのかを見てからだ」ポールが叫んだ。「あれは間違っている！」

「ハニー」ゴードンはポールの腕に手をからめた。「放っておくんだ」

ポールはその手を振りほどき、湖に向かってトレイルを駆けだした。

ゴードンが彼のあとを追っていく。「ポール！」

サラは窓にかかっているレースのカーテンを閉じた。興味を引かれた。ここに来る途中で、アプリの男性たちはゴードンとランドリーという名前だとケイシャから聞いていた。ポールというのは別の客なのか、それともロッジで働く人間なのだろうかと考えた。けれどすぐに考えるのをやめた。彼女はほかの人の問題を解決するためにここにいるのではない。湯気のたつバスタブで夫とセックスをするためにここにいるのだから。

夫。

サラは頬が緩むのを感じながら、バスルームに戻った。ウィルを初めて夫と呼んだときの彼の顔をサラは見ていた。それは、ウィルが彼女を妻と呼んだときに感じた圧倒的な喜びと同じものだった。

サラはバスタブのうしろにある大きなはめ殺し窓から外を眺めた。ゴードンとポールの姿はない。このコテージはトレイルよりかなり高い位置にあった。湖すら見えない。ただひたすら木立が広がっているだけだ。湯の温度を確かめてみると、ちょうどよかった。思っていたよりもずっと早くバスタブはいっぱいになりそうだ。彼女は配管工の娘だ。水流のことはよくわかっている。夫のこともわかっていた。裸で待っているサラを見れば、彼女が泣いていたという事実から彼の気を逸らすことができるだろう。五分後、ウィルがバスルームに入ってきたときには、まさにそのとおりになった。

ウィルは持っていた枕を取り落とした。「どうしたんだ？」

サラはバスタブに仰向けになった。「入って」

彼は窓の外に目を向けた。彼は自分の体を恥ずかしがる。サラが引き締まった筋肉と腱、見事な腹筋、美しくたくましい腕を見ているときに、ウィルの目に入っているのは子供のころの傷だけだった。丸くくぼんだ煙草の火傷の痕。針金ハンガーでつけられた傷。裂けた組織の損傷が激しすぎて、移植した皮膚。

サラの目がまた涙で熱くなった。時を遡って、彼を傷つけたすべての人間を殺してやりたかった。

「大丈夫？」ウィルが訊いた。

サラはうなずいた。「景色を楽しんでいるだけ」

ウィルは湯の温度を確かめようとはしなかった。サラと向かい合うようにしてバスタブにそっと入ってきた。ふたりではぎりぎりの大きさだ。彼の膝はバスタブの縁から数センチはみ出ていた。サラは彼の胸に頭をもたせかけられるように向きを変えた。ウィルが彼女に腕を回した。ふたりは梢《こずえ》を眺めた。山脈に霧がかかっている。ブリキの屋根に雨が当たる音を聞くのはいいものだろうとサラは思った。

サラは言った。「告白することがあるの」

ウィルは彼女の頭頂部に唇を押し当てた。

「なにもかもに、圧倒されていたの」

「悪い意味で？」

「いい意味よ」サラはウィルの顔を見た。「幸せに圧倒されたの」

ウィルはうなずいた。サラは彼にそっとキスをしてから、再び胸にもたれかかった。彼がなにかを言う余地はあった。彼もまたいくらか圧倒されているのだとサラにはわかっていた。けれどウィルは、ベッドに座って泣くくらいなら、崖を十五キロ駆けあがるほうを選ぶだろう。

ウィルが訊いた。「きみの妹は、必要なものを全部詰めてくれていた？」

「鮮やかなピンク色の二十五センチのディルドまでね」

ウィルが口を開くまで一瞬の間があった。「きみがもう少し小さいのがよければ、それを試してみる?」

サラは声をあげて笑い、ウィルが彼女を引き寄せた。大理石のバスルームのなかは静かだった。蛇口から水が落ちる音すらしない。サラはウィルの安定した息遣いに耳を澄ました。目を閉じた。湯が冷め始めるまで、彼の胸にもたれていた。眠るつもりはなかったけれど、結局眠ってしまったらしい。気づいたときには、霧雨がゆっくりと山を移動していた。

サラは大きく息を吸い、そして吐き出した。「わたしたち、ほかのことをするべきなんじゃない?」

「そうだな」ウィルは彼女の腕をゆっくりと撫で始めた。サラは猫のように喉を鳴らしたくなるのをこらえた。「ぼくも告白しなきゃいけないことがある」

それが冗談なのかそうでないのか、サラには判別できなかった。「なに?」

「このロッジには、ぼくが児童養護施設で一緒だった男がいる」

あまりに意外な話だったので、サラが理解するまでいくらか時間が必要だった。ウィルが施設にいた人間の話をすることはめったにない。サラは彼の顔を見て訊いた。「だれなの?」

「名前はデイヴ。最初はいいやつだったんだ。でもなにかが起きて、彼は変わった。子供たちは彼をジャッカルって呼び始めた。どうかな、自分でつけた名前かもしれない。デイヴはよく人にあだ名をつけていたから」

サラは再び彼の胸にもたれた。心臓のゆっくりした鼓動に耳を澄ました。

彼が言った。「しばらくのあいだ、ぼくらは友だちだった。デイヴはぼくと同じクラスだったんだ。補習クラスだ。ぼくらはけっこううまくやっていたと思う」

ウィルが補習を受けていたのは、ディスレクシアのせいであることをサラは知っていた。彼がそう診断されたのは大学に入ってからだ。彼はいまもディスレクシアであることを恥ずべき秘密のように考えている。「彼になにがあったの？」

「ひどい里親のところに送られたんだ。彼らは制度を利用していた。治療のための金を手に入れる目的で、デイヴの身に起きたことをあれこれとでっちあげた。やがて彼は感染症にかかるようになった。それで……」

ウィルの声が小さくなって途切れた。子供が尿路感染を頻繁に起こす場合、それは性的虐待のサインであることが多い。

「デイヴはそこから連れ戻されたんだが、卑劣になっていた。最初は気づかなかったんだ。彼はぼくらはまだ友だちだっていうふりをしていたから。彼の悪い話はいろいろ聞いたけれど、だれもがみんなを悪く言っていたからね。ぼくたちはみんなひどい目に遭っていたんだ」

サラは彼の胸が上下するのを感じた。

「彼はぼくをいじめようとし始めた。喧嘩をふっかけてきた。殴りたくなったことも何度かあったが、それはフェアじゃなかった。彼はぼくより小さくて、年も下だった。彼を傷つけるわけにはいかなかった」ウィルはサラの腕を撫で続けた。「すると彼はアンジーと付き合い始めた。それは――ぼくはばかじゃない。やつが彼女を地下室に連れこんだわけじゃなかった。彼女はいろんな男と付き合っていたからね。そうすることで、自分の人生をコントロールしていると彼女は感じていたんだ。デイヴも同じだったんだと思う。でもアンジーがやつとやったときには、そうは思えなかった。いまも言ったとおり、ぼくはやつを友だちだと思っていたのに、やつはぼくを裏切った。アンジーはそれを知っていて、それでもやめなかった。悪い状態だった」

サラは、ウィルと元妻の歪《ゆが》んだ関係を理解したいとは思えなかった。彼女の唯一のいいところは、姿を消したことだ。

「デイヴはその後も彼女とやっていた。必ずぼくがそれに気づくようにして、彼女との関係を見せつけた。ぼくにぶちのめされたいみたいに。そうすることで、やつがぼくをぼろぼろにできると証明するみたいに」ウィルは長いあいだ、口をつぐんでいた。「ぼくをトラッシュキャンと呼び始めたのは、デイヴだ」

サラの気持ちは沈んだ。結婚式の直後にそんなひどい男と再会し、子供時代のあらゆる嫌な記憶を蒸し返されるのがどんなものなのか、想像もできなかった。とりわけそのあだ名は、ひどい仕打ちだと言えた。この数日、ウィルは彼の側の信者席が空であることを何度か冗談めかして口にしていたが、サラは彼の目に真意を読み取っていた。彼は母親を恋しがっている。息子に対して見せた彼女の最後の愛情が、危険にさらさないために彼をゴミ箱《トラッシュキャン》に入れたことだ。忌まわしいろくでなしは、その事実を彼を苦しめる道具に使ったのだ。

「デイヴは謝ろうとした」ウィルは言った。「ついさっき、トレイルで」

サラは驚いてまた彼の顔を見た。「なんて言ったの？」

「本当の謝罪じゃなかった」なにひとつ面白いことなどなかったが、ウィルは乾いた笑い声をあげた。「こう言ったよ、〝おいおい、トラッシュキャン。そんな目でおれを見るなよ。それでおまえが立ち直れるなら、謝るからさ〟」

「なんて男。あなたはなんて？」

「十から逆に数えていった」ウィルは肩をすくめた。「本当にやつを殴るつもりだったのかどうかはわからないが、八まで数えたところでやつは逃げ出したから、その答えを知ることはないな」

サラは首を振っていた。その男を叩きのめしてやればよかったのにと思っている彼女がどこかにいた。

「こんなことになって残念だよ。でも、ぼくたちのハネムーンをやつに邪魔させたりはしないから」

「だれも邪魔なんてできないわ」サラは、母が印をつけた聖書の節を思い出した。ウィルの敵は彼女の敵だ。今週いっぱい、デイヴは彼女と出くわさないことを祈ったほうがいい。

「彼も客なの？」

「働いているんだと思う。あの格好からすると、メンテナンスだろう」ウィルは彼女の腕を撫で続けている。「デイヴは、ぼくが施設を出ていく年になる数年前に脱走したんだ。ぼくたちはみんな警察に話を訊かれて、多分ここにいるんじゃないかってぼくは答えた。デイヴはキャンプが大好きだったんだ。毎年、行きたがった。聖書の節を暗記するのを手伝ったよ。何度も声に出して読むものだから、ぼくも覚えてしまったくらいだ。バスのなかでも、体育の時間でも、自習室でも一緒に練習した。その半分でも学校で真面目にやっていたら、ぼくみたいな鈍い子供と一緒にいることはなかっただろうにね」

サラは彼の唇を指で押さえた。彼は鈍くなどない。

ウィルはその手を取り、手のひらにキスをした。「告白タイムは終わりかな？」

「もうひとつある」

彼は笑った。「いいよ」

サラは互いの顔が見えるように体を起こした。「リトル・ディアっていうトレイルが地図にあるの。湖の反対側に通じているのよ」

「アワニータはチェロキーの言葉で子鹿っていう意味だとジョンが言っていたね」

「そのトレイルでキャンプ場に行けると思う？」

「試してみよう」

5

殺人の六時間前

マーシーがキッチンに入っていったとき、従業員たちはいつものごとく、夕食の準備におおわらわだった。マーシーはその上に皿が積み重ねられている食器洗浄機にぶつかりそうになって、かろうじてよけた。アレハンドロと目が合った。彼が小さくうなずいたのは、なにも問題はないという意味だ。

それでもマーシーは聞いた。「ピーナッツ・アレルギーのことは聞いている?」

彼は再びうなずいたが、そのあとで顎を突き出したのは出ていけという意味だった。

マーシーが気を悪くすることはなかった。彼の仕事ぶりには満足している。以前の料理人は、オキシコドン(鎮痛剤の一種)を濫用し、やたら人の体に触りたがる老いぼれで、パパの事故の一週間後に密売容疑で逮捕されていた。アレハンドロは、アトランタ料理学校を卒業したばかりの若いプエルトリコ人だった。翌日から仕事を始められるなら、キッチンについてはすべて一任するとマーシーは彼に申し出たのだ。客たちは彼の料理を気に入った。

キッチンで働く町のふたりの少年は、すっかり彼に魅了されているようだ。あとどれくらいのあいだ、白人にとってはスパイシーな、けれど彼にとっては味気ない料理をここで作ることに、彼が満足していられるかが問題だった。

マーシーは食堂に通じるドアを押し開けた。いきなり吐き気の波が襲ってきて、胃が締めつけられた。ドアに手を当てて体を支えた。彼女の脳はストレスを押しこめていたが、体はその存在を常に訴えている。口を開いて大きく息を吸い、仕事に戻った。

マーシーはテーブルをまわりながら、ある席でスプーンを、別の席でナイフの位置を調整した。グラスのひとつに残る水の染みに光が当たった。マーシーはシャツの裾でグラスを拭きながら、部屋を見まわした。二卓の長いテーブルが部屋を二分している。父親の時代はベンチシートしかなかったが、マーシーは費用を惜しまずきちんとした椅子を購入した。人は背もたれがあるときのほうが、酒が進む。また、心地いい音楽をかけるためのスピーカーと、薄暗くして雰囲気を出せるような照明にも投資した。パパはどちらも嫌がったが、彼には操作できないのだからどうすることもできなかった。

マーシーはグラスを戻し、別のフォークの位置を直し、燭台《しょくだい》をテーブルの中央に移動させた。心のなかで、席の数を数えた。フランクとモニカ、サラとウィル、ランドリーとゴードン、ドリューとケイシャ。投資家のシドニーとマックスは家族のそばだ。ふたりでむっつりしていられるようにチャックとフィッシュは隣同士。ディライラは付け足しのようにテーブルの端だったが、そこがふさわしい位置だと思えた。ジョンが顔を出さないことはわかっていた。投資家の話をすでにパパから聞いただろうというだけでなく、マーシーが愚かにも彼に休みを与えてしまったからだ。アレハンドロは皿洗いをしないし、町の少年たちは遅くとも九時には山をおりる。マーシーは真夜中まで、あと片付けと朝食の準備をすることになるだろう。

　腕時計を見た。まもなくカクテルのサービスが始まる。ウッドデッキに出た。ここもまた、パパの事故のあとで改修したところだ。崖に突き出してしている展望台をデイヴに増築してもらった。支柱を立てるのはひとりではできず、彼と仲間たちは高さ十五メートルの峡谷にロープでぶらさがりながらビールを飲んでいた。手すりにストリングライトを巻きつけて、作業は完了した。ベンチシートと飲み物を置く棚があって、完成が半年も遅れ、見積もりの三倍も彼から請求されたことを知らなければ、完璧だと言えただろう。

　マーシーはバーカウンターに並ぶ酒瓶を黙って眺めた。夕方の太陽の光に、異国風のラベルがよく映える。パパの時代、ロッジは味も変化のなさもスマッカーズのジャムのようなハウスワインしか出していなかった。いまはばかばかしいほどの値段で、ウイスキーサワーやジントニックを売っている。ここに来るような客が、ティトーズ（アルコール度の高いウォッカ）やマッカラン（シングルモルトウィスキー）に金を出すとは思っていなかった。意外だったのは、宿泊料金と同じくらいアルコールの売り上げがあったことだ。

　やはり町から来ているペニーがカウンターの向こうでカクテルの準備をしていた。彼女はほかのスタッフよりも年長で、疲れていて、真面目だった。ペニーが高校の教室の掃除を始めたころから、マーシーは彼女を知っていた。当時はふたりともパーティー三昧で、その後酒をやめるのに苦労した。幸いなことに、ペニーはなにがおいしいのかを知るために、自分で飲む必要はなかった。あまり知られていないカクテルについても豊富な知識を持っていたので、客は感動してしばしば追加の注文をした。

マーシーは尋ねた。「順調？」

「そのはず」トレイルから声が聞こえてきたので、ライムを切っていたペニーは顔をあげた。それから腕時計に目をやって、顔をしかめた。

早めにカクテルを飲みに来たモニカとフランクを見ても、マーシーは驚かなかった。これでとりあえずモニカはアルコールを手にできる。モニカは大声をあげることも、不快な態度を取ることもなく、ただ不気味なほどに静かだった。マーシーは酔っ払いのことはよくわかっていて、たいていの場合、静かなときが最悪だと知っていた。怒りだしたり、なにをするかわからなかったりするからではない。死ぬまで飲んでやろうと心に決めているからだ。フランクもうっとうしい男だったが、死ぬまで酒を飲むレベルのひどさではない。

だがみんなはデイヴのことも、そんなふうに考えている。

「ようこそ！」ふたりがデッキまでやってくると、マーシーは顔に笑みを貼りつけた。

「なにも問題はないかしら？」

フランクが笑顔で応じた。「素晴らしいよ。本当に来てよかった」

モニカはまっすぐバーカウンターに向かった。ボトルを叩きながら、ペニーに言った。

「ダブル、ストレートで」
ペニーがホイッスルピッグ・エステートオーク（世界的に有名なライウィスキー）のボトルを開けるのを見て、マーシーは唾が湧いてくるのを感じた。唐突に飲みたくなったのは、デイヴに首を絞められたせいで、まだ喉がひりひりしているからだと自分に言い訳をした。ライウィスキーのひと口で、痛みはましになるだろう。それは、最後に飲んでしまったときとまったく同じ言い訳だった。あのときは、コーンマッシュだっただけで。

モニカはグラスを手に取ると、一気に半分飲み干した。一杯二十ドルの酒で酔うためにはどれほど稼がなくてはならないのか、マーシーには想像もできなかった。どちらにしろ二杯目以降は、味などわからなくなるのだ。

車椅子が砂利を踏みしだく音がパパの到着を告げた。ビティがいつものごとく、しかめ面で車椅子を押している。それをはさむようにして男女が歩いていた。投資家たちに違いない。どちらも五十代後半というところだが、アトランタでは四十代で通るくらいには裕福だ。マックスはジーンズと黒のＴシャツ姿だった。そのデザインは上下とも、彼を百万ドルの札束のように見せている。シドニーも同じ格好だったが、彼がＨＯＫＡのシューズを履いている一方で、彼女の足元はよく履きこんだ革の乗馬ブーツだった。ブリーチした金髪を高い位置でポニーテールに結わえていた。その頬はガラスのように鋭い。肩をぐっとうしろに引いている。背筋をぴんと伸ばしている。顎をくいっとあげている。

彼女は真剣に乗馬に取り組んでいるのだろうとマーシーは考えた。ショッピングモールを歩きまわっているだけでは、あんな姿勢にはならない。おそらく馬がたくさんいる厩《きゅう》舎《しゃ》を持っていて、バックヘッドの地所に専任のトレーナーがいるのだろう。二十万ドルのポニーの群れにステップを教えるために、ひと月一万ドルでだれかを雇っているとしたら、二軒目か三軒目の家に払う千二百万ドルくらい、どうということはない。

ビティはマーシーと目を合わそうとしていた。そのとげとげしい顔には強い非難の表情が浮かんでいた。ビティは明らかに家族会議のことをまだ怒っている。彼女は物事を滞りなく進めたがった。パパのフィクサー役としてまわりの人間に罪悪感を与えて服従させ、しばしば許しを強要した。

マーシーはいま母親と顔を合わせられるような状態ではなかった。食堂に戻った。また吐き気がした。少しだけ、悲しみに浸ることを自分に許した。ジョンがパパの車椅子のうしろからゆっくりと歩いてくることを、半分期待していた。息子が理由を訊いてくることを、ふたりでじっくり話し合うことを、ここで家業に携わるほうが彼にとってはいいのだと理解してくれることを期待していた。徹底的に彼女を憎むのではないことを。せめて、反対することに賛成してくれることを。けれど、ジョンの姿はなかった。ただ、彼女の母親のさげすむような表情があるだけだった。

今夜が終わる前に、マーシーは全員を失うことになるのだろう。ジョンはデイヴとは違う。ジョンの怒りは爆発する前にふつふつと煮えたぎり、一度表に出ると、平常に戻るまで数日、ときには数週間かかる。ジョンは自分の怒りをトレーディングカードのように集めるから、新たな平常と呼ぶべきかもしれない。

　カチリという小さな音がした。マーシーは顔をあげた。ビティが食堂のドアをそっと閉めるところだった。卵を料理するときであれ、床を歩くときであれ、ビティはどんなときも音をたてない。幽霊のように、そのときの気分によっては死のように、人に近づくことができた。

　いまの彼女の気分は、間違いなく後者に分類された。彼女はマーシーに言った。「パパは投資家と一緒にいる。あなたの気持ちはわかっているけれど、一番いい顔を見せなきゃだめ」

「わたしの醜い顔っていうこと?」ビティはたじろいだが、マーシーは父の言葉を繰り返しただけだ。「どうしてわたしが彼らにいい顔をしなきゃいけないの?」

「あなたは、さっき言ったようなことをしないから。なにひとつ」

　マーシーは母親を見つめた。ビティは両手を細い腰に当てている。頬は赤らんでいる。ケルビムのような顔と小柄な体つきの彼女は、子役に間違われてもおかしくなかった。

　マーシーは言った。「はったりじゃないから。この売却を押し通そうとするなら、わたしはみんなをひとり残らず破滅させるから」

「あなたは絶対にそんなことをしない」ビティはいらだたしげに足を踏み鳴らしたが、そんな仕草でさえダンスのステップのようだった。「ばかげたことはやめなさい」

　マーシーは笑い飛ばしたくなったが、代わりに尋ねた。「母さんはここを売りたいの?」

いの？」

「あなたのお父さんは――」

「母さんがどうしたいのかを訊いているの。母さんはめったに意見を言わないのは知っている」マーシーは待ったが、ビティは答えなかった。質問を繰り返した。「ここを売りたいの？」

ビティの唇は一本の線になった。

「ここはわたしたちの家よ」マーシーは公正感に訴えようとした。「わたしたちは所有者じゃないって、おじいちゃんはいつも言っていた――土地の世話役だって。母さんとパパの時代は終わった。母さんたちの人生に影響を与えない決定をくだすのは、次の世代にとってはフェアじゃない」

ビティは黙ったままだったが、その目から怒りはいくらか薄れていた。

「わたしたちはこの場所に人生を費やしてきた」マーシーは食堂を示した。「わたしは十歳のときに、あそこの板に釘を打つのを手伝った。デイヴは、いまお客さんがカクテルを飲んでいるデッキを作った。ジョンは四つん這いになってあのキッチンを掃除した。いま料理されている材料の一部は、フィッシュが捕まえたものよ。わたしはこの山の上でこれまでの人生ほぼすべての夕食をとってきた。ジョンも。フィッシュも。それをわたしたちから奪いたいの？」

「気にしないってクリストファーは言った」

「彼は巻きこまれたくないって言ったのよ」マーシーが訂正した。「気にしないっていうとじゃない。その逆だわ」

「あなたはジョンをひどく落胆させた。夕食にも来ない」

マーシーは胸に手を当てた。「あの子、大丈夫？」

「大丈夫じゃない」ビティが言った。「かわいそうに。泣いているあいだ、抱きしめてやることしかできなかった」

マーシーは喉がつまったようになり、デイヴに絞められた首がずきりと痛んで、思わず体を固くした。「わたしはジョンの母親なの。あの子にとってなにが一番いいのかはわかっている」

ビティは陰険な笑い声をあげた。彼女はいつもジョンの祖母というよりは、友人のように振る舞おうとする。「あの子は、わたしと話すようにはあなたとは話さない。あの子には夢があるのよ。やりたいことがあるの」

「わたしだってあった」マーシーは言った。「ここを出ていったら二度と帰ってこられないって、母さんはわたしに言ったのよ」

「あなたは妊娠していた。十五歳で。わたしとパパにとって、それがどれほどきまりの悪いことだったかわかる？」

「それなら、わたしがどれほど辛かったか、母さんはわかっている？」

「あなたが脚を閉じていればよかったことよ」ビティが言い返した。「あなたはいつだって、やりすぎるのよ、マーシー。デイヴも同じことを言っていた。やりすぎるって」

借金があるの」

「ええ、したわ。一方の肩でジョンが泣いているあいだ、もう片方の肩をデイヴに貸していたの。彼は今回のことでは、とても辛い思いをしている。彼にはあのお金が必要なのよ。借金があるの」

「お金があったって同じよ」マーシーが言った。「結局は別の人に借金を作るだけ」

「今度は違う」ビティは十年間も同じ台詞を繰り返してきた。「デイヴは変わりたがっている。お金は、自分を変えるチャンスを与えてくれるのよ」

マーシーはいつしか首を横に振っていた。デイヴのこととなると、ビティはとんでもなく寛大になる。これまでデイヴが曲がることのできた角は数えきれないほどあった。一方でマーシーは、監視されることなくジョンとふたりきりで過ごす許可を母からもらうため、丸一年間、毎月尿検査を受けなくてはならなかったのだ。

ビティは言った。「デイヴは、みんなで暮らせる家をわたしたちが丘のふもとに買えばいいんじゃないかって言うの」

マーシーは笑った。ずる賢いデイヴは、売却代金の割り当て分をビティとパパが自由に使えないようにしようとしている。一年後には、ふたりの退職基金に手をつけるだろうとマーシーは思った。

「平屋の大きな家を探そうって彼は言うの。そうすればパパは居間で眠る必要がなくなるし、プールがあればジョンが友だちを連れてこられる。あの子はここで独りぼっちだもの」ビティが言った。「デイヴは、わたしたちとジョンが幸せに暮らせるようにしてくれるのよ。あなたもよ、そんなふうにひどく頑固なのをやめれば」

マーシーは笑った。「母さんがデイヴの味方をするからって、どうしてわたしは驚くのかしらね？　わたしも母さんと同じくらい、だまされやすいってことね」

「あなたがどれくらいひねくれて考えようと、彼はいまもわたしのベイビーなの。わたしは彼のことを、あなたやクリストファーとまったく同じに扱ってきた」

「常に変わらない愛情以外はね」

「自分を哀れむのはやめなさい」ビティはまた音もなく足を踏み鳴らした。「今夜パパから聞くことになるけれど、投資家たちとの話がどういうことになれ、あなたはクビだから」

マーシーが腹を殴られたような気分になるのは、今日二度目だった。「わたしをクビになんてできない」

「あなたは家族に逆らおうとしている。どこに住むつもり？　わたしの家には住ませないわよ」

「母さん」

「母さんなんて呼ばないで。ジョンはここに残るけれど、あなたは週末までに出ていってちょうだい」

「息子は手放さないから」

「どうやってあの子を養うっていうの？　自分名義のお金なんて十セントもないくせに」

ビティは傲慢そうに顎を突き出した。「人を殺したことのあるあなたが、町で仕事を探す生活に、どれくらい我慢できるものかしらね」

マーシーはいらついて言い返した。「あんたのそのがりがりのケツは刑務所でどれくらい耐えられるだろうね」

ビティはぎょっとし、怒りを露《あら》わにした。

「あんたがなにをしてきたのか、わたしが知らないとでも思っている？」母親の目に浮かんだ恐怖の色に、マーシーは強烈な満足感を覚えた。「クビにしてみれば？　わたしはいつだって警察に電話できるんだから」

「よく聞くのね」ビティはマーシーの顔に指を突きつけた。「そうやって脅し続けていたら、背中をだれかに刺されることになるわよ」

「たったいま母親にそうされたみたいだけれど」

「わたしがだれかを攻撃するときは、真正面から行く」ビティはマーシーをにらみつけた。「期限は日曜日だから」

ビティはきびすを返して部屋を出ていった。物音ひとつたてずに出ていったという事実は、荒々しい足音や勢いよく閉めるドアよりもはるかに事態が悪いことを伝えていた。謝罪や撤回はありえない。彼女の言ったことは事実だ。

マーシーはクビになった。一週間後にはここを出ていかなくてはならない。

　そう理解したことで、マーシーは頭を殴られたような気持ちになった。崩れるように椅子に座りこんだ。めまいがした。両手でこめかみを押さえた。テーブルに汗ばんだ手のあとが残った。わたしをクビにできるの？　パパは受託者だけれど、ほとんどすべてのことには投票が必要だ。デイヴは当てにできない。フィッシュは見て見ぬふりをするだろう。マーシーは銀行口座を持っておらず、持っている現金といえばいまポケットに入っている二枚の十ドル札だけだが、それも支払いにあてる金だ。

「大変な一日だった？」

　振り返らずとも、その質問をしたのがだれかはわかっていた。伯母の声は十三年前から変わっていない。姿を現すのにいまこのときを選んだのは、いかにも残酷なディライラらしかった。

　マーシーは言った。「なんの用なの、干上がった老いぼれの――」

「くそ女？」ディライラはマーシーの向かい側に座った。「まあ、否定はしないけどね」

　マーシーは伯母を見つめた。時の流れはパパの姉をいささかも変えていない。いまも彼女は彼女のままだ――ガレージで石鹸《せっけん》を作っているかつてのヒッピー。白くなった長い髪を腰まで届く三つ編みに結っている。着ているのは、小麦粉の袋から作ったみたいなシンプルなコットンのワンピースだ。石鹸を作っているせいで、両手は硬くなって傷だらけだった。えぐったような深い傷が残る上腕は、詰め物をした黄麻布のように見えた。

　その顔はいまも優しそうだ。それが厄介なところだった。マーシーは、幼いころから愛していたディライラと、最後は憎しみの対象になった怪物を結びつけて考えることができずにいた。彼女の人生に関わるすべての人間に対して、いまは同じように感じていた。ジョンを除いて。

ディライラは言った。「この古い場所に伝えられている英雄の物語にはびっくりだよね。まるで、このあたり一帯では大虐殺がなかったみたい。元々のフィッシュ・キャンプは、チカモーガの戦いのあと、部隊を脱走した南部連合の兵士が造ったって知っていた？」

脱走のくだりは知らなかったが、ここが南北戦争のあとで造られたことは知っていた。初代のセシル・マッカルパインは良心的兵役拒否者で、逃げてきたレディスメイドを連れて山に避難したのだというのが、一家に伝えられている話だ。

「ロマンチックな与太話《よた》は忘れることね」ディライラが言った。「一連の行方不明の未亡人の話は、まったく嘘っぱちだから。セシル大尉は女性を強引にここまで連れてきた。あのばかはふたりは愛し合っていると思っていた。女性にとっては誘拐とレイプにすぎなかった。ある日の夜中、女性は彼の喉を掻き切って、家にあった銀器を全部持って逃げた。彼は死にかけた。でもマッカルパイン家の人間がしぶといことはあんたも知ってのとおりだよ」

最後のくだりはよくわかっていた。「祖先がひどい男だったってわたしに聞かせれば、ショックのあまり売却に賛成するとでも思うの？　わたしの父親を知っているはずでしょう？」

「ええ、もちろん」ディライラは継ぎを当てたような上腕の皮膚を示した。「これは落馬してできた傷じゃない。あたしがロッジを運営したいって言ったら、あんたの父親が斧を振り回したんだ。あたしはひどく地面に叩きつけられて、顎の骨を折った」

　マーシーは唇を噛んで、なにか言いたくなるのをこらえた。そのことならよく知っている。彼女はそのとき、放牧場の裏の古い納屋に隠れていたからだ。目撃したことをだれにも話さなかった。デイヴにも。

「セシルは一週間あたしを入院させた。腕の筋肉の一部を失ったよ。顎をワイヤーで留めなくちゃならなかった。ハーツホーンは供述書を取ろうともしなかったよ。あたしは二カ月、喋れなかった」ディライラの言葉は遠慮がなかったが、笑顔は優しかった。「ほら、なにか冗談を言ってよ、マーシー。言いたいのはわかってるんだから」

　マーシーは喉にできた塊を飲みくだした。「なにが言いたいの？　怪我《けが》をする前に、あなたみたいにここから出ていけってこと？」

　ディライラが再び浮かべた笑みが、そのとおりだと認めていた。「あれは大金だよ」

　マーシーはまた胃がきりきりするのを感じた。喧嘩はもううんざりだ。「なにが望みなの、ディー？」

　ディライラは自分の顔の横に触れた。「あんたの傷はわたしのよりもきれいに治っている」

　マーシーは顔を背けた。彼女の傷はまだ開いたままだ。墓石に刻まれた名前のように、魂にくっきりと刻まれている。

ガブリエラ。

ディライラが訊いた。「あんたの父親があたしを家族会議からはずしたのはどうしてだと思う？」

マーシーは疲れすぎて、とてもなぞなぞなどする気分ではなかった。「わからない」

「マーシー、よく考えてみて。あんたはここでは一番頭がいいんだから。少なくとも、あたしがいなくなったあとでは」

マーシーの心に突き刺さったのは、彼女の快活な口調だった。とても慣れ親しんだ、とても落ち着く口調。すべてがめちゃめちゃになる前、ふたりはごく親しい間柄だった。子供のころ、マーシーは毎年夏をディライラと過ごしていた。ディライラは旅行先から手紙や絵葉書を送ってきた。マーシーが最初に妊娠を告げたのがディライラだった。ジョンが生まれたとき、マーシーのそばにいてくれた唯一の人だった。マーシーは逮捕されていたので、病院のベッドに手錠でつながれていた。ディライラはマーシーがジョンを抱いて授乳できるように支えてくれた。

その後、ジョンを永遠に奪おうとした。

マーシーが言った。「あなたは息子をわたしから奪おうとした」

「それについては謝らない。ジョンのために一番いいと思ったことをしただけ」

「母親から引き離そうとしたのに」

「あんたは拘置所やリハビリ施設を出たり入ったりしていて、そのあとギャビーとのあいだで恐ろしいことが起きた。あんたの顔を縫い合わせるのがせいいっぱいだったんだよ。あんたは死んでいてもおかしくなかった」

「デイヴは――」

「ろくでなしだよ」ディライラがあとを引き取って言った。「マーシー、あたしがあんたの敵だったことは一度もない」

マーシーは鼻で笑った。ここ最近、彼女のまわりには敵しかいない。

「セシルが家族会議をしているあいだ、あたしは居間に隠れていた」この家の壁は薄いとディライラが言う必要はなかった。マーシーの脅しを含めて、すべてを聞いていたのだろう。「マーシー、あんたがしているのは危険なゲームだよ」

「わたしが知っているゲームはそれだけだもの」

「本当に彼らを刑務所に送るつもり？　屈辱を味わわせるの？　めちゃくちゃにするの？」

「あの人たちがわたしになにをしようとしていると思うの？」

「それはわかっている。あんたにはいつだってきつく当たっていたよね。ビティは実のふたりの子供よりも、デイヴを選ぶだろうね」

「わたしを元気づけようとしているの？」

「大人同士として話をしようとしているんだよ」

　マーシーはなにか子供っぽいことをしたいという欲求にかられた。それが、渡っている最中に橋に火をつけてしまうような彼女の愚かな一面だった。

「疲れてないの？」ディライラが訊いた。「あんな人たちと争うなんて。あんたが必要としているものを決して与えてくれない人たちと」

「わたしはなにが必要なの？」

「安心」

　マーシーの胸が締めつけられた。今日はもうすでにたっぷりと殴られていたが、その言葉に大きなハンマーで打ちのめされた気がした。彼女が一度も感じたことがないのが、安心だ。パパが爆発するおそれは常にあった。ビティが意地の悪いことをするおそれも。フィッシュが彼女を見捨てるおそれも。デイヴは――彼はマーシーを安心させること以外のすべてをするから、リストを読みあげる必要はなかった。ジョンでさえも、安らぎをもたらしてはくれなかった。ジョンもほかの人たちのように、いずれ敵対するのではないかと彼女はいつも恐れていた。彼を失うのではないかと恐れていた。ひとりになるのではないかと恐れていた。

　マーシーは生まれてこのかたずっと、次のパンチを待ち続けていた。

「スイートハート」ディライラがいきなりテーブル越しに手を伸ばしてマーシーの手を握った。「話して」

　マーシーは握られた手を見つめた。ディライラが年を重ねたのがわかるのがここだ。日焼けによるシミ。熱した灰汁《あく》と油による火傷のあと。木の型を組み立てたり、開いたりしたせいで硬くなった手。ディライラはあまりにも頭が切れる。あまりにも聡明だ。これはマーシーがはまりこんだ砂地獄ではなかった。沸騰しようとしている湯だった。

マーシーは腕を組んで、椅子の背にもたれた。ディライラが地所に戻ってきてから一日もたっていないのに、すでに彼女のせいでマーシーは自分が未熟で弱い人間のような気がしていた。「どうしてパパはあなたを家族会議からはずしたの？」

「あんたにあたしの票を任せるって言ったから。あんたがなにをするのであれ、あたしは味方する」

マーシーは再び首を振った。これはなにかの罠《わな》だ。いままでだれも彼女の味方をしてくれなかった。とりわけディライラは。「今度はあなたがゲームをしているわけね」

「あたしはゲームなんてしていないよ、マーシー。信託の規則で、あたしは会計報告のコピーをいまももらっている。それを見るかぎり、不景気だった時期もあんたは乗り切ってきた。あんたはちゃんと役割を果たしたんだ」ディライラは肩をすくめた。「あたしは、もうこんな年なんだから、お金をもらって出ていくほうを選びたいところだけれど、あんたの人生をひっくり返して罰するようなことはしない。あたしはあんたをあと押しするよ。売却に反対の票を入れる」

あと押しという言葉が引っかかった。ディライラはマーシーをあと押しするためにここに来たわけではない。ディライラにはいつだって下心がある。疲れ切っていたマーシーはそれがなにかを見抜けなかった。それとも、憎しみに満ちた嘘つきの家族にうんざりしていただけかもしれない。

マーシーは真っ先に頭に浮かんだ言葉を口にした。「あなたのあと押しなんていらない」

「本当に？」ディライラは面白がっているようで、それがまたマーシーの怒りに油を注いだ。

「ええ、本当に」マーシーは険のある口調で言い返した。ディライラの顔からにやにや笑いを叩き消してやりたくて、手がうずうずしていた。「自分の尻のあと押しでもしていればいいんじゃない」

「あの有名なマーシーの短気はそのままね」ディライラはまだ面白がっている。「それって賢明？」

「なにが賢明なのかを知りたい？　わたしのことに首を突っ込まないで」

「あんたを助けようとしているんだよ。マーシー。どうしてあんたはそうなの？」

「自分で考えることね、ディー。ここで一番頭がいいのはあなたなんだから」

部屋を横切るのは、最高の気分だった。こんなに満足感のあるくそ食らえはそうそうないだろう。両開きのドアを押し開けると、暖かな空気がマーシーを包んだ。そこに集まっている人々を眺めた。デッキは人でいっぱいだ。チャックはフィッシュと身を寄せ合っている。フィッシュはマーシーが目を合わせようとしても、彼女のほうを見ようとはしなかった。グループの中心にはパパがいて、この地を慈しんできた愛情に満ちた七世代のマッカルパインについてのたわごとを披露していた。ジョンの姿はまだ見えない。自分の部屋で冷凍食品を食べているのだろう。それとも、プールのある大きな家と母親抜きの幸せな大家族についてデイヴが並べ立てた空約束を、あれこれと考えているのかもしれない。

マーシーは、不意に全身を不安につかまれた気がした。手すりにしがみついた。現実が、ハンマーのように頭を打った。あんなふうに食堂を出てくるなんて、わたしはいったいどうしたっていうの？　ディライラがこちらについてくれるなら、パパの側からあとひとりだけ引っ張ってくればいいことになる。それなのにマーシーは、つかの間の満足感のために自分でそれを台無しにしたのだ。いつもデイヴのところに戻ってしまうのと同じくらい、まずい選択だった。その気になれば自分で自分を痛めつけるのはやめられると気づくまでに、いったいわたしは何度煉瓦の壁に頭をぶつければいいんだろう？

マーシーは痣のできた首に手を触れた。口にたまった唾を飲みこんだ。背中を伝う汗は無視した。有名なマーシーの短気。有名なマーシーの狂気と言うべきだろう。手の震えを止めようとした。頭のなかで聞こえる会話を追い出そうとした。ディライラを追い出す。デイヴを追い出す。家族を追い出す。いまはどれもどうでもいい。いまは、今日の夕食を無事に終わらせることだ。

マーシーはまだここのマネージャーだった。とりあえず日曜日までは。客の様子を確かめた。モニカは手にグラスを持ち、隅のほうに座っている。フランクは、マッカルパインの遠い親戚が熊とレスリングをしたというパパのほら話を礼儀正しく笑顔で聞いているサラの近くに立っていた。ケイシャはグラスに残った染みをドリューに見せている。くそったれのケータリング業者。いつも三十分遅刻してくるハイになった町の男たちと硬水の扱いは、彼らに任せよう。

マーシーはほかの客を探した。トレイルをやってくるランドリーとゴードンを見て、胃がひっくり返りそうになった。最後に到着したのが彼らだ。顔を寄せ合って、親密そうに話をしている。峡谷の向こうを眺めている投資家たちは、タイム・シェアはどれくらい売れるだろうと話し合っているのかもしれない。だれかがふたりを手すりの向こうに放り投げてくれればいいのにとマーシーは思った。ウィル・トレントはどこだろうともう一度デッキを見まわした。最初は気づかなかった。隅のほうでしゃがみこみ、猫を撫でていたからだ。彼はやはり幸せそうな様子だったから、デイヴのことはまったく考えていないのだとわかった。

マーシーもそうなれればよかったのに。

「やあ、マーシー・マック」チャックが彼女の腕に手をのせた。「もしよければ――」

「触らないで！」全員の目が自分に向けられるまで、マーシーは大声をあげていたことに気づかなかった。チャックを見ながら首を振り、無理やり笑って言った。「ごめんなさい。驚いただけなの」

マーシーが彼の腕を撫でたので、チャックは困惑した顔になった。マーシーは絶対に彼に触れようとはしない。断固としてそれだけは避けていた。

「ここの筋肉はしっかりついているのね、チャック」そう言ってから、全員に向かって尋ねた。「お代わりの欲しい人は？」

モニカが指をあげた。フランクがその手をおろさせた。

「そういうわけで」パパが言った。「伝説によれば熊は、最後はノースカロライナで煙草屋をしていたそうですよ」

儀礼的な笑い声があがり、場がなごんだ。マーシーはその隙にバーカウンターに近づいたが、五メートルの距離が五百メートルにも感じられた。このどれかの、もしくはすべての味を喉の奥で感じたいと無言で切望しながらボトルの向きを変え、薄くなったラベルが見えるように並べ直した。

ペニーが小声で訊いた。「大丈夫？」

「大丈夫じゃない」マーシーも小声で返事をした。「あの女性の分は薄くして。あれじゃあ、テーブルで卒倒する」

「これ以上彼女のグラスに水を入れたら、おしっこのサンプルみたいに見えるよ」

マーシーはモニカを振り返った。その目はうつろだ。「気づかないわよ」

「マーシー」パパがマーシーを呼んだ。「アトランタから来た素敵なご夫婦を紹介しよう」

父親の陽気な口調にマーシーの全身に鳥肌が立った。これこそが、だれもが敬愛するパパだ。子供のころは、こういう父親を見るのが好きだった。やがて、家族に対してはどうしてこんなふうに快活で魅力的な男でいられないのだろうと、疑問に思うようになった。マーシーが彼に近づいていくと、人々が道を開けた。投資家たちは車椅子の両脇に立っていた。ビティは彼のうしろだ。彼女は黙って自分の口の端に触れ、笑顔を作るようにマーシーを促した。

マーシーは言われたとおり、作り笑いを顔に貼りつけた。「こんばんは。山にようこそ。必要なものが全部揃っているといいんですけど」

マーシーの田舎っぽいアクセントを聞いてパパは鼻孔を広げたが、そのまま紹介を続けた。「シドニー・フリンとマックス・ブラウワー、彼女はマーシー。より適任の人間が見つかるまで、しばらくのあいだ、彼女がここを運営しているんですよ」

マーシーは笑顔がひきつるのを感じた。パパは、彼女が娘だとすら言わなかった。「そうなんです。父は山でひどく転倒したものですから。このあたりはとても危険なことがあるんです」

シドニーが応じた。「自然にはかなわないときがありますよね」

乗馬が好きな人には死の願望があることをわかっているべきだったかもしれないとマーシーは思った。「厩舎に出入りなさっているんだって、その靴を見て思いました」

シドニーの顔が輝いた。「馬に乗るの?」

「まさか。馬は人を殺すか、自分を殺すかだって祖父がいつも言っていたんですよ」そう答えたあとで、客がひとり残らず乗馬を予約していることを思い出した。「よく飼いならされていない馬はね。わたしたちはセラピー用の馬しか使いません。以前は、子供を乗せていた馬なんです。マックス、あなたも乗馬をするんですか？」

「しませんよ。ぼくは弁護士だ。馬には乗らない」彼は携帯電話から顔をあげた。客にＷｉ－Ｆｉを使わせないというパパのルールには、明らかに例外があるようだ。「買うための小切手を書くだけだ」

シドニーは愛人のような甲高い笑い声をあげた。「マーシー、地所を案内してもらえないかしら。保全地役権の内側の土地をもっとよく見たいのよ。牧草地の航空写真は見たけれど、実際にこの目で見てみたい。しっかり地に足をつけて。わかるでしょう？　大地の声を聞く必要があるの」

マーシーは黙ってうなずいた。「明日の朝、兄がフライ・フィッシングにお連れすることになっていたと思います」

「釣りか」マックスが言った。「そっちのほうがぼくの好みだ。ボートから落ちて、首の骨を折るなんてことはないからね」

「いや、実はあるんですよ」どこからともなくフィッシュが現れた。「ぼくが大学にいたころ――」

「さてと、みなさん、なかに入りましょうか」パパが言った。「このにおいからすると、料理人がまた素晴らしい食事を用意してくれたようだ」

マーシーは歯が折れないように、顎の力を抜いた。アレハンドロがキッチンに足を踏み入れたそのときから、パパは彼の料理には文句しか言っていない。

客たちが父親のあとについて食堂に入っていくあいだ、マーシーはその場にとどまっていた。最後尾にいたウィルが思いやりを込めた笑みを彼女に向けた。人前でひどい扱いをされるとどう感じるのかを彼はわかっているのだろうと思った。児童養護施設で、デイヴが彼をどんな目に遭わせたのかは知らないが、彼の悪辣さをはねのけた人間がひとりはいることがわかって、安堵した。

「マース」フィッシュが手すりにもたれていた。手にしたグラスを見つめ、残ったソーダを回している。「どういうことだ？」

ビティと対峙《たいじ》し、ディライラにいらついたショックは消えていた。襲ってきたのはパニックだ。「クビになったの。日曜日までに出ていけって」

驚かないところをみると、フィッシュはすでに聞いていたのだろうが、これまで一緒に育ってきた歴史に加え、なにも言わないことからして、彼がまったくマーシーを擁護しなかったことはわかっていた。

マーシーは言った。「どうもありがとう、兄さん」

「きっとそれが一番いいんだ。おまえはここにうんざりしていないか？」

「兄さんは？」

フィッシュは片方の肩をすくめた。「今後もぼくを雇うとマックスは言っている」

マーシーはつかの間、目を閉じた。今日は、裏切りばかりの日だ。目を開けてみると、フィッシュは膝をついて猫を撫でていた。

「ぼくにはいい逃げ道なんだよ、マーシー」フィッシュは猫の耳のうしろを掻きながら、マーシーを見あげた。「ぼくが商売に向いていないのは知っているだろう？　彼らはロッジを閉める。プライベートで使うそうだ。馬のための場所を作るらしい。ぼくは土地を管理することになる。ようやく学位が役にたつよ」

マーシーは悲しみに押しつぶされそうになった。フィッシュはすでに決まったことのように話をしている。「それじゃあ兄さんは、この土地を全部、自分たちのためだけに使う金持ちに我慢できるの？　クリークや小川を個人のものにするのよ？　ザ・シャローズを独り占めするのよ？」

フィッシュは猫に視線を戻し、肩をすくめた。「いまここを使っているのだって、金持ちばかりだ」

彼に訴える手段はひとつしかなかった。「お願いよ、クリストファー。ジョンのために強くなってほしい」

「ジョンは大丈夫さ」

「本当にそう思う？　お金がからむとデイヴがどうなるか、知っているよね？　血のにおいを嗅ぎつけた鮫《さめ》みたいになる。彼はすでにもう、パパとビティが住む家を買うとかなんだとか、ばかげた夢みたいな話をしてる。ジョンも一緒になって」

フィッシュは猫の腹を強く撫ですぎて、手をぴしゃりと叩かれていた。立ちあがったものの、マーシーの目を見ることができずに彼女の背後に視線を向けた。「そんなに悪い考えじゃないかもしれない。デイヴはビティを愛している。これからも彼女の面倒を見るだろう。ジョンも彼女とは特別な絆《きずな》がある。ビティはジョンが大好きだ。パパは車椅子からではだれのことも傷つけられない。一緒に住むことで、みんな心機一転の出直しができる。デイヴは昔から家族を欲しがっていた。そもそものために彼はここに来たんだ——どこか属する場所が欲しくて」

どうして兄は、マーシーにも属する場所があってしかるべきだと考えないのだろうと不思議だった。「デイヴは自分を抑えられない。わたしになにをしたかを考えてよ。わたしは銀行口座すら持てないのよ。彼はパパたちのお金を全部だまし取って、その後は見捨てるに決まっている」

「そうなる前にふたりは死ぬさ」

優しい兄の口から出たその言葉は、より冷たく聞こえた。「ジョンはどうなの？」

「彼は若い」それが答えだとでもいうように、フィッシュは言った。「それに、ぼくも自分のことを考えなきゃいけない。毎日、自分の仕事だけをして、家族のごたごたや商売の責任を考えなくてすむのはいいものだ。それに社会に還元することもできる。慈善基金を作ってもいい」

マーシーはこれ以上、ばかげた妄想を聞いていられなかった。「家族会議でわたしが言ったことを忘れたの？　わたしはここをゆめゆめ奪わせたりはしない。今日、兄さんとチャックが納屋でしていたこと、わたしが証言しないとでも思った？　ＦＢＩに通報して、なにが起きているかも気づかないうちに兄さんを刑務所に放りこむことだってできるのよ」

「そんなことはさせない」フィッシュはまっすぐにマーシーの目を見つめた。それは、今日彼女がもっとも恐怖を感じた瞬間だった。フィッシュの視線はゆるぎなく、口はきつく結ばれている。兄がこれほど確信に満ちているのを見たことはなかった。「ぼくたちの人生をめちゃめちゃにできるとおまえは言った。失うものはなにもないと。だがぼくがおまえから奪えるものがある」

「なに？」

「おまえの残りの人生だ」

6

殺人の五時間前

サラは、彼女の椅子の背に腕を伸ばしているウィルにもたれかかった。恋人に夢中のティーンエイジャーのようなうっとりした表情にならないようにしながら、彼のハンサムな顔を見あげた。彼の肌からはまだ、バスソルトのにおいがした。青灰色のボタンダウンシャツの襟元は開けているが、部屋の温度は高めにもかかわらず袖は伸ばしている。胸骨のくぼみにひと粒の汗が見えた。首のへこみを解剖学的名称で呼ぶような完全なオタクにならずにすんだのは、そこに舌を這わせたいという欲望のおかげにほかならない。

ウィルはサラの腕を指でなぞった。サラは目を閉じたくなるのをこらえた。長い一日だったから疲れていたが、明日はヨガのために夜明けと共に起きなくてはならない。そのあとはハイキングとパドルボートが待っている。どれも面白そうだったけれど、一日中ベッドにこもっているのも楽しいだろう。

ハイキングについてドリューがウィルに語る声が聞こえた。弁当にパノラマのような景色。ウィルがキャンプ場の件でいまだに落胆しているのはわかっていた。本当に見つけられると思っていたわけではない。カクテルを飲みながら尋ねてみたが、マッカルパイン家の人間はだれもその所在を認めなかったが、否定することもなかった。クリストファーは知らないふりをした。セシルはまた大げさな話を始めた。家族の歴史にもっとも詳しいはずのビティですら、あわてて話題を変えた。

明日の午後、もう一度リトル・ディア・トレイルを試してみるつもりだった。汗まみれになって生い茂ったやぶのなかを歩き、そのあとはダニがついていないかどうかを互いに確かめなくてはならないという、サラがキャンプについて嫌っているまさにそのことにかなりの時間を取られたせいで、今日はじっくり探索している時間がなかった。ふたりはようやくのことで、石で大きな円が描かれている、雑草に覆われた空き地を見つけていた。魔女の集会所だとウィルは冗談を言った。ビールの空き缶と煙草の吸殻が残っていたから、ティーンエイジャーたちの密会場所だろうとサラは考えた。

あるいは、かつてキャンプファイヤーを行っていた跡地だというほうがありえるかもしれない。だとすると、キャンプ場が近くにあるはずだ。児童養護施設の子供たちは、宿泊小屋や食堂について、あるいはリーダーたちの様子を探ろうと夜中にコテージの裏をうろついた話をしていた。ウィルがそういった話を聞いたのはもう何十年も昔のことだが、建物の基礎やなにかはまだ残っているはずだ。山の上まで運ばれてきたものは、わざわざ運びおろしたりしないのが普通だ。

　サラが会話に意識を戻したのは、ちょうどウィルがドリューにこう問いかけたときだった。「おふたりは、午後はなにをしていたんですか？」

「そうだな、あんなことやこんなことさ」彼は、水のグラスに残った染みをわざとらしく眺めているケイシャを肘で突いた。やめておけというようにきっぱりと首を振ってから、ウィルに尋ねた。「ハネムーンはどうだね？」

「素晴らしいです。おふたりは何年に知り合ったんですか？」

　ドリューが知り合った年だけでなく、実際の日付とその場所まで答えるのを聞きながら、サラは膝に布ナプキンを広げ、頬が緩みそうになるのをこらえていた。ウィルが世間話をしようとしている。けれど彼がなにを言おうと、アリバイを聞き出そうとしている警官のようにしか聞こえなかった。

　ドリューが言った。「タスキーギ相手のホームゲームに彼女を連れていったんだ」

「スタジアムは、ジョセフ・E・ロワリー・ブールバードの近くでしたよね？」

「あそこのキャンパスを知っているの？」事実を確かめるためでありながら、それ以上の答えを引き出そうとする質問にドリューは感心したようだ。「あの当時、レイ・チャール《PA》ズ・パフォーミング・アート・センター《YPAC》の建設に着工したばかりだった」

「コンサート・ホールですか？　どんな建物なんです？」

　サラは、彼女の左側に座っているゴードンにさりげなく注意を向けた。彼と隣の男性の会話を聞き取ろうとした。あいにくふたりの声は小さすぎた。客たちのなかで、もっとも謎めいていると感じたのがこのふたりだ。カクテルパーティーの席ではゴードンとランドリーだと名乗ったが、夕方サラは散歩道にいるふたりの話を耳にしていて、そのときゴードンは確かにランドリーをポールと呼んでいた。

サラは、ドリューたちとウィルの会話に意識を戻した。

「ほかにだれがいたんです？」ウィルがケイシャに訊いた。初めてのデートについて尋ねるのなら、いたって当たり前の質問だ。

サラはウィルたちの会話に耳を傾けるのをやめ、フランクの隣で体を斜めにしているモニカに視線を向けた。彼女が何杯飲んだのかは、あえて数えていなかった。少なくとも二杯目以降は。彼女は意識朦朧《いしきもうろう》としていて、フランクが腕を回して支えてやっている。彼はうっとうしい男だが、妻のことは気にかけているようだ。シドニーとマックスはテーブルの上座に近いところに座っている。男性のほうは電話にかかりきりで、Ｗｉ－Ｆｉが制限されていることを考えると、興味深いと言えた。一方の女性は、蠅《はえ》を追い払おうとする馬のように、ポニーテールにした髪をひたすら振っていた。

「全部で十二頭いるの」彼女は、馬にはまったく興味がなさそうなゴードンに言った。「アパルーサが四頭、ダッチ・ウォームブラッドが一頭、残りはトラケナー（いずれも馬の品種）。その子たちが一番若いんだけれど、でも――」

サラはその声を遮断した。馬は好きだが、どっぷり首までつかるほどではない。

ウィルが自分に注意を向けようと、サラの肩をつかんだ。

サラは体を寄せて、彼の耳元でささやいた。「殺人犯はもう見つけたの?」

ウィルも小声で答えた。「食堂でスティックパンを持っていたのはチャックだった」

サラはむさぼるようにスティックパンを食べているチャックをちらりと見た。もうだれも自分の腎臓を信用できなくなっていたから、傍らには大きな水差しが置かれている。釣りのガイドのクリストファーが彼の左側に座っていた。ふたりとも憂鬱そうに見える。チャックにもっともな理由があるのはわかっていた。マーシーは彼を罵ったも同然だ。彼女は取り繕おうとしたけれど、彼を苦手に感じているのは明らかだった。こんにちは以外の言葉を交わしていないサラですら、彼に気味悪さを感じていた。

無骨で内気そうに見えるクリストファー・マッカルパインには、同じ雰囲気は感じなかった。その隣は、唇を結び、難しい顔をしている彼の母親で、妙に冷淡そうに見えた。パンをもうひと切れ取ろうとして息子が手を伸ばすと、あたかも彼がまだ子供であるかのように、ビティはぴしゃりとその手を叩いた。彼は両手を膝に置き、テーブルを見つめた。一家のうちで夕食を楽しんでいるように見えるのは、上座に座っている男性だけだった。おそらく彼が、参加するよう全員に命じたのだろう。人から注目されるのが好きなことは間違いない。客たちは彼が語る話に魅了されているようだが、サラには、プロムを中止してダンスを違法にするような独善的な自慢屋としか思えなかった。

セシル・マッカルパインはいかついけれどハンサムな顔立ちをした男で、縮れた白髪の持ち主だった。ほぼすべての人からパパと呼ばれている。顔と腕の新しい傷痕を見るかぎり、この数年のあいだに大事故に遭ったのだろうとサラは考えていた。ひどい事故だったことを考えると、幸運な面もあったらしい。横隔膜をコントロールする横隔神経は、C－3、4、5の神経根から延びている。ここに損傷を受けると、残りの人生を人工呼吸器につながれて送ることになる。その怪我で命を落とさなければの話だが。

サラはセシルが左手の薬指をあげて、水が欲しいと妻に合図を送っているのを見た。カクテルパーティーでは、彼はウィルとサラに右手で力強く握手を交わしたが、そのせいでかなりのエネルギーが奪われたようだ。

セシルは水を飲むと、ランドリー／ポールに言った。「湖に注ぎこんでいる小川の源流は、マッカルパイン・パスの先にあるんだ。ロスト・ウィドウ・トレイルを湖まで行って、そこからさらに十五分ほど歩くと小川に出る。小川に沿って、二十キロほど歩いてみるといい。山腹をのぼる気持ちのいいハイキングコースだ」

「ケイシャ」ドリューがかすれた声で言った。「放っておけ」

ふたりは水滴の染みがあるグラスのことで言い争いをしているらしいとサラは思った。静かにふたりから顔を背け、テーブルの反対側で交わされている会話に耳を澄ました。セシルの姉――絞り染めのワンピースを着た、自然志向のグラノーラタイプの女性――がフランクに言った。「あたしはビルケンシュトックを履いているからレズビアンだって思われるんだけれど、いつも言ってやるの。女性とセックスするのが好きだから、レズビアンなんだって」

「ぼくも好きだ！」フランクが声をあげて笑った。乾杯するみたいに、水のグラスを掲げた。

サラはウィルと顔を見合わせてにやりとした。ふたりはこの場にまったくふさわしくない話をしている。テーブルについている人たちのなかで、面白そうな人はその伯母だけだ。手と前腕に傷があるのを見て、なにか化学薬品を使う仕事をしているのだろうとサラは考えた。上腕には、斧で肉を削り取られたみたいなもっと大きな傷があった。農場で重機を使った仕事をしているのかもしれない。コーンパイプ（トウモロコシの軸を使った喫煙用パイプ）を手に牧畜犬に囲まれている彼女を想像するのは簡単だった。

「ねえ」ウィルはまた声を潜めた。「ビティって変わった名前だよね？」

「あだ名よ」ディスレクシアのせいで、ウィルは言葉遊びを理解するのが難しいことがある。「ちっちゃい《イティー・ビティ》をもじっているんじゃないかしら。彼女はとても小柄だから」

ウィルはうなずいた。彼女の説明を聞いて、だれにでもあだ名をつけるデイヴのことを考えているのがわかった。性格の悪いあの嫌な男がカクテルパーティーに姿を見せなかったことに、ふたりはどちらも安堵していた。彼女たちの夜をデイヴに台無しにされたくはない。サラはウィルの太腿に手をのせた。筋肉が張りつめている。夕食が早く終わってほしかった。楽しむべきものはもっとほかにある。

「さあ、どうぞ！」マーシーが両手にそれぞれ大皿を持って、キッチンから現れた。別の大皿とソースの容器を手にしたティーンエイジャーの少年ふたりがそのあとをついてくる。

「今夜のひと皿目は、エンパナーダ（具入りのペストリー）、パパス・レジェーナス（コロッケの一種）、そしてプエルトリコにいる彼の母親直伝のレシピを使った料理人得意のトストーネ（調理用バナナのフライ）よ」

テーブルの中央に皿が並べられると、歓声があがった。ウィルがうろたえるのではないかとサラは心配になったが、ハニーマスタードですら斬新すぎると考えている男にしては、驚くくらい平然としている。

サラは訊いた。「プエルトリコの料理を食べたことがあるの？」

「いいや。でもここのウェブサイトでサンプルのメニューを見たんだ」彼は並べられた料理を指さした。「肉が入った揚げパン。肉を包んだポテトを揚げたもの。揚げたグリーン・プランテン——調理用のバナナのことで、厳密に言えば果物だが、二度揚げてあるからもう果物とは言えないな」

サラは笑ったが、心のなかでは喜んでいた。彼は本当に彼女のことも考えて、ここを選んでくれたのだ。

マーシーはテーブルを回って、グラスに水を注いでいる。チャックと兄のあいだに身をかがめた。チャックが何事かを口にすると、マーシーが奥歯を嚙みしめたのがわかった。鳥肌が立っている女性をまさに全身で表現していた。ふたりのあいだには間違いなくなにかがあるようだ。

サラは顔を背けた。他人の問題には首を突っ込まないと決めている。

「マーシー」ケイシャが声をかけた。「わたしたちのグラスを替えてくれないかしら?」

ドリューはいらだたしげに言った。「いや、いいんだ」

「問題ないわ」マーシーの顎にさらに力が入ったが、それでもなんとか唇で笑みの形を作った。「すぐに持ってきます」

彼女がふたつのグラスを手に取ると、テーブルに水が飛んだ。彼女はキッチンへと戻っていき、ドリューとケイシャは鋭い視線を見かわした。ケータリング業者のふたりは、細かいところにこだわる仕事上の習慣から抜け出せないらしい。検死官と刑事のようにはいかないようだ。あるいは配管工の娘のようには。グラスは清潔だ。あの染みは硬水のミネラルが残したものだ。

「モニカ」フランクの声は穏やかだった。彼女になにかを食べさせようと、皿にフライドポテトをのせている。「サンファンに行ったとき、港が見える屋上のバーで食べたソルリトス(トウモロコシの粉を練って揚げたもの)を覚えている?」

フランクに向けたモニカの目はなんとか焦点が合っているようだ。「アイスクリームを食べたわ」

「そうだったね」彼はモニカの手を自分の口に当てて、キスをした。「それからサルサを踊ろうとした」

夫を見つめるモニカの表情が和らいだ。「あなたは踊ろうとした。わたしは失敗した」

「きみはなにも失敗なんてしていないよ」

互いを見つめるふたりのまなざしに、サラは胸に熱いものがこみあげた。ふたりのあいだには、確かに心を打つなにかがある。彼女は彼らの判断を誤っていたのかもしれない。どちらにしろ、こうして眺めているのはふたりのあいだに侵入しているように思えた。サラはウィルに視線を向けた。彼もまた気づいていた。彼女が食べ始めるのを待っている。サラはフォークを手に取った。エンパナーダを刺した。胃が文句を言っていて、ひどく空腹であることに気づいた。食べすぎないように気をつける必要があった。ハネムーンの最初の夜に、満腹で寝落ちしてしまうような女性になるつもりはない。

「母さん！」ジョンが勢いよくドアから入ってきた。「どこにいる？」

全員がそちらに顔を向けた。ジョンはふらふらと千鳥足で部屋に入ってきた。顔はむくみ、汗ばんでいる。今夜はモニカと同じくらい飲んでいるのだろうとサラは思った。

「母さん！」彼が声を張りあげた。「母さん！」

「ジョン？」マーシーがキッチンから飛び出してきた。両手に水のグラスを持っていた。息子の様子を見て取ったが、冷静さを失うことはなかった。「ベイビー、キッチンに来て」

「いやだ！」ジョンは叫んだ。「ぼくはベイビーなんかじゃない！　理由を話してよ！　いますぐに！」

ろれつが回っておらず、聞き取るのがやっとだった。ジョンがふらついたときに備えて、ウィルが椅子の向きを変えたことにサラは気づいた。

「ジョン」マーシーは警告するように首を振った。「あとで話しましょう」

「くそくらえだ！」ジョンは宙に指を突きつけながら、母親に近づいた。「あんたはなにもかもだめにしたいんだ。父さんは、ぼくたちみんなが一緒にいられるように計画をたててる。あんた抜きで。ぼくはあんたといたくないよ。プールのある家でビティと暮らしたいんだ」

ビティが勝ち誇ったような声をあげたので、サラはショックを受けた。

マーシーの耳にも届いたらしい。彼女は母親をちらりと振り返ってから、息子に言った。

「ジョン、わたしは――」

「なんでなにもかもだめにするんだ？」ジョンは母親の腕をつかむと激しく揺さぶったので、グラスのひとつが彼女の手から離れ、石の床に落ちて割れた。「なんでいつもそんなに意地の悪いくそばばあなんだ？」

「ほら」ジョンが母親の腕をつかんだときに、ウィルは立ちあがっていた。彼に近づきながら言った。「外に出よう」

ジョンはさっと振り返って、叫んだ。「失《う》せろ、トラッシュキャン！」

ウィルは驚いた顔になった。サラも同じくらい驚いていた。どうしてこの少年が、そのひどいあだ名を知っているんだろう？　どうして叫んでいるの？

「失せろって言ったんだ！」ジョンはウィルを押しのけようとしたが、彼は動かなかった。

ジョンはもう一度、ウィルを押した。「くそ！」

「ジョン」マーシーの手はひどく震えていて、残ったグラスのなかで水が揺れた。「あなたを愛している。わたしは――」

「ぼくはあんたが大嫌いだ」その言葉を静かに口にしたという事実は、さっきの怒りの爆発よりもはるかに衝撃的だった。「あんたが死んでくれればいいと思うよ」

ジョンは乱暴にドアを閉めて出ていった。その音はソニックブームのように響いた。だれもが無言だった。だれも動かなかった。マーシーは体を凍りつかせていた。

やがてセシルが言った。「自分がしたことを思い知るんだな、マーシー」

マーシーは唇を噛んだ。あまりにも打ちひしがれて見えたので、サラは同情に顔が熱くなるのを感じた。

ビティが舌を鳴らした。「マーシー、ほかのだれかに怪我をさせる前に、グラスを片付けなさい」

マーシーより先にウィルがかがみこんだ。うしろのポケットからハンカチを取り出し、割れたグラスのかけらを拾っていく。マーシーが震えながら、彼の隣に膝をついた。顔の傷が屈辱に赤らんでいる。部屋は静まりかえっていて、グラスの破片が当たる音が聞こえるほどだった。

「ごめんなさい」マーシーがウィルに言った。

「いいんだ。ぼくはいつもなにかを壊しているから」

マーシーがあげた笑い声は、唾を飲んだ拍子に途切れた。

「子供は」チャックがおかしな声で言った。「親に似るっていうよね」

クリストファーはなにも言わなかった。スティックパンに手を伸ばし、音をたててかじった。たとえあそこまでひどくはないにしろ、だれかに妹のことを悪く言われたらどれほど怒りを覚えるものなのかサラには想像もつかなかったが、彼はただ役立たずの間抜けのようにパンをかじっているだけだった。

だれもが、昔のカーニバルの見世物ショーを見るように、マーシーを見つめていた。

サラが呼びかけた。「冷める前に、おいしいお料理をいただきましょう」

「いい考えだ」フランクは、感情を爆発させる酔っ払いには慣れているようだ。「モニカに、数年前に旅したプエルトリコの話をしていたところなんだ。あそこには、ブラジルのサンバとは違ったタイプのサルサがあるんだよ」

サラは話を合わせた。「どう違うの？」

「いたっ」マーシーがつぶやいた。グラスの破片で親指を切っていた。床に血が滴った。離れたところから見ても、傷が深いことがサラにはわかった。

無意識のうちに立ちあがっていた。「キッチンに救急箱はある？」

「わたしは大丈夫。わたしは——」マーシーは怪我をしていないほうの手で口を押さえた。吐き気を催したらしい。

セシルが言った。「なんてこった」

サラはマーシーの親指に布ナプキンをしっかりと巻きつけて、止血しようとした。割れたグラスの片付けはウィルに任せ、マーシーを連れてキッチンに向かった。

若いウェイターのひとりが顔をあげてふたりを見たが、すぐに皿を用意する作業に戻った。もうひとりは、食器洗浄機にせっせと食器を入れている。マーシーを気にかけているらしいのは料理人だけだった。コンロから顔をあげ、部屋の向こうから彼女を見つめている。心配そうに眉間に皺を寄せていたが、口を開くことはなかった。

「大丈夫よ」マーシーは彼に言った。それからサラに向かってうなずいた。「この奥にある」

サラは彼女のあとについて、狭苦しい事務所への通路になっているらしいバスルームに入った。金属製の机の上に電動タイプライターが置かれているのが見えた。床一面に書類の山。電話はない。唯一、現代的と言えるのは、会計台帳の束の上にのっている閉じたラップトップ・コンピューターだった。

「散らかっていてごめんなさい」マーシーは、寒くなったときに着る上着を吊るしてあるフックの列の下に手を伸ばした。「あなたの夜を台無しにしたくない。救急箱を取ってくれればそれでいいから、もう食事に戻って」

サラは出血している気の毒な女性をバスルームに残していくつもりはなかった。壁の救急箱に手を伸ばしたところで、マーシーがえづいたのが聞こえた。トイレの蓋を開く音がした。マーシーは膝をついて、こみあげてきた胃液を吐いた。何度か吐いたあとで、しゃがみこんだ。

「くそ」マーシーは怪我をしていないほうの手の甲で口を拭った。「ごめんなさい」

サラが言った。「親指を見せてくれる？」

「わたしは大丈夫。お願いだから、食事に戻って。自分でできるから」

その言葉を証明しようとするかのように、マーシーは救急箱をつかむと便器に座った。サラは、救急箱を片手で開けようとする彼女を見ていた。彼女が何事も自分ですることに慣れているのは明らかだった。だがいまの状況をひとりではどうにもできないことも、はっきりしていた。

「いいかしら？」マーシーが渋々うなずくのを待ってから、サラは救急箱を受け取り、床の上で開けた。様々な種類の包帯と消毒薬、縫合用のセットが三つ、止血セット——止血帯、パッキング用のガーゼ、止血用包帯——がふたつ入っていた。局所麻酔剤のリドカインの小瓶もあって、厳密に言えば救急箱に入れておくのは合法とは言えないのだが、これだけ文明社会と離れたところで暮らしていれば、自分たちで処置することに慣れるのだろうと思った。

サラは言った。「親指を見せて」

マーシーは動かない。思い出に浸っているかのように、救急箱の中身をぼんやりと眺めている。「その必要があるときは、父が縫っていたの」

その声には悲しみがあった。セシル・マッカルパインにはもう、だれかの傷を縫えるだけの器用さはない。それでもサラは、彼を気の毒だとは思えなかった。セシルがマーシーに向けるような口調で自分に話しかける父親など想像もできない。それも、他人の前で。

さらに言えば、ふたりの娘のどちらかを悪く言う人間がいれば、母親は即座に叩きのめすことだろう。

サラは言った。「気の毒だったわね」

「あなたのせいじゃない」マーシーの口調はそっけなかった。「止血用包帯を出してくれる？　どういう仕組みか知らないけれど、それで出血が止まるの」

「止血剤が染みこませてあるから、血液中の水分を吸収して、凝固を促進するのよ」

「あなたは化学の先生だったわね」

「そのことだけれど」サラはまた顔が熱くなるのを感じた。自分が嘘つきだと白状するのはいやだったが、マーシーに包帯と格闘させるつもりはなかった。「わたしは医者なの。ウィルとわたしは、自分たちの仕事を黙っていようって決めたのよ」

マーシーは嘘をつかれていたことを知っても、動揺しなかった。「彼の仕事はなに？　バスケットの選手？　タイトエンド（アメリカンフットボールのポジション）？」

「ジョージア州捜査局の捜査官なの」マーシーがその情報を消化しているあいだに、サラはシンクで手を洗った。「嘘をついてごめんなさい。わたしたち――」

「いいのよ」マーシーが言った。「さっきなにがあったかを考えれば、わたしは非難する立場にないわ」

サラは湯の温度を調節した。頭上から強烈な光が照らしていたから、マーシーの首の左側に三つの赤い痣があるのが見えた。新しいものだ。おそらく数時間はたっていないだろう。痣が目立ってくるのは数日たってからだ。

サラはマーシーに言った。「ガラスが残っているといけないから、傷を洗わないと」

マーシーは蛇口の下に手を出した。かなりの痛みがあるはずだが、彼女はたじろぐことすらなかった。痛めつけられるのに慣れているらしい。

サラはそのあいだに、マーシーの首に残された赤い痣を観察した。首の両側に傷がある。サラは彼女の首を両手でつかむところを想像してみた。痣のある箇所と指の位置は一致する。彼女は解剖台の上の遺体を相手に幾度となく同じことをしていた。扼殺は、ＤＶによる殺人によくある特徴だ。

「手当をしてもらう前に言っておいたほうがいいと思うけれど」マーシーが言った。「デイヴは元夫なの。ジョンの父親。百万年も前、あなたのご主人がトラッシュキャンって呼ばれていたことをジョンに話したのは、間違いなくあのろくでなしね。デイヴはいつだってそういうくだらないいやがらせをするのよ」

サラはその話を聞き流した。「あなたの首を絞めたのはデイヴ？」

マーシーはそれには答えず、ゆっくりと蛇口を閉めた。

「それで吐き気も説明がつく。気を失ったの？」

マーシーは首を振った。

「息がしにくかったりする？」マーシーは首を振り続けた。「視界に変化は？　めまいは？　記憶が飛んだりとか？」

「なにもかも、忘れられたらいいのに」

「首を診せてもらってもいい？」

マーシーは便器に座り直した。くいっと顎をあげたのが、同意の代わりだ。軟骨はずれてはいない。舌骨に損傷はない。痣はくっきりと赤く、腫れている。頸動脈《けいどうみゃく》と気管を圧迫すれば、簡単に人を死に至らしめることができる。それより危険なのはチョークホールド（背後から腕で首を絞める技）くらいだ。

自分が死の瀬戸際にいたことをマーシーは認識しているのだろうとサラは思った。DVの被害者に説教をしても、この先のDVを止められないのはわかっていた。サラにできるのは、ひとりではないと彼女に知らせることだけだ。

サラは言った。「問題はなさそうね。ひどい痣はできるでしょうけれど。なにかおかしいと思ったら、いつでもいいからわたしに教えてほしいの。夜でも昼間でも。わかった？　わたしがなにをしていてもかまわないから。深刻なことになりかねない」

マーシーは疑わしそうに訊いた。「デイヴについて、ご主人から本当の話を聞いた？」

「聞いたわ」

「デイヴがあのあだ名をつけたの」

「知っている」サラは答えた。

「きっとほかにも――」

「どうでもいいことよ。あなたは、あなたの元夫とは違う」

「そうね」マーシーは床に視線を落とした。「でもあたしは、いつも彼のところに戻ってしまう大ばか者だから」

サラは彼女が気持ちを落ち着けるのを待った。縫合セットを開いた。ガーゼ、リドカイン、小さな注射器を並べた。マーシーに目を向けたときには、彼女の準備はできていた。

サラは言った。「シンクの上に手を出して」

サラが傷口にヨードをかけても、マーシーはやはり身じろぎひとつしなかった。傷は深かった。マーシーは食べ物に触っていた。ガラスの破片は床に落ちていた。そのいずれも、感染の原因になりうる。普段であればサラは万一を考えて、抗生物質の処方箋を書くところだが、いまは警告ですますほかはなかった。「熱っぽかったり、赤い発疹《ほっしん》が出たり、普通じゃない痛みを感じたときは――」

「わかっている」マーシーが言った。「町にはあとで診てもらえる医者がいるから」

その口調から、彼女が診てもらうつもりはないことがわかった。けれどサラはやはりなにも言わなかった。アトランタにある唯一の公立病院の救急外来で働いているあいだに、病気は治せなくても怪我の治療はできることを学んでいた。

マーシーが言った。「さっさと終わらせましょう」

膝にペーパータオルを広げたときも、マーシーは逆らわなかった。サラはさらにその上に救急箱に入っていた布をかけた。もう一度手を洗った。それから、消毒剤を使った。

「いい人みたいね」マーシーが言った。「あなたのご主人」

サラは早く乾くように手を振った。「ええ」

「あなたは……」考えをまとめているのか、マーシーの声が尻つぼみに途切れた。「彼は、あなたを安心させてくれる？」

「全面的に」サラはマーシーの顔を見た。簡単に感情を露わにするタイプには見えなかったが、いまその顔には深い悲しみが浮かんでいた。

「よかったわね」マーシーの声は哀愁を帯びていた。「わたしはこれまで、だれのそばにいても安心だって感じたことがないと思う」

サラは返す言葉が見つからなかったが、マーシーはなにか言ってほしいわけではなさそうだった。

「あなたは自分の父親と結婚した？」

サラはもう少しで笑いだしてしまうところだった。新フロイト派のたわごとのように聞こえるが、その言い回しを聞いたのはこれが初めてではない。「大学生のころ、女の子はみんな父親と結婚するって伯母に言われて、すごく頭にきたことがある」

「そのとおりだった？」

サラは、ニトリルの手袋をはめながら考えてみた。父親はもうひょろっとはしていないが、彼もウィルもどちらも長身だ。ふたりとも倹約家だ。それが、わずかに残ったピーナッツバターを掻き出すため、延々と瓶をこすっているということであれば。ウィルは親父ギャグは言わないが、父親と同じような自虐的なユーモアのセンスの持ち主だ。便利屋を呼ぶのではなく、壊れた椅子を修理したり、壁の穴を埋めたりする作業は自分でやろうとする。ほかのみんなが座ったままでいるときに、自分だけは立つようなタイプだ。

「そうね」サラはうなずいた。「父親と結婚したわ」

「わたしも」

彼女はセシル・マッカルパインの美点を考えているわけではないだろうとサラは思ったが、それを確かめるすべはない。サラは注射器にリドカインを入れた。マーシーは黙りこみ、怪我を負った親指を見つめながら何事かを考えていた。サラは注射器にリドカインを入れた。マーシーは注射の痛みに気づいたかもしれないが、なにも言わなかった。日々、痣を作られたり、首を絞められたりしていれば、針が皮膚に刺さることくらい、ちょっとした不都合にすぎないのだろう。

それでも、サラは手早く傷を閉じていった。細かく四針、縫った。マーシーには、辛い時期を思い出させるであろう傷がすでに顔にある。親指を見ることで、また別の辛い記憶を蘇《よみがえ》らせるようなことはしたくなかった。

サラはガーゼ包帯を巻きながら、いつもの注意事項を口にした。「一週間は濡らさないで。痛むときは、タイレノールを飲むといいわ。帰る前に、もう一度傷を見たい」

「それまでわたしはここにいないと思う。母さんにクビにされたから」マーシーは突然、驚いたように笑った。「わたしはずっとこの場所を憎んできたのに、いまは愛することしかできない。ほかの場所で暮らすなんて想像もできないわ。ここはわたしの魂の場所なの」

サラは、他人の個人的な事柄には首を突っ込まないと改めて自分に言い聞かせなくてはならなかった。「いまはひどい状況に思えても、たいていは朝になったらよくなっているものよ」

「わたしがそれまで無事でいられるかどうか、怪しいものよ」マーシーは笑みを浮かべていたが、その言葉に面白いところは少しもなかった。「いまこの山にいる人のなかで、わたしを殺したいと思っていない人はひとりもいないと言っていいでしょうね」

7

殺人の一時間前

ベッドで寝がえりを打つと、ウィルがそこにいないことがわかった。サラは時計を探したが、ベッド脇のテーブルには彼の携帯電話しかなかった。夕食の席での出来事にどちらもひどく動揺していたので、北ジョージア山地のビッグ・フットに関するポッドキャストを聞きながら眠りに落ちる以外のことをする気にはなれなかった。

「ウィル?」サラは耳を澄ましたが、なんの物音もしない。コテージは静まりかえっていたから、彼がいないことがわかった。

夕食のときに着ていた薄いコットンのワンピースが床に落ちていた。居間に向かった。膝がソファの角にぶつかった。暗闇のなかで悪態をついた。開いた窓に近づき、ポーチを確かめた。ゆっくりと揺れているハンモックは空だ。気温はさがっていた。暴風雨が近づいている気配があった。サラは首を伸ばして、湖に続く道を見た。月の柔らかな光のなかに、山脈を見渡せるベンチに座っているウィルが見えた。両腕を伸ばしてうしろにつき、遠くを眺めていた。

サラはサンダルを履くと、慎重に石造りの階段をおりていった。こんな夜中にサンダルはふさわしくなかったかもしれない。なにか毒のある生き物を踏むかもしれないし、足首をひねるかもしれない。それでも、ハイキングブーツに履き替えるために戻ろうとはしなかった。ウィルに引き寄せられているように感じていた。夕食のあと、彼は物思いにふけっているのか、静かだった。マーシーと彼女の家族とのやりとりを見て、ふたりはどちらもかなり動揺した。愛情に満ちた、仲のいい家族がいる自分がどれほど幸運であるかをサラは改めて考えた。それが普通だと思いながら育ったけれど、実は当たりくじを引いていたのだと、人生が教えてくれた。

近づいてくるサラの足音を聞いて、ウィルが顔をあげた。

サラは訊いた。「ひとりでいたい？」

「いいや」

サラが隣に腰をおろすと、ウィルは彼女に腕を回した。サラは彼にもたれた。彼の体はしっかりしていて、安心できた。マーシーの質問を思い出した――彼は、安心させてくれる？　父親を除けば、サラはいままでこれほど男性を信頼したことはなかった。そんなふうに感じたことがないマーシーが気がかりだった。サラに言わせれば、それは人間の基本的欲求のカテゴリーに入ることだったからだ。

ウィルが言った。「雨が降りそうだ」

「コテージに閉じ込められたら、空いた時間になにをする?」

ウィルは笑って、サラの腕をくすぐった。けれどその笑みはすぐに消えて、彼は暗闇を見つめた。「母のことをいろいろと考えていたんだ」

サラは彼の顔が見えるように座り直した。ウィルは顔を背けたままだったが、奥歯を噛みしめていたから、辛いことだというのはわかった。

サラは言った。「話して」

ウィルはいまから水に潜ろうとしているみたいに、大きく息を吸った。「子供のころは、彼女が生きていたらぼくの人生はどんなだっただろうとよく考えた」

サラは彼の肩に手をのせた。

「ぼくたちは幸せだっただろうって思っていた。人生はもっと簡単だっただろう。学校はもっと簡単だっただろう。友だち。恋人。すべてが」彼の顎に再び力がこもった。「でも、いま振り返ってみると——彼女は薬物依存と戦っていた。彼女には彼女の苦しみがあったんだ。過剰摂取で死んでいたかもしれないし、刑務所に入ることになっていたかもしれない。DVのパートナーと別れてシングルマザーになっていただろう。だからぼくはどちらにしろ、国の保護下に置かれていた。でも、少なくとも彼女を知ることはできた」

彼にその機会が与えられなかったことを思い、サラは打ちのめされるような悲しみを覚えた。

「結婚式にアマンダとフェイスがいたのはうれしかった」彼の上司とパートナーは、家族に一番近い存在だ。「でも、考えていた」

　サラはうなずくことしかできなかった。彼が言おうとしていることをどう受け止めればいいのかわからない。彼女にできるのはただ耳を傾け、自分はここにいると告げることだけだ。

「彼女は彼を愛している」ウィルが言った。「マーシーとジョンだ。彼女がジョンを愛していることは確かだ」

「そうね」

「くそったれのジャッカル」

「養護施設を逃げ出したあと、彼の身になにがあったのかはわからないのよね？」

「なにひとつ」ウィルは首を振った。「だが彼はここにやってきて、なんとかして生き延び、なんとかして結婚して子供をもうけた。そこが理解できないところなんだ。あの人生――妻子を持ち、父親になるっていうのは、彼がずっと求めていた人生だ。子供だったときから、家族の一員になれば問題はなにもかも解決すると彼はよく話していた。そして彼はすべて手に入れたのに、全部台無しにしようとしている。マーシーに対する態度はとんでもないよ。でもジョンは明らかにデイヴを必要としている。彼の父親だからね」

　サラはまだデイヴと顔を合わせてはいなかったが、ろくな人間ではないと思っていた。まだロッジにいるのかどうかも定かではない。普段であればサラは、患者の情報を決して口外したりはしないが、マーシーはＤＶの被害者であり、ウィルは警察官だ。マーシーは命が危険にさらされているようなことを言っていたから、サラは報告義務があると考えた。だが、その情報がウィルに与える影響には考えが及ばなかった。デイヴが持つ暴力的な傾向は、彼の睡眠も奪っていた。

「ぼくがすごく頭にきたのは」ウィルは言った。「デイヴが経験したこと——ひどかったよ。ぼくが味わったことよりひどい。でもあの恐怖、消えることのない恐怖——人生がどれほどいいほうへと変わったとしても、あの記憶は体のなかに根付いているんだ。それなのにデイヴは、愛すべき人を自分と同じひどい目に遭わせている」

「パターンを崩すのは難しいわ」

「でも彼は、それがどんなふうに感じるものかを知っている。いつも怯えている。いつ傷つけられるのか、わからずにいる。食べられない。眠れない。常に腹に石を抱えたような気分で歩くだけだ。痛めつけられて唯一いいことは、次に痛めつけられるまで数時間、ひょっとしたら数日は猶予があるってわかることだ」

サラは涙がこみあげるのを感じた。

ウィルは尋ねた。「気になる？」

彼が本当はなにを尋ねているのかが知りたかった。「なにが？」

「ぼくに家族がいないことが」

「ウィル、わたしがあなたの家族よ」サラは、彼の顔を自分のほうに向けた。「わたしはあなたが行くところに行く。あなたがとどまるところにとどまる。あなたの仲間はわたしの仲間だし、わたしの仲間はあなたの仲間よ」

「きみにはぼくよりずっと多くの仲間がいるね」ウィルは無理やりぎこちない笑みを作った。「なかにはすごく妙な人もいるし」

サラは笑い返した。このやりとりには覚えがある。珍しく子供時代の話をするとき、常にユーモアに紛らすのがウィルの対処メカニズムだ。「だれが妙？」

「たとえば、羽根飾りのついた帽子をかぶった女性」

「クレメンタインおばさん。実際に捕まってはいないけれど鶏を盗んで逮捕状が出ているのよ」

ウィルは笑った。「アマンダにその話をしなくてよかった。ぼくの結婚式でだれかを逮捕できたら喜んだだろうな」

サラは、ウィルがダンスを申しこんだときにアマンダの顔に浮かんだ表情を見ていた。彼女は絶対にあの場を台無しにはしなかっただろう。「ベラおばさんの二度目の夫は自殺したって話したよね？　頭を撃ったのよ。二度」

彼の笑みからぎこちなさが消えた。「冗談なのかどうか、ぼくには判別がつかないよ」

サラは彼の目を見つめた。月明かりが青い瞳のなかの灰色の斑点を際立たせている。

「話さなきゃいけないことがあるの」

彼は微笑んだ。「なんだい？」

「あなたと湖で熱いセックスがしたい」

ウィルは立ちあがった。湖はこっちだ」

ふたりは時折立ち止まってキスを交わしつつ、手をつないで進んだ。サラは彼の肩にもたれ、歩調を合わせた。山はどこまでも静まりかえっていて、この世には自分たちだけしかいないように感じられた。ハネムーンのことを考えたときにサラが想像していたのは、まさにこういう状況だった。空には満月。新鮮な空気。隣にいるウィルが与えてくれる安心感。だれにも邪魔されない、せかされることもないふたりの時間へのめくるめくような期待。

そこにたどり着くより先に湖の音が聞こえた。岩の多い岸辺に打ち寄せる緩やかな波音。近くで見ると、ザ・シャローズは息を呑むほど美しかった。水はほぼネオンブルーに輝いている。岸辺に沿って弧を描く木立は防壁のようだ。数メートル先に浮き桟橋が見えた。飛び込み台と日光浴のための空間もある。サラは湖のあるところで育っていたから、水が近くにあると幸せな気持ちになった。サンダルを脱ぎ捨てた。ワンピースを脱いだ。

「おっと」ウィルが言った。「下着はなし?」

「裸でないと、湖で熱いセックスをするのは難しいでしょう?」

ウィルはあたりを見まわした。公共の場所で裸になるのは抵抗があるらしい。「ぼくたちがここにいることをだれも知らない真夜中に、真ん中が見えないところに飛びこむのはいい考えとは思えないな」

「危険な生き方もいいものよ」

「それよりは——」

サラは彼の両脚のあいだに手を丸めて当て、濃厚なキスをした。それから水のなかへと入っていった。急激な温度の下降に身震いしたくなるのをこらえた。いまは真夏とはいえ、アパラチア山脈の雪解けは遅い。冷たさにどこかすがすがしさを感じながら、サラは浮き桟橋へと泳いだ。

仰向けになってウィルの様子を確かめた。「来ないの？」

ウィルは答えなかったが、ソックスを脱いでいた。それからズボンのボタンをはずし始めた。

「わお。もう少しゆっくりお願い」サラが言った。

ウィルは見せつけるようにしてズボンをおろした。腰を動かしながらシャツのボタンをはずしていく。サラはあと押しするように声をあげた。水はもうそれほど冷たく感じない。サラは彼の体が好きだった。大理石から削り出したような筋肉。男性に許されるうちで、もっともセクシーな脚。彼女が充分に堪能する間もなく、ウィルはサラと同じようにためらうことなく水のなかへと歩を進めた。彼が歯を食いしばったのは、水温に驚いたのだとサラにはわかっていた。彼を温めてあげなくてはいけない。彼を引き寄せ、そのたくましい肩に両手をのせた。

彼は言った。「ハイ」

「ハイ」サラは彼の髪をうしろに撫でつけた。「湖に入ったことはある？」

「進んで入ったことはないな。ここは安全なのかい？」

「アメリカマムシは普通、夕暮れどきに活動的になるの」ウィルの目が驚きに大きくなった。彼が育ったのは議事堂の下にしか蛇がいないようなアトランタだ。「こんな北のほうには、多分ヌママムシはいないと思う」

手遅れになる前にヌママムシを見つけられるとでもいうように、ウィルは不安そうにあたりを見まわした。

「言わなきゃいけないことがあるの」サラが言った。「嘘をついていたって、マーシーに話した」

「だと思ったよ。彼女は大丈夫？」

「多分」サラはまだマーシーの親指の感染を心配していたが、彼女にできることはなにもない。「ジョンはいい子みたいだし。ティーンエイジャーは大変よね」

「養護施設で育つことにも、いい点はあるな」

サラは彼の唇を指で押さえ、それから彼の気を逸らそうとした。「上を見て」

ウィルは上を見た。サラはウィルを見た。首の筋肉が浮きあがっている。胸骨の上のV字型の傷を見た。夕食の席でのことが思い出された。考えたくないのに、再びマーシーを連想した。

サラが言った。「こんな場所では、表面をほんの少し引っ掻いただけで、ありとあらゆる悪いものが顔を出すのよ」

ウィルは用心深いまなざしを彼女に向けた。

「あなたがなにを言おうとしているのかはわかっているから」サラは言った。「だからわたしたちは嘘をついたのよ」

ウィルは片方の眉を吊りあげたが、そう言っただろうと口に出すことはなかった。

「ねえ」マッカルパインの話はもう充分だった。「もうひとつ、言わなきゃいけないことがあるの」

ウィルはまた笑顔になった。「なんだい？」

「あなたがもっと欲しい」サラは首のくぼみに舌を這わせると、そこから上へと唇をずらしていった。歯が肌にこすれる。水温はどうでもよくなった。ウィルが彼女の脚のあいだに手を伸ばした。彼に触れられてサラはあえいだ。彼女も同じように下に手を伸ばした。

血も凍るような悲鳴が水面に反響した。

「ウィル」サラは思わず彼にしがみついた。「いまのはなに？」

ウィルはサラの手を握り、あたりに目を配りながら岸に戻った。

どちらも無言だった。ウィルはサラの服を彼女に渡した。サラは服の向きをあちこち変えて、裾を探した。頭のなかにまだ悲鳴が反響していて、どこから聞こえてきたのかを突き止めようとした。もっとも可能性があるのはマーシーだが、今夜動揺していたのは彼女だけではない。

サラはケータリング業者から順に、客たちのことを考えた。

「夕食の席で喧嘩をしていたカップル。歯医者は酔っていた。ＩＴ男は――」

「あの独身男はどうだ？」ウィルはズボンを引っ張りあげた。「マーシーをしきりにからかっていたやつだ」

「チャックね」サラは夕食のあいだ、あの気味悪い男がマーシーを見つめていたことに気づいていた。「弁護士はすごく感じが悪かった。どうやってＷｉ－Ｆｉにつないだのかしら？」

「馬に夢中の彼の妻はみんなをいらつかせていた」ウィルは足をブーツに突っ込んだ。ソックスはポケットに入れた。「嘘つきのアプリ男はなにかを企んでいる」

「ジャッカルはどう？」

ウィルの顔から表情が消えた。

サラはサンダルを履いた。「ベイビー？　あなた――」

「準備はできた？」

ウィルは返事をする間を与えなかった。先に立って小道を歩きだした。用具小屋を通り過ぎ、左に曲がってループ・トレイルを目指した。サラはウィルが彼女の歩調に合わせようとしていることに気づいた。普段であれば走りだしていたところだが、サンダルではとても無理だ。

ウィルはついに足を止め、振り返った。「きみさえかまわなければ――」

「行って。追いつくから」サラは深い木立のなかへと走りこんでいくウィルを見送った。

彼はループ・トレイルを避け、母屋に向かって直進していく。唯一の明かりがそこだったから、納得がいった。

サラは湖のほうへと戻り始めた。地図によれば、湖は三段のウェディングケーキのような形をしている。悲鳴は一番下の部分、ザ・シャローズの反対側から聞こえたという確信がサラにはあった。あるいはあれは悲鳴ではなかったかもしれない。フクロウが森の地面にいたウサギを捕まえたのかもしれない。それともマウンテンライオンがアライグマと対決していたのかもしれない。

「やめなさい」サラは自分を叱りつけた。

ばかげた行為だった。サラたちはなにも考えずに走りだした。悲鳴を聞いたかもしれないからといって、ほかの人たちを起こしてまわることなどできない。それでなくても今夜のロッジは修羅場だった。問題なのはきっとウィルとサラのほうだろう。どちらも仕事のスイッチを切ることができずにいたのだ。母屋を目指して歩き続ける以外、彼女にできることはなかった。ポーチの階段に座って、ウィルが来るのを待とうと思った。ふわふわした猫のいずれかが、一緒に待ってくれるかもしれない。

トレイル沿いに低電圧の照明が設置してあってよかったと思いながら、母屋へと進んだ。そこまでの道のりを、長く感じているのか、短く感じているのか自分でもわからなかった。目印になるようなものはない。腕時計もつけていない。時間が止まっているようだった。森の物音に耳を澄ました。コオロギの鳴き声、生き物たちのざわめき。風で服がこすれる音。空気中の雨の気配が濃厚だった。サラは足を速めた。

　数分が過ぎ、母屋のポーチの明かりが見えてきた。あと五十メートルほどのところまでやってきたとき、階段からおりてくる人影が見えた。月は雲に隠れていた。弱々しい電球の明かりと戦う漆黒の闇が、怪物のような形を作りあげていた。サラは怯えている自分を叱った。眠る前にビッグ・フットのポッドキャストを聞くのは、やめたほうがよさそうだ。その人影はバックパックを背負った男のものだった。

　サラが呼びかけようとしたちょうどそのとき、彼はよろめき、膝をついて嘔吐を始めた。アルコールの鼻をつくにおいが漂ってきた。きびすを返し、ウィルを見つけ、予定どおりの夜を過ごすことをほんの一瞬考えたが、見て見ぬふりはできなかった。怪物のような人影は、問題を抱えたティーンエイジャーではないかという気がしたからだ。

　声をかけてみた。「ジョン？」

「なに？」彼はバックパックをつかむと、立ちあがろうとしてよろめいた。「あっちへ行けよ」

「大丈夫？」彼の顔はほとんど見えなかったが、大丈夫でないことは明らかだった。吹き流しのように前後にゆらゆらと揺れている。「ポーチに座らない？」

「いやだね」彼は一歩あとずさった。さらにもう一歩。「あっちへ行けってば」

「行くけれど、その前にお母さんを探そう。彼女はきっと――」

「助けて！」

　サラは、胸のなかで心臓が凍りついた気がした。声のしたほうに顔を向けた。間違いなく、湖の端のほうから聞こえていた。

「お願い！」

　ジョンに視線を戻したときには、すでに玄関のドアが音をたてて閉まっていた。酔った少年にかまっている時間はなかった。ウィルのほうが心配だ。彼が、悲鳴をあげている女性をまっすぐに目指していることはわかっていた。

　サンダルを脱ぐほかはなかった。ワンピースの裾を持ち、敷地を走り始めた。一番いいルートを必死になって考えた。カクテルパーティーでセシルが、湖の端に通じるロスト・ウィドウ・トレイルの話をしていた。地図でそれらしきものを見たことをぼんやりと覚えていた。食堂に通じるトレイルを通り過ぎループ・トレイルに沿って走った。ロスト・ウィドウを示す目印は見つからない。森のなかへ入っていくほかはなかった。

　むき出しの足の裏に松葉が刺さった。イバラが服に引っかかった。サラは両腕で被害を最小限に抑えながら進んだ。これは競争ではない。ペースを守らなければいけない。地図によれば、湖の端は建物からかなりの距離があった。まずすべきだったことを考えながらゆっくりした駆け足に速度を落とした。救急箱を見つけること。ハイキングブーツを履くこと。ジョンは酔っていて、おそらく部屋で気を失っているだろうから、家族に声をかけるべきだった。

　かわいそうなマーシー。彼女の家族が駆けつけることはない。夕食では、だれもが彼女にひどい態度を取っていた。彼女に対する母親のつっけんどんな口調。父親の嫌悪の表情。兄の情けない沈黙。わたしはもっとマーシーと話をするべきだった。朝を迎えられないだろうという彼女の恐怖について、もっと追及するべきだった。

「サラ！」

ウィルの声にサラは胸を締めつけられる気がした。

「ジョンを連れてくるんだ！　急いで！」

サラはよろめきながら足を止めた。これほど切羽詰まった彼の声は聞いたことがなかった。来た方向に戻ろうとした。母屋の外でジョンと話をしてから、どれくらい時間がたったのかは定かではない。ウィルが近くにいることはわかっていた。なにも考えずに建物へと駆け戻るのは、ジョンのためにならないこともわかっていた。

マーシーの身になにかとても悪いことが起きたのだ。ウィルはまともな思考ができていない。マーシーは窮地にいる自分を息子に見せたくはないだろう。デイヴが彼女になにかしたのだとしたら、本当に彼女を傷つけたのだとしたら、その記憶をジョンの脳に刻みこませるわけにはいかない。

「サラ！」ウィルが再び叫んだ。

彼女を求めるその声にサラは再び走り始めたが、今度は目的があった。両腕を体にぴったりとつけて、全速力で走った。近づくにつれ、空気に煙が混じり始めた。突然、切り立ったような急斜面が現れた。サラは滑り落ちるようにしてくだっていった。最後のところでバランスを崩し、残りは転がり落ちた。一瞬、呼吸ができなくなったが、ようやく空き地が見えた。体を起こした。再び走りだした。月明かりが木挽き台を照らし、地面に散乱する道具を浮かびあがらせるのが見え、さらに発電機、テーブルソー、そしてついに湖が見えた。

煙が目の前の空間を黒く染めていた。サラは曲線を描く岩だらけの道を体を低くして走った。丸太造りの三軒のコテージがあった。一番奥のコテージが、肌に熱を感じられるほど激しく燃えている。風が向きを変えると、煙が旗のように巻きあげられた。サラはさらに一歩近づいた。地面が濡れている。それがなんであるかに気づくより先に、彼女は血のにおいを嗅ぎ取っていた。大人になってからの人生のほとんどを共に過ごしてきた、嗅ぎ慣れた鉄錆《てつさ》びのようなにおい。

「頼む」ウィルが言った。

サラは向きを変えた。血の跡が湖へと続いている。ウィルは水のなかに膝をつき、ぐったりした体を抱えていた。ラベンダー色の靴で、それがマーシーであることがわかった。

「マーシー」ウィルはすすり泣いていた。「彼を残していくな。残していっちゃだめだ」

サラはウィルに近づいた。彼がこんなふうに泣くのを見たことはなかった。ただ取り乱しているだけではない。完全に打ちのめされていた。

サラはマーシーの向こう側で膝をついた。そっと手首に触れた。脈はない。皮膚は水に浸かっていたせいで、冷え切っていた。マーシーの顔を見た。傷痕は白い一本の線でしかなかった。星に向けられた目はなにも映していない。ウィルはシャツで彼女の傷を覆おうとしていたが、隠せてはいなかった。複数の刺し傷があって、そのうちのいくつかは骨を砕いているだろうと思えるほど深かった。おびただしい出血量で、サラのワンピースは水中に流れ出した血で赤く染まった。

サラは声を出す前に咳払いをしなくてはならなかった。「ウィル？」

ウィルはサラがいることに気づいていないようだった。

「お願いだ」マーシーに懇願している。「お願いだ」

彼は両手の指を組むと、マーシーの胸に当てた。サラにはそれを止められなかった。医者としてこれまで数多くの患者の死を見てきた。死がどんなものかは知っている。患者がすでに境界を越えているときには、それとわかる。同時に、ウィルに好きなようにさせなければならないこともわかっていた。

ウィルは身を乗り出した。全身の体重を彼女の胸にかけた。

彼の手がぐっと沈んだ。

それはあまりにあっという間の出来事だったので、自分がなにを見ているのかサラはすぐには理解できなかった。やがて、鋭い金属の破片がウィルの手に食いこんでいることに気づいた。

「だめ！」サラは叫び、動かないように彼の手をつかんだ。「動かないで。神経が切れるかもしれない」

ウィルは見知らぬ他人を見るような目でサラを見あげた。

「ウィル」サラは手に力を込めた。「ナイフが彼女の胸のなかにあるの。手を動かしちゃだめ。わかった？」

「ジョンは――ジョンは来るのか？」

「彼は家に戻った。彼なら大丈夫」

「マーシーはジョンに伝えたかったんだ――彼を愛していることを。さっきの争いを許したことを」ウィルは悲しみのあまり震えていた。「気にしなくていいと彼に知ってほしがっていた」

「あなたがそれを伝えればいいわ」サラは彼の涙を拭ってやりたかったが、手を放したら彼がナイフから手を引き抜いてしまうのではないかと不安だった。「まずはあなたをどうにかしなくてはいけないの。手のこのあたりには重要な神経がある。物を感じるために必要な神経よ。バスケットボールや銃やわたしを」

ウィルはゆっくりと自分を取り戻していった。親指と人差し指のあいだに突き刺さっている、長い刃を見つめた。

パニックは起こさなかった。「なにをすればいいのか、言ってくれ」

サラはほっとして小さく息を吐いた。「調べるために手を放すわね、いい？」

ウィルの喉が動くのが見えたが、彼は声に出すことなくうなずいた。

サラはゆっくり手を放した。傷を観察した。月明かりに感謝したが、充分とは言えない。

影が模様を作っていた——たなびく煙や、木々や、ウィルや、ナイフの影。サラは親指と人差し指で刃の先端をつまんだ。マーシーの体にどれくらいしっかりはまりこんでいるのかを確かめた。ほとんど動かなかったから、椎骨か胸骨のあいだにはさまっているのだとわかった。力任せに引き抜かないかぎり、はずれない。

これがほかのときであれば、管理された状況で外科医が処置できるようにウィルの手を刃に固定していただろう。だがいまはそんな悠長なことはしていられない。マーシーは半分水に浸かっている。その体が波にさらわれていかないのは、ウィルが押さえているからにすぎない。救急救命士どころか、ここが病院からどれくらい離れているのかもわからない。たとえ世界中の手助けがあったとしても、マーシーの遺体とその胸に手が固定されたままのウィルをここから連れ出そうとするのは、軽率な行為だ。

生きている人間を死体に接触させる危険は言うまでもない。細菌のせいで命に関わる感染を起こす可能性がある。

つまり、ここでしなくてはいけないということだ。

ウィルはマーシーの左側にいた。ナイフは彼女の胸の右側から突き出している。もし反対側だったら心臓に刺さっていただろうから、心肺蘇生《CPR》を施すことは不可能だった。ウィルの指は組まれたままだが、怪我を負っているのは右手だけだ。斜めに刺さったナイフの先端は、ウィルの親指と人差し指のあいだを貫いていた。ぎざぎざした刃が八センチほど見えていた。幅は一センチちょっとでとても鋭いようだ。犯人はおそらく、家のキッチンか食堂から持ち出したのだろう。ウィルの手のもっとも重要な組織は損傷を受けていないはずだと彼女は考えていたが――ナイフが刺さっているあたりに、たいしたものはない――危険を冒すつもりはなかった。

ウィルのためだけでなく、自分のためにもサラは手の構造を思い起こそうとした。「母指球筋は、ここの正中神経に支配されているの。橈骨《とうこつ》神経は、親指から中指のあたりの手の甲の感覚をつかさどっている。こことここね。それらに傷がつかないようにしないといけない」

「わかった」彼は冷静な顔になっていた。早く終わってほしかった。「どうやって確認するんだ？」

「指の外側に触るから、その感覚がいつもどおりなのか、なにかおかしなところがあるかどうかを教えて」

サラは、うなずいた彼の顔に不安を見て取った。

彼の親指の外側をそっと指でなぞった。それから同じことを人差し指で繰り返した。ウィルはなにも反応を示さない。サラは、彼の沈黙に気がおかしくなりそうになった。「ウィル？」

「いつもどおりだと思う」

サラの不安がいくらか軽減した。「死体からナイフを抜くことはできない。だからあなたの手をはずすんだけれど、腕の力を抜いてほしいの。筋肉を緩めて、肘も柔らかくして、全部わたしに任せてほしい。協力しようとしないで、わかった?」

ウィルはうなずいた。「わかった」

サラは彼の親指が動かないようにしながら、手のひらの下に自分の指の先端を差し入れた。できるかぎりゆっくり、彼の手を持ちあげていく。

ウィルが歯のあいだから息を吸った。

サラはさらに手を持ちあげていき、ついにナイフが抜けた。

ウィルは長々と息を吐いた。自由になったというのに、指を広げて死体の上に浮かせた手をそのまま動かそうとしなかった。手のひらを見つめた。ショックは消えていた。すべてを感じられるようになっていて、なにが起きたのかを理解していた。親指を動かしてみた。ほかの指を曲げた。傷から血が流れたが、ほとばしるのではなく滴る程度だったから、動脈が傷ついていないのがわかった。

「よかった」サラは言った。「病院に行って、診てもらわなきゃいけない。わたしたちにはわからない損傷があるかもしれない。あなたはTdap(破傷風、ジフテリア、百日咳のブースター接種用のワクチン)を打っているけれど、傷はよく消毒する必要があるの。だれかに連絡道路まで連れていってもらって、アトランタに帰りましょう」

「だめだ」ウィルが言った。「そんなことをしている時間はない。マーシーはただ刺されたんじゃない。めった刺しにされたんだ。だれがやったにしろ、逆上していて、怒り狂っていて、手がつけられなくなっている。これほどだれかを憎めるのは、相手を知っているときだけだ」
「ウィル、あなたは病院に行かなきゃいけないのよ」
「ぼくはデイヴを見つけなきゃいけない」

8

ウィルはサラのあとについて食堂に入った。明かりは消えていたが、音楽は流れ続けていた。彼は腕を伸ばして、キッチンに向かおうとするサラを止めた。デイヴが隠れているかもしれない。別のナイフを持っているかもしれない。

ウィルが先に立った。デイヴがナイフを持っていればいいと思った。片手でもあの人殺しのくそ野郎を制圧できる。児童養護施設では十年近く我慢したが、彼はもう子供ではない。キッチンのドアを蹴り開けた。頭上の明かりをつけた。奥にあるバスルームからその先の事務所までよく見えた。

空だ。

ウィルは、壁に吊るされているナイフや肉切り台の上のナイフを確認した。「なにかなくなっているようには見えないな」

サラは凶器を探すことには興味がないようだった。まっすぐバスルームに向かった。

ウィルが訊いた。「事務所に電話はある?」

「ない」サラは壁から救急箱を取り出した。「シンクで手を洗って。血だらけよ」

　ウィルは自分の姿を見た。シャツをマーシーにかけたことを忘れていた。裸の胸は一面真っ赤だ。赤く染まった湖の水が紺色のカーゴパンツにダルメシアンのような染みを作っていた。キッチンの蛇口をひねった。「地元の警察に連絡して、捜索隊を出してもらなきゃいけない。デイヴが徒歩で逃げているとしたら、いまごろは山のなかほどまでおりているだろう。無駄にしている時間はない」

「あなたの出血を止めるまでは、なにもしないから」サラはキッチンカウンターの上で救急箱を開いた。食器用洗剤をたっぷりと手に出して、上腕までごしごしとこすった。「デイヴがマーシーを殺したって、どうしてそこまで確信できるのか教えて」

　デイヴの仕業であることは明々白々だと思っていたから、ウィルはその質問を予期していなかった。「彼は今日、マーシーを絞め殺そうとしたってきみが言ったんだ」

「でも彼は夕食には来ていない。森でもトレイルでも彼の姿を見ていないわ」サラは布巾を手に取ると、彼の腹の血を拭い始めた。「ほんの二時間足らず前、マーシーはこう言ったの。〝いまこの山にいる人のなかで、わたしを殺したいと思っていない人はひとりもいないと言っていいでしょうね〟」

「それを撤回したって言ったじゃないか。冗談を言っているふりをしたって」

「そして彼女は殺された。あなたがデイヴに目をつけるのはもっともだけれど、ほかのだれかの仕業かもしれない」

「たとえば？」

「ランドリーって名乗ったけれど、パートナーがポールと呼んでいた男性は？」

「それとマーシーになんの関係があるんだ？」

サラは答える代わりにこう言った。「痛いわよ」

彼女が傷口に消毒薬をかけると、ウィルは歯を食いしばった。

「傷が治っていくほどに、痛みはひどくなるから」サラが忠告した。「チャックはどう？マーシーが彼と関わりたくないと思っていたのは明らかよ。失せろって言われたのも同然なのに、それでも彼はストーカーみたいに彼女を見つめ続けていた」

ウィルが答えようとしたところで、サラが彼の親指と人差し指のあいだにガーゼを押し当てた。まるで、火薬に火をつけたときのような衝撃があった。「うっ、これはなんだ？」

「止血パッド」サラは答えた。「皮膚が火傷したようになることがあるけれど、出血が止まるの。数分間、圧迫している必要があるわ。二十四時間はこのままにしておいても大丈夫。もしくは病院に行って、きちんと手当をしてもらうか」

彼女のそっけない口調を聞けば、彼にどちらを選んでほしいかはよくわかった。「サラ、ぼくがここから離れられないのはわかっているだろう？」

「わかっている」

サラは圧迫を加え続けている。どちらも無言だったが、それぞれ考えている事柄があった。サラはおそらく、彼の手が感染したり、神経に損傷を受けていたり、あるいはなにか心配している医学的な事柄についてあらゆる可能性を思い浮かべているのだろう。一方のウィルは、手が内側から爆発しているような痛みから意識を逸らすため、ただひたすらデイヴのことを考え続けていた。

「あと一分」サラは壁の時計の秒針を見つめている。

ウィルは彼女を見つめ、時間がたつのを待った。彼と同じくらい汗まみれで、だらしない格好だ。彼女の髪にからまっていた小枝をつまんだ。裸足《はだし》だった。セージグリーンのコットンのワンピースがマーシーの血で絞り染めのようになっていて、夕食の席でマーシーの伯母が着ていた服を連想した。

伯母のことを考えたせいで、マーシーのほかの家族も意識にのぼってきた。デイヴを追うことばかりに集中していて、まずすべきことを考えていなかった。現時点では、彼に捜査権限はない。せいぜいが目撃者か、もしくは地元の保安官がやってくるまでのただの代理人にすぎない。

保安官が到着するまでしばらくかかるだろう。ウィルが死亡を宣告しなければならないだろう。母親が殺されたことをジョンに告げなければならない。彼は母親の遺体を見たがるかもしれない。マーシーを水中に残したままにしておくわけにはいかなかったから、ウィルとサラはなんとか彼女を二番目のコテージまで運んだ。動物に荒らされないように、作業場に散らばっていた材木でドアをふさいでおいた。どちらにしろ、まもなく降りだす雨で、犯罪現場は損なわれてしまう。

「セシルは体が不自由だから、リストからはずれるわね」サラはまだほかの容疑者について考えていた。「ジョンはわたしと一緒にいた」

「どうしてきみと一緒だったんだ？」

「彼はまだ酔っていたのよ。逃げ出そうとしていたんだと思う」サラは彼の手のガーゼを押さえたまま、パッキング用のガーゼを開けた。「マーシーと彼女の兄は明らかに緊張関係にあったわ。母親とも。夕食のとき、あの人たちは彼女に対して本当にひどかった」

彼女が手を貸そうとしているのはウィルにもわかっていたが、これはそれほど複雑な事件ではない。「コテージは火がつけられていた。おそらく犯行現場をごまかすためだろう。彼女のジーンズはおろされていた。多分、襲われたんだ。水中に連れこんだのは、溺れさせるためだろう。ＤＮＡを洗い流すには好都合だったこともある。攻撃は激しいものだった。犯人は怒っていて、我を失っていて、暴力的になっていた。明白なことが明白なのには理由があるんだ」

「事件の始まりで捜査員が目先のことしか見えなくて、間違った方向に進んでしまう場合だってある」

「ぼくの能力を疑っているわけじゃないよね？」

「わたしはいつだってあなたの味方よ」サラは言った。「状況をはっきりさせているだけ。当然のことだけれど、あなたはデイヴを嫌っているから」

「彼が第一容疑者じゃない理由を教えてくれないか」

サラはその質問に即答できなかった。「わたしたちの姿を見てよ。服を見て。マーシーを殺したのがだれにせよ、血まみれのはず」

「だから時間との競争なんだ」ウィルが言った。「犯行現場はおおむね役にたたない。マーシーの体内に刃は残っているが、折れた柄がどこにあるのかはわからない。証拠を隠滅する時間をこれ以上デイヴに与えたくないのに、保安官が来るまで待たなくてはいけない。容疑者の捜索を行い、正式に捜査を開始するのは彼だ。どちらにしろ、ぼくにはここを出ていく手段がない。車を押収する正当な権利がないからね」

　サラは圧迫包帯を彼の手に巻き始めた。「電話を見つけなきゃいけないわね。もしくはＷｉ－Ｆｉのパスワードか」

「それだけじゃだめだ。ぼくの電話から緊急時のＳＯＳを送れる。しっかりした電波さえ拾えればいいんだ。衛星を使って、緊急サービスや特定の連絡先にメールや居場所を送れる」

「アマンダね」

「捜査ができるように、彼女が手を回してくれる」ジョージア州捜査局《GBI》は事件を奪うことはできない。地元の当局の依頼か、知事の命令が必要だ。「ぼくたちがいるのはディロン郡だ。保安官が殺人事件に関わるのは、一生に一度あるかないかだろう。いまは放火の専門家や鑑識や解剖が必要だ。捜索が明日までかかれば、デイヴが州境を越える可能性が出てくるから、連邦保安局との連携が必要になる。ここの保安官の予算では、どれひとつとして無理だろう。アマンダが来たら、感謝するはずだ」

「わたしがコテージからあなたの電話を取ってきて、メールを送るわ」サラは包帯を縛った。「あなたは母屋のベルを鳴らして。それで全員が集まる」

「犯人がデイヴでなければね。もしほかの人間が関わっていれば、それではっきりする。血まみれになっているか、姿を見せないかのどちらかだろうから。折れたナイフの柄をどこかに隠したかもしれない。全部のコテージと母屋を探す必要がある」

「そんなことをしてもいいの？」

「緊急事態だ。殺人犯は現場から逃走した。別の犠牲者が出るかもしれない。準備はいい？」

「ちょっと待って」サラはバスルームに戻ると、料理人のものとおぼしき白い上着を持ってきた。「とりあえずこれを着て。コテージから着替えを持ってくるわ」

サラは彼が上着を着るのを手伝った。肩のあたりがとてもきつくて、ボタンを留めるのに苦労した。厚手の生地は裾のところが大きく開いてしまったが、どうしようもない。サラはかがみこんで、彼のブーツの紐を結んだ。彼女が裸足のままであることをウィルは思い出した。ポケットからソックスを出して、彼女に渡した。

「ありがとう」サラはソックスをはくときも、彼から目を離さなかった。「気をつけるって約束して」

ウィルは自分の心配はしていなかった。だが、殺人犯が野放しになっている夜に、母屋から一番遠いところにある彼らのコテージに妻をひとりで行かせようとしていることに思い至った。「ぼくも一緒に行ったほうがいいかもしれない」

「だめよ。あなたはあなたの仕事をして」サラはいつもよりわずかに長く、彼の頰に唇を押し当てた。「マーシーをひと晩中ひとりにしておきたくないって家族が言うかもしれない。移動できるようになるまで、わたしがついているって伝えて」

ウィルは彼女の顔に触れた。思いやりのあるところが、彼女を愛している数多くの理由のひとつだ。

彼は言った。「行こう」

ふたりは、チョウ・トレイルがループ・トレイルと交差するところで別れた。近づいてきた雨雲が満月を隠していた。ウィルはすべての感覚が警戒態勢に入るのを感じた。あたりはひどく暗かったから、デイヴが三メートル先に立っていても気づかないだろう。足取りを速め、ひねった足首は無視して母屋に向かって走った。燃えるような手の痛みは、心配事のリストの下のほうに押しやった。

ほかの容疑者のことを考えるべきだというサラの言葉は正しいが、それは彼女が言っていた理由からではない。いずれウィルは今夜のことについて、陪審員たちの前で証言することになるだろう。ほかの容疑者についても考えたと、心から言えるようにしておかなくてはいけない。この事件の捜査には、被告側弁護士が有罪判決をひっくり返すために使えるような間違いがあってはならない。マーシーのために、ウィルにはその責任があった。

とりわけ、ジョンのために。

年代物らしいベルが天辺《てっぺん》に取りつけられた木の柱が、母屋から数十センチのところに立っていた。ポーチの階段に立ってブラウニーやポテトチップを食べていたのが、遠い昔のことのように思えた。今日一日の出来事が脳裏をよぎったが、それはハネムーンの思い出として記憶に残るだろうと思っていた事柄――サラの笑顔、ロッジへのハイキング、バスタブで眠りに落ちた彼女を抱きしめていたこと――ではなく、マーシー・マッカルパインが残酷に殺された日に彼女を中心として起きた、いくつもの緊迫した場面だった。

デイヴは彼女の首を絞めた。チャックは彼女を激怒させた。ケイシャは水のグラスのことで彼女をいらつかせた。ジョンは全員の前で彼女に恥をかかせた。セシルは残酷だった。ビティは冷淡だった。クリストファーは卑怯だった。馬に夢中の女性は、牧草地の案内を頼んだとき、明らかにマーシーに腹を立てていた。ジョンが騒ぎを起こしたとき、料理人はキッチンから出てこなかった。嘘つきのアプリ男たちはマーシーになにかを隠しているのかもしれない。あるいは歯医者やＩＴ男やバーテンダーは――

ウィルには、〝かもしれない〟を考えている時間はなかった。ロープをつかんで引いた。ベルとは言いがたい、カーンという音が鳴った。ウィルはさらに数回、ロープを引いた。静けさを破るその音は不愉快なものだったが、湖でマーシーの身に起きたことは邪悪そのものだった。

彼がもう一度ロープに手を伸ばしたところで、あちらこちらで明かりがつき始めた。母屋が最初だった。最上階の窓のひとつでカーテンが開いた。ローブ姿のビティが顔をしかめて外を見おろすのが見えた。二階の奥の角でもうひとつ明かりがついた。はじけるような音がして、建物の周辺の投光照明が次々と灯《とも》った。昼間は木立に設置されていることに気づいていなかったウィルだが、あたりの様子が見えるようになったので照明があるのはありがたかった。

すべてのランプのスイッチを入れたのか、ふたつのコテージの窓が明るくなった。ゴードンがポーチに出てきたのが見えた。黒のビキニ型ブリーフ一枚という格好だ。ランドリー／ポールの姿は見当たらない。そこからふたつ離れたコテージでは、おもちゃのアヒル模様の黄色いバスローブを来たチャックが、よろよろと階段をおりてくる。タオル地のローブの前を合わせたが、その下にはなにも身につけていないことをウィルはすでに見て取っていた。

別のコテージにも明かりがついた。ケイシャとドリューだろうと思ったが、白いアンダーシャツとボクサーパンツという格好でドアを開けたのはフランクだった。眼鏡をかけ直し、ウィルに気づいてぎょっとした顔になった。「なにがあった？」

ウィルが答えようとしたそのとき、母屋のドアがきしみながら開いた。

「そこにいるのはだれだ？」セシル・マッカルパインの車椅子がポーチに出てきた。上半身は裸だ。胸に深い十字の傷痕があった。鋭い金属の上に倒れこんだみたいなまっすぐな傷だった。「ビティ？　だれがベルを鳴らした？」

「わからない」夫のうしろに立ったビティは、不安に顔を歪めながら濃い赤色のローブの紐をきつく結び直した。彼女はウィルに訊いた。「いったい何事？」

ウィルは声を張りあげた。「全員、外に出てくれ」

「なぜだ？」セシルが訊いた。「おれたちに命令するなんて、あんたはいったい何者だ？」

「ぼくはジョージア州捜査局の特別捜査官だ」ウィルが告げた。「全員、いますぐ外に出るんだ」

「特別捜査官だって？」ゴードンはコテージをさっと振り返ってから、なにげない様子で階段をおりた。

ランドリーはまだ現れない。

「申し訳ない」フランクはポーチから動かなかった。「モニカは酔っているんだ。少し飲みすぎて――」

「ここに連れてきてくれ」ウィルはゴードンのコテージに近づいた。「ポールはどこだ？」

「シャワーを浴びている」ゴードンは彼の名前を訂正しなかった。「いったい――」

ウィルはドアを開けた。コテージは彼たちのものより小さかったが、ほぼ同じ作りだ。シャワーの音がやんだ。ウィルが呼びかけた。「ポール？」

声がした。「なんだ？」

ふたりがポールの名前で嘘をついていたことが、これで確認できた。ウィルはバスルームに入った。ポールがタオルに手を伸ばしていた。ウィルをちらりと見たあと、改めて見直したのは、彼が小さすぎる料理人用の上着を着ていたからだろう。口元ににやにや笑いを浮かべて訊いた。「面白みのない妻に飽きたのか？」

ウィルは腕時計を見た。午前一時〇六分。普通はシャワーを浴びる時間ではない。床にポールの服が丸まっていた。ブーツの足先でその山を崩した。血痕はない。折れたナイフの柄はない。

「テイラー・スウィフトのコンサートから帰ってきたばかりのような格好で、おれのバスルームに入ってきたのはなにか理由があるんだろうな？」ポールはタオルで髪を拭いている。胸に刺青《いれずみ》があるのが見えた。曲線的な文字を装飾を施した花で囲んでいるデザインだ。ポールはウィルが刺青に気づいたことを見て取った。タオルを肩にかけて、文字を隠した。

「普段は、たくましくて無口なタイプはお断りなんだが、例外を作ってもいいぞ」

「服を着て、外に出ろ」

ポールに対する印象がさらに悪くなっただけだった。寝室を見まわし、居間を確認しながら外に出た。血のついた服はない。折れたナイフの柄はない。

彼がコテージにいるあいだに、さらに多くの人が集まっていた。母屋のほうへと戻っていると、階段の上にセシルの車椅子が見えた。やはり黄色いバスローブを来たクリストファーがチャックと並んで立っている。彼のものは魚の模様だった。だれもがウィルを目で追い、カーゴパンツの黒っぽい染みと小さすぎる料理人用の上着を見ていた。

だれもなにも尋ねなかった。聞こえるのは、モニカを階段の一番下に座らせようとしているフランクが舌を鳴らす音だけだ。彼女は黒いシルクのスリップらしきものを着ていて、頭をまっすぐに立てておけないくらい酔っている。馬に夢中のシドニーは夫のマックスと一緒だった。ふたりは夕食のときに着ていた揃いのジーンズとTシャツのままだったが、シドニーの足元は乗馬ブーツではなくビーチサンダルだった。集まった人々のなかで、もっとも動揺しているように見えるのがこのふたりだ。それが罪悪感からなのか、あるいは自分たちは特別な立場だから真夜中にベッドから引きずり出されるべきではないと思っているのかはわからなかった。

「説明してくれるか？」ゴードンはブリーフ一枚の格好のまま、ベルの柱にもたれた。ポールはゆっくりとこちらに近づいてくる。ボクサーパンツと白のTシャツを着ていた。にやにや笑いは消えている。不安そうに見えた。

母屋のポーチから足音が聞こえたので、ウィルはそちらに顔を向けた。さっきの虚勢がすっかりはがれ落ちたジョンが階段をおりてきた。髪が濡れている。彼も夜中にシャワーを浴びたようだが、おそらく酔いをさますためだろう。パジャマを着ているが、靴は履いていない。顔がむくんでいる。目には生気がなかった。

ウィルが訊いた。「ケイシャとドリューはどこだ？」

「ふたりは三番だ」チャックが、フロントポーチの角の延長上にあるコテージを指さした。窓は閉められ、カーテンが引かれている。明かりはついていない。

ウィルはチャックに訊いた。「ここに電話はある？」

「ああ、キッチンに」

「なかに入って、保安官に電話をするんだ。GBIの捜査官に、コード一‐二〇‐二を通報するように頼まれたと言ってくれ。緊急の支援が必要だと」

ウィルがその場にとどまってそれ以上の説明をすることはなかった。三番コテージへと駆けだした。一歩ごとに恐怖が増していく。サラとキッチンで交わした会話をもう一度考えた。ぼくの視野は狭まっているだろうか？　マーシーへの暴行は無差別に行われたものだったのだろうか？　ロッジは、ジョージア州からメイン州の東の海岸線に約三千五百キロにわたって延びているアパラチア・トレイルの山麓にある。このトレイルでは、記録を取り始めて以来、少なくとも十件の殺人事件が起きていた。レイプやほかの犯罪は少ないが、めったにないわけではない。ウィルが知るかぎり、少なくともふたりの連続殺人犯がトレイルで被害者のあとをつけていた。オリンピック爆弾犯はこのあたりの森で四年も身を隠していた。これこそまさにサラが言っていたことだ――表面をほんの少し引っ掻いただけで、ありとあらゆる悪いものが顔を出す。

三番コテージの階段を踏みしめるようにしてのぼった。ほかのコテージ同様、ここにも鍵はない。勢いよく開けたドアが壁にぶつかった。

「なんなの！」ケイシャが悲鳴をあげた。ベッドに体を起こし、手探りで夫を探している。ピンク色のアイマスクを額に押しあげた。「ウィル！　どういうこと？」

ドリューがうめいた。彼は、睡眠時無呼吸症候群用のマスクにつながれていた。本体は、ベッド脇の箱型扇風機と競い合うように大きな機械音をたてている。彼はマスクをはずして訊いた。「なにがあった？」

「ふたりとも外に出てほしい。いますぐ」

ウィルはコテージを出ると、だれが欠けているだろうと考えながら頭のなかで数を数えた。一同は階段の近くに集まったまま動いていなかった。チャックは警察に電話をしている。サラは――願わくば――トレイルをこちらに向かっているはずだ。

彼はクリストファーに訊いた。「キッチンのスタッフは？」

「彼らは夜は家に帰るんだ。いつもは、九時までに山をおりる」

「彼らが帰るのを見たか？」

「どうしてそれが問題になるんだ？」

ウィルは駐車場に目を凝らした。車が三台。「だれがあれを――」

「質問はもうたくさん」ビティが言った。「あなたが警察官だって、どうして言わなかったの？　申込書には整備士だって書いてあった。本当はどっちなの？」

ウィルはそれを無視して、クリストファーに訊いた。「ディライラはどこだ？」

「ここよ」彼女は二階の窓から顔をのぞかせた。「本当におりていかなきゃいけない？」

「いったいどういうことだ？」ドリューが険しい顔でつかつかとウィルに近づいてきた。

彼とケイシャはお揃いの青いパジャマ姿だ。昼間見せていた親しげな表情は、いまにも爆発しそうな怒りに代わっていた。「きみにはあんなふうにわたしの妻を怖がらせる権利はない」

「ちょっと待って」ケイシャが声をあげた。「サラはどこ？　彼女は無事なの？」

「彼女は無事です」ウィルが答えた。「実は――」

「保安官に電話した」チャックが階段を駆けおりてきた。「ここに来るのに十五分から二十分はかかるそうだ。詳しい話はできなかった。あんたが警察官だと言ってコードを伝え、急いでくれと言っておいた」

「警察官？」ドリューの怒りがさらに数段増した。「車の整備をしていると言ったじゃないか。いったいどういうことだ？」

ウィルが答えようとしたところで、ディライラがポーチに出てきた。彼女は、いま唯一重要な質問をした――

「マーシーはどこ？」

ウィルはジョンに目を向けた。モニカの数段上の階段に座っている。ビティがその隣に立っていた。彼女はとても小柄なので、腰の高さにジョンの肩があった。なんとしても守ると言わんばかりに彼に腕を回し、頭をしっかりと自分に引き寄せている。うしろに撫でつけられた癖のある髪のせいで、ジョンは若くて頼りなく見えた。男性というよりは、少年のようだ。ウィルは彼を脇へ連れ出し、なにがあったかを優しく伝え、母親を奪った怪物を必ず見つけると約束したかった。

だが、その怪物はおそらくは実の父親だとどうやって伝えればいい？

「お願い」ディライラが言った。「マーシーはどこ？」

ウィルは感情を抑えこんだ。いまのジョンにとっての最善は、彼が自分の仕事をすることだ。「言葉にするのが難しい」

「そんな」ディライラが口を押さえた。彼女はすでに悟っていた。「嘘、嘘、嘘」

「なんだ？」セシルが訊いた。「いいから、さっさと話せ！」

「マーシーは亡くなった」ウィルは息を呑んだ客たちには目もくれなかった。その言葉を口にしながら、ジョンを見ていた。彼はショックと信じられないという思いのあいだのどこかで取り残されているようだ。どちらにしても、まだ現実としてとらえられていない。数年たってこの瞬間のことを思い起こしたときに、どうして自分は祖母の脇腹に頭をもたせかけたまま、じっと体を凍りつかせていたのだろうと考えるかもしれない。自分を責めるだろう――理由を尋ね、叫び、母を失った痛みに声をあげるべきだったと。

いまウィルにできるのは、状況をできるかぎり詳しく伝えることだけだった。「湖の近くで彼女を見つけた。建物が三棟あって――」

「バチェラーコテージだ」クリストファーは湖のほうに顔を向けた。「このにおいはなんだ？　火事か？　マーシーは火事に巻きこまれた？」

「いいや」ウィルが答えた。「火事は起きたが、マーシーはそこにはいなかった」

「溺れたのか？」クリストファーの口調をどう解釈すればいいだろう？　その声には妙な無関心さがにじんでいた。「マーシーは泳ぎが得意だ。四歳のとき、ザ・シャローズでぼくが教えたんだ」

「溺れたわけじゃない」ウィルが言った。「複数箇所に損傷があった」

「損傷？」クリストファーの口調はやはり淡々としている。「どんな損傷だ？」

「黙って」ビティが命じた。「聞きましょう」

ウィルは客たち全員がいる前でどこまで話すべきか迷ったが、家族には知る権利がある。

「刺し傷がいくつかあった。他殺と断定できる」

「刺された……？」ディライラは手すりにしがみついて体を支えた。「ああ、神さま。かわいそうなマーシー」

「他殺？」チャックが繰り返した。「殺されたってことか？」

「そうに決まっているだろう、間抜け」セシルが答えた。「事故で何度も刺されたりはしない」

「かわいそうなベイビー」ビティが言っているのはマーシーのことではなかった。彼女はジョンをさらに引き寄せ、頭頂部に唇を押し当てた。ジョンは彼女にしがみついた。ローブに隠れて顔は見えなくなったが、押し殺した泣き声が聞こえていた。「大丈夫よ、かわいいジョン。わたしがいるから」

ウィルは家族に向かって言葉を継いだ。「コテージのひとつに遺体を運んだ。移動できるようになるまで、サラがそばについている」

「なんてひどい」ケイシャが泣き始めた。「どうしてマーシーを傷つけたりするの？」

ドリューは彼女を引き寄せたが、ウィルに向けた抑えきれない嫌悪の表情はそのままだった。

ウィルは彼を意識から追いやった。いま興味があるのは家族だ。全員から悲しみが伝わってくるだろうと思っていたのに、ひとりひとりを眺めてみてもまったくそれらしい感情は見られなかった。うつむいたクリストファーの顔には、さっきの無関心さがまだ残っていた。セシルの表情は、とんでもなく迷惑をこうむっている男のそれだった。ディライラはウィルに背を向けていたので、彼女がなにを考えているのかはわからない。ビティの意識は明らかにジョンだけに向けられていて、彼が隣で悲しみに体を震わせているというのに、彼女自身は娘のためにひと粒の涙すらこぼしていなかった。

ウィルがもっともショックを受けたのが、だれひとりとしてなにも尋ねようとしなかったことだ。彼はこれまで数えきれないほど、家族の死を伝えてきた。家族はいろいろと知りたがる。だれの仕業なんです？　どうしてそんなことに？　彼女は苦しみましたか？　いつ彼女に会えますか？　彼女だっていうことは確かですか？　間違いじゃないんですか？　絶対に確実ですか？　犯人は捕まりましたか？　どうして犯人を捕まえようとしないんです？　このあとどうなるんですか？　どれくらいかかりますか？　死刑になりますか？　いつ彼女を埋葬できますか？　どうしてこんなことが起きたんです？　いったいどうして？

「あんたたちはろくでなしよ」ゆっくりと階段をおりてくるディライラの足元で、スリッパがパタンパタンと音をたてた。彼女は家族に話しかけていた。「だれがやったの？」

彼女はビティの前で足を止めた。稲光のように怒りが炸裂《さくれつ》していた。下唇が震えている。大粒の涙が流れている。

「あんた」ビティの顔に指を突きつけた。「あんたがやったの？　夕食の前、マーシーを脅しているのを聞いた」

チャックが不安そうな笑い声をたてた。

ディライラは彼に向き直った。「その臭い口を閉じてよ、いやらしい変態男。あんたがべたべたとマーシーに触っているのはみんな見てたんだよ。あれはどういうことだったわけ？　それからあんた、しょぼくれた臆病者」

クリストファーが顔をあげることはなかったが、ディライラが彼に言っていることは明らかだった。

ディライラは言った。「あたしがあんたをわかっていないとは思わないことね、フィッシュトファー」

セシルが声をあげた。「おい、ディー、もうやめろ。だれの仕業なのか、おれたちみんなわかっているんだ」

「とんでもない」ビティの声は穏やかだったが、重みがあった。「なにもわかってなんかいない」

「いいかげんにしてよ」ディライラは腰に手を当てて、ビティを上から見おろした。「なんだってあんたはいつもあの役立たずのろくでなしをかばうの？　彼が言ったことを聞いてなかったの？　あんたの娘が殺されたんだよ！　何度も刺されたの！　あんたの血を分けた娘が！　気にならないわけ？」

「あなたが気にしているみたいに？」ビティが訊き返した。「あなたは十三年も前に出ていったのに、なにもかもわかっているとでも？」

「あんたのことはわかっているよ、くそったれの――」

「やめるんだ」ふたりが互いを引き裂き始める前に、ウィルが割って入った。「ふたりとも自分の寝室に戻るんだ。客の人たちも、コテージに戻ってくれ」

セシルが言った。「だれがあんたを責任者にした？」

「ジョージア州だ。保安官が来るまで、ぼくが代理を務める」ウィルは全員に向かって宣言した。「あなたたち全員から話を聞く必要がある」

「断る」ドリューはビティに向かって言った。「娘さんは気の毒だったが、わたしたちは日がのぼったら帰る。荷物は送ってくれればいい。送料はクレジットカードで精算してくれ。ほかの事柄については忘れてくれ。ここで好きにしてくれていい。どうでもいいから」

「ドリュー」ウィルが声をかけた。「ぼくは証人の供述が必要なんだ。それだけだ」

「いやだね。わたしはきみの質問に答える義務はない。自分の権利は知っている。いまからわたしにも妻にも、話しかけないでもらおうか、ミスター・警察官。わたしがこの手のニュースを見たことがないとでも思うのか？　自分とはなにも関わりのないことで刑務所に送られるのは、わたしたちのような人間なんだ」

引き留める理由をウィルが考えつくより先に、ドリューはケイシャを連れてコテージに戻っていった。勢いよく閉まるドアの音が散弾銃のように轟《とどろ》いた。

だれもが無言だった。ウィルは十番コテージに通じるトレイルを見やった。薄暗い明かりがだれもいない道を照らしている。サラをひとりで行かせるのではなかった。長くかかりすぎている。

「捜査官？」バックヘッドの裕福な弁護士であるマックスが呼びかけた。「シドとぼくは警察を支持してはいるが、尋問は拒否する」

なんとかして止めなければならなかった。「きみたちはみんな証人だ。だれも容疑者になっているわけじゃない。夕食のときになにがあったのか、その後全員がどこにいたのかの証言が必要なんだ」

「〝全員がどこにいたか〟ってどういう意味だ？」そう訊いたのはポールだった。彼の視線はゴードンに向けられていた。「アリバイを訊いているのか？」

ウィルは必死になって彼らをこの場に留めようとした。「だれかが朝八時と夜十時にループ・トレイルを歩くとジョンが言っていた。彼らがなにかを見たかもしれない」

「マーシーだ」クリストファーが言った。「今週の十時の巡回は彼女だった。ぼくが八時だ」

ウィルはジョンから詳しい話を聞いて知っていたが、彼らに話を続けさせたかった。

「どういうやり方をしているんだ？　ドアをノックするのか？」

「そうじゃない」クリストファーが答えた。「なにか必要なものがあれば、客がぼくたちを呼び止める。もしくは階段にメモを残しておく。飛んでいかないように押さえておくための石はそこらじゅうにある」

「いいかしら」モニカがいつのまにか意識を取り戻していた。自分たちのコテージを指さして言った。「九時くらいにポーチにメモを置いて石で押さえておいたの。なくなっていたわ」

生存の立証になるとウィルは考えた。「マーシーは頼んだものを持ってきてくれた？」

「いいや」フランクはモニカを見ながら答えた。

酒を頼んだのだろうとその表情を見てウィルは判断した。「十時以降、マーシーを見た人は？」

だれも答えない。

「悲鳴か助けを求める声を聞いた人は？」

やはり、沈黙が続くだけだった。

「話を遮りたくはないんだが」なにも遮っているわけでもないのに、マックスが言った。

「シドとぼくは町に戻らなきゃならない」

シドニーが言った。「馬に餌と水をやらなきゃいけないのよ」

もっとましな言い訳を聞かされるかと思っていたが、反論するだけ無駄だ。法的には、彼らをここに留めるのはもちろんのこと、証言を強要することもできない。

「セシル、ビティ」マックスはマッカルパインの家族に向かって言った。「あなたたちの娘のことはとても気の毒に思っている。楽しい夜だったのに、忌まわしい悲劇で台無しにされたのが残念だ。あなたたちには悲しみを乗り越える時間が必要だろう」

セシルは、なんであれ時間が必要なようには見えなかった。「おれたちはそれでも前に進む用意はできている。こうなったいまは、これまで以上に」

「わかっている」なにもわかっていないようなマックスの口ぶりだった。

シドニーが言い添えた。「いつもあなたたちのことを考えているし、祈っている」

ふたりは肩を並べて歩き去った。セシルはいったいなんの用意ができているのだろうとウィルは考えた。バックヘッドのカップルは最初から特別扱いを受けていた。そのなかでも、Ｗｉ－Ｆｉのパスワードはささいなことだ。年代物のシボレーと汚れたスバルのあいだに停まっていた十五万ドルのメルセデスベンツＧ五五〇は、ふたりがロッジまで歩いてきたわけではないことを意味していた。

「うんざりだ」ゴードンが言った。「酒がいる」

彼はコテージへと戻っていった。ポールはちらりとウィルに視線を向けたあと、そのあとを追った。その表情は危険信号だ。バスルームでポールはウィルのズボンの血痕に気づいたのに、少しも動揺しなかった。だがいまは明らかに緊張している。マーシーが死んだことを知らされて、態度が変わったのだ。ここが安全であることをウィルが確認するまで、なぜ待たなければならないのだろうと考えている。

使われているコテージは六つだから、四つは空だ。そのどれかにデイヴが隠れていてもおかしくない。空いているコテージを調べるべきだという声と、家族に平静を取り戻す時間を与えてはいけないという声が、ウィルの頭のなかで戦っていた。ここにとどまるべきだと直感はささやいていた。彼らの態度はなにかがひどくおかしい。ウィルに疑念を抱かせたのはポールだけではなかった。視野を狭めてはいけないというサラの指摘は正しいのかもしれない。

「いいかな、ウィル？」残っている客はフランクとモニカだけだった。「警察官だってことをきみが黙っていたのは、ぼくは気にしないよ。それどころか、きみがいてくれてよかった。それに、モニカとぼくにはなにも隠すことはない。なにが訊きたいんだ？」

フランクとモニカから尋問を始めたくはなかった。「とりあえずコテージに戻ってくれるかな？　まず家族と話がしたいんだ。確認しなければならないプライベートな事柄がある」

「そうか、わかった」フランクはモニカを立たせた。彼女はとてもひとりでは歩けそうにない。「準備ができたら、ノックしてくれればいいから。ぼくたちにできることはなんでもするよ」

マッカルパイン家の人間は、だれもその場から動いていなかった。ウィルを見ている者はいない。なにかを尋ねようとする者もいない。ディライラを除けば、だれも悲しそうな表情すら浮かべてはいなかった。様々な思惑があるのか、空気が重たく感じられた。

「ウィル？」

サラがようやく戻ってきた。ウィルは彼女を見て胸を撫でおろしたが、手を貸してくれる人間が現れたという安堵もあった。マッカルパインたちに話を聞かれないよう、小走りに彼女に近づいた。彼女はTシャツとジーンズに着替えていた。彼のボタンダウンシャツを小脇に抱えていた。

彼女はまず携帯電話を、それからシャツを彼に手渡した。「電波を拾うまで少し時間がかかったけれど、メールを送ったし、確認の返事も受け取った。全員に連絡済みよ。手はどう？」

手は、まるで熊の罠にかかったみたいに痛んだ。「ぼくがほかのコテージを調べているあいだ、家族を家のなかに連れて入って相手をしていてほしいんだ。話を合わせたりさせないでほしい。じきに保安官が来る。キッチンのナイフがなくなっていないかどうか、確かめてくれ。できたらでいいんだが、ポールは胸に刺青を入れている。なんて書いてあるのかが知りたい」

「わかった」サラは先に立って、家に向かって歩いていく。専門家らしい口調で家族に語りかけた。「こんなことになって本当に残念です。みなさんにとって、衝撃的な出来事であるのはわかっています。なかに入りましょう。わたしに答えられることがあるかもしれません」

最初に口を開いたのはビティだった。「あなたも警察官なの？」

「わたしは医者でジョージア州捜査局の検死官です」

「あなたたちは嘘つきのカップルよ」ビティはふたりが警察の人間であると知って、ドリュー以上に動揺しているように見えた。ジョンの腕をつかんで、家のなかへと引きずっていく。セシルの車椅子を押す役割は、クリストファーが引き継いだ。チャックがあわててあとを追った。ディライラだけがその場に残った。ウィルは彼女も家のなかに入ってほしかった。デイヴが空のコテージのどれかに隠れているとしたら、ナイフか銃で武装しているおそれがある。ディライラが銃撃戦に巻きこまれるような危険は避けたかった。あるいは人質に取られるような危険は。

彼はシャツを階段に置き、電話をポケットに入れた。手を胸に当てて、痛みをこらえた。ディライラはじっと彼を見つめている。家に入ろうとはしなかった。

ウィルは聞いた。「なにかぼくに言いたいことでも？」

言いたいことは山ほどあるようだったが、口を開く前にポケットからティッシュペーパーを出し、洟をかみ、涙を拭った。それがうわべだけだとは思わなかった。彼女は本当にマーシーの死にショックを受けている。メリル・ストリープでもないかぎり、あれほど絶望しているふりはできないだろう。

ようやく彼女は訊いた。「あの子は苦しんだ？」

ウィルは曖昧に答えた。「最期のときにぼくはその場にいた」

「本当に――」彼女は言葉につまった。「本当にあの子は死んだの？」

ウィルはうなずいた。「現場でサラが確認した」

ディライラはティッシュペーパーで目を押さえた。「あたしは十年以上もこの人里離れた場所に寄りつかなかったのに、戻ってきたとたんに、あの人たちの泥沼に巻きこまれた」

彼女が言っているのは殺人のことだけではないとウィルは感じた。ｉＰｈｏｎｅのサイドボタンをダブルクリックして、録音アプリを起動させた。「どんな泥沼に巻きこまれたんだ？」

「哲学では計り知れないことがあるのよ、ホレイショ」

「シェイクスピアはけっこう。ぼくは捜査官だ。事実が知りたい」

「教えてあげる。あの家にいる人間はみんな、これからあなたに嘘をつく。本当のことを話すのはあたしだけだよ」

ウィルの経験からすると、わざわざ自分は正直だと訴えてくる人間はもっとも正直ではないものだが、ディライラの考える真実はぜひとも聞いておきたかった。「話してくれ、ディライラ。動機があるのはだれだ？」

「ない人がいる？　アトランタから来た金持ちのとんま――ふたりはこのロッジを買うために来た。売却を承認するには、家族の投票が必要なの。千二百万ドルを七人で分けることになる。マーシーは二票持っている――彼女の分とジョンの分。ジョンはまだ未成年だから。売却はさせないって、彼女は家族にはっきりと宣言した」

ウィルの思惑が変化し始めた。「それはいつのこと？」

「今日の昼、家族会議での話。あたしは居間に隠れて聞いていた。詮索好きだし、修羅場も好きだから。ようやくそれが報われたってことだね」ディライラはポケットからもう一枚ティッシュペーパーを出して、鼻を拭いた。「セシルはマーシーを脅して、売却に投票させようとしたけれど、彼女は逆らった。全員に食ってかかった。ロッジは奪わせないって言った。ジョンのことも。そんなことになったら、全員を破滅させるって。ここを失うときには全員を道連れにするって言っていた。本気だった。あの子の口調で本気だってわかった」

ウィルは再び考え直した。ほとんどの犯罪の根底には金の問題がある。千二百万ドルは充分な動機だ。「彼女はなんて言って脅したんだ？」

「秘密を暴露するって」

「あなたはその秘密を知っている？」

「知っていたら、あなたに全部話していたよ。あたしの弟は人を虐待するろくでなしだってことは言えるけれど、彼が人を傷つけていた時代は終わった。少なくとも肉体的にはね」ディライラは家を振り返った。「マーシーの脅しは口先だけじゃなかった。言っている意味をわかってもらえると思うけれど。何人かは刑務所に行くだろうってマーシーは言った。二度と世間の信用を取り戻せない者もいるって。もっとよく覚えていられればよかったんだけれど。あたしの年になると、家に帰る道を覚えているだけで運がいいんだよ。でもこのふたつはしっかり覚えている」

ウィルはさっき彼女が口にしたことを思い起こした。「夕食の前にマーシーを脅すのを聞いたと、きみはビティに言った」

「ビティはマーシーをクビにした。ビティがしたのはそういうこと」ディライラは腹立たしげに首を振った。「もしロッジの売却に投票しなかったら、背中にナイフを突き立てられるとも言っていた」

驚くべき偶然の一致だと思えた。だがビティは小柄だ。マーシーを湖に引きずっていくのは無理だ。少なくともひとりでは。「デイヴはどうなんだ？」

「強欲なろくでなし」ディライラの口が嫌悪に歪んだ。「彼も売却に投票していた」

ウィルが訊いたのはそのことではなかったが、詳しいことが知りたくなった。「デイヴはどうして投票できるんだ？」

「セシルとビティは二十数年前に彼を正式に養子にしたんだ。つまり、不幸なことに彼も家族信託の一員なの。信託に入っていれば、投票できる」

ウィルは再び頭を整理する必要が生じたが、今度は個人的な理由だった。デイヴは家族をひとつ手に入れただけではなかった。ふたつ手に入れていた。「どういう経緯で彼を養子に？」

「野良猫みたいにキャンプ場をうろついている彼を見つけたんだよ。セシルは保安官に彼を引き渡したかったんだけど、ビティが彼を気に入った。普段の彼女は冷淡なのにね。彼とはすごく不健全な関係だよ。マーシーに対しては一トンの煉瓦で押しつぶそうとするみたいだし、クリストファーのことは赤毛の継子《ままこ》みたいに扱っている。でもデイヴは、彼がなにをしても正しいと思っている。ジョンに対しても同じ態度だって言ってもいいだろうね。それはきっと、彼が父親にそっくりだから。みんな、それがいたって普通のことみたいに振る舞っているよ」

ジョンにとってデイヴは実の父でありながらおじという立場でもあるという事実について、ウィルが尋ねることはなかった。児童養護制度が生み出す奇妙な関係を理解するのに、彼以上に適任な人間はいない。

「クリストファーはどうだ？　なにか別の名前で呼んでいたね？」

「フィッシユトファー。デイヴがつけたあだ名。昔はその名前をすごく嫌がっていたから、あえてその名前で呼んでやろうと思ったんだけれど、慣れたみたいね。デイヴはそういうやつなの。なんでも彼の望みどおりにさせておけばいいって思うまで、人をすり減らす」

ウィルはデイヴから話を逸らそうとした。「クリストファーがマーシーを傷つけることはあるだろうか？」

「どうだかね。彼は昔から引きこもりがちだった。変わり者の引きこもりじゃない。女性のパンティを収集する連続殺人犯のような引きこもり。そしてチャック――ふたりは似た者同士で、なにをしているんだか知らないけれどいつも森をうろついている」

「あなたは十年以上ここから離れていたと言った。なのにどうしてふたりがうろついているのを知っているんだ?」

「今朝この家まで車で来たとき、薪置き場の近くでふたりを見かけたから。あたしの車に気づいて、チャックは驚いたリスみたいにその場から走って逃げたし、背の高い草で自分の姿が隠せるとでもいうようにクリストファーは身をかがめた。なにかしていたことは確かだね」彼女はもう一度、洟をすすった。「そして家族会議のあと、ふたりはまた同じ場所で顔を寄せ合っていた」

　ウィルは捜索場所のリストに薪置き場を加えた。「ふたりは恋人同士なのか?」

「五番コテージの目立ちたがり屋みたいにっていうこと?」彼女は中身のない笑い声をあげた。「クリストファーにはもっと運が巡ってきてもいいんだけどね。高校時代の彼の恋人は別の男の子供を身ごもったの。そしてギャビーとのあの恐ろしい出来事が起きた」

「ギャビーって?」

「いなくなった娘。もうずいぶん前になる。彼はそれ以来、だれともデートしていない。とりあえず、あたしが知るかぎりでは。でもあたしはずっとここにいたわけじゃないからね」

　ウィルは頭に水滴が当たるのを感じた。戸外で彼女の話に耳を傾けているあいだに、雨が降り始めていた。

　ディライラは言った。「おそらくデイヴが一番怪しい。だれにも彼女の死を望む理由があるけれど、デイヴは以前からひどくマーシーを痛めつけていた。骨折。痣。だれもなにも言わなかったし、止めようともしなかった。あたし以外は。なんの役にもたたなかったけれどね。間違っているって言ったって、人は変わらない。自分で変わろうとしなきゃだめなんだ。つまりそれは──あの子はいつまでも変わらなかったってことなんだろうね」

彼女の喉が動くのが見えた。また目に涙が浮かんだ。ウィルは尋ねた。「あなたはどうなんだ？　マーシーの死を望む理由がある？」

「動機を聞いているの？」マーシーは深々とため息をついた。「マーシーがようやく自分の人生を軌道にのせたことをあたしは喜んでいた。ロッジの売却を阻止する手伝いをするって言ったんだけれど、マーシーはプライドが高いから。高かったから。ああ、あの子はまだ若かったのに。ジョンになんて言えばいいのかもわからない。父親はいないも同然だったのに、今度はこんなふうに母親を失うなんて……」

ウィルは彼女の誠実さを試してみることにした。「きみに動機はあるかとぼくが訊いたら、家のなかにいる人たちはなんて答えるだろう？」

「間違いなく、あたしのせいにしようとするだろうね」ディライラは畳んだティッシュペーパーをポケットに戻した。「ジョンを奪われたから、あたしはマーシーに復讐《ふくしゅう》したかったんだって言うよ。あたしはあの子が生まれた日から三歳まで、四歳近くになるまで育てたの。マーシーは二〇一一年の一月に、永久親権を取り戻す訴えを起こした。自動車事故の一年後」

「彼女の顔の傷はそのときのもの？」ウィルは尋ねた。

ディライラはうなずいた。「きっと事故のせいで、彼女は怖くなったんだろうね。自分の人生を見つめ直して、少しは大人になろうって決めたんだと思う。あたしは疑っていた。ヘロインはやめるのが難しい麻薬だもの。やめたって言っても、そう簡単には信じられない。親権争いはルールのない喧嘩みたいだった。半年続いた。互いをけなし合ったよ。負けたときには胸が張り裂けるようだった。裁判所の階段で、死ねばいいのにって彼女に言った。彼女はジョンの人生から完全にあたしを切り離した。手紙を書いたし、電話もかけようとした。全部ビティが邪魔をしたけど、マーシーはそれを知っていたはず。だから、それがあたしの動機。爆発するまで十三年もかかったって、あんたが考えるならね」

「デイヴはどう関係してくるんだ？」

「マーシーは彼と一緒にいた。それから別れて、またくっついた。病院に入って、関係は終わった。しばらくして退院してくると、また付き合い始めた」ディライラは憤慨したように目をぐるりと回した。「デイヴは監視付き面会交流に一度も来なかった。酔っぱらっているか、ハイになっているかだったんだろうね。それともあたしが怖かったのかも。怖がって当然だけどね。いま湖で死んでいるのがデイヴだったら、あたしは容疑者リストの一番上にのっていただろうね」

「ジョンはどうなるんだろう？」

「わからない。あの子はもうあたしのことは知らないに等しいから。セシルとビティといるのが、一番いいんだと思う。ふたりのほうがまだましだし。あの子は母親を失った。この世にいくらかでも正義があるなら、父親も失う。だからできるかぎり、慣れ親しんだところで過ごしたほうがいい。いつかあたしがあの子と親しくなれる日がくるかもしれないけれど、それはあたしの望みでしかない。いま大切なのは、ジョンにはなにが必要かってこと」

それが心からの答えなのか、それとも自分をよく見せるためのものなのか、ウィルには判断がつきかねた。「今夜十時から十二時のあいだ、きみはどこにいた？」

彼女は片方の眉を吊りあげたが、答えた。「九時半か十時くらいまで、自分の部屋で本を読んでいた。アリバイはないよ。ベルが鳴り始めたときには、眠っていた。あたしくらいの年になると、湿気は関係ないんだ。膀胱《ぼうこう》はとらばさみみたいだしね」

車の音が聞こえた。ようやく保安官が到着したらしい。黒い車が駐車場に入ってきたとき、シドニーとマックスはスーツケースを転がしながらメルセデスに向かっていた。保安官に気づいたとしても、なんの反応も見せなかった。ここからさっさと出ていくことで頭がいっぱいなのだろう。町まで乗せていこうかとだれにも声をかけなかったという事実が、ふたりのことをよく表しているとウィルは思った。

保安官が車から降りると、ディライラはうんざりしたようにうめいた。ふたりは、うしろから大きな傘を取り出している保安官を眺めた。

ディライラがつぶやいた。「心配無用、ビスケットが来たから」

「ビスケット?」

「あだ名だよ」彼女はウィルを見あげた。「名前も知らない捜査官、あたしはあなたのことをなにも知らないけれど、それ以上にあの男のことはまったく信用していないよ。それほど疑《うたぐ》り深いほうじゃないんだけどね」

　ウィルは雨粒が次々と頭に当たるのを感じながら、こちらに向かって歩いてくる保安官を眺めていた。彼は身長百七十センチくらいで、保安官の茶色い制服に包まれた体はやや太り気味だ。ぴったりした服はだれでも窮屈なものだが、保安官はとりわけきついズボンと固い襟が苦しそうだ。彼が急ぐことはなかった。雨が本格的に降りだすと、立ち止まって傘を開いた。ウィルは畳んであったシャツを手に取り、階段を駆けあがった。ロッキングチェアにシャツを置いた。ポーチの屋根の下でディライラと並んで待った。

　ゆっくりと階段をあがってきた保安官はそこで足を止め、傘の水滴を振り払いながら建物を見つめた。玄関に傘をたてかけ、ウィルを見あげた。

「保安官」金属製の屋根を叩く雨音に負けないように、ウィルは声を張りあげた。「GBIのウィル・トレントだ」

「ダグラス・ハーツホーンだ」彼はウィルに状況を尋ねる代わりに、ディライラをにらみつけた。「あんたが十三年ぶりに帰ってきた夜に、マーシーが刺し殺されたってわけか。どういうことなんだかね?」

　ウィルはディライラに答えさせなかった。「どうして刺されたって知っているんだ?」

彼の笑顔は傲慢さを感じさせるものだった。「途中で、ビティから電話があった」

「驚いた」ディライラはウィルに言った。「彼みたいな間抜けを小さな《ビティ》指で操っているから、ビティはその名前で呼ばれているのよ」

保安官はそれを無視してウィルに訊いた。「死体はどこだ？」

ディライラが言った。「バチェラーコテージだよ」

「あんたに訊いたか？」

「いいかげんにしてよ、ビスケット。あんたが全部の捜査をするわけじゃないんだから」

「おれをビスケットなんて呼ぶな」彼が怒鳴った。「ディライラ、おれがあんただったら口を閉じているね。人を刺したことがあるのは、このなかではあんただけだ」

「フォークでだよ」ディライラはウィルに説明した。「ジョンが生まれる前。マーシーはあたしのガレージで暮らしていた。彼女があたしの車を盗もうとしていたんだ」

保安官が反論した。「そいつはあんたの言い分だ」

口論を続けるふたりを、ウィルは歯ぎしりしながら眺めていた。こんなことをしているあいだに、それでなくても足りない時間が過ぎていく。保安官は殺人事件を抱えているという事実よりも、自分が優位に立つことに関心があるようだ。ウィルは腕時計を見た。たとえアマンダが目を覚まして緊急メールを読んだとしても、アトランタから車を飛ばしてここまで来るのに最短でも二時間はかかる。

「勝手にすれば」土砂降りの雨を気にも留めず、ディライラは階段をおりた。「あたしは姪《めい》と一緒にいるから」

「なにも触るんじゃないぞ」保安官が叫んだ。

中指を立てたのが、彼の命令に対するディライラの返事だった。

保安官はウィルに言った。「年を取ってもよくならないものもある」

彼にはいま重要なことに集中してもらう必要があった。「きみのことは保安官と呼べば──」

「みんなおれのことはビスケットと呼ぶ」

ウィルは再び歯ぎしりをした。ここではだれひとりとして、本当の名前で呼ばれていないらしい。

ともあれウィルはこの二時間に起きたことを保安官に語った。「夜中の十二時ごろ、ぼくは妻と一緒に湖にいた。三度悲鳴が聞こえた。最初の悲鳴があって、それから十分ほどたってから、続けて二度の悲鳴が聞こえた。ぼくは森を抜け、三棟のバチェラーコテージが建つあたりまでやってきた。一番奥のコテージが燃えていた。マーシーは湖の岸辺にいた。上半身は水に浸かっていたが、足は乾いた地面の上にあった。彼女は複数回、刺されていた。出血は多量だった。話を聞けたが、彼女が気にかけていたのは息子のジョンのことだけだった。犯人についての情報を聞き出すことはできなかった。CPRを施そうとしたが、彼女の胸にはナイフの刃が残ったままだった。その刃はぼくの手を貫いた。犯人が彼女を襲っていたときに、ナイフの柄が折れたんだろう。現場では見つからなかった。業務用のキッチンでなくなっているナイフはないようだった。家族のキッチンとコテージを全部調べる必要がある。日がのぼったらすぐにグリッド捜索を始めよう。母屋のあたりから始めて、犯行現場のほうへと移動していくのがいいと思う。なにか質問は？」

「いいや、全部聞かせてもらった。素晴らしい状況説明だった。検死官が来たら、もう一度やってもらう必要があるな。道路が当てにならなくなっているんだが、あと三十分もしないうちに来ると思う」ビスケットは包帯を巻いたウィルの手に目を向けた。「その手はどうしたんだろうと思っていた」

ウィルは彼にもう少し切迫感を持ってほしかった。マーシーは死んだ。彼女の息子は家のなかで悲しみに暮れている。「死体のところまできみを案内できる」

「雨がやんで、日がのぼるまで待っても、彼女は死んだままだよ」ビスケットは再びあたりに目を向けた。「捜査する必要なんてないって言ったディライラは間違ってない。マーシーには元夫がいる。デイヴ・マッカルパイン。どうしてみんな同じ苗字《みょうじ》になったのかは長い話になるが、とにかくこのふたりは十代のころから争ってばかりだった。おれのベビーシッターは高校の裏でふたりが殴り合っているのをよく見ていたそうだ。それが行きすぎて、彼女が死んだっていうのが、今回の顛末《てんまつ》だよ」

ウィルは口を開く前に、ゆっくりと息をして気持ちを落ち着けなくてはならなかった。保安官の言葉は、殺人の被害者になったマーシーを責めているようにしか聞こえない。

「ぼくの上司が――」

「ワグナー？　それが彼女の名前？」彼は返事を待たなかった。「この地域の捜査官にあとは引き継がせると言われたが、落ち着けとおれは言ったんだ。いずれデイヴは姿を見せるよ」

そう言われて落ち着くアマンダではない。「ぼくたちはマーシーの部屋を調べるべきだ」

「〝ぼくたち〟っていうのはだれのことだ？」ビスケットは笑みを浮かべていたが、笑ってはいなかった。「ここはおれの郡で、おれの事件だ」

そのとおりだとウィルにはわかっていた。「デイヴを探す手助けがしたい」

「時間を無駄にすることはないさ。やつのトレーラーと行きつけのバー全部をのぞくように、もう部下には言ってある。いないだろうがね。どこかのどぶで眠りこけているんじゃないか」

ウィルは戦略を変更した。「空いているコテージのいずれかに隠れているかもしれない。ぼくは武器を持っていないが、捜索の支援はできる」

「その必要はない。デイヴは六時以降はここにはいられないんだ。しばらく前に、パパがここから締め出した。先月彼が来ていたのは、バチェラーコテージでの作業があったからだ」

この男は自分の口から出た言葉を理解しているのだろうかとウィルはいぶかった。デイヴは殺人事件の容疑者だ。立ち入り禁止を守るはずもない。ウィルは別の方向から攻めてみた。「彼はどんな車を運転しているんだ？」

「やつは運転を禁止されている。ＤＵＩだ。ここまで送り迎えをしてもらっている女性がいるんだと思う。デイヴは口がうまくて、自分のためにあれこれしてもらうように人を説得することに長《た》けているんだ」

ウィルは、その女性と話をするつもりだとか、ほかの場所の捜索も考えているとか、あるいは免許がなくてもデイヴは車を運転できるという事実をビスケットが切り出すのを待ったが、彼は降る雨を眺めることで満足しているようだった。

「さてと」彼はウィルを振り返った。「おれはビティの様子を見てくる。かわいそうな小さな女の子にとって辛い数年だったからな」

ウィルはなにも言わず、わかりきっていたことを受け入れようとした。保安官は一家と親しすぎる。マーシーの命に対する家族と同じ無関心さのせいで、正しい判断ができなくなっている。第一容疑者の捜索にも、証拠の収集にも、証人に話を聞くことにすら興味がないのだ。

証人となれる人間は協力するつもりはないようだが。そのうちのふたりはすでにメルセデスに乗りこんで帰っていった。別のふたりは話すことを拒否した。下着姿で歩きまわっていたふたりは妙な行動をしていた。一番役にたたなさそうなふたりが、協力したがっている。アヒルのバスローブを来た男は不可解だ。被害者の家族は他人が死んだような態度だ。凶器の一部の行方がわからないという事実もある。第一容疑者は姿を消した。遺体の一部が水に浸かっていた。コテージは焼け落ちた。残った犯行現場はこうしているいまも雨で洗い流されている。

デイヴはいずれ姿を見せると言ったビスケットの言葉は正しいのかもしれない。保安官が、警察官はみな善人で、罪を犯した人間だけを逮捕するという田舎の陪審員の思いこみを当てにしていることは明らかだが、デイヴは当たり前の被告人ではない。彼は陪審員を操るすべを知っているだろうし、隙のない答弁をしてくるだろう。ウィルは、ビスケットと呼ばれる男のせいで、殺人を犯したデイヴがなんの罰も受けないなどという事態を招くつもりはなかった。なにもせずただぼんやりと突っ立って、また新たな事件が起きるのを待つつもりもない。

「ウィル？」サラが玄関のドアを開けた。「ジョンのベッドに書き置きがあった。いなくなったの」

二〇一一年一月十六日

大切なジョン

あなたが読むかどうかすらわからない手紙を書くのはばかげているのかもしれないけれど、でもこうして書いている。アルコール《A》依存症の自助グループ《A》の人たちは、考えていることを文字にするのはいいことだって言うの。十二歳のときに書くようになったけれど、デイヴがわたしの日記を見つけて笑いものにしたから、書くのをやめた。書くことを彼に奪わせるべきじゃなかったっていまは思うけれど、これまでのわたしの人生は奪われることばかりだった。また書くことにしたのは、なにか悪いことがわたしの身に起きたときのために、なにか記録を残しておきたかったから。最初にあなたに言っておくのはこのこと。今日わたしは、あなたを取り戻して、最初からそうあるべきだった存在になるための訴えを起こした。あなたの母親になるために。

ディライラはあまりお金がないけれど、あなたを手元に置いておくためなら全財産を注ぎこむって、面と向かってわたしに言った。彼女には彼女の理由があって、わたしはそのことを話すつもりはない。いつの日かあなたは、わたしの醜い顔の話を聞いて、彼女がわたしをあれほど憎む理由を理解すると思う。みんながわたしを憎む理由を。理由もなく憎まれているなんて、わたしは言っていないから、よく覚えておいてほしい。

　この地球上で過ごした十八年間、一日を除いてわたしの毎日はくそみたいだった。その一日っていうのは、あなたを産んだ日。あなたを取り戻すことで、わたしは人生のくそを振り落としたい。汚い言葉でごめんね。あなたのおばあちゃんのビティは文句を言うだろうけど、わたしはあなたを一人前の男として話している。大人になるまで、あなたがこれを読むことはないから。

　あたしはあなたを手放した。それは事実。わたしは離脱症状があったし、また酔っぱらって運転したせいで逮捕されたから病院のベッドにつながれていた。そこにはディライラがいて、実のところわたしは彼女の顔を見てほっとした。わたしはジャンキーだから、医者はなにも鎮痛剤をくれなかった。警察官は手錠をはずそうとしなかった。ばかな男だよね。赤ちゃんが産まれようとしているのに、逃げ出せるとでも思ったのかな。でもこれがあなたが生まれてきた世界なの。

　わたしが自分で作った世界だってあなたは言うかもしれない。それは間違いじゃない。だからあの日、わたしはあなたを手放してディライラに預けた。わたしはあなたのことも、あなたがいなくなってどれほど寂しくなるかも考えていなかった。考えていたのは、ドラッグを手に入れるまで、どこでお酒やクスリを調達すればいいだろうっていうこと。それが本当のこと。わたしは子供のころ、悪魔を追い払うためにお酒を飲み始めた。でもわたしがしたことは、悪魔がいる檻《おり》に自分を閉じ込めただけだった。

でも今度は本当にそれも終わり。丸半年、なにもやっていないの。本当よ。パーティーに行くのもやめたし、GEDを取るために夜間コースにも通い始めたんだよ。そうすれば、あなたが学校に通うようになったとき、中退しているわたしを理由にして学校をやめたいなんて言えなくなるから。あなたのパパは、彼の世話をするべき時間を勉強に使っているとわたしをひどい目に遭わせるけれど、わたしは自分の人生を変えようとしているの。あなたのためにもっといいものにしようとしている。だってあなたにはその価値があるから。彼にもいずれわかると思う。彼はわたしほどあなたを知らない。

こんなことを書くと、わたしがあなたのパパを責めているように思うかもしれない。彼を悪く言うつもりはないけれど、ひとつだけ言っておくね。彼はディライラからお金を受け取って、親権の裁判でわたしの敵に回るだろうって、実はわかっている。それが彼のやり方なの。この世界は彼にとって充分じゃなくて、お金も愛もいつだって足りないから。それに、ほかの家族がわたしの敵になることもわかっている。それはお金が目的じゃなくて、そのほうが簡単だから。あの人たちが本当にわたしを憎んでいるわけじゃない。少なくとも、わたしはそう思っている。面倒な状況になると、ウサギが穴に潜りこむみたいに、あの人たちはどこかに逃げこもうとするの。悪意じゃなくて、生きるために。少なくとも、わたしはそう思うようにしている。だって個人的なことだって考えたら、朝、ベッドから出られなくなりそうだもの。

わたしがいましているのはそういうこと。毎朝、ベッドから出る。山の下のモーテルに行って、部屋を掃除する。覚えているかぎりの昔からロッジでしていたのと同じことだけれど、いまは仕事が遅くてもだれにも叩かれない。住む家があってテーブルに食べ物があるんだから、報酬はそれで充分だなんて言う人はいない。

モーテルのお給料はたいしてよくないけれど、少しずつ貯《た》めていけば、いつか小さなアパートであなたと一緒に暮らせるようになる。世界中の半分の人が毎晩どんちゃん騒ぎに来るようなあなたのパパのトレーラーで、あなたを育てるつもりはない。あなたとわたしは町で暮らして、あなたは世界を見るのよ。少なくとも、わたしが知る以上の世界を。

わたしのものって言えるお金がポケットに入っているのは、人生で初めてのことなの。いままではガムを買ったり映画に行ったりするためのお金をもらうには、パパかビティに頼まなきゃいけなかった。でもいまはだれにも頼まなくていい。モーテルで働けばお給料をもらえて、それがまっとうな暮らしっていうこと。あなたのパパでさえ、それは奪えない。奪おうとするだろうけれど。わたしがいくら稼いでいるかを彼が知ったら、わたしの手元にはなにも残らないだろうね。

あなたのパパが悪人だって言っているわけじゃない。わたしが言いたいのは、彼は違うところで生まれたけれど、それでもやっぱりマッカルパインの一員だっていうこと。もっと悪いかもしれない。だれかから逃げ出すためになにが必要かによって、彼は違う皮をかぶるから。あなたは大人になったときに、それが問題なのかどうかを決めなくてはいけない。あなたもマッカルパインの一員だから、どうなるかなんてだれにわかる？　あなたも結局は、あの人たちとまったく同じになるかもしれない。

ベイビー、もしそんなことになったとしても、それでもわたしはあなたを愛する。あなたがなにをしようと、もしディライラが勝って、わたしに許されるのが二週間に一度の週末、コミュニティセンターであなたと過ごす二時間だけだということになっても、わたしは必ずそこにいる。あなたがマッカルパイン家で最悪の人間になったとしても、構わない。両手が血に汚れたわたしよりひどい人間になったとしても。わたしは必ずあなたを許すし、必ずあなたのために立ち向かう。穴に隠れるウサギには決してならない。少なくとも、あなたが関わっているところでは。あなたが見ているわたしの皮膚はわたしの心を覆う皮膚と同じなの。醜い部分でさえも。醜い部分こそが。

永遠に愛している

ママ

9

サラはジョンがベッドに残していった短い書き置きを声に出して読んだ。「〝ひとりになる時間が欲しい。探さないで〟」

「ふむ、参ったな」保安官がつぶやいた。「彼がデイヴを見つけて、おれたちの手間を省いてくれるかもしれない」

奥歯を噛みしめたのか、ウィルの顎がガラスの破片のように鋭く突き出た。冷淡で計算高いマーシーの家族にサラが感じたのと同じ異様さを、彼もポーチで保安官と過ごしたときに感じたのだろう。だれもマーシーの死に動揺していないようだった。彼らが話題にしていたのは、大声で叫び、罵り合っていたのは、お金のことだけだった。

サラは保安官に訊いた。「ジョンはマーシーに会いに行ったのかしら？」

「書き置きにはそうは書いていなかった」保安官は、十六歳の少年は自分の目的を書き記すはずだと言わんばかりだった。「古いトラックはまだあそこにある。歩いていったなら、ここを通ったはずだ。バチェラーコテージに行くトレイルはこの先にあるんだから」

サラはさらに言った。「恋人はいないの？　町にいるだれかが――」

「あいつは、寝袋のなかの蛇ほども人気がないよ。町でだれかが彼を見かけたら、じきに連絡がくる。徒歩だと数時間かかるが、それも雨があがったらの話だ。この天気じゃ、自転車を使うはずもない。パパみたいに崖から転げ落ちるのがおちだ」

保安官の言葉は不安を取り除くにはまったく役にたたないどころか、彼に行方不明の子供を心配させようとするのは、雨に向かって叫ぶようなものだという思わせた。

ウィルはサラに言った。「もし彼がマーシーに会いに行ったなら、ディライラがいる。彼女は遺体のそばにいたがったんだ」

こみあげてきた涙でサラの目が痛んだ。マーシーを気にかけている人がいる。

「よろしく、ダグラス・ハーツホーンだ」保安官が手を差し出した。「ビスケットと呼んでくれ」

「サラ・リントンよ」握手を交わした彼の手は弱々しくて、じっとりしていた。ちらりとウィルに目を向けると、手すりの向こうに彼を投げ飛ばしたがっているような顔をしていた。湖の脇でマーシーが残忍に殺されたというのに、警察官ふたりがポーチで話をしているだけというのはどう考えてもおかしい。デイヴを探し、証人の供述を取り、遺体の処置の手配をしているべきだ。ウィルは左手を強く握りしめていたから、なにも行動を起こしてことに右手の傷以上の痛みを感じているとサラにはわかっていた。

あきらめるわけにはいかない。サラは保安官に訊いた。「ジョンがデイヴに復讐しようとする可能性はない？」

ビスケットは肩をすくめた。「書き置きに復讐のことは書いていなかった」

サラはさらに言った。「母親を残酷に殺されたばかりの子供なのよ。捜すべきだわ」

ウィルが言い添えた。「捜索を手伝うよ」

「いや、あの子はこの森で育ったんだ。大丈夫さ。だが協力を申し出てくれてありがとう。ここから先はおれがやる」ビスケットはドアのほうへと歩きだしたが、途中でサラを思い出したらしかった。彼女に向かって帽子を傾けた。「それじゃあ」

ウィルとサラが言葉を失っているあいだに、ビスケットは部屋を出て背後で静かにドアを閉めた。ウィルはサラを促して、ポーチの隅へと移動した。ふたりができるのは互いを見つめることだけだった。どちらも自分の感情を言葉にできずにいた。

ようやくウィルが口を開いた。「おいで」

サラは彼の胸に顔をうずめ、彼はサラを抱きしめた。サラは、湖をあとにしてからずっと抱えていた苦痛が、ほんの少しだけ和らぐのを感じた。マーシーのために泣きたかったし、彼女の家族を怒鳴りつけたかったし、デイヴを見つけたかったし、ジョンを連れ戻したかったし、使われていない古いコテージで横たわっている死んだ女性のために、なにかをしたと感じたかった。

「ごめんよ」ウィルが言った。「きみには残念なハネムーンになった」

「わたしたちには、よ」彼にとっても特別な一週間のはずだったのだ。「わたしたちにできることはある？　どうすればいいか教えて」

ウィルは渋々サラから手を放した。サラは柱のひとつにもたれた。不意に疲れが襲ってきた。ふたりは再び見つめ合った。聞こえるのは、屋根から流れ落ちた雨が硬い地面を打つ音だけだ。

ウィルは聞いた。「家のなかではどうだったんだ？」

「コーヒーをいれるって言ったの。そうすればキッチンを探せるから。でも、なくなっているナイフがあったとしても、わからなかった。まるで、ここをオープンしてからずっと、カトラリーをためこんでいたみたいだったわ。一致するかどうかを確かめるには、まず折れた柄を見つけないと」

「きっとビスケットがすぐに取りかかるよ」ウィルは傷ついた手を胸に押し当てた。アドレナリンが尽きて、痛みが存在を主張し始めているのだろう。

彼が訊いた。「ビティはいつ保安官と話をしたんだ？」

サラは自分の顔が驚きの表情を作るのを感じた。「彼女が電話しているところは見なかった。わたしがキッチンにいたときじゃないかしら」

「どっちにしろ、きみができることはなにもなかった」燃える痛みを遠ざけようとするみたいに、ウィルは手の位置を上にずらした。「デイヴを見つけなきゃいけない。まだ地所にいるかもしれない」

怪我をしているうえ、援護もなしにデイヴを追っていく彼を思うと、サラは背筋がぞくりとした。「ほかに武器を持っているかもしれないのよ」

「まだこのあたりをうろついているのなら、捕まりたいっていうことだ」

「あなたに捕まりたいわけじゃない」

「きみはいつもなんて言っていた？　人生にはその人なりの報いが待っている？」

　サラは喉がつまるのを感じた。「保安官は——」

「手を貸してくれない。監察医が三十分ほどで来ると言っていた。この事件をそれなりに緊急事態として扱うつもりなんだろう。家族からなにかつかめたことはあった？」

「帰っていく客と木曜日に来ることになっている客のことを心配していた。デポジットはもらっておいていいのか？　客はまだくるだろうか？　食材の注文や、スタッフの手配や、ガイドの予約はだれがするのか？」だれひとりとしてマーシーの話をしなかったことが、サラにはいまだに信じられなかった。「それから、投資家たちの話題になると議論が激しくなった」

「売却のことは知っている？」

「だれがジョンの代理権を持つのかっていう話や、デイヴが逮捕された場合についての言い争いを聞いたから、だいたいわかった」サラは腕を組んだ。マーシーの代わりに、妙な弱さを感じていた。「議論の途中でジョンが二階にあがっていったの。あとを追おうとしたら、ひとりにしてやってってビティに言われた」

「書き置きにもそう書かれていた——ひとりの時間が欲しいと」

「わたしはＷｉ‐Ｆｉに接続できたの。あなたの電話もつなげるから、開けて」

ウィルは親指で暗証番号をタップした。幸いなことに彼は左利きだったから、細かい作業にも問題はない。サラは彼の電話をネットワークにつなげてから、ロッキングチェアに置いてあったシャツを手に取った。ばかばかしいほどぴっちりした料理人用の上着のボタンをはずしていく。

ウィルは言った。「自分でできるよ」

「わかっている」サラはウィルが上着を脱ぐのを手伝った。ウィルが着やすいようにサラがシャツを開いて持つと、ウィルは彼女を満足させるためにしているのだというふりをした。ボタンを留める彼女の手がぎこちない。今夜起きたことが、彼女を動揺させていた。最後のボタンを留め、ウィルの心臓の上に手をのせた。彼を行かせないために言えることはたくさんあるが、彼が仕事をしたがっていることはサラがだれよりも知っていた。

それはサラも同じだ。

マーシーが生きていたとき、彼女を気にかけていた人間はあまりいなかったけれど、死んだいまは、少なくともふたりいる。

「これがいる」サラはズボンのポケットからイヤホンを出し、彼の耳に突っ込んだ。ウィルは字を読むことができるが、時間がかかる。携帯電話の読み上げアプリを使うほうが簡単だった。「キッチンのスタッフの名前と電話番号をメールで送ったから。キッチンのドアにリストが貼ってあったの。データが届けば読めるわ」

ウィルは駐車場を見やった。出発する準備はできている。「コテージから始めるよ。それから薪置き場を調べる。クリストファーとチャックがそのあたりをうろついていたとデイライラが言っていたんだ。隠れる場所があるのかもしれない」

「わたしはゴードンとランドリーと話をして、例の刺青の意味を探ってみる」

「ランドリーはポールと呼んだら返事をしたから、ちゃんとした説明を聞くまではその名前で呼んだほうがいい」ウィルはコテージのひとつを指さした。明かりがついている。「ふたりはあそこにいる。ドリューとケイシャはあっちだが、ふたりは話すことを拒否している。話せることはあまりないと思うけれどね。コテージのなかにいたら、なにも聞こえないと思う。あそこはまるで風洞だよ。ぼくたちが何者なのかについて嘘をついていたことに、彼らはひどく腹を立てているんだ」

失われた一週間を思って、サラは心が痛んだ。ウィルがドリューに好意を持っていたことはわかっていたし、彼女自身もケイシャと過ごす時間を楽しみにしていたのだ。

ウィルが言った。「怒ってコテージに戻る前、ドリューが妙なことをビティに言ったんだ。〝ほかの事柄については忘れてくれ。ここで好きにしてくれていい〟みたいなことを」

「コテージのことで不満があったとか？」

「かもしれない」ウィルは説明を続けた。「モニカとフランクはそこだ。チャックはあそこから出てきた。マックスとシドニーはあっちだが、ふたりはもう帰っていったよ」

「素晴らしいわね」犯行現場は雨で洗い流され、証人たちもそれと一緒に消えていく。「最悪ね。マーシーの死を悲しんでいる人はいないの？」

「ディライラがいる。少なくとも彼女は悲しんでいるとぼくは思う」彼は携帯電話を見た。データを読み込み始めている。「彼女によれば、クリストファーにはうまくいかなかった恋人がいたらしい。ひとりは別の男の子供を身ごもり、もうひとりはいなくなったそうだ。それが死んだということなのか、姿を消したのか、それともどうでもいいことなのかはわからない。人が隠し事をするときは、それなりの理由があるものだ」

サラは頭のなかでぱっと明かりが灯るのを感じたが、それはクリストファーの恋愛事情についてではなかった。「わたしたちのコテージの外で、アプリ男たちが言い争いをしていたの」

「言い争い？」

「ポールが〝きみがどう考えようとどうでもいい。あれは正しい選択なんだ〟って言ったの。そうしたらゴードンは訊いた。〝いったいいつからきみは正しい選択を気にするようになったんだ？〟それに対してポールはこう答えたの。〝彼女がどんな暮らしをしているのかを見てからだ〟」

ウィルは真剣に耳を傾けた。「彼女って、マーシーのことだろうか？」

「ここで暮らしている女性はふたりだけよ。もうひとりはビティ」

ウィルは顎を掻いた。「ゴードンはどんな反応を？」

サラは目を閉じて、記憶を探った。トレイルを遠ざかっていく前、ふたりはコテージの前で十五秒ほど言い争いをしていた。「たしかゴードンは〝放っておくんだ〟って言ったと思う。そのあとポールは湖のほうに走っていったから、その先は聞こえなかった」

「どうしてポールがマーシーの暮らしぶりを気にかけるんだろう？」

「腹を立てているみたいに聞こえた」

ウィルの電話の画面が明るくなった。確認した。「フェイスが三十分前に所在地を通知している。七五号線にいて、もうすぐ五七五号線に出る」

サラには、昨日同じ経路を車でたどっていた幸せな新婚夫婦といま殺人事件の捜査に向かっている女性は、まったくの無関係に思えた。「ここに着くまで、あと二時間はかかるわね」

「それまでにデイヴを拘束するつもりだ。そうすれば彼女が尋問できる」

「やっぱり彼だと思っているの？」

「ほかに犯人がいる可能性を話し合ってもいいが、ぼくがデイヴを見つければすべてが解決する」

ウィルには口にしていること以外にも解決すべき事柄があるようだとサラは感じた。

「保安官はどうするの？　手助けはいらないってはっきり言われたわ」

「なにか考えていることがなければ、アマンダはフェイスをよこしたりはしない」ウィルはポケットに携帯電話を戻した。「ぼくが空いているコテージを調べているあいだ、きみは母家にいるんだ」

サラは、気の滅入《めい》るような母家に戻りたくなかった。「ゴードンとポールと話をするわ。

なにを言い争っていたのか、つかめるかもしれない。刺青についてなにか覚えていることはある？」

「たくさんの花、蝶、くるくるした文字、単語だったのは間違いない。胸のこのあたりにあった」ウィルは心臓の上に手を当てた。「彼は出てくる前にTシャツを着ていた。刺青をほかの人に見られたくなかったのか、シャワーのあと普通の人はそうするからシャツを着ただけなのかはわからない」

これが捜査のいらだたしいところだ。人は嘘をつく。隠し事をする。秘密を守ろうとする。秘密を共有する。そしてそのうちのいずれも、解決しようとしている犯罪とは関係ないことがたびたびある。

サラが言った。「探ってみるわ」

ウィルはうなずいたが、その場から動こうとしなかった。彼女が無事に五番コテージに入るまでは待つつもりだ。

サラは家の横に立てかけてあった大きな傘を借りた。履いているハイキングブーツは防水だが、脚に当たる雨はどうしようもない。屋根のある小さなポーチにたどり着いたときには、ズボンの膝から下はぐっしょり濡れていた。耐水性のある生地といってもこんなものだ。傘を畳んで、ドアをノックした。

雨音のせいで、コテージのなかでなにか音がしているのかどうかは判断がつかなかった。幸いにも、さほど待つことなくゴードンがドアを開けてくれた。黒のブリーフにふわふわしたスリッパという格好だ。

彼はここに来た理由をサラに尋ねる代わりに、大きくドアを開けて言った。「不幸は仲間を欲しがる」

「ぼくらのささやかで哀れなパーティーにようこそ」ポールがソファから声をあげた。彼はボクサーパンツをはき、白のTシャツを着ていた。素足をコーヒーテーブルにのせている。「下着姿で酔っているところなんだ」

サラは話を合わせようとした。「大学時代を思い出すわ」

ゴードンは笑いながらキッチンに入っていった。「座ってくれ」

サラは深い安楽椅子のひとつを選んだ。このコテージは彼女たちのものよりは狭いが、置かれている家具はよく似ていた。寝室のなかが見えた。ベッドの上にスーツケースは広げられていなかったから、帰るつもりはないのだろう。彼らには別の優先事項があるのかもしれない。コーヒーテーブルには封を開けたバーボンのボトルが置かれ、その横には空のグラスがふたつ並んでいた。ボトルは半分空いている。

ゴードンは三つ目のグラスをテーブルに置いた。「まったくひどい夜だ。朝か、くそ、じきに夜が明ける」

サラはポールの視線を感じていた。

彼が訊いた。「警察官と結婚したんだな？」

「ええ」いまさら嘘をつくつもりはなかった。「わたしも捜査局の一員よ。検死官なの」

「おれは死体には触れないな」ゴードンがコーヒーテーブルからバーボンのボトルを手に取った。「こいつはテレピン油みたいな味がするんだが、値段からはとても考えられないな」

高級品のラベルに見覚えがあった。強い酒を最後に飲んだのがいつだったか、サラは思い出せなかった。ウィルは子供のころから、アルコールを嫌悪している。サラは図らずも、禁酒家になっていた。

ポールが言った。「標高のせいだろう？　味蕾《みらい》が変化するんだ」

「ハニー、そいつは飛行機の話だ」ゴードンは三つのグラス全部にダブルでバーボンを注いだ。「このあたりが高度三万フィートあるはずもない」

ポールが尋ねた。「ここの標高は？」

彼はサラを見ていたので、彼女が答えた。「海抜二千三百フィートくらいかしら」

「ありがたいことに、おれたちが飛行機に衝突されることはないな。そうなったら、くそみたいなサンデーに乗っかるチェリーってことになるんだろうけどな」ゴードンはサラにグラスを差し出した。「検死官ってなにをするんだ？　なんとかっていう女優が出ていたあのドラマみたいなこと？」

「なんのドラマだ？」ポールが訊いた。「髪が印象的なやつだよ。『マウンテン・ステージ』（アメリカの音楽ラジオ番組）で彼女のことを聞いた。そのあと『マダム・セクレタリー』（アメリカの政治ドラマ）に出ていた」

ポールが指を鳴らした。「『女検死医ジョーダン』（アメリカのテレビドラマ）だ」

「それだ」ゴードンはグラスの中身を半分飲み干した。「キャスリン・ハーンが出ていたんだ。彼女はいいね」

元々の質問はどうでもよくなったようだとサラは思った。バーボンを口に運び、顔をしかめたくなるのをこらえた。テレピン油と呼ぶのは褒めすぎだ。

「だろう？」ポールが彼女の反応に気づいて言った。「しばらく口に溜《た》めておいて、吐きたくなるのをこらえるんだ」

ゴードンは彼の意味ありげな言葉に鼻を鳴らした。「新婚夫婦にこんなものは必要ないさ」

「セクシー捜査官はなにをしているんだ？」ポールが訊いた。「だれも証言するつもりはないみたいだが」

ウィルがひとりでデイヴを探していることを考えると、サラは全身がかっと熱くなった。

「あなたたちのどちらかが、今夜夕食のあとでマーシーを見かけなかった？」

「おっと、警察官の質問だ」ゴードンが言った。「その前にミランダ警告を読みあげなきゃいけないんじゃないの？」

サラにそんな義務はなかった。「わたしは警察官じゃないの。あなたたちを逮捕はできない」

証人として彼らの言葉を証言できることは言わなかった。

ゴードンが答えた。「ポールが見たよ」

ランドリーの偽名は用済みになったのだとサラは判断した。「どこで？」

「このコテージのすぐ外だ。十時半くらいだった。たまたま窓の外を見ていたんだ」ポールはグラスを口に運んだが、飲もうとはしなかった。「マーシーはこのあたりを歩いていて、それからフランクとモニカのコテージの階段をあがっていった」

「モニカが酒を頼んだんじゃないかな」ゴードンが言い添えた。「ポーチにメモを置いたってフランクが言っていた」

「彼女がペンを持てたのが驚きだよ。べろべろだったのに」

「モニカの肝臓に」ゴードンが乾杯するようにグラスを掲げた。

サラはもうひと口飲むふりをした。マーシーの行き先をポールが知っていたことに興味を引かれた。ここの窓からフランクたちのコテージは見えない。ポーチに出なければならず、それはつまりマーシーがどこに行くのかを確認していたということだ。

「で、彼女はどんなだった？」ゴードンが訊いた。

サラは首を振った。「だれのこと？」

「マーシーさ。刺し殺されたんだろう？」

「ぞっとするね」ポールが言った。「彼女はさぞ怖かっただろうな」

サラはグラスに視線を落とした。ふたりは彼女が殺されたことをリアリティー番組のように考えている。

ポールが訊いた。「明日のハイキングは予定どおりあるんだろうか？」

「ハニー、そいつはちょっと冷酷すぎないか」

「もっともな言い分だろう？　ここに来るのにたんまり支払ったんだ」彼はサラを見た。

「どう思う？」

「家族に訊くことね」サラはこれ以上、演技を続けることができなくなった。テーブルにグラスを置いた。「ポール、あなたの胸に刺青があったってウィルから聞いた」

ポールの笑い声はわざとらしかった。「心配しなくていいよ。彼はきみにぞっこんだ」

サラは心配などしていなかった。「仕事柄、刺青にはみんな意味があるって知っているの。あなたはどうなの？」

「ばかげたことさ。少しばかりテキーラを飲みすぎた。少しばかり物思いにふけりすぎた」

サラはゴードンを見た。彼は肩をすくめた。「おれは刺青には興味がない。針は嫌いだ。きみはどうなんだ？　腰に刺青はないの？」

「ないわ」サラは違う角度から攻めてみることにした。「このロッジには前に来たことがある？」

「初めてだ」ゴードンが答えた。「また来るかどうかはわからないな」

「どうだろう。いま予約をすれば、割引きしてもらえるかもしれないぞ」ポールはソファから体を起こしてバーボンに手を伸ばした。自分のグラスに再びダブルで注ぎ、サラに訊いた。「お代わりは？」

「最初の分もほとんど飲んでいないさ」ゴードンが手を伸ばして訊いた。「いいかい？」

サラは、ゴードンが彼女のグラスの中身を自分のグラスに空けるのを見ていた。

「マーシーはどうなの？」サラは訊いた。

ポールはゆっくりとソファの背にもたれた。

ゴードンが訊いた。「彼女がどうしたって？」

「あなたたちは彼女を知っているように見えた。少なくとも、彼女の存在は」サラはさらに、ポールに向かって言った。「彼女がこのロッジであんな暮らしをしていることを知って、あなたは不満だったみたいね」

サラはポールの目に一瞬浮かんだ表情を見て取ったが、それが怒りなのか恐怖なのかはわからなかった。

ゴードンが言った。「彼女は変わった人だったと思わないか？　ちょっとぶっきらぼうで」

「顔の傷はどうなんだ？　あれにもなにか理由があるんだと思うぞ」

「聞きたくはないな。言わせてもらえば、一家はみんなどこか疑わしい。母親はあの映画に出てきたあの娘みたいだ。魔女のあそこの毛みたいによれよれの白髪じゃなくて、黒髪だが」

ポールが訊いた。「『ザ・リング』（アメリカのホラー映画）のサマラ？」

「そうそう。でも声は、悪魔の子供みたいなんだ」ゴードンはサラを見た。「きみは見た？」

サラは話を逸らさせるつもりはなかった。「それじゃああなたたちは、ここに来るまでマーシーに会ったことはなかったのね？」

ゴードンが答えた。「あの気の毒な女性を見たのは今日が初めてだって、心から言えるよ」

「昨日だ」ポールが言った。「いまはもう翌日だよ」

サラはさらに問い詰めた。「どうして名前で嘘をついていたの？」

「ちょっとした冗談さ」ゴードンが答えた。「きみやウィルみたいに。きみたちだって嘘をついていただろう？」

そう言われると、サラは反論できなかった。これもまた、彼女が嘘をつくのが嫌いな理由のひとつだ。

「乾杯しよう」ポールがグラスを掲げた。「山頂にいるすべての嘘つきのために。全員が同じ運命に陥りませんように」

彼の言う嘘つきクラブにマーシーが入っているのかどうかを尋ねても意味がないのはわかっていた。ポールはグラスの中身をすべて飲み干し、サラは彼の喉が動くのを見ていた。そして彼は、テーブルに叩きつけるようにしてグラスを置いた。静かな部屋にその音が反響した。だれもなにも言わない。ポタポタと水が落ちる音が外から聞こえてきた。雨はあがったらしい。ウィルの包帯が濡れていないことをサラは願った。胸にナイフが突き刺ったウィルが仰向けに倒れていないことを願った。

サラが帰ろうとしたちょうどそのとき、ゴードンが張りつめた空気を断ち切るような大きなあくびをした。

「カボチャに変わる前に、おれはベッドに入ったほうがよさそうだ」

サラは立ちあがった。「飲み物をありがとう」

気持ちのいいお休みの挨拶ではなく、とげとげしい沈黙のなかでサラはコテージをあとにした。空を見あげた。満月が稜線《りようせん》に近づいている。雲はわずかに残っているだけだ。ポーチに傘を置いて、階段をおりた。あたりを見まわしてウィルを探した。投光照明はまだ灯ってはいるが、明かりが届いているのは一部だ。

駐車場のあたりでなにか動くものが見えた気がした。ビッグ・フットの見間違えではない。輪郭でウィルだとわかった。こちらに背を向けている。体の横に両手を垂らしていた。包帯は濡れているだろうと思った。デイヴの姿は見当たらず、そのことに安堵を感じるべきではないのに、それでもサラはほっとした。ウィルはディライラが言っていた薪置き場を眺めているのだろうと思ったが、ヘッドライトの明かりが暗闇を切り裂いたのはそのときだった。

サラは片手をあげて光を遮った。乗用車ではなく、黒っぽい色の大型バンだ。監察医が到着したのだろうと思った。州の検死官がすでに現場にいることを彼が喜んでくれればいいいと思ったが、今夜目撃したいくつもの予想外の反応を考えれば、あまり期待はできない。せめて彼が、監察医の仕事の範囲をわかっていることを願った。

検死官と郡の監察医の役割は混同されがちだ。医師免許を必要とするのは検死官だけだ。監察医は医師でなくてもよく、そうでない場合のほうが多い。郡の監察医は死の門番だから、それは残念なことだった。集めた証拠を管理するのは監察医で、その死に疑わしいところがあり、検死官に解剖を依頼する必要があるかどうかを決定するのも彼らだということになっている。

ジョージア州は一七七七年の連合規約で監察医の職を認めた最初の州だ。監察医は選任されてその職につくが、必要条件はわずかしかない。二十五歳以上で、その郡で選挙登録をしており、重犯罪の前科がなく、高校卒業資格を持っていること。

本物の医者が監察医を務めているのは、百五十四の郡のうちのひとつだけだ。残りは葬儀屋、農夫、退職者、牧師などで、モーターボートの修理工だったこともある。報酬は年千二百ドルしかなく、二十四時間年中無休でいつでも呼び出しに応じなければならない。支払う金額に見合うだけの人間しか手に入れられないことがままあった。自殺が他殺だと判断されたり、DVが転倒事故ということになったりするのはそういうわけだ。

駐車場に向かって歩いていくと、ぬかるんだ地面でハイキングブーツが音をたてた。運転席のドアが開いた。女性が降りてきたのでサラは驚いた。彼女がつなぎを着て野球帽をかぶっていたので、ますます驚いた。車を見て、葬儀屋だろうと思っていたのだ。投光照明がリアパネルのロゴを照らした。〈マウシー空調設備〉。サラは胃がぎゅっと縮こまるのを感じた。

「そう」彼女がウィルに言った。「あんたたちが事件に首を突っ込もうとしているってビスケットに聞いた」

サラは口を閉じておくために、唇を嚙まなくてはならなかった。

「心配ないよ」彼女はサラの表情に気づいたらしい。「復数の刺し傷だって？　殺人だって判断するのは簡単だね。結局は州が担当することになるよ。だからいまあんたたちと始めても、問題はないってこと。あたしはナディーン・マウシー、ディロン郡の監察医。あんたはドクター・リントン？」

「サラよ」握手を交わした彼女の手は不快なくらい力強かった。「なにを聞いたの？」

「マーシーは刺し殺されて、おそらくデイヴの仕業だろうって。あんたたちは新婚旅行だってことも聞いたよ」

ウィルが驚いているのがわかった。彼はまだ、小さな町がどんなものなのかを理解していない。ここから八十キロ圏内にいる人たちはすでに全員が、殺人事件のことを耳にしているだろう。

ナディーンが言った。「最高のときなのに台無しだよね。でも自分の新婚旅行のことを思い返せば、だれかがあのろくでなしを殺してくれてればラッキーだったのかもしれないけれどね」

ウィルが言った。「きみは被害者と第一容疑者を知っているようだ」

「弟が学校でマーシーと一緒だった。デイヴとはよくアイスクリーム屋で会ったよ。昔から乱暴な男だった。マーシーは問題を抱えていたけれど、でもあの子は悪くなかった。一家のほかの人たちみたいに意地悪じゃなかったよ。それが彼女にとっての不幸だったんだろうね。だれよりも鋭い牙を持っていないかぎり、蛇の巣に放りこまれたくはないものね」

ウィルが訊いた。「デイヴ以外にマーシーの死を望んでいた人間はいるだろうか？」

「ここに来る車のなかで、そのことを考えていた。一年半前のパパの事故からこっち、マーシーとは会ってなかったし、そのときだって病院で一度見かけただけなんだ。町は彼女にとって厳しいところだもの。だからほぼずっと山にいる。ここは本当に孤立しているからね。町で人と交わらなければ噂になることはあまりないよ」

サラが訊いた。「彼女の顔の傷はどうして？」

「自動車事故。飲酒運転。ガードレールに衝突したんだ。ガードレールが真ん中から折れて、彼女の顔の片側をざっくりと切り裂いた。その裏には長くて悲しい話があるんだけれど、詳しいことはビスケットが教えてくれるよ。事故の処理をしたのは彼の父親のハーツホーン保安官だったけれど、ビスケットも手伝っていたからね。家族ぐるみで親しいんだよ」

サラはそれを聞いても驚かなかった。ビスケットのやる気がなかったのも説明がつく。

「デイヴの運転免許証はDUIで取り消されていると保安官から聞いた」ウィルが言った。「デイヴが仕事に来られるよう、ロッジまで送り迎えしている女性がいるようなことを彼は言っていた」

ナディーンは大笑いした。「そんな女性がいるとしたらビティだね。デイヴはこのあたりの三つの郡の女性ほぼ全員を怒らせたもの。だれひとりとして、彼のためにベッドから出ようとはしないよ。ベッドに入りもしないね。あたしはふたりの息子を育てた。もうひとりの面倒を見るのはごめんだわ。ところでその手はどうしたの？　訊いてもいいかな？」

ウィルは包帯を巻いた自分の手を見た。「凶器の話は聞いていない？」

サラが説明した。「ウィルはCPRをしようとしたの。マーシーの胸に折れたナイフの刃が残っていたことに気づかなかった」

「ナイフの柄を見つけることが最優先事項だ。コテージでデイヴを探したときにはなにも見かけなかったが、もっとしっかり探したほうがいいだろう」

「それは痛そうだね。話をしながら探そうか」ナディーンはバンのなかから懐中電灯と道具箱を取り出した。「夜明けまであと二、三時間はある。午前の半ばにはまた雨が降るし、お日さまが顔を出すまではマーシーを運びだすつもりはないよ。とりあえずいまは、なにがあったのかが聞きたいね」

懐中電灯を持ったナディーンが先頭に立った。数メートル先の地面を照らしながら歩く。

ウィルはループ・トレイルまでやってきたところで、今夜の出来事をナディーンに話し始めた。夕食の席での言い争い。夜中の悲鳴。いまにも消えそうな命の灯《ひ》にしがみついていたマーシーを湖の岸で見つけたこと。

彼が話すのを聞いているうち、サラは再び現場に引き戻されたような気持ちになった。心のなかで自分の視点を加えていく。森のなかを走ったこと。ウィルを必死に探したこと。マーシーの傍らで膝をついている彼を見つけたこと。その顔に浮かんでいた苦悶《くもん》の表情。右手をナイフの刃に貫かれていることにも、サラの存在にすらも気づかないほど悲嘆に呑みこまれていたこと。

その記憶に再び涙がこぼれそうになった。マッカルパイン家のフロントポーチにふたりだけで立っていたとき、肩に回された彼の腕にサラは深い安堵感を覚えたが、ウィルもまた慰めが必要かもしれないと、いま気づいた。

曲がりくねった道を進み始めると、サラは彼の左手を握った。地図でロスト・ウィドウ・トレイルを見ていたのに、裸足で森のなかを駆けていたときには、助けを求めるウィルの声にパニックを起こしていて、論理的な脳は役にたたなくなっていた。

あたりが急な下り坂になった。道はくねくねと曲がりながらおりていく。ループ・トレイルほど整備されていなかった。低く垂れた枝に帽子を落とされて、ナディーンは悪態をついた。同じことが起きないように、懐中電灯をいくらか上に向けた。三人は一列になって、食堂の下の峡谷へとジグザグに進んでいった。手すりに巻きつけてあるストリングライトは消えていた。スタッフは夕食後まもなく帰った。ウィルとふたりで見晴らし台に立っていたときのことは考えまいとした。遠い昔のことのようだ。

道が広くなると、ウィルは歩く速度を落とした。サラも足取りを緩めた。彼がアプリ男たちの話を聞きたがっているのはわかっていた。彼らがアプリ男なのであれば。ふたりはどちらも嘘がうまいことはわかっている。

だがそれを言うなら、サラとウィルもだ。

サラは声を潜めて言った。「ポールは、マーシーが十時半ごろにフランクとモニカのコテージのポーチに向かったのを見ているの」

「彼は、もっと前にそのことを言おうとは思わなかったのか？」

「彼が言わなかったことはたくさんあるわ」サラは言った。「刺青のこと、どうして偽名を使っていたのか、マーシーを知っていたのかどうか、なにについて言い争いをしていたのか、彼からはなにも聞き出せなかった。アルコールのことだけじゃないと思う。あらゆることについて、彼はすごく冷めている感じがした」

「今夜のテーマに合っているじゃないか」とりわけ急な斜面をおりるときには、ウィルは彼女の肘を支えた。「薪置き場ではなにも見つからなかった。コテージにデイヴはいなかった。折れたナイフの柄はなかった。血のついた服もなかった。あれからもう三時間だ。いまごろデイヴは州境を越えているだろう」

「アマンダと話した？」

「電話に出ないんだ」

サラは彼の顔を見た。ウィルからの電話には、アマンダは必ず出ていたのに。「フェイスは？」

「州間高速道路の玉突き事故で動けなくなっている。事故の処理をして、通行を再開するまで最低でもあと一時間はかかるだろう」

強く唇を噛みすぎて、サラの口のなかに血の味が広がった。これで、フェイスを待つようにウィルを説得することはできなくなった。マーシーの遺体をナディーンに引き渡したら、彼はどうにかして車を手に入れ、デイヴを見つけるために山をおりるだろう。

「ナディーン」ウィルの気持ちを変えることはできなくても、自分の仕事ならできる。

「監察医になってどれくらい？」

「三年」ナディーンが答えた。「父さんがやっていたんだけど、年のせいでいろいろ問題が出てきてね。鬱血性心不全、腎不全、慢性閉塞性肺疾患《COPD》」

サラは、三つの合併症のことならよく知っていた。「気の毒に」

「気にしないで。楽しんだ結果だから」ナディーンは足を止めて振り返った。「言っておいたほうがいいと思うけど、あんたたちはアトランタで無名でいることに慣れているんだろうけど、ここではみんながみんなのことを知っているんだ」

ウィルもサラも、彼らのひとりは小さな町のあり方を熟知していることには触れなかった。

「問題は、ここはとにかく退屈で、若いときはなにかにのめりこみがちだってこと」ナディーンは片手を木に当てた。ここまで来るあいだ、そのことを考えて続けていたのだろう。「マーシーは、あたしたち全部を合わせたよりも手に終えなかったよ。酒をがぶ飲みする。クスリを飲む。ドラッグをやる。万引きする。車の窓を壊す。家に物を投げる。学校で騒動を起こす。ありとあらゆる軽犯罪に関わっていた」

サラは、バスルームで話をした問題を抱える女性と、ナディーンが語る荒れた少女を一致させようとした。つながりを見つけるのは難しくはなかった

「たいていの親は、自分たちの子供はいい子だ、悪い友だちと一緒にいただけだって言うものだよね？　それがマーシーだった。町にいるすべての子供にとって、彼女は悪い友だちだったんだ」ナディーンは肩をすくめた。「当時はそのとおりだったのかもしれないけれど、いまは違う。でも小さな町っていうのは、液体のりみたいなものなんだ。子供のころの評判が、一生貼りついたまま離れない。だからいくらマーシーが酒やクスリをやめて、ジョンをちゃんと育てて、父親が崖から転げ落ちたあとはここをうまく切り盛りしていても、彼女はその液体のりから逃げられない。あたしの言っていること、わかる？」

サラはうなずいた。彼女の言葉を正確に理解していた。高校時代に奔放な性生活を送っていたサラの実の妹テッサは、結婚をし、美しい娘を産み、海外で布教活動をしているいまも意味ありげな視線を向けられている。

「彼女が殺されたことを家族がたいして悲しんでいないのはどうしてだろうって、あんた

たちが不思議がっていたんじゃないかと思ってね」ナディーンは話を締めくくった。「当然の報いだって彼らは考えているんだよ」

　ウィルは言った。「保安官からもそのとおりの印象を受けた」

「そうだろうね。二十年近く惨めにもビスケットって呼ばれていた男が、人は変われるって考えると思う？」ナディーンは保安官のファンではなさそうだ。

「そのあだ名は高校時代にデイヴがつけたんだ。当時あの間抜けはずいぶんと太っていてね。ズボンの上から腹がビスケットの缶みたいに飛び出ているって、デイヴが言ったんだよ」

　ナディーンは向きを変えて再び歩きだした。彼女が持つ懐中電灯の光が、木立のあいだでちらちらと揺れる。それから五分ほど三人は黙って歩き、階段状になっているところにたどり着いた。ナディーンが先におり、それから振り返って、ウィルたちの足元を照らした。

「気をつけて、足場が悪いから」

　サラは背中のくぼみに添えられたウィルの手を感じながら、慎重に歩を進めた。風向きが変わり、焼けたコテージの煙くさいにおいが漂ってきた。肌がしっとりと濡れるのを感じた。暴風雨のせいで気温がさがり、冷えた空気が水蒸気を凝結させているのだ。

「デイヴは古いコテージを改修しているって聞いた」ナディーンが言った。「いつもどおり、素晴らしい仕事をしていたみたいだね」

ナディーンの懐中電灯が、木挽き台や散乱する道具やビールの空き缶や大麻や煙草の吸殻を照らした。デイヴ・マッカルパインのことはかなりわかってきていたから、彼が自分の仕事場を散らかしたままにしていることに驚きはしなかった。彼のような男は、自分が手に入れることしか考えない。ほかの人間になにを残すかなど、考えたこともないのだ。

「だれ？」緊張した声が響いた。「そこにいるのはだれ？」

「ディライラ」ウィルが応じた。「トレント捜査官だ。監察医も――」

「ナディーン」ディライラは真ん中のコテージの階段に座っていた。ウィルたちが近づいていくと立ちあがり、パジャマのズボンのお尻についた汚れをはたいた。「バッバの跡を継いだんだね」

「どっちにしろ、壊れたコンプレッサーの修理にしょっちゅう呼び出されているからね」

ナディーンが言った。「マーシーは気の毒だったね」

「本当に」ディライラはティッシュペーパーを鼻の下に押し当てた。ウィルに訊いた。

「デイヴは見つかった？」

「空いているコテージを探したが、そこにはいなかった」ウィルはあたりを見まわした。

「ジョンを見なかったか？　出ていったんだ」

「なんてこと。さらに事態が悪くなるわけ？　どうして彼は逃げたの？　書き置きは？」

「あった」サラが答えた。「ひとりになる時間が欲しい、探さないでくれって」

ディライラは首を振った。「行き先は見当もつかないよ。デイヴはいまもあのトレーラーパークで暮らしているの？」

「そうよ」ナディーンが答えた。「祖母がそこの向かいに住んでいてね、デイヴに目を光らせておいてくれって頼んである。窓の脇に置いた椅子に座っているはずだよ。テレビを見るみたいに眺めているだろうから、ジョンを見かけたら、連絡してくれるよ」

「ありがとう」ディライラはパジャマの襟をしきりにいじっている。「デイヴがここに現れてくれるといいんだけどね。喜んで水に沈めてやるのに」

「たいして惜しむ人もいないだろうけれど、多分そのチャンスはないよ」ナディーンが言った。「ああいう意地の悪いガキ大将タイプは、妻を殺したあとたいてい自殺する。そうじゃないかい、先生？」

まったく間違いだとサラには言えなかった。「そういうこともあるわね」

ウィルは、デイヴが自殺を図る可能性が気に入らないようだ。彼に手錠をかけたがっている。やはり彼は正しいのかもしれない。だれもがわかりきったことのように、マーシーを殺したのはデイヴだと結論づけている。

「さてと」ナディーンが言った。「死んでいるかもしれない人間をどうやって殺したいかなんていう話を警察官の前でするのは、いい考えじゃないかもしれないね。始めようか？」

ウィルは彼女を岸辺へと連れていった。すでに損なわれている現場にこれ以上足跡を残したくなかったから、サラはディライラとその場に残った。最初にここに来たとき、地面がどんなふうだったのか、サラは記憶を掘り起こそうとした。月の一部は雲に隠れていたけれど、それでも暗くはなかった。

階段の下に大きな血だまりがあった。引きずった血の跡が岸辺へとまっすぐ続いていた。マーシーの命と共に流れ出した血が湖の水を赤く染めていた。下着とジーンズがおろされていた。おそらく刺される前に暴行を受けたのだろう。数えきれないくらいの傷があった。サラは頭のなかで解剖を行う準備をした。マーシーはその日、デイヴに首を絞められている。夕食の最中には、割れたガラスの破片で親指を深く切っている。彼女の体には古い傷や新しい傷が複数残っているだろうとサラは考えた。彼女は父親と結婚したと言っていた。彼女に暴力をふるっていたのはデイヴが最初ではないという意味なのだろう。

サラはコテージの閉じたドアに視線を向けた。すでに死体の腐敗が始まっている。バクテリアが肉体を分解していく嗅ぎ慣れたにおいがした。ドアは、作業場に積んであった木材の山からウィルが取ってきたツーバイフォーでふさいである。マーシーの遺体は部屋の中央に横たえてあった。ウィルの血だらけのシャツ以外、彼女を覆うものはなかった。サラは、少しでも彼女の見栄えを整えてやりたくなるのをこらえた。濡れて乱れた髪を撫でつけ、まぶたを閉じ、服を整え、破れた下着とジーンズを引きあげてやりたかった。マーシー・マッカルパインは理解しにくく、問題を抱えてはいたけれど、活力のある女性だった。敬意を払われてしかるべきだ。死によって初めて得られるものであったとしても。だが彼女の体のあらゆる部分が、だれが彼女を殺したかを証言できるのだ。

ディライラが言った。「彼女と関わりを持ち続けるべきだった」

サラは彼女を振り返った。ディライラはティッシュペーパーを握りしめている。涙がとめどなくあふれていた。

「ジョンの親権を失ったあと、彼には安定した日々が必要だから近づかないようにしようってあたしは自分に言い聞かせた。あたしとマーシーのあいだで引っ張られているように感じさせたくなかった」ディライラは湖を見やった。「本当は、プライドのせいだった。親権争いは個人的な争いになっていた。ジョンの問題じゃなくて、勝つことが目的になっていた。あたしのエゴは負けを認められなかったの。マーシーにじゃない。彼女のことは役立たずのジャンキーだって思っていた。でも、自分にもっと価値があることを証明するだけの時間を彼女に与えていたら、あたしは彼女が辛いときの停泊場所になれたのに。彼女にはそれが必要だった。いつだって必要としていた」

「こんなことになって残念だわ」傷口をさらに刺激したくなかったから、サラは言葉を選びながら言った。「人の子供を育てるのは大変なことよ。ジョンが生まれたとき、マーシーとは親しい関係にあったんでしょうね」

「彼を抱いたのはあたしが最初だった。出産翌日には、マーシーは拘置所に連れていかれた。看護師に彼を抱かされて、あたしは……あたしはどうすればいいのかわからなかった」

　ディライラの乾いた笑い声に苦々しい響きはなかった。

「家に帰る途中で、ウォルマートに寄ったの。片手に赤ん坊を抱いて、もう一方の手でカートを押した。ありがたいことに、戸惑っているあたしを見て、なにが必要なのかを教えてくれた女性がいたの。最初の夜はひと晩中、赤ん坊の世話の仕方についてインターネットの掲示板を読み続けた。子供を育てるなんて考えたこともなかったからね。育てたいとも思わなかった。でもジョンは——贈り物だった。あんなにだれかを愛したことはなかった。いまでもそうよ。十三年もあの子とは会っていないけれど、心のなかのあの子がいたところにはぽっかりと大きな穴が開いている」

彼を失ったことがディライラを深く傷つけているのはわかったが、まだ訊きたいことがあった。「ジョンの祖父母は彼を引き取ろうとはしなかったの？」

ディライラは鋭い笑い声をあげた。「消防署の外に置いてこいってビティに言われたよ。デイヴが実の母親から消防署の外に捨てられているのに、よく言えたよね」

実の娘に対するビティの冷淡さは目にしていたが、赤ん坊に向けたその言葉は人の道にはずれている。

「変な話だよね？　母親であることの高潔さを散々口にしておきながら、ビティは昔から赤ん坊を嫌っていた。とりわけ自分の子供をね。マーシーとクリストファーをおしっこやうんちまみれのまま放置していたよ。あたしが手を出そうとしたら、干渉するなってセシルに言われた」

マーシーの家族にこれ以上の嫌悪感は抱けないだろうと思っていたのは間違いだったようだ。「クリストファーとマーシーが赤ちゃんのころ、一緒に暮らしていたの？」

「セシルに追い出されるまでね。後悔していることはたくさんあるけれど、そのうちのひとつがそうできたときにマーシーを引き取らなかったこと。ビティは喜んで彼女を渡していただろうにね。彼女は、女は嫌いだから男とのほうがうまくやっていけるって主張するタイプの女なんだ。でも本当は、ほかの女性のほうが彼女のそばにいることに耐えられないの」

自分はほかの女性とは違うと主張するタイプなら、サラはよく知っていた。「デイヴの仕業だって確信があるみたいね」

「ドリューはなんて言った？　この手のニュースは前にも見たって言っていたよね？　いつだって夫の仕業なの。もしくは元夫。もしくは恋人。デイヴの場合、あたしが意外に思うのはこうなるのが遅かったっていうことだけ。彼は昔から怒りっぽくて、すぐ手が出る乱暴者だった。自分の身に起きた悪いことは全部マーシーのせいにしていたけれど、実際は彼女の存在だけが彼にとってのいいことだった」ディライラはティッシュペーパーを畳んで、また鼻を拭った。「だいたい、ほかのだれだっていうの？」

サラにはわからなかった。「客のなかに見覚えのある人はいる？」

「いない。でもあたしは長いあいだここには来てなかったから。あたしがどう思うかっていうことなら、ケータリング夫婦は悪くないけれど、あんまりおおらかとは言えないね。アプリ男たちとはほとんど話をしていない。あたしのタイプのゲイじゃない。投資家たちはあたし好みのろくでなしではないね。でもモニカとフランクはいい感じだよね。旅や音楽やワインの話をしたんだ」

　サラが驚いた顔になったらしく、ディライラは笑った。「モニカがずいぶんと飲んでいたのは大目に見てあげないとね。ふたりは去年、子供を亡くしているんだ」

　サラは、彼女に冷ややかな目を向けていた自分を申し訳なく思った。「気の毒に」

「子供を失うのは辛いよ。あたしがジョンを失ったのとは話が違うけれど、でもとても大切なものを奪われるのは……」

　ディライラの言葉が途切れた。ウィルがナディーンと並んで焼け落ちたコテージのほうへと歩いていくのが見えた。なにか話しこんでいる。とりあえず監察医が真剣に事件の捜査に当たっているのを知って、サラは安堵した。

　ディライラはさっきの続きを話し始めた。「子供を失うと、夫婦のなかがだめになるか、ふたりの関係がより親密になるかのどちらかなんだ。ジョンが奪われたとき、あたしは二十六年続いた関係を壊した。彼女はあたしの生涯の恋人だった。全部あたしのせいなんだけど、でも時間を遡ってやり直すチャンスがあるならやり直したいね」

「サラ？」ウィルが手招きした。「これを見てくれ」

　ディライラがついてこないようにするのはどうすればいいのか、サラはなにも考えつかなかったが、少なくとも彼女がすぐあとを追ってくることはなかった。ナディーンが三番目のコテージの焼け跡を懐中電灯で照らしている。壁のひとつはまだ立っていたが、屋根はほとんどなくなっていた。抜け落ちた床にたまった黒焦げの木材から煙が立ちのぼっている。あれほどの大雨が降ったにもかかわらず、がれきからはまだ熱が感じられた。

ウィルは隅のほうのがれきの山を指さした。「見える？」

サラはうなずいた。

市場には子供たちが学校に背負っていくものから、ハイカー向けのしっかりしたものまで様々な種類のバックパックが出回っている。後者は、アウトドアで使い勝手がいいように様々な工夫が凝らされている。ハイキングや登山用の超軽量のものもあれば、重い荷物に耐えられるように内側にフレームがついているもの、テントや寝袋を携行するために折り畳み式の金属フレームが外側についているものもある。

どのタイプもナイロンで作られていて、繊維の長さと重さに基づいて密度を表すデニールという単位で格付けされている。もっとも近い例がシーツの織り目だろう。デニールの数値が高いほど、その生地は耐久性があることを意味する。風雨に耐えられるように様々なコーティングを施されていたり、シリコンとファイバーグラスの混合物を使って耐火性を持たせたりしているものもある。

焼け落ちたコテージの隅に残っていたバックパックには、明らかにそういった生地が使われていた。

10

ウィルは携帯のカメラで、バックパックの型と置かれている位置を記録した。本物のハイカーが使う機能的で高価なもののようだ。荷室、前部のポケット、底部のポケットそれぞれにジッパーがあって、すべて閉じられていた。生地は限界まで伸ばされているように見える。鋭いふたつの角がナイロン生地から突き出しているのは、箱か厚い本が入っているのだろう。火事でついた黒いすすの一部は雨で洗い流されていた。マーシーのナイキの靴とほぼ同じ、ラベンダー色だった。

ディライラが近づいてきた。「これと同じものを家で見た」

ウィルは聞いた。「どこで？」

「二階。マーシーの寝室のドアが開いていたの。化粧台の引き出しにこれが立てかけてあった。でもこんなにいっぱいに入っていなかった。ジッパーは全部開いていたし」

ウィルはサラを見た。なにをするべきかはわかっていた。このバックパックは貴重な証拠だが、まわりにあるものも貴重な証拠だ。放火捜査官は写真を撮り、がれきを調べ、サンプルを採取し、検査を行い、燃焼促進剤を探すだろう。コテージを燃やすためになにかが使われたことは間違いないからだ。燃えている最中のコテージのなかにウィルはいた。炎があんなふうに自然に燃え広がることはない。

　ナディーンは懐中電灯をウィルに渡した。「持っていてくれる?」

　ここまで持ってきた重たそうな道具箱をナディーンが開けているあいだ、ウィルが彼女の手元を照らしていた。彼女はまず手袋を取り出し、それからつなぎのうしろのポケットからラジオペンチを出した。

　ウィルはナディーンの歩く先を懐中電灯で照らした。彼女はまだくすぶっているがれきのなかを歩くことはせず、外からコテージの奥に向かった。ラベンダー色のバックパックに手を伸ばした。ジッパーの金属のつまみをラジオペンチで慎重かつ正確にはさみ、ゆっくりと引いた。五センチほど開いたところで、歯が嚙んだ。

　バックパックのなかがよく見えるように、ウィルは懐中電灯の角度を変えた。

　ナディーンが言った。「ノートと服、女性の化粧品みたい。彼女はどこかに行こうとしていたんだね」

　サラが訊いた。「どんなノート?」

「子供が学校に持っていくコンポジション・ノート」ナディーンは違う角度から見ようとして顔の向きを変えた。「表紙はビニールみたい。熱で溶けている。底は水がたまっているの。ジッパーの隙間から雨が入ったんだね。ページは濡れて、糊《のり》づけしたみたいにくっついてる」

ウィルが訊いた。「なにか読める？」

「だめ。やってみるつもりもないから。ページをだめにすることなくこれをどうにかするには、あたしよりずっと賢い人間が必要だよ」

ウィルはこれまでもこの手の証拠を扱ったことがあった。鑑識がノートを処理するのに数日はかかるだろう。さらに悪いことに、バックパックの隣にある焼けたプラスチックと金属の残骸を懐中電灯が照らし出した。

ナディーンもそれに気づいた。「iPhoneの古いモデルみたいだね。これはもうどうしようもない。あそこを照らして」

ウィルは彼女の指の先に光を向けた。焦げたガソリン缶の成れの果てが見えた。デイヴがおそらく発電機に燃料を入れるために使い、その後妻を殺したあとは犯行現場を燃やすために使ったのだ。

サラはディライラに訊いた。「マーシーは出ていくようなことを言っていた？」

「日曜までに山をおりろってビティに言われていた。彼女が行きそうなところに心当たりはないよ。こんな真夜中ならなおさらだね。マーシーは熟練したハイカーだ。この時期は、若いオスのクロクマが縄張りを確立しようとしているから、出くわしたくはないよね」

ナディーンが言った。「気を悪くしないでほしいんだけど、ディー、マーシーは論理的とは言えない。彼女が困った事態に陥ったときの半分は、キレてなにかばかなことをしでかした結果なんだから」

サラが割って入った。「ジョンと言い争いをしたあとのマーシーは怒っていたわけじゃなかった。心配していた。ポールによれば、彼女は十時の巡回をしていて、十時半ごろにモニカのコテージのポーチで要求を記した紙を受け取ったそうよ。おかしな態度だったとは言っていなかった。たとえそうじゃなかったとしても、マーシーがなにも言わずにジョンを残して夜中に出ていったとは思えない」

「確かに」ディライラがうなずいた。「あたしもそう思うよ。でもどうしてここに来たんだろう？　ここは配管も電気もない。家にいたほうがよかったんじゃないのかな。あの人たちは怒って黙りこんだままにらみ合っているんだから」

そこに答えがあるとでもいうように、全員がバックパックを見つめた。

ナディーンがわかりきったことを言った。「ここはホテルなんだから、マーシーが家族にうんざりしたら、客用コテージのどれかに逃げこむよ」

ウィルが反論した。「空いているコテージを探したときは、整えられていないベッドがいくつかあった。前の客が帰ったあと、部屋を掃除していないんだと思う」

「掃除はペニーの仕事だよ。彼女はバーテンダーでもある。話を訊いてみてもいいんじゃないかな」ナディーンはウィルを見た。「デイヴを探しにコテージに行ったんだよね？」

「時間の無駄だって言えばよかったね」ディライラが言った。「デイヴは怖がって、コテージにはいられないよ。あたしの弟にぶちのめされるからね」

ウィルは、彼女の弟は手助けがなければ自分の家からも出られないことには触れなかった。「デイヴがだれにも見られずにここから出ていこうと思ったら、母屋には戻らないはずだ。クリークをたどっていけば、いずれはマッカルパイン・トレイルに行き着く。そうだろう？」

「理屈ではね」ディライラが説明した。「ロスト・ウィドウ・クリークは、湖の近くは深すぎて渡れない。大きな滝の先まで行かなきゃならないし、そこで渡るのも簡単じゃない。さらに二百メートルほど進んで、小さな滝のところの踏み石を渡ったほうがいい。ナイアガラの滝というよりは、急流っていう感じだから。その先は、森のなかをまっすぐ進めばマッカルパイン・トレイルに出る。山をおりるのに三、四時間というところかな。熊に足止めされなければだけれど」

「どうだろう」ナディーンが言った。「家の脇にトラックがあるのに、デイヴが歩くとは思えない。気に入った車を盗んだことが何度かあったよね」

ウィルは子供のころのデイヴをよく知っていたから、大人になってからの彼の犯罪歴は尋ねるまでもないと思っていた。「彼が捕まったことは？」

「昔、何度か」ナディーンが答えた。「ＤＵＩや窃盗で、何度か郡の留置場には入れられているけれど、あたしが知るかぎり、刑務所に入ったことはないよ」

デイヴが一度も州の施設に収監されていない理由は推測できたが、ウィルは言葉を選んだ。「マッカルパイン家は保安官一家と親しい」

「ビンゴ」ナディーンが応じた。「教えておいてあげるけれど、デイヴが得意なのはバーでの喧嘩。酔っぱらうと、人にからみ始める。相手が言い返してきたときには、彼はすでに飛び出しナイフを手にしているっていうわけ」

「飛び出しナイフ？」驚きにサラの声が大きくなった。「彼は前にも人を刺したことがあるの？」

「一度脚を刺して、何度か腕を切りつけた。男の胸を骨までぱっくり切り裂いたこともある」ナディーンが答えた。「ここらの人にはバーでの喧嘩なんて珍しいもんじゃない。デイヴはやられて、やり返した。だれも死ななかった。だれも訴えなかった。土曜の夜の騒ぎにすぎないの」

　ディライラが口をはさんだ。「デイヴがからむ相手は女性だけだと思っていた」

「あんたはいまもまだ彼のことを、帰る家を探している迷子みたいに考えているんだよ」ナディーンが言った。「デイヴは悪に染まっていった。彼がアトランタから連れてきた悪魔は、より卑劣に、より悪辣になった。こんなことを言っても気休めにもならないだろうけれど、今回は逃げられないだろうね。殺人は殺人だもの。終身刑になるよ。死刑になるべきだけれど、彼は虐待されたかわいそうな孤児のカードを使うのがうまいから」

「彼が刑務所に入ったら、その言葉を信じることにする」ディライラが言った。「彼は昔から蛇みたいにつかまえどころがなかった。ここに現れてからずっと。セシルは彼をあの古いキャンプ場にほったらかしにしておけばよかったんだよ」

　ふたりがデイヴについて語る言葉のすべてが事実であるとウィルにはわかっていたが、

それでも十三歳の子供を放置するような話を聞かされると、弁解したい気持ちになった。サラの顔を見たが、彼女はバックパックを観察していた。

「そうだよ、彼が隠れているのはあそこ！」ディライラが声をあげた。「キャンプ・アワニータ。家でなにか問題が起きると、デイヴはあそこで眠っていた。きっといまもあそこにいる」

ウィルは、もっと早くキャンプ場を思いつかなかった自分がばかみたいに思えた。「そこまでどれくらいかかる？」

「あんたはたくましいようだから、五十分から一時間というところかな。ザ・シャローズを通り過ぎて、湖の中央部の反対側まで岸沿いに進むんだ。キャンプ場は飛び込み台からだいたい四十五度方向に進んだところにある」

「夕食の前、そのあたりまで行ってみた」ウィルが言った。「キャンプファイヤーの跡みたいな、円形に石が並べられているところがあった」

「キャンプ・ファイヤー・ガールズのビーズ・サークルだね。そこからキャンプ場まではだいたい四百メートルっていうところかな。ボーイスカウトの子たちが夜中に忍びこむことがたびたびあったんで、遠くに移動させたんだ。飛び込み台から四十五度の方向に進んでいくと、一九二〇年代から立っている宿泊小屋がある。いまもあるはずだよ。デイヴはそのどれかにいるはず」ディライラは腰に手を当てた。「着替える時間をくれれば、あたしが案内する」

ウィルが応じた。「それはだめだ」

「あたしもそう思う」ナディーンが同意した。「女性が刺し殺されているんだよ」

「考えたんだけど、カヌーのほうが速いんじゃないかな」ディライラが言った。

ウィルは、湖からこっそりデイヴに忍び寄るというアイディアが気に入った。「用具小屋まで道があったよね？」

「作業場のすぐ先にあるオールド・バチェラー・トレイルを進んで、ループ・トレイルに出たら左に行くの。分かれ道を湖の方向に戻るように進んだら、松の木の向こう側に小屋があるから」

「わたしも行く」サラが声をあげた。

ウィルはだめだと言おうとしたが、いまは片手しか使えないことを思い出した。「きみはカヌーで待っているんだ」

「わかった」

ふたりが出発しようとすると、ナディーンが突然、前に立ちふさがった。

「ちょっと待って。いままではあんたたちがついてくることに文句は言わなかったけど、捜査を任せるつもりはないってビスケットははっきり言っていた。死体は譲るけれど、GBIにはディロン郡で殺人犯を捕まえる権利はない」

「そのとおりだ」ウィルが応じた。「彼の都合のいいときに、妻とぼくは証言をする用意があると保安官に伝えてくれ。いまはコテージに戻るよ」

しらじらしい嘘であることはナディーンもわかっていたが、それ以上彼の邪魔をしようとはしなかった。大きなため息をつきながら、脇に移動した。

ディライラが言った。「幸運を祈るよ」

ウィルはサラのあとを追った。サラは懐中電灯で気まぐれな月明かりを補いながら、ディライラの指示どおりにトレイルに向かうのではなく、湖の岸に沿って進んでいた。そのルートのほうが用具小屋までの距離は短い。ウィルは、どうやってカヌーを操作すればいいかを考えていた。怪我をしているほうの手の付け根をてこの支点として使えるだろう。もう一方の手でパドルを動かせばいい。そのためには、上腕二頭筋と肩の筋肉にがんばってもらう必要があった。包帯を巻いている手を試してみた。焼けるような痛みを無視すれば、指は動く。

「わたしの意見を聞きたい？」サラが訊いた。

彼女の意見が自分と違っているとは思ってもみなかった。「なにか問題でも？」

「なにも問題はないわ」問題だらけのような口ぶりだった。「聞きたければ言うけれど、フェイスを待つべきだっていうのがわたしの意見」

ウィルはもう充分に待っていた。「彼女は渋滞に巻きこまれたって言ったじゃないか。デイヴがキャンプ場にいるのなら――」

「あなたは丸腰よ。怪我をしている。雨でびしょ濡れになった。包帯は汚れている。感染し始めているかもしれない。激しい痛みを感じている。権限はない。これまで一度もカヌーを漕《こ》いだことがない」

　ウィルは一番簡単に反論できる論点を選んだ。「カヌーの漕ぎ方は見当がつく」

　サラは懐中電灯で岩だらけの岸の先を照らした。ウィルは彼女のこわばった表情を見て取った。思っていた以上に怒っている。

「サラ、ぼくにどうしてほしいんだ」

　サラは首を振りながら、浅瀬を歩きだした。

　ウィルは〝なにも〟と議論するすべを知らなかった。「なにも」彼にわかっているのは、サラは信じられないくらい、首尾一貫して論理的だということだ。彼女は理由もなく怒ったりはしない。ウィルは犯行現場での会話を頭のなかで再現した。サラが無口になったのは、デイヴが飛び出しナイフを持っているとナディーンが言ったあとだ。ほかの人間にそれを使ったと聞いたあと。

　ウィルは、岩だらけの斜面をのぼっていく彼女のこわばった背中を見つめた。不安が体から飛び出そうとしているかのように、彼女の動きはぎこちなかった。

「サラ」

「カヌーを漕ぐには両手が必要なの」サラは説明した。「利き手はコントロールするのに使う。パドルの先端にあるパームグリップを握るの。漕ぐほうの手はシャフトを握る。カヌーをまっすぐに進ませるためには、パドルで水を押し下げながら利き手でひねらなきゃいけない。あなたは両手を使って押したり、ひねったりすることができるの？」

「きみがそうしてくれるほうが好きだな」

サラはくるりと彼に向き直った。「わたしもよ。コテージに戻って楽しみましょうよ」

ウィルはにやりと笑った。「これは罠？」

サラは小声で悪態をつくと、再び前進を始めた。

ウィルは長い沈黙を破ろうとはしなかった。彼女と議論するつもりもない。密集したやぶのなかを重い足取りで進んでいるのではなかった。サラが突然怒りを爆発させたことだけが、この時間を居心地の悪いものにしているのではなかった。彼は汗をかいていた。足のまめがいっそうひどくなっている。怪我をした手は鼓動に合わせてずきずきと痛んだ。包帯をきつく巻き直そうとした。ガーゼから水が滴っている。

サラが言った。「わたしの言うことを聞いてよ」

「聞いているよ。でもきみがなにを言おうとしているのかはわからない」

「湖沿いを延々と歩かなくてすむように、湖の反対側までわたしがカヌーを漕がなきゃいけないって言っているの」

「そうすれば一緒にいられる」

サラは再び足を止めて、振り返った。口元にはわずかな笑みすら浮かんでいない。「彼は飛び出しナイフを持っているのよ。骨まで届くくらい男の胸を切り裂いた。あなたの胸にはどんな臓器が入っているのか、教えてあげなきゃいけない？」

今回は冗談でごまかしてはいけないとわかっていた。「いいや」

「あなたがいま考えていること――デイヴは哀れな負け犬だって考えている。きっと全部そのとおりなんだと思う。でも同時に彼は暴力的な犯罪者なの。拘置所には戻りたくないはず。あなたやここにいるほかの人たちの考えどおりなら、彼はすでにひとり殺している。もうひとり増えたところでどうということはないわ」

彼女の声にはむき出しの恐怖があった。ウィルはようやく理解した。彼女の最初の夫は警察官だった。彼は容疑者を過小評価し、そのせいで命を落とした。自分が同じ運命をたどることはないと彼女を納得させるすべはない。彼は異なる育ち方をしてきた。人生の最初の十八年間は、暴力をふるわれることを覚悟する日々だった。そしてその後は、それを阻止するためにできることはすべてしてきた。

サラはウィルの怪我をしていないほうの手を取り、骨がきしむくらい強く握った。

「あなたの仕事は理解している。あなたが毎日のように生死をわける決断をしているのはわかっているけれど、でももうあなただけの人生、あなただけの死じゃないってわかってほしいの。わたしの人生なの。わたしの死なの」

ウィルは親指で彼女の結婚指輪をなぞった。ふたりが望むものをどちらも手に入れる方法があるはずだ。「サラ――」

「あなたを変えようとしているわけじゃない。ただ、怖くてたまらないって言っているだけ」

ウィルはふたりが満足できる答えを探した。「こういうのはどうだろう。デイヴを勾留したら、ぼくはきみと一緒に病院に行く。アトランタじゃなくて、このあたりの病院だ。そうすればきみはぼくの手の心配をしなくてすむし、フェイスはデイヴを尋問できるし、それで全部終わりだ」

「それを全部やったら、ジョンを探すのをあなたが手伝うっていうのはどう？」

「妥当だね」ウィルはためらうことなくその条件を呑んだ。マーシーとの約束を忘れてはいない。ジョンに伝えなければいけないことがある。「これからどうする？」

サラは湖のほうに目を向けた。ウィルは彼女の視線をたどった。用具小屋はもうすぐだ。月明かりが浮き桟橋の飛び込み台を照らしていた。

「向こう岸まで行くのに、どれくらいかかるかわからないわ。二十分？　三十分？　ガールスカウト以来、カヌーを漕いだことはないのよ」

パドルを持てない成人男性を乗せて漕いだこともないだろうとウィルは思った。帰りには——願わくば——ふたりの成人男性になっているはずだ。となると、さらなる問題が出てくる。水上攻撃を仕掛けるというウィルの空想は、デイヴを捕まえるところまでで終わっていた。カヌーで彼を連れ戻すのではなく、キャンプ場から歩かなければならないだろう。サラとデイヴをひとつのカヌーに乗せるわけにはいかない。

「ロープがないかどうか、小屋を調べたい」

ロープが必要な理由をサラは尋ねなかった。ふたりは再び黙って歩きだしたが、どういうわけかその沈黙は、怒鳴りつけられるよりも辛かった。ウィルは彼女の不安を減らしたかったが、なにかを感じるなと女性に言うのは、それを感じさせないための最良の方法ではないことを身に染みて知っていた。のみならず、激怒させる結果にもなる。

幸いなことに、それほど長く歩く必要はなかった。サラの懐中電灯の光がまずラックにさかさまに収納されているカヌーを照らし出した。用具小屋は二台分のガレージほどの大きさだった。両開きのドアには、これほど孤立した場所にしては本格的な閂《かんぬき》がつけられていた。ばね仕掛けのスライドボルトに三十センチほどの長さの金属の棒がついていて、それを動かして閂を開ける仕組みだ。金属の棒の端につけられたセーフティラッチを、ドアの掛け金に引っかけてあった。

説明代わりにサラが言った。「熊もドアを開けられるから」

掛け金を開けるのはサラに任せ、金属の棒を動かす役割をウィルが担った。なかなか動かない。肩まで使わなくてはならなかったが、ようやくのことでドアが開いた。木が燃えるにおいと魚のにおいが混じった、妙なにおいがした。

サラはそのにおいに咳きこみ、顔の前で手を振りながら小屋に足を踏み入れた。壁に照明のスイッチがあった。電球の明かりが、きれいに整頓された作業場を照らした。道具類はペグボードに吊るされ、青いテープで印がつけられている。釣り竿《ざお》はフックにかけられている。壁一面にネットやバスケットが並んでいた。シンクには石造りの調理台と使いこまれたまな板が置かれていた。ハサミが二丁と異なる長さのナイフが四本、磁石テープで吊るされていた。一本を除いて、どれも刃は細く、鋸歯《きょし》状ではなかった。

ウィルが得意とするのは銃だったから、ナイフのことはよくわからない。サラに訊いた。

「なにかなくなっている？」

「なくなっていないと思う。それは、魚をさばくための標準的なセットよ」サラは順番に示しながら説明した。「ベイトナイフ、ボーニングナイフ、フィレナイフ、チャンクナイフ。医療用バサミ。ラインカッター」

ロープは見当たらなかった。ウィルは引き出しを開けていった。すべてがきちんと仕分けされている。適当に置かれている物はなにひとつなかった。彼のガレージにあるのと同じ留め具がいくつかあったが、車に使われているのではなさそうだ。必要としているものは最後の引き出しに入っていた。この小屋を管理しているのがだれにせよ、とても几帳《きちょう》面《めん》だったから、基本となるものを置いていないことはありえなかった。粘着テープと頑丈な結束バンド。

結束バンドは太いゴム紐でひとつにまとめられていた。片手ではゴム紐を結び直せなかった。解けたままで引き出しに戻すのが申し訳なかったが、いまはもっと重要なことがある。大き目の結束バンドを六本、うしろのポケットに入れた。粘着テープはカーゴパンツの大きなポケットにしまった。

引き出しを閉めながら、壁のナイフのことを考えた。一番小さなベイトナイフを手にとり、ブーツに押しこんだ。刃がどれほど鋭いのかはわからないが、胸を思いっきりつけば、どんなものでも肺に穴を開けることはできる。

「あれはなに？」サラが訊いた。目のまわりを両手で覆うようにして、奥の壁板の隙間をのぞいている。「機械みたいに見える。発電機？」

「あとで家族に訊こう」ウィルは金属のバスケットの下に南京錠《なんきんじょう》があることに気づいた。留め具を引っ張ってみたが、びくともしない。「熊が来るから？」

「客じゃないかしら。ここにはインターネットもテレビもないから、遅くまで飲んでいる人が多いんでしょうね。ちょっと手伝って」サラはパドルを見つけていた。ラックに散弾銃を収納するみたいに、壁の高いところに並べられている。「青いのがちょうどいいサイズだと思う」

フックからパドルをはずしたウィルは、その軽さに驚いた。

サラが言った。「水中に落としたときに備えて、二本持ってきて。わたしはライフジャケットを取ってくる」

キャンプ場に近づく際に、鮮やかなオレンジ色のものを身につけるのはいい考えとは思えなかったが、ウィルは反論しなかった。

小屋を出たあとは、サラの指示に従ってラックからカヌーを一艇おろした。彼女がパドルとライフジャケットをハル（船体のこと）にのせているあいだ、ウィルにできることはなにもなく、ただそこに突っ立っていただけだった。彼女はガンネル（カヌーの上部の縁の補強材）の持ち手を示し、立つ場所と持ち方をウィルに教えた。カヌーを湖まで運ぶあいだ、サラは再び無言になった。ウィルは彼女の不安に感染しまいとした。いまは、ひとつの目的に集中することだ。デイヴに裁きを受けさせる。

　浅瀬を歩くあいだ、サラは最小限の水しぶきしかあげなかった。彼女に言われたとおりの位置で、ウィルはカヌーを降ろした。サラはカヌーが泥で固定されるように、後部の位置を調整した。ウィルが乗りこもうとすると、サラがそれを止めた。

「じっとしていて」サラは彼にライフジャケットを着せると、留め具がしっかり留まっていることを確認した。そして彼が乗れるように、体をかがめてカヌーを押さえた。

　ウィルは要らぬいらだちを覚えたが、片手でカヌーに乗るのは思った以上に難しかった。うしろのシートに座った。彼の重みで、船首が持ちあがった。サラが乗りこんでも、船首はほんのわずかしかさがらなかった。彼女はもうひとつのシートに座ろうとはせず、膝立ちになってパドルでカヌーを湖面へと押し出した。岸からある程度離れるまで、浅く水を掻いていた。

　開けたところまでやってきたときには、サラは一定のリズムでパドルを動かしていた。ザ・シャローズを抜けて広々とした湖面に出ると、今度はカヌーの反対側に移動して進む方向を変えた。滑るように進むカヌーの上で、ウィルは飛び込み台がある場所の見当をつけようとしていた。用具小屋は見えなくなった。やがて岸辺も視界から消えた。見えるのは暗闇だけになり、聞こえるのはパドルを漕ぐ音とサラの息遣いだけになった。

　湖の中央あたりにやってきたところで、月が雲の向こうから顔をのぞかせた。ウィルはすかさず手の包帯を確かめた。ガーゼが汚れていると言ったサラの言葉はそのとおりだった。感染についてもおそらく正しい。親指と人差し指のあいだに白熱した炭の塊があるとだれかに言われたら、信じただろう。焼けるような痛みは手を胸の高さまで持ちあげて、ライフジャケットの端にのせると少しましになった。

ブーツに手を触れ、ベイトナイフがあることを確かめた。柄はそれなりの太さがあったから、刃が足首まで落ちていくことはない。ナイフを取り出し、使い勝手を試した。水上から接近している彼らにデイヴが気づいていないことを心底願った。まずい事態になったときに、ナイフで驚かせたかった。蛍光オレンジのライフジャケットは、まるで光を放っているような気がした。湖面の先に目をやり、岸を探した。やがて少しずつ見えてきた。最初は黒い景色のなかにいくらか色の薄い部分が現れ、やがて岩の判別がつくようになり、ついに砂浜らしきものが見えた。

サラがウィルを振り返った。なにも言う必要はなかった。砂浜は、キャンプ場を見つけたことを意味していた。ひどい状態だった。朽ちた桟橋の残骸と半分水に浸かったボート乗り場が見えた。高いオークの木から一本のロープが垂れさがっているのは、かつてブランコだったものの名残で、木の座面は遠い昔に水中に沈んでしまったのだろう。ここにはなにかがつきまとっているような気配があった。ウィルは幽霊を信じてはいないが、自分の直感は信用していて、ここではかつて悪いことが起きたとその直感は語っていた。

カヌーが速度を落とした。岸に近づくと、サラはパドルを漕ぐ向きを逆にした。砂から雑草が生えているのが見えた。割れた瓶。煙草の吸殻。カヌーはこすれるような音をたてながら、着岸した。ウィルはライフジャケットの留め具をはずして、脱いだ。再びブーツのなかのベイトナイフのことを考えたが、今回は無防備なサラを残していくことと無関係ではなかった。一番いいのは、彼女を小屋に帰すことだ。デイヴを連れてであれ、ひとりであれ、彼はロッジまで歩いて帰ればいい。

「だめよ」サラには彼の心を読むという悪癖があった。「岸から十メートルのところで、あなたを待っている」

サラが捜索を監視すると言いだす前に、ウィルはカヌーを降りた。その動きは、とても優雅とは言えなかった。できるかぎり水を跳ね散らかさないようにしながら、硬い地面まで進んだ。それから爪先に金属がついたブーツでカヌーを水中へと押し出した。

サラがパドルを動かし始めるのを待ってから、森の様子を確かめた。夜明けはまだだが、用具小屋を出たときよりはあたりが見えるようになっている。いま一度サラを振り返った。彼女はウィルを見つめながら、うしろ向きにパドルを漕いでいた。ほんの数時間前、ザ・シャローズの浮き桟橋に向かって泳ぐ彼女を眺めていたことを思った。背泳ぎをしながら、彼を誘っていた。心臓が蝶になったみたいな高揚感を覚えたことを思い出した。

そのころ、湖の反対側では、デイヴが自分の子供の母親である女性をレイプし、ナイフを突き立てていたのだ。

ウィルはカヌーに背を向けて、森へと入っていった。自分のいる位置を確認しようとした。昼間にキャンプ場を探したときとはまったく様子が違っている。暗いせいだけではなかった。昼間はザ・シャローズの奥からキャンプ場へと進んだのだ。それも、円形に石が並べられていたところまでだ。ウィルは正しいと思った方角に歩きながら携帯電話をポケットから出し、コンパスアプリを起動した。

森は、ロッジ周辺の手入れされていないところ以上に草木が生い茂り、密集していた。懐中電灯アプリを使うことは、信号灯で合図を送っているに等しい。ウィルは画面の明るさを落とし、コンパスに従って歩いた。しばらく進んだところで、コンパスがいらないことに気づいた。煙のにおいがする。キャンプファイヤーで火を燃やしているようなにおいだが、煙草の不快なにおいが混じっている。

デイヴ。

ウィルは即座にそちらに向かったりはしなかった。その場で動きを止め、呼吸を整え、気持ちを落ち着かせることに集中した。サラの心配、手の痛み、デイヴのことすら心の隅に追いやった。彼の頭のなかにあったのは、いま考えるべきただひとりの人だけだった。

マーシー・マッカルパイン。

ほんの数時間前、ウィルは命の火が消えようとしている女性を見つけた。最期が迫っていることを彼女は知っていた。ウィルに助けを求めに行かせなかった。ウィルは水のなかで膝をつき、だれの仕業なのかを教えてくれと懇願したが、彼女はそれがどうでもいいことのように首を振った。彼女は正しい。最期の瞬間には、なにもかもがどうでもいいことだ。彼女が唯一気にかけていたのは、彼女がこの世に生み出した人間だった。

ウィルはジョンに伝えるべきメッセージを心のなかで何度も繰り返した。

きみのお母さんは、きみにここから逃げてほしがっていた。ここにいてはいけないと言った。きみが大丈夫であることを知りたがっていた。きみを深く愛していると言った。言い争ったことを許すと言った。きみは大丈夫だって、ぼくが保証する。

ウィルは、枝や木の葉を踏んでデイヴに彼の存在を気づかせないように、ゆっくりした足取りで前進を続けた。近づくにつれ、静かな森のなかに響くスマッシング・パンプキンズ（アメリカのロックバンド）の《１９７９》の抑えたビートが聞こえてきた。音量はさげられていたが足音をごまかすには充分だったから、ウィルはさほど気を使うことなく歩けるようになった。

横からデイヴに近づけるように進路を変えた。数棟の宿泊小屋の輪郭が見えてきた。いずれも荒い造りの平屋で、電柱らしきもので地面から五十センチほど浮かしてある。半円のなかに四棟の小屋が密集して建っていた。デイヴがひとりであることを確かめるため、ウィルは順に窓からなかをのぞいていった。最後の小屋に、寝袋、いくつかのシリアルの箱、煙草のカートン、そしてビールのケースがあった。デイヴはしばらくここで過ごすつもりらしい。これは、故意であることを立証する材料になるだろうかとウィルは考えた。衝動的な殺人と、あらかじめ逃亡を計画していた殺人とでは、事情が変わってくる。

ウィルは体を低くしたまま、慎重に歩を進めた。デイヴがおこした火は勢いよく燃えているわけではないものの、周辺を照らすには充分だった。彼はまた親切にも、六十ワットの電球とほぼ明るさが等しい八百ルーメンのコールマン（アメリカのアウトドアブランド）のランタンを使っていた。

デイヴは昔から暗闇を怖がっていた。

広々とした円形の空き地は、ほかの箇所のように草木が生い茂ってはいなかった。炉のまわりには大きな石が並べられている。木の切り株が椅子代わりに置かれている。炉にはバーベキュー用のグリルがのっていた。キャンプ場には宿泊小屋や炉がほかにもあることをウィルは知っていた。児童養護施設にいたころ、夜ごとマシュマロを焼いたことや、即興で歌ったことや、怖い話をしたことを聞いていた。この空き地には、楽しかった場所というよりは、いけにえを捧げた場所のような不気味な雰囲気があった。

ウィルは、大きなウォーターオークの木の陰に身を隠せる場所を見つけて、しゃがみこんだ。デイヴは長さ約一・二メートル、直径四十五センチほどの倒木にもたれている。ウィルはどうすべきかを考えた。いきなり背後から現れて驚かす？　彼が反応できないうちに飛びかかる？　もう少し情報が必要だった。

ウィルは膝を曲げ、デイヴが振り向いたときに備えて全身を緊張させながらそろそろと進んだ。煙のにおいが強くなった。しばらく前の雨のせいで濡れた薪がくすぶっているのだろう。さらに近づいていくと、聞き慣れた金属製の音がした。親指で素早くフリントホイールを回す音。ホイールはブタンガスに着火するための火花を発生させる。ガスは炎となって、煙草の先端に火をつける。

カチリという音が再び聞こえた。さらにもう一回。そしてもう一回。デイヴが、明らかに空になっているライターをつけようとしている。もう一度なんとか火花を出したくて、何度もホイールを回している。

ようやくデイヴはあきらめた。「くそ」

目の前五十センチのところに火元があることに、デイヴは気づいていないらしかった。火のなかにプラスチックのライターを投げ込んだあとですら、理解していない。飛び散った火花にデイヴは両手をあげて顔をかばった。ウィルはその隙に彼との距離を縮めた。デイヴは溶けたプラスチックを前腕から払い落した。痛みは感じていないようだ。その理由を解き明かすのに、シャーロック・ホームズを連れてくる必要はなかった。

つぶれたビールの空き缶があたりに散乱していた。ウィルは十まで数えたところでやめた。フィルターまで吸われた大麻や煙草の吸殻は数えようとも思わなかった。ひっくり返した丸太に釣り竿がたてかけてある。グリルは回転させてあった。焦げた肉の破片が網にこびりついている。デイヴは切り株をまな板代わりにして魚を調理していた。切り落とされた頭と尾と骨が黒っぽい血だまりのなかで腐っていた。細長い刃のボーニングナイフがビールの六缶パックの隣に置かれていた。

長さ十八センチの湾曲した刃は、デイヴが手を伸ばせば簡単に届くところにあった。小枝が折れる音や木の葉がこすれる音を耳にしたり、あるいは何者かが背後から近づいているといった悪い予感を覚えたりしたときには、ただ切り株に手を伸ばすだけで凶器を手にできる。

問題は、ウィルもナイフを使うべきだろうかということだ。彼は不意をつける。相手は酒に酔ってもいないし、クスリでハイになってもいない。普段であれば、なにが起きたのかにデイヴが気づく前に彼を拘束できると自信を持って断言していただろう。

普段であれば、ウィルは両手が使える。

《1979》のメロディが次第に小さくなり、《テールズ・オブ・ア・スコーチド・アース》の大音響のギターに代わった。ウィルはすかさず別の場所に移動した。デイヴにこっそり近づくつもりはなかった。ザ・シャローズの方向からトレイルをたどってここまでやってきたかのように、正面から彼と対峙するつもりだ。ふたりがここで会ったのが偶然ではないと理解できるくらい、デイヴが酔っていないことを願った。

こそこそする時間は終わりだ。ウィルは森の地面に落ちている枝を見つけた。片方の足をあげて、それを踏んだ。先端が金属のブーツは、アルミのバットでウリを叩き割ったときのような音をたてた。さらにウィルは、大声で悪態をついた。それから携帯電話をタップして、懐中電灯アプリを起動した。

ウィルが視線を戻したときには、デイヴはすでにボーニングナイフを手にしていた。彼は携帯電話の音楽を止めた。ゆっくりと立ちあがり、ぎらつく目を森に向けた。

ウィルはさらに数歩、音をたてて進み、どうして明かりがついたのかもわからない穴居人のように、携帯電話を振り回した。

「だれだ？」デイヴはナイフをこれみよがしに持ちあげた。ループ・トレイルで見かけたときとは違う服を着ていた。ジーンズは破れ、漂白剤の染みができている。黄色いTシャツで血のついた手を拭ったらしい。彼は鋭いナイフを宙で振り回しながら言った。「姿を見せろ」

「くそ」ウィルは自分の声にせいいっぱい嫌悪を込めた。「いったいここでなにをしているんだ、デイヴ？」

デイヴはにやりと笑ったが、ナイフをおろそうとはしなかった。「おまえこそここでなにをしているんだ、トラッシュキャン？」

「キャンプ場を探していた。おまえには関係のないことだ」

デイヴは声をあげて笑った。ようやくナイフをおろした。「おまえはまったく哀れな男だよ」

デイヴに自分の姿が見えるように、ウィルは空き地まで進んだ。「ここからどうやって帰ればいいのか教えてくれたら、すぐに帰るよ」

「来た道を戻ればいいだろうが、間抜け」

「まだ試していないと思うのか？」ウィルは彼のほうへと歩き続けている。「いまいましいこの森のなかを、ぼくは一時間以上もうろついているんだぞ」

「おれなら、あの小柄で赤毛のセクシーな女をあとに残してきたりはしないな」デイヴの濡れた唇がせせら笑いを作った。「名前はなんていったかな？」

「おまえが彼女の名前を口にしたら、その口を頭蓋骨のうしろから叩き出してやる」

「くそ」デイヴは言ったが、簡単に引き下がることはなかった。「そこを左に行って石のサークルのところに出たら、右に曲がって湖沿いを進むんだ。それからまた左に行けば、ループ・トレイルに出る」

デイヴがまったく引き下がっていないことに気づくまで、一拍の間があった。ディスレクシアの人間に左に進んでそれから右に曲がれと指示するのは、失せろと言っているようなものだ。

デイヴはくすくす笑いながら、火の前に再び腰をおろした。倒木にもたれ、ボーニングナイフを切り株の上に戻した。これで終わりだと彼が考えているのがウィルにはわかっていた。デイヴは、事態を悪くすることに人生を費やしてきた。いま考えるべきは、ウィルがGBIの特別捜査官であることを、どの段階で彼に告げるかだ。厳密に言えば、その時点より前にデイヴが言ったことは、たとえ彼がマーシー殺害を自白したとしても、なにひとつ裁判では使えない。事態をうまく進めたいのであれば、彼とのあいだに親密な関係を作り、それからゆっくりと真実を引き出していかなくてはいけない。

ウィルは訊いた。「ビールは残っているか？」

デイヴは驚いて片方の眉を吊りあげた。「いつタマに毛が生えたんだ？」

ゲームのルールはわかっていた。「おまえのママがたっぷりしゃぶったあとだ」

デイヴは笑い、うしろに手を伸ばしてビールの六本パックから一本ねじり取った。「座れよ」

ウィルは彼とは距離を置いておきたかった。デイヴと並んで火の前に座る代わりに、岩にもたれた。ブーツのなかのベイトナイフが無事なほうの手のそばに来るように、膝を曲げた。デイヴが喧嘩を仕掛けてきたときに備えておかなくてはいけない。

デイヴは喧嘩のことなど考えていないように見えた。ろくでなしになる方法を考えるので頭がいっぱいらしい。缶ビールをウィルに軽く放ることもできたのに、フットボールのように回転させながら投げた。

ウィルは片手でそれを受け止めた。やはり片手で缶を開け、泡を火に向けて飛ばした。

デイヴはいかにも感心したようにうなずいた。「手をどうしたんだ？　彼女を乱暴に扱いすぎたのか？　彼女は噛むタイプに見えたがな」

ウィルはとっさに言い返したくなるのをこらえた。いまはすべてを脇に追いやっておかなければいけない——子供のころからくすぶり続けている裏切られたという思いと怒り。デイヴがどんな男だったかということに対する嫌悪。彼が妻を殺した残酷なやり方。事態を収拾するために息子を捨てたという事実。

彼は包帯を巻いた手をあげて言った。「夕食のとき、割れたガラスで切ったんだ」

「だれに縫ってもらった？　パパか？」デイヴはその冗談の残酷さを明らかに楽しんでいた。悦に入って笑いながら、炎を見つめた。シャツの下に手を入れて腹を掻いた。ウィルは、引っ掻かれたらしい深くえぐれた跡に気づいた。首の横にも引っ掻き傷がある。つい最近、だれかと激しい口論をしたという証拠だ。

　ウィルはブーツの脇の地面に缶ビールを置いた。手をその隣に添えて、ベイトナイフをすぐ取り出せるようにした。最良のシナリオは、ナイフをソックスの内側に入れたままにしておくことだ。警察官の多くは暴力には暴力で対抗すると考えている。ウィルはそうではなかった。彼はデイヴを罰するためにここにいるのではない。もっとひどいことをしようとしていた。彼を逮捕するため。刑務所にぶちこむため。刑事裁判の被告人として、ストレスと無力感を味わわせるため。ひょっとしたら逃げおおせるかもしれないという無限の希望を持たせるため。それがかなわないと知ったときの落胆の表情を見るため。刑務所ではデイヴのような男はピラミッドの底辺だから、残りの人生を毎日必死であがいて過ごさなければならないと知らしめるため。

　そのどれも死刑の可能性を考慮に入れてはいなかった。

　沈黙を満たすかのようにデイヴは不愉快そうなため息をついた。棒を手に取った。火をかきたてた。ちらちらとウィルを見ながら、彼がなにか言うのを待っている。

　ウィルはなにも言うつもりはなかった。

　デイヴは一分もしないうちに、また不愉快そうにため息をついた。「あのころのだれかと連絡を取っているか？」

　ウィルは首を振ったが、かつての同居人たちの多くが刑務所か墓のなかにいることを知っていた。

「アンジーはどうした？」

「知らない」ウィルは両手がこぶしを作りたがっているのを感じたが、地面に置いたまま動かすことはなかった。「何年か結婚していた。うまくいかなかった」

「ひどい目に遭ったのか？」

デイヴが答えを知っているのはわかっていた。「おまえとマーシーはどうなんだ？」

「くそさ」デイヴは火花が散るまで火を突いた。「あいつはおれと一緒にいようとはしなかったよ。家の居心地がよすぎたんだ」

ウィルは無理やり笑い声をあげた。「そうだろうな」

「好きなように考えればいいさ、トラッシュキャン。だが彼女を捨てたのはおれだ。あいつのたわごとに我慢できなくなった。ここの文句しか言わないんだ。出ていくチャンスができたらとか……」

ウィルはその続きを待ったが、デイヴは棒を置いて新しい缶ビールを手に取った。再び口を開いたのは、中身を飲み干して握りつぶした缶を地面に放ってからだった。

「ここは閉鎖しなくちゃならなかった。子供をおもちゃにしたキャンプのリーダーが大勢いたんだ」

驚くことではなかったかもしれない。子供のころにのどかな場所だと思っていたところを、人を食い物にするやつらに台無しにされたのはこれが初めてではなかった。

デイヴが訊いた。「なんだってここに来たんだ、トラッシュキャン？　ガキのころは、頑としてキャンプには来たがらなかったのに。おれよりも聖書の節を暗記するのは得意だったじゃないか」

ウィルは肩をすくめた。デイヴに本当の話をするつもりはないが、もっともらしい話を作りあげる必要がある。円形に置かれた石についてディライラが言っていたことを思い出した。「ぼくの妻が、キャンプ・ファイヤー・ガールズに入っていたころ、ここに来たことがあるんだ。もう一度見たがってね」

「キャンプ・ファイヤー・ガールと結婚したのか？　まだ制服は持っている？」デイヴは鼻先で笑った。「なんてこった、おれはグミベアみたいにだらんと伸びてないあそこを相手にできたらラッキーだっていうのに、くそったれのトラッシュキャンはポルノ映画のなかで暮らしているとはね」

ウィルは話題をマーシーに戻した。「おまえの元妻は息子を産んでいるじゃないか。すごいことだ」

デイヴはもう一本ビールを開けた。

「ジョンはいい子みたいじゃないか。マーシーはちゃんと育てたんだな」

「あいつだけがしたことじゃない」デイヴは缶からあふれた泡をすすった。さっきのように一気に飲み干そうとはしなかった。今回はゆっくりと飲んでいる。「ジョンはいつもおれのいるところがわかるんだ。いずれ、いい男になるさ。見た目もだ。同じ年ごろだったときの父親みたいに、人のもの《OPP》を手に入れるんじゃないかな」

ウィルは、明らかにアンジーのことをほのめかしている当てこすりを無視した。「結婚して落ち着こうとは思わなかったのか？」

「まさか」デイヴの笑い声には苦々しい響きがあった。「本当のことを言えば、おれはいまごろは死んでいると思っていたんだ。どこかの変態に道端で拾われてフロリダに売られたりせずにアトランタからここまで来れたのは、運がよかったのさ」

逃げ出したことを自慢したがっているのだとウィルにはわかっていた。「ヒッチハイク？」

「当然だ」

「ここは身を隠すには悪くない」ウィルはわざとらしくキャンプ場を見まわした。「おまえがいなくなったとき、きっとここに行ったんだろうって話したよ」

「そうだな」デイヴは丸太の上で肘を曲げた。

ウィルは反応するまいとした。デイヴは手をナイフに近い位置に移動させた。それが意図してなのかたまたまなのかは、まだわからない。

デイヴが言った。「教会のバスで初めてここに来たときに、おれは自分が何者なのかを知ったんだ。わかるか？　おれは釣りができるし、狩りもできて、自分で食い物を調達できる。だれかに面倒を見てもらう必要なんてない。おれは町で暮らすようにはできていない。町でのおれはネズミだった。ここではマウンテンライオンだ。なんでもやりたいことをする。言いたいことを言う。吸いたいものを吸う。飲みたいものを飲む。だれもおれにちょっかいは出せない」

　素晴らしいことのように聞こえるが、彼の自由はマーシーの犠牲の上に成り立っていたにすぎない。「マッカルパイン家に引き取られて運がよかったな」

「いい日もあれば悪い日もあった」彼はいつも悪い話を面白おかしく話す。「ビティは天使だ。だがパパは？　あいつは意地の悪いくそ野郎だよ。革のベルトで散々殴られたもんだ」

　セシル・マッカルパインが身体的な虐待をしていたと聞いても、ウィルは驚かなかった。

「ベルトがずれて、バックルがおれに当たってもあいつは気にもしなかった。ケツと脚は、でかいミミズ腫れだらけだった。教師どもに見られたくなかったから、短パンははけなかった。アトランタに連れ戻されるのはごめんだったからな」

「ここで暮らすことはできなかったのか？」

「おれが望まなかった。ビティはテーブルに食べ物を並べるのに、州からの金が必要だった。おれは彼女を置いていけなかった。とりわけ、あんな男のところに」

　虐待されている子供が自分以外のだれかを助けようとする話なら、ウィルはよく知っていた。

「とにかくだ」デイヴは慣れた仕草で肩をすくめた。「おまえはどうなんだ、トラッシュキャン？　哀れなおまえを残しておれが出ていったあと、なにがあった？」

「成年になって、制度からはずれた。十八歳のとき、百ドルとバスチケットをもらって追い出された。最後は救世軍に行き着いた」

デイヴは歯の隙間から息を吐いた。ホームレスのシェルターで暮らす身よりのいないティーンエイジャーにどんなひどいことが起きるか、彼は知っているつもりでいるのだろう。

彼は知らない。

デイヴが訊いた。「それから？」

ウィルは、道端で眠るようになり、それから留置場で眠るようになったという事実は省略した。「なんとかそこを抜け出した。大学に行って、仕事についた」

「大学？」彼は噴き出した。「ろくに字も読めないのに、どうやったんだ？」

「努力さ。やるしかないってことだ。そうだろう？」

「まったくもってそのとおりだ。ガキのころのひどい境遇を、おれたちは生き抜いたんだ」

ウィルは仲間のような彼の口調が気に入らなかったが、デイヴは殺人の容疑者だ。最後に自白してくれるなら、好きなだけ好きな口調で語ればいい。「おまえがマーシーと付き合うことに、マッカルパインの人間は反対しなかったのか？」

「もちろんしたさ。彼女が妊娠したときは、おれはパパにチェーンで殴られたよ。山から放り出された。彼女もだ」かすれた笑い声が咳に変わった。「だがおれはマーシーの面倒を見た。ジョンが生まれるときは、酒やクスリに手を出させないようにした。ジョンが落ち着くまでディライラの手助けもした。渡せるだけの金を渡していたんだ」

それが嘘であることはウィルにはわかっていた。「自分で育てようとは思わなかったのか？」

「おいおい、おれに赤ん坊の面倒が見られるとでも？」

赤ん坊が作れるくらいの大人だったなら、どうやって面倒を見ればいいかがわかるくらいには大人だったはずだとウィルは考えた。

デイヴが訊いた。「子供はいるのか？」

「いいや」サラは子供が産めなかったし、子供の身に起きる恐ろしいことをウィルは知りすぎていた。「マーシーと家族のあいだには、まだずいぶんとわだかまりがあるみたいだな」

「そう思うか？」デイヴは残りのビールを一気飲みした。缶を握りつぶし、空き缶の山に加えた。「人里離れたこの山で暮らすのは大変だ。孤立していて、たいしてすることもない。お高くとまった金持ちの女どもは、おれが痩せこけたケツに手を出すのを待っているし、パパからはこき使われる。決まった場所にタオルがないからといって、納屋に連れていかれてケツから火が出るくらい叩かれるんだ」

デイヴはただ愚痴を言っているわけではなかった。虐待された子供のオリンピックで金メダルを取ろうとしている。「ひどかったようだな」

「地獄だったよ」デイヴが応じた。「おまえもおれも、辛いことが終わるまでただ待つしかないって身に染みて知っているんだ。違うか？　そいつらもいずれは疲れるからな」

ウィルは炎を見つめた。デイヴの言葉はきわどいところをついていた。

「だからおれたちは嘘をつく」デイヴが言った。「普通の人間にこんな話をしても、理解できないんだ」

ウィルは炎から目を離さなかった。話題を変えるための言葉が見つからない。

「おまえが経験したことすべてを彼女に話したのか？」

ウィルは首を振ったが、それはまったく真実とは言えない。サラには一部を話してあったが、すべてを話すつもりはこれからもなかった。

「どんな感じだ？」デイヴはウィルが彼に目を向けるのを待った。「おまえの妻は普通なんだろう？　どういう感じなんだ？」

ウィルはここにサラを巻きこむつもりはなかった。

「おれは普通の女とは無理だな。マーシーは傷ついていた。そういう女であれば、どうすればいいのかはわかっていた。だが、キャンプ・ファイヤー・ガール？　学校の教師？　いったいどうすればうまくいくんだ？」

ウィルは再び首を振ったが、実を言えば、最初はサラと一緒にいるのは簡単ではなかった。策略があるのではないか、感情を操作しようとしているのではないかと考えるのをやめられなかった。彼を切り裂く剃刀として使うために秘密をほじくり出すのではなく、彼女が自分の話に耳を傾けて、理解しようとしていることが受け入れられなかった。

「彼女はすごくいかしてるな。そいつは確かだ。だがおれは、あんなに隙のない人間はだめだ。彼女は屁《へ》をこくのか？」

ウィルは思わず笑わずにはいられなかったが、答えることはなかった。

「紳士でいなきゃならないだろう？」デイヴは煙草の箱に手を伸ばした。「そういうところもそそられないな。おれは、髪をつかんだときにどんな悲鳴をあげればいいのかわかっている女がいい」

ウィルは缶ビールを飲むふりをした。彼の言葉を聞いて、バチェラーコテージの近くの岸に引き戻された。マーシーの髪がどんなふうに水面に広がっていたのか。体のまわりで血が染料のように渦巻いていたこと。彼女がウィルのシャツの襟をつかみ、助けを呼びに行こうとする彼を引き留めたこと。

ジョン。

ウィルは両手を地面に当てて、自分を支えた。「昨日はどうしてトレイルまでおれを捜しにきたんだ？」

デイヴは肩をすくめ、別のライターはないかとポケットを探った。「わからん。ばかなことをしたんだろうが、いま考えてみても理由はわからない」

「いまもおまえを恨んでいるのかって訊いたな」

「で？」

「おまえが逃げ出したあと、一度もおまえを思い出したことはない」

「そいつはよかった。おれもおまえのことは一度も考えなかったからな」

「正直に言えば、これっきりまたおまえを忘れるだろうな」ウィルは様子をうかがった。「おまえがマーシーにしたこと以外は」

デイヴはすぐには反応しなかった。ライターを使った。ついた火に煙草の先端を近づけた。ウィルに向かって煙を吐き出した。

彼が訊いた。「おれをつけていたのか？」

マーシーが死ぬ前、ウィルはデイヴを一度見かけただけだった。彼はループ・トレイルでウィルを待っていた。ウィルは十数えるあいだに消えろと言った。「おまえが尻尾を巻いてすごすご逃げたあとのことか？」

「おれは逃げてなんかいないぞ、ばか野郎。あの場からいなくなることにしただけだ」

ウィルはなにも言わなかったが、デイヴが彼から逃げ出し、その後マーシーに怒りをぶつけたというのは筋が通ると思った。

「くそ、おまえはおれをつけていたんだな、惨めったらしいくず野郎め。マーシーがだれにも言わないことはわかっているんだ。いろいろ問題のある女だが、口は軽くない」

彼がいまも現在形でマーシーのことを語っていることにウィルは気づいた。「それは確かか？」

「ああ、そうだ」デイヴは煙を吐いた。不安になっている。「おまえはなにを見たと思っている？」

首を絞めたことが心配なのだろうとウィルは考えた。「おまえが彼女の首を絞めたのを見た」

「あいつは気を失わなかった」それが弁明になるとでも言いたげだった。「木に倒れこんで、地面にケツから落ちた。おれはなにもしていない。あいつの脚から力が抜けたんだ。それだけだ」

ウィルは正直に話せと言う代わりに彼を見つめた。

「いいか、おまえがなにを見たと思っているのか知らないが、あれはおれとあいつの問題だ」デイヴは振りあげた手を腰に当てた。煙草の先端をはじいて、灰を落とした。「なんだってそんなことを訊く？　まるで刑事みたいな口ぶりじゃないか」

彼に伝えるならいまだろうとウィルは判断した。「実はそうなんだ」

「おまえがなんだって？」

「ぼくはジョージア州捜査局の特別捜査官だ」

デイヴは口から煙を吐き出しながら笑った。やがて笑うのをやめて訊いた。「本当に？」

「そうだ。だから大学に行った。人を助けたかった。ぼくたちみたいな子供を。マーシーみたいな女性を」

「そいつはたわごとだ」デイヴは煙草をウィルに突きつけた。「おれたちみたいな子供を警察は助けてくれなかった。いまおまえがしていることを考えてみろよ。三時間ほど前に起きたプライベートの出来事をほじくり返している。マーシーは被害届を出したりはしない。おまえはおれの問題に首を突っ込もうとしているだけだ。それがおまえら警察官がすることなんだ」

ウィルは携帯電話の縁に触れるまで、怪我をしたほうの手を地面の上でゆっくりと移動させた。「そのとおりだ。マーシーは被害届を出していない。彼女の首を絞めたことでおれはおまえを逮捕できない」

「そういうことだ」

「だがおまえが妻への虐待を認めるなら、喜んで告白を聞こうじゃないか」

デイヴはまた笑った。「やれるものならやってみろよ」

ウィルは親指を使って携帯電話の横のボタンをダブルクリックして、録音アプリを起動した。「デイヴ・マッカルパイン、きみには黙秘権がある。きみの言葉、もしくは行動は、裁判においてきみに不利な証拠として使われることがある」

デイヴはさらに笑った。「そうか、おれは黙秘する」

「きみには弁護士を雇う権利がある」

「そんな金はない」

「きみが弁護士を雇えない場合、裁判所が弁護士をつける」

「裁判所はおれのでかいちんぽをしゃぶってりゃいいんだよ」

「そういった権利を聞いたうえで、きみは話をするつもりがあるか？」

「ああ、そうだな、天気の話でもするか。雨はすぐにやんだが、このあとまた降るぞ。児童養護施設時代の懐かしい話はどうだ。おまえが大学で相手にしていた締まりのいいあそこの話でもいいぞ。あのきれいな口に突っ込んでいればいいものを、なんだっておまえは昔仲間のデイヴのまわりをうろついている？」

「ぼくはおまえが今日の午後、トレイルでマーシーの首を絞めたことを知っている」

「だからなんだ？　マーシーは痛めつけられたくなることがあるのさ。だからといってあいつがおれを訴えるようなことは絶対にない」デイヴは自信たっぷりだった。「おれのことに首を突っ込むのはやめるんだな。でないと、おれがどういう人間になったのかを思い知ることになるぞ」

　デイヴがDVを認めただけでは不十分だ。もっとはっきりした言葉が必要だった。「今夜なにがあったのかを話せ」

「今夜？」

「どこにいた？」

　デイヴは煙草を吸ったが、その態度はどこか違っていた。警察官から話を聞かれたことは何度もあったから、アリバイを訊かれる意味はわかっていた。

「どこにいたんだ、デイヴ？」

「なぜだ？　今夜なにがあった？」

「おまえが話せ」

「くそ」デイヴは煙草を思い切り吸った。「なにか悪いことが起きたんだな？　おまえはただのぼんくらみたいにこのあたりをうろついていたわけじゃない。なにがあった？　国家犯罪なんだろう？　麻薬の取引が失敗した？　密売人を追っているのか？」

ウィルはなにも答えなかった。

「だからくそったれのビスケットじゃなくておまえなんだな」デイヴはフィルターまで煙草を吸った。「くそ、ふざけんなよ」

ウィルはやはり無言だった。

「どうするつもりだ？　おれを連れていこうっていうのか？　片手で？　おれが妻の首を絞めるのを見たとかいうたわごとを理由に？」

「マーシーはもうおまえの妻じゃない」

「うるさい、くそ野郎。マーシーはおれのものだ。おれはなんだってやりたいことをあいつにしていいんだ」

「彼女になにをしたんだ、デイヴ？」

「おまえの知ったこっちゃない。くだらない話はやめろ」デイヴは火のなかに煙草をはじき飛ばした。パックからビールを取ろうとはしなかった。膝の上に手を置こうとはしなかった。ボーニングナイフが手の届くところにくるように、うしろにもたれて丸太に肘をのせた。

今度のその動きは、明らかに意図的だった。

デイヴはそうではないふりをしようとした。「その口をつぐんでさっさと帰れ」

「ぼくと一緒に帰るのはどうだ？」

デイヴは再び鼻を鳴らした。腕で鼻を拭ったが、ボーニングナイフにさらに近づくための時間稼ぎにすぎなかった。

ウィルは怪我をした手の焼けるような痛みを無視して、こぶしを作った。ベイトナイフの柄が見えるように、反対の手でズボンの裾をまくりあげた。

デイヴはなにも言わなかった。早く始めたくてたまらないというように、ただ唇をなめただけだ。ループ・トレイルでウィルを見かけたその瞬間から、彼はこうなることを待っていた。実を言えば、ウィルも待っていたのかもしれない。

ふたりは同時に立ちあがった。

ナイフを使った喧嘩で人が犯す最初の過ちは、ナイフを気にしすぎることだ。それは当然だろう。刺されるのはとても痛い。腹を刺されれば、あの世行きの秒読みが始まりかねない。心臓をひと突きされれば、さらにそれが短くなる。

ナイフを使った喧嘩でのふたつ目の過ちは、たいていの人間がそのほかの喧嘩でも犯す過ちだ。フェアであると思いこんでしまう。少なくとも、相手が正々堂々と戦うだろうと考えるのだ。

デイヴはナイフを使った喧嘩には慣れていた。ふたつの過ちのことはよくわかっている。彼はボーニングナイフを体の前に構え、もう一方の手でうしろのポケットから飛び出しナイフを取り出した。彼の考えははっきりしていた。一方のナイフでウィルの気を逸らしているあいだに、もうひとつのナイフを突き立てようというのだ。

幸いにも、ウィルも考えていることがあった。デイヴの一番の関心事がベイトナイフであることはわかっていた。怪我をしている手のことはまったく考えていない。ウィルがその手で土を握っていることに気づいていなかった。ウィルが彼の顔にその土を投げつけたとき、ひどく驚いたのはそのせいだ。

「くそ！」デイヴはよろめいてあとずさった。ボーニングナイフを取り落としたが、体が記憶していたから利き手が動きを止めることはなかった。

ボタンひとつで刃が出てくる飛び出しナイフだと言っていたナディーンは間違っていた。デイヴが手にしていたのはバタフライナイフだ。これは凶器であると同時に、誇示するためのものでもある。二本の金属の柄が長く鋭い刃を貝のようにはさんでいる。片手で開く際には、手首を素早く8の字形に動かす必要があった。セーフハンドル（ナイフの刃がついていないほうのハンドル）を握り、バイトハンドル（ナイフがついているほうのハンドル）をこぶしに向かって振る。それから手首を回転させ、バイトハンドルを再び振りあげて元の位置にもどせば、手のなかに刃渡り十五センチのナイフが現れるというわけだ。

ウィルはナイフに興味を示すことはなかった。

片脚を引き、爪先が金属のブーツをデイヴの股間にめりこませた。

二〇一四年一月十六日

愛しいジョン

あなたを取り戻してから三年になる。離れて暮らしていた時間より、一緒に過ごす時間のほうがもうすぐ長くなるっていうこと。最後に手紙を書いてからずいぶんたつけれど、一年に一度だけのことだって思っていたほうが気持ちが楽かもしれない。一月はいつもわたしの人生がひっくり返る月みたいだから、余計に。一月十六日を選んだのは、その日をあなたの〝やったねの日〟だって考えているから。本当のことを言うと、これはディライラ伯母さんが使っていた言葉なの。伯母さんはたくさん犬を飼っているんだけれど、その犬たちの本当の誕生日はだれにもわからない。でも、その犬と一緒に暮らし始めた日を、おばさんは〝やったねの日〟って呼んでいる。だから三年前の今日はあなたの〝やったねの日〟。一緒に暮らすためにあなたを山に連れていった日。そうすれば、二十四時間あなたの母親でいられるから。

あなたを野良犬と一緒にしているわけじゃないけれど、こんなことを考えたのは、今朝はディライラが恋しかったから。ばかなことを言っているのはわかっている。そもそもあなたをわたしから奪ったのはディライラなんだし、あなたを取り戻すためにわたしは必死で戦わなきゃいけなかったんだから。でも困った事態になったとき、わたしが頼りにするのはいつもディライラだった。

実を言うと、酒やクスリのことを考えなかった日は一日もないんだけれど、そんなときはあなたやあなたと一緒に暮らすことを考えて、手は出さなかった。なのに、休暇中にあなたの父親と問題が起きて、気がつけばわたしは酒屋にいてジャックのボトルを買っていた。家に帰るまで待つことすらできなかった。駐車場で封を切って、ほんの数口でほぼ全部飲み干した。面白いことに、飲んでしばらくは味すら感じないんだね。ただかっと熱くなって、それから頭がくらくらした。長いあいだ飲んでいなかったからすぐに全部吐いたのは恥ずかしいことじゃない。

なにか嫌なことが起きて、いろんな形で酒を飲んだことはあったけれど、今回はそういうわけじゃなかった。ボトルはゴミ箱に捨てた。長いあいだ車に座って、なんでこんなことになったのかを考えた。

ひとことで言えば、あなたの父親にもう少しで殺されるところだった。大晦日《おおみそか》に彼は大勢とパーティーをして、覚醒剤をうんと吸っていた。前にもそんなことはしていたけれど、今回のクスリはたちの悪いやつだったんだと思う。彼は悪魔に取りつかれたみたいになって、ものすごく怖かった。トレーラーを荒らしてめちゃくちゃにしたから、わたしは彼を怒鳴りつけた。そんなことするべきじゃなかったんだろうけれど、でもわたしもすごく疲れていたんだ。

あなたの父親は悪い人じゃないけれど、悪いことをする。ポケットにいくらかお金が入っていたら、賭けをするか毎日パーティーをするかで全部使ってしまう。そして、それを止めなかったわたしを責めるの。そして、わたしが耐えられなくなって隠してあったお金を渡すまで、ぶつぶつと文句を言い続ける。それが食べ物を買うためのお金であれ、電気代を払うためのお金であれ、関係なかった。でも最悪だったのはそのことじゃない。彼は、浮気までしていた。

前にも浮気はしていたけれど、今度の相手はわたしの同僚だった。わたしが友だちだって考えていた人。ギャビーみたいな友だちじゃないけれど、話をしたり、一緒に過ごしたりする友だち。自分たちはすごく頭がいいと思っていたのか、わたしのすぐ目の前でこそこそやっていたけれど、なにかおかしいってわたしはわかっていた。黙っていたのは、あなたの父親はわたしを傷つけるためにやっているだけだってわかっていたから。いままでにもあったことだけれど、彼が浮気をして、そのあとで戻ってきてくれってわたしに懇願して、そしてわたしが戻ったとたんにまた浮気をするという同じ流れに、今回は耐えられそうにない。

今回彼がしたのはこういうこと。わたしが掃除の仕事を割り当てられているモーテルの部屋をわざわざ選んで、彼女とやっていた。彼はビールを出すたびに、家の冷蔵庫に貼ってあるわたしのスケジュールを見ていた。だから知っていたんだってわかっている。彼女の名前もそこに載っていたから、彼女も知っていた。わたしがタオルとシーツを抱えてその部屋に入っていくと、ふたりは派手にセックスしていた。わたしがカンカンに怒ることをあなたの父親が期待していたのはわかっていたけれど、わたしは怒らなかった。なにも言葉が見つからなかった。どうでもいいことみたいに、わたしがあとずさりしてその部屋から出てドアを閉めたとき、彼は見たことがないくらいショックを受けた顔をしていた。

実際に、どうでもよかった。

浮気は前にもあったって言ったけれど、今回初めて事情が変わったことに気づいた。変わったっていうのは、わたしの内側のこと。あなたも大きくなればわかるだろうけれど、振り返ってみてパターンに気づくってことがあるの。あなたの父親の場合、浮気をする、わたしが気づく、激しい口論があって、殴り倒されて、それからわたしが出ていくなんて考えないように、彼が優しくなるっていうのがパターンだった。今回は、口論と殴るところを飛ばして、彼はすぐに優しくなった。ゴミを出し、床に落ちた自分の服を拾い、寒くないように、朝にわたしの車のエンジンをかけておいてくれたりもした。あなたに歌を歌っているところを見かけたこともあって、すごくいい光景だったけれど、わたしが部屋を出たとたんに歌はやんでいた。

つまり、わたしは彼の望んでいた反応——彼の足元にひざまずいて、行かないでと懇願する——を示さなかったの。あなたの父親の内側がどうしてあれほど壊れているのかは知らないし、説明するのは難しいけれど、彼がなにより望むのは、まわりの人が必死になって彼にしがみつくこと。

そしてその人たちが彼にしがみつくと、彼はその人たちを憎む。

今回わたしが前に進めているのは、あなたとふたりで一月の終わりまでにあの荒れ果てたトレーラーを出ていくと決めたから。でもこそこそとやるつもりはない。こそこそするのはあなたの父親のやり方。たくさん考えたけれど、荷造りをして彼が留守のあいだに出ていくのではなくて、彼にはっきりそう言うのが正しいことだって心を決めた。とはいえ、同じ町で暮らしているわけだから、本当に彼から逃げられるっていうわけじゃない。それに、あなたがいる。わたしはこれ以上彼のそばにいるのが耐えられないけれど、それでもデイヴはあなたの父親だから、彼にどんなひどいことをされたとしても、あなたから彼を奪うつもりはない。

出ていくわたしはひどい女だって彼はあなたに言うだろうけれど、わたしはそんなつもりはなかった。礼儀は守りたかった。だから彼にビールを持っていったし、ソファに一緒に座ったし、大切な話があるから聞いてほしいって言った。

町のアパートの話をするまで、彼は黙っていた。それを聞いて初めて、現実だってわかったんだと思う。いまから思えば、わたしがお金についてすべてを話していなかったことに気づいたのも、そのときだったんだと思う。保証金はいくらなのか、家具付きなのか、車はどこに止めるのか、あなたの部屋はあるのか、そんなことを彼は訊いた。あなたとわたしにとって安全であることを確かめたいんだって、ばかだったわたしは考えた。いつでも好きなときにあなたに会いにきていいって、彼に言った。あなたにとって彼は大切な人だって、あなたの人生に父親がいてほしいって、二度か三度繰り返した。この手紙でも同じことを言っているように、それは本当のこと。

次に彼が知りたがったのは、養育費とかそういうことについてだけれど、正直言ってわたしはなにも考えていなかった。デイヴにお金を出させることのできる判事は、この世にはいない。たとえ愛する人のためでも、彼は一セント銅貨を手放すよりは刑務所行きかお墓に入るほうを選ぶだろうね。その愛する人があなたであっても。ともあれ彼はそのあいだずっと落ち着いていて、煙草を吸ったり、うなずいたり、お酒を飲んだりしていて、いくつか質問をする以外は黙っていた。そしてわたしが口をつぐむと、話は終わりかかって聞いた。そうだってわたしは言った。彼は煙草を消した。そして彼は怒り狂った。

嘘をつくつもりはない。彼に痛めつけられるのは覚悟していたから、殴られるのはわかっていた。わたしを痛めつけるとき、あなたの父親はあまり独創的なやり方はしないけれど、あの夜はこれまで一度もしていないことをふたつした。ひとつはナイフを取り出したこと。もうひとつはわたしの首を絞めたこと。

ここまで読み返してみると、彼がわたしにナイフを使おうとしていたように聞こえるね。でもそうじゃなかった。彼は自分に使おうとした。これ以上彼と結婚していたくないことは確かだったけれど、あなたの父親に死んでほしくもなかった。とりわけ、自分の手では。とっくの昔に神さまなんて信じなくなっていたけれど、神さまが自分で自分の命を奪った人間を許さないことは知っていたし、あなたの父親を永遠の地獄に落としたくはなかった。

だからわたしは、彼の首から血が出るのを見て、うろたえた。床に膝をついて、そんなことをしないでほしいって懇願した。彼は、わたしを愛している、居場所があると感じさせてくれるのはこの世でわたしだけだ、児童養護施設でたくさんのものを失ったから、それを埋められるのはわたしだけだって何度も言った。

それが本当だったのかどうかはわからないけれど、彼がようやくナイフをコーヒーテーブルに置いたときには、わたしたちはどちらも大泣きしていた。長いあいだ、抱き合っていることしかできなかった。彼に自殺させないためなら、どんなことでも言ったと思う。愛している、絶対に彼から離れない、わたしたちはずっと家族だって何度も繰り返した。

それが終わったあと、感情を爆発させて疲れ果てたわたしたちは、どちらもソファに座りこんでぼんやりと壁を見つめていた。すると彼がこう言ったの。「おまえが出ていかなくてよかった」聞き流すことはできなかった。あの感情的な行為のあとでは、ここにはいられないことがますますはっきりしていたから。わたしはいつだって彼のそばにいるってわたしは言った。これからも彼を愛している、彼には幸せていてほしいって。

それだけ言って出ていかなかったのがわたしのミスだったんだといまは思うけれど、あのときは愚かにも、わたしも幸せになりたい、一緒にいるかぎりどちらも幸せになれないって言ってしまった。

あなたの父親があんなに素早い動きをするのを見たことはなかった。両手がわたしの首に巻きついていた。恐ろしかったのは、彼が声すら出していなかったこと。あんなに静かな彼は初めてだった。彼はただわたしを見つめているだけで、大きく目を見開いて首を絞めていた。わたしを殺したいんだって感じた。殺したって彼は思ったかもしれない。わたしは霊能者でもなんでもないし、その手のことを信じてるわけじゃないけれど、失神したあともわたしはなにが起きたのかを知っているって、聖書に誓ってもいい。

言葉にするのは難しいけれど、わたしは天井近くを漂っていて、なにをしてもきれいにならなかったあの汚らしい緑色の絨毯に倒れている自分を見おろしていた。おしっこを漏らしたみたいにズボンが濡れていたから、恥ずかしかったのを覚えている。お酒とクスリをやめてからは、もう長いあいだそんなことはなかったのに。とにかく、わたしが天井から眺めているあいだも、あなたの父親はわたしの首を絞め続けていた。それから乱暴にわたしを押しのけて立ちあがった。ドアから出ていこうとはせずに、わたしを見ていた。

見ていた。ずっと見ていた。

なによりショックだったのは彼の顔だった。なんの表情も浮かんでいなかったから。ほんの数分前には、彼は感情を全面に出して、泣きながら死んでやると訴えていたのに、いまは無になっていた。完全な無。彼という人間を本当に見たのはこれが初めてかもしれないって気づいた。泣いているデイヴ、笑っているデイヴ、ハイになっているデイヴ、怒っているデイヴ、わたしを愛しているふりをしているデイヴでさえも、本当の彼じゃなかった。

本当のデイヴは、内側が空っぽだった。

里親たちや彼にいたずらをした体育教師が彼からなにを奪ったのかはわからないけれど、その行為は彼の魂の奥深くまでえぐっていて、あとにはなにも残っていない。わたしの分も残っていないことは確か。正直なところ、あなたの分すら残っているかどうかわからない。

あなたには本当のことを言うけれど、そんな彼を見てわたしは動揺した。子供のころから息ができなくなることが怖かったけれど、それより動揺した。デイヴはほかになにを隠しているんだろうって考えた。

彼があなたの祖母のビティを深く愛していることは確かだけれど、わたしを本当に愛したことはあった？　気にかけてくれていた？　彼なりのやり方で、彼はその答えを出す時間をくれた。彼はわたしを片付けたあと、またバーで喧嘩をしたせいでいまは拘置所にいる。当然の報いだけれど、それでもわたしはまだ彼を心配している。あなたの父親のような男にとって、拘置所は厳しいところよ。彼には人を怒らせるという癖がある。あなたが真実を知りたいのなら言うけれど、わたしは彼が出てくるのが心底怖い。翅《はね》をむしり取ったばかりの蠅を見るような目でわたしを見おろしていた、あの空っぽの男が怖い。

だからわたしはあなたが心配なのよ、ベイビー。あなたがすることでわたしが許せないことはなにひとつないけれど、あなたの父親は自分でいることに満足していない。だれだって満足できないよね。彼はどこまでも空っぽで、それを埋められるのはほかの人の感情だけ。お酒をおごっているときや、町の重要人物でいるときは、それもいい。でも覚醒剤を吸っていたり、トレーラーをめちゃめちゃにしたりしているときはよくない。このまま死ぬんだと思うくらい強くわたしの首を絞めたときは、全然、よくない。彼の顔を見たら、彼が人生でたったひとつ楽しいと思うのは、自分の不幸を人に背負わすことだってわかった。

これは人間の暗い面の話だね。あなたは彼のそんな面を見ることはないかもしれない。見ないことを願うよ。地獄の入り口を見つめるようなものだから。あなたの父親は、わたしに対してはしたいと思ったことをなんだってするけれど、あなたに手をあげることは絶対にない。でもわたしも、自分の子供を父親に敵対させるような元妻にはならない。彼は悪人だとあなたが思うようになるとしたら、それはあなたが自分のその目でなにかを見てからだろうね。

そういうわけだから、あなたの父親のいいところを三つ数えあげて、この手紙を終わりにする。

ひとつ目、不愉快な話だってわかっているし、そうじゃないって最初から言っていたけれど、それでもあなたの父親はわたしの家族なの。あなたの伯父さんのフィッシュみたいとは言えないけれど、でもそれに近い存在。ほかでもないあなたには、そうじゃないとは言えない。

ふたつ目、彼はいまもわたしを笑わせることができる。たいしたことじゃないと思うかもしれないけれど、わたしはこれまでの人生で楽しかったことがあまりない。彼から離れるのがすごく難しいのはそれが理由なの。わたしとデイヴは最初はこんなふうじゃなかった。あなたの父親がわたしにとってすべてだったときがあった。パパに追いかけられたとき、わたしが逃げこむ先は彼だった。秘密を打ち明けたのは彼だった。喜ばせたいと思ったのは彼だった。彼はわたしよりずっと年上だったし、辛いことをたくさん経験してきていたから、わたしを理解してくれると感じていた。わたしが本当に彼を求めたことは一度もなかった。わたしはただ、彼にわたしを求めてほしかっただけ。でもあなたの父親を気の毒だとは思わないで。彼は自分の状況をわかっているし、それでいいと思っている。満足すらしている。あなたがそんなふうに、愛されるのではなくて、大目に見てもらっているといった状況にならないことを願っているこの話はここまで。

三つ目、あの事故のとき、あなたの父親がわたしの命を助けてくれた。ドラマみたいに聞こえるのはわかっているけれど、彼は本当にわたしを助けてくれたの。病院にお見舞いに来た。わたしの手を握った。それが本当じゃないってどちらもわかっていたけれど、わたしはまだきれいだって言った。それも本当じゃないってどちらもわかっていたけれど、わたしのせいじゃないって言った。彼がそんなに優しい態度を見せる相手は、ほかにひとりだけだった。ビティだけ。あれ以来、あの優しいデイヴをわたしは追いかけていたんだと思う。とにかく、わたしの不幸のその部分をこれ以上掘り返したくはないから、あなたの父親はよりそってくれたとだけ言っておく。

彼についてあなたに知っておいてほしいのはこれくらい。とりわけ三つ目のこと。きっとそれが、わたしのなかの一部がこれからも彼を愛する理由。いつの日か、まず間違いなくわたしは彼に殺されるだろうけれど。

永遠に愛している
ママ

11

フェイス・ミッチェルは壁の時計を見つめた。

朝の5：54。

火のついた戦車さながら、疲労が突進してきていた。危機感を燃料にして地獄のような渋滞をくぐり抜け、ようやくここまでやって来たというのに、行き着いたディロン郡保安官事務所の待合室で急ブレーキをかけられた。

入り口のドアに鍵はかかっていなかったが、受付にはだれもいなかった。鍵のかかったガラスの仕切りをノックしても返事はなく、ベルを鳴らしてみてもだれも現れなかった。がらんとした駐車場にパトカーは駐まっていない。だれも電話に出ない。

百万回目くらいに、フェイスは壁の時計より二十二秒進んでいる腕時計を見た。椅子の上に立って、壁の時計の秒針を進めた。隅にある防犯カメラでだれかがその様子を見ていて、警察に通報してくれればいいのにと思った。

そううまくはいかなかった。

ダグラス・〝ビスケット〟・ハーツホーンは署で会おうと言ったが、それは二十三分前の話だ。その後は、何度電話をしてもメールをしても返事はない。ウィルの電話は電波の届かないところにあるか、充電切れのどちらからしい。サラのものは留守番電話になっていた。マッカルパイン・ファミリー・ロッジの電話にはだれも出ない。ホームページによれば、山をのぼることでしかロッジにはたどり着けないらしい。まるで、マリアがギターを持ってやってくる前のフォン・トラップ家の子供たちが受けていた罰のようだ。

　フェイスにできるのは、待合室をうろうろと歩くことだけだった。自分の仕事がなんなのかも、まだよくわかっていない。一度きりのウィルとの電話は、集中豪雨のせいで雑音が多かったが、悪い男が原因で悪いことが起きたのがわかるくらいの情報はもらえた。山にたどり着くまでのいつ終わるとも知れないドライブのあいだに、彼が送ってきたオーディオファイルを聞いていたが、そこから判断するかぎり、ウィルはこの事件に相当のめりこんでいるようだ。

　最初の録音は、『フルハウス』（アメリカのテレビドラマ）の最悪の回の内幕のようだった。ディライラが語っていたのはマーシー・マッカルパインの見下げ果てた親類、虐待する父親や冷酷な母親、変わり者の兄にそれ以上に変わり者の兄の友人についてだ。次に、厳密に言えば近親相姦《そうかん》ではないが、近親相姦でないとも言い切れないデイヴとマーシーの気持ちの悪い関係。しばしの間のあとで聞こえてきたビスケット保安官ののんびりした口調には、残酷に殺された女性と行方がわからなくなっている彼女の十代の息子についての懸念はかけらもなかった。すべてを聞いたうちで役にたちそうだと思えたのは唯一、マーシー・マッカルパインをどうやって発見したかというウィルの詳細な説明だけだった。そして、彼の手にナイフが刺さることになった経緯。

ふたつ目の録音は、『24-TWENTY FOUR-』（アメリカのテレビドラマ）のエピソードのようではあったが、あたかも守ると誓った憲法に実際に従うことを求められているジャック・バウアーのようだった。ウィルがデイヴ・マッカルパインにミランダ警告を読みあげるところから始まり、その後デイヴが妻の首を絞めたことを認め、しばしの膠着《こうちゃく》状態のあともみ合いになって――フェイスがパートナーのことを理解していれば――ウィルがデイヴの股間を激しく蹴りつけて、彼が勢いよく吐くところで終わっている。

最後の部分はあらかじめ警告しておいてほしかった。フェイスはミニクーパーのスピーカーからドルビーデジタルサラウンドで録音を聞いていた。真っ暗闇のなか、どこともしれない場所で渋滞につかまり、激しい雨に降りこめられていた彼女は、思わずえづいたのでドアを開けなくてはならなかった。

再び時計を見た。

5：55。

一分たった。もうそれほど待つことはないはずだ。フェイスはバッグを探って、トレイル・ミックス（レーズンやピーナッツなどをミックスした携帯食品）を取り出した。軽い二日酔いみたいに頭痛がした。ほんの数時間前には、大人としての行動をまったく期待されることもなく、いたって満足なひとときを過ごしていたのだから、それも当然と言えた。

携帯電話が妙な音をたてたとき、フェイスはシャワーを浴びながら冷たいビールを楽しんでいた。鳥の鳴き声のような音が三度、バスルームの洗面台の上で響いた。まず考えたのは、着信音で遊ぶほど二十二歳の息子は子供ではないということだ。次に脳裏に浮かんだことに、シャワーを浴びているにもかかわらず、全身から汗が噴き出した。二歳になる娘がいじっているうちに、電話の設定が変わったのかもしれない。わたしのデジタル生活はもう安全ではなくなった。恥ずかしい仮想世界が目の前に広がった。自撮り写真、いやらしいメッセージ、彼女がせがんだペニスの写真。フェイスはビールを取り落としそうになりながら、シャワーカーテンから飛び出した。

そのメッセージはひどく変わったものだったので、フェイスは文字を見たことがないかのように、画面をしげしげと見つめた。

緊急ＳＯＳ報告
犯罪
情報送付
緊急質問書
現在地

何度も繰り返し読んだ。最初に頭に浮かんだのは、軽率にも車でワシントンＤ．Ｃ．に向かっているジェレミーのことだ。軽率というのが、母親の意思に逆らってという意味であれば。次に、親しい友人のところに初めてお泊まりをしているエマのことを考えた。衛星電話からの返答をスクロールしながら、フェイスの心臓が喉元までせりあがってきたのはそれが理由だ。銃乱射事件から大惨事、テロ攻撃までありとあらゆる可能性を考えたが、実際に彼女が目にしたのはあまりにも予想外のものだったので、なにかのフィッシング詐欺だろうかと思ったほどだった。

ＧＢＩ特別捜査官ウィル・トレントが、殺人事件の捜査に緊急の支援を要請。

またばかげた仕事の夢を見ているのだろうかと、フェイスは鏡で自分の姿を確認した。二日前彼女は、ウィルとサラの結婚式で踊り倒した。ふたりはいま新婚旅行の最中だ。殺人が起きるはずがない。ましてや、捜査や支援を求める衛星通信なんて。ひどく混乱していたので、電話が鳴り始めたときには文字どおり飛びあがった。そして発信者が上司だとわかると、動揺した。夜中の一時十五分にビールを手にした裸の自分をバスルームの鏡に見ているときに話をしたい、まさにその相手だったからだ。

アマンダはほかの人間を気にかける普通の人間のように、今週は休暇なのにごめんなさいねなどと口にすることはなかった。ただ命令をくだしただけだ。

「十分以内にそこを出てちょうだい」

フェイスは返事をしようと口を開いたが、アマンダはすでに電話を切っていた。泡を洗い流し、洗濯機のまわりにできた汚れ物のエベレストから着られそうな仕事用の服を必死になって探す以外、彼女にできることはなかった。

そして五時間後、彼女はなにもしていなかった。

もう一度時計を見た。さらに一分がたっていた。

いましていたであろうことを考えた。たとえば洗濯。だって、シャツがにおっているから。シャワーを浴びながら、もう一本ビールを飲む。イン・シンク（アメリカの男性アイドルグループ）を思いっきり大音量で聞きながら、スパイスラックの中身を並べ直す。無差別殺人の弁明をすることなく、グランド・セフト・オートのゲームをする。いつもと違うベッドでエマが怖がらずに眠れているだろうかと心配しないようにする。いつもと違うベッドで眠ることをエマが気に入るのではないかと心配しないようにする。車でクワンティコに向かっているＦＢＩに入りたがっているジェレミーを心配しないようにする。彼を連れていっているのが、フェイスがベッドを共にしているＦＢＩ捜査官であることを心配しないようにする。彼とは八カ月も熱烈な関係が続いていながら、いまだにベッドを共にしている相手としか呼べないことを心配しないようにする。

それは、当面の問題にすぎなかった。フェイスは一週間の休暇を使って、いつもエマの面倒を見てくれている聖人のような母親にひと息いれてもらうつもりだった。そして、自分が母親であることを娘に思い出してもらおうと思っていた。テストの一夜漬けをするみたいに、休暇中のスケジュールをびっしり詰めこんでいた。フォーシーズンズでのアフタヌーンティーを予約し、フェイス・ペインティングと陶器の絵付けのレッスンに申しこみ、人形芸術センターのチケットを買い、植物園の子供向けオーディオツアーをダウンロードし、空中ブランコのレッスンを調べ、それから――

電話が再び鳴った。

「まったく」フェイスはだれもいない部屋のなかで叫んだ。いまは物思いにふけるのにふさわしいときではない。「ミッチェルです」

「どうして保安官事務所にいるの？」アマンダが訊いた。

フェイスは悪態をつきたくなるのをこらえた。アマンダが彼女の電話を追跡できるのが気に入らない。「ここで会おうって保安官に言われたんです」

「彼は容疑者と病院にいる」わかりきったことだと言わんばかりのアマンダの口ぶりだった。「通りの向かい側よ。なにをぐずぐずしているの？」

フェイスがなにか言おうとして口を開いたと同時に、アマンダがまた電話を切った。

鞄をつかんで、狭苦しい待合室を出た。雲がピンク色に染まっている。ようやく明るくなってきた。街灯が消えていく。朝の空気を深々と吸いこんでから、小さな繁華街を二分している鉄道線路に沿って進んだ。リッジヴィルは取り立てていうことのない町だ。ひとつのブロックを丸々占めている一九五〇年代に建てられた一階建ての小さなショッピングセンターには、アンティークショップやキャンドルストアといった観光客向けの店が並んでいた。

リッジヴィル病院は軽量コンクリートブロックとガラスでできた二階建てで、見えるかぎりで一番高い建物だった。駐車場はピックアップトラックやフェイスの息子よりも年上らしい車でいっぱいだ。入り口近くにパトカーが停まっていた。

「フェイス」

「ファック！」フェイスはひどく驚いたので、もう少しで鞄を取り落とすところだった。どこからともなくアマンダが現れた。

「言葉に気をつけなさい」アマンダが言った。「プロらしくない」

フェイスは、今後死ぬまでファックと口にするたびにこのことを思い出すだろうと考えた。

「どうしてこんなに長くかかったの？」

「事故で二時間も動けなかったんです。どうやってあそこを通ったんです？」

「どうしてあなたは通れなかったの？」

アマンダの電話が鳴った。彼女が画面に目を向けたので、頭頂部が見えた。白髪交じりの髪はぐるりと巻きあげられ、いつものごとくかっちりと完璧に整えられていた。スカートにも揃いのブレザーにも皺ひとつない。一日に千通は送られてくるであろうメッセージのひとつに返信する彼女の親指の動きは、速すぎてよく見えないほどだった。アマンダはGBIの副長官で、数百人の人員、十五の地域事務局、六つの麻薬取締事務所、ジョージア州にある百五十九の郡すべてで活動している半ダース以上の専門部署の責任者だった。

そういうわけだったから、フェイスは尋ねずにはいられなかった。「ここでなにをしているんです？　あたしが対処できるってわかってますよね？」

アマンダの電話は上着のポケットに収まった。「保安官の名前はダグラス・ハーツホーン。彼の父親は、四年前に脳卒中で引退するまで五十年間保安官を務めていた。息子がそのまま跡を継いだ。政府機関を嫌うのは父親譲りのようね。事件を引き受けると申し出たら、きっぱり断られた」

「彼はビスケットって呼ばれているんです」フェイスが言った。「いいことだわ。ミスター・ディンク（アメリカのアニメの登場人物）みたいにダグラスをなまって呼びたくなるから」

「わたしがそんな話を喜ぶような人間に見える？」

アマンダは、病院につかつかと入っていくような人間に見えた。フェイスは彼女のあとを追って待合室に入ったが、そこは苦痛に満ちていた。椅子はすべて埋まっている。人々は壁にもたれて、自分の名前が呼ばれることを無言で祈っていた。早朝に子供たちを連れて救急外来を訪れたときのことが蘇った。ジェレミーは熱が出るまでわめき続けるような赤ん坊だった。幸いなことに、エマはウィルがサラと出会ったころに生まれた。小児科医が親しい友人だというのはいいことだ。

フェイスはふと思い出して訊いた。「サラはどこです？」

「彼女ならいつもどおりウィルと一緒よ」

答えになっていなかったが、フェイスはこれ以上ことを荒立てるつもりはなかった。それに、関係者以外立ち入り禁止と書かれているにもかかわらず、アマンダはすでに奥へと続くドアを開けていた。

そこに待っていたのはさらなる苦痛だった。患者が乗ったストレッチャーが廊下に並んでいたが、看護師も医師も見当たらない。おそらく、病室がある閉じたカーテンの向こう側にいるのだろう。心臓モニターと人工呼吸器の端切れのいい音に混じって、アマンダのキトン・ヒール（女性用の細くとがったヒール）がラミネートタイルを打つ音が聞こえた。フェイスは、アマンダがまだ暗い時間帯に二時間も車を飛ばして、彼女の給与等級にはまったく見合わない、すでに解決している殺人事件のために田舎の町までやってきた理由を黙って考えていた。それどころか、フェイスのささやかな給与等級にすら見合わない。ＧＢＩが介入するのは捜査が行き詰まったときだけで、その場合ですら要請を受ける必要があった。だがそのつもりはないとビスケットは言明している。

アマンダはだれもいないナースステーションで足を止め、ベルを鳴らした。うめき声と機械の音に紛れたベルの音は、かろうじて聞き取れる程度でしかなかった。

フェイスは訊いた。「本当にどうしてここにいるんです？」

アマンダはまた電話を取り出した。「ウィルは新婚旅行中なのよ。この件で台無しにさせたくない」

わたしはどうなんです？　とフェイスは泣き言を言いたくなるのをこらえた。アマンダとウィルにはひそかなつながりがある。アトランタ警察の警察官だったころ、巡回中にゴミ箱《トラッシユキャン》のなかにいた赤ん坊のウィルを見つけたのが彼女だ。アマンダの見えない手がずっと彼を導いてくれていたことを、つい最近までウィルはまったく知らなかった。箇条書き以上の事実をフェイスは知りたくてたまらなかったが、どちらも個人的な秘密を明かそうとはしなかったし、サラはいらだたしくなるくらい夫に忠実だった。

アマンダは電話から顔をあげた。「デイヴが犯人で異存はない？」

疑う余地はないように思えたから、フェイスは考えもしなかった。「彼はマーシーの首を絞めたことを認めています。アリバイはなかった。長年のDVを伯母が証言している。森に隠れていた。逮捕に抵抗した。十秒の男意気と三十秒の嘔吐を抵抗と呼ぶとしたらですけれど」

「家族は奇妙なほど彼女の死に動揺していない」

つまりアマンダもウィルのオーディオファイルを聞いたわけだ。車のなかでいやというほど聞いたので、フェイスはディライラの台詞の一部を暗記してしまっていた。「伯母はお金という動機があると言っています。マーシーの兄のことを、女性のパンティを収集する連続殺人犯のような引きこもりと言っていました。自分の弟は虐待するろくでなしで、その妻は冷淡。実際にマーシーが背中を刺される数時間前に、背中にナイフを突き立ててやるって、ビティが脅かしたそうです」

「ディライラは五番コテージの露出狂たちのことも言っていたわね」

そこの部分はもう少し詳しく知りたかったが、それはフェイスがディライラと同じくらい詮索好きだったからにすぎない。「チャックは話をしたがっているようです。彼はマーシーの兄と親しい。なにか秘密を知っているかもしれません。それから、ロッジを買おうとしているろくでもない金持ち」

「彼らに話を聞くのは無理ね。何人もの弁護士をつけるだろうから」アマンダが言った。

「ロッジには何人の客がいるの？」

「わかりません。ホームページには、一度に最大で二十人って書いてありましたけれど。戸外で汗を流すのが好きなら、あそこは素晴らしいところでしょうね。宿泊費は見つけられませんでしたけれど、多分すごく高いんだと思います。ウィルはあそこに一年分の給料を注ぎこんだんじゃないかな」

「それが彼を関わらせたくないもうひとつの理由よ。デイヴの尋問はあなたに任せたい。彼は救急車でここに運ばれたの。精巣捻転の可能性をサラが排除したがったから」

笑いごとではないとわかっていたが、それでもフェイスは少しだけ愉快だと思った。

「報告書には、それはどんなコードを使えばいいですかね？　八八？」

アマンダはフェイスの横を通り過ぎていった。フェイスは、廊下の突き当たりにサラがいることに気づいた。また、状況を尋ね損ねたようだ。サラは半袖のTシャツにカーゴパンツという格好だった。髪は頭頂部でまとめられていた。フェイスの腕をぎゅっとつかんだ彼女は疲れて見えた。

「フェイス、あなたを巻きこんでしまって本当にごめんなさい。この一週間はエマと過ごす予定にしていたのに」

「あの子なら大丈夫」フェイスが言った。幼児は予期せぬ変更にも動じないものだ。「ウィルはどこ？」

「バスルームで体を洗っている。縫合の前にベタジンの希薄溶液に手を漬けさせた。刃は神経には当たっていなかったけれど、やっぱり感染が心配なの」

「デイヴは？」アマンダが訊いた。

「副睾丸《こうがん》が蹴りの衝撃をまともに受けたんです。副睾丸というのは睾丸の後方にあるコイル状の管で、精子は射精の際にそこを通ります」

アマンダはいらだった顔になった。彼女は医学的な話を嫌う。「ドクター・リントン、わかるように言って」

「彼の睾丸は裏側が傷ついています。休息、挙上、冷却が必要ですが、一週間ほどでよくなるはずです」

デイヴを尋問するのは自分ということになっていたから、フェイスは尋ねた。「いま、鎮痛剤を与えられている？」

「医者がタイレノールを出したわ。わたしが決めることじゃないけれど、わたしならトラマドールと腫れにはイブプロフェン、あとはなにか吐き気に効くものを処方するわね。精索は睾丸から鼠径《そけい》管を通って腹部に入り、そこから膀胱の裏側に戻って前立腺で尿道につながって、最後は尿道がペニスに通じているの。つまりデイヴは、恐ろしい外傷を負ったというわけ。でも――」サラは肩をすくめた。「ウィルをバタフライナイフで脅した報いよね」

さらなる刑事罰を与えられる可能性に気づいて、フェイスは訊いた。「そのナイフはどこ？」

「ウィルが保安官に渡した」彼女がなにを考えているのか、サラにはわかっていた。「刃渡りは三十センチ以下だったから、合法よ」

アマンダが言った。「攻撃に使う意図があって隠し持っていたなら、話は別」

フェイスが反論した。「それは軽犯罪にすぎない。でも殺人と結びつけられれば――」

「ドクター・リントン」アマンダが遮った。「いまデイヴはどこに？」

「経過観察のために、ひと晩入院することになりました。保安官が一緒にいます。それからデイヴは、前部に血の手形がついたシャツを着ていました。保安官は服とそのほかの持ち物を証拠として押収しています。また、デイヴの胴と首に残っていた引っ掻き傷の写真も撮っているはずです。地元の監察医はナディーン・マウシーと言って、マーシーの解剖をすでにＧＢＩに正式に要請しています」サラは腕時計を見た。「ナディーンがまもなくコテージからマーシーの遺体を運んでくるはずです。下の遺体安置所で八時に会おうと言われています」

アマンダが言った。「第八区を監督しているＳＡＣに、本部への遺体の搬送を監視する必要があると伝えておいた」

「わたしは手を引くべきだということですか？」

「あなたの意見は絶対に必要？」

「それはつまり、被害者を現場で見ている有資格検死官が、予備検査の際に専門家として
の意見を言うべきかという意味ですか？」

「あなたは、質問に質問で答える癖がついたわね」

「そうですか？」

アマンダの表情は読み取れなかった。厳密に言えば彼女はサラの上司に当たるが、サラ
はいつも同僚のような態度で彼女に接していた。ウィルがいるから、いま彼女はある意味
サラの義理の母親だとも言えるが、そうでないとも言えた。

気まずい雰囲気を破ったのはフェイスだった。「ほかに知っておくべきことはある？」

サラが答えた。「現場にバックパックがあった。マーシーのものだってディライラが確
認した。幸いなことに、ナイロン生地は耐火処理が施されていたの。中身が興味深いのよ。

化粧品と服、それからノートが一冊入っていた」

突然、フェイスのやる気にスイッチが入った。「どんなノート？」

「コンポジション・ノート。子供が学校に持っていくようなノートよ」

「読んだの？」

「ぐっしょり濡れていたから、鑑識で処理してもらわないといけないの。わたしはマーシ

ーがどこに行くつもりだったのかに興味がある。真夜中だったのよ。その日の夜には、大勢の人の前で息子と激しくやりあった。どうして出ていこうとしたのか。どこに行くつもりだったのか。なぜ湖にやってきたのか。マーシーが家族と距離を置きたかったのなら、空いているコテージはたくさんあるってナディーンが言っていた」

「いくつあるの？」フェイスは訊いた。

「いくつあろうとどうでもいい」アマンダが口をはさんだ。「デイヴに自白させることに集中しなさい。そうすれば、早く終わるんだから。そうよね、ドクター・リントン？」

「とりあえず、デイヴに関することは」サラはまた腕時計を見た。「そろそろディライラが着いたころだわ。わたしたち、ジョンを探しに行きます」

アマンダが訊いた。「それは、新婚旅行でするのにふさわしいことかしら？」

「はい」

アマンダはしばらくサラを見つめていたが、やがて向きを変えて歩きだした。「フェイス？」

フェイスはその言葉を引きあげる合図だと受け取った。こぶしをサラと打ち合わせてから、小走りにアマンダを追った。アマンダに言った。「母親を亡くしたばかりのティーンエイジャーの行方がわからなくなっているのに、サラが放っておくわけがありません」

「ジェレミーは十六歳のときには、自分の面倒は自分で見られた」

ジェレミーは十六歳のときチーズを食べすぎて、フェイスが医者に連れていかなければならなかったことがあった。「ティーンエイジャーの男の子は、あなたが思うほど立ち直りは早くありません」

アマンダはエレベーターを避け、階段を使った。口を固く結んでいる。その年頃だったウィルのことを考えているのだろうかとフェイスはいぶかったが、アマンダの頭のなかをのぞこうとしても無駄だと思い出した。そこで、デイヴの尋問に意識を集中させることにした。

州間高速道路で足止めされているあいだ、フェイスはその時間を利用してデイヴィッド・ハロルド・マッカルパインの犯罪歴を調べた。少年時の記録は封印されていたが、成人後の逮捕歴は山ほどあって、そのどれもが妻に手をあげる薬物依存者が犯しがちな犯罪だった。バーでの喧嘩から自動車泥棒、粉ミルクの万引き、飲酒運転、ＤＶまで、彼は様々な理由で拘置所を出たり入ったりしていた。処分保留になっている容疑もごくわずかだがあって、興味深くはあったが驚きはしなかった。

アマンダや自分自身の母親同様、フェイスもアトランタ警察のパトロール警官としてキャリアをスタートさせた。犯罪記録の行間の読み方はわかっている。ＤＶ容疑を起訴できなかったことが何度もあった理由は明らかだ――マーシーが証言を拒否したのだ。そのほかの犯罪でも深刻な結果になっていないのは、拘置所からさっさと出ていくために、あるいは刑務所に行かずにすむようにするために、仲間を見境なく密告していたのだろう。

驚かなかったのはそういうわけだ。妻を殴る男の多くは、驚くくらい卑怯で臆病だ。

アマンダは階段をあがりきったところにあるドアを押し開けた。数秒後、フェイスが続いた。廊下の照明は落としてある。エレベーターの向かいのナースステーションにはだれもいなかった。フェイスは、患者の名前と担当の看護師が記されている壁のボードを見た。病室は十部屋あって、どれも埋まっていたが、看護師はひとりしかいない。

「デイヴ・マッカルパイン」フェイスが読みあげた。「八号室。こんなことってあるかしら？」

エレベーターのドアが開き、ふたりは揃って振り返った。ウィルは格子縞《こうしじま》のボタンダウンシャツに、彼の長い脚には短すぎる手術着のズボンをはいていた。ブーツの上から黒いソックスがのぞいている。包帯を巻いた右手を胸に押しつけていた。首と顔に小さな引っ掻き傷があった。

アマンダはいつものごとく、彼女なりの温かい言葉をかけた。「どうしてスカ・バンドの外科医みたいな格好をしているの？」

「デイヴがぼくのズボンに吐いたんです」ウィルが答えた。

「それはそれは」フェイスは、ハイタッチはあとに取っておくことにした。「タマを膀胱にめりこませたってサラから聞いたよ」

アマンダは小さくため息をついた。「この事件の捜査をわたしたちが支援することを認めるように保安官に言ってくるわ」

「幸運を祈りますよ」ウィルが言った。「彼は、自分の事件だという主張は譲りませんでしたからね」

「自分の郡での不法就労者や児童就労法違反について、詳しく調べられたくないという点も譲らないでしょうね」

フェイスは遠ざかるアマンダを見送ったが、この朝は見送ってばかりだ。ウィルに訊いた。「尋問はあたしがするんだけれど、なにか知っておくべきことはある?」

「彼の逮捕理由は暴行と公務執行妨害だ。殺人については触れないことにビスケットも同意している。ぼくが知るかぎり、死体が見つかったことをデイヴは知らない。彼が一番気にしているのは、昨日トレイルで彼がマーシーの首を絞めたのをぼくに見られたことだ」

「彼が女性の首を絞めているあいだ、あなたが突っ立ってそれを見ていたって彼は考えているわけ?」フェイスはだまされやすい容疑者が気に入った。「エマをクラウン・キャンプに間に合うように連れていけるかもしれないね」

「それはどうだろう。デイヴを過小評価しないほうがいい。やつは間抜けな田舎者の演技をするが、実は人を操るのがうまくて、ずる賢くて、残酷だ」

フェイスは、ウィルが伝えようとしていることがなかなか理解できずにいた。「彼の記録はくだらない犯罪ばかりよ。自動車泥棒で郡の留置場にほんの短期間入れられたのが一番重い刑。そのうえ判事は通勤刑にしたのよ」

「あいつは密告者なんだ」

「それよ、あたしが言いたいのは。密告者は犯罪の黒幕にはならないものだし、あなたがずる賢いっていうわりには、何度も捕まっている。あたしはなにを見落としているの?」

「ぼくが彼を知っているという事実だ」ウィルは包帯を巻いた手を見おろした。「デイヴとぼくは同じ児童養護施設にいた。ぼくが十三歳のときに、彼は脱走した。ここに逃げてきたんだ。古いキャンプ場があるんだよ。長い話になるが、デイヴはおそらくぼくたちはいろいろあったと言いだすだろうから、きみはそのつもりでいたほうがいい」

フェイスは眉毛を吊りあげすぎて、頭皮にめりこむのではないかという気がした。これで筋が通る。「ほかには?」

「ぼくは昔、彼にいじめられていた。殴られたりとかそういうことじゃないが、彼はろくでなしだった。ジャッカルってぼくらは呼んでいた」

いじめられているウィルをフェイスは想像できなかった。彼が大柄だという事実を差し置いても、年齢の差がある。「デイヴは四つもあなたより下なのに、どういうこと?」

「四つ下じゃない。どうしてそう思った?」

「彼の犯罪歴。あちこちに誕生日が書いてあるわ」

むかついているのか、ウィルは首を振った。「彼はふたつ下だ。マッカルパイン一家が年をごまかしたんだろう」

「どういうこと?」

「いまはなにもかもがデジタル化されているからそう簡単じゃないが、当時はすべての子供が有効な出生証明書を持っていたわけじゃなかった。里親は子供の年齢を変えるように裁判所に申し立てることができたんだ。子供が手に負えないときは、早く制度から追い出すために年を上にさばを読む。扱いやすい子だったり、特別給付金をもらっていたりするときは、金が長く手に入るように年を下にして申し立てるんだ」

　フェイスは気分が悪くなった。「特別給付金ってなに？」

「問題が多ければ、もらえる金も多くなる。子供に感情的な問題があったり、性的虐待を受けていたりしてセラピーが必要な場合、そこまで連れていかなくてはならないし、家では扱いが難しいかもしれない。だから政府がその労力に対して余計に金を払うんだ」

「なんてこと」フェイスは声がうわずるのをどうしようもなかった。ウィルがそんな目に遭っていたのかどうかフェイスは知らない。けれど考えただけで、ものすごく悲しくなった。「それじゃあデイヴは問題を抱えていたっていうこと？」

「小学校の体育の教師に性的虐待を受けていた。数年続いた」ウィルはさらりと言ったが、その内容は恐ろしいものだった。「彼はその話で同情を引こうとするだろう。彼に話をさせるといい。だが彼は、無力であることがどういうものかをわかっている。それを忘れてはいけない。そして挙句のはてに、何年も自分の妻を殴り、最後はレイプして殺すような男になったことを」

　フェイスはウィルの声に怒りを聞き取った。彼は本当にあの男を嫌っている。「あなたがデイヴと知り合いだってこと、アマンダは知っているの？」

　ウィルの顎に力がこもったのは、イエスという意味だ。それはまた、アマンダが二時間かけてここまで来た理由を理解するのに役立った。そして彼女ができるかぎりこの事件からウィルを遠ざけたがっている理由も。

一方のフェイスはまだ訊きたいことがあった。「デイヴはもう大人よ。マッカルパイン一家が問題のある子供をお金のために利用したんだったら、どうして彼はここに残っているの？」

ウィルはまた肩をすくめた。「逃げ出す前、デイヴは自殺未遂をして、精神科病院に送られた。一度その手の施設に入れられてしまうと、出るのは難しい。施設側からすると、子供の治療を続けていれば報奨金がもらえる。子供の側からすると、病院に閉じ込められたことに激怒して、自暴自棄になる。本末転倒だよ。デイヴは半年、閉じ込められた。里親のところに戻って一週間もしないうちに、逃げ出したんだ。マッカルパイン家に問題はあるが、助けられたと彼が感じたのは理解できる。養子縁組していなければ、彼は間違いなくアトランタに連れ戻されていただろう」

いまは泣かずにいられるように、フェイスは聞いたことをすべて心の奥にしまった。

「十三歳の男の子は自分が十一歳じゃないってわかっている。判事が訊いたはずよね」

「彼は卑劣だって言っただろう。いつだってくだらないことで嘘をついていた。自分が持っていないものを持っている人間に嫉妬して、盗んだり壊したりした。いつも物の数を数えているような子供だったよ。たとえば昼食のとき、きみがフライドポテトを多くもらったら、彼は夕食で多めにもらわなきゃいけないみたいな」

そういうタイプなら知っていた。子供時代の話をするのがウィルにとってどれほど辛いことなのかもわかっていた。「フライドポテトはおいしいよね」

「ぼくは腹が減ったよ」

フェイスはチョコレートバーがあったはずだと、鞄を探った。「ナッツが入っているものが欲しいんじゃない？」

スニッカーズを渡すとウィルはにやりと笑った。「ところで、サラはデイヴが犯人だと完全に信じているわけじゃない」

新しい情報だった。「わかった。あなたは？」

「もちろん確信している。だがサラの直感はよく当たるんだ。だから」ウィルはチョコレートバーの包装紙を歯で破った。「生きているマーシーの最後の目撃者は、十時半前後に七番コテージの外で彼女を見ている」

フェイスはノートとペンを取り出した。「時系列に沿って話して」

ウィルはすでにスニッカーズの半分を口に押しこんでいた。二度嚙んで飲みこみ、それから話し始めた。「サラとぼくは湖に行った。水に入る前に腕時計を見た。十一時六分だった。最初の悲鳴を聞いたのは十一時三十分くらいだったと思う」

「遠ぼえみたいだった？」

「そうだ。どの方向から聞こえたのかはわからなかったが、おそらく母屋のほうだろうと思った。ほとんどのコテージもそっちのほうにあるからね。サラとぼくはしばらく一緒に進んだが、やがて分かれて、ぼくはより直線的なルートを取った。森のなかを走った。でもやがて、ばかみたいな気がして足を止めた。山のなかで遠ぼえを聞いて、森を走っているのがばからしくなった。サラを探しに行こうと思った。二度目の悲鳴を聞いたのはそのときだ。おおざっぱに見積もって、遠ぼえと二度目の悲鳴は十分くらい間隔があったと思う」

フェイスは再びメモを取った。「マーシーが〝助けて！〟って叫んだのね」

「そうだ。それから〝お願い！〟と叫んだ。二度目と三度目の悲鳴の間隔はもっと短かった。一、二秒かもしれない。だがどちらも湖のそばのバチェラーコテージのほうから聞こえてきたのは確かだ」

「バチェラーコテージ」フェイスはその名称をメモした。「あなたたちが泳いでいたあたり？」

「いいや。ぼくたちは反対側の端にいた。ザ・シャローズって呼ばれているあたりだ。湖はすごく大きい。きみは地図を手に入れたほうがいい。ザ・シャローズが一方の端で、もう一方の端にはバチェラーコテージが建っている。母屋やコテージはそのどちらよりも高いところにあるから、ぼくは丘の片側からのぼって反対側からおりた形になる」

確かに地図を見る必要がありそうだ。「二番目と三番目の悲鳴からマーシーを見つけるまでは、どれくらいかかったの？」

ウィルは首を振って肩をすくめた。「よくわからない。ぼくは興奮していたし、真夜中に森のなかにいたわけだから、転ばないように注意する必要があったんだ。時間は気にしていなかった。十分くらいかな？」

「母屋のあるあたりからバチェラーコテージまではどれくらいかかるの？」

「監察医に犯行現場を見せるため、ぼくたちはトレイルのひとつをたどってみた。約二十分かかった。でもぼくたちはひとかたまりになって歩いていたし、道から逸れることはなかった」ウィルはまた肩をすくめた。「だから十分くらいかな」

「全部十分だって言うつもり？」

ウィルは三度目に肩をすくめた。「マーシーの死亡を宣言したとき、サラはぼくの腕時計を見た。ちょうど十二時だった」

フェイスはそれを書き留めた。「つまり、建物から遠ぼえが聞こえてから水中のマーシーを見つけるまでは、およそ二十分。でも、遠ぼえの地点から死んだ地点までマーシーが行くのに、十分必要だったということね」

「女性を殺してコテージに火をつけるのに、十分あれば充分だ。とりわけ、あらかじめ計画してあったなら」ウィルが言った。「それから湖に沿って古いキャンプ場まで戻り、あとは地元の保安官が捜査をしくじるのを待てばいい」

「遠ぼえした人間は悲鳴をあげた人間と同じなの？」

ウィルは考えてみた。「ああ。声のトーンが同じだった。それに、ほかにだれがいる？」

「わたしたちは結局、ストップウォッチを持って敷地全体を走りまわることになるんじゃないの？」

「間違いない」

彼はいささかも問題視していないようだ。「それで、サラはどうしてデイヴじゃないって考えているの？」

「ぼくが最後にデイヴを見かけたのは、午後三時ごろだった。サラはそれから約四時間後にマーシーと話をしている。そのとき、マーシーの首の痣を見ているんだ。デイヴに首を絞められたとマーシーは言った。だがそれよりも、彼女は家族のほうを気にしていたらしい。ロッジの売却を阻止しようとしていたからだろう。マーシーはデイヴの心配はしていなかった。それどころか、山にいるだれもが彼女の死を願っていると言ったんだ」

「客も含めて？」

　ウィルは肩をすくめた。

「それって――」フェイスは先走りするまいとした。現実世界の密室ミステリを解決してみたいと常々思っていたのだ。「人里離れた場所に閉じ込められた、限られた数の容疑者。それってまるで『スクービー・ドゥー（アメリカのアニメ。ホラー・コメディ）』みたい」

「夕食の席には六人の家族がいた――パパとビティ、マーシーとクリストファー、ディライラ、それにチャックもそこに加えていいと思う。ジョンは最初のコースの前にひどく酔っぱらってやってきて、マーシーを怒鳴りつけた。それから客だが、ぼくとサラ、ランドリーとゴードン、ドリューとケイシャ、フランクとモニカだ。あと、投資家たち――シドニーとマックス。ぼくたち全員が、長いテーブルに座っていた」

フェイスはノートから顔をあげた。「テーブルには枝付き燭台があった?」

ウィルはうなずいた。「料理人とバーテンダーがひとりずつ、それからウェイターがふたり」

「『そして誰もいなくなった』」

ウィルは残りのスニッカーズを口に放りこんだ。「気をつけろ」

アマンダがこちらに近づいてくるところだった。そのうしろを保安官がついてくる。ビスケットは、録音の声からフェイスが想像していたとおりの容貌だった。小太りで、彼女より少なくとも十歳は年上で、IQはいくつか少なそうだ。締まりのない顔に浮かんだ表情は、彼がアマンダとの交渉の第三段階に達したことを物語っていた。怒りと受容を飛び越して、不機嫌に直行している。

「フェイス・ミッチェル特別捜査官」アマンダが紹介した。「こちらはダグラス・ハーツホーン保安官。わたしたちが捜査を引き継ぐことに喜んで同意してくれたわ」

ビスケットは少しも喜んでいるように見えなかった。激怒しているように見える。彼はフェイスに言った。「あんたがデイヴと話をするときは、おれも同席する」

フェイスはだれにもいてほしくなかったが、アマンダがなにも言わなかったので選択の余地はないことを悟った。「保安官、容疑者は犯罪についてなにか喋ったの?」

ビスケットは首を振った。「なにも」

「弁護士を要求した？」

「いいや。やつはあんたになにも言わないだろうし、そもそも自白なんて必要ないんだ。やつをぶちこむ証拠は揃っている。シャツについた血。引っ掻き傷。暴力の前歴。好んでナイフを使うこと。いつもうしろのポケットにナイフを入れているんだ」

フェイスは尋ねた。「バタフライナイフとは別に、彼はいつもなにかを携行していた？」

ビスケットは明らかにその質問が気に入らなかったらしい。「そいつは地元の問題だ。こっちで処理する」

フェイスは笑顔で言った。「八号室に一緒に行ってもらえるかしら？」

ビスケットは腕を大きく振って、〝お先にどうぞ〟のジェスチャーをした。フェイスは先に立って廊下を進み始めたが。彼は汗とアフターシェーブのにおいがわかるくらいすぐうしろをついてきた。

ビスケットが言った。「いいか、お嬢さん、あんたが命令に従っているだけだっていうのはわかっているが、理解してもらわなきゃならないことがある」

フェイスは足を止めて振り返った。「なにかしら？」

「あんたはＧＢＩの捜査官だ。教室からまっすぐ会議室に直行したってことだ。現場の警察の仕事がどんなもんか、あんたは知らない。この手の殺人事件は、本物の警察官の仕事なんだ。おれは二十年前から、あいつらのうちのどいつがくたばって、どいつがしょっぴかれるかはわかっていたね」

フェイスはアトランタ市警殺人捜査課に自分の居場所を手に入れる前、十年間をパトロール警官として過ごしてこなかったふりをした。「教えてほしいわ」

「マッカルパイン一家はいい家族だが、マーシーは昔から手に負えなかった。しょっちゅうトラブルを起こしていた。アルコールにクスリ。片っ端から男と寝る。十五歳になったときには妊娠していた」

フェイスも十五歳で妊娠したが、こう言った。「まあ」

「まったくだ。デイヴの人生が台無しになったよ。ジョンが生まれたあとは、かわいそうにあいつはまっとうに生きられなかった。拘置所を出たり入ったりだ。いつも問題を起こしていた。マーシーがはらむ前から、デイヴは自分のなかの悪と戦っていたんだ。里親にひどい目に遭わされた。教師に性的虐待をされた。あいつが自分の頭を吹き飛ばさなかったのは奇跡だよ」

「そうみたいね。彼と殺人の話をしに行きましょうか？」

フェイスは彼の返事を待たなかった。ドアを開けた先は小さな前室になっていた。右側にバスルーム。シンクとキャビネットが左側にある。明かりは消されていた。テレビの音がかすかに聞こえた。部屋は常習的に煙草を吸う人間のすえたにおいがした。シンクのなかに服がまとめて置かれていた。カウンターの上に〝証拠〟と書かれた空の紙袋があった。保安官は手袋を用意しておきながら、容疑者の持ち物を書き留めて袋に入れるという作業をしていなかった。煙草の箱、中身がいっぱいのマジックテープの財布、リップクリーム、アンドロイドの携帯電話。

　フェイスが明かりをつけると、デイヴ・マッカルパインはテレビの音を消した。逮捕されたことも、病室にふたりの警察官がいることもなんとも思っていないようだ。片手を頭の上にあげて、ベッドにゆったりともたれていた。左手首はベッドの手すりに手錠でつながれている。病衣がずれて片方の肩がのぞいていた。下半身はシーツに覆われていたが、センターステージにあがった『マジック・マイク』（男性ストリッパーが主人公のアメリカ映画）のように腰が持ちあがっていたから、枕の上に座っているのだろう。

　ビスケットが、ウィルの録音を聞いて想像していたとおりの男だったとしたら、デイヴ・マッカルパインはその反対だった。フェイスは、シャーロック・ホームズの宿敵モリアーティとワイリー・コヨーテ（ワーナー・ブラザースのアニメに登場するキャラクター）のあいだのどこかで、彼のことを想像していた。実物の彼はハンサムだったが、盛りを過ぎた高校のプロムのキングのようだった。おそらく町のすべての女性と寝ていて、借りているトレーラーで二万ドルのいかさま賭博をしていたかもしれない。つまり、まさにフェイスのタイプだった。

「だれだ？」デイヴはビスケットに聞いた。

「フェイス・ミッチェル特別捜査官」フェイスはさっと札入れを開いて、身分証明書を見せた。「ジョージア州捜査局の一員よ。ここには――」

「あんたは実物のほうがかわいいな」デイヴはフェイスの証明書の写真に向かって顎をしゃくった。「あんたは髪が長いほうがいい」

「そうだな」ビスケットは首を伸ばして写真をのぞきこんだ。

フェイスは髪を剃りたい気持ちに抗いながら、札入れを閉じた。「ミスター・マッカルパイン、あたしのパートナーがすでにあなたの権利を読みあげたことは知っている」

「おれたちは古いダチだって、トラッシュキャンから聞いたのか？」

フェイスは舌の先を嚙んだ。前にもウィルがその名前で呼ばれるのを聞いたことはある。だが何度聞いても不快さは減らなかった。

「トレント特別捜査官から、あなたたちが児童養護施設で一緒だったのは聞いている」

デイヴは頰を舌で膨らませながら彼女を眺めた。「なんだってＧＢＩがこれに興味を持つんだ？」

フェイスは質問で答えた。「こ
れってなにかしら？」

彼は煙草を吸う人間特有のしゃがれた笑い声をあげた。「まだマーシーと話してないのか？　あいつがおれを密告するはずがないんだ」

フェイスは彼に話をさせようとした。「あなたは、彼女の首を絞めたと認めた」

「証明してみろ。トラッシュキャンが目撃者だ。あいつは昔からおれを嫌っていた。おれの弁護士があいつを証言台に立たせるまで待つんだな」

フェイスは壁にもたれた。「マーシーのことを聞かせて」

「どんなことだ？」

「彼女は妊娠したとき十五歳だった。あなたはいくつだったの？」

デイヴの視線がさっとビスケットに向けられ、それからフェイスに戻ってきた。「十八だ。出生証明書で確かめてくれ」

「どの証明書のこと?」計算が合わなかったから、フェイスは訊いた。十五歳の少女を妊娠させたときデイヴは二十歳で、それはつまり法廷レイプを意味する。「いまはすべてがデジタル化されているって知っているでしょう? 古い記録も全部クラウドにあがっているの」

デイヴは不安そうに胸を掻いた。病衣がさらに肩からずり落ちた。彼が掻いたあたりに深い傷痕があるのが見えた。

デイヴが言った。「ビスケット、看護師を呼んできてくれ。鎮痛剤が欲しいんだ。タマが燃えているみたいだ」

ビスケットは当惑したようだ。「おれにいてほしいんだと思っていた」

「そうじゃなくなった」

ビスケットは怒ったように大きく息を吐いてから、部屋を出ていった。

フェイスはドアが閉まるのを待った。「地元の保安官を顎で使えるのは便利でしょうね」

「そうだな」デイヴはシーツの下に手を入れた。歯の隙間から息を吐きながらアイスパックを引っ張り出すと、ベッド脇のテーブルに置いた。「なにが訊きたいんだ、ダーリン?」

「あなたが話して」

「ゆうべなにがあったのか、おれはなにも知らない」デイヴは病衣を肩の上まで引っ張りあげた。「あんたがおれをここから出してくれたら、おれが調べられる。おれは顔が広いんだ。ＧＢＩが首を突っ込むくらいでかいことが起きているなら――それだけの価値はあると思うね」

「なにをする価値？」

「そうだな、たとえばこのいまいましい手錠をはずすとか」デイヴはベッドの手すりにつながれた手錠をがちゃがちゃ言わせた。「それから、いくらか金を払うのはどうだ。まずは千っていうところかな。大物を捕まえられたらもっともらう」

フェイスは訊いた。「マーシーはどうなの？」

「くそ。マーシーはロッジの外のことはなにも知らないし、どっちにしろあんたには話さないさ」

彼の言葉遣いがましになったことにフェイスは気づいた。ばかげた田舎なまりがなくなっている。「首を絞められたら、話すのは難しいんじゃないかしら」

「そういうことなのか？　マーシーは病院にいるのか？」

「どうして彼女が病院にいるわけ？」

デイヴは歯を鳴らした。「だからあんたはここに来たのか？　トラッシュキャンはトレイルでおれを見たあと、激怒したってことか？　おれはマーシーを倒れたその場に残してきただけだ。午後三時ごろだった。トラッシュキャンに聞いてくれ。証言してくれる」

「マーシーの首を絞めたあと、なにがあったの？」

「なにも。あいつは大丈夫だ。失せろっておれに言ったくらいだ。あいつはそういう口のきき方をするんだよ。いつだっておれを怒らせるんだ。だがおれはあいつを放っておいた。戻らなかった。そのあとなにがあったにしろ、マーシーが自分でしたことだ」

「彼女になにがあったと思うの？」

「知ったこっちゃないね。トレイルを戻るときに転んだんじゃないか。前にもそんなことがあった。つまずいて森のなかで顔から転んだんだ。丸太にひどく首をぶつけて、食道を傷つけた。腫れてきたのが数時間後で、あいつは息ができないって言って、自分で車を運転して救急病院に行ったよ。医者に訊くといい。カルテが残っているはずだ」

フェイスは、彼がもっとうまい話を思いつけなかったことに驚いた。「いつの話？」

「しばらく前だ。ジョンはまだ小さかった。あいつと離婚する直前だよ。大げさだったってマーシーは言うさ。ちゃんと息はできたんだ。ただパニックを起こしただけさ。喉がいくらか腫れているって医者は言った。さっきも言ったとおり、あいつは激しく丸太に首をぶつけたんだ。事故だった。おれには一切関係ない」デイヴは肩をすくめた。「また同じことが起きたんだとしたら、それはマーシーのせいだ。彼女と話をしろよ。同じことを言うはずだから」

フェイスは戸惑った。彼を過小評価するなとウィルに警告されたが、いまの話はまったく狡猾《こうかつ》でもずる賢くもない。「マーシーをトレイルに残して、あなたはどこに行ったの？」

「ビティにはおれを町まで連れて帰るだけの時間がなかったから、おれは古いキャンプ場まで歩いて、それから飲み始めた」

フェイスはどうするべきかを考えた。このままでは埒《らち》が明かない。戦術を変更する必要があった。「マーシーは死んだ」

「くそ」彼は笑った。「そうか」

「嘘じゃない。彼女は死んだの」

デイヴは長いあいだ彼女と見つめ合っていたが、やがて目を逸らした。彼の目に涙が浮かぶのをフェイスは見た。彼の手が口に当てられた。

「デイヴ？」

「い——」喉に言葉が引っかかった。「いつ？」

「ゆうべの十二時前後」

「彼女は——」デイヴはごくりと唾を飲んだ。「彼女は窒息したのか？」

フェイスは彼の横顔を見つめた。これが彼の狡猾なところだ。相当手ごわい。

デイヴが訊いた。「彼女はなにが起きているのかわかっていたのか？　自分が死にかけていることを？」

「ええ」フェイスは答えた。「あなたは彼女になにをしたの、デイヴ？」

「おれは——」声が喉でからんだ。「彼女の首を絞めた。おれのせいだ。強く絞めすぎたんだ。彼女は失神しそうになって、おれはぎりぎりのところで手を緩めたつもりだった

「——ああ、神さま」

フェイスは箱からティッシュペーパーを引っ張り出して、彼に渡した。

デイヴは洟をかんだ。「彼女は……苦しんだのか？」

フェイスは腕を組んだ。「なにが起きているのかはわかっていた」

「ああ、ファック！　ファック！　おれはなにをした？」デイヴは手で頭を抱えた。彼の声に合わせるように、手錠が手すりに当たって音をたてた。「マーシー・マック。おれはおまえになにをした？　あいつは窒息するのを怖がっていた。子供のころから、あいつはいつも息ができなくなる怖い夢を見ていたんだ」

ここからどう進めるべきだろうとフェイスは考えた。真実を小出しにする容疑者との長い交渉には慣れている。実際の犯行現場ではなく、その近くにいたと言ったり、犯行の一部は認めるがほかを否定したりする容疑者は珍しくなかった。

だが今回はまったく事情が違う。

「ジョン」デイヴは顔をあげてフェイスを見た。「おれがしたことをジョンは知っているのか？」

フェイスはうなずいた。

「くそ。ジョンは絶対におれを許さないだろう」デイヴは再び、手で顔を覆った。「彼女はおれに電話してきたんだ。山では電波が届かないから、かかっていたことに気づかなかった。あいつを救えたのに。ビティは知っているのか？　ビティに会わないと。説明しないと――」

「待って」フェイスが遮った。「いまの話。マーシーはいつ電話してきたの？」

「わからない。ビスケットがおれの電話を取りあげたときに、通知が来ているのが見えた。おれが丘をおりたときに読みこんだんだろう」

デイヴのアンドロイドは、ドア近くのシンクに置かれていた。フェイスはメモ帳の角《かど》を使って画面をオンにした。半ダース以上の通知が表示された。いずれも入電の時刻が記されていて、ひとつを除いて同じ内容だった。

不在着信　10：47ＰＭ――マーシー・マック
不在着信　11：10ＰＭ――マーシー・マック
不在着信　11：12ＰＭ――マーシー・マック
不在着信　11：14ＰＭ――マーシー・マック
不在着信　11：19ＰＭ――マーシー・マック
不在着信　11：22ＰＭ――マーシー・マック

フェイスは画面をスクロールして、最後の通知を表示させた。

ボイスメール　11：28ＰＭ――マーシー・マック

フェイスはノートを開いた。タイムラインを見た。

ウィルの概算によれば、マーシーはデイヴにボイスメールを残した二分後の11：30ＰＭに遠ぼえのような声をあげている。フェイスはノートをポケットに戻した。保安官の手袋をつけてから電話を手に取り、ベッド脇に戻った。

彼に訊いた。「あなたの電話は電波を拾えなかったのに、マーシーは拾えたの？」

「母屋周辺と食堂にはＷｉ－Ｆｉが飛んでいる。だがそれ以外は、山を半分ほどおりないと携帯電話は使えない」デイヴは涙を拭った。「聞いてもいいか？　彼女の声が聞きたい」

電話をハッキングするには令状が必要なはずだとフェイスは考えた。「パスワードは？」

「おれの〝やったねの日〟だ。〇八〇四九二」

フェイスはその番号をタップした。ロックが解除された。ボイスメールのアイコンの上で、いらだたしいことに指が震えていた。メッセージを録音するため、再生する前に自分の電話を取り出した。ようやく再生ボタンを押したときには、手袋のなかの手は汗ばんでいた。

「デイヴ！」半狂乱といってもいいほどのマーシーの声だった。「デイヴ！　ああ、どうしよう、どこにいるの？　お願い、お願いだから電話して。信じられない――ああ、神さま、わたしには――お願いだから電話して。お願い。あなたが必要なの。わたしのためになにかしてくれたことは一度もないってわかっているけれど、でもいまは本当にあなたが必要なの。あなたの助けがいるのよ、ベイビー。お願いだから電話――」

マーシーが電話機を胸に押しつけたのか、音がよく聞こえなくなった。彼女の声は聞いていて胸が張り裂けるようだった。フェイスは喉になにかがつまった気がした。マーシーはあまりにも孤独だった。

「おれは応えてやれなかった」デイヴがぼそりと言った。「おれを必要としていたのに、応えてやれなかった」

フェイスはメッセージの下のプログレスバーを見た。あと七秒残っている。バーが徐々に短くなっていくのを見ながら、マーシーの弱々しい声に耳を澄ました。

「ここでなにをしているの？」

マーシーの声が変わった――怒り、恐怖。

「やめて！　デイヴがじきにここに来る。なにがあったのか、彼に話したから。彼はいま――」

そこで終わりだった。バーが終了を示していた。

「なにがあった？」デイヴが訊いた。「マーシーはなにがあったのか話したのか？　ほかにメッセージは？　メールは？」

フェイスは電話を見つめた。ほかにメッセージはない。ほかにメールはない。時刻の表示がある通知とマーシーの最後の言葉だけだ。

「頼む。これがどういう意味なのか教えてくれ」

フェイスはディライラがウィルに言ったことを考えた。お金の動機。彼女のろくでなしの弟。意地の悪い義理の妹。連続殺人の雰囲気があるマーシーの兄。彼の気味悪い友人。客。料理人。バーテンダー。ふたりのウェイター。密室ミステリ。

フェイスはデイヴに言った。「あなたは彼女を殺していないという意味よ」

12

サラは病院の奥にある荷物搬入口の端に立ち、土砂降りの雨を見つめていた。ジョンの捜索は徒労に終わった。彼の学校、デイヴが暮らしているトレーラー・パーク、ティーンエイジャーだったころディライラが行っていたというたまり場を捜した。ロッジに戻り、古い宿泊小屋を調べ始めたところで、黒い雲が広がってきた。雨が降り始める前に、ジョンが暖かくて乾いた避難所を見つけていることを祈るしかなかった。彼女もディライラも、雨だからといって捜索を中止するつもりはなかったが、視界が悪くなり、雷鳴が空気を震わせ始めたところで、町に戻ろうと決めた。ふたりのどちらかが、もしくは両方とも雷に打たれて死んだりすれば、ジョンのためにはならない。

サラの携帯電話の天気予報アプリによれば、雨はあと二時間はやまないらしい。雨の勢いは衰えることがなく、小川の水は土手を越え、排水路はあふれ、町の道路を川に変えた。ディライラは動物たちに餌をやるために家に帰ったが、町に戻ってこられるかどうかはわからない。

サラは腕時計を見た。じきにマーシーの準備ができるはずだ。生きている患者がまだ大勢いるので、最低でもあと一時間はかかると病院の放射線技師に言われていた。ナディーンはエアコンの修理に呼び出され、遺体にはビスケットが付き添っている。サラは交代を申し出たが、断られたときにはほっとした。検死をするのに、心の準備が必要だった。解剖台に横たわるマーシー・マッカルパインを想像すると、覚えのある恐怖が襲ってきた。

サラは以前、故郷の小さな町で監察医を務めていた。地元の病院の地下にあった遺体安置所は、ディロン郡の監察医が使っているものとよく似ていた。当時の被害者たちは、サラの個人的な知り合いではないにしろ、見知らぬ他人というわけでもなかった。小さな町はそんなものだ。だれもが互いと知り合いか、もしくは知っているだれかを知っている。監察医の仕事はとてつもなく責任が大きいと同時に、深い悲しみを伴うものだった。国のために働くようになって、サラは被害者と個人的なつながりがあるのがどういうものかを忘れていた。

数時間前、サラはキッチンの奥のバスルームでマーシーの傷ついた指を縫った。彼女は疲れ切って、打ちのめされているように見えた。息子と言い争ったことを気にしていた。彼女は家族たちとのあいだで起きていることに苦しんでいた。最後に彼女の脳裏に浮かんだのは元夫だった。フェイスがつかんだ事実を考えれば、納得がいく。この世で自分が最後にしたことが、虐待されてきた元夫のアリバイを作る結果になったことを知ったら、マーシーはどう感じただろうとサラは考えた。

「きみは正しかった」

「そうね」サラはウィルを振り返った。彼の表情を見れば、間違いを犯した自分を責めているのがわかる。追い打ちをかけるつもりはなかった。「だからといってなにも変わらないわ。あなたはそれでもデイヴを見つけなきゃいけなかった。彼は明らかに一番怪しい容疑者だったもの。すべての条件を満たしていた」

「その点については、きみはアマンダよりずっと優しいよ」ウィルが言った。「ロッジへの連絡道路は冠水している。川の水位がさがるまで、車の通行はできない。泥のなかでも進めるようなオフロードカーが必要だ」

サラは彼の声にいらだちを聞き取った。ウィルはなにもしないでいるのを嫌う。奥歯を嚙みしめているせいで、顎の骨が突き出ていた。彼は、きれいな包帯を巻き直した手を胸元に引き寄せた。心臓より上にあげているとずきずきとうずくのはましになるが、それでも彼はタイレノールより強い薬を飲もうとはしなかったから、このあとも痛みに苦しめられるだろう。

サラは訊いた。「手はどう？」

「ましだ」ウィルは答えたが、こわばった肩はそうでないことを教えていた。「フェイスがスニッカーズをくれた」

サラはウィルの腕に自分の腕をからめた。シャツの下の銃に手が触れた。彼は完全に仕事に戻ったということだ。次の展開が、サラにはわかっていた。「どうやってロッジに戻るつもり？」

「現場事務所がオフロードバギーを持ってきてくれるのを待っているんだ。それが、あそこにたどり着ける唯一の方法だ」

サラは、これまでに診たオフロードバギーの事故による外傷性脳損傷の患者を思い出すまいとした。「ロッジの電話とインターネットはまだ使えるの？」

「いまのところは。念のため、衛星電話を用意してもらっている。だが、全員があそこに閉じ込められているのは幸いだ。まだだれもデイヴにアリバイがあることを知らない。マーシーを殺したのがだれにせよ、逃げおおせたと思っているだろう」

「全員っていうのは？」

「まずフランク。なぜかは知らないが、食堂のキッチンにある電話の応対を自ら引き受けた。ドリューとケイシャは嵐が来る前に出ていけなかった。当然、面白くないだろうな。アプリ男たちは帰るつもりはないようだ。モニカは酔いをさますために寝ているらしい。チャックと家族はまだあそこにいる。ディライラは別だ。料理人とふたりのウェイターは、いつもの時間の今朝六時にやってきた。バーテンダーは十二時にならないと来ない。掃除も彼女の仕事だから、空いているコテージの乱れたままのベッドについて彼女から話を聞くつもりだ。オフロードバギーを待っているあいだに、フェイスが彼女を探しに行った。町外れに住んでいるらしい」

フェイスが逃げ出したことを聞いてもサラは驚かなかった。彼女は解剖が嫌いだ。「あなたは一緒に行かなかったのね？」

「ここに残って、身元調査をしろとアマンダに言われた」

「そのことをどう思っているの？」

「きみが考えているとおりさ」ウィルは肩をすくめたが、いらだっているのがよくわかった。彼は自分だけなにもせずにいることを嫌がる。「鑑識はデイヴについてなんて？」

「彼のシャツの前部についていた染みの推定試験は、人間のものじゃないという結果だった。あのにおいからして、魚をさばいたときにシャツで手を拭いたんだと思う。胸の引っ掻き傷は、マーシーを襲ったときのものじゃないかしら。彼女の首を絞めたことは認めているし。彼女は抵抗したはずよ。首の傷は自分でつけたものだって言っている。蚊に刺されたんですって。嘘かどうか知るすべはないから、そういうことにしておくしかないわね。彼を勾留しておけるの？」

「逮捕に抵抗したこととナイフでぼくを脅したことで、告発はできる。だが昔のことを理由にぼくが彼に狙いをつけて暴力を過剰行使したと言って、ぼくを非難してくるかもしれない。相互確証破壊というやつだ。彼はいつでも好きなときにここを出ていけるよ」ウィルは軽く言ったが、いまの状況に不満があるのはわかっていた。「今回もまた、デイヴは無傷で切り抜けるだろうってことだ」

「慰めになるかどうかはわからないけれど、いま彼が歩くのはとても難しいと思うわ」

ウィルは慰められたようには見えなかった。じっと雨を見つめている。さほど待つこともなく、なにを思い悩んでいるのかを語り始めた。「ぼくたちがこの件に巻きこまれたことが、アマンダは不満なんだ」

「わたしも不満よ」サラは認めた。「でも、選択肢はなかった」

「家に帰ってもいい」

ウィルがサラの顔を見つめているのは、気持ちがぐらついている兆候を探しているのだとわかっていた。

サラは言った。「ジョンの行方はまだわからないし、あなたは許すっていうマーシーの言葉を彼に伝えるって約束した」

「そのとおりだ。だがジョンはいずれ姿を見せるだろうし、フェイスはすでにこの件に熱心に取り組んでいる」

「彼女は前から密室ミステリを解決したがっていたのよ」

ウィルはうなずいたが、それ以上なにも言わなかった。サラが決めるのを待っている。自分たちの結婚の方向性を決めるのがいまなのだとサラは感じた。彼女の夫は、大きすぎるほどの力を彼女の手に握らせようとしている。サラはそれを濫用するような妻になりたくなかった。「とりあえず今日を乗り切って、明日どうするかはふたりで決めましょう」

ウィルはうなずいた。「どうしてデイヴじゃないと思ったのか、教えてくれないか」

これといった理由があったわけではなかった。「夕食のとき、マーシーに対する家族の態度を見て——わからない。いま思えば、全員が彼女を目の敵《かたき》にしていたみたい。彼女が殺されたって聞いたときも、動揺していないようだった。それに、客のなかにも彼女に恨みを抱いている人間がいるみたいなことをマーシーは言っていた」

「どの客のことを言っていたんだと思う？」

「ランドリーが偽名を使っていたのは妙だけれど、悪意があったのかどうかはわからない。わたしたちは仕事のことで嘘をついたわよね。世の中には嘘をつきたいから嘘をつく人もいる」

「チャックの苗字はわからないんだよね？」

サラはうなずいた。チャックの話はできるだけしたくない。

「ドリューとケイシャが尋問を拒否すると言いだす前、彼が口にしたことがあったんだ。ビティとセシルに向かって、〝ほかの事柄については忘れてくれ。ここで好きにしてくれていい〟みたいなことを言っていた」

「ほかの事柄って？」

「わからない。ぼくとは話さないとはっきり言われたからね」

サラには、ケイシャかドリューが人を殺すとは思えなかった。けれど殺人者とはそういうものだ。彼らは自分を見せようとはしない。「マーシーは一度刺されただけじゃない。複数の傷があった。典型的な過剰殺傷よ。犯人は彼女をとてもよく知っている人に違いないわ」

「ドリューとマーシャは前にもロッジに二度泊まったことがある」ウィルは肩をすくめた。

「夕食のとき、きれいなグラスが欲しいと言ってケイシャはマーシーを怒らせた」

「それで人を殺すとは考えにくいわ。でも、キレた女性の犯罪ドキュメンタリーはいくつもあるわね」

「警告と受け取っておくよ」ウィルは冗談を言ったが、すぐに真顔になった。「デイヴだと考えるのが一番納得がいくんだ。きみが違うと考えたのには、なにか理由があるはずだ」

「直感としか説明のしようがないわ。わたしのこれまでの経験からすると、ほんの短期間でも虐待されていた人間は、自分の命が危険にさらされているときはわかるみたいなの。わたしがマーシーと話したとき、彼女のレーダーにデイヴはまったく映っていなかった」

「彼の信用調査に意外な点はなかった。銀行口座は六十ドルのマイナス、クレジットカードは二枚が利用停止になっていて、トラックは差し押さえ、医療費の借金で首が回らない状態だよ」

「家族全員に医療費の借金があると思うわ」

「マーシーは別だ」ウィルが説明した。「ぼくが知るかぎり、彼女はクレジットカードを持ったことはないし、銀行口座も、車のローンもない。納税の申告をした記録もない。運転免許は持っていない。投票をしたことはない。携帯電話のアカウントを持っていないし、彼女名義の電話番号はない。フェイスブックやインスタやティックトックや、そのほかのソーシャルメディアのアカウントはない。ロッジのホームページにすら、彼女は載っていない。身元調査があてにならないことはままあるが、こんなのは初めてだ。彼女はデジタル社会の幽霊だよ」

「ひどい自動車事故に遭ったってディライラが言っていたわ。顔の傷はそのせいだって」

「犯罪歴はない。地元の保安官と家族ぐるみの付き合いなら、いろいろと便利なんだろうな」ウィルが言った。「というわけで、彼女の両親だ。セシル・マッカルパインとイモジェン・マッカルパイン。セシルの事故のあと、保険会社から莫大《ばくだい》な保険金が支払われている。ふたりとも社会保障の給付金を受け取っている。個人年金基金に約百万ドル、金融市場に約五十万ドル、インデックス・ファンドに約二十五万ドルある。クレジットカードの支払いは毎月滞りなく行われていて、目立った借金はない。兄の経済状態も良好だ。一年前に学生ローンを完済している。フィッシング・ライセンス、運転免許、二枚のクレジットカードを持っていて、銀行口座には二十万ドル入っている」

「驚いたわ。マーシーよりほんの数歳上なだけなのに」

「家賃と食費がないなら、金を貯めるのは簡単なんだろうと思うよ。だがマーシーも同じ境遇だったのに、どうして彼女はなにも持ってないいんだ?」

「意図的だったみたいね。お金を使って彼女を支配していたんじゃないかしら」マーシーが感じていた無力さを、サラは考えたくなかった。「バックパックに現金は入っていた?」

「服とノートだけだ」ウィルが答えた。「いま、放火捜査員が証拠として調べているが、その後は鑑識に引き渡される。ノートのビニールのカバーは溶けているし、中身は雨で濡れたんだ。慎重にやらないと、全部だめになってしまう。いまは待つしかないが、マーシーがなにを書いたのか、ぼくは知りたくてたまらないよ」

サラにもその気持ちはよくわかった。マーシーがバックパックにノートを入れたのは、理由があるはずだ。「彼女の電話は？」

「火事でだめになったが、デイヴの電話に残っていた履歴で彼女の番号がわかった。Ｖo ＩＰプロバイダーを使っていたよ。アカウントを調べるための令状を待っているところだ。おそらくプリペイドカードを使ったんだろう。カード番号がわかれば、なにかほかのことに使ったかどうかもわかるかもしれない」

閉じ込められたようなマーシーの人生について新たな事実が出てくるたびに、サラの不安は大きくなっていった。「ディライラについてなにかわかった？」

「自宅は持ち家だが、主な収入源はオンラインのキャンドル制作と家族信託から受け取っている給付金だ。信用スコアは悪くない。車のローンはもうすぐ完済だ。口座には三万ドルほど入っていて、それなりの額だが、ほかの家族ほど裕福とは言えないな」

「それでもマーシーよりましよ」

「確かに」ウィルは、五センチほどの深さの水たまりのなかをゆっくりと進んでいく一台の車を見つめながら、顎をこすった。全身に力が入っていて、背中が丸くなっている。オフロードバギーがすぐに来なければ、ウェイターたちはトレイルを歩いてのぼっていくつもりだろう。「料理人に前科はなかった。ウェイターたちはティーンエイジャーだ」

サラは訊いた。「これからどうするつもり？」

「折れたナイフの柄を見つける必要があるが、干し草のなかで針を探すようなものだ。森のなかでというべきかな。ゆうべロッジにいた男性全員と話がしたい。殺される前、マーシーはレイプされているんだ」

「レイプされたと決まったわけじゃない。争っているあいだに、はいていたものが脱げた可能性もある」サラにもするべき仕事があった。彼女にできるのは科学に従うことだけだ。「性的外傷には注意するし、綿棒で採取もする。だれが解剖をするにせよ、膣円蓋《ちつえんがい》は入念に観察するはずだけれど、検死で常にレイプが明らかになるわけじゃないのよ」

「アマンダにはそれは言わないほうがいい。きみが医者みたいな話し方をするのを嫌がるからね」

「どうしてわたしがそんな話し方をしていると思うの？」そう言えばウィルが笑顔になるとサラにはわかっていた。

　あいにく、その笑みは長くは続かなかった。

「バギーはどうしたんだ？」ウィルは腕時計を見た。「ぼくはロッジに戻って、尋問を始めなきゃならないんだ。彼らが口裏を合わせる時間は充分にあった。そいつに穴を開けるには、フェイスの手助けが必要だ。宿泊者名簿も見たい」

「マッカルパインは令状を要求するんじゃない？」

　ウィルはいたずらっぽい笑みを浮かべた。「事務所を探してみるのはいい考えかもしれないと、フランクに言っておいた」

「彼、この事件が終わるころには警察官のバッジがもらえると思っているかもしれないわね」サラは言った。「かわいそうなマーシー。あそこに囚われていたのも同然だわ。車もない。お金もない。支えてくれる人もいない。完全に独りぼっち」

「ぼくのリストの一番上にいるのは料理人だ。マーシーと一番関わりがあるのが彼だ」

サラは、キッチンからマーシーの動きを追っていた料理人のまなざしに気づいていた。

「彼女はそれほど孤独じゃなかったって考えているの？」

「そうかもしれない。まずウェイターと話をして、なにか気づいたことがないかどうかを確かめる。バーテンダーは四回ＤＵＩで捕まっているが、それも九〇年代の話だ。ここのＤＵＩはどうなっているんだ？」

「小さな町だもの。酔っぱらって問題を起こす以外に、たいしてすることはないのよ」

「きみは小さな町で育ったからね」

「そういうこと」

ウィルは再び駐車場に視線を向けた。今回はほっとした表情になった。

Ｆ－三五〇のディーゼルエンジンの音が、土砂降りの雨に交じって聞こえてきた。ＧＢＩのマークがついた、全天候型タイヤをはかせた二台のカワサキ・ミュール・サイド・バイ・サイドを運んできたのだ。ウィルが山に戻るのだと思うと、サラの胃がきゅっと縮こまった。ロッジにいるだれかが残忍なやり方でマーシー・マッカルパインを殺した。犯人はいま安心しているだろう。ウィルはそれを変えようとしているのだ。

心配以外のことをする必要があった。背伸びをして彼の頬にキスをした。「なかに入るわ。ナディーンの準備ができているころよ」

「なにかわかったら連絡してくれ」

サラは、荷物搬入口から飛びおりてトラックへと駆けていくウィルを見つめた。豪雨のなかを。怪我をしている手をおろして。包帯をまた濡らして。

サラは建物のなかへと戻りながら、抗生物質を見つけることと頭のなかでメモを取った。重い金属製のドアが嵐を遮断している。突然の静けさに耳鳴りがした。遺体安置所に続く長い廊下を歩いた。頭上の照明がちらちら揺らめいている。床のラミネートタイルの下に水が沁み出している。最近閉鎖された産科病棟の備品が廊下に置かれていた。

この病院は、年内に閉鎖される数多くの地方の医療センターのひとつなのだろうとサラは考えた。人員が足りていない。ひとりの医師とふたりの看護師だけで、救急外来を回しているのだ。数を倍にしても、それでも少ない。医大を出たあと、サラは地域社会のために働くことに大きな誇りを感じた。だがいま、地方の病院は人材を見つけられずにいる。もちろん、つなぎとめておくこともできない。多すぎる権力闘争と少なすぎる健全さのせいで、スタッフは集団で退職していた。

「ドクター・リントン?」アマンダが、遺体安置所の閉じたドアの外で待っていた。顔をしかめ、電話を手にしている。「話があるの」

サラは次の戦いに備えた。「ウィルをこの事件から手を引かせるための協力者を探しているのなら、それは時間の無駄です」

「分別があるというのは、挑戦的態度を取ることではないのよ」

サラは沈黙で答えた。

「いいでしょう」アマンダが言った。「被害者について聞かせてちょうだい」

サラは一拍置いて、仕事の脳みそのスイッチを入れた。「マーシー・マッカルパイン、三十二歳、白人女性。自宅の敷地内で、胸、背中、腕、首に複数の刺創を受けた状態で発見されました。ズボンがおろされていたので、性的暴行を受けた可能性があります。凶器は折れて、胴体上部に残されていました。発見時は生存していましたが、犯人の身元がわかるような情報はなにも取れていません。夜中の十二時ごろに息を引き取りました」

「夕食のときと同じ服だった？」

これまで考えてもみなかったが、サラは答えた。「はい」

「ほかの人たちは？　マーシーを見つけたあと、あなたが見たときはどんな格好をしていた？」

サラは頭の回転が鈍っていたのだと気づいた。アマンダは明らかに証人としてのサラに訊いている。「セシルはシャツを着ていなくて、ボクサーパンツだけでした。ビティは濃い赤色のテリー織りのバスローブ。クリストファーは魚の模様のバスローブで、チャックも同じようなものを着ていましたが、模様はおもちゃのアヒルでした。ディライラは緑色のパジャマ――ズボンとボタンダウンのシャツでした。フランクはボクサーパンツとアンダーシャツ。モニカは膝丈の黒のスリップを着ていました。ドリューとケイシャ、シドニーとマックスは見ていません。アプリ男ふたりはどちらも下着姿でした。ウィルはシャワーから出てくるポールを見ています」

「夜中の一時にシャワーを浴びていたのがポールなのね？」

「そうです」サラは答えた。「役にたつかどうかはわかりませんが、ふたりは早寝するタイプだとは思えません」

「怪しいと感じたことはないの？　目に留まった人はいなかったの？」

「ありません。家族の反応は普通だとは言えませんが」

「説明して」

「冷たいというのが何度も頭に浮かぶ言葉なんですが、マーシーの死を知る前ですら、家族の態度にいい印象はありませんでした」サラは夕食のときのことを思い出そうとした。「母親はとても小柄で夫に服従しています。自分の娘が人前で恥をかかされると、それに追い打ちをかけました。兄は変わり者でしかいられないタイプの変わり者です。父親は客の前なので明らかにいい顔をしていましたけれど、わたしが高校の化学の教師ではなくて実は医者だということを知っていたら、違う態度を取っていたでしょうね。前世紀の伝統的な役割を担う女性しか認めないタイプに見えます」

「わたしの父がそうだった」アマンダが言った。「わたしが警察官になったときはとても誇らしげだったのに、わたしが彼よりも上の地位に就いたとたんにわたしをけなすようになった」

　まっすぐにアマンダの顔を見ていなければ、一瞬だけそこに浮かんだ悲しそうな表情を見逃していただろう。「お気の毒に。辛かったでしょうね」

「父はもう死んでいるから」アマンダは言った。「あなたが気づいたことを全部書き出して、メールで送ってちょうだい。遺体はどうするつもり？」

「ええと――」突然の話題の転換にはウィルで慣れているつもりだったが、アマンダはその分野の上級クラスで教えられそうだ。「ナディーンが理学的検査を手伝ってくれます。爪垢、繊維、毛髪、血液、尿、精液などすべてを採取して、至急、分析してもらいます。正式の解剖は明日の午後、本部で行われます。予定をくりあげてくれたんです。容疑者をもう勾留していないことを伝えましたから」

「それを修正する証拠を見つけてちょうだい、ドクター・リントン」アマンダはドアを開けた。

　蛍光灯のまばゆい光にサラの目が痛んだ。第二次世界大戦以降に建てられた、小さな町の病院の遺体安置所はどこも同じだ。低い天井。床と壁は黄色と茶色のタイル。壁のシャウカステン。磁器の解剖台の上の調節可能な検査用照明。付属の長いカウンターがついたステンレススチールのシンク。木製の学校用机に置かれたパソコンとキーボード。回転スツールと、理学的検査のための様々な道具が並べられたメイヨートレイ。横に四つ縦に三段、計十二個の冷蔵機能のある遺体保管用キャビネットが置かれた涼しい部屋。サラは検査に必要なものすべてが揃っていることを確かめた。保護具、カメラ、サンプル採取用容器、証拠保全袋、ネイル・スクレーパー、ピンセット、ハサミ、メス、スライド、レイプ・キット。

アマンダが訊いた。「息子はまだ見つからないの？」

サラはうなずいた。「ジョンはおそらく二日酔いで、眠ることで酔いをさましているんだと思います。検査が終わったら、彼の大伯母と一緒にもう一度探しに行きます」

「いずれ話を聞かせてもらわなきゃいけないって伝えておいて。時系列をはっきりさせて、生きているマーシーを最後に見たのがだれなのかを突き止めるのに、彼が役立つかもしれない」アマンダが言った。「二度目と三度目の悲鳴を聞いたとき、ジョンはあなたと一緒にいたのよね？」

「そうです。バックパックを持って家から出てくる彼を見ました。逃げ出そうとしているんだって思いました。夕食の席でのマーシーとの言い争いは激しいものでしたから」

「彼を捜しているあいだ、大伯母に探りを入れてみて。ディライラはなにか知っている」

「殺人についてですか？」

「家族についてよ」アマンダが言った。「チームで勘が働くのは、あなただけじゃないのよ」

どういう意味かをサラが尋ねるより早く、貨物用エレベーターがギシギシという不吉な音をたて始めた。スライディングドアの下から水が沁み出てきた。

アマンダが訊いた。「いま訊かれたら、あなたは第一容疑者はだれだと答える？」

サラに考える時間は必要なかった。「家族のだれかです。マーシーは売却に反対で、大金が入るのを邪魔していたんです」

「ウィルのようなことを言うのね。彼はお金が動機だって考えるのが好きなのよ」

「もっともな動機ですから。家族以外では、チャックですね。彼はすごく不快です。そういう意味では、兄もです」

アマンダはうなずき、再び電話に視線を落とした。

サラは、また自分の理解が遅れていたことに気づいた。副長官が予備検死に立ち会うのがどれほど異例なのかに、ようやく思い至ったのだ。遺体にメスを入れる解剖は、チーム以外の人間によって本部で行われる。サラが検死で気づいたことは、まず証拠にはならない。彼女が検死をするのは、分析のために鑑識に送られる血液や尿や痕跡証拠を、先んじて採取するためにすぎない。ただちに行動が必要となるような情報をサラが見つける可能性はほぼゼロだ。

それなのに、アマンダはなぜここにいる？

サラが答えを出す前に、エレベーターのドアがきしみながら開いた。さらに水が沁み出してきた。ナディーンがストレッチャーの片側に立っていた。反対側にいるのはビスケットだ。遺体収容袋にサラの視線が留まった。端を熱で融着させた白いビニールで、プラスチック製の頑丈なジッパーがついている。彼女が生きているあいだずっと人々が彼女にしようとしていたことを死が実現させたかのように、そのなかにいるはずのマーシーの存在はほとんどわからなかった。

　サラはほかのすべてのことを頭から追い払った。生きているマーシーを最後に見たときのことを考えた。彼女は当惑していたけれど、胸を張っていた。なにもかも自分ですることに慣れていた。傷ついた親指をサラが手当することを許した。今度はサラが彼女の遺体の面倒を見る番だ。

　アマンダが言った。「ハーツホーン保安官、来てくれてありがとう」

　形だけ丁重なアマンダの言葉が、彼の怒りを和らげることはなかった。「おれはここにいる権利がある」

「ぜひその権利を行使してくださいな」

　サラは、保安官のショックを受けた顔を無視した。ストレッチャーの足側を持ち、遺体安置所にマーシーの体を運びこもうとするナディーンに手を貸した。ふたりは無言で遺体収容袋を磁器の解剖台にのせると、ストレッチャーを向こうに押しやった。それから白衣、マスク、フェイスシールド、保護眼鏡、検査用手袋を身につけた。サラは完全な解剖をするつもりはなかったが、マーシーはこの暑さと湿度のなかで何時間も横たわっていたのだ。彼女の体は、病原菌の有毒な混合物と化していた。

「おれたちもマスクをするべきかもしれない」ビスケットが言った。「このなかはフェンタニルが充満している。マーシーは長いあいだ依存症だった。有毒な空気を吸ったら、死ぬかもしれない」

サラは彼を見た。「フェンタニルにそんな作用はない」

彼は目を細くした。「おれは、大の大人がそいつでぶっ倒れるのを見てきているんだ」

「わたしはそれをうっかり手の上にこぼして、笑っている看護師を見てきたわ」サラはナディーンに向かって言った。「いい？」

ナディーンはうなずき、ジッパーを開け始めた。

サラが監察医として働き始めた最初の年、遺体収容袋は下にまちがついた寝袋のような形状だった。黒のビニールでできていてジッパーは金属製だった。いまのものは白色で、用途によって素材や形は様々だ。以前のものとは違い、強化ジッパーは完全に密封することができる。向上した性能は追加コストに充分見合っていた。白色は、証拠を視覚で確認しやすい。防水になったことで液体が外に漏れなくなった。どちらも、マーシー・マッカルパインの遺体には必要な仕様だった。彼女は複数回刺されている。腸には穴が開いていた。臓器の一部は口を開けている。遺体は腐敗の段階に入っていて、あらゆる開口部から液体が漏れ始めていた。

「ファック！」ビスケットはにおいを遮断しようと、両手で鼻と口を押さえた。「なんてこった」

サラは袋の上半分を開けようとするナディーンを手伝った。ビスケットはドアを開け、敷居に足を置いて立った。アマンダはその場から動かなかったが、電話を操作し始めた。

遺体に向き合う前に、サラは覚悟を決めた。マーシーは袋のなかにいて、X線を撮る準備は整っていた。遺体を扱うのはときに危険を伴う。服の内側に武器や針やなにか鋭いものが隠されているかもしれない。マーシーの場合、胸にナイフが刺さったままだ。

彼女の上半身はまだウィルのシャツで覆われていた。胸から鮫の背びれのように突き出している折れた刃に、生地がまとわりついている。ぎざぎざした傷口のまわりに乾いた血と腱がロープのようにからみついていた。X線写真は、胸骨と肩甲骨のあいだに斜めに刺さっている刃を映し出すだろうとサラは想像した。犯人はおそらく右利きだ。なくなったナイフの柄に指紋が残っていることを願った。

サラは遺体の顔から胴へと視線を移した。マーシーの目はわずかに開き、角膜は濁っていた。口は大きく開いている。乾いた血液となにかの破片が青白い肌にこびりついている。首にはえぐれたような浅い刺創。ナイフが皮膚を切り裂いたところから、白い右の鎖骨がのぞいていた。腰と太腿の傷から遺体収納袋に液体が滴っている。露わになった皮膚のあらゆる箇所が、彼女の死が残虐なものであったことを教えていた。

「なんてひどい」ナディーンがつぶやいた。「だれもこんな目に遭っていいはずがない」

「ええ、そのとおりよ」サラは無力感に身を任せまいとした。ナディーンに聞いた。「いつもは録音しているの？　それとも書いている？」

「レコーダーに向かって話すのは妙な気がするんだ。普段は書くようにしている」

普段サラは録音しているが、ここはナディーンの縄張りだ。「メモを取ってもらえる？」

「わかった」ナディーンはノートとペンを手に取った。サラの指示を待たずに書き始める。サラは彼女のブロック体をさかさまから読んだ。今日の日付、時刻と場所、ハーツホーンと彼女の名前に加えて、サラの名前も記している。彼女はアマンダに聞いた。「悪いけど、あなたの名前を教えてくれる？」

マーシーのずたずたになった体を見つめていたサラの耳に、アマンダの返答はほとんど聞こえていなかった。ジーンズと、濃い紫色のビキニのショーツは足首までおろされている。ショーツの上の部分に泥がこびりついていた。泥が脚に筋を作り、その先でジーンズを汚していた。左の太腿にいくつもの丸い傷痕があった。煙草の火傷《やけど》だ。ウィルの胸にも同じような傷がある。

夫のことを思い浮かべたサラは、気づけばごくりと唾を飲んでいた。見晴らしベンチで彼の肩に顔をすり寄せたときのことが頭に浮かんだ。あのときサラは、失われた母親を思って苦しむ彼を見ているいまが、この新婚旅行の最悪の場面だろうと思っていたのだ。

マーシーもまた失われた母親だ。彼女には十六歳の息子がいて、彼にはだれが母親を奪ったのかを知る権利がある。

「いいよ」ナディーンはノートの新しいページを開いた。「始めて」

サラはわかったことを声に出して告げながら、検死を続けた。マーシーの体は死後硬直のピークは過ぎていたものの、手足はまだ硬かった。顔の筋肉は収縮して、激しい痛みを感じているような表情になっている。上半身はそれほど長く水に浸かっていたわけではないが、背中と首と肩の皮膚はふやけてまだらになっていた。髪はもつれている。水に流れこんだ血液のせいで、白い肌がうっすらピンク色に染まっていた。

フラッシュが光った。ナディーンが写真を撮り始めていた。サラは大きさの基準になるように、定規を当てた。マーシーの爪の下になにかが残っていた。右腕の裏側に長い引っ搔き傷があった。水のグラスで切った右手の親指には、サラが縫ったところに包帯が巻かれたままになっていた。黒っぽい染みができているのは、縫合糸が切れたのだろう。おそらく、攻撃を受けたときに。バスルームでサラが見た、マーシーの首の絞められた赤い跡はより目立つようになっていたが、彼女が死ぬ前に痣になるだけの時間はなかった。

サラはマーシーの右腕をひっくり返して、裏側を確かめた。次に表側を調べた。指は丸まってはいるものの、手のひらは見える。ナイフの傷はない。浮腫はない。切り傷もない。

「防御創はないようね」

「見えないだけ」ナディーンが言った。「マーシーは戦う人だった。抵抗もせずにやられるわけがない」

サラは、彼女の思いこみを訂正するつもりはなかった。実際に攻撃を受けるまで、自分がどう反応するかなどだれにもわからないものだ。「彼女の靴が教えてくれることがいくつかある。マーシーは襲われたとき、立っていた。飛び散った血は動脈血よ。ナイフを突き刺したか、抜くときに血しぶきが飛んだ。爪先に泥がこびりついていた。コテージから湖までなにかを引きずったような跡があったの。そのときマーシーはうつぶせにされていた。彼女のショーツの上の部分、膝、ジーンズの折り目にも泥がついていた」

ナディーンが言った。「泥は、湖畔にあるものと同じように見えるね。あとでそこまで行って、比較用にサンプルを取ってくるよ」

サラはうなずき、ナディーンは見つけたものの撮影に戻った。それから数分間、冷蔵キャビネットの上のコンプレッサーのうなる音に交じって、カメラのフラッシュをたく音とアマンダが電話でメッセージを打つ音が聞こえていた。

ナディーンがようやく写真を撮り終え、サラは彼女がテーブルの下に白いブッチャーペーパーを敷くのを手伝った。それから、トレイに置かれていた拡大鏡を手に取った。ふたりは協力して、マーシーの服の隅々まで証拠となるものを探した。サラは毛髪繊維、泥、なにかの破片を見つけ、すべてを証拠保全袋に入れた。ナディーンはとても有能で、黙ってすべての証拠にラベルをつけ、どこで見つけたのかを書き留めた。

次のステップは、これまでのものより格段に難しかった。マーシーの服を脱がさなくてはならない。ナディーンは新しい紙を床に敷いた。次に、脱がせた服をもう一度調べるために、シンクの脇の長いテーブルにも紙を置いた。

遺体の服を脱がせるのは、時間のかかる、そして面倒な作業だった。死後硬直がとけていない場合はなおさらだ。通常、人間の体には細胞とほぼ同じ数のバクテリアがいる。その大部分は腸にいて、栄養素を処理するために使われている。人間が生きているあいだは、免疫システムが増殖を抑えているが、死後はバクテリアが優位になり、組織を餌にしてメタンやアンモニアを放出する。これらのガスが死体を膨張させ、その結果、皮膚が拡張する。

マーシーのTシャツの生地は限界まで張りつめていて、切る以外に方法はなかった。ブラジャーのワイヤーは肋骨から引きはがさなくてはならず、そのあとには深さ五ミリのくぼみが残っていた。縫い目に沿ってショーツを切った。ショーツの薄い生地をつまみあげなければならなかった。皮膚がくっついてきた。サラは皮膚の断片を、まるでパズルをするようにブッチャーペーパーに並べていった。

まず靴を脱がさなければ、ジーンズを脱がすのは不可能だった。ナディーンが靴紐をほどいた。サラは彼女が靴を脱がすのを手伝った。マーシーのコットンのスポーツソックスのゴムは緩かったので、脱がすのは簡単だった。それでも皮膚には、しっかりした縄編みの模様が残っていた。ジーンズを脱がすのは、はるかに大変だった。生地は厚く、乾いた血液とほかの液体のせいで硬くなっていた。サラは慎重に片側を切り、それから反対側を切り、二枚貝を開くようにして脱がせた。ナディーンがジーンズをカウンターに運んだ。二次汚染を避けるために、半分になったジーンズを別々に紙で包んだ。

ナディーンが作業をしているあいだ、全員が無言だった。だれも遺体を見ようとはしなかった。電話を見つめているアマンダの顔は厳しい表情を浮かべている。ビスケットはまだドア口に立っていたが、廊下の奥からなにかが聞こえているとでもいうようにそちらに顔を向けていた。

遺体を観察しながら、サラは喉が締めつけられるようだった。彼女が数えただけで、目に見える刺し傷は二十以上ある。大部分は胴への攻撃だったが、左太腿に深い切り傷、右腕の外側にえぐれたような傷があった。柄のところまで刃が突き立てられた傷もいくつかあって、皮膚にはなくなっている柄の輪郭が残されていた。

マーシーが受けた損傷の証《あかし》は、新しい傷だけではなかった。

その体は生涯にわたる虐待を物語っていた。顔の傷は色がなかったが、皮膚に残るほかの傷ははるかにひどかった。腹のまわりに残る黒っぽい斜めの線は、表面がざらざらしているなにか重たいもの——おそらくロープで打たれた傷だろう。尻にはベルトのバックルの跡がはっきりと残っていた。左の腿にはアイロンの火傷の跡。右の乳首のまわりには複数の煙草の火傷の跡があった。一本のまっすぐな細い線が左手首にあった。

サラはナディーンに聞いた。「自殺未遂の話は聞いている？」

「何度も」答えたのはビスケットだった。「二度、クスリの過剰摂取をしている。あんたが見ている傷は高校時代のものだ。またデイヴとやりあったんだよ。体育館の用具室で手首を切った。コーチが見つけていなかったら、死んでいただろう」

サラは確かめるようにナディーンを見た。彼女の目には涙が浮かんでいた。一度うなずいてから、傷を記録するためにカメラを手に取った。

サラは再び定規を当てた。これほどの回数、女性を刺すにはどれくらいの時間がかかるだろう？　二十回？　三十回？　背中と脚にはもっと刺し傷がある。マーシー・マッカルパインを殺した人間は、心底彼女の死を望んでいたに違いない。

それは完全に成功したとは言えない。コテージに火がつけられたあと、ウィルが森を抜けて彼女を見つけたときにまだ息があったのは、彼女の勇敢さの証だ。

ナディーンがようやくカメラを置いた。心の準備をするために、もう一度深呼吸をした。次になにをするのかはわかっていた。

レイプ・キット。

ナディーンは、性的暴力の証拠を収集するために必要なものすべてが入っている段ボール箱を開いた。滅菌済み容器、綿棒、注射器、ガラスのスライド、ワンタッチテープ付きの封筒、ネイルピック、ラベル、滅菌水、生理食塩水、プラスチックの検鏡、櫛《くし》。ひとつひとつトレイに並べていくナディーンの手は震えていた。保護眼鏡の下で流れる涙を腕で拭った。サラはナディーンに同情した。これまで何度となく、彼女と同じ立場に立たされたことがある。

サラは訊いた。「休憩したほうがいい？」

ナディーンは首を振った。「今度こそ、彼女を失望させない」

サラもまたマーシーに対して罪悪感を抱いていた。彼女の脳は、キッチンの奥にあるバスルームでのあの時間に何度も彼女を連れ戻していた。山にいるほとんどすべての人間が彼女を殺したがっているとマーシーはサラに言った。サラは詳しく訊こうとしたが、マーシーに抵抗されて簡単にあきらめた。

サラはナディーンに言った。「始めましょう」

マーシーの硬直はまだ完全に溶けていなかったので、脚を無理に開かなくてはならなかった。サラが片脚を、ナディーンがもう一方の脚を持った。ぞっとするような音と共に股関節が開くまで、ふたりはそれぞれの脚を引っ張った。

ドア口でビスケットが咳払いをした。

サラは恥骨の下に正方形の白いボール紙を当てた。櫛で慎重に陰毛を梳《す》いていく。抜け毛やほこり、そのほかのなにかが紙に落ちた。毛の一部に毛根がついているのを見て安堵した。毛根があれば、ＤＮＡが検出できる。

証拠保全袋に封印してもらうため、サラはボール紙と櫛をナディーンに渡した。

次に異なる長さの綿棒を使って、マーシーの腿の内側に精液が残っていないかどうかを確かめた。直腸を。唇を。ナディーンが強引に口を開かせた。今度も、関節が壊れる大きな音が響いた。サラは頭上の照明の向きを調節した。口の内部に挫傷は見当たらない。頬の内側、舌、喉の奥を綿棒で拭った。

プラスチックの検鏡は、カバーで密閉されていた。ナディーンが端からカバーをはがして、検鏡をサラに差し出した。サラは再び照明の向きを調節した。膣に挿入するのには力が必要だった。ナディーンが綿棒を手渡した。

サラが言った。「微量の精液が残っているみたいね」

ビスケットがまた咳払いをした。「レイプされたってことか」

「精液は性交をしたという意味でしかない。浮腫や挫傷は見られないわ」

サラは最後の綿棒をナディーンに渡した。彼女が証拠保全袋に入れるのを待っているあいだに、新しい手袋に交換した。ゆうベロッジにいた男たちのことを考えた。料理人。ふたりの若いウェイター。チャック。フランク。ドリュー。ゴードンとポール。投資家のマックス。マーシーの兄のクリストファー。サラは彼らに囲まれて夕食のテーブルに座っていた。あのなかのだれが犯人であってもおかしくない。

ナディーンが解剖台に戻ってきた。サラは大きな注射器で心臓から血液を抜いた。二十五ゲージの針で膀胱《ぼうこう》から尿を採取した。ラベルをつけてもらうため、注射器をナディーンに渡した。それからマーシーの指の下に小さな白いボール紙を当て、木製のネイルピックで爪の下にあるものを掻き出した。

「皮膚かもしれない」サラが言った。「犯人を引っ掻いたのかも」

「よくやったよ、マース」ナディーンがほっとしたように、マーシーに語りかけた。「そいつが血を流していることを願うよ」

サラもそう願った。DNAを抽出できる可能性が高くなるからだ。

遺体をひっくり返すのを手伝ってほしいとナディーンに頼もうとしたところで、電話が鳴った。

ナディーンが言った。「あたしのだ。X線の結果がアップロードされたんだと思う」

サラは全員に休憩が必要だと感じた。「見ましょうか」

ナディーンは見るからに安堵した様子だった。マスクをさげ、手袋をはずしながら机に近づいた。彼女がパソコンにログインするのを待って、サラはその背後に立った。ナディーンが何度かキーを叩くと、マーシーのX線写真が画面に現れた。サムネイルにすぎなかったが、それでも虐待の痕跡ははっきりと見て取れた。

サラが驚いたのは昔の骨折の跡ではなく、その数だった。マーシーの右の大腿骨は二箇所に折れた跡があったが、時期は違っていた。左手の骨の一部は、ハンマーで故意に割られたようだ。ねじとプレートが数箇所に入っていた。頭頂部と後頭部の頭蓋骨にひびが入っていた。鼻。骨盤。舌骨にすら古い傷の痕跡があった。

ナディーンは最後の写真を選んで、拡大した。「舌骨が折れるのは、首を絞められたってことだ。ここが折れても生きていられるって知らなかったよ」

「命に関わる怪我になる可能性があるわ」サラが言った。舌骨は喉頭につながっていて、声を出したり、咳や息をしたりといった気道の機能に関わっている。「大角《だいかく》の単純骨折みたいね。状態によっては、挿管されたかもしれないし、ベッドでおとなしくしているように言われたかもしれない」

アマンダが口をはさんだ。「フェイスがデイヴを尋問したとき、首を絞められたあとマーシーは自分で車を運転して病院に行ったと彼は話していた。呼吸がしにくいということで、入院している」

「その報告は受けている」ビスケットがドア口から声をあげた。「十年以上前の話だ。首を絞められたなんて、マーシーは言っていなかった。丸太で転んだと言っていた。首をぶつけたと」

アマンダは鋭い視線をビスケットに向けた。「それならどうしてあなたは、報告を受けるために呼ばれたの？」

ビスケットは答えなかった。

サラはX線写真に戻った。「このひびを見せてくれる？」

ナディーンは大腿骨の写真を拡大した。

「法医画像診断医の意見が聞きたいけれど、これは数十年前のものに見える」サラは骨の下半分を二分しているかすかな線を指さした。「大人の骨折はたいていの場合、縁が鋭くなるの。でも骨折したのが子供のころとかで年月がたっていると、骨は作り直されて、縁が丸くなる」

アマンダが訊いた。「これは普通じゃないっていうこと？」

「子供の大腿骨骨折は骨幹が折れることが多いです。大腿骨は体のなかで一番強い骨なので、折れるには高エネルギーの衝突が必要です」サラは写真を示した。「マーシーは、骨幹端部を骨折しています。この手の骨折が虐待を示唆しているかどうかは議論のあるところですが、最近の研究は答えを出していません」

ビスケットが訊いた。「どういう意味だ？」

ナディーンが答えた。「彼女が赤ん坊のときに、セシルが脚を折ったってこと」

「おい、彼女はだれがやったとは言っていないぞ」ビスケットが反論した。「事実の裏付けのないことをべらべら喋るのはやめろ」

ナディーンは長々と息を吐きながら、さらにふたつのサムネイルを開いた。「腕にある金属のプレートは、さっき話した交通事故のときのものだね。それからこれ——骨盤を修復しなきゃならなかったのがわかる？　もうジョンを生んでいてよかったよ」

サラは腹部のX線写真を見つめていた。黒い背景に浮かびあがる、真っ白なマーシーの骨盤。椎骨は積み重なって、胸郭へと続いている。臓器は陰になっていた。うっすらと見える小腸と大腸。肝臓。脾臓《ひぞう》。胃。五センチほどの長さの小さな塊がぼんやりと見えているのは、骨化のごく初期の段階だということだ。

サラは声を出す前に、咳払いをしなくてはならなかった。「ナディーン、彼女の向きを変える前に、レイプ検査を終わらせるのを手伝ってもらえる？」

ナディーンは戸惑った顔になったが、新しい手袋をつかむとサラに歩み寄った。「なにをすればいい？」

なにもしてもらう必要はなかった。ただ心を落ち着かせる沈黙が欲しいだけだ。廊下には超音波装置があるが、ビスケットがここにいるあいだは使うつもりはなかった。ナディーンはオールド・バチェラー・トレイルで、小さな町での人生についてまわる液体のりについての簡単な講義を行っていたが、とても重要なレッスンをひとつ忘れていた。小さな町に秘密というものはない。
レントゲン写真で見たものを確認するには、内診する必要があった。
マーシーは妊娠していた。

13

「ファックったらファック」フェイスはミニクーパーのハンドルに頭を打ちつけたくなるのを、思いとどまった。嵐はようやく去ったが、砂利道は泥の悪夢と化していた。サイドパネルにひっきりなしに石が当たる。ハンドルを取られる。フェイスは空を見あげた。できるかぎりの水分を雲に吸い戻そうとしているみたいに、太陽は容赦がなかった。

ロッジの掃除係兼バーテンダーのペニー・ダンヴァースの尋問をすると申し出て、この事態を招いたのは自分だ。フェイスは検死が大嫌いだったからだ。それが仕事だから立ち会っているが、その作業のあらゆる工程がへどが出そうなくらい不快だった。死体のそばにいることにどうしても慣れることができなかった。デイヴ・マッカルパインの尋問という見事な犯罪捜査の手腕を称賛される代わりに、北ジョージアのくそ田舎の脇道を運転する羽目になったのは、それが理由だ。

フェイスは心のなかで自分を叱りつけた。だれかが自白するか、犯人を示す大きな手がかりがあればよかったのに。そうすれば、ジョンも心の整理がつくのに。これは悪人対善人のゲームじゃない。マーシーは母親だった。ただの母親じゃなくて、フェイスと同じような母親だ。ふたりはどちらもほんの子供でしかなかったときに、息子を生んだ。家族が支えてくれたフェイスは幸運だった。あと押ししてくれる家族の強さがなければ、フェイスもマーシー・マッカルパインのようになっていたかもしれない。もしくは、デイヴのような忌むべき虐待者に囚われていたかもしれない。愚劣な男というのは生理のようなものだ。一度始まると、その後ずっと不安にかられるか、再びやってきたときにパニックに襲われるのだ。

フェイスは助手席に置いた、開いたノートに目を向けた。病院を出る前フェイスはウィルから話を聞いて、マーシーがデイヴにかけた電話の時刻と、ウィルがなにかを聞いた時刻とその場所をまとめた。マーシー・マッカルパインの人生の最後の一時間半はおそらくこうだっただろうと思えるものを、なんとか作りあげることができた。

10：30　巡回しているところを目撃される（目撃者：ポール）

10：47、11：10、11：12、11：14、11：19、11：22　デイヴに不在着信

11：28　デイヴにボイスメール

11：30　建物周辺から最初の悲鳴（遠ぼえのような声）

11：40　バチェラー・コテージ周辺から二度目の悲鳴（助けて！）
11：40　バチェラー・コテージ周辺から三度目の悲鳴（お願い！）
11：50　マーシーを発見
12：10　死亡を宣告（サラ）

十分単位であることが、フェイスはまだ不満だった。ロッジにたどり着いて、地図を手に入れなくてはいけない。当面の目的はＷｉ－Ｆｉが届く箇所を限定して、デイヴに電話をかけたときにマーシーがどこにいたのかを突き止めることだ。それがわかれば、マーシーが使ったかもしれないバチェラーコテージまでのルートが描ける。ウィルが告げた時刻は前後五分程度ずれている可能性があった。たいした違いではないように聞こえるが、殺人事件の捜査をしているときは一分一秒の差が重要だ。

とりあえず、マーシーが何度も電話をかけていたことは役にたった。ボイスメールは音声分析をしてもらうため、すでに鑑識に送ったが、結果が出るまで最低でも一週間はかかるという話だった。フェイスはカップホルダーに入れてあった携帯電話を手に取った。マーシーがデイヴに送った最後のメッセージの録音を再生した。車内に響くその声は悲痛だった。

〝デイヴ！　ああ、どうしよう、どこにいるの？　お願い、お願いだから電話して。信じられない――ああ、神さま、わたしには――お願いだから電話して。お願い。あなたが必要なの。わたしのためになにかしてくれたことは一度もないってわかっているけれど、でもいまは本当にあなたが必要なの。あなたの助けがいるのよ、ベイビー。お願いだから電話――〟

これまで気づかなかったが、言葉が途切れたとき、マーシーはすすり泣いていた。フェイスは彼女のかすかな泣き声を聞きながら、声に出さずに七秒数えた

〝ここでなにをしているの？　やめて！　デイヴがじきにここに来る。なにがあったのか、彼に話したから。彼はいま――〟

フェイスはノートに書いたタイムラインを見た。三十二分後、マーシーは死亡を宣告されている。

「なにがあったの、マーシー？」フェイスはだれもいない車のなかで尋ねた。「あなたはなにを信じられなかったの？」

マーシーは、服とノートをバックパックに詰めて逃げ出そうとするくらい彼女を怯えさせるなにかを、見たか聞いたかしたのだ。ジョンを連れていこうとはしなかったから、なにが起きたにしろ、それはマーシーにとってだけの脅威だった。彼女は、何年も距離を置

いていたデイヴを呼び出そうとするくらい、怯えていた。自分の家族に助けを求めようとしないくらい、怯えていた。

なにかが起きたのは、デイヴに最初の電話をかけてから、半狂乱で続けざまにかけた五回の電話が始まった11：10までの二十三分のあいだに違いないと、フェイスは考えた。マーシーはバックパックに荷物を詰めるため、どこかの時点で家に戻っている。永遠に家を出ていかなければならなくなったときになにを持っていくのか、フェイスは考えつかなかったが、父が膵臓《すいぞう》癌で死ぬ前に書いた手紙は必ず持って出るだろうと思った。とんでもなく価値のあるものでなければ、マーシーが持っていこうとしたはずがない。

そして、鑑識が一週間以内にノートの分析を終えるはずもなかった。

デイヴがじきにここに来る。なにがあったのか、彼に話したから。

男がここに向かっていると、別の男に言ったときのことをすべて思い起こしてみた。たいていは、ひとりで夜遊びを楽しもうとしているときだ。男が誘いをかけてきたときだ。そんな男を追い払う唯一の方法が、においを嗅いでいる消火栓にはすでに別の男が小便をかけているとはっきり告げることだった。

そう考えたところで、フェイスは再び密室ミステリについて考えた。このジャンルの原則のひとつに、犯人ではないと考えた人物が犯人だということがある。矢印のネオンサインが彼の頭を指し示しているくらい、デイヴは明らかに怪しかった。ＤＶの被害者にとってもっとも危険なのは、逃げ出そうとしたときだ。首を絞めるのは、暴力がエスカレートする典型的な兆候だった。だが非難に値するろくでなしだからといって、殺人犯とは限らない。それに、ボイスメールが頭から離れなかった。デイヴがここに来るとデイヴに告げるはずがない。マーシーに彼の名前を口にさせられる男は、ロッジにはひと握りしかいない。

チャック。フランク。ドリュー。投資家のマックス。料理人のアレハンドロ。町から来たふたりのウェイター、グレッグとエズラ。ゴードンとポール。ふたりの実際の関係はわからないからだ。クリストファーとマーシーは北ジョージアの山地で、V・C・アンドリュース（アメリカのロマンス作家。兄弟姉妹の近親相姦を描くことが多い）の小説のなかで育ったようなものだから、彼も入れておこう。

フェイスは重苦しいため息をついた。情報が足りない。ウィルの録音のなかのディライラがそうだったように、バーテンダー兼ロッジの掃除人であるペニー・ダンヴァースも、洞察力があって話し好きであることを願った。ホテルの掃除人の人を見る目は厳しいし、フェイスは疑うことを知らないバーテンダーから真実を聞き出したことが何度かあった。だがいま考えるのは、それではないだろう。フェイスはどこまでも続く砂利道に意識を集中させた。バックミラーを見た。それから道路を。それからサイドウィンドウの外を。どれも同じに見えた。

「最悪」

完全に道に迷っていた。

車の速度を落とし、文明の痕跡を探した。この十五分というもの、目に入ったのは野原と牛とたまに見かける低く飛ぶ鳥だけだった。分かれ道を左に行くようにとＧＰＳに指示されたのだが、それが間違いだったのではないかと思い始めていた。携帯電話を見た。電波はない。フェイスは三点ターンをして来た道を戻り始めた。

どういうわけか、戻るときには野原と牛とたまに見かける低く飛ぶ鳥は違って見えた。左右の窓を開け、車かトラクター、あるいは彼女が地球最後の女性でないことを示す物音に耳を澄ました。聞こえるのは、ばかみたいな鳥の鳴き声だけだった。宇宙人の声かファーム・レポートが聞こえてくるだろうと思いながらラジオをつけると、ドリー・パートン（アメリカのシンガーソングライター）が歌う『パープル・レイン』が流れてきた。

「ああ、よかった」フェイスはつぶやいた。世の中、悪いことばかりではなさそうだ。窓から吹きこんできた風が、背中の汗をいくらか乾かしてくれた。携帯電話が鳴った。画面に目を向けた。つながっている。メールを二通、受信していた。

事故を起こして死ぬのはわたしだけだから、運転しながら携帯をいじっても大丈夫と心のなかでつぶやきながら、コードを入力した。息子からのメールを見たときには、本当に死にそうになった。

彼はクアンティコにいた。とても気に入ったと書いてあった。

フェイスはひそかに、ジェレミーがクアンティコを嫌えばいいと願っていた。息子に警察官になってほしくなかった。ＦＢＩの捜査官になってほしくなかった。ＧＢＩの捜査官になってほしくなかった。母親が運転中にメールをしたせいで道路脇に車をぶつけても高級な施設で最期を迎えられるように、ジョージア工科大学の立派な学位を使って、オフィスで働いて、スーツを着て、たくさんお金を稼いでほしかった。

もう一通は、ほんの少しだけましだった。フェイスの母親が、ホラー映画の『IT／イット』に登場するピエロのペニーワイズのように顔を塗ったエマの写真を送ってきていた。オマージュが意図的なものなのかどうかは、あとで突き止めようと思った。ハートをたくさん送り返してから、カップホルダーに携帯電話を戻した。

「ファック！」一羽の鳥がフロントガラスに突っ込んでこようとしていた。フェイスはとっさにハンドルを切り、車は路肩をがたがたと進んだ。ハンドルを戻しすぎた。車はハイドロプレーニング現象を起こした。時間の流れが遅くなった。氷の上で車が横滑りすることは知っていたが、泥でも同じことが起きるんだろうか？　逆ハンドルを切ればいい？　それともそんなことをしたら、溝にはまってしまうだけ？

答えはすぐにわかった。ミニクーパーはクリスティー・ヤマグチ（日系人のフィギュアスケート選手）に変身し、前輪を持ちあげて三百六十度回転しながら道路上を滑っていくと、反対側の溝に着地した。

車は激しい振動と共に、動きを止めた。フェイスは息もできず、罵り言葉すら出てこないほどだったが、ひと息入れたらそのときは悪態をつくと決めた。今日という日がこれ以上悪くなることはまずないだろう。

車を降りると、後輪が五センチほど泥に埋もれているのがわかった。

「くそ――」

こぶしで口を押さえた。なんとかなる。以前はパトロール警官として働いていたのだ。溝に落ちたぼんくらたちの車を引っ張りあげる手助けをするのは、日常的な仕事だった。トランクから、毛布、食料、水、防災ラジオ、懐中電灯、折り畳み式のシャベルが入った非常用キットを取り出した。

『パープル・レイン』はクライマックスを迎えていた。プリンスのカバーを聞きながらどことも知れない場所で泥から抜け出そうとしている、ふたりの子供の怒れる母親をドリー・パートンは評価してくれるだろうかと考えた。泥を掘る手が痛み始めた。ニッケルバック（カナダのロックバンド）が一曲歌い終えるまで、痛みをこらえて泥を掘り続けた。そのあとは、砂利をつかんではタイヤの下に詰めるという作業を繰り返した。終わったときには、全身泥まみれだった。両手をズボンで拭ってから、車に戻った。

タイヤがグリップすることを願いながら、アクセルを踏んだ。車はわずかに前進したが、またすぐに戻った。ゆっくり前進しては戻るという動きを繰り返しているうち、やがてタイヤは砂利をつかまえた。

「たいしたものよ」フェイスは自画自賛した。

「そうね」

「ファック！」フェイスは飛びあがり、車の屋根に頭をぶつけた。溝の反対側に女性が立っていた。厳しい太陽と同じくらい厳しい人生に疲れているのか、やつれた顔をしている。隣にはブルーティック・クーンハウンドが座っていた。女性は危険なかかしのように肩から斜めに散弾銃をかけ、両手をだらりと垂らしていた。

「脱出できるとは思わなかった」彼女が言った。「町の人間でできた人を見たことがなかったわ」

フェイスはラジオを切ることで、気持ちを落ち着かせる時間を稼いだ。見物人はどれくらいのあいだ、そこに立っていたのだろうと考えた。ミニクーパーのフルトン郡のナンバープレートを見て、アトランタの住人だと判断するには充分な時間だっただろう。

フェイスは言った。「あたしは——」

「GBIね。あの背の高い男性のパートナー。ウィルだった？　サラと結婚している人」

この女性は魔女に違いないとフェイスは思った。「あなたの名前を聞いていない」

「言ってないもの」彼女は挑戦的に顎を突き出した。「だれを探しているの？」

「あなたを」フェイスは推測した。「ペニー・ダンヴァース」

女性は一度だけうなずいた。「見た目より、頭が切れるのね」

フェイスは歯の裏側を舌でなぞった。「あなたの家まで乗っていく？」

「犬もいい？」

車はこれ以上汚くなりようがないとフェイスは思った。手を伸ばして、ドアを開けた。

「彼がチェリオスを好きだといいんだけれど。娘はわたしの頭に向かって投げるのが好きなのよ」

ペニーが舌を鳴らすと、犬は泥だらけの足で前の座席を飛び越え、床に落ちているチェリオスを猛然と食べ始めた。今日の唯一のいい出来事だといえた。ペニーは助手席に座った。ドアを閉めた。散弾銃は、銃口を上に向けて脚ではさんだ。それもまたいいことだ。フェイスに向けることもできたのだから。

「わたしの家は三キロほど行った左手にあるの。道が悪いから、しっかりつかまって」弾を込めた散弾銃を持った、シートベルトをしていない女性が言った。「家が見えてくる前に、納屋があるから」

フェイスはギアをドライブに入れた。窓は両方とも開けたままだ。砂利道のほこりで窒息することのないように、スピードメーターは五十キロよりあがらないようにした。犬が犬らしいにおいを発していたということもある。

「それで」フェイスが切り出した。「狩りに来ていたの？　それとも――」

「コヨーテに鶏を一羽、やられてね」ペニーはラジオに向かって顎をしゃくった。「彼女が『天国への階段』をカバーしたのを聴いた？」

ドリー・パートン。世界中どこでも、場をなごませられる。さらには、フェイスが思っていたよりはるかに前から、ペニーが溝の脇に立っていたことを教えていた。フェイスは不安を見せないようにしながら、聞いた。「『ハローズ・アンド・ホーンズ』のほう？　それとも『ロックスター』（どちらもドリー・パートンのアルバム）？」

ペニーはくすりと笑った。「どっちだと思う?」

フェイスには見当もつかなかったし、ペニーは答えを教えるつもりはないようだった。ポケットからベーコンを取り出して、犬にあげている。フェイスがそれを見ていることに気づいて、彼女にも差し出した。

「けっこうよ」フェイスが言った。

「お好きなように」ペニーは無言で道路を見つめながら、ベーコンをかじった。

フェイスは、場をなごますためにドリー・パートンを話題にしようと頭を絞ったが、やがて口を閉じていたほうがいい場合もあるのだと思い直した。だれもいない野原を進んでいく。牛。時折低く飛んでいく鳥の群れ。

忠告されていたとおり、道が悪くなってきた。また車が溝に落ちないように、フェイスはハンドルと格闘しなくてはならなかった。町の道路にあるのは穴だが、ここにあるのは裂け目だ。ようやく遠くに納屋が見えてきたときには、ほっとした。大きくて真っ赤なその納屋は、グーグルアースには映っていなかったから新しいものなのだろう。道路に面している側に、アメリカの国旗が描かれていた。二頭の馬が顔をあげて、通り過ぎるミニクーパーを眺めた。

ペニーが言った。「ここらの人間は愛国者なの。わたしの父はベトナムに行ったわ」

フェイスの兄はいまも空軍にいるが、そのことには触れなかった。「ありがたいことね」

「アトランタの人間には、わたしたちのことに首を突っ込んでもらいたくないのよ。わたしたたちにはわたしたちのやり方がある。あなたたちはわたしたちに干渉しない。わたしたちもあなたたちに干渉しない」

彼女がフェイスを試しているのはわかっていた。アトランタ都市圏の税金がなければ、ジョージア州はミシシッピ州のようになっていただろうということもわかっていた。インターネットと医療機関が必要になるまでは、だれもが田舎暮らしを美化するものだ。

「あそこよ」見逃すかもしれないとでも言うように、ペニーがこの五十キロほどで唯一の私道を指さした。「左側」

フェイスは速度を落とし、長い私道に入った。郵便箱に記された名前を見て、ペニーの部族主義に納得がいった。「D．ハーツホーン。保安官じゃなかった？」

「昔はね。わたしの父よ。裏にあるトレーラーで暮らしている。脳卒中のあと階段をあがれなくなったから、ここに越してきてもらったの。ビスケットはわたしの兄」

フェイスは慎重に言葉を選んだ。「あなたたちは親しいの？」

「マーシーを殺したのはデイヴじゃないって、彼がわたしに伝えたかっていう意味？」

それが答えだった。

「気になるなら教えてあげるけれど、ビスケットはロッジに電話をして伝えようとしたの。でも通じなかった。電話もインターネットもついにだめになった」ペニーは意味ありげにフェイスを見た。「いま彼はエリジェイで、ひっくり返った鶏運搬車の後始末をしているハイウェイ・パトロールを手伝っている。仕事に行くときは連絡しろって言われている」

「行くの？」

「わからない」

ペニーがなにをするかはフェイスにはどうもできないが、できるかぎりの情報を彼女から引き出すことはできる。「高校のころ、マーシーとデイヴが殴り合いをしているのをあなたが何度も見たって、わたしのパートナーがビスケットから聞いたそうよ」

「公正な戦いとは言えなかったわね」話をするときも唇がほとんど動かないくらい、ペニーは奥歯を嚙みしめていた。「マーシーはパンチを食らっても倒れなかった」

「倒れるまでは」

ペニーは散弾銃を握りしめたが、それを使いたがっているわけではなかった。母屋へと車が近づいていくあいだ、彼女は胸につくくらい顎を引いていた。フェイスが彼女に気づいてから初めて、弱々しく見えた。

ウィルがいてくれればよかったのにと、フェイスは心から思った。彼女が知るだれよりも長く、ウィルは沈黙を保つことができる。フェイスは唇を嚙んで、質問したくなるのをこらえた。もう少しで家に着くというところで、ようやくその努力が報われた。

ペニーが言った。「マーシーはいい人だった。そう思ってもらえないことが多かったけれど、でも本当なの」

フェイスは錆《さ》びたシボレーのトラックの横に車を止めた。家はペニーと同じくらいくたびれていた。ペンキがはがれた色褪せた木材、朽ちたフロントポーチ、屋根板がはがれ、反り返った屋根。家の脇にもう一頭馬がいた。柱にくくりつけられている。水桶に顔を突っ込んでいるが、その目はじっと車を見つめている。フェイスは身震いしたくなるのをこらえた。馬が怖かった。

「教えておくけれど」ペニーが言った。「このあたりでは、自分の身になにが起きてもそれは自業自得だっていうメッセージを、女の子は早くから教えられる」

　そのメッセージは特定の地域に限定されるものではないとフェイスは思った。

「高校生だったマーシーが妊娠したときは、ひどい騒ぎだった。電話やら会議やらで大変だった。牧師さまが介入した。誤解しないでね、彼女は確かに優等生じゃなかったけれど、でも彼女には学校に残る権利があったのに、まわりがそれを許さなかった。悪い手本になるからと言って。実際にそうだったかもしれないけれど、だからってあんな扱いをしていいってことじゃなかった」

　フェイスは下唇を嚙んだ。ジェレミーを生んだあと、彼女は九年生に戻れたけれど、学校中の人が彼女にいてほしくないと思っているのがありありと伝わってきた。図書室で昼食をとらなくてはならなかった。

「マーシーは昔から手に負えなかったけれど、彼女の伯母が赤ん坊を盗んだやり方は間違っていた。伯母はレズビアンなの。知っていた？」

「ええ」

「ディライラは意地の悪い女よ。寝室でしていることとは関係なくね。ただ意地が悪いの」ペニーはまた散弾銃を握りしめた。「マーシーは自分の子供と面会するために、ずいぶんと面倒な手続きをしなきゃならなかった。おかしいわよね。だれもマーシーの味方をする人はいなかった。だれもが彼女は負けるって思っていたけれど、彼女はジョンを取り戻すために、お酒とヘロインをやめたの。本当に大変だったはず。あの悪魔と戦った彼女を尊敬するわ。だれも助けてくれなかったんだから、なおさら」

「デイヴはどうなの？」

「くそよ。彼はジーンズ工場で働いていた。工場がメキシコに移るまでは、いい仕事だったの。財布にも余裕があって、バーでおごったりして、ぜいたくしていたわ」

「マーシーはなにをしていたの？」

「弁護士費用を稼ぐために道端でペニスをしゃぶっていたわよ。ジョンの親権を取り戻すためにね」ペニーは反応をうかがうように、フェイスの顔をじっくりと眺めた。

フェイスは表情を変えなかった。自分の子供のためなら、彼女もどんなことでもするだろう。

「マーシーが見つけた唯一の仕事がモーテルで、それができたのはオーナーがパパを怒らせたかったからにすぎない。ほかにはだれも彼女を雇う人はいなかった。彼女はこのあたりの害悪だったの。パパがそれをはっきりさせた」

「セシルのこと？」

「そう、彼女の実の父親。彼はただひたすら彼女に罰を与え続けた。わたしはそれを見てきたの。十六歳のころから、ロッジで部屋の掃除をしてきたから。いいことを教えてあげる」ペニーは、大事なことだと言わんばかりにフェイスに指を突きつけた。「パパの自転車事故のあと、マーシーがあそこを受け継いだ。マーシーが責任者になる前は、ようやく給料が払えるくらいしか売り上げはなかった。彼女があそこを運営するようになって、アトランタからおしゃれな料理人と町からウェイターを雇って、夕食の前にカクテルを振る舞いたいからバーテンダーが必要だっていうことで、わたしにフルタイムで働かないかって声をかけてくれた。どうなったと思う？」

「教えて」

「パパは、休暇に来た人たちはお酒を飲みたがるってことがどうしても理解できなかったの。桑の実の安いワインを一杯ずつ出すだけで、もっと飲みたい客はその場で現金を払わなきゃいけなかった」ペニーは鼻で笑った。「マーシーは最高級のお酒を買って、特別なカクテルの宣伝を始めて、つけで払えるようにした。社員旅行で来た人たちのなかには、実はアル中だってことを上司に知られたくなくて現金で払う人もいたわ。計算してみて。満室のときには二十人が毎晩アルコールを注文して、バーテンダーに仕事をさせるのよ」

フェイスは計算が得意だった。通常レストランは、店頭価格の倍でアルコールを提供するが、仕入れは卸売り価格だ。二十人の客がひと晩にカクテルを二杯注文すれば、一日の利益は四百ドルから六百ドルになる。そこにさらにワインの売り上げと、客がコテージに持って帰った分の売り上げが加算されるのだ。

「マーシーは宿泊料金を二十パーセント値上げしたけれど、だれも驚いたりしなかった。シャワーを浴びたときにかびを吸いこんだりしないように、バスルームを改装した。彼女は、アトランタから金持ちの客を連れてきたの。でもパパはそれが気に入らなかった」ペニーは家に視線を戻した。「どんな父親だって彼女を誇りに思うだろうに、パパは逆に彼女を憎んだ」

ペニーは新たな容疑者を提供しているのだろうかとフェイスは考えた。「自転車事故で、セシルはひどい怪我を負ったのよね？」

「そうよ。動きまわることはできなくなったけれど、あの憎たらしい口は元気なまま」ペニーの怒りは収まったようだ。散弾銃をダッシュボードに置いた。「わたしの記録はもう知っているだろうし、本当のことを言うけれど、わたしの免許は没収されている」

彼女がなにを言っているかはわかっていた。ペニーは何度となくＤＵＩで捕まったため、判事が永久処分を科したのだ。

「あなたがなにを考えているのかはわかる。わたしみたいなかつての酔っ払いは、バーテンダーにふさわしいって思っているんでしょう？　でももう十二年も飲んでいないから、見下すのはやめてほしいわ」

「わたしが考えていたのは別のこと」フェイスが言った。「十二年前なら、あなたのお父さんはまだ保安官だった。かなりの力があったはず。あなたを助けるために、手を尽くさなかったのが不思議ね」

から」

「そう思う？　父はわざとそうしなかったのよ。父は、自分の許可がなければわたしがどこにも行けないようにしたの。仕事に連れていってくれって、父に頼まなきゃいけなかった。買い物にも。医者にも。感謝すべきかもしれないわね。馬に乗れるようになったんだから」

フェイスは言外の意味を理解した。「あなたができる仕事はロッジだけだった」

「そういうこと。わたしを支配し続けられるように、父がわたしをあそこに行かせたの」

「お父さんはセシルと親しいの？」

「あのふたりのろくでなしは似た者同士よ」彼女の口調が苦々しいものになった。「父とセシルにとって大事なのは、支配者でいることだけ。だれもが、ふたりは素晴らしいと思っている。地域社会の中心人物だって。でもね、彼らは人の首根っこを押さえてそして……」

フェイスは彼女がその続きを言うのを待った。

「活力にあふれた女性――お酒が好きなのかもしれないし、ちょっとした楽しみを求めるのかもしれない――を見ると、地面に引きずりおろすの。母は父にずたずたにされて、若くしてお墓に入ることになった。父はわたしも壊そうとした。成功したのかもしれないわね。まだここにいるんだもの。こんなむさ苦しいところで暮らしている。父の食事を作っている。骨だらけの彼の体を拭いている」

自宅を見つめるペニーの目には、取りつかれたような表情が浮かんでいた。犬が後部座席で座り直した。コンソールに鼻をのせた。

　ペニーは手を伸ばして犬を撫でながら、言葉を継いだ。「この町の老人たちがどうしてあんなに怒っているのか、知りたい？　昔は彼らがなにもかもを支配していたからよ。だれが彼女の脚を開かせなきゃいけないのか。だれがそうしなかったのか。だれがいい仕事につくのか。まっとうな暮らしができないのはだれなのか。だれが町のいい場所に住み、だれが貧しい地域から抜け出せないのか。だれが妻を殴っていいのか。だれが酒酔い運転で刑務所に行き、だれが市長の座につくのか」

「いまは？」

　ペニーは吐息のような笑い声をあげた。「いま彼らに残っているのは、フード・ネットワーク（アメリカのテレビ局）と成人用のおむつだけよ」

　フェイスはペニーの疲れた顔を眺めた。見せかけの態度の下には、気が滅《め》入《い》るほどの敗北感があった。

「くそ」ペニーはつぶやいた。「わたしがなにをしようと、いつだって最後はこうなるの。マーシーと同じよ。彼女に自分の物語を書くチャンスができる前に、父親が彼女の人生の最初のページを書いたの」

　フェイスは、不満を吐き出し続けるペニーの言葉を黙って聞いていた。普段であれば、〝男はろくでなしの集会〟には喜んで参加するのだが、いまは話題を事件に戻す糸口を見つけなければならない。デイヴの可能性が消えたいま、マーシーをレイプして殺すことができた容疑者は、ロッジにいるひと握りの男たちだけだ。

ペニーがひと息つくのを待って、フェイスは訊いた。「マーシーはだれかと会っていた?」

「彼女が山をおりることはめったになかった。最後におりたのがいつだったか、覚えていないくらいよ。自分で運転はしないし、顔を見せるのを嫌がるの。ジョンを取り戻すためにあんなことをしなきゃならなかったわけだしね。キャンドルショップをやっているあのくそばばあは、彼女を売女《ばいた》って呼んで、顔に唾を吐いたことがあったのよ。ここの人たちはずっと前のことを覚えているの」

「マーシーは町のだれかと付き合っていなかったの?」

「まさか。そんなことになったら、新聞の一面に載っていたでしょうね。ここではなにも秘密にしておけないの。だれもが人のことに首を突っ込む。ハッピーセットで満足しているほうがずっといいのよ。必ず、おもちゃがついてくるんだから」

「ロッジのスタッフはどうなの? マーシーはあそこにいるだれかと付き合っていなかった?」

「職場の人間に手は出すべからず。アレハンドロはしみったれだし、ふたりのウェイターはまだあそこに毛も生えていないわ」ペニーは肩をすくめた。「彼女は、あちこちで客を誘っていたかもしれないわね」

フェイスは驚きを隠せなかった。

ペニーは笑った。「豪華なリゾートでふたりっきりで過ごせば、それだけで結婚生活を修復できるって考える夫婦は大勢いるのよ。男が目くばせしたり、なにか言葉をかけてきたりしたら、それはちょっとしたお楽しみができるっていう意味よ」

フェイスはフランクとドリューのことを考えた。ふたりのうちなら、山でのお楽しみのターゲットになりそうなのはフランクだ。「どこでするの？」

「五分ふたりきりになれるところならどこでも」ペニーはまた唇を震わせながら笑った。

「運がよければ十分ね。そのあと彼らは、妻のベッドに戻るっていうわけ」

彼女は自分の経験を語っているのだとフェイスは考えた。「マーシーはチャックとなにかあったことはある？」

「とんでもない。かわいそうなあの変わり者は、大学時代のクリスマス休暇にフィッシュがここに連れてきてからというもの、ずっとマーシーにお熱なの」ペニーが説明した。

「みんながクリストファーをフィッシュトファーって呼ぶのは、彼が魚に取りつかれているから。彼とチャックは一緒にジョージア大学に通っていたの。似た者同士よね。ふたりともオタクっぽくて、女性にはあまり縁がない」

「ゆうべのカクテルのとき、マーシーがチャックを怒鳴りつけたって聞いた」

「彼女はぴりぴりしていただけよ。なにが起きているのか、マースはわたしには話さなかったけれど、家族のごたごたで彼女はいつも以上にいらいらしていた。チャックは間の悪いときに間の悪い場所にいたのよ。それが彼の得意技なの。いつだってこっそり近づいてくるんだから。とりわけ、女性にね」ペニーは当然の疑問に答えた。「もしチャックがレイプ犯なら、とっくの昔にマーシーをレイプしていたでしょうね。そしてマーシーは彼の喉を掻き切っていた。それは確かよ」

フェイスは、それなりの数のレイプ事件を扱ってきた。そういう目に遭ったとき自分がどういう対応をするかは、だれにもわからない。生き延びるために被害者がしたことは、生き延びるためにするべきことだったというのが、彼女の意見だ。

「マーシーがだれを気にかけていたのか、教えてあげる」ペニーが言った。「あの客、モニカよ。カクテルパーティーに来たときには、すでにもうべろべろだったの。最初の一杯を出したとき、二十ドルのチップをくれて、どんどんお代わりをくれって言われた。でも正直に言うと、水で薄めたのを出したの。そうしたらマーシーに、もっと水を入れろって言われたわ」

「彼女はなにを飲んでいたの？」

「アンクル・ニアレスト（アメリカンウィスキーの種類）を使ったオールド・ファッションド（カクテルの種類）。一杯二十二ドル」

「驚いた」フェイスはアルコールの売り上げの計算をし直した。千ドルに届く夜もあるだろう。「ほかはだれか飲んでいた？」

「ごく当たり前の量をね。でも彼女の夫はまったく飲んでいなかったわ」

「フランクね。彼はマーシーとなにか話をしていた？」

「わたしは見なかった。あんなことになったんだから、なにかちょっかいを出そうとしている男を見ていたら、ビスケットに話しているわよ」

残る質問は、Ｖ・Ｃ・アンドリュースの件だけになった。フェイスは慎重にその話題を切り出した。「フィッシュは客と親しくなったことはある？」

ペニーは大笑いした。「フィッシュが親しくなれるのは、鱒だけよ」

フェイスはウィルの録音にあった事柄に触れた。「クリストファーとギャビーの恐ろしい出来事っていうのは？」

「ギャビー？　わお、懐かしい名前ね。久しぶりに聞いた。彼女が死んだとき、わたしはまだお酒を飲んでいた。マーシーもよ」

フェイスはうなじの毛が逆立つのを感じた。ディライラはギャビーのことを、クリストファーとうまくいかなかったもうひとりの女性のように語っていた。「ギャビーの苗字を覚えている？」

「もう何年も前のことだから」ペニーは唇をぴくぴくさせながら考えこんだ。「思い出せない。でも彼女は、わたしがさっき話していたことの典型的な例だった。夏のあいだロッジで働くために、アトランタから来たのよ。すごくきれいな子で、活気にあふれていた。山にいた男はみんな、彼女に恋したわ」

「クリストファーも？」

「とりわけクリストファーが」ペニーは首を振った。「彼女が死んだとき、彼はぼろぼろになった。いまもまだ乗り越えていないかもしれない。何週間も寝込んだ。なにも食べず、寝られなくなった」

フェイスは訊きたいことが山ほどあったが、我慢した。

「問題は、ギャビーが彼に気づいたってこと」ペニーが言った。「フィッシュの人生は、無視されてばかりだった。とりわけ、女性から。そこに現れたギャビーは、彼に微笑みかけ、夕食の席で彼が喋り続ける水路の管理や、なにかくだらない話に興味があるふりをした。人の心が読めないのは彼のせいじゃない。ギャビーはただ親切にしただけ。わかると思うけれど、優しさを愛情だと受け取るタイプの男がいるのよ」

フェイスはわかっていた。

「ギャビーが本当に親しかったのはマーシー。ふたりは年が近かった。たちまち親友になったってわたしは言っているんだけれど、出会ったその日に一心同体になったみたいだった。実を言えば、わたしはうらやましかった。それほどだれかと親しくなったことはなかったから。ふたりは、夏が終わったあとの計画をいっぱいたてていた。ギャビーの父親はバックヘッドでレストランを経営していたの。アトランタに移って、ウェイトレスとして働いて、一緒にアパートを借りて、たくさんお金を稼いで、いい暮らしをしようってマーシーは話していた」

ペニーの声にはまだ羨望の響きがあった。

「ふたりはほとんど毎晩、ロッジを抜け出していた。あのころは、古い採石場でレイブ・

パーティーをやっていたのよ。酔っぱらうにはこの郡で最悪の場所だった。そこに行く道は、修道女のあそこみたいにひねくれていたから。道の両側は切り立った崖で、カーブに行き着くまではガードレールもない。最後の一・五キロほどは〝悪魔のカーブ〟って呼ばれているの。坂をくだっていって、ジェットコースターみたいにカーブに突っ込むから。わたしも彼女たちと何度かパーティーに行ったけれど、このまま続けていたらみんな死ぬことになるって、あるときふと思ったの。お酒をやめることにした。あんなことがあったあとだったし」

「あんなことって？」

ペニーは歯の隙間から長々と息を吐いた。「マーシーが運転する車が〝悪魔のカーブ〟からはずれて、峡谷に真っ逆さまに落ちたのよ。彼女はフロントガラスから放り出されて、顔の半分を切り裂かれて、全身の半分の骨を折った。ギャビーは押しつぶされた。事故に遭ったとき、彼女はダッシュボードに足をのせていたって父が言っていたわ。脚の骨が頭蓋骨を粉砕したんだろうって監察医が言ったそうよ。検死のときには、歯科記録で彼女であることを確かめなきゃいけなかった。顔は大きなハンマーで叩きつぶしたみたいになっていたらしいわ」

フェイスは胃をかきまわされるような気がした。その手の事故なら扱ったことがある。

「セシルをどう言おうと、マーシーが刑務所に入らないですむようにしたのが彼なのは確か。本来なら、どう考えても彼女は過失致死で起訴されるはずだった。事故を起こしたとき、彼女はクスリをたんまりやっていたことが血液検査でわかったの。ビスケットが彼女と一緒に救急車で病院まで行ったんだけど、そのときもまだ正気じゃなかった。救急救命士は彼女を拘束しなきゃいけなかった。顔の半分がぶらぶら垂れさがっていたのに、彼女はハイエナみたいに笑っていたそうよ」

「笑っていた？」

「笑っていたの」ペニーはうなずいた。「ビスケットにからかわれていると思ったみたい。まだロッジにいると思っていたのよ。クスリをやりすぎたって、家の外に車を停めているんだって考えていた。彼女が笑ったのを救急救命士も聞いていたから、噂は瞬く間に広がった。裁判で彼女に有罪を宣告しない陪審員は、この町にはひとりとしていなかったでしょうね。でも裁判は行われなかった。マーシーは無罪放免になったようなものだった。それが、町の人たちが彼女を憎むもうひとつの理由。彼女は人を殺したのに、なんの罰も受けなかったって言っているわ」

どうしてそういうことになったのか、フェイスは理解できなかった。「彼女は司法取引したの？」

「わたしの言ったことを聞いていなかった？　取引するようなことがなかったの。マーシーは起訴されなかった。違反切符すら切られなかった。自主的に免許を返納したのよ。わたしが知るかぎり、あれっきり二度と運転はしていないけれど、それは彼女が決めたことで、判事が免許を取りあげたわけじゃない」フェイスがショックを受けるのももっともだというように、ペニーはうなずいた。「さっき、職権濫用のことを聞いたわよね？　父はそのために力を使った。一生、マーシーをセシルの支配下に置いたの」

　フェイスは口がきけないほど驚いていた。「彼女は罪を償っていないの？　なんの罰も受けていないの？」

「顔が彼女の罰よ。鏡を見るたびに、自分がどれほど悪い人間なのかをあの傷が思い出させてくれるって言っていた。自分を許してはいないの。きっと、許すべきじゃないんでしょうね」

　どうすればそんなことが可能になるのか、フェイスには理解できなかった。危険運転致死罪の刑事訴追から逃れるには、越えなければならないハードルがたくさんある。警察だけではない。郡には検察の事務所がある。巡回裁判所の判事。知事。郡行政委員会。

　この町をかつて支配していた怒れる男たちをペニーは散々非難していたが、それももっともだとフェイスは思った。彼らが相談してマーシーを罰しないと決めたから、彼女は罰せられなかった。

「たったひとつよかったのは、マーシーがお酒をやめようと決めたこと。何度かは飲んでしまったけれど、酔いがさめたときには、彼女はジョンのことだけを考えた。彼がいなかったら、きっと湖に入っていって二度と帰ってこなかっただろうって言っていた」

　マーシーはよく持ちこたえたとフェイスは思った。親友を死なせてしまったという罪悪感は、すさまじいものだろう。

「正直言うと、マーシーは刑務所に行っていたほうがよかったんじゃないかって思うことがあるわ。セシルとビティの彼女の扱い方は、刑務所で彼女の身に起きたかもしれないどんなことよりひどいもの。毎日他人にずたずたにされるのだって辛いのに、それが実の父親と母親だったらどう？」

フェイスは、マーシー・マッカルパインのことを思って悲しくなった自分に驚いた。ペニーがさっき言った言葉が頭から離れない――彼女に自分の物語を書くチャンスができる前に、父親が彼女の人生の最初のページを書いたの。まさにそのとおりだ。それはセシルが書き始めたのかもしれないが、その後デイヴが同じような虐待の物語を続け、そしてさらにそれを別の男が完結させた。フェイスは運命を信じてはいないが、彼女にはチャンスがなかったように思えた。

フェイスの携帯電話が鳴った。発信者は〝GBI　SAT〟となっている。

彼女はペニーに言った。「出ないといけない」

ペニーはうなずいたが、車から降りようとはしなかった。

フェイスはドアを開けた。ブーツのソールが泥にめりこんだ。電話機をタップした。

「ミッチェル」

「フェイス」衛星回線を通したウィルの声は弱々しかった。「話せるか？」

「ちょっと待って」フェイスはうんざりしながら泥のなかで足を動かし、車から遠ざかった。ペニーはあからさまにその様子を眺めている。フェイスが前を通り過ぎると、馬は顔をあげた。連続殺人犯のような目つきで彼女の動きを追っていた。フェイスはさらに数メートル進んでから、言った。「いいわ」

「マーシーは妊娠していた」

フェイスの心は沈んだ。マーシーのことで頭がいっぱいになった。彼女はトラブルから解放されることがないらしい。だがそこで、警察官としての脳に切り替えた。これで事情が変わってくるからだ。女性にとって、妊娠中はもっとも危険なときだ。アメリカ合衆国では、妊婦の死亡原因でもっとも多いのが殺人だ。

「フェイス?」

ドアが閉まる音が聞こえた。ペニーが車から降りていた。犬は彼女の足元に座っている。フェイスは声を潜めて訊いた。「何カ月?」

「十二週くらいだとサラは言っている」

言葉が途切れ、フェイスは電話の雑音に耳を澄ました。車に背を向けた。「マーシーは知っていたの?」

「不明だ。念のため言っておくと、彼女はサラにはなにも言っていなかった」

「マーシーは客と寝ていたことがあったってペニーから聞いた」

ウィルは一拍の間をおいてから言葉を継いだ。「道路は完全に冠水している。病院にもう一台、オフロードバギーをきみのために残しておいた。サラを見つけて、一緒に連れてきてくれ。彼女がドリューとケイシャに話をさせることができるかもしれない」

「あなたはドリューが――」

「彼らはこれまでに二度ロッジに来ている。ドリューは今朝、妙なことをビティに言ったんだ。サラから聞いてくれ」

「すぐに病院に戻るわ」

フェイスは電話を切った。充分な距離を置いていたにもかかわらず、馬は彼女に向かって鼻を鳴らした。ペニーはまた散弾銃を肩からかけていた。地面を見おろしている。

フェイスは彼女の視線をたどった。ミニクーパーの右後輪のタイヤがパンクしていた。

「ファック」

ペニーが訊いた。「スペアタイヤは?」

「わたしのガレージのなか。バンドの器材を運ぶときに、息子が車からおろしたの」ジェレミーが能なしだとFBIが気づいてくれることを願った。シボレーのトラックを頭で示しながら訊いた。「病院まで乗せていってもらえる? パートナーがロッジに来てほしがっているの」

「わたしは運転しないし、そのトラックは動かない。でもラスカルにはたっぷりガソリンが入っているわよ」

「ラスカル?」

ペニーは馬を示した。

14

ウィルは母屋に向かってループ・トレイルを歩きながら、森を見渡した。忠誠を誓うときのように胸にしっかりと当てているにもかかわらず、怪我をした手はずきずきと痛んだ。包帯はまた濡れている。ＧＢＩの北ジョージア現場事務所から派遣されてきたケヴィン・レイマン捜査官がマーシーの寝室の証拠品を調べているあいだに、体を洗って新しいズボンにはき替えていた。

調べる物はそれほどなかった。彼女の経済状況と同じで、所有物はほとんどない。小さなクローゼットは実用品ばかりだった。ハンガーにはなにもかかっておらず、畳んだシャツとジーンズ、アウトドア用の服があるだけだ。履き古した二足のスニーカーと、高級品だけれど古いハイキングブーツがあった。ウィルは、慣れ親しんだ感情に襲われた。子供のころ彼が着ていたものはすべて、だれかから寄付されたものだった。マーシーの服は色あせて擦り切れ、サイズも様々だ。新品を買ったのではないとウィルにはわかっていた。

それどころか、なにひとつ新しいものはなかった。壁に貼られた、Ｏタウン、ニュー・キッズ・オン・ザ・ブロック、ジョナス・ブラザーズ（いずれもアメリカのボーイズバンド）の色あせたポスター。ジョンが子供のころに描いた絵が数枚、ドアの脇にテープで留められている。十六年の彼の人生を記録した写真があった。学校の写真や戸外で撮ったスナップ写真：クリスマスにキリンのぬいぐるみを受け取るジョン、デイヴと一緒にトレーラーの脇に立つジョン、顎に携帯電話を乗せたままソファで寝落ちしているジョン。

　マーシーの部屋にあるものが、この家にある唯一の本棚のようだった。テネシー州ガトリンバーグのスノードームと、読みこまれた五十冊以上のロマンス小説のペーパーバックが並んでいた。どれもほこりひとつなく、きちんと整頓されていて、そのせいで彼女の所有物の貧弱さがいっそう痛ましく思えた。マットレスの下に秘密の書類は隠されていなかったし、ベッド脇の引き出しに入っているのは女性なら当然と思われるものだけだった。彼女の部屋にバスルームはなかった。廊下の突き当たりにあるものをほかの家族と共用していた。出ていくための荷物のなかに、マーシーはｉＰａｄを入れていなかった。画面はロックされていた。パスワードを解読するには、鑑識に送る必要があった。

　サラによれば、マーシーは子宮内避妊用具《IUD》を入れていなかったという。彼女が妊娠に気づいていたかどうかすら、いまとなってはだれにもわからない。ピルを飲んでいたのなら、バックパックに入っているはずだ。急いで出ていこうとするとき、たいていの女性はコンドームを持っていこうとはしないだろう。大きな疑問が残っていた。彼女はなぜ出ていこうとしたのだろう？　どこに行くつもりだったのだろう？　なぜデイヴに電話をかけたのだろう？

ウィルは足を止めて、ポケットからｉＰｈｏｎｅを取り出した。怪我をしたほうの手で画面をタップして、マーシーがデイヴに送ったボイスメールの録音を開いた。繰り返し聞いている箇所があった。

信じられない――ああ、神さま、わたしには――お願いだから電話して。お願い。あなたが必要なの。

あなたが必要だといったときの彼女の声は、絶望のなかに希望を見出《みいだ》そうとしているようだった。まるで、今回だけはデイヴが期待を裏切らないでほしいと祈っているみたいに。

ウィルは携帯をポケットに戻し、再びトレイルを歩き始めた。頭のなかで、マーシーのボイスメールを繰り返し再生させた。デイヴがどうしていまのようになったのかが、理解できずにいた。彼もウィルもひどい子供時代を送らざるを得なかったが、どんな人間になりたいのかはふたりともわかっていた。悪癖と戦っているデイヴを非難するつもりはなかった。アルコールとドラッグはまだ理解できる。だがデイヴは妻を殴り、首を絞め、彼女を脅し、何度も裏切った。

それは彼の選択だ。

ウィルは間違った人間に焦点を絞ってしまった自分を心のなかで叱りつけた。デイヴへの怒りは手放さなくてはいけない。マーシーのろくでなしの元夫は、捜査の枠外へと押しやられた。犯人を見つけ、ジョンを探し出す。いまウィルが考えなくてはいけないのは、そのふたつだけだった。

建物が立っているあたりにやってくると、太陽の光が顔に当たった。ベルトのうしろに留めてあるずっしりと重たい衛星電話の位置を調節した。ズボンの横にはパドルホルスターを差しこんである。アマンダが予備の拳銃を貸してくれていた。ウィルよりも年上の銃身の短い装弾数五発のスミス・アンド・ウェッソンだ。ウィルは、古いマカロニ・ウェスタンの映画に出てくる、町を歩く無法者になった気がした。ドリューとケイシャのコテージでカーテンが揺れた。車椅子に乗ったセシルがフロントポーチから彼をにらみつけている。二匹の猫が階段のそれぞれの場所から、彼をじっと眺めていた。ポールは、コテージの外のハンモックのなかだ。胸の上に本が伏せられていて、テーブルには酒瓶が置かれていた。ウィルに気づくと、にやりと笑った。酒瓶を手に取り、ひと口飲んだ。

ポールにはもうしばらくいらついていてもらおうとウィルは考えた。彼は話を訊く人間のリストに載ってはいるが、一番上ではない。尋問は普通、ふたつのカテゴリーに分けられる。対決するためと情報を得るためだ。ふたりのウェイター、グレッグとエズラはティーンエイジャーだ。おそらくいい情報源になるだろう。アレハンドロがなにか話してくれるかどうかは定かではなかった。マーシーは妊娠十二週だった。客は来ては帰っていく。まず集中すべきは、常にマーシーのまわりにいた男たちだ。

ここにいるほかの男たちを厳しく追及しないというわけではない。予定していたすべてのアクティビティは延期されたが、嵐が去るやいなやチャックはクリストファーと釣りに出かけた。ドリューはケイシャと三番コテージにこもっている。ゴードンはポールとふたりで酒を飲んで過ごすことに満足しているようだ。フランクは、ハーディ・ボーイズ（アメリカのＹＡ向け探偵小説シリーズ）のようにコロンボの真似事をしていた。

ウィルは、アマンダから捜索令状が届くのを待っていた。そうすれば、血のついた服と折れたナイフの柄を捜すことができる。オフロードバギーの鍵のかかる荷物入れには感熱式プリンターが搭載されているから、うまく衛星電話とつながってくれれば令状を印刷して、捜索に取りかかれるのだ。マッカルパイン一家は、ウィルとケヴィンがマーシーの部屋を調べることには同意したものの、それ以外の場所は拒否するだろうと彼は考えていた。まだ客を帰らせていないのだから、なおさらだ。

ビティは、彼女と夫は悲しみに包まれているので一切の質問には答えられないと言い切った。もっともな言い分ではあったが、彼女が包まれているのは悲しみではなく、怒りのように見えた。サラがすでにキッチンを探していたので、家の捜索順位は低かった。いずれは、湖をさらわなくてはいけないかもしれない。その決定はウィルの給与等級を超えていた。いま彼が時間を一番有効に利用できるのは、ここにいる人たちに話を聞いて、だれにマーシーを殺す動機があるかを突き止めることだ。

ウィルは森に目をやり、どちらに行けばいいのかを見定めようとした。ゆうべ夕食に行くときは、ループ・トレイルの下半分を歩いた。サラに先導されて食堂へと続く別の道を使ったのだが、あのときはルートではなくサラに気を取られていた。

フランクのコテージのドアが開くのが視界の隅に見えた。手が出てきて、ウィルに合図を送っている。陰になったところにフランクが隠れているのがわかったが、ほかの状況であればずいぶんと妙だと思っただろう。ウィルは文字どおり開けたところにいるのだから、彼が七番コテージに向かって歩いていくのは、どこからでも見える。フランクに尋問するのはいまがいいだろうとウィルは考えた。ゆうべモニカはひどく酔っていた。あいびきのためにコテージを抜け出すのは簡単だっただろう。妻に気づかれることなくマーシーの血をシャワーで洗い流し、ベッドに戻るのも同じくらい簡単だったはずだ。

　ウィルが階段をあがっていくあいだも、フランクはスパイ映画のような態度を崩さなかった。ドアがさらに大きく開いた。なかは暗く、ウィルの目が慣れるまでしばらくかかった。窓と裏側のフレンチドアのカーテンは閉められていた。寝室に通じるドアは閉まっていた。吐物のにおいが漂っていた。

「きみに頼まれていたものだ」フランクは折りたたんだ紙を差し出した。「キッチンの奥の事務所で、宿泊名簿を見つけた」

　ウィルは紙を開いた。ありがたいことに、フランクはウィルにとって読みやすいブロック体で書いてくれていた。あとで読むつもりで、ウィルはその紙をシャツのポケットにしまった。いま難しい立場にいるのは、フランクのほうだ。「手伝ってくれてありがとう。スタッフをどうやって追い払ったんだ?」

「金持ちの白人男が癇癪《かんしゃく》を起こしたふりをして、電話を使わせろって言ったんだ。電話が使えなくなっているとは知らなかった」彼は興奮した口調だった。「ほかにぼくにできることはあるかな?」

「ああ」ウィルは彼のやる気に水を差そうとしていた。「ゆうべ、なにか聞かなかったか?」

「なにも。それが妙なんだ。ぼくはすごく耳がいいんだよ。ゆうべはあまり寝ていないし。ひと晩中、モニカと寝たり起きたりしていた。この近くでだれかが叫んだら、聞こえたはずだ」

　ウィルが続けて質問しようとしたところで、寝室の閉じたドアの向こうからえづく音が聞こえた。フランクが体を硬くし、ふたりは耳を澄ました。音が止まった。トイレを流す音。再び静かになった。

「彼女は大丈夫だ」フランクの声には、アルコール依存症の妻のために言い訳をし続けてきた男の慣れた調子があった。「座ってくれ」

　フランクが話をしやすくしてくれたので、ウィルはほっとした。置かれているソファと安楽椅子は、ウィルとサラのコテージと同じようなものだったが、こちらのほうが使い古されているようだ。絨毯には染みがあり、傍らには黒っぽい液体を吸ったペーパータオルがあった。においの元はそこだろう。ウィルは一番離れている椅子に座った。

「ひどい日だ」フランクは顔をこすりながら、ソファにぐったりと座りこんだ。ばつが悪そうだ。疲れているようにも見える。髭を剃っていなかった。髪も梳《と》かしていない。ウィルがロッジ中を起こす前から、大変な夜を過ごしていたのだろう。「手はどうだい?」

手は、心臓の鼓動に合わせてずきずきと痛んだ。「よくなっている、ありがとう」

「ゆうべのマーシーのことを考え続けているんだ。彼女を助けてやれればよかったんだが、ぼくになにができたのかいまもわからない」

「だれもできることはあまりなかった」

「そうだろうか？　きみがしたことはぼくにもできた。割れたグラスを片付ける手伝いはできた。だがぼくは料理の話を始めた。そうしなければよかったと思っているんだ。そのせいで、起きたことを無視する許可をみんなに与えてしまったようなものだ」

彼の声からいつものリズムは失われていて、常に場を丸く収めようとする彼の性格は、幾度となくジレンマを生み出してきたのだろうとウィルは思った。

「だから、いまなにかをしたいんだ」フランクは言った。「マーシーは死んだのに、だれも気にかけてもいないようだ。朝食のときのみんなを見せたかったよ。ゴードンとポールはブラックジョークばかり言っていた。ドリユーとケイシャは黙りこくっていた。クリストファーとチャックはアクリルの箱に閉じこもったみたいだった。ぼくはビティとセシルと話をしようとしたんだが――きみはふたりから嫌な雰囲気を感じている？」

ウィルはなにを感じていようとフランクに話すつもりはなかった。下のほうだとはいえ、彼の名はまだ容疑者リストに載っている。「きみは、前にもここに来たことがあると言っていたんだだった？」

「いいや、それはドリユーとケイシャだ。三度目だそうだ。信じられるかい？　だがもう来ることはないだろうな」

「きみとモニカはいろいろと旅をしているんだろう？　最後に行ったのはいつだ？」

「イタリアだったかな。三カ月前にフィレンツェに行った。二週間滞在したよ。ワインをたくさん飲んだ。間違った行為だったのかもしれないが、生きていかなきゃならないからね。そうだろう？」

「確かに」時系列を確認することとウィルは心のなかでメモを取ったが、彼の言葉どおりであれば、殺人はともかくとしてマーシーの妊娠については網からはずれたことになる。

フランクは深々とため息をつきながら、ソファにもたれた。つかの間、物思いにふけっているようだった。「ぼくの両親はふたりともアルコール依存症だった。それがぼくにとってどういう意味を持つのかはわからないが、だれかが同じ問題を抱えていればわかるんだ。第六感みたいなものだ」

ウィルには理解できた。彼も依存症の人々に囲まれて育った。最初の妻はオピオイドを好んだ。彼は同じ傾向を持つ人間には敏感だった。

「とにかく、その直感が言ったんだ。マーシーは問題を抱えているってね」

モニカが寝室で咳きこんだ。フランクはそちらに顔を向けて、耳を澄ました。ウィルは彼が気の毒になった。それは、ひどくストレスの多い生き方だとわかっていた。サラの唇がワイングラスに触れただけで、ウィルはいまでもどういうわけか不安になるのだ。

フランクが言った。「近づかないようにしていたのは、だからだと思う。マーシーにってことだ。彼女のドラマに巻きこまれたくなかったんだ。ぼくはそれでなくても手一杯だからね。息子が生きていたころは、モニカはこんなじゃなかった。ユーモアがあって、おおらかで、ぼくに我慢してくれた。それって大変なことだよ。自分が難しい人間だっていうのはわかっているからね。ニコラスはぼくたちを照らしてくれる光だった。でも白血病が彼を奪って、そして……。だれもがそれぞれのやり方で悲しみを乗り越えるってセラピストに言われたよ。ここに来ることで、もう一度やり直せるんじゃないかって思った。信じられないかもしれないが、ニコラスが死ぬ前は、モニカはめったに酒は飲まなかったんだ。たまにマルガリータは飲んでいたが、ぼくの両親のことを知っていたから……」

話をさせるのが思いやりだとウィルにはわかっていた。妻の依存症のせいで、彼は孤独なのだ。だがこれは殺人事件の捜査であって、セラピーではない。彼には形ばかりの仕事をしてもらったが、だからといって容疑者リストからはずれたわけではなかった。

「すまない」フランクの直感が、ウィルのいらだちを感じ取った。彼はソファから立ちあがった。「話しすぎだってわかっているんだ。聞いてくれてありがとう。ぼくになにかできることがあれば――」

モニカが別の部屋でまた咳をした。フランクの顔に心配そうな表情が浮かんだ。二日酔いなら彼は散々見てきているはずだが、今回は違うらしいとウィルは感じた。

「なにかあったのか、フランク？」

フランクは寝室のドアをちらりと見たあと、声を潜めて言った。「信じないかもしれないが、ゆうべはそれほどひどくはなかったんだ。かなり飲んでいたが、普段とさほど変わりはなかった」

「それで？」

「たいしたことはないと思うんだが――」フランクは肩をすくめた。「モニカは吐き続けている。冷蔵庫にあったコーラは全部なくなった。キッチンからトーストを少し持ってきたよ。なにも胃にとどめておけないんだ」

　この会話が二十分前だったらよかったのにとウィルは思った。サラはすでに二台目のオフロードバギーで病院を出ている。「ぼくの妻は医者なんだ。彼女がここに着いたらすぐに、モニカを診てもらうよ」

「助かるよ」サラが化学の教師から医者に変わったことを尋ねようともしないくらい、フランクの安堵は大きかった。「いや、本当にたいしたことではないと思うんだ」

　彼の謙虚な言葉が、ウィルの良心を刺激した。フランクの肩に手を置いて言った。「彼女を診てもらうよ、フランク。約束する」

「ありがとう」フランクはぎこちない笑みを浮かべた。「ばかみたいに聞こえるだろうが、きみならわかってくれるかもしれない。わかってくれると思う。きみとサラが一緒にいるところを見て、思い出したんだ。彼女は戦うに値する人だってね。ぼくは心から妻を愛しているんだ」

　フランクの目に涙が浮かんだ。ウィルがなにか思いやりのある言葉を思いつく前に、モニカがまた咳をした。トイレへと駆けこんでいく彼女の足音が床に響いた。

「失礼」フランクが寝室に入っていった。

ウィルは出ていかなかった。部屋を見まわした。ソファと椅子。コーヒーテーブル。フランクが片付けていた。すべてがあるべき場所に収まっている。ウィルは手早くクッションの下を確かめ、小さなキッチンの棚や引き出しを調べた。フランクはいい人間のように見えるが、懸命に結婚生活を維持しようとしている孤独で悲嘆にくれた夫でもあるからだ——おそらくマーシーが以前に寝たことのある客と同じタイプだ。

フランクは寝室のドアをきちんと閉めていかなかった。ウィルはブーツの爪先でさらに大きく開けた。だれもいない。フランクとモニカはバスルームだ。ウィルは部屋のなかへと足を進めた。ふたりの服はまだ畳まれたままスーツケースに入っていた。何冊かの本があった。どれもスリラーだ。ごく普通のデジタル機器。ベッドは乱れたままだった。ボックスシーツは汗で湿っていた。ベッド脇の床に中身のはいったゴミ箱が置かれていた。

血のついた服はない。刃が折れたナイフの柄はない。

ウィルは寝室を出た。腕時計を見た。サラの顔を見るまで、彼の気分がよくなることはないだろう。少なくとも彼女は、鎮痛剤を飲まない彼はばかだと言わんばかりのあの表情を見せてくれるはずだ。

それはもっともな表情だが、状況を変えてはくれない。

ウィルがコテージから出たときも、セシルはまだこちらをにらみつけていた。矢印の横に皿と銀器が描かれた標識があった。ここはチョウ・トレイルらしい。ゆうべ通ったジグザグの道に見覚えがあった。セシルの車椅子が通ったあとに、砕石が踏みつぶされた平行な線ができていた。

ウィルは道を曲がって母屋から見えないところまで進むと、フランクから渡された客のリストを開いた。名前の一部はすぐに読み取ることができたが、それはすでに知っているものだったからだ。だが苗字となると話は別だ。彼は木の切り株に腰をおろした。膝の上に紙を置き、イヤホンをつけた。携帯電話のカメラで名前をスキャンし、読み上げアプリにロードした。

フランク・ジョンソンとモニカ・ジョンソン

ドリュー・コンクリンとケイシャ・マリー

ゴードン・ワイリーとランドリー・ピーターソン

シドニー・フリンとマックス・ブラウワー

身元と犯罪歴を調べてもらうため、ウィルはホットスポットで衛星電話からリストをアマンダに送信した。アップロードするのにほぼ一分かかった。受け取ったことを示す記号が彼女から送られてくるのを待った。ほかになにかメッセージがあるかもしれないと、さらに待った。点滅する三つの点が消えたときには、半分だけほっとした。

アマンダはいま彼に激怒している。いつも以上に怒っている。彼女はこの事件をウィルから取りあげようとした。ウィルはそうなっても捜査は続けると彼女に告げた。このままではすみそうにない。彼にできるのは、近い将来、彼女が剃刀《かみそり》のように鋭い牙を彼の喉に突き立てて、腸《はらわた》を引っ張り出すその瞬間を待つことだけだ。

だがいまは、尋問すべき料理人とふたりのウェイターがいる。ウィルはリストを折り畳み、シャツのポケットに戻した。携帯電話とイヤホンをパンツのポケットに押しこんだ。衛星電話はベルトに留めた。怪我をした手を胸に押し当て、再び歩き始めた。

チョウ・トレイルは緩やかなカーブを描いたあと、またジグザグ道になって食堂へと続いていた。セシルの車椅子は急斜面をくだることはできないからうなずける設計だったが、タイムラインを修正するようにフェイスに伝えなければならないようだ。マーシーは曲がりくねった道を使おうとはしなかっただろう。命がかかっているのだから、なおさらだ。

ウィルは展望台にあがり、トレイルを振り返った。母屋の屋根が見えるはずだと思った。湖を見渡せる展望台の端まで進んだ。梢に邪魔されて湖岸は見えないが、バチェラー・コテージはそのあたりのどこかにあるはずだ。手すりから身を乗り出し、真下を見おろした。斜面は急だったが、ここで育った人間なら時間をかけずにおりるすべを知っているだろうと思った。ストップウォッチを持つのはフェイスで、崖を滑りおりるのは自分の役目になるのだろうという予感がした。

　窓からなかをのぞきながら、建物の裏をキッチンへと進んだ。料理人は、業務用のフードミキサーを使っている。ふたりのウェイターはゴミの入った大きな黒いビニール袋を裏口へと運んでいた。

　なかに入ろうとしたところで、ウィルのベルトにつけていた衛星電話が震えた。

　建物から数歩離れて、電話に応答した。「トレント」

「まだやめていないの？」アマンダが訊いた。

　険のある口調にウィルは明らかな警告の響きを聞き取った。「はい」

「まったく。電話で対応してくれるこのあたりの巡回裁判所の判事に、なんとか連絡を取ろうとしているところ。嵐のせいで、国内北西部を受け持つ主だった変圧器がどうもだめになったらしいわ。でも、令状はどうにかするから。ダイビング・チームはいまレイバーン湖で遺体の捜索をしているところ。最後の手段にしておきたいわね。わかっていると思うけれど、湖の捜索はとてもお金がかかるのよ。深ければなおさらだから、あなたはできるだけ早く、地上でそのナイフの柄を見つけてちょうだい」

「わかりました」

「ゴードン・ワイリーの結婚証明書を見つけた。彼はポール・ポンティチェロという名前の男性と結婚している」

「彼らに犯罪歴は？」

「ない。ワイリーは株式市場アプリを開発した会社を所有している。ポンティチェロはバックヘッドに診療所を構える形成外科医よ」

彼らが金に困ることはないだろうとウィルは思った。「ほかはどうなんです？」

「モニカ・ジョンソンは半年前にＤＵＩで捕まっている」

「驚きませんね。フランクは？」

「ふたりの子供の死亡証明書を見つけた。二十歳だった。白血病。ふたりとも財政状況は問題ない」アマンダが言った。「ほかの客たちも同じね。ほとんどが裕福で、教養のある専門家よ。ドリュー・コンクリンだけが例外。十二年前に加重暴行で起訴されている」

ウィルは驚いた。「詳しいことはわかりますか？」

「詳細を知りたくて、いま逮捕報告書を探しているところ。コンクリンは服役していないから、司法取引をしたのね」

「武器が使われたのかどうかはわかりますか？」

「銃器のはずはないわね。その場合は、必ず実刑になるから」

「ナイフかもしれない」

「彼が怪しいと思うの？」

ウィルは個人的感情を捨てようとしたが、難しかった。ドリューがビティと話したがった〝事柄〟がなんなのかを知る必要があった。「ぼくのリストの一番上に来たことは確かですが、わかりません」

「ケヴィン・レイマンは経験豊富な優れた捜査官よ」

彼女が言っているのはＧＢＩの地方捜査官のことだ。「とてもいい仕事をしていますよ」

「フェイスはしつこい捜査官だわ」

「それって、褒め言葉に聞こえません」

「ウィルバー、あなたは新婚旅行を楽しんでいるはずなのよ。これからだって殺人事件はある。その全部を担当することはできないの。仕事にあなたの人生を支配させるつもりはないから」

同じ説教はもう聞き飽きていた。「アマンダ、マーシーが死んだことをだれも気にかけていないんです。みんな彼女を見捨てた。両親はなにひとつ尋ねようともしなかった。兄は釣りに行きましたよ」

「息子は彼女を愛している」

「ぼくの母親もそうでした」

柄にもなく、アマンダはすぐに言い返さなかった。

沈黙が続くなか、ウィルはウェイターのひとりがゴミ袋を積んだ手押し車を押して、別のトレイルへと向かうのを眺めていた。母屋に続く近道だろう。フェイスにはやはり地図が必要だ。それからランニングシューズも。ウィルの歩幅はマーシーの倍はある。森を走りまわるべきなのはフェイスだろう。

「わかったわ」ようやくアマンダが言った。「さっさとこれを終わらせるわよ、ウィルバー。代休は期待しないことね。休暇の過ごし方を選んだのはあなたよ」

「わかっています」ウィルは通話を終わらせ、電話をベルトに戻した。

キッチンの窓からなかをのぞいた。料理人はコンロに移動していた。八角形の建物をぐるりと回って、裏へと向かった。母屋へと続くトレイルを反対方向に進むと、湖に流れこむ小川に出るようだ。一日が終わるころには、フェイスはウィルに言いたいことがいくつか出てくるだろう。

トレイルの反対側にある差し掛け小屋の下に冷凍庫が置かれていた。キッチンのドアは閉まっている。ふたり目のウェイターはまだ外にいて、紙のゴミ袋に缶を押しこんでいた。髪が目にかかっていた。ジョンより若く見える。十四歳くらいだろうか。

「くそ！」ウィルに気づいた少年の手から袋が落ちた。缶が四方に転がった。こそこそとウィルを見ながらあわてて缶を拾い集めようとしている。まるで現場を押さえられた犯人のようだったが、実際にそのとおりだった。「ミスター、ぼくはその――」

「いいんだ」ウィルは缶を拾うのを手伝った。少年が盗んだものはそれほどなかった。サヤマメ、コンデンスミルク、コーン、ササゲ。空腹で追い詰められるのがどういうものなのか、ウィルは知っていた。食べ物を盗む人間を止めるつもりはなかった。

少年が訊いた。「ぼくを逮捕するんですか？」

彼が警察官であることをだれに聞いたのだろうとウィルはいぶかった。おそらく全員からだろう。「いいや、逮捕はしないよ」

少年は納得していない様子で、袋に缶を戻した。

「ここにはおいしいものがあるね」

「ミルクは妹にあげるんです。甘いものが好きだから」

「きみはエズラ？　グレッグ？」

「グレッグです、サー」

「グレッグ」ウィルは最後の缶を手渡した。「ジョンを見かけなかった？」

「いいえ、サー。彼は逃げたって聞きました。彼が行きそうなところはないかって、ディライラから訊かれました。エズラとその話はしたけど、彼が行きそうなところはぼくたちは知りません。知っていたら話してます、本当です。ジョンはいいやつです。母親のことですごく悲しんでいるはずです」

少年は缶の袋を胸に抱えこんでいた。警察官と話をしていることよりも、食べ物を奪われることのほうが心配らしい。

「もらっておけばいい」ウィルは言った。「だれにも言わないよ」

少年の顔に安堵の色が広がった。冷蔵庫の裏側に回って膝をつき、いつもの場所に違いないところに袋を隠した。ウィルはウッドデッキに黒っぽい油の染みが広がっていることに気づいた。リサイクル用タンクはなさそうだから、油は排水管から汚水処理タンクに流れこんでいるのだろう。地下水に流入する可能性があるから、環境保護庁《EPA》は苦い顔をするはずだ。ビティとセシルに圧力をかける必要が生じた場合に備えて、ウィルはその情報を頭の隅にしまいこんだ。

「ありがとうございます、ミスター」グレッグはエプロンで手を拭いながら、立ちあがった。「ぼくは仕事に戻らないと」

「ちょっといいかな」

グレッグはまた怯えた顔になった。隠した食べ物に視線が向いた。

「きみのことじゃないんだ。死ぬ前のマーシーがどんなふうだったかを知りたくてね。彼女について教えてくれないか？」

「どんなことを？」

「なんでも思いついたことを。なんでもいい」

「彼女は公平だったとか？」グレッグはウィルの顔をうかがいながら言った。「たまにものすごく怒ることがあったけれど、いきなりってわけじゃなかった。彼女の言いたいことはよくわかったから。ほかの人とは違っていました」

「ほかの人はどんなふうだった？」

「セシルは蛇みたいに意地悪です。見かけるなり、攻撃してきます。いまはもう動けませんけれど、事故の前は怖かったです」グレッグは冷凍庫にもたれた。「フィッシュはあまり話しません。悪い人じゃないと思うけど、変わった人です。ビティはぼくを震えあがらせます。友だちみたいなふりをしておいて、言われたことをすぐにしないと、すさまじい勢いでぼくを脅すんです」

「なんて言って脅すの？」

「クビにするって」グレッグが言った。「時々は、ぼくとエズラを手伝ってくれるんです。それに親切にすると、十ドル札か二十ドル札をそっと握らせてくれる。でもいまはぼくが横を通っても、こっちを見ようともしません。正直言うと、マーシーもいなくなったし、町で仕事を探すつもりです。今後どうなるかわからないから、ぼくたちの給料をさげるってすでに言われています」

彼の話は、マッカルパイン家の資産についてウィルがこれまでつかんだことと、つじつまが合っている。「マーシーが男性客のだれかと話をしているのを見たことはないかい？」

グレッグが鼻を鳴らした。「ずいぶん面白い訊き方をするんですね」

「ぼくがなにを訊いていると思うの？」

グレッグの顔が赤らんだ。

「大丈夫だ。きみとぼく、ふたりだけの話にしておこう。きみは、マーシーが客のだれかと一緒にいるところを見なかった？」

「客が彼女と話をしているとしたら、それは彼女になにかを頼んでいるか、もしくは文句を言っているかのどちらかです」グレッグは肩をすくめた。「ぼくたちは毎朝六時にここまで来て、夜の九時には山をおりるんです。食事と食事のあいだには、することが山ほどあります。皿洗い、次の食事の準備、あと片付け。ほかの人がなにをしているかなんて見ている時間はありません」

ウィルは、学校に行く時間をどうやって捻出しているのかとは訊かなかった。少年はおそらく、家族を養う稼ぎ手のひとりなのだろうと思った。「最後にマーシーを見たのはいつ？」

「ゆうべの八時半ころかな。ぼくたちを早く帰してくれたんです。あとは彼女がやるからって」

「きみたちが帰るとき、キッチンにはだれかいた？」

「いいえ、サー。彼女だけでした」

「料理人は？」

「アレハンドロもぼくたちと一緒に帰りました」

駐車場で彼の車を見た記憶がなかった。「彼はなんの車に乗っているんだ？」

「ぼくたちは馬で行き来しているんです。駐車場の先に放牧場があるんです。エズラの馬なんで、ぼくたちはふたりで乗っています。アレハンドロは山地の反対側に住んでいるんで、ぼくたちとは違う方向に向かいました」

あとで放牧場を確かめようとウィルは思った。「アレハンドロのことはどう思う？」

「悪くないです。すごく真面目に仕事をしているし。あまり冗談は言わないです」彼はまた肩をすくめた。「前にここにいた人よりいいです。いつも妙な目でぼくたちを見ていたんです」

「アレハンドロとマーシーはよく一緒にいたのかな？」

「はい、お客さんは料理にはすごくうるさいから、一日に何度もふたりで話し合っていました」

「マーシーとアレハンドロは、きみたちの前でそういった話をしていた？」

ようやく理解したとでもいうように、グレッグの眉が吊りあがった。「マーシーの事務所に入ってドアを閉めていました。ふたりがそういう関係だとか、考えたこともなかったです。だってなんていうか、マーシーはおばさんだから」

十四歳の少年にとって、三十二歳は年よりなのだろうとウィルは思った。

「ミスター、もういいですか？　食器洗浄機のスイッチを入れないと、引っぱたかれます」

「もういいよ。ありがとう」

ウィルはドアが閉まるのを待って、冷凍庫に近づいた。鍵は開いていた。なかを見た。入っていたのは肉だけだった。裏に回ってみると、差し掛け小屋の壁にもたせかけてあるグレッグの袋が見えた。ゴミ箱は空だ。このあたりにはなにもない。

血のついた服はない。折れたナイフの柄はない。

ウィルは膝をつき、携帯電話のライトを使って冷凍庫の下をのぞいた。

森から声が聞こえてきた。ウィルは冷凍庫の陰で体を低くしたままでいた。差し掛け小屋の横の薄板が彼の姿を隠していた。クリストファーとチャックが、食堂の下側のトレイルから戻ってきた。どちらも釣り竿とタックルボックス（釣り道具を収納するための箱）を持っていた。チャックは、ゆうべの夕食の席で見せびらかしていたのと同じ、三・五リットルの水筒を持っていた。彼はプラスチックのその水筒から、二十メートル離れたところでも聞こえるくらいの音をたてて中身を飲んだ。

「くそ」クリストファーが言った。「ギャフを忘れてきた」

チャックはシャツの袖で口を拭った。「木に立てかけてあったぞ」

「ちくしょう」クリストファーは腕時計を見た。「家族会議があるんだ。おまえが――」

「なにについての家族会議だ？」

「知るわけないだろう。多分、売却の話だ」

「投資家たちはまだ興味を持っていると思うか？」

「おまえの道具はぼくが持っていく」クリストファーはチャックのタックルボックスと釣り竿を無理やり奪った。「たとえ興味がなくなっていても、どちらにしろこれで終わりだ。ぼくはこの仕事から手を引く。最初からやりたくなかったんだ。マーシーがいなければ、ここは回らない。彼女が必要だったんだよ」

「フィッシュ、そういう言い方はやめてくれ。きっとなんとかなる。あきらめるわけにはいかない」まわりにあるものを指し示すように、チャックは両手を広げた。「しっかりしろよ。ここまでやってきてよかったじゃないか。大勢の人間がぼくたちを頼りにしているんだ」

「ほかのだれかを頼りにすればいいさ」クリストファーは向きを変えて、トレイルを進み始めた。「ぼくはもう決めたんだ」

「フィッシュ！」

前を通り過ぎるクリストファーに見られないように、ウィルは頭を引っこめた。

「フィッシュトファー・マッカルパイン。戻ってこいよ。ぼくを置いていくな」チャックはクリストファーが戻ってこないことに気づくまで、長すぎるほどの時間、黙って待っていた。「くそったれ」

ウィルは冷凍庫の背後から顔をのぞかせた。クリストファーが母屋に向かっているのが見えた。チャックはクリークのほうへと歩いていく。

心を決めなくてはいけない。

アレハンドロはおそらく、このあとずっとキッチンにいるだろう。敷地内にいるほかの男たちとは違って、チャックはまったくの謎だ。苗字すらわからない。身元調査ができなかった。なにより、マーシーはみんなの前で彼に恥をかかせている。ウィルが捜査した殺人事件の約八十パーセントは、女性をコントロールできないことに激怒した男性の犯行だった。

ウィルはトレイルをくだった。それをトレイルと呼べるのならだが。クリークへと向かう狭い道は、ほかのトレイルのように砕石が敷かれていなかった。客に使わせていない理由は理解できた。危険なほど傾斜が急なトレイルは訴訟につながりかねない。ウィルは足元に神経を集中しなければならなかった。チャックはさほど苦労していないようだった。水筒を振り回しながら、森のなかを進んでいく。彼の歩き方は妙だった。まるで、回内足（歩行中に足の外側から地面につくような足）で見えないサッカーボールを蹴っているようだ。みすぼらしいミスター・ビーン（イギリスのコメディ・テレビ番組の主人公）みたいだった。背中がふらふらと揺れていた。バケットハットにフィッシングベスト、膝下までの茶色いカーゴショーツという格好だ。黒いソックスが黄色いハイキングブーツの縁に垂れていた。

　トレイルの斜面がさらに急になった。ウィルは尻で滑り落ちる羽目にならないように、枝につかまった。それから、手すりのように木に張られているロープをつかんだ。クリークが見えてくるより早く、水が流れ落ちる音が聞こえてきた。その音は穏やかで、ホワイトノイズに近かった。ディライラが言っていた、滝とはいえない滝のことに違いない。川は十メートルほどのあいだに約三メートルくだっていた。小さな滝が始まるあたりに、橋の代わりに平らな石がいくつか置かれていた。

　ウィルは、このあたりで撮影された写真をロッジのホームページで見た記憶があった。クリークの真ん中に立つクリストファー・マッカルパインが釣り糸を投げていた。水は彼の腰の高さだった。雨のせいで、いまはその倍の深さになっているだろう。向かい側の岸はほぼ水に浸かってしまっている。木の枝は上に行くほど密集している。見えてはいるものの、望みどおりの景色とは言えなかった。

　チャックも下のほうからではあるが、同じ景色を眺めていた。小川の向こう側を見つめながら、こぶしで背中をもんでいる。ウィルは、もみ合いになった場合にチャックはなにをしてくるだろうと考えた。彼のベストについている釣り針とルアーで攻撃されれば、とんでもなく痛いだろう。だが幸いなことに、ずたずたにできる手は片方しかない。ギャフがなんなのかは知らなかったが、釣りの道具のほとんどはいとも簡単に武器になることにウィルは気づいていた。プラスチックの水筒に中身は半分くらいしか入っていないだろうが、チャックがそれなりの力で振り回せば、ハンマーのような威力があるだろう。

　ウィルは離れたところから呼びかけた。「チャック？」

　チャックは驚いて振り返った。眼鏡の端のほうは曇っていたが、ウィルの腰のリボルバーを見て取るのに支障はないだろう。「ウィルだね？」彼は訊いた。

「そうだ」ウィルはトレイルを最後までおりた。

「今日の湿気はとんでもないな」チャックはシャツの裾で眼鏡を拭いた。「すんでのところで、また別の嵐に直撃されるところだった」

　ウィルは彼から三メートルほど距離を置いた。「ゆうべの夕食では、話をする機会がなくてすまなかった」

　チャックは眼鏡を鼻の上に押しあげた。「あんなにいかした妻がいたら、ぼくだってだれとも話なんてしないさ」

「ありがとう」ウィルはかろうじて笑みを作った。「きみの名前を聞いていなかった」

「ブライス・ウェラー」彼は握手をしようと手を差し出したが、ウィルの包帯を見てその手を振った。「チャックって呼ばれている」

ウィルは当たり障りのない返答をした。「変わったあだ名だね」

「ああ。考えついた理由はデイヴに聞いてもらわないとね。もうだれも覚えていないんだ」チャックは笑みを浮かべていたが、うれしそうではなかった。「十三年前、おれはブライスとして山をのぼり、チャックになっておりてきた」

彼はどうして突然なまりだしたんだろうとウィルは不思議に思ったが、尋ねはしなかった。「実を言うと、ぼくは仕事でここにいるんだ。デイヴのことを聞かせてもらえないだろうか？」

「彼は自白していないの？」

ウィルはうなずき、まだ町の噂が届いていないことに安堵した。

「驚きはしないね」チャックはまた妙なアクセントで言った。「あいつは狡猾なくず野郎だよ。やつを逃がさないでくれ。電気椅子に座らせるべきなんだ」

いまは薬物注射で行われているとは言わなかった。「デイヴのことを教えてくれないか？」

チャックはすぐには答えなかった。水筒の蓋を開け、残りを勢いよく飲んだ。唇を鳴らしながら、蓋を戻した。それから、三メートル離れているウィルにも味がわかりそうなほどひどく臭いげっぷをした。

「デイヴは典型的なヤリチンだよ」チャックのおどけたような口調は消えていた。「ぼくにはなんでだかわからないが、女たちにはたまらなく魅力的らしい。やつがひどい男になればなるほど、欲しがるんだ。あいつはちゃんとした仕事がない。ビティからもらうわずかなものでどうにか暮らしている。煙突みたいに煙草を吸う。依存症だ。嘘をつくし、だますし、盗む。トレーラーで暮らしていて、車も持っていない。好きになれる理由があるか？　一方で、ちゃんとした男たちはみんな、友だち枠に格下げになるんだ」

　ウィルは、チャックがインセル（異性との交際が長期間ない〝非モテ〟男性のこと）だと聞いても驚かなかったが、彼がそれを隠そうともしないのは意外だった。「マーシーはきみを友だち枠に入れたのか？」

「自分で入ったんだよ」チャックは本当にそう信じているようだった。「何度か泣いている彼女に肩を貸したが、これからもなにひとつ変わることはないって気づいたんだ。デイヴがどれほど彼女を傷つけようと、彼女はいつだってあいつのところに帰っていく」

「虐待に気づいていたんだね？」

「みんな気づいていたよ」チャックは帽子を脱いで、額の汗を拭った。「デイヴは隠そうともしなかった。おれたちの目の前でマーシーを殴ることもあった。こぶしじゃなくて、平手打ちだったが、おれたちはみんな見ていた」

　ウィルは自分の意見を言うのは控えた。「見ているのは辛かっただろうな」

「最初はやめろと言ったんだが、ビティに止められた。紳士たるもの、ほかの紳士の結婚に首を突っ込むものではないと、はっきり言われたよ」ばかみたいな声が戻ってきた。チャックは秘密を打ち明けているかのように、ウィルに顔を寄せた。「どんな悪辣な無法者でも、あれほど華奢《きゃしゃ》で繊細な生き物の要望には〝いや〟とは言えないものなのさ」

サラがチャックのことを変わり者だと言っていた意味を、ウィルはようやく理解した。

「マーシーは十年以上前に離婚している。どうしてデイヴはまだここにいるんだ?」

「ビティ」

チャックは説明する代わりに、再び水筒の中身を飲んだ。あれに入っているのはただの水なのだろうかとウィルはいぶかり始めていた。チャックは流れの悪いトイレのようなごぼごぼという音を喉でたてながら、すべて飲み干した。

チャックは再びげっぷをしてから、喋り始めた。「どの点から見ても、ビティはデイヴの母親だ。彼にはビティに会う権利がある。そしてもちろんビティには、すべての休日に彼を招待する権利がある。クリスマス、感謝祭、七月四日、母の日、クワンザ(アフリカ系アメリカ人の祭り)。なにかあるたびに、デイヴが来る。彼女が指を鳴らせば、彼は飛んでくるのさ」

それはつまり、チャックも常にここにいるという意味だとウィルは受け取った。「家族のイベントのたびにデイヴがいることを、マーシーはどう感じていたんだろう?」

チャックは手のなかの空の水筒を振り回した。「喜んでいるときもあれば、そうじゃないときもあった。ジョンを気楽にしてやりたかったんだろう」

「彼女はいい母親だった？」

「ああ」チャックはそっけなくうなずいた。「いい母親だった」

そう認めたことで、チャックからなにかがはがれ落ちたようだった。彼はまた帽子を脱いだ。木に立てかけてあった黒いファイバーグラスの棒の横に、それを放り投げた。

ギャフというのが、険悪そうな大きなフックが先端についた一・二メートルほどの棒であることをウィルは知った。

「ここの敷地は広い」チャックが言った。「マーシーはデイヴを避けることができた。部屋に隠れるとか、彼のいるところには行かないとか。だが彼女はそうしなかった。食事のたびに、テーブルについた。家族が集まるときには、必ず彼女もいた。そして最後はいつも、彼女とデイヴの怒鳴り合いか殴り合いになるもんだから、そのうち見るのも飽きてきた」

「そうだろうな」

チャックは空になった水筒を帽子の横に置いた。ウィルは既視感に襲われ、デイヴとボーニングナイフを連想した。チャックは両手を空けたんだろうか？　それともただ、なにかを持っているのが疲れただけ？

「最悪だったのは、フィッシュトファーがそれに影響を受けるのを見ていることだった」

チャックはまた背中をもみ始めた。「デイヴのマーシーに対する仕打ちを彼はすごく嫌がっていた。なんとかするっていつも言っていた。デイヴのブレーキラインを切るとか、彼をザ・シャローズに放りこむとか。デイヴは泳ぎが下手なんだ。いままで溺れなかったのが不思議だよ。だがフィッシュはなにもしなくて、そしてマーシーは死んだ。それがどれほど彼に重くのしかかるか、わかるだろう？」

ウィルにはなにもわからなかった。「クリストファーは理解するのが難しい」

「彼は打ちのめされているよ。マーシーを愛していたんだ。本当に」

彼の愛情の表し方は変わっているとウィルは思った。「きみはゆうべ夕食のあと、コテージに戻ったのか？」

「フィッシュとふたりで寝酒をやって、それからぼくはコテージに戻って本を読んだよ」

「十時から十二時のあいだになにか聞いたか？」

「読みながら寝落ちしたんだ。そのせいで背中の筋を違えた。腎臓を殴られたみたいだ」

「悲鳴とか遠ぼえみたいな声とか、なにもそんなものは聞いていないんだね？」

チャックはうなずいた。

「生きているマーシーを最後に見たのはいつだ？」

「夕食のときだ」いらだちに彼の声が活気づいた。「カクテルパーティーでなにがあったのか、あんたも見ていただろう？　あれが、マーシーのぼくに対する態度の典型的な例だよ。ぼくはただ大丈夫かって彼女を気にかけただけなのに、彼女はまるでぼくにレイプされたみたいに怒鳴ったんだ」

レイプという言葉を使ったことを後悔しているのか、ウィルは彼の表情が変わったのに気づいた。ウィルがなにか言う前に、チャックは地面の上の帽子に手を伸ばした。歯のあいだから息を吐いた。

「背中が痛む」帽子を地面に置いたまま、ゆっくりと背筋を伸ばした。「休息が必要なときは、体が教えてくれるもんだ。違うか？」

「そうだな」ウィルは、マーシーに防御創がひとつもなかったことを考えた。ナイフで刺される前に、殴られていたのかもしれない。「ぼくが見ようか？」

「背中を？」チャックは警戒しているような口ぶりだ。「なにを見るんだ？」

痣。嚙み跡。引っ搔き傷。

ウィルは嘘をついた。「大学時代、理学療法士みたいなことをしていたんだ。だから――」

「大丈夫だ。役にたてなくてすまないが、ぼくが話せるのはこれくらいだ」

チャックは自分を帰らせたがっていると感じたウィルは、帰りたくなくなった。「もしなにか気づいたことが――」

「あんたに真っ先に教えるよ」チャックは丘の上を指さした。「あのトレイルで母屋に戻れる。左側にある食堂を通り過ぎた先だ」

「ありがとう」ウィルは歩きださなかった。チャックを落ち着かない気分にさせておきたい。「ぼくのパートナーがあとでまた話を聞くから」

「きみは目撃者だ。目撃者の証言が必要なんだ」ウィルは一拍置いてから、言い添えた。

「なんでだ？」

「証言できない理由でも？」

「いいや。なにも理由はない。喜んで証言するよ。なにも見ていないし、聞いていないがね」

「ありがとう」ウィルはトレイルを示した。「きみも戻る？」

「ぼくはしばらくここにいるよ」チャックはまた背中をほぐそうとして、その手を止めた。

「考える時間が必要なんだ。冗談めかしてはいるけれど、ぼくも彼女の死にはすごく動揺しているって、いま気づいたんだよ」

チャックは考える時間が必要なようには見えなかったから、彼の脳は自分の言葉を顔に伝えたのだろうかとウィルは考えた。ひどく汗をかいている。顔色が悪かった。

ウィルは訊いた。「本当にひとりでいいのか？　ぼくは話を聞くのが上手だ」

チャックの喉がごくりと動いた。滴った汗が目に入ったが、拭おうとはしなかった。

「いや、大丈夫だ」

「わかった。話してくれてありがとう」

チャックは奥歯を嚙みしめている。

ウィルはまだその場に残っていた。「なにかあったらぼくは母屋にいるから」

チャックはなにも言わなかったが、ウィルにいなくなってほしいと彼の全身が語っていた。

それに応じる以外、ウィルにできることはなかった。トレイルをのぼり始めた。最初の数歩がぎこちなかったのは、足場が悪かったからではなく、ギャフはどれくらい遠くまで届くだろうと推し量っていたからだ。チャックが走る音が聞こえるのではないかと耳に意識を集中させた。そのあとは、自分は被害妄想かもしれないと考えた。統計的にはありうることだが、すべての統計が無鉄砲な行動を補正してくれるわけではない。

怪我をしていないほうの手が腰につけた銃のそばにくるように、体の横に垂らした。二十メートルほど先に倒木が見えた。手すり代わりのロープの端は、大きなアイボルトに縛りつけられている。あの倒木のところまで行ったら、振り返ってチャックの様子を確かめようと決めた。岩の上を流れる水音以外の音を聞き取ろうとしていると、耳が熱くなってきた。トレイルをのぼるのは、くだりほど簡単ではなかった。足が滑った。怪我をしているほうの手で体を支えてしまい、思わず悪態をついた。体を引きあげた。倒木までたどり着いたときには、チャックはもういなくなっているだろうと思った。

間違いだった。

チャックは小川の中央でうつぶせになって浮かんでいた。

「チャック！」ウィルは駆けだした。「チャック！」

チャックの手はふたつの岩のあいだにはさまっていた。水が体のまわりで渦巻いている。顔を持ちあげようとはしていなかった。動いてすらいない。川に入らなくてはならないとわかっていたから、ウィルは走りながら銃をはずし、携帯電話をはずし、ポケットを空にした。ブーツが泥で滑った。尻で斜面を滑りおりたが、ほんの一秒遅かった。

水の流れが、岩にはさまっていたチャックの手を解放した。彼の体は回りながら流されていく。ウィルはそのあとを追うほかはなかった。浅瀬に飛びこみ、水を掻いて浮きあがった。水はひどく冷たくて、氷のなかを泳いでいる気がした。必死になって泳ぎ続けた。流されないようにするのがせいいっぱいだ。さらに力をこめた。チャックまであと五メートル、三メートル、彼の腕をつかもうとした。

つかみ損ねた。

流れがさらに速くなった。川がカーブしているところでは、水が泡立ち、渦巻いていた。ウィルの体がチャックにぶつかり、その頭ががくりとのけぞった。ウィルはもう一度手を伸ばしたが、気がつけばふたりは急流に飲みこまれていた。岸のある方向を見極めようとしても、体が回転する速度が速すぎた。底に足をつこうとしたが無駄だった。轟音《ごうおん》が聞こえた。足をばたつかせた。頭が何度も水に潜った。水面から顔を出し、そこで目にしたものにつかの間体が凍りついた。五十メートルほど先。渦巻く水流が静かになり、水面が空とキスをしている。

くそ。

ディライラが言っていた、本当の滝だ。

四十メートル。

三十メートル。

最後にもう一度死にもの狂いでチャックに手を伸ばすと、指先がベストに引っかかった。踏ん張るための足場になるようなものはないかと、足をばたつかせた。流れは巨大なイカのように彼の脚にからみつき、下流へ連れていこうとする。頭が水中に引きずりこまれた。いずれチャックを離さなくてはいけなくなるだろう。ウィルは手を離そうとしたが、ベストが引っかかっていた。肺が空気を求めていた。懸命にうしろ向きに水を蹴った。

片足がなにかしっかりしたものに当たった。

ウィルは残った最後の力を振り絞った。流れに翻弄されながら、ただ手を伸ばした。その指がしっかりしたものに触れた。表面はざらざらしていて、硬い。かろうじて岩の片側をつかんだ。体を引きあげようと何度も試みて、ようやく三度目で成功した。岩の突起に腰を引っかけて、ひと息ついた。目が燃えるようだ。肺が震えていた。咳きこみ、胃液と水を吐き出した。

チャックはフィッシングベストで彼の手とつながったままだったが、もう滝のほうへと彼を引っ張ってはいなかった。浅いところで仰向けになって浮いている。腕と脚は体からほぼ直角に突き出していた。ウィルは彼の顔を見た。大きく見開かれた目。開いた口に水が流れこんでいる。間違いなく、完全に死んでいた。

ウィルは這いずるようにして岩にのぼった。膝のあいだに顔をうずめた。視界がはっきりするのを待った。胃はでんぐり返しをやめた。状況を確かめられるようになるまで数分かかった。フィッシングベストがチャックの肩からずり落ちていた。ベストはウィルの手首と手にしっかりと巻きついている。十二時間前に怪我をしたその手。内側で時を刻む時限爆弾のように、ずきずきと痛むその手。

早いところ、終わらせたほうがいい。ウィルはゆっくりと、濡れて重くなったベストのキャンバス地をはずし、パズルのようにほどいていった。時間がかかった。釣り針が生地にからみついていた。大きさも形も様々で、色とりどりの先端を虫に見えるように結んである。自分の皮膚にたどり着くまで、永遠にも感じられた。

ウィルは目を疑った。

包帯が助けてくれていた。六本の釣り針が厚いガーゼに食いこんでいた。一本は人差し指の根本に指輪のように巻きついていた。それをはずすと出血したが、切断したような大げさなものではなく、紙で切った程度にすぎなかった。最後の一本は、シャツの袖口に刺さっていた。ウィルは返しを気にかけることなく、むしり取った。手を光にかざし、傷がないことを確認する。出血はない。骨は見えていない。

幸運だったが、安堵の思いは長くは続かなかった。

今日が始まったとき、犠牲者はひとりだった。いまはふたりだ。

二〇一六年一月十六日

愛《いと》しいジョン――

あなたに〝やったね〟の手紙を書こうと思って座ったのに、ただひたすら真っ白なページを眺めているの。話すことがあまりないから。ここ最近はとても穏やかな日が続いていて、ありがたいと思っている。いいルーティンができているよね。あなたを起こして、学校の準備をさせて、フィッシュが山の下まであなたを車で送っていって、それからわたしたちは客を迎える仕事に取りかかる。

あなたの伯父さんのフィッシュは小川のなかで一日を始めるほうが好きなんだけれど、それでも小さな男の子のために朝の楽しみをあきらめてくれている。ビティも午後はあなたを迎えに行ってくれている。あなたがもう少し大きくなるのを待っているんだと思う。彼女は赤ん坊が好きじゃないから。あなたたちはとても仲良くなるんだろうね。ビティはお客さんのためのクッキーを焼いているとき、きっとあなたをキッチンに入れてくれる。ソファで編み物をしているときに、隣に座らせてくれることもある。いまはそれもいいと思っている。ただ、彼女が変わることは覚えておいて。それは彼女の悪い面に触れてしまうと、もう二度といい面を見ることはできなくなる。

本当だから、信じてくれていい。あれからあまりに長い時間がたったせいで、わたしはもういい面がどんなふうだったか覚えていないくらいだから。

とにかく、去年のことを思い返して、あなたになにが言えるだろうって考えたんだけれど、ここのところずっとゆったりした日が続いているっていうのが大事なことなんだろうね。この山の上ではたいしたことは起きないけれど、でもそれが人生。あたりを歩きながら、いつかあなたがここを駆けまわるんだなって思ったら、それだけで幸せになる。

でも、ひとつ覚えているのは、去年の春に起きたこと。ひょっとしたらその一部はあなたも覚えているかもしれない。だってわたしはひどいパニックを起こして、あなたに当たり散らしたから。いままで一度もそんなことはしていないし、もう二度としない。自分が短気なのはわかっているし、ビティの冷たさを受け継いでいるってあなたの父親は真っ先に言うだろうけれど、あなたに癇癪の矛先を向けたことは一度もない。だから、どうしてわたしがあれほど怒ったのかを、話しておくべきだと思う。

まず言っておきたいことは、あなたの伯父さんのフィッシュはいい人だっていうこと。戦う気力をパパに奪われてしまったのはどうしようもない。彼は年上で男だから、わたしを守るべきなのかもしれないけれど、なんのいたずらかその反対になった。正直言って、わたしはそれで全然かまわない。兄を愛しているから。

次に話すことは、だれにも言わないでね。これはあなたのではなく、わたしの秘密だから。その夜、あなたは寝ないでベッドで本を読んでいた。わたしは電気を消すようにあなたに言ってから、自分の部屋に戻ってベッドに横になった。一分待って、それからもう一度あなたの様子を見に行こうと思っていた。でも眠ってしまったみたいで、気づいたときにはチャックがわたしにのしかかっていた。

あなたとふたりでチャックのことを笑っていたけれど、それでも彼は男だし、力も強い。彼は以前からわたしが好きだったんだと思う。決して変な期待を持たせないようにしていたけれど、でもわたしはなにか間違ったことをしたのかもしれない。フィッシュに友だちができたことを、わたしはうれしく思っていた。あなたのかわいそうな伯父さんは、ここでひどく孤独だったの。本当のことを言えば、ここで一緒にいてくれるチャックがいなければ、フィッシュはきっと滝に身を投げていたと思う。

まさかと思うだろうけれど、そんなことが次々と頭に浮かんだ。悲鳴をあげて家じゅうの人を起こしたら、フィッシュはどれほど傷つくだろうって、わたしの頭の部分は考えていた。わたしの体の部分は消えていた。わたしはずっと昔に消え方を学んでいたけれど、あなたには永遠にその理由を知らずにいてほしい。わたしが兄を落胆させるつもりはなかったことだけ、知っておいてくれればいい。

でもフィッシュが部屋に入ってきたから、結局そのどれも意味がなくなった。生まれてからずっと、フィッシュがわたしの寝室に黙って入ってきたことは一度もない。まずノックをして、そのまま廊下で待っている。彼はいつも礼儀正しかった。でも、彼の部屋は隣だから、なにか争っている音が聞こえたのかもしれない。どうして彼が来たのかは謎のままだけど、彼に聞くことは絶対にないってわかっている。だって、あれから彼とその話をしたことは一度もないし、これからも決してしないだろうから。ともかく、彼が怒鳴るのを聞いたのは、あのときだけ。彼は絶対に声を張りあげない。でも彼は言ったの。やめろ！

チャックはやめた。なにもなかったみたいに、あっという間にわたしからおりた。部屋から走って逃げた。フィッシュはただわたしを見つめていた。わたしを売女って呼ぶのかと思ったけれど、彼はこう言ったの。〝出ていけって彼に言ってほしい？〟

その質問にはいろんな意味がつまっていた。わたしがうなずかないことをフィッシュは知っているっていうことだったから。正直に言うと、それが一番重要なこと。人はいつもわたしが悪いって考えるけれど、わたしがチャックをそんなふうに見ていないことをフィッシュは知っていた。そして、それを証明するためにたったひとりの友人を失ってもかまわないと考えていた。

だからわたしは、二度と同じことが起きないのなら、チャックにいてもらってもいいって言った。フィッシュは黙ってうなずいて、出ていった。その後チャックはなにもなかったみたいに振る舞ったから、わたしはほっとした。わたしたちみんながなにもなかったふりをした。でもなにも変わらなかったわけじゃなくて、だからわたしはこの話をあなたにしているの。フィッシュがドアを閉めたとき、わたしはすごく動揺していた。服の一部は破けていた。町に行って、自分のお金で新しい服を買うわけにはいかなかった。ここでわたしが持っているものはどれも、寄付箱にあったものばかりだから。

立ちあがろうとしたら、膝から力が抜けた。床に倒れた。わたしは自分にひどく腹を立てていた。わたしはなにに怒るべきなの？　実際にはなにもなかった。危ないところだったというだけ。あなたの部屋の明かりがまだついているのを見たのは、そのときだった。

わたしは、くそが坂を転がり落ちてくるのを眺めていたら、それが直撃してくるみたいな人生を生きてきた。パパはひどく腹を立てたら、それをビティにぶちまける。ビティはわたしにぶちまける。その反対のこともあるけれど、丘の下にいるのはいつもわたし。あの夜、わたしはあなたにぶちまけた。ごめんなさいね。これは言い訳じゃなくて、ただの説明。なにがあったのかをだれかに知ってほしいから、これを書き留めているのかもしれない。チャックのような男について学んだのは、彼らは一度なにかから逃げおおせたら、また次も逃げようとするっていうことだから。あなたの父親でそれを何度も見てきたし、わたしはそれで警戒することができた。

ともかく、この話はこれでおしまい。

心から愛している。ごめんなさいね

ママ

15

ラスカルの燃料が満タンだといったペニーの言葉は嘘ではなかった。その馬はまるで、たまったガスの雲に乗って山をのぼっているようだった。あいにくフェイスはその発生源にもっとも近いところにいた。ペニーのうしろに座り、腰に両手を回して必死でしがみついていた。落馬して踏みつぶされるのが怖くてたまらず、ヒステリックなフーガを演奏しているような状態になった。気がつけば、わたしの子供たちはどんな惑星を受け継ぐことになるの？　とかスクービー・ドゥー（アメリカのアニメシリーズに登場する犬の名前）は犬なのに、どうして幽霊と人間のにおいを嗅ぎわけられないの？　といった実存的な疑問を頭のなかで繰り返していた。

ペニーが歯に舌を当てて鳴らした。フェイスは彼女の肩に顔をうずめていたが、視線をあげて安堵のあまり思わず泣きそうになった。道路に標識が見えた。マッカルパイン・ファミリー・ロッジ。錆だらけのトラックとＧＢＩのオフロードバギーが駐まっている駐車場が見えた。

「つかまっていて」ペニーが言った。驚くほどたくましい彼女の腹につかまっているフェイスの手が緩んだのを感じたのだろう。「あと一秒だから」

彼女の一秒はほぼ三十秒で、それはあまりにも長かった。ペニーはどうどうとラスカルに声をかけ、トラックの横で止まらせた。フェイスはトラックのうしろのタイヤのフェンダーに片足をのせた。ふらついているのか転んでいるのかわからない体勢で、グロックを下敷きにして横向きに荷台に倒れこんだ。腰骨に金属が食いこんだ。

フェイスは大声で悪態をついた。「ファック」

ペニーは失望したように彼女を見た。舌を鳴らした。ラスカルは離れていった。

フェイスは木々を見あげた。汗だくで、虫刺されだらけで、自然にはもううんざりだ。

グロックから体を起こした。トラックを降りた。バッグを肩にかけた。オフロードバギーに近づいた。エンジンを覆っているプラスチックのカバーに手を当てた。冷たかったから、しばらく前からここに駐まっているのがわかった。荷物入れには鍵がかかっていた。なにか証拠が保管されているという意味であることを願った。うしろの座席をのぞいた。イエティの青いクーラーボックス、救急箱、そしてＧＢＩのロゴがついたバックパックが置かれていた。フェイスはジッパーを開いた。衛星電話が二台入っていた。

短距離のトランシーバーとして使うため、サイドボタンをクリックした。「ウィル？」

ボタンを離して、待った。雑音が聞こえるだけだ。

もう一度試してみた。「こちらはＧＢＩのフェイス・ミッチェル特別捜査官。応答せよ」

フェイスはボタンを離した。

雑音。

さらに何度か繰り返したが、同じ結果だった。一台の電話をバッグに押しこみ、建物が並ぶあたりを目指した。その中心部でぐるりと回った。だれもいない。ペニーとラスカルすらいなくなっていた。フェイスは基本的な地形を頭に入れようとした。大きくてごたごたした建物を中心に、八軒のコテージが半円形に広がっている。いたるところに木がある。石を投げれば、どれかに当たるだろう。地面にはところどころに水たまりができていた。日光は、頭頂部を殴りつけるハンマーのようだ。何本かのトレイルの入り口が見えた。地図がなかったから、どこに通じているのかはわからなかった。

ウィルを見つける必要があった。

フェイスはコテージをひとつずつ確認しながら、今度は反対方向に回った。うなじの毛が逆立った。見られている気がする。どうしてだれも出てこないの？　なにもこっそり忍びこんできたわけではない。馬は鼻息が荒かったし、大きな音をたてていた。フェイスは木槌《きづち》で銅鑼《どら》を叩くみたいに、トラックの荷台に勢いよく倒れこんだというのに。彼女は黄褐色のカーゴパンツと背中にＧＢＩと黄色ででかでかと記された紺色のシャツという、いつもの格好だった。

フェイスは声を張りあげた。「こんにちは」

敷地の反対側にあるコテージのひとつのドアが開いた。皺だらけのＴシャツとだぼっとしたスウェットパンツ姿の、髭も剃っていないはげあがった男が駆け寄ってきた。ようやく声が届くところまでやってきたときには、彼は息を切らしていた。「やあ、きみはウィルと一緒？　サラを連れてきてくれた？　馬に乗っていたのは彼女？　彼女みたいには見えなかった。彼女は医者だってウィルは言っていたんだ」

フェイスは言い当てた。「フランク？」

「そうだ、失礼した。フランク・ジョンソン。モニカの夫だ。ぼくたちはウィルとサラの友人だ」

それはどうだろうとフェイスは思った。「ウィルを見かけませんでした？」

「しばらく見ていないが、モニカはようやく峠を越したと彼に伝えてくれないか？」

フェイスの警察官の脳が目覚めた。「彼女は具合が悪かったんですか？」

「ゆうべ、少しばかり飲みすぎた。いまはましになったが、かなりひどくてね」彼の笑い声は甲高かった。ほっとしていることがよくわかった。「ようやくジンジャエールを胃にとどめておけるようになった。脱水だったんだと思う。でももしサラに診てもらえるようだったら、そうしてもらえるとありがたい。用心するに越したことはないからね。彼女は診てくれるだろうか？」

「ええ、もちろん。すぐに来るはずよ」フェイスはこのお喋り男から逃げたかった。「ウィルは母屋にいるのかしら？」

「悪いが、わからない。彼がどこに行ったのかは見なかったよ。もしよければぼくが――」

「奥さんについてあげたほうがいいんじゃないでしょうか」

「確かに。でもなにか――」

「ありがとう」

フェイスは話が終わったことをはっきりさせるため、母屋に向き直った。来た道を戻っていくフランクの力のない足音が聞こえた。開けた場所を歩いていくにつれ、薄気味悪い感覚が戻ってきた。花とベンチと敷石に囲まれた古風な趣がある場所だけれど、ここで人が無残に殺されたのだ。まわりにだれもいないと思うと、フェイスはいくらか不安になった。

ウィルはどこ？　ついでに言えば、ケヴィン・レイマンはどこ？　上司が会議に出ているあいだは、彼が北ジョージア現場事務所の責任者だ。ケヴィンはパトロール警官を卒業したばかりのルーキーではないと、フェイスは心のなかでつぶやいた。対処の仕方はわかっている。それはウィルも同じだ。たとえ片手しか使えなくても。それなのにどうしてわたしは冷や汗をかいているんだろう？

この場所がじわじわと彼女に影響を与え始めていた。シャーリイ・ジャクスンの小説で、くじの番号が読みあげられる直前の場面を思い出した。フェイスは大きく息を吸い、ゆっくりと吐き出した。ウィルとケヴィンはきっと食堂にいるのだろう。尋問をするときは、人々を隔離しておくほうがいい。ウィルのことだから、もうマーシーを殺した犯人を見つけているかもしれない。

茶色のぶち猫が母屋のポーチの階段をふさいでいた。前脚とうしろ脚を反対の方向にねじるようにして仰向けになり、日光を腹で受けている。フェイスはかがんで、その猫を撫でた。とたんに、ストレスレベルが数段階さがるのを感じた。頭のなかで、するべきことのリストを作った。まずは、地図を手に入れる。マーシーの悲鳴がどこから聞こえたのかを突き止め、より確かなタイムラインを作る必要がある。それからマーシーがバチェラーコテージまでたどった、もっとも可能性が高いルートを見つけ出す。運がよければ、その途中で折れたナイフの柄が見つかるかもしれない。

玄関のドアが開いた。ぼさぼさの白髪を長く伸ばした年配の女性が現れた。人形のように小柄だ。マーシーの母親だろうとフェイスは考えた。

ビティは階段の上から彼女を見おろした。「警察の人？」

「フェイス・ミッチェル特別捜査官です」フェイスは彼女と打ち解けようとした。「ここでエルキュール・ポワロに意見を訊いていたんです」

「わたしたちは猫に名前はつけないの。ネズミ退治に飼っているだけだから」

フェイスは顔をしかめたくなるのをこらえた。女性の声は幼い少女のように甲高い。

「わたしのパートナーはなかにいますか？　ウィル・トレントですけど？」

「彼がどこにいるかは知らない。彼と妻が嘘をついてチェックインしたのは、いい気がしないわ」

フェイスはその点に触れるつもりはなかった。「娘さんはお気の毒でした、ミセス・マッカルパイン。なにか訊きたいことはありますか?」

「ええ、ありますとも」彼女はぴしりと言った。「いつデイヴと話ができるの?」

ビティの優先順位については、あとで考えようと思った。いまは慎重に話を進める必要がある。ロッジの連絡手段が回復しているのかどうか、フェイスは知らなかった。デイヴが釈放されたことは黙っているとペニーは約束したが、マッカルパイン家の秘密をぺらぺらと話してくれたのも彼女だ。

フェイスは言った。「デイヴはまだ入院中です。彼の病室に電話できますよ」

「電話が使えないの。インターネットも」ビティは細い腰に両手を当てた。「デイヴがこのことに関わっているなんて、わたしは信じないから。あの子にはあの子の問題があるけれど、マーシーを傷つけたりはしない。あんなふうには」

フェイスは訊いた。「ほかに動機がある人はいますか?」

「動機?」彼女はショックを受けたようだ。「考えたこともなかったわ。わたしたちは家族経営よ。お客さまは教養のある、裕福な人たち。だれにも動機なんてない。町からここまでは簡単に来られるのよ。考えてみたの?」

考えてみたが、ありそうもないというのがフェイスの結論だった。マーシーはめったに町には行かなかった。敵はここにいると彼女はサラに言っていた。そのうえ彼女はここの敷地で死んだのだ。

それでもフェイスは訊いた。「町のだれが彼女を殺したいと思うんでしょう?」

「彼女はずいぶんと大勢の人を怒らせてきたの。だれだかはわからないわよ。ここ最近は、見知らぬ人間が大勢、町にやってきているわ。そのほとんどは、メキシコやグアテマラで犯罪歴があるような人たちよ。そのなかに、斧で人を殺すようないかれた人間がいるんでしょう」

フェイスは人種差別から話を逸らした。「ゆうべのことを訊いてもいいですか？」

なんでもなかったんだというように、ビティは小さく首を振った。「ちょっとした言い争いがあったの。ありふれたことよ。そういうことはしょっちゅうある。マーシーはどうしようもないくらい、惨めな人間なのよ。自分を愛していないから、だれのことも愛せない」

ここでも『ドクター・フィル』（心理学者・作家でもあるフィル・マグローが司会を務めるアメリカのトーク番組）は配信されているらしいとフェイスは思った。「なにか怪しいものを見たり、聞いたりしませんでしたか？」

「もちろんなにも見ていないわよ。変なことを訊くのね。わたしは夫が寝るのを手伝った。わたしも眠った。なにも変わったことはなかったわ」

「動物の鳴き声を聞きませんでしたか？」

「ここではいつだって動物が鳴いている。山のなかなのよ」

「バチェラーコテージとあなたたちが呼んでいるあたりはどうでしょう？　そこからの音は聞こえますか？」

「わたしにわかるはずがないでしょう」

これ以上どうしようもないとフェイスにはわかっていた。母屋を見あげた。大きな家で、おそらく寝室が五つか六つはあるだろう。どこにだれが寝ているのかを知りたかった。

「あそこがマーシーの部屋ですか？」

ビティが上を見た。「あそこはクリストファーの部屋。マーシーは真ん中で、ジョンが突き当たりの反対側よ」

充分に近いように思えた。「ゆうべ、クリストファーが戻ってきたことに気づきましたか？」

「わたしは睡眠薬を飲んだの。信じてもらえないかもしれないけれど、わたしは人と争うのが嫌いなのよ。ここ最近のマーシーの態度には本当に頭が痛くて。彼女は自分のことしか考えない。なにがほかの家族のためになるのかを、まったく考えないの」

彼らの無関心さについてはウィルから聞かされていたが、フェイスはそれでも悲しかったし、同じくらい驚いた。自分の子供のどちらかが殺されたら、フェイスは泣き崩れるだろう。

ビティはフェイスに責められていると感じたらしい。「あなた、子供はいる？」

フェイスは個人情報にはいつも慎重だった。「娘がいます」

「あら、残念ね。息子のほうがずっと楽よ」ビティはようやく階段をおりた。近くで見ると、いっそう小柄だ。「クリストファーは絶対に文句を言わないの。自分の思いどおりにならなくても、癇癪を起こしたり、ふくれたりしたことは一度もない。デイヴは本当の天使よ。アトランタでは乱暴者だったみたいだけれど、わたしの家に足を踏み入れたそのときから、あの子は蜂蜜みたいに甘かった。あの子はわたしのすべてよ。あの子がそばにいれば、なにも欲しいものはなかった。病気のときは、世話をしてくれた。髪まで洗ってくれた。今日になるまで、あの子はわたしに指一本も使わせようとしないのよ」

デイヴは人に取り入るすべを知っているらしいとフェイスは考えた。「マーシーは違ったんですか？」

「マーシーはとんでもなかった。中学生のころは、ほかの女の子たちと問題を起こしてばかりで、わたしは一週おきに校長に会いに行かなきゃならなかったの。陰口を叩いたり、喧嘩したり、ばかな真似をしたり。自分に興味を示した相手には、だれにだって脚を開いていた。あなたの娘さんはいくつ？」

彼女に話を続けさせるため、フェイスは嘘をついた。「十三です」

「それじゃあ、そろそろ始まるってわかっているのね。思春期になると、男の子のことばっかりよ。大げさに自分の感情だけわめきたてて。文句を言う権利があったのはだれだと思う？　デイヴよ。言葉では表せないようなことを、彼はアトランタで経験してきた。彼は慎重に扱ってもらえなかった、丁寧な言い方をすればね。でもあの子は、決してそれを理由にしなかった。男の子は自分の感情のことで泣き言は言わないの」

フェイスの息子は泣き言を言ったが、それは安心だと感じられるように母親ができるかぎりのことをしたからだ。「マーシーは最近、どんな感じでしたか？」

「どんな感じって？　いつもどおりだったわ。活力に満ちていたし、世界に怒りを抱いていた」

　妊娠についてどう切り出せばいいのか、フェイスは悩んでいた。いまは話すなとなにかが彼女にささやいた。マーシーが母親に打ち明け話をしていたとは思えなかった。「あなたとご主人が養子にしたとき、マーシーは十三歳でしたよね？」

「違うわ。ほんの十一歳だった」

　彼女がそう答えたとき、フェイスはその顔を注意深く観察していた。ビティはワールドクラスの嘘つきだと言って差し支えないだろう。「十一歳の兄弟ができることを、マーシーとクリストファーはどう思っていましたか？」

「すごく喜んだわ。喜ばない人がいる？　クリストファーには新しい友だちができた。デイヴは小さな人形みたいにマーシーを扱った。いつでも彼女を両手に抱えて運んでいたのよ。マーシーは地面に足がつくことがなかったくらい」

「ふたりが付き合うようになったときは驚いたでしょうね」

　ビティは傲然として顎を突き出した。「結果としてわたしの人生にジョンがやってきた。わたしに言えるのはそれだけよ」

「ジョンは戻ってきましたか？」

「いいえ。捜していないの。彼の要望どおり、時間を与えるつもり」ビティは指先で自分の胸を叩いた。「ジョンは思慮深い子よ。優しくて思いやりがある。父親と同じようにね。

やっぱり父親と同じように、もてるようになるわ。どれほどハンサムなのか、あなたに会わせたい。お客さまはみんな、あの子をひと目見て夢中になるのよ。ジョンが階段からおりてくるときは、わたしは窓の外から彼らを見ているの。ジョンは格好よく登場するのが好きなのよ。あなたの仲間のサラは、食べたそうな顔であの子を見ていたわ」

　サラは、学校ではどの教科が好きなのかを彼に尋ねたのだろうとフェイスは考えた。

「かわいそうな子たち」ビティはまた指で胸を叩いた。「デイヴをマーシーに近づけまいとして、わたしはできるだけのことをしたの。彼女がデイヴの足を引っ張ることがわかっていたから。彼がいまどこにいるかを考えれば、わかるでしょう？」

　フェイスは冷静な口調を保つことに必死だった。「本当に残念です」

「わたしが彼を取り戻せないとは思わないことね。もうアトランタの弁護士に連絡を取ったから。彼を拘置所に入れておけるように、せいぜいがんばってちょうだい」法律が彼の有利に働くという確信があるようだ。「話はそれだけ？」

「ここの地図はありますか？」

「あれはお客さま用よ」彼女は駐車場に顔を向けた。「今度はいったいだれが来たわけ？」

　エンジン音が聞こえた。新たなオフロードバギーが止まった。ハンドルを握っているのはサラだ。

「別の嘘つきが嘘をつきに来たのね」ビティはその言葉でフェイスとの会話を切りあげた。階段をあがり、家に入り、背後でドアを閉めた。

「まったくもう」フェイスはバッグを肩にかけると、駐車場に向かって歩きだした。この場所は『くじ』（シャーリイ・ジャクスンの短編）ではなく、『トウモロコシ畑の子供たち』（スティーヴン・キングの短編）だったようだ。

「ハイ」サラはオフロードバギーから重たそうなダッフルバッグをおろしていた。フェイスに笑いかけた。「転んだの？」

フェイスは、自分が泥と馬糞《ばふん》まみれであることを忘れていた。「鳥が車にぶつかってきて、溝にはまったの」

「気の毒に」サラは気の毒がっているようには見えなかった。「ビティと話をしていたのね。どう思った？」

「殺された娘よりもデイヴを心配しているようだった」フェイスはまだ理解できずにいた。「あの〝男の子のママ〟っぽい言い草はなに？　一本ねじがはずれたデイヴの元恋人みたい。ジョンについて彼女が言ったことは、口にしたくもない。大人の女が、かわい子ぶって話す声って大嫌い。まるでホリー・ホビー（グリーティングカードのキャラクターで有名なアメリカの作家、水彩画家、イラストレーター）が悪魔とファックしたみたい」

サラは笑った。「なにか進展は？」

「わたしのほうはなにも。食堂にウィルを捜しに行くところよ」フェイスはあたりを見まわし、近くにだれもいないことを確かめた。「マーシーは妊娠していることを知っていたと思う？」

サラは肩をすくめた。「なんとも言えない。彼女はゆうべ吐き気があったんだけれど、それは首を絞められた後遺症だろうと思った。マーシーは否定するようなことは言わなかったし。でも、赤の他人にそんな話をする必要はないものね」

「あたしの生理はすごく不順だから、自分のリズムなんて全然わからないよ」マーシーは携帯電話のアプリを使ったり、カレンダーに記しをつけたりしていただろうかとフェイスは考えた。「だれに話したの？」

「アマンダとウィルだけ。わたしが子宮の内診をしたときに、監察医のナディーンは気づいたと思うけれど、なにも言わなかった。ビスケットが一家と親しいことを彼女はわかっているのよ。知られたくないと思ったんでしょうね」

「ビスケットはX線写真を見なかったの？」

「自分がなにを探しているのかを知らないと、見てもわからない」サラが説明した。「通常は、妊娠中の女性のX線は撮らない。放射線曝露のリスクは、診断価値を上回るから。それに十二週だと、たいして見えるものはないの。胎児は長さ五センチくらいだから、単三電池とほぼ同じね。骨はフィルムに写るほど骨化していない。わたしがなにを見ているかに気づいたのは、前にも見たことがあったからよ」

彼女がどうして見たことがあったのか、フェイスは考えたくなかった。「妊娠十二週がどんなだったか、覚えていないよ」

「お腹《なか》の張り、吐き気、気分変動、頭痛。月経前障害《PMD》と間違う女性もいる。流産しても気づかなくて、生理が重かったんだと思いこむ人もいるわ。八割の流産は妊娠十二週以前に起きるの」サラはオフロードバギーにダッフルバッグを置いた。「マーシーが受胎したときに近くにいた人を探すときには、十二週間っていうのは最後の生理から数えることを忘れないでね。性交から十二週間じゃないから。排卵は生理の二週間後に起きることを考えれば、タイムラインは十週間前後ということになるわね。つまり二カ月から二カ月半前ね。細かいことを言うようだけれど」

「細かくなきゃだめなのよ」フェイスは難しい話題を切り出した。「レイプは？」

「精液の痕跡は認められたけれど、それは死ぬ前の四十八時間以内の性行為を示すものでしかない。レイプを否定はできないけれど、肯定もできない」

その曖昧さにアマンダはさぞいらだっただろうと、フェイスは想像することしかできなかった。「でも、ここだけの話なら？」

「ここだけの話、わたしにはわからない。彼女に防御創はなかった。抵抗しないほうがいいって彼女が決めたのかもしれない。相当な虐待を受けていた痕跡があった。骨折、煙草の火傷。その多くはデイヴがしたことだろうと思うけれど、なかには子供のころのものもあったの。彼女のなかに闘争心があったとしても、今回は抑えこんだのね」

虐げられてきたマーシーの人生を思うと、フェイスは深い悲しみに包まれた。ペニーの言ったとおりだ。彼女には最初からチャンスはなかった。「凶器についてはなにか？」

「その点は役にたてるわ」サラが応じた。「ナイフの作りだけれど、フルタングというのは金属部分が刃の先端から柄の端まであるって知っているでしょう？」

　フェイスは知らなかったが、うなずいた。

「マーシーの体内に残されていた刃は、長さ十三センチのハーフタングだった。ステーキナイフに使われるような、より安くて、耐久性も劣る作りなの。ハーフタングでは、柄の内部に骨組みがある。基本的には馬蹄形《ばていけい》の薄い金属で、それが柄を刃に固定させる役目をしている。ここまではいい？」

「ハーフタングの骨組みが柄のなかにある。わかった」

「犯人は刃を柄まで突き立てている。皮膚に残った跡から、ボルスターがないことがわかる。ボルスターっていうのは、刃と柄の境目の環状の金属の部分のこと。いくつかの深い傷のまわりから、プラスチックの薄片を見つけた。顕微鏡で見たら、色は赤だった」

　フェイスはまたうなずいたが、今度は理解していた。「あたしたちが探しているのは、細い金属片が突き出している赤い柄の安いステーキナイフっていうことだね」

「そのとおり。どのコテージにもキッチンがあるけれど、わたしたちのコテージにナイフはなかった。母屋のキッチンでも、赤い柄のナイフを見た記憶はないの。新たにわかったことを念頭において、もう一度探す価値はあると思う。長さは十センチくらいで、厚さは六ミリくらいだと思う」

「わかった。このあとの捜査の進め方をウィルと相談しなきゃいけないね。ナイフの詳細を彼に伝えておいて」フェイスは歩きだそうとして、思い直した。「フランクにあったの。

奥さんのことを心配していた。いつもより二日酔いがひどいらしい」

「すぐに様子を見てくるわ」サラはダッフルバッグを叩いた。「必要になるかもしれないから、病院から医療用品を持ってきたの。セシルは車椅子だけれど、バンは見当たらないわ」

フェイスはそれを聞くまでそのことに気づかなかった。「彼はどうやってトラックに乗るの？」

「手助けする人は大勢いるもの。終わったら食堂であなたたちと会うということでいい？」サラが訊いた。

「わかった」

フェイスは皿と銀器が描かれている木の標識に従って進んだ。地面から目を離さないようにした。道は整備されているが、両側は草が生い茂っていて蛇や狂犬病のリスが隠れていてもおかしくない。もしくは鳥とか。フェイスは上を見た。枝が指のように垂れさがっている。強い風が木の葉を揺らした。フクロウが彼女の髪をむしりにくるに違いないという気がした。トレイルがカーブを描いていたのでほっとしたが、その先にはさらにトレイルが続いているだけだった。

「くそったれの自然」

フェイスは危険に備えて地面と空を交互に見ながら歩き続けた。トレイルはまた曲がった。頭上の枝が少なくなった。食堂が見えてくるより先に、においに気づいた。エマの父親は二世のメキシコ系アメリカ人で、彼の意地悪な母親はフェイスを憎むのと同じくらい料理が好きだった。コリアンダー。クミン。バジル。八角形の建物までやってきたときには、フェイスの胃はしきりに文句を言っていた。渓谷に危険なほど張り出している展望台を迂回して、ドアをくぐった。

だれもいない。

明かりは消えていた。長いテーブルが二台あって、一台はすでにランチの準備がしてあった。奥の壁にある巨大な窓の外にまた木が見えた。ここから帰るころには、緑色にはうんざりしているかもしれない。

「ウィル？」サラは呼びかけた。「ここにいるの？」

待ったが、なにも返事はない。キッチンに続くスイングドアの向こうから、調理の音が聞こえるだけだった。

「ウィル？」

やはり返事はない。

フェイスはまた衛星電話を取り出した。トランシーバーのボタンを押す。「こちらはジョージア州捜査局のフェイス・ミッチェル特別捜査官。だれかいますか？」

声に出さずに十まで数えた。次に二十まで。不安が広がり始めるのがわかった。

電話をバッグに戻し、キッチンに入った。突然の明るさに目がくらみそうだった。中央に置かれたステンレスの長いテーブルの前にふたりの少年がいた。ひとりは野菜を切っている。もうひとりは大きなボウルのなかの生地を手でこねていた。料理人はフェイスに背を向け、コンロで調理をしている。ラジオはバッド・バニー（プエルトリコの歌手兼ラッパー）を流していて、おそらくそのせいでフェイスに気づかなかったのだろう。

「なにか御用ですか？」少年のひとりが尋ねた。

彼の姿を見て、フェイスは胸を締めつけられた。ほんの子供だ。

「なんの用だ？」料理人が振り返った。彼がアレハンドロだろう。とんでもなくハンサムな男だったが、フェイスを見てものすごくいらだっているようだ。それもまたエマの父親を連想させた。「不愛想で悪いが、ランチの準備をしているところなんだ」

フェイスはパートナーを見つけなくてはならなかった。「トレント捜査官の居場所を知らないかしら？」

少年が答えた。「彼ならフィッシュトファー・トレイルに行きました」

フェイスはほっとして息を吐いた。「どれくらい前？」

彼は子供だったし、時間がわかっていなかったから、大げさなほどに肩をすくめた。

代わりにアレハンドロが答えた。「窓の外にいる彼を見たよ。一時間くらい前だと思う。それからあんたと同じような格好の男を三十分ほど前に見た。トレイルは建物の裏だ。案内しよう」

ウィルとケヴィンが目撃されていたことを知って、フェイスはいくらか緊張がほどけるのを感じた。建物の裏へと歩いていくアレハンドロのあとを追いながら、キッチンの様子を確認した。ナイフはプロが使う高価そうなものに見えた。赤いプラスチックの柄はない。バスルームが事務所につながっているのが見えた。書類を調べ、パソコンのなかを見てみたかった。

「ランチは三十分後だ」アレハンドロはドアを開け、フェイスを先に通した。「普段はみんな二十分で食べ終える。そのあとなら話ができる」

フェイスの意識は、輪ゴムをはじいたみたいにいきなり彼に向いた。「どうしてあたしがあなたと話をしたがっていると思うの？」

「おれがマーシーと寝ていたからだ」話が始まってしまったことに気づいたらしく、アレハンドロはドアを閉めた。「慎重にやっていたつもりだが、もちろんだれかがあんたに話したってわけだ」

「もちろんそうね。それで？」

「体だけの付き合いだった。マーシーはおれを愛してはいなかったし、おれも彼女を愛していなかった。だが彼女はすごく魅力的だった。ここは寂しいところだ。体は欲しがるものを欲しがるってことだ」

「いつから彼女と寝ていたの？」

「ここに来たときからさ」彼は肩をすくめた。「ごくたまのことだった。とりわけ、最近はそうだった。理由はわからないが、おれたちはそういう感じだったんだ。潮の満ち引きみたいなもんだ。彼女は父親からプレッシャーをかけられていた。彼はとても厳しい男だからね」

「デイヴはあなたたちのことを知っていた？」

「わからない。彼とはほとんど話をしたことがないんだ。彼が展望台を拡張していたときも、おれは距離を置いていた。彼がマーシーを傷つけているんじゃないかと疑っていたんだ」

「どうして？」

「転んだんじゃ、あんな痣はできない」彼はエプロンで手を拭った。「殺されたのがデイヴだったら、あんたはまったく違う理由でおれと話をしていただろうとは言っておくよ」

同じことを言った人は大勢いるが、マーシーが生きていたときはだれもなにもしようとはしなかった。「彼女を愛してはいなかったって言ったけれど、それでも彼女のために人を殺すの？」

彼は歯を全部見せて笑った。「あんたはなかなか鋭いな、刑事さん。答えはノーだ。義務感ってやつだよ」

「あなたが痣に気づいたとき、マーシーはなんて言っていた？」

笑みが消えた。「一度だけ訊いたんだ。そうしたら、その話をして二度とセックスをしないか、何も言わずにこのままの関係を続けるかのどちらかだって彼女に言われた」

「悪いけど、どちらを選ぶかで悩んだようには見えないわ」

彼はまた肩をすくめた。「ここはほかとは違うんだ。彼らの他人の扱い方——すり減らし、そして捨てる。おれも同じことをマーシーにしたのかもしれない。自分を誇らしくは思えないよ」

「マーシーはほかにだれかと会っていた？」

「かもしれないな。デイヴが嫉妬したんだと思うか？　だから彼女を殺した？」

「かもしれない」フェイスは嘘をついた。「どうして、マーシーがだれかと会っていたかもしれないと思うの？」

「理由はいろいろあるさ。さっきも言ったとおり、潮の満ち引きってのもある。それに——」彼は肩をすくめた。「おれになにか言う権利があるか？　マーシーはきつい仕事と難しい雇い主を抱えたシングルマザーで、楽しみなんてほとんどなかった」

フェイスは自分のことを言われているような気がした。「特定のだれかのことを言っていた？」

「彼女は自分からは言わないし、おれも訊かない。言っただろう、おれたちはやるだけだった。互いの話はしない」

フェイスも同じような関係を楽しんだことはあった。「でも、強いて考えるとしたら？」

アレハンドロは短く息を吐いた。「そうだな、客のだれかっていうことになる。そうだろう？　肉屋はおれのじいさんより年上だ。マーシーは野菜男を嫌っている。やつは町から来ているんだ。彼女の過去を知っている」

「彼女の過去にはなにがあったの？」

「最初のころ、彼女はすごく正直だった。二十代初めには、体を売っていたらしい」

「あなたとの関係もそうだったの?」

彼は笑った。「いいや、おれは金は払っていないよ。言われれば払っていたかもしれない。彼女は物事を分けて考えるのがすごくうまかった。仕事は仕事、セックスはセックス」

なにに価値があるのかはわかっていた。「昨日の彼女はどうだった?」

「ストレスを抱えていた。おれたちが食事を提供するのは、すごく要求の多い客たちだ。昨日彼女とした話はほとんどが〝ケイシャは生の玉ねぎが嫌いだし、シドニーは乳製品がだめ、それからチャックにはピーナッツ・アレルギーがある〟みたいなことだった」

彼はぐるりと目を回した。

「チャックをどう思う?」フェイスは訊いた。

「彼は少なくともひと月に一度はここに来る。もっと多いときもある。最初のころは、一家の親戚だと思っていたよ」

「マーシーは彼が好きだった?」

「我慢していた。一緒にいるには努力のいる男だったが、それを言うならクリストファーもそうだ」

「クリストファーとチャックは親しいの?」

「恋人としてってことか?」彼は首を振った。「いいや。女性を見るような目で、互いを見てはいないな」

「どんな目で女性を見ているの？」

「絶望的な目？」彼はもっといい言葉を探しているようだったが、やがて首を振った。「難しいな。問題は、平たく言って彼らはふたりともすごく変わり者だってことなんだ。おれはたまにクリストファーとビールを飲む。彼は悪い男じゃないんだが、脳の配線が普通とちょっと違う。そこに女性を放りこむと、彼は凍りつく。チャックはそれと正反対だ。女性から三メートル以内のところに連れていくと、彼女が部屋から逃げ出すまで彼はモンティ・パイソンのありったけの台詞を言い続けるんだ」

残念なことに、そういうタイプならフェイスはよく知っていた。「マーシーがジョンと言い争いをしたって聞いた」

アレハンドロは顔をしかめた。「彼はいい子だが、すごく幼い。町にもあまり友だちがいないんだ。みんな、母親がだれかを知っているからね。そして父親のことも。いいことじゃないが、烙印《らくいん》が押されてしまっているからね」

「前にもジョンがあんなに酔ったのを見たことがある？」

「ない。実をいうとおれも——いや。あの子に依存症の道を進ませちゃいけない。血を受け継いでいるからね。それも両方から。悲しいことだ」

フェイスは黙ってうなずいた。依存症は孤独な道だ。「あなたはゆうべ、何時にここから帰ったの？」

「八時から、八時半というところかな。最後にマーシーと話したのは、片付けのことだった。彼女はジョンを休みにしたから、自分で片付けていたんだ。手伝おうかとは言わなかった。疲れていたんだ。長い一日だったからね。だからペペに鞍をつけて、家まで帰った。尾根を越えて四十分くらいで着くよ。ひと晩中、家にいた。ワインを開けて、Ｈｕｌｕで犯罪番組を見たよ」

「どの番組？」

「犬を連れた探偵が出ているやつだ。調べられるだろう？」

「そうね」フェイスが興味を引かれたのは、彼がすべての質問を予期していたことだ。まるで、テストのために一夜漬けをしたみたいだ。「マーシーと彼女の家族について、ほかに話しておきたいことはある？」

「いや、ない。だがなにか思いついたら、教えるよ」彼は急なくだり坂を指さした。「フィッシュトファー・トレイルだ。泥だらけだから、気をつけて」

彼はすでにドアを開けていたが、フェイスは質問でそれを引き留めた。「フィッシュトファー・トレイルからバチェラーコテージに行ける？」

そんなことを訊く理由を考えているかのように、彼は驚いた顔になった。「ああ。滝に出たらクリークをくだっていき、湖に沿って進めば行ける。だが、ロープ・トレイルを使うほうが近道だ。峡谷の脇にある道で、滑って首の骨を折らないように、手すり代わりのロープを何箇所かに渡してあるんでロープ・トレイルって呼ばれている。使うのはスタッフだけで、地図には載っていない。死にそうに怖かったんで、おれは一度使ったきりだよ。高いところは苦手なんでね」

「どれくらいかかる？」

「五分ってところかな。悪い、本当に仕事に戻らないと」

「ありがとう」フェイスは言った。「あとで、供述書を作ってもらいたいの」

「おれの居場所はわかっているだろう？」

フェイスがなにか言うより早く、アレハンドロはキッチンに姿を消した。フェイスは閉じたドアを見つめた。彼と交わした会話の意味を考えてみた。これまでの経験からすると、容疑者が尋問に対する態度は四つある。守りに入る。喧嘩腰になる。関心がない。助けになろうとする。

大まかに言って、アレハンドロは最後のふたつのあいだあたりというところだろう。その判断には、ウィルにも加わってもらう必要がある。関心がないように見えるのは、本当に関心がない場合もある。助けになろうとするのは、無実だと思ってもらいたいからというときもある。

フェイスはフィッシュトファー・トレイルを進み始めた。泥だらけだと言っていたアレハンドロの言葉はそのとおりだった。スリッピング・スライド（家庭用のウォータースライド）を思い出した。傾斜は急だ。大きな足跡が残されていた。トレイルをのぼる男たち。くだる男たち。

フェイスは試しに呼んでみた。「ウィル？」

返ってきたのは、鳥たちの鳴き声だけだった。彼女を襲う計画をたてているのかもしれない。

フェイスはため息をつくと再びトレイルをくだり始めたが、数秒後には泥に埋まったブーツを引き抜いていた。だからコンクリートが発明されたのよ。人間はこんな戸外にいるようにはできていないんだから。フェイスは垂れさがった枝を払いのけながら、急な斜面をくだった。いずれ尻もちをつくことになるだろうと、心のどこかであきらめてはいたが、実際にそうなったときにはいらついた。立ちあがったときも、傾斜は険しいままだった。滑りそうな箇所を避けるために、木立のなかへと入らなければならなかった。

「ファック！」蛇から飛びのいた。

蛇ではなかったことに気づいて、再び毒づいた。地面にロープが伸びている。一方の端はフックで岩に留められていた。反対の端はトレイルの先へと消えていた。ロープ・トレイルのロープのことをアレハンドロから聞いていなければ、おそらくやり過ごしてしまっていただろう。フェイスはさらに何度か〝ファック〟とつぶやきながら、ロープをつかんでくだっていった。岩に当たる水の音が聞こえてきたときには、全身汗まみれだった。ありがたいことに、斜面をおりるにつれ気温もさがっている。顔のまわりを飛んでいる蚊を追い払った。通じる電話とエアコンが欲しかったし、なによりもパートナーを見つけたかった。

「ウィル？」もう一度呼んでみた。その声は、森の喧騒と競うことすらなかった。虫や鳥や毒蛇たち。「ウィル？」

木の枝をつかんで足場を確かめながら、湖岸へとおりていく。反対の足が滑って、フェイスはまた尻もちをついた。

「ああ、もう」踏んだり蹴ったりだ。地面にあった衛星電話をつかんだ。トランシーバーボタンを押した。「こちらは――」

鼓膜が破れんばかりのキーンというすさまじい音に、フェイスは思わずボタンを離した。電話を振り、もう一度ボタンを押した。再び音が響いた。彼女のバッグから聞こえている。バッグを開けた。衛星電話があった。

フェイスは手のなかの電話を眺め、それからバッグのなかの電話に目を向けた。どうして電話が二台あるの？

立ちあがった。数十センチおりた。クリークが見えてきた。大きな岩のまわりで水が渦巻いている。さらにもう一歩進んだ。ブーツの爪先がなにか重たいものに当たった。銃身の短い装弾数五発のスミス・アンド・ウェッソンが入った、パドルホルスターだった。妙なことに、アマンダの予備の銃のように見えた。フェイスはあたりを見まわした。ケースに入ったままのイヤホン。その先にはｉＰｈｏｎｅがあった。タップして開いた。スクリーンのロック画面が表示された。ウィルの犬を抱いているサラの写真。

「嘘、嘘、嘘、嘘……」

自分がなにを見たのかを脳が完全に認識するより早く、フェイスの手はグロックを握っていた。三百六十度その場で回転し、ウィルの死体を見つけたらどうしようとパニックになりながら、森のなかに目を凝らした。おかしなものはなにもないが、空の水筒と先端に凶器になりそうなフックのついた棒が見えた。小川の岸へと駆け寄り、右を、それから左を見た。水面に彼の死体が浮かんでいないことを確かめるまで、心臓は動きを止めていた。

「ウィル！」

フェイスはクリークに沿って走った。地面はくだっていた。水の流れが速くなった。五十メートルほど先の数本の木が生えているところで、クリークは鋭く左に曲がっていた。いくつかの岩と、渦巻く水が見えた。激しい流れになにかが飲みこまれてもおかしくない。たとえば、彼女のパートナーとか。フェイスは曲がっているところに向かって駆けだした。

「ウィル！」フェイスは叫んだ。「ウィル！」

「フェイス？」

彼の声はかすかだった。姿は見えない。フェイスはグロックをホルスターにしまった。対岸に渡ろうと水に飛びこんだ。思っていたよりも深かった。膝が崩れた。頭が水中に沈んだ。顔のまわりで水が渦巻く。水面に顔を出してあえいだ。下流へと流されなかったのは運と、岸から張り出している大きな木の根のおかげだった。

「大丈夫か？」

ウィルが彼女の頭の上に立っていた。包帯を巻いた手を胸に押し当てている。服は濡れていた。ぐったりした男を肩にかついだケヴィン・レイマンが、そのうしろに立っていた。

毛深い足と黒いソックスと黄色いハイキングブーツが見えた。

フェイスはあえてなにも答えなかった。木の根を使って、水から体を引きあげようとした。ウィルが手を差し出し、実際には彼が彼女を引っ張りあげた。フェイスはその手を離したくなかった。息もできなかった。安堵のあまり吐き気がした。彼がどこかで死体になっていると確信していたのだ。「なにがあったの？　それはだれ？」

「ブライス・ウェラー」ウィルは、死体を地面におろそうとするケヴィンに手を貸した。死体は仰向けにどさりと落ちた。肌が白い。唇は青い。口が開いていた。「チャックとして知られている」

ケヴィンが言った。「そして重い」

フェイスはウィルに向き直った。「どこに行くかをわたしに言いもせずに、こんなところでいったいなにをしているのよ！」

「ぼくは――」

「あたしに話しているときは黙ってて！」

「それは不可能――」

「どうしてアマンダの銃とあなたの電話が地面に落ちていたの？　どれほど怖かったかわかる？　てっきりあなたが殺されたと思ったのよ。あなたもよ、ケヴィン」

ケヴィンは両手をあげた。「おっと」

「フェイス」ウィルが言った。「ぼくは大丈夫だ」

「あらそう、あたしは大丈夫じゃない」フェイスの心臓はカウベルのように激しく鳴っていた。「なんてこと」

「チャックと話をしていたんだ」ウィルが説明した。「彼は汗をかいて、顔色が悪かったが、なにかうしろめたいことがあるんだろうとしか思わなかった。ぼくはトレイルを戻りかけた。六メートルほど進んだところで振り返ったら、彼が水面に浮いていたんだ。飛びこまなきゃならないことがわかっていたから、銃と電子機器をはずした」

フェイスは、彼の落ち着きと理性的な口調が憎らしかった。

ウィルは説明を続けた。「ぼくたちはふたりとも流された。ぼくは彼を追った。もう少しで滝に巻きこまれるところだったが、かろうじて岸にあがることができた。あそこに置いてくるわけにはいかったから、彼を抱えてロッジまで運ぼうとした」

「そこにぼくが登場したというわけだ」ケヴィンが言った。「ウィルを捜しに来たんだ。もちろんぼくのほうが彼よりも長く死体を運んだ」

「それは本当じゃないと思う」

「同意しないことに同意するよ」

「ぼくは実際、水のなかにいたからね」

フェイスはくだらない冗談に付き合う気分ではなかった。びしょ濡れで森のなかに立ち、パートナーが死んだと思って感情を爆発させたという事実ではなく、事件にもう一度意識を集中させようとした。

死体を見おろした。ブライス・ウェラーの唇は濃い青色だ。目はビー玉のようだった。急流が彼の服を乱していた。シャツが開いている。ベルトがはずれていた。なにより重要なのは、ふたり目の死者が出たということだ。彼らが捜している犯人は、ひとつではなく、ふたつの動機があるのかもしれない。それともチャックがマーシーを殺し、そして自殺したのかもしれない。

フェイスはウィルに訊いた。「チャックと話したとき、彼はなんて言っていたの？」

「インセルの用語を使っていたよ。用心深かった。彼がマーシーに夢中だったのは明らかなのに、そうじゃないふりをしていた。話し終えるころには、ぼくは彼が犯人じゃないかと思い始めていた。異常なほどデイヴを気にしていた。マーシーが彼を追い払わないことに嫉妬しているのは明らかだった。しきりに背中を掻いていてね。マーシーが殴ったのかもしれないと思ったくらいだ」

ケヴィンが言った。「うつぶせにして、調べよう。息が整うまで待ってくれ」

ウィルはフェイスに言った。「夕食の前のマーシーとの言い争いを説明するとき、チャックは妙な言い方をしたんだ。〝彼女はまるでぼくにレイプされたみたいに怒鳴ったんだ〟そう言ったあとで、〝レイプ〟という言葉を使ったことを後悔しているのがわかった」

「だから彼は汗をかいていたの？　緊張していた？」

「そうは思わない。冷や汗のようだった。頭から滴っていたんだ。髪が頭に貼りついていた。いま思えば、彼は具合が悪かったんだと思う。胃が口から出てきそうなげっぷをしていた」

「自殺？」

「入水《じゅすい》自殺だとしたら、ずいぶんと早業だ。暴れてもいないし、水しぶきもあがっていない。ぼくがあの丘をのぼるのに一分ほどかかった。振り返ったときには、彼の体はすでにクリークの真ん中に浮いていたんだ」

フェイスはチャックの顔を見た。望んだわけでもないのに、それなりの数の解剖に立ち会ってきた。あれほど青い唇をした遺体を見たのは初めてだ。「水に入る前、彼はなにか食べていた？」

「水筒から水を飲んでいたよ」ウィルは答えた。「話を始めたときは、中身は半分だった。彼は話しながら、残りを飲み干した。きみは、なにを考えているんだ？」

「チャックはピーナッツ・アレルギーがあるってアレハンドロが言っていた。だれかが彼の水にピーナッツ・パウダーを入れたのかもしれない」

「それは違う」サラが言った。

三人は一斉に振り返った。小川の対岸にサラが立っていた。

「ピーナッツじゃない。彼は毒を盛られたの」

16

　サラは、小川の向こうから彼女を見つめるウィルのうしろめたそうな表情が気に入らなかった。彼を叩きのめそうとするアマンダを前にしたとき、彼は同じ顔をする。

　サラは彼の上司ではない。

「どういうこと？」フェイスが言った。「どうして毒を盛られたってわかるの？」

　ウィルとの話はあとだ。チャックのことは好きではなかったが、それでも彼は死んだのだし、ある程度の敬意は払われてしかるべきだ。「アナフィラキシーは、突然の急激なアレルギー反応で、免疫システムが分泌する化学物質によって、肉体がショック状態におちいるの。すぐには死なない。十五分から二十分はかかるわ。その場合、胸を締めつけられるような不快感、咳、めまい、顔のほてりや赤み、発疹、吐き気、そしてもっとも重要なのは呼吸に問題が現れる。ウィル、チャックにいま言ったような症状のどれかはあった？」

　ウィルは首を振った。「彼の呼吸は正常だった。ぼくが気づいたのは、汗をかいていることと、顔色が悪かったことだけだ」

「爪と唇が青くなっているのを見て」サラは死体を指さした。「これはチアノーゼ、血中の酸素欠乏によるもので、彼の場合は毒物中毒であることを示している。チャックは死ぬ前に水を飲んでいたということだから、そこに入っていたと考えていいでしょうね。その毒は無色、無臭で、味もなかったはず。重いアレルギーのある人は、反応が出たときにはすぐに気づくものよ。チャックは助けを呼ばなかった。のたうちまわることはなかった。彼が空気を求めてあえいだり、息ができなくて首をかきむしったりすることもなかった。彼が水に入った場所を調べる必要があるけれど、意識を失って小川に落ちたというのがわたしの見解よ」

フェイスが訊いた。「心臓発作は？」

「唇と爪はこんなふうに青くはならない。すべての心臓発作が心停止になるわけではないの。心臓突然死は電気信号の異常によって起きる。心臓の拍動が不規則になるか、もしくは停止し、脳に血液が送られなくなって、意識を失う。その場合、ここのような静かな場所なら、いくら水音がしていたとはいえ、チャックが意識を失う前にウィルがなにかを聞いていたはずだわ。声をあげるとか、苦痛に腕をつかむとか、典型的な症状がある。少なくとも、川に落ちるときに派手な水音をたてたはずよ」

「彼が近づいてきていないかどうか、ぼくは耳に神経を集中させていた」ウィルは言った。「振り返ったときには、もう浮いていたんだ」

フェイスが訊いた。「爪と唇がこんなふうに青くなるのは、どんな毒なの？」

サラには心当たりがいくつかあったが、十メートル離れたところから教えるつもりはなかった。「毒物検査をしないとわからないけれど、近くで見れば候補はあげられる」

「ぼくたちがそっちに行くよ」ウィルが言った。「彼を川のそちら側に連れていかなくてはいけないからね。上流の小さい滝に踏み石がある。きみたちはぼくがいなくても大丈夫だよね？」

　ウィルはケヴィンとフェイスの答えを待たなかった。再び小川に飛びこんだ。急流にも動じていないようだった。対岸の土手をのぼり、観念した表情でサラの前に立った。

　サラはｉＰｈｏｎｅとイヤホンを彼に渡して、訊いた。「水はどうだった？」

「冷たい」

　その言葉には二重の意味があるのだろうかとサラはいぶかった（cold water はケチをつけるという意味がある）。

「人の命を救おうとするあなたに、お説教をするつもりはないわ」

　ウィルは不思議そうにサラを見た。「怒っていないの？」

「心配したのよ」サラは言った。彼の名を呼ぶパニックにかられたフェイスの声を聞いて、心臓が止まりかけたことは言わなかった。ウィルの無事を確認するまで、ろくに息もできなかったのだ。「手の包帯を替えなきゃいけないわね。びしょ濡れだわ」

　ウィルは自分の手を見おろした。「信じないだろうけれど、これが命を救ってくれたんだ」

　いまはとても詳しい話を聞けそうになかった。「どれくらい水を飲んだ？」

「少しとたくさんのあいだのどこかだが、もう全部出ていったよ」

「肺塞栓症になる可能性がわずかにあるわ」サラは彼の濡れた髪をかきあげた。「呼吸が少しでもおかしくなったら、すぐに教えて」

「それを判断するのは難しいな。ぼくは時々妻を見るし、そのたびに息を呑むからね」

サラは唇が笑みを作ろうとするのを感じたが、いまは集中すべきもっと重要なことがあると自分に言い聞かせた。フェイスとケヴィンはすでにチャックをかついで、移動を始めている。

サラは岸に沿って歩きながら、ウィルに訊いた。「フェイスからナイフのことを聞いた？」

ウィルは首を振った。

「赤いプラスチックの柄。ステーキナイフだと思う。赤は珍しいわね。たとえプラスチック製だとしても、普通は木目に見えるように作るものよ」

「じきにアマンダが捜索令状を取ってくれるはずだ」ウィルは言った。「ここをさかさまにひっくり返したいよ。柄が湖の底に沈んでいないのを祈るばかりだ」

「妊娠していることをマーシーが知っていたかどうか、わかった？」

彼はまた首を振った。「確かめる相手もいない。彼女はここにいるだれも信用していなかったんだ」

「もっともだと思うわ」サラは次にすべきことを考え始めた。「道路が冠水しているから、ナディーンが運びだせるようになるまで、遺体を安置しておく場所を見つけないといけない」

「キッチンの裏に冷凍庫がある。なかにはそれほど入っていなかった。キッチンには冷蔵庫があるから、そこに中身を移してもらえるかもしれない」ウィルは心臓の上に手を当てた。冷たい水とアドレナリンは、もう痛みを軽くしてはくれないようだ。「そういえば、きみにモニカを診てもらうとフランクに言ったんだ」

「もう診たわ」サラが答えた。「水分をとらせてきたけれど、医療施設に連れていったほうが安心ね。きっとまたお酒を飲むだろうし、そうでなければ離脱症状を起こすわ。症状を見るかぎり、ゆうべはアルコール中毒で危険な状態だったわね」

「あれくらい飲んだだけであんなに具合が悪くなったんで驚いたと、フランクは言っていた」

「フランクを信頼していいかどうかはわからない。あなたに嘘をついたって言っていたわ」

ウィルは立ち止まった。

「ゆうべモニカは、お酒をもう一本欲しいってメモを書いた。フランクはマーシーがそれを見つけられるようにポーチに置く代わりに、ポケットにしまったの」

「そして彼はマーシーがそのメモを受け取ったと言った。ぼくたちはそれを根拠にしてタイムラインを作ったんだ」当然ながら、ウィルは不機嫌そうな顔になった。「どうして彼はそんな嘘をついたんだろう？」

「妻が飲んでいることを隠すために、いろいろ嘘をついているのかもしれない。十時半ころにマーシーを見たって、ポールが言っていたわ」

「ぼくはフランクよりもっとポールを信じていないよ」ウィルは腕時計を見た。「ランチは終わっている。きみが、ドリューとケイシャに話を訊いてみてくれないか。アマンダがすべての客の身元を調べた。ドリューは十二年前に暴行で起訴されている」

驚きのあまり、サラの口が開いた。

「ぼくも同じ反応をしたよ。だがそのことと、ほかの事柄については忘れてくれとドリューがビティに言ったことはつながっているのかもしれない」

フェイスが訊いた。「ほかの事柄？」

ふたりは小さな滝にたどり着いていた。フェイスは両手を広げてバランスを取りながら、踏み石を渡っている。ウィルは水際で彼女を待った。サラはこれまでの話を頭から追い出した。フェイスもウィルもケヴィンを助けるつもりはないようだ。サラは手を貸そうとしたが、彼はすでにチャックを肩にかついで小川を渡り始めていた。ウィルもそれを眺めていたが、心配しているというよりはうらやましそうだ。九十キロを肩にかついで、障害物コースのようなところをバランスを取りながら進んでいるのが自分であってほしかったらしい。

フェイスが訊いた。「モニカも毒を盛られたってことはありうる？」

サラはそれが自分に向けられた質問であることに気づいた。「もしそうだとしたら、違う手段を使った違う物質ね。モニカに採血の許可を取ることはできるけれど、それでも――」

「毒物検査の結果を待たなきゃいけない」フェイスがあとを引き取って言った。「自殺の可能性は？」

「チャック？」サラは肩をすくめた。「遺書でも残していないかぎり、わたしにはわからない」

「汗をかいていた以外、うしろめたそうな様子はなかった」ウィルが言った。「デイヴが犯人だと確信しているようだった」

　フェイスが言った。「彼じゃないっていうあの証拠がなければ、わたしだってそう思った」

「チャックは眼鏡をかけていなかった？」サラが思い出して訊いた。

「流れは速い。下流のどこかだろう」

「ありがとうと言っておくよ」ケヴィンが小川を渡り終えた。片膝をついてチャックを地面におろすと、座りこんで息を整えている。

「あのあたりの岸には近づかないようにして」サラは、チャックが川に落ちたと思われるあたりを指さした。「ギャフと水筒を袋に入れて、それから彼のポケットに入っているものの目録を作らないと」

「必要なものを取ってくるよ」ケヴィンが立ちあがった。「どっちにしろ、ぼくは水が欲しい」

「必ず、封を切っていないボトルから飲んで」フェイスは地面に落ちていた自分のバッグを拾いあげていた。なかから糖尿病用のキットを取り出した。「あたし抜きで始めておいてくれる？　あたしはインシュリンをやらないと」

フェイスがトレイルを少し進んで、倒木に腰をおろすと、サラとウィルは目と目を見かわした。フェイスはとても有能な捜査官だが、死体の近くにいるのが苦手だ。

サラはウィルに訊いた。「いい？」

彼はポケットから携帯電話を出した。「ぼくが来たとき、岸は水に覆われていた。水が引く前に、チャックが落ちた地点を録画しておくべきだ」

「わかった」サラは彼が録画を開始するのを待って、日付、時間、そして場所を告げた。「わたしはドクター・サラ・リントン。同行しているのは特別捜査官のフェイス・ミッチェルとウィル・トレントです。このビデオは、被害者であるブライス・ウェラー、別名チャックがロスト・ウィドウ・クリークに落ち、その後死亡した現場を記録するものです」

ウィルはトレイルの端から始め、小川の岸をなぞるようにゆっくりと携帯のカメラを移動させている。サラはそのあいだに時間をかけて、なにが起きたのかを考えた。はっきりした三組の足跡が残っていて、そのうちのひとつがスニーカーのものだった。チャックのハイキングブーツの裏を見た。回内足のせいで、ソールは外側が擦り切れている。ウィルのハイックスの独特の足跡がどんなものかは、知っていた。自然はマーシーの犯行現場の保存の邪魔をしたが、このあたりの泥は役にたってくれた。チャックの最期の瞬間は、しっかり記録されていると言っていい。

「よし、きみのいいときに始めてくれ」ウィルが言った。

「被害者のブーツのソールは、泥に残ったこのWの形のパターンに一致している。ここで被害者の体重が爪先側、川の方向に移動しているのがわかる。踵の跡のほうが爪先より浅くなっている。この二点は、被害者が膝をついたところ。深くはなく、不規則な形もしていないので、いきなり倒れたのではなく、制御された動きだったことがわかる。その両側、こことここにふたつの手の跡があるから、被害者は最後は四つん這いになったということね」

ウィルが言った。「あっという間のことだったに違いない。ぼくが彼から目を離していたのは、ほんの一分ほどだ。助けを呼ぶ声も咳もなにも聞こえなかった」

「チャックのエネルギーは助けを呼ぶことじゃなくて、意識を保つことに向けられていたのね。血圧がさがったせいで、立っていられなくなって膝をつき、バランスを取るために手も使わざるを得なくなったっていうのがわたしの仮説。右側の跡のほうが左よりも深くなっている。この楕円《だえんけい》形のくぼみはおそらく右ひじをついた跡ね。次に右肩をついて、右側から倒れこんでいる。この先は推測だけれど、彼はごろりと仰向けになった。でも水際に近すぎて、重力に引っ張られて川に落ちた。水の流れが岩のほうへと彼を運んでいった」

「ぼくが気づいたとき、彼の手は岩にはさまっていた。飛びこんだときには、すでに流されていたよ」

「彼が体をひきつらせるとか、自分の意思でなにか動作をするのを見た?」

「いいや。彼は浮いているだけだった。手と足をまっすぐに伸ばして、抗っている様子はまったくなかった」

「意識を失っていたか、すでに死んでいたかのどちらかね。確かなことは言えないけれど、肺を調べたら溺死だったことがわかるんじゃないかしら」サラは水中に目を凝らした。川底に見たことのある眼鏡が引っかかっている。「チャックがかけていたものと同じね」

ウィルは足跡に注意しながら、電話機を構えたまま川のほうに身を乗り出して、眼鏡を撮影した。

サラは死体に向き直った。チャックは仰向けになっている。ゆうべはろくに彼の顔を見ていなかった。じっくりと彼を眺めた。地味な顔立ちだが、醜くはない。黄褐色の肌に濃い茶色の目、癖のある黒い髪は肩までの長さがあった。

サラはウィルに訊いた。「チャックと話をしていたとき、彼の瞳孔が開いていたかどうか気づいた?」

ウィルは首を振った。「木に遮られて、日光があまり届いていなかったんだ。それに、彼があのギャフを手にとって襲ってくるかもしれないと思って、そっちに気を取られていた」

「わからないの？」フェイスはトレイルから距離を置いていたが、話はしっかり聞いていたらしい。「瞳孔は開いたままだったりしない？」

「虹彩《こうさい》は筋肉なの」サラが応じた。「筋肉は死ぬと緩むのよ」

フェイスは落ち着かない様子だった。「あたしのバッグに手袋が入っている」

サラが手袋を取り出してつけているあいだに、ウィルはチャックの頭からハイキングブーツまで全身を撮影した。携帯のライトが点灯していた。明るい光のなかで見ると、青くなっているのはチャックの唇と爪だけではないことがわかる。顔全体、特に眼窩《がんか》のあたりが青みがかっていた。

彼女はウィルに言った。「上と下のまぶたと眉に焦点を当ててね」

ウィルの撮影が終わるのを待って、サラは死体の横に膝をついた。チャックは半袖シャツを着ていた。腕にも首にも引っ搔き傷や防御創はない。シャツのボタンをはずした。胸と腹は毛深かったが、そこにもなにもなかった。爪を念入りに観察した。顔を眺めた。ゆうべのチャックがどんなふうだったかを思い出そうとした。当然のことながら、ゆうべサラの意識はウィルだけに向けられていた。

ウィルに尋ねた。「ゆうべ、チャックの様子に変わったところはなかった？」

ウィルは首を振った。「彼に腕をつかまれたマーシーが怒鳴り始めるまで、ろくに見てもいなかった。そのあとは夕食だったからなかに入ったし、部屋は薄暗かった。彼を見たかどうかも覚えていないよ」

「わたしもよ」ゆうべ、チャックに関わっている暇はなかった。「夕食の席にいた人たち全員に話を訊く必要があるわね。ゆうべ、チャックの肌が青みがかっていることに気づいた人がいたかどうかを知りたい。それとも、もっと以前からだったかも」

「ぼくたちがロッジに来る前から、チャックが毒を盛られていたと思っているの？」

「ちゃんとした情報がなければ、なんとも言えない。彼と話をしていたとき、水筒からどれくらい飲んでいた？」

「話し始めたときは、半分入っていたんだ。話しているあいだに全部飲んでいたから、八分ほどのあいだに一・七リットルくらいかな」

「それで死なない？」フェイスが訊いた。「水を飲みすぎたら？」

「血液中のナトリウムが薄まるくらい飲んだら死ぬこともあるけれど、一・七リットルじゃそれはないわね。体重九十キロの男性は、最低でも一日三リットルの水分が必要なの。最悪の場合でも、短時間で一・七リットルを飲んだら吐く程度よ」

ウィルが言った。「水筒の底にまだ水が残っているみたいだ」

サラは水筒の中身の分析結果を見たかったが、それには何週間もかかる。ウィルに訊いた。「話をしていたとき、彼のベルトははずれていた？」

「いいや。水流ではずれたんだと思っていた」

サラはチャックのベルトをずらし、カーゴパンツのボタンがはずれて、ジッパーの一部が開いているところがカメラに映るようにした。身をかがめて服のにおいを嗅いだ。「会話の終わりごろ、彼はどんなふうだった？」

「すごく汗をかいていた」ウィルが答えた。「それに、早くぼくにいなくなってほしがっていた」

「彼は下痢の心配をしていたのかもしれない。ほかの症状に襲われたとき、ズボンをおろそうとしていたのかもしれない」

フェイスが口をはさんだ。「それで、助けを呼ばなかった説明がつく。くだしているところを人に見られたくなんてないもの」

ウィルが訊いた。「防御創はある？」

「ないわ。でも背中が見たい。向きを変える前に、前ポケットを調べるわね」サラはズボンを軽く叩いて、鋭利なものが入っていないことを確かめてから、カーゴパンツの上と下のポケットに指を入れた。見つけたものを声に出して告げていく。「カーメックスのリップクリーム。イーズ・クリアの十五ミリリットルの目薬。折り畳み式のラインカッター。折り畳み式の釣り用マルチツール。格納式リール。ポケットナイフ」

フェイスが訊いた。「それ全部、釣りに必要なの？」

「ほとんどはね」サラは湖で多くの時間を父と過ごしてきた。父はベルトに装備を吊るしていたけれど、やり方は人それぞれだ。「彼をひっくり返す準備はいい？」

ウィルは数十センチうしろにさがってから、うなずいた。

サラはチャックの肩と腰に手を当て、横向きにした。

ウィルが声をあげた。怪我をしているほうの手の甲で鼻を押さえた。チャックの腸の状態がそれで確認できたとサラは考えた。フェイスは風上にいたのでほっとした。

チャックの右のポケットから財布を取り出し、地面でそれを開くあいだ、サラは口でしか息ができなかった。黒い革は光沢があった。すべてブライス・ブラッドレー名義のＶｉｓａカード、アメリカン・エクスプレス、運転免許証、保険証を並べていった。札入れ部分に現金は入っておらず、色あせた金色のパッケージのコンドームがひとつあるだけだった。潤滑剤付きで畝のあるマグナムのＸＬ。サラは財布を裏返した。丸い跡が浮かびあがっていたから、コンドームはしばらく前から入っていたのだろう。チャックは毎夜これを使い、その後新しいものを補充していたわけではないと、サラはなぜかわかっていた。

「マーシーの体内から精液が見つかっているが、潤滑剤という可能性は？」

「ないわ。顕微鏡で見たとき、スライドには精子の痕跡があった。それに、精液は暴行の証拠にはならないっていうことを忘れないで。性交したことが証明できるだけよ」サラはチャックのシャツの背中をめくった。引っ掻き傷はなかったし、最近、なにか怪我をした形跡もなかった。驚いたのは刺青だった。「左の肩甲骨に大きな刺青がある。縦十センチ、横七センチくらいで、四角いウィスキーグラスから琥珀《こはく》色の液体がこぼれだしている絵柄。氷の代わりに、人間の頭蓋骨が入っている」

「わお」フェイスが声をあげた。「彼はスコッチにはまっていたの？」

「わからない」サラはあえてお喋りを避けていた。「ウィル？」

彼は肩をすくめた。「水を飲むところしか見ていないよ」

「あたしが彼に毒を盛るとしたら、絶対に水筒に入れるね」フェイスが言った。

サラはそっとチャックを仰向けに戻した。「いまわかるのはこれくらいね。はっきりしたことをつかむには、解剖と毒物検査を待たなきゃいけない」

ウィルは撮影をやめた。サラに訊いた。「きみの仮説は？」

サラはついてきてというようにうなずき、死体から離れた。あくまでも彼らは人間であって解決すべき問題ではないのだから、被害者のそばで事件の話をしたくはない。

フェイスが加わるのを待って、サラは口を開いた。「こういう環境だから、最初に頭に浮かんだのは、アトロピンやソラニンのような自然由来のものよ。どちらもナス科の植物に含まれている。前に見たことがあるわ。ソラニンはほんの少量でも、とても毒性が高いの。ワルナスビ、ヨウシュヤマゴボウ、ブラックチェリー、セイヨウバクチノキなんていうのもある」

「なんてこと。自然ってすごく体に悪いんだね」フェイスが口をはさんだ。「次に浮かんだのは？」

「目薬を考えた。テトラヒドロゾリン、またはＴＨＺという成分が含まれていて、これは血管を収縮させて充血を軽減させるために使われるα１アドレナリン受容体作動薬なの。経口摂取すると、急速に腸管から吸収され、血流にのって中枢神経系に作用する。濃度が高いと、吐き気、下痢、血圧低下、心拍数低下、意識喪失が起きる可能性がある」

フェイスが訊いた。「それって、お店で買えるものの話よね？」

「薬は毒にもなるのよ。THZが使われたのだとしたら、何本も必要ね」

ウィルが言った。「ゴミはすべて丘の上に運ばれる。空いた容器が入ったゴミ袋を探すことはできるが、見つけたものは指紋を調べるためにすべて鑑識に送る必要がある」

「待って。カロライナでそういう事件がなかった？　妻が夫の水に目薬を入れていたんじゃなかった？　でも彼が死ぬまでに時間がかかったはず」

サラもその事件は読んだことがあった。「THZは、チャックの死の要因だったのかもしれない。実際の死因は溺れたことよ」

「自殺の線はなさそうだ」ウィルが言った。「自分の命を絶つときに、使うものだとは思えない」

「下痢で死にたくなければね」フェイスが言い添えた。「女性を自分のものにするために、男に目薬を飲ませるっていう映画がなかった？」

「『ウェディング・クラッシャーズ』だ」ウィルが答えた。「ぼくたちが捜している犯人はひとりだろうか、それともふたりだろうか？　マーシーとチャックの両方を殺す動機があるのはだれだろう？」

「あたしたち、チャックのなにを知っている？」フェイスが訊いた。「彼は変わり者。刺青をするくらいスコッチが好き。釣りをする。水筒をいつも持ち歩いている」

ウィルが付け加えた。「クリストファーの親友だ。マーシーに一方的に思いを寄せている。インセルかインセルもどきだ」

「財布にコンドームを入れていたから、完全にあきらめたわけではない」フェイスは深々とため息をついた。「水筒に近づけるのはだれ？」

サラはウィルを見た。「だれでも？」

ウィルはうなずいた。「カクテルパーティーのあいだ、展望台にいたときのチャックはまったく気にしていなかった。何度か、水筒を手すりに置いたまま、その場を離れていたよ」

「常に持ち歩くには重いわ」サラが言った。一ガロンの液体は重さが四キロ近いのよ」

「エマは生まれたとき、四キロ近くあった。Ｘｂｏｘを抱えているみたいだった」

「もしくは四キロのミルクを」ウィルが言った。

「つまり、ここにいる全員が容疑者のままってことね」フェイスがまとめた。「そして、どこの店でも売っているイーズ・クリアの目薬を買える人間」

サラが言い添えた。「目薬は有毒な物質としてよく知られている」

「とりあえずマーシーのことは置いておこう」フェイスが提案した。「チャックを殺す動機があるのはだれ？　彼はロッジの売却とは無関係よ。薄気味悪くていらつくからって彼を殺すなら、とっくの昔に殺していたはず」

「彼をここまで追ってくる前、投資家の件でクリストファーと話をしているのを聞いた。ふたりは、キッチンの裏のトレイルにいたんだ。クリストファーが、おそらく売却について話し合うと思われる家族会議に遅れてしまうと言ったら、チャックが投資家はまだ興味があるのかって訊いた。彼は知らないと答えた。この仕事からは手を引いたし、最初からやりたくなかったと言っていた。それに、マーシーがいなければここは回らないとも。彼女が必要だったと言っていたよ」

「妙ね」サラが言った。「それってロッジの仕事から手を引いたっていう意味？　それともほかの仕事？」

「セシルの自転車事故のあと、ここを運営していたのはマーシーなの。ペニーによれば、彼女はとてもいい仕事をしていて、大きな利益をあげ、それをここに再投資していたそうよ」

ウィルは納得していないようだ。「チャックが最後にクリストファーに言ったのは、こんな感じのことだった。〝ここまでやってきてよかったじゃないか。大勢の人間がぼくたちを頼りにしているんだ〟」

「チャックはロッジと関係があるとか？」フェイスが訊いた。「ひそかに投資しているとか？」

「ロッジの話をしているようには聞こえなかった」

足音が聞こえてきたので、三人はトレイルに目を向けた。証拠保全袋と採取キットを持ってケヴィンが戻ってきた。

フェイスが言った。「下働き捜査官のお戻りね」

真実にかなり近いところをついていたから、ケヴィンはその冗談が気に入らないようだった。「食堂に寄ってきた。外の冷凍庫を空にするように料理人に頼んでおいたが、理由は言わなかった」

フェイスが訊いた。「人間が入るくらいのスペースを作るようにって言ったら、見当がつくんじゃない？」

「証拠を保管しなきゃいけないが、食料を損ないたくないと言ったよ」

「わかった」フェイスの口調が優しくなった。「うまい言い方ね」

ケヴィンが訊いた。「チャックのことはどうするつもりだ？　みんなに話すのか？　秘密にしておく？」

サラが答えた。「彼の死についてはナディーンに報告しなくてはいけないけれど、道路が通れるようになるまで死体の搬送はできない。彼女は黙っていてくれるはずよ」

「料理人とウェイターは、ぼくたちが死体を冷蔵庫に入れたことに気づくと思う」ウィルが言った。「だが彼らは食堂から出ないし、この時間帯なら食堂に来る人間もいないだろうから、知らせが母屋に届くことはない」

「ロッジがいまも同じスケジュールで動いているのなら、客は六時のカクテルパーティーまで食堂には来ないわ」サラが説明した。

ケヴィンが訊いた。「デイヴが犯人じゃないという点については？　それも秘密のままにしておくのか？」

「そうしなきゃいけないと思う。家族が、殺人犯をどうしても知りたがっているということもないし」フェイスが応じた。

サラが訊いた。「ジョンはどうなの？　いずれ彼は見つかる。いま彼は、父親が母親を殺したと思っている。そう信じさせておくの？」

「難しい話だが、ジョンに黙っていろとは言えないし、彼が真犯人に話してしまうかもしれない。まだナイフの柄は見つかっていないんだ。逃げおおせたと思った犯人は、注意が散漫になるかもしれない」

「全部秘密にしておくほうにぼくは一票——チャックとデイヴの件、両方だ」ケヴィンが言った。

「賛成」ウィルとフェイスが声を合わせたので、サラの票は意味がなくなった。

「計画をたてよう」フェイスが提案した。「だれも自分の縄張りで尋問を受けることのないように、空いているコテージのどれかを使えばいいと思う。まずはモニカとフランクから始めて、ほかにどんな嘘をついているのかを突き止めるのよ。正確なタイムラインを作らなきゃいけない。それから、アプリ男たち。どうしてポール・ピーターソンの名前について嘘をついていたのか知りたいね」

「ポンティチェロだ」ウィルが訂正した。「アマンダが結婚証明書を見つけた。ポール・ポンティチェロはゴードン・ワイリーと結婚している」

フェイスが訊いた。「結婚しているなら、どうして嘘をつくの？」

「それが質問リストの最上位だな」ウィルが言った。「クリストファーにはどういう態度を取ればいいのか、ぼくにはわからないよ」

「彼がチャックと会った最後の人間で、水筒に近づくことができたから？」フェイスは鼻を鳴らした。「しっかりしてよ。彼はナンバーワン容疑者なのよ」

「動機はなんだ？」

「あたしにわかるはずないじゃない」フェイスは疲れたように長々とため息をついた。

「これじゃあ、堂々巡りよ。話はやめて、行動するべきだよ」

「そのとおりだ」ウィルはうなずいた。「ケヴィン、ふたりでチャックを冷凍庫まで運ぼう。それからぼくはゴミの山を調べるから、きみはこのあたりを確認してくれ。フェイス、空いているコテージを使う許可を取るんだ。できれば、クリストファーをつついてみてくれ。チャックの居所を訊いてくるかどうかを確かめたい。サラ、オフロードバギーにもう一台衛星電話があるから、それでナディーンに連絡できる。ぼくとも連絡がつくように、いつも手元に置いておいてほしい。令状を送ったら電話するとアマンダは言っていたから、ファックスには気をつけておいてくれ。それから、ドリューとケイシャに話を聞いてもらえないだろうか？」

「やってみる」サラはウィルの手の傷のほうが心配だった。万一のために、抗生物質を持ってきている。「わたしたちのコテージに、医療用品が入ったダッフルバッグを置いてあるの。あなたの包帯を交換したい」

「それは、ゴミを調べ終わるまで待ったほうがいいんじゃないかな」

「それはそうね」人目のあるところで、感染について議論するつもりはなかった。トレイルを戻る以外、サラにできることはなかった。ナディーンに電話をかけるのは簡単だが、ドリューとケイシャにはどう言葉をかければいいだろう？　ふたりは本当にいい人たちに見える。ふたりには、質問に答えることを拒否する権利がある。けれど、ドリューに暴行罪の前科があると聞いて警戒しなかったと言えば、嘘になる。彼はこれまでに二度ロッジを訪れている。ひょっとしたら十週間前にも来ているかもしれない。

「サラ？」ウィルも同じ計算をしているのは間違いなかった。「フェイスがきみと一緒に行くよ。地所の地図が必要なんだ」

サラは彼のためだけに笑顔を作った。「ドリューとケイシャに話をしたあと、持ってきてもいいわよ」

ウィルも笑みを作った。「フェイスと一緒にふたりの話を聞いてもいい」

「いいかげんにして」フェイスは飼い葉袋のようにバッグを肩からかけると、トレイルを歩きだそうとした。

サラは彼女の先に立ってトレイルを進んだ。フェイスの口から出てくるのは、泥や木や茂みや自然そのものに対する文句ばかりだった。道は細く、泥のせいで歩くのは大変だ。サラはウィルの手の心配をする代わりに、なにをすれば自分がここで役にたてるかに意識を集中させた。ナディーンはチャックについてなにか知っているかもしれない。小さな町はよそ者に対して、用心深いものだ。そうでなくても、チャックのような男は目立つ。町には彼にまつわる噂話があるはずだ。

「ああ、よかった」ようやくループ・トレイルにたどり着いたときには、フェイスの口調は祈りのようになっていた。「どうしてウィルがここにあれほど夢中になっていたのか、あたしにはさっぱりわからない。あたしは汗と泥と馬まみれなんだから。なにかに首を嚙まれたし、全身べたべた。いたるところに鳥もいる」

フェイスが鳥を嫌っていることをサラは知っていた。「着替えならあるわよ」

「あなたが気づいているかどうか知らないけれど、あたしの体つきは背が高くてほっそりしたスーパーモデルじゃなくて、がっしりしたティーンエイジャーの少年みたいなの」

サラは笑った。彼女は長身だが、それ以外のふたつの形容詞は褒めすぎだ。「なにかあるわよ」

ループ・トレイルを歩きながら、フェイスは小声で何事かつぶやいていた。「アマンダと話した？」

「彼女が話したがっていることは話していないわ」

「ウィルが余計なことに首を突っ込みすぎるっていう彼女の言い分は、一理あるよね。彼は新婚旅行の最中なのに、燃えている家に飛びこんでいくし、手を刺されるし、今度はもう少しで滝に飲みこまれるところだったんだから」

サラは口を開く前に、唾を飲まなくてはならなかった。滝の話は聞いていない。「彼を変えるために結婚したわけじゃないわ」

「あなたたちのその健全な相互関係は、時々すごく鼻につく」

サラはまた笑った。「ジェレミーはどう？」

「ＦＢＩの捜査官になって、ダーティーボムに飛びつく気満々よ」

サラはフェイスの顔を見た。彼女はなんであれ頭に浮かんだことを口にするから、だいたいにおいて心の内を読み取るのは難しくないのだが、自分の子供のこととなると、とても口が堅い。「それで？」

「それで、あたしはどうすればいいのかわからかない。これまでは、アメリカはミズーリの洞窟に六億キロのチーズを隠しているって彼が言ったときが一番ショックだったのに」

サラは笑顔になった。ジェレミーの豆知識はいつも楽しい。「彼と話をした？」

「もうしばらくわめいてみて、効果があるかどうかを確かめて、それから無言療法を試してみようと思う。そのあとはしばらく不機嫌になって、アイスクリームを食べすぎる言い訳にする」フェイスは腕を組んで空を見あげた。「ここって、変よね？」

「鳥のこと？」

「それもあるけれど、マーシーの母親のことをどうしても考えてしまう。実の娘について話すときのビティのあの口ぶり……」

その嫌悪感はサラにもよくわかった。「どんな人間が自分の子供を憎んだりするのか、わたしには想像もできない。哀れな人だわ」

「子供は、自分が何者なのかを教えてくれるの」フェイスが言った。「ジェレミーのときは、あたしは完璧でいようと必死になった。自分ひとりであの子の面倒を見られるくらい大人なんだって、両親に証明したかったの。きちんとスケジュールを立てて、洗濯も全部やった。でもある朝、床に落とした食べ物でもゴミ箱より自分の口に近ければ、食べても大丈夫なんだって気づいたのよ」

サラの頬が緩んだ。彼女の妹も同じ計算をするのを見たことがあった。

「エマは、あたしの母親がどれほどいい母親だったのかを教えてくれる。もっと母の言うことを聞いておけばよかったと思うの。今後は耳を傾けるっていうわけじゃないけれど、そう思うのが大事だものね」フェイスの笑みはじきに消えた。「ビティと話をすると、彼女はなにも学んでこなかったんだとしか思えない。彼女にはきれいな小さな娘がいて、その子のために世界を素晴らしいものにできたのに、そうしなかった。それどころか、マーシーとクリストファーではなくデイヴを選んだ。そしていまマーシーは死んだのに、ビティはまだなにも学んでいないのよ。実の娘を悪く言うことをやめられない。彼女は嫉妬深くて、一本ねじがはずれたデイヴの元恋人みたいな振る舞いをするって冗談を言ったけれど、病的な感じがする」

「クリストファーに対する態度もましだとは言えないわよね」サラが指摘した。「カクテルのときは、ほぼ彼を無視していた。彼がもっとパンを取ろうとしたら、その手を叩いていたわ」

「セシルはどうなの？」

「ゆうべマーシーが言ったことが、今日は頭から離れないの。わたしは父親と結婚したのかって訊かれたのよ」

フェイスはサラの顔を見た。「なんて答えたの？」

「そうだって言った。ウィルはわたしの父によく似ている。同じ倫理基準を持っている」

「あたしの父は聖人のような人だった。どんな男だって父にはかなわないんだもの。試す意味なんてないでしょう？」フェイスは肩をすくめたが、完全にあきらめたわけではなかった。「どうしてマーシーはそんなことを訊いたの？」

「デイヴは彼女の父親に似ているって言いたかったのよ。彼女のX線写真を見て、納得したわ。彼女は子供のころ、すさまじい虐待を受けている」ウィルは、デイヴについてどれくらいフェイスに話したのだろうとサラは考えた。必要以上のことを言いたくはない。

「わたしが聞いた話からすると、デイヴには二面性があったみたい。セシルのように場を盛りあげる人気者であると同時に、自分の子供の母親を傷つけることもできた」

「虐待する人間はだいたいがそうよ。彼らは被害者を手なずける。自分の醜い面を全部見せることはない。でもビティを網からはずしちゃだめ」フェイスが言った。「彼女だって、子供たちを肉体的に虐待していたかもしれない」

「だとしても驚かないわ。でもこれまでの経験からすると、彼女のような女性は心理的な拷問から得る楽しみのほうが大きいみたいね」

「マーシーを見つけたのはウィルにとって辛いことだったけれど、彼女が死んだときあなたが一緒にいてくれてよかった」

「彼女はジョンを心配していた。夕食のときに起きたことを許すってジョンに伝えてほしい、彼女はウィルにそう言ったの。彼女の最後の言葉、彼女が最後に考えたのは息子だった」

フェイスは寒気を覚えたみたいに腕をこすった。「ジェレミーがそんな罪悪感を一生抱えていくのかと思ったら、それだけであたしはもう一度死んでしまうよ」

「ジェレミーには彼の面倒を見てくれる人が大勢いる。そうなるようにあなたがしたのよ」

フェイスは感情に流されたくなかった。トレイルの先に目を向けた。「あれがあなたのコテージ？」

美しい花箱とハンモックを見ると、サラの心に悲しみが突き刺さった。完璧な一週間は失われてしまった。「とても素敵でしょう？」

「素敵どころか」フェイスの声は恍惚《こうこつ》としていた。「ビルボ・バギンズ（J・R・R・トールキンの小説に登場するホビット）が住んでいる家みたい」

階段に向かって勢いよく駆けていくフェイスを、サラはためらいながら眺めていた。なんだかわからない、けれどよく知っている甘ったるい不快なにおいが鼻をついた。「あなたもにおう？」

「多分あたしのせい。あの馬がどんなだったか、あなたは知らないほうがいい」フェイスは首の横をぴしゃりと叩いた。「また、蚊。ねえ、さっと体を洗ってもいい？　すごく気持ちが悪いの」

「もちろんよ。服はタンスの引き出しに入っているから。わたしは外で待っているわね。部屋のなかにいるのがもったいないもの」

フェイスはなにも尋ねなかった。階段を駆けあがっていく。

「フェイス！」サラはひどく不安になった。「スーツケースには触らないでね、いい？」

フェイスは険しい顔になったが、「わかった」と言った。

サラはコテージへと入っていく彼女を見ていた。今回ばかりはフェイスが詮索しないことを祈った。テッサがサラのスーツケースに入れた巨大なピンク色のディルドを見られたら、ウィルは仕事をやめて無人島に移住するかもしれない。

サラはドアが閉まるのを待って、向きを変えた。疲れて体に力が入らない。彼女もウィルも、ゆうべは寝ていなかった。ハネムーンで眠るべきではない理由からではなく。サラは深呼吸をした。甘ったるいにおいはまだ残っている。

これといった理由もなく、サラはループ・トレイルを進んだ。客のほとんどは母屋に近いコテージをあてがわれていたが、彼女たちのコテージと残りのコテージのあいだの奥まったところに九番コテージがあることを、サラは地図を見て知っていた。

上側のループ・トレイルは二度しか歩いたことがなかった。一度はウィルとジョンと一緒だったし、二度目は暗闇のなかだった。どちらの場合も九番コテージは見ていない。無駄足を踏んだのかもしれないと思い始めたころ、ようやく別の丘をのぼる曲がりくねった道が見えた。そこをのぼっていくと、甘ったるいにおいが確実に強くなっていくのがわかった。そのにおいがレッド・ツェッペリンのカートリッジのものであることは、ジョンに教えられていた。彼がベイプペンは一本しかないと嘘をついていたのもわかった。彼がいまくわえているものは銀色だった。

ジョンはポーチのブランコに座り、森の奥を見つめていた。母を失った悲しみに、顔は腫れ、目は充血している。じっと物思いにふけっていたせいで、サラがポーチに立つまでその存在に気づかなかった。彼は驚かなかった。ただサラを見つめただけだ。腫れぼったいまぶたと生気のない目から判断するかぎり、今日吸ったのはレッド・ツェッペリンだけではなさそうだ。

サラは言った。「隠れるにはいいところね」

ジョンはペンを口に戻すふりをして、急いで涙を拭った。

「食べるものはあるの？」

彼はうなずき、煙を宙に吐き出した。

「家に帰れと言うつもりはないけれど、あなたが無事だっていうことを確かめなきゃいけないの」

「うん、ぼくは――」ジョンは咳払いをした。「ぼくは無事だよ」

そう認めるのがどれほどのことなのか、サラにはわかっていた。ジョンの母親は死んだ。父親が犯人だと彼は考えている。この世にひとりきりになったように感じているのだろう。

サラは訊いた。「ついさっき、わたしのコテージの脇にいた？」

彼はまた咳払いをした。「見晴らしベンチが最後の……最後にあそこで……」

彼の顔を涙が伝った。質問を浴びせかけるつもりはなかったが、彼が話を聞く人間を必要としているのはわかった。「あのベンチにお母さんと一緒に座ったの？」

そのときの記憶に、彼の顔が辛そうに歪んだ。「母さんは話をしたがった。ぼくが小さかったころは、たくさん話をしたんだ。怒られると思ったんだけど、母さんは怒っていたわけじゃなかった。でもすごく悲しそうだった」

サラは手すりにもたれた。「彼女はなにが悲しかったの？」

「ディライラおばさんが来ているって言っていた」ジョンはベイプペンをブランコの横に置いた。「なにが起きているのかをパパに訊けって言われたよ。売却のことだった。母さんからじゃなくて、パパからその話をぼくに聞かせなかったんだ。でもそれは母さんが臆病だったからじゃなかった」

マーシーを守ろうとするようなその口調に、サラの胸が痛んだ。

「でもぼくは母さんに激怒した。パパから話を聞いたあとのことだよ。だって、どうして母さんはここにいたがるの？　なんのために？　ぼくたちみんなが町で暮らせて、母さんは好きなことができて、ぼくは……わからない。友だちを作って、だれかと出かけて……」

ジョンの声が小さくなって途切れた。「ここはきれいなところよ。何世代もあなたの家族が受け継いできた」

「くそみたいに退屈だよ」ジョンはぐっと顎を引いた。「ごめん」

サラは言った。「ここには、あなたがすることはあまりなさそうね」

「あるのは仕事だけさ」ジョンはシャツの裾で鼻を拭った。「少なくともビティは、数年前からお金を払ってくれるようになった。パパからは一ペンスだってもらったことがないよ。ビティがこっそり買ってくれるまで、携帯電話すら持ってなかったんだ。ぼくが話をしなきゃいけない相手はこの山の上にいるってパパには言われたよ」

サラはジョンがベイプペンをくるくると回し始めるのを見ていた。「お母さんとベンチにいたとき、彼女はほかになにか言った？」

「夜の仕事を休みにしてくれた。それから七番の女性にお酒を持っていくように言われた。忘れたけど」

本当に忘れたのだろうかとサラは疑問に思った。「自分で飲んだの？」

そのとおりだと彼の表情が語っていた。

「お母さんが亡くなって、本当に残念よ。いい人みたいだったから」

ジョンが鋭いまなざしをサラに向けた。冗談だと疑っているようだ。マーシーについて肯定的な言葉を聞くことに慣れていないのだろう。

「あなたのお母さんと過ごした時間はあまりなかったけれど、少し話をしたの。ひとつわかっているのは、彼女はあなたをとても愛していたということ。言い争いについては気にしていなかった。どのお母さんとも同じで、彼女はただあなたに幸せでいてほしかっただけ」

ジョンは咳払いをした。「ぼくは母さんにひどいことを言ったんだ」

「子供はそんなものよ」ジョンが顔をあげ、サラは肩をすくめて見せた。「ゆうべあなたが味わったすべての感情は、いたって普通よ。マーシーはわかっていた。あなたが怒りをぶつけたことを、彼女は責めていなかった。彼女はあなたを愛していたの」

ジョンの涙が本格的に流れ始めた。ベイプペンを口に運びかけたが、気が変わったらしかった。「母さんはベイプをやめてほしがっていた」

サラはいまここでやめろと説教するつもりはなかった。「気持ちが落ち着いたら、ウィルと話をしてほしいの。あなたに話したいことがあるそうよ」

ジョンは涙を拭った。「トラッシュキャンって呼んだことを、怒っていないの？」サラはそのやりとりを忘れかけていた。「少しも。あなたと話ができたら、とても喜ぶわ」

「ぼくの――」彼は言葉につまった。「デイヴはどこです？」

「病院よ」サラは慎重に言葉を選んだ。いまここで真実を伝えるわけにはいかないが、嘘をつくつもりもない。「あなたのお父さんは無事よ。でも身柄を確保されるときに怪我をしたの」

「いいことだ。いつも母さんを痛めつけていたみたいに、痛めつけられればいいんだ」

サラは、ジョンの口調に苦々しさを聞き取った。手はベイプペンを握りしめている。

「しばらく前、自分はきっと最後は刑務所で死ぬことになるって彼が言っていた。同情してほしかったんだと思うけれど、でもきっとそのとおりなんだ。きっと最後はそうなるんだ」

「なにかほかの話をしましょうか」サラが言ったのは、ジョンだけでなく自分のためでもあった。「あなたのお母さんの今後について、なにか訊きたいことはある？」

「火葬にするってパパは言っていた。でも――」ジョンの唇が震え始めた。顔を背けて、森の奥を見つめた。「それってどんな感じ？」

「火葬のこと？」どう答えようかとサラは考えた。子供だからといって見下すような話し方をしたことは一度もないが、ジョンはいま微妙な立場だ。「お母さんはいまＧＢＩ本部に運ばれているの。解剖が終わったら、火葬場に移される。熱と蒸発で死体を灰にする特別に設計された場所があるのよ」

「オーブンみたいな？」

「死体を焼くために積む薪のほうが近いわね。知っている？」

「知ってる。ビティが彼女のｉＰａｄで『ヴァイキング～海の覇者たち～』を見せてくれたんだ」ジョンは体を前に倒し、両方の肘を膝に当てた。「だれがやったのかがわかっていたら、解剖はする必要がないんでしょう？」

「それでもしなくてはならないの。それが決められた手順なのよ。死因を法的に確定するためには証拠を集める必要があるの」

ジョンは驚いた顔になった。「刺されたから死んだんじゃないの？」

「最終的にはそうね」死因と死に方と死のメカニズムについての説明は省略した。「わたしが言ったことを覚えておいてね。これは法的手続きの一環なの。あらゆることを記録しなくてはいけない。証拠は収集して、確認しなくてはいけない。時間のかかるプロセスなの。知りたければ、ひとつひとつ説明してもいいわ。いまはまだ始まりの段階なのよ」

「でも父さんが出てきて、母さんを殺したって自白したら、そんなことはなにひとつする必要はないんでしょう？」

サラは、デイヴの無実を隠していることに対する罪悪感がむくむくと膨れあがるのを感じた。「ジョン、ごめんね。そういうわけにはいかないの。解剖はしなくてはならない」

「ごめんなんて言わないでよ」ジョンは本格的に泣いていた。「ぼくがいやだって言ったら？　ぼくは母さんの息子だ。ぼくが嫌がっているって言ってよ」

「それでも、法的には必要なことなの」

「冗談言わないでよ」彼は叫んだ。「母さんは死ぬまで刺されたのに、それをまた切り刻もうっていうの？」

「ジョン――」

「そんなのってないよ」ジョンはブランコから立ちあがった。「あなたは母さんを好きだったって言ったけど、やっぱりほかのみんなと一緒だよ。母さんをまだ傷つけ足りないの？」

ジョンは答えを待たなかった。コテージのなかに入っていき、乱暴にドアを閉めた。

サラは彼を追っていきたかった。彼にはデイヴのことを知る権利がある。けれど彼はまた、怒って傷ついている十六歳の少年でもある。結局は、彼の母親を殺した人間を見つけることが、いくらかの平穏を与えるはずだ。いまサラにできるのは、最低限の条件が揃っていると確かめることだけだった。彼は家のなかにいる。食べ物はある。水はある。彼は安全だ。それ以外は、彼女にはどうにもできない。

サラは自分のコテージに戻るのではなく、オフロードバギーにあるという衛星電話を取りに行こうと決めた。チャックの死をナディーンに報告する義務がある。とりあえずそれは、彼女が完了できる任務だった。ジョンの痛みは心の隅に押しやった。ナディーンに簡潔な報告ができるように、チャックが死んだ現場の様子を頭のなかに思い描いた。水筒の中身の分析が鍵だ。動機もまた、起訴する際の重要因子になる。サラの仮説が正しければ、死因は目薬ということになるが、死のメカニズムは溺死で、死に方は他殺だ。減刑要素は陪審員が決めることだ。

サラは深呼吸をして、肺をきれいにした。六番コテージが見えてきた。さらに進んでほかのコテージを通り過ぎ、広場にやってきた。ウィルとふたりで最初にここに着いたときには、この開けた場所を見て子供の本の挿絵みたいにのどかだと思った。いまは母屋に近づくにつれ、肩に重たいものをのせられているような気持ちになった。セシルがポーチに座っている。ビティがその隣にいる。ふたりはどちらも怒ったような表情だった。ジョンが帰りたがらないのも無理はない。

「サラ?」ケイシャが自分たちのコテージの開いたドア口に立っていた。腕を組んでいる。「いったいどういうことなの?　わたしたちを山からおろしてちょうだい」

サラは不安を呑みこもうとしながら、彼女に近づいた。ドリューは立派な容疑者だ。サラはもうしばらくのあいだ、嘘をつき続けなくてはいけない。「悪いけれど、お役にはたてないわ。できるなら、そうしている」

「あそこに二台のオフロードバギーが駐まっている。それぞれ四人分の座席があるわ。一台を貸してくれればいいのよ。モニカとフランクを乗せていく。あの人たちも帰りたがっているし」

「それはわたしが決めることじゃないの」

「それなら、だれが決めるの?　土砂崩れが怖いから、歩いておりたくはない。道路がどんな状態かはわからない。ウーバーは呼べない。インターネットも電話も使えない。わたしたちはここに閉じ込められているってことよね」

「正確に言えば、閉じ込められてはいない。あなたたちはいつでもここを出ていける。ただ正当な理由があって、そうしないことを選択しているだけ」

「まったく、あなたったらいつも警察官と結婚しているみたいな話し方をするの?　それともわたしがそう感じているだけ？」

　サラは大きく息を吸った。「わたしはジョージア州捜査局の検死官なの」

　ケイシャは驚いたようだったが、すぐにその顔は感心している表情に変わった。「本当に？」

「本当に」サラは答えた。「マーシーの家族について、教えてもらえないかしら?」

ケイシャは目を細くした。「どういう意味？」

「あなたはここに来るのが三回目でしょう？　あなたとドリューはマッカルパイン家について、わたしたちよりもよく知っている。マーシーの死に対する彼らの反応は、すごく用心深いように思えるの」

　ケイシャは腕を組んで、ドア枠にもたれた。「どうしてあなたを信用しなきゃいけないの？」

　サラは肩をすくめた。「信用する必要はないけれど、あなたはマーシーを気にかけていたと思うから。犯人の起訴は、隙のないものにする必要があるの。彼女は、正義が行われるのにふさわしい」

「確かにデイヴは彼女にまったくふさわしくなかった」

　サラは罪悪感を呑みこんだ。彼女は多数決に負けたのだ。なにより、彼女は捜査官ではない。これは彼女が解決すべき事件ではない。「デイヴをよく知っているの？」

「彼を軽蔑するくらいにはね。なまけ者でろくでなしだった元夫を思い出すわ」ケイシャの視線は母屋に据えられていた。ビティとセシルがこちらを見ているが、声が届くような距離ではない。「あの一家は前からよそよそしいんだけれど、でもあなたの言うとおりよ。みんな態度が変よね。マッカルパイン一家はたくさん秘密を抱えているのよ。それを暴かれたくないんだと思うわ」

「どんな秘密？」

ケイシャはまた目を細くした。「検死官って――あなたも刑事だっていうこと？　仕組みがよくわからないの」

サラは正直になることにした。「わたしは、あなたが言ったことを証言できる」

ケイシャはうめいた。「ドリューはこの件に、わたしを関わらせたくないのよ」

「彼はいまどこに？」

「トイレを直してもらうために、用具小屋までフィッシュトファーを捜しに行っている。ここに来たときから調子が悪かったんだけれど、ドリューときたら蛇口と自分の肛門の区別もつかないんだから」

「どんな具合なの？」

「ポタポタ垂れる音がするの」

サラは、ケイシャの信頼をいくらかでも取り戻す方法を見つけた気がした。「わたしの父は配管工なの。毎年夏は、手伝っていたものよ。よかったら、見ましょうか？」

ケイシャはまた母屋に目をやり、それからサラに視線を戻した。「令状がなければ、警察はなにも調べる権利がないってドリューが言っていた」

「完全に正しいとは言えないわね。ここを所有しているのはマッカルパイン家よ。突き詰めていえば、許可を出す責任者は彼らなの。それに、たとえば殺人の凶器のようなものをあなたのコテージのまわりで見つけたら、わたしはもちろんウィルに話すわ」

「もちろんそうね」ケイシャは改めて考えていたが、やがて大きくうめくとさっとドアを開けた。「あんなポタポタいう音を聞きながら、ここに閉じ込められているのはうんざり。散らかっているのは気にしないで」

コーヒーテーブルの上のふたつのグラスと食べかけのクラッカーのパックが、ケイシャにとっては散らかっているのだろうとサラは考えた。三番コテージは十番よりも小さかったが、内装はよく似ていた。居間のフレンチドアからは、遠くの素晴らしい景色がのぞめる。サラは、開いたままのドアから寝室をのぞいた。サラとウィルのコテージでフェイスが目にするだろうものとは違って、ベッドは整えられていた。玄関の脇にはスーツケースがふたつ、置かれていた。あわてて荷造りしたらしいバックパックは、ぎゅうぎゅうに詰めこまれていた。ゴミ箱にイーズ・クリアの目薬の空容器がなかったので、サラは胸を撫でおろした。

「こっちよ」ケイシャはバスルームへと歩いていく。洗面台の横にふた組の洗面道具が並んでいたが、そこにも目薬はなかった。「ここのお酒を試した？」

「いいえ」こんな十二時間を過ごしたあとだったから本当は飲みたかったが、サラは答えた。「ウィルとわたしは飲まないの」

「わたしもそうするわ。モニカはゆうべ大変だったの」ほかにはだれもいないにもかかわらず、ケイシャは声を潜めた。「マーシーがバーテンダーと話しているのを見たわ。彼女に飲ませないようにしていたのね。あれって、危険なのよ。ここで本当にだれかの具合が悪くなったら、ヘリコプターでアトランタまで運ぶことになるけれど、お酒を提供していたら、保険はカバーしてくれないの」

　彼女自身がケータリング・ビジネスに関わっているから、法的責任について知っているのだろうとサラは思った。「ゆうべ、なにか聞かなかった？　物音とか悲鳴とか？」

「あのいまいましいトイレの水漏れの音すら聞こえなかった」いらついているようなケイシャの口ぶりだった。「ロマンチックな旅になるはずだったのに、いまはドリューのＣＰＡＰ装置（睡眠時無呼吸症候群の治療に使う装置）の音を聞かなくてすむように扇風機をつけたまま眠るっていう、結婚生活のセクシーな段階にあるのよ」

　サラは空気を軽くしておきたくて、笑い声をあげた。「最後にここに来たのはいつ？」

「若葉が出だしたころよ。二カ月半くらい前かしら。きれいな季節なの。一面、花盛りだった。もう戻ってこられないのが本当に残念だわ」

「わたしも」サラは計算せずにはいられなかった。ドリューは、マーシーを妊娠させた可能性のある男のひとりだということだ。「マーシーとゆっくり話をしたことはある？」

「このあいだ来たときは、混んでいたからあまり話ができなかった。でも最初のときは、夕食のあと三回か四回、一緒に飲んだわ。彼女が飲んでいたのはセルツァーだったけれど、ストレスから解放されると楽しい人なの。その感覚はよくわかるのよ。サービス業に携わっていると、ひっきりなしに呼びつけられる。一日中、少しずつかじり取られているみたいなの。マーシーはその感覚をわかっていた。わたしたちの前ではくつろいでいたわ。彼女にそんな時間をあげられて、よかったって思った」

「ありがたかったでしょうね」サラは言った。「彼女がここでどれほど孤独だったか、想像もつかないわ」

「そうね。彼女にはお兄さんとあの変わり者しかいなかったんだもの。ドリューは彼をチャクルズって呼んでいるのよ」

「マーシーとチャックのことで、なにか気づいたことはある？」

「ゆうべあなたが見たのと同じよ。わたしたちが最初に来たときも、チャックはいたわ。二度目はコテージが全部ふさがっていたから、彼は母屋で寝泊まりしていたの。パパは気に入らなかったみたいね。そういえば、マーシーもそうだったわ。ドアの前に椅子を置いておくとか、なにかそんなことを言っていた」

「妙ね」

「いまはそう思うけれど、その手のことって冗談にしたりするじゃない？」

サラにも覚えがあった。性的暴行に対する恐怖を薄れさせるために、ブラックユーモアを護符として使う女性は多い。「パパはどうしてチャックが好きじゃないの？」

「それは彼に訊いたほうがいいと思うけれど、これといった理由はないんじゃないかしら」ケイシャが答えた。「パパには中間がないのよ。大好きか大嫌いかのどちらか。あいだがないの。大嫌いの側に行きたくはないわね。彼は怖い人だから」

「チャックと話をしたことはある？」

「彼となにを話すの？」

サラも同じ気持ちだった。「クリストファーは？」

「信じないかもしれないけれど、彼はいい人よ。内気だけれど心を開いたあとは、楽しい人よ。一緒にお酒を飲みたいタイプではないけれど、ガイドとしてはとても知識が豊富なの。彼は釣りが大好きなのよ。水や魚や道具や科学や生態系についてなんでも知っている。わたしは死ぬほど退屈したけれど、ドリューはその手の話が好きなの。時々は違うことをするのも彼にとってはいいことよね。だからこそ、ここがだめになったのがすごく悲しいのよ。マーシーがいなかったら、ここは維持できないでしょうね」

「クリストファーにはできないの？」

「彼の用具小屋を見た？」彼女はサラがうなずくのを待って言葉を継いだ。「ドリューはあそこを魚御殿って呼んでいるわ。なにもかもがきれいで、あるべきところにきちんと並んでいる。それはそれでいいのよ。フィッシュが幸せなんだから。でも、働いているのが自分ひとりでないかぎり、そんなふうに施設を運営することはできない。人は予測できないし、それぞれやりたいことがある。一分ごとに事態は変わる。すべてのボールをジャグリングしながら、給料の支払いにびくびくして、一日中呼びつけてくる客の相手をして、そのあいだにもバンのブレーキが壊れたり、トイレが漏れたりするのよ。それらを全部乗り切っていくか、出ていくかのどちらかしかないの」

　そのプレッシャーならサラはよく知っていた。かつて、小児科の診療所を経営していたことがある。

「一度、こんなことがあったわ。ドリューが用具小屋のラックに釣り竿を戻そうとしたの。手伝うつもりだったのよ。そうしたらフィッシュトファーが取り乱したように駆けこんでいったわ。竿が正しく戻されていることを確認するために」ケイシャはそのときのことを思い出して首を振った。「彼にできるのは、朝の釣りと夜にスコッチを飲むことだけなの」

　サラはチャックの刺青を思い出した。「彼はスコッチにはまっているの？」

「あの人たちがなににはまっているのかは知らないし、興味もない。この山をおりたら、考えることもないもの」

　クリストファーについての質問だったのに、ケイシャがチャックも含めて答えたことをサラは興味深いと思った。

「それで、トイレはどうなの？　どうして音がするのかわかった？」ケイシャが訊いた。

　ケイシャは話した以上のことを知っているに違いないとサラは思った。「洗浄弁のまわりのゴムフロートだと思うわ。使っているあいだに擦り切れて、隙間から水がしみ出るのよ。予備のものがないようなら、空いているコテージに移ればいいいんじゃないかしら」

「移ろうってドリューに言ったのに、彼は耳を貸さないの。いつも滞在している同じコテージに今回も泊まるんだって言って。まったく男ときたら」

「わかるわ」サラはタンクの蓋を持ちあげた。とたんに、喉を蹴とばされたような気がした。水漏れの原因について彼女は正しかった。けれど、ゴムフロートが擦り切れているというのは間違っていた。

ぎざぎざした金属の破片が、ゴムフロートが栓をするのを妨げていた。その破片は、長さ約十センチ、厚さ六ミリほどの赤いプラスチックにつながっていた。

サラは折れたナイフの柄を見つけた。

17

　ウィルは、パスタメーカーを無理やり通り抜けようとするカタツムリみたいに、携帯式のファックス機から感熱紙がじりじりと吐き出されるのを眺めていた。敷地の捜索令状がようやく届いた。

「来ました」衛星電話を耳に当て、アマンダに言った。「いま印刷しています」

「よかった。一時間以内にこの件は片付けてちょうだい」

　アマンダが彼の職業人生を惨めな地獄にできるという事実がなければ、ウィルは声をあげて笑っていただろう。「フェイスはまだサラと一緒にいますが、まもなく戻ってくるはずです。四番コテージを尋問に使えるように準備してほしいと、掃除係のペニーに頼みました。ケヴィンは遺体を冷蔵庫に入れています。ぼくたちがしていることをおそらくキッチンのスタッフは見ていたと思いますが、いまは食事の準備でおおわらわですから、少なくとも夕食まではチャックの死を秘密にしておけると思います」

「ドリュー・コンクリンの暴行罪のファイルはまだ見つかっていないの」アマンダが言った。「家族はどう？」

「これからです」ウィルは薪の山に近づいた。明るいところで見たかった。「令状を待っているあいだは、両親には近づかないようにしていたんです。クリストファーがどこにいるかはわかりません。ケヴィンが戻ってきたら、捜しに行かせます。ジョンは行方がわからないままです。サラがまた捜しに行くと思います。伯母のスバルは駐車場にありますから、彼女は戻っているはずです」

「伯母からもっと聞き出せそうね」

「同感です」ウィルは巨大な材木の山の前に立った。冬を越すには充分なオーク材の薪だ。

「チャックのコテージのまわりを調べました。ひどく散らかっていましたが、興味を引くようなものはありませんでした。血のついた服も、折れたナイフも、目薬もなかった。驚くことではありませんよね。殺人のあと、ぼくはデイヴを探してすべてのコテージに入りました。そのときになにも見つからなかったんだから、いまになって見つかるとは思えません」

「ミスター・ウェラーの連邦政府《M》の保険《M》つき預金《A》口座に二十万ドル入っていたって聞いたら、驚くかしら？」

「なんてこった」ウィルは新婚旅行の費用を払うのに、いざというときのために貯めてあった金に手をつけていた。「クリストファーが金に困らないのは、まだ理解できるんです。彼はなにも支払うものがないから。でもチャックはどうなんです？」

「クリストファーとよく似ているわ。一年前、彼とほとんど同じ週に学生ローンを返している。釣りのライセンスと、運転免許、二枚のクレジットカードを持っていて、どちらも滞りなく返済している。わかるかぎりでは親戚はいない。クリストファーと同じで、最近になって思いがけず大金が手に入ったみたいね。十年遡って調べてみたけれど、一年前まではふたりとも借金まみれだったのよ」

「税金がどうなっているかを調べる必要がありますね」

「なにか理由があれば、召喚状が出せる」

「株？　宝くじ？」

「調べたけれど、違った」

「合法な金のはずですよね。税金を払っていないのなら、銀行には預けない」ウィルはいくつもある材木の山に沿って移動した。ひとつだけ違うように見える。「チャックはなんの仕事をしていたんです？」

「なにも見つからなかった。ソーシャルメディアを見るかぎりでは、主にストリップ・クラブのラップダンスに時間を費やしていたようね」

ウィルは電話を肩ではさんで、両手を空けた。「どこにも雇用の記録はないんですか？」

「ない。彼はバックヘッドにコンドミニアムを借りている。捜索令状の執行手続きを進めているところ。雇用にまつわる書類か親戚の情報が見つかるかもしれない」

「イーズ・クリアの目薬を探してください」

「犯人は違うブランドを使ったかもしれない。捜索令状は制約のないものにしておくわ」

「お願いします」ウィルはクリの木材を手に取った。木目はつまっている。薪にするには高価な木だ。「ゴミ袋は全部調べましたが、なにも見つかりませんでした」

「片手でよくできたわね」

手袋をつけてほしいとケヴィンに頼んだとき、ウィルは幼い子供になったような気がしたのだった。「なんとか」

「容器はいくつあるはずなの？」

「わかりません」ウィルは、杢目のあるカエデ材を指でなぞった。これも高価だ。「サラに訊く必要がありますが、デートレイプに目薬を使った事件があったと思います」

「ミスター・ウェラーが女性に使っていたんだとしたら、どうして自分に使ったりするの？」

「いまは答えられません」ウィルはアカシアの木材を軽く叩いた。柔らかくて、野ざらしにされていたのでからからに乾いている。暖炉で燃やしたいと思うようなものではなかった。「木のことはなにか知っていますか？」

「必要以上にね。昔、容疑者が大工の性的暴行事件を扱ったことがある」

詳しい話は聞きたくなかった。「クリストファーとチャックは、副業をしていた気がします。マーシーがその事業に重要だったのかもしれない。伯母が車でやってきたとき、クリストファーとチャックが薪の山の近くにいたと言っていました」

「理由を突き止めて。時間は過ぎていくのよ」

電話が切れた。アマンダはたいしたものだと認めざるを得なかった。彼女は会話の打ち切り方を知っている。

電話をズボンのうしろに引っかけた。積まれた薪の前に膝をついた。この山以外は、どれもオーク材だ。どうして高価な木材を野ざらしにしているのだろう？　どんな仕事をすれば、クリストファーとチャックのポケットに二十万ドルずつ入る？　どうしてマーシーには払われていないんだ？

「ウィル？」サラの声は緊迫していた。

彼は立ちあがった。フェイスの姿は見当たらない。「どうした？」

「ケイシャとドリューのトイレのタンクで、折れたナイフの柄を見つけた」

ウィルはまじまじと彼女を見つめた。「なんだって？」

「トイレが漏れているってケイシャが言ったの。だからわたしは――」

「きみが見たことを彼女は気づいた？」

「いいえ。そのまま蓋を閉めて、クリストファーと話をする必要があるって言っておいた」

「ドリューはどこに？」

「クリストファーを捜しに用具小屋に行った」

「彼を見たのか？　フェイスはいったいどこにいたんだ？」自分がするべきは、サラとドリューのコテージのあいだに立ちはだかることだとしか、ウィルには思えなかった。「ひとりで行くなんてなにを考えていたんだ?」

「ウィル、わたしを見て。わたしは大丈夫。その話はあとにしましょう」

「ファック」ウィルは電話を手に取った。トランシーバーのボタンを押した。「フェイス、応答してくれ」

雑音が聞こえ、フェイスが応答した。「母屋に向かっているところよ。サラはどこ?」

「ぼくと一緒だ。急いでくれ」ウィルはもう一度ボタンを押した。「ケヴィン、応答してくれ」

「ここにいる」ケヴィンがふたりに向かって歩いてきた。チャックの死体をかついでトレイルをのぼったので、泥と草まみれだった。「なにがあった?」

「ドリューを捜すんだ。クリストファーと一緒に用具小屋にいるはずだ。彼から目を離すな。近づいてはいけない。武器を持っているかもしれない」

「わかった」ケヴィンはきびきびした足取りで離れていった。

「ウィル」サラが切り出した。「ふたりが最後にここに来たのは二カ月半前だってケイシャが言っていた」

思い出させてもらう必要はなかった。「マーシーが妊娠したころだ」

「なにがあったの?」フェイスは、広場を歩いていたときにケヴィンとすれ違っていた。彼女はダボッとした黒のパンツをはき、グロックを帯びていた。「サラ、どこに行っていたの? 地図を見たかったのに」

ウィルがフェイスに告げた。「三番コテージを確保する必要がある。折れたナイフの柄がケイシャとドリューのトイレのタンクで見つかった」

フェイスはなにも尋ねなかった。グロックを体の脇に垂らし、三番コテージへと走りだした。

ウィルも彼女を追った。「裏にフレンチドアがある」

「わかった」フェイスが彼から離れ、裏に回った。

ウィルはあたりに目をやり、窓とドアを調べて、だれも隠れていないことを確かめた。玄関のドアに鍵がかかっていないことはわかっている。ノックをせずに入っていった。

「なに！」ケイシャがソファから立ちあがった。「どういうこと、ウィル？」

それは以前と同じ反応だったが、今回はなにを探しているのかはわかっていた。「動かないで」

「動くなってどういう意味？」ケイシャはウィルについてこようとしたが、フェイスが止めた。「あなた、だれ？」

「フェイス・ミッチェル特別捜査官――」

ウィルはポケットから手袋を取り出しながら、トイレに近づいた。ニトリル手袋で指が直接磁器に触れないようにしながら、タンクの蓋を開けた。

折れたナイフの柄が、サラが言っていたとおりのところにあった。薄い金属の破片が、ゴムフロートが栓をするのを邪魔している。筋が通らなかった。ドリューがナイフの柄をトイレのタンクに入れたのなら、どうして漏れを直してもらうためにクリストファーを捜しに行ったのだろう？

それとも、ドリューはコテージを捜索されることを予期して、ナイフの柄を隠したのが自分ではないように装うため、あえてトイレに細工をしたんだろうか？

ウィルはなにひとつ確信が持てなかったが、ひとつだけはっきりしているのは、犯人が水を好むということだった。マーシーは湖に放置されていた。チャックは小川で死んだ。

「ウィル！」ケイシャが叫んだ。「どういうことなのか、説明して」

ウィルは、バスタブの脇のバスマットの上にタンクの蓋を慎重に置いた。居間に戻ってみると、フェイスがケイシャの体を押さえつけていた。「証拠を保全している」ウィルが答えた。

「なんの証拠？　どうしてこんなことをするの？」

「隣のコテージにぼくと一緒に行ってもらいたい」

「あなたとなんてどこにも行かないから。夫はどこ？」

「ケイシャ」ウィルが告げた。「自分の意思でぼくと一緒に行くか、そうでなければぼくが無理にでも連れていくことになる」

彼女の顔が青くなった。「あなたとは話さない」

「了解した。だが、隣のコテージには行ってもらわなくてはいけない。ここを捜索する」

ケイシャは歯を食いしばった。怒っているようにも、怯えているようにも見えたが、ありがたいことに自分からポーチへと出ていった。

　サラが広場の中央に立っていた。彼女がそこにいる理由はわかっていた。サラはケイシャに顔を見せ、こうなる原因を作った人間を怒鳴りつけるチャンスを彼女に与えたかったのだ。裏切られたというケイシャの感情は、ウィルにはどうでもよかった。できるだけ早くサラをこの山からおろしたいだけだった。

「こっちだ」ウィルはケイシャを四番コテージへと連れていった。彼女は階段をあがる前に、サラを振り返った。それからドアを開けた。四番コテージは三番コテージとまったく同じだった。同じレイアウト。同じ家具。同じ窓とドア。

　ウィルが言った。「ソファに座って」

　ケイシャは両手を膝ではさむようにして腰をおろした。怒りは消えていた。見てわかるほど震えている。「ドリューはどこ？」

「同僚が捜している」

「彼はなにもしていない。協力しているの。わたしたちはどちらも協力しているし、命令に従っている。従っているのよ、わかる？　サラ、聞こえた？　わたしたちは従っている」

　サラの姿を見たウィルは、胃を絞めつけられる気がした。

「聞こえたわ」サラが応じた。「この件が解決するまで、わたしはあなたといるから」

「そう、わかった、あなたを信じるなんていう間違いを犯したら、どんなことになったたかを見ているといいわ」ケイシャはこぶしを口に押し当てた。大粒の涙がこぼれた。「いったいなにがあったの？　わたしたちはこんなことから逃れるためにここに来たのに」

サラは安楽椅子に腰をおろした。離れていろというのが彼の助言だったにもかかわらず、助言を求めるようにウィルを見つめている。

大きな雑音が響いた。「ウィル、聞こえるか？」

ウィルは背中の電話に手を伸ばした。ポーチに出ざるを得ない。ケイシャから目を離さずにすむように、ドアを開けたままにした。「どうした？」

ケヴィンが言った。「容疑者たちは湖にカヌーを出して釣りをしている。ぼくは気づかれていない」

ウィルは電話で顎を叩いた。ナイフを含め、ドリューの手の届くところにある道具のことを考えた。「距離を置いたまま、ふたりを見張っているんだ。なにか動きがあったら、知らせてくれ」

「ウィル？」フェイスがポーチに出てきた。折れたナイフの柄が入っている証拠保全袋を手にしている。「ふたりのスーツケースやバックパックにはなにもなかった。このコテージに怪しいものはない。これをオフロードバギーに入れて鍵をかけておく？」

「なかに持って入ってくれ」

ウィルが部屋に戻ると、ケイシャはソファに背筋を伸ばして座っていた。その視線は彼の銃に、それからフェイスの銃に向けられた。手が震えている。目撃者のいないコテージに彼女を連れこんだのは危害を加えるためだと考えて怯えているのがわかった。

ウィルは証拠保全袋を受け取り、外に出ているようにと身振りでフェイスに指示した。フェイスは、ポーチで話を聞いていられるようにドアを少し開けたままにした。サラがケイシャの近くに座っていたので、ウィルは仕方なく残った椅子に腰をおろした。テーブルに証拠保全袋を置いた。

ケイシャはナイフの柄を見つめた。「これはなに？」

「きみたちのコテージのトイレのタンクに入っていた」

「これは子供のゲームかなにか――」ケイシャは身を乗り出した。「これがなんなのか、わたしにはわからない」

ウィルは湾曲する薄い金属が端から飛び出している、赤いプラスチックの柄を見つめた。それがなにかを知らなければ、台所道具か古いおもちゃに見えないこともない。

ウィルは彼女に訊いた。「これはなんだと思う？」

「知らないってば！」切羽詰まった彼女の声は甲高くなった。「どうしてわたしにそんなもののことを訊くの？　犯人は捕まえたじゃない。デイヴを逮捕したって、みんな知っているのよ」

本当のことを話すのはいまだとウィルは判断した。「デイヴはマーシーを殺していない。彼にはアリバイがある」

ケイシャは手で口を押さえた。いまにも吐きそうな顔をしている。

「なんてこと」ケイシャはあえいだ。「あなたたちとは話すなって、ドリューに言われている」

「話さないことを選んでもいい」ウィルは告げた。「それはきみの権利だ」

「どっちにしろわたしたちは捕まるんだわ。ああ、もう。こんなことになるなんて、信じられない。サラ、どういうこと？」

「ケイシャ」ウィルは、サラに話しかけてほしくなかった。「問題を解決しようじゃないか」

「よく言うわよ」彼女は叫んだ。「警察官に問題を解決しようって言われたせいで、どれくらいの間抜けが刑務所でくたばったと思うのよ？」

ウィルはなにも答えなかった。ありがたいことに、サラも口を閉じていた。

「ああ、どうしよう」ケイシャの手がまた口を押さえた。テーブルの上の袋を見た。ようやく理解したようだ。これが凶器の一部であると気づいた。「こんなの見たことないから。わたしもドリューも。わたしたちのどちらも。どうすればいいのか、教えて。わたしたちじゃない。わたしたちはどちらもまったく無関係だから」

ウィルが訊いた。「トイレが漏れていることに最初に気づいたのはいつ？」

「昨日よ。荷物をほどいていたときに音が聞こえたから、ドリューがマーシーに言いに行ったの。チェックインする前にデイヴが修理するはずだったから、マーシーは怒ってい

「ケイシャ——」

た」

　ケイシャは音をたてて息を吸った。怯えている。

「直しておくから散歩に行ってきてってマーシーに言われたの。それでわたしたちは谷を見おろせるジャッジ・セシル・トレイルを歩いた。戻ってきたときには、トイレは直っていたわ」

「マーシーはまだいた？」

「いいえ。カクテルパーティーまで見かけなかった」

「トイレから音がすることにまた気づいたのはいつ？」

「今朝よ。朝食に行って、そして――そのときってことよね？　だれかがそれをわたしたちのトイレに入れたんだわ。わたしたちを罠にかけようとした」

「朝食にはだれがいた？」

「えーと――」ケイシャは両手を頭に当てて、思い出そうとした。「フランクとモニカがいた。フランクはなにか食べさせようとしていたけれど、彼女は食べられなかった。わたしたちより先に帰っていったわ。それから男の人たち――アプリ男よ。彼の名前がポールだって知っていた？」

「ああ」

「彼らが来たのは、わたしたちが帰るとき。あの人たち、いつも遅れるのよ。ゆうべのカクテルにも遅れてきた。覚えている？」

「家族は？」

「あの人たちは朝食には来ない。少なくとも、わたしは見たことがないわ」ケイシャはサラに向き直った。「お願いだから、信じて。ドアはいつも鍵をかけていないの。わたしたちにはなんの関係もないって、わかっているでしょう？　わたしたちにどんな動機があるっていうの？」

ウィルが答えた。「マーシーは妊娠十二週だった」

ケイシャの口があんぐりと開いた。「相手は――」

彼女の口が閉じられ、歯が鳴る音がした。裏切られたという猛烈な怒りの表情で、サラをにらみつけた。「わたしをだましたのね」

「ええ」サラが応じた。

「ケイシャ」ウィルは彼女の注意を自分に引き戻した。「ドリューには暴行罪の前科がある」

「十二年前の話よ」ケイシャが語った。「元夫のヴィックにつきまとわれていたの。わたしの仕事場にやってきたり、メールを送ってきたり。やめてって言ったら、あるとき酔っぱらってわたしたちの家に現れた。わたしの腕をつかもうとした。ドリューが彼を突き飛ばしたら、階段から落ちて頭を打った。なんともなかったのに、彼は病院に行くって言い張った。事件にしたかったのよ。それだけのこと。調べてみるといいわ」

ウィルは顎をこすった。信じられそうな話だが、ケイシャは信じてもらいたくて必死だ。

「ドリューはマーシーとふたりっきりになったことはある？」

「イエスと言わせたいのよね？」彼女の声が荒々しくなった。「わたしがゆうべ、デイヴを見たって言ったらどう？　彼はトレイルを歩いていたの、わかる？　聖書に牛をのせて誓ってもいいわ」

ウィルは信じなかったが、「わかった」と言った。

「デイヴは前からマーシーを殴っていた。　あなたたちもそれは知っている。どんなアリバイがあるのか知らないけれど、それって崩せるわよね？　だから、彼女が殺される前に彼がトレイルを歩いているのをわたしが見ていれば……」

ケイシャが立ちあがったので、ウィルも立った。

「なんなのよ、じっとしていられないだけよ。いったいどこに行くっていうのよ？」

ウィルは狭い部屋のなかをうろうろと歩くケイシャを見つめていたが、やがてサラと目が合った。彼女が葛藤しているのがわかった。彼女がいることで、自分が集中できなくなっているのにも気づいた。ケイシャは怒っているし、動揺している。サラを気にかけている場合ではない。殺人の共犯者かもしれない人物に、全神経を集中させる必要があった。

「なにを言えばいいのか教えて。教えてくれたら、そう言うから」

「ケイシャ」ウィルは彼女の視線が自分に向くのを待った。「ぼくが全員を広場に集めてマーシーが死んだと言ったとき、なにがあったか覚えている？」

「え？」ケイシャは戸惑ったような顔になった。「もちろん、覚えているわよ。いったいなんの話？」

「ドリューがビティにあることを言った」

ケイシャの視線はひたとウィルに据えられていたが、なにも言おうとはしなかった。

「ドリューはビティにこう言ったんだ。〝ほかの事柄については忘れてくれ。ここで好きにしてくれていい。どうでもいいから〟」

ケイシャは腕を組んだ。なにかを隠している人間の典型的な反応だ。

「どういう意味だったんだ？」ウィルが尋ねた。「ほかの事柄ってなんだ？」

ケイシャは答えなかった。逃げ道を探している。「取引ができるんでしょう？　そういうものなのよね？」

「そういうものとは？」

「あなたたちには、罪を着せる人間が必要なんでしょう？　チャックじゃだめなの？」ケイシャの質問は本気だった。「それともアプリ男たちのどちらかとか？　フランクは？

ドリューには手を出さないで」

「ケイシャ、そういうものじゃないんだ」

「悪徳警官はみんなそう言うのよ」

「ぼくが知りたいのは、だれがマーシーを殺したかということだけだ」

「チャックには動機がある」ケイシャがさらに言った。「マーシーがどれほど怖がっていたのか、見たでしょう？　わたしたちみんなが見た。二カ月半前、だれがここにいたのか知りたい？　チャックよ。彼はいつでもここにいる。彼はめちゃくちゃ気味が悪い。サラ、わたしがなにを言いたいのか、あなたならわかるはず。あの男にはレイプをしそうな雰囲気があるのよ。女ならわかる。ウィル、あなたのパートナーに訊いてみるといいわ。ううん、彼女を五分間、チャックとふたりきりにするのね。身に染みてわかるから」

ウィルはさりげなく、チャックから話題を逸らそうとした。「なにを取引しようというんだ？」

「情報よ。動機になること——チャックの動機になること」

ウィルはチャックの身になにが起きたのかを彼女に話すつもりはなかったが、人はパズルを解きたがるものだということは、遠い昔に学んでいた。たとえその答えが自分に利益をもたらさないとしても。「チャックとクリストファーの銀行口座には、どちらも数十万ドル入っていた」

「冗談でしょう？」ケイシャは仰天したようだ。「なんてこと、あの人たちなにかやっていたのね」

「なにをやっていたんだ？」

「いいえ、だめ」彼女は首を振った。「ドリューが隣に来るまで、これ以上なにも言わない。無傷でよ。わかった？」

「ケイシャ——」

「いいえ、なにも言わない」

ケイシャはソファに座って腰のあたりで自分の腕を抱え、夫が入ってくるのを祈るかのようにドアを見つめた。

ウィルはもう一度、説得しようとした。「ケイシャ」

「弁護士を呼んでとわたしが言ったら、あなたはそれ以上なにも訊けなくなる。そうよね？」

「そうだ」

「それなら、弁護士を呼ばせないで」

ウィルは折れた。「ぼくのパートナーがきみと一緒にいるよ」

「けっこうよ。わたしがどこに行くっていうの？　山をおりられるなら、とっくにおりているわよ。子守なんていらないから」

「取引がしたいなら、マーシーの妊娠は黙っていることだ」

「あなたはわたしの邪魔をしないことね」

ウィルはドアを開けた。フェイスはまだポーチにいた。ふたりは、ケイシャが自分のコテージに戻るのを眺めていた。フェイスが訊いた。「どう思う？」

ウィルは首を振った。どう思えばいいのかわからない。「クリストファーとチャックはマーシーとなにかの仕事をしていた。ドリューはそれを知っていた。そしてチャックとマーシーは死んだ」

「それじゃあ、クリストファーとドリューに話を訊きに行く？」

彼はうなずいた。「ケヴィンが湖にいる。きみも来るか？」

「わたしはこの地図を確かめたい。かかる時間がどうもおかしいのよ」

フェイスがタイムラインを作れるのはわかっていた。「きみが必要なときは連絡する」

ウィルはサラが通れるように、ドアを支えた。サラはポーチに出た。ループ・トレイルへと歩いていく彼女のあとを追いながら、ウィルは歯を嚙みしめていた。コテージまでは十分ほどかかる。そのあいだに、自分の仕事に集中していてもらいたい理由を彼女に説明しようと思った。ケイシャを尋問しているあいだ、サラが気にかかって仕方がなかった。同じことを繰り返すわけにはいかない。

これからなにが起きるのか、サラは気づいていないようだ。ループをぶらぶらと歩いていき、五番コテージを見てうなずいた。ポールとゴードンがポーチのハンモックの両端に寝そべっている。ゴードンがふたりに向かって手を振った。ポールは酒瓶に口をつけて中身を飲んだ。

七番コテージのドアがきしみながら開いた。モニカがまぶしそうに目を細めながら、出てきた。黒いガウンを着て、手にはアルコールらしいもののグラスを持っていた。ここでは酒を飲むくらいしかすることがないと言ったサラの言葉は正しい。

サラは進む方向を変えた。モニカに近づきながら、訊いた。「具合はどう？」

「だいぶいいわ、ありがとう」モニカは手のなかのグラスに視線を落とした。「あなたの言ったとおりだった。これで楽になったわ」

「ひと口、飲ませてもらっていい？」

モニカはウィルと同じくらい驚いたようだったが、とりあえずサラにグラスを渡した。

ウィルは彼女が飲むのを見ていた。彼女は顔をしかめた。「喉が焼ける」

「慣れるわ」モニカは悲しそうに笑った。「お酒のアドバイスはわたしに聞かないで。ゆうべのわたしの振る舞いについては、あなたたちに謝らなきゃいけないわね。今朝も。というより、ずっと」

「あなたは、なにもうしろめたく思うことなんてない」サラはグラスを返した。「少なくとも、わたしたちに関しては」

ウィルはそうは言い切れなかった。モニカに言った。「ゆうべのことを訊きたいんだ。十二時ちょっと前のことを」

「なにか聞いたかってこと？　ベルが鳴り始めたとき、わたしはバスタブで酔いつぶれていたの。火災報知器かと思った。フランクの姿が見当たらなかった」

ウィルは歯を食いしばった。「彼はどこに？」

「裏のポーチに座っていたんだと思う。わたしのばか騒ぎからひと息つきたかったのね。あわててフレンチドアから入ってきた」モニカは悲しげに首を振った。「どうして彼がわたしといるのか、正直言ってわからないのよ」

ウィルはフランクのアリバイのほうが気になっていた。彼が嘘をついたのは二度目だ。

「いまフランクはどこに？」

「ジンジャエールをもらいに食堂に行ったわ。わたしの胃はまだ本調子じゃなくて」

フランクはチャックが死んだという知らせを持って帰ってくるだろうとウィルは思った。そうなれば、また問題が起きる。「話があると彼に伝えてほしい」

モニカはうなずき、サラに言った。「助けてくれてありがとう。本当に感謝している」

サラは彼女の手を強く握った。「なにか必要だったら、そう言ってね」

ウィルはサラのあとについてループ・トレイルに戻った。彼女の足取りが速くなっていたのでほっとした。のんびり散策するつもりはなさそうだ。ウィルは頭のなかで今後の計画をたてた。サラをコテージに残して、彼は湖に行く。ケヴィンと合流して、どうやってドリューとクリストファーに接近するかを考える。ケイシャがなにを言おうと、ドリューの容疑が完全に晴れたわけではないからだ。彼は間違いなく、〝事柄〟について知っている。ナイフの柄は彼のコテージのトイレで見つかった。ウィルが証言を求めたとき、彼は即座に自分の権利を行使した。確かにそれは彼の権利だが、一方でウィルが疑念を抱く権利でもある。

最善の方法は、クリストファーとドリューを別々にすることだ。ケヴィンにドリューをボートハウスまで連れていってもらう。おそらく彼は弁護士を立てると言いだすだろう。ウィルはクリストファーを用具小屋に引き留める。マーシーの兄はドリューほど世間を知らない。ドリューが話すのではないかと疑心暗鬼になるだろう。そこでウィルは、最初に現れたネズミは大きなチーズを手に入れると彼にささやく。願わくばクリストファーがパニックを起こして、手遅れになるまで口を閉じておくべきだったことに気づかないでいてくれるといい。

　ウィルは片手をポケットに突っ込んだ。前を歩くサラを眺める。クリストファーたちに話を聞くあいだ、彼女にはコテージにとどまっていてもらわなくてはいけない。それはつまり、コテージにたどり着くまでに非常に気まずい会話をしなくてはいけないということだ。

「きみは、ケイシャとぼくがいるあの部屋にいるべきじゃなかった。ぼくは尋問をしていたのに、きみがいたせいで集中できなかった」

　サラは彼の顔を見た。「ごめんなさい。それは考えなかった。あなたの言うとおりね。コテージに戻ったら、話をしましょう」

　ウィルはこれほど簡単にいくとは思っていなかったが、望みどおりになったのだと受け止めた。「きみは荷造りをするんだ。日が落ちるまでに山をおりてほしい」

「わたしはあなたの手が感染してほしくないけれど、でもこういう事態になっているわけだから」

　予期していた以上の反論だった。「サラ――」

「コテージに抗生物質がある。話は――」

「ぼくの手なら大丈夫だ」手は死にそうに痛かった。「きみが部屋にいたというだけじゃない。フェイスと一緒にいろと言ったのに、きみは独断で行動した。ひとりでケイシャと話をするなんて、どういうつもりだ？　ドリューが現れたらどうするつもりだったんだ？　マーシーとチャックのことはさておいても、彼には暴行の前科があるんだぞ」

サラはトレイルの真ん中で足を止めた。彼を見あげた。「それから？」

「そうだな、昼間っから酒を飲んだのはどうだ？　これから始めようと思っている習慣なのか？」

「まったく」サラがつぶやいた。

「まったくだよ」ウィルはサラの息にかすかなアルコールのにおいを嗅ぎ取った。「きみは着火液みたいなにおいがするよ」

サラは口を引き結んだ。待った。彼がなにも言わなかったので、尋ねた。「終わり？」

ウィルは肩をすくめた。「ほかになにがあるんだ？」

「わたしが独断で行動したとき、ジョンを見つけたの。九番コテージにいる。あそこよ。わたしの言いたいことを彼に聞かれたくないわ」

ウィルはサラの頭の向こうに視線を向けた。木立の合間に、こけら板の勾配屋根が見えた。ジョンはまだあそこにいるんだろうか、もしいるとしたらどれくらい聞いただろうと考えた。声が大きくなったのは、アルコールの話になったときだけだ。自分がアルコールに対して厳しすぎることはわかっている。だが、サラがモニカのグラスから飲んだのは妙だった。妙と言えば、言いたいことをジョンに聞かれたくないというサラの言葉はどういう意味だろうと考えた。

それほど待つ必要はなかった。彼らのコテージから数メートルのところでサラが立ち止まった。彼を見あげた。「マーシーとクリストファーとチャックがやっていたというサイドビジネスだけれど、あなたの仮説は？」

ウィルはまだ仮説にすらたどり着いていなかった。「ここの地所は、州と国有林に守られている。違法に木材を伐採しているとか？」

「木材？」

「木材の山のなかに、高価な種類が混じっていた——クリ、カエデ、アカシア」

「なるほどね。筋は通るわ」サラはうなずいた。「アプリ男たちは、バーボンがテレビンみたいな味がするって言っていた。モニカは最高級のウィスキーを飲んでいたはずなのに、味もにおいも着火液みたいだった。いつもは問題ないのに、彼女はゆうべ、もう少しでアルコール中毒になるところだったから、彼女もフランクも驚いていた。そして少し前に、ウィスキーを試したかってケイシャに訊かれたわ。飲まないほうがいいってわたしに言ったあと、客を山から空輸しなきゃならない場合の責任の範囲について、演説を始めた」

ウィルは気づかなかった自分をばかみたいに感じた。「チャックとクリストファーが話していたビジネスというのが、密造酒の販売だって考えているんだな」

「ケイシャとドリューはケータリング業をしている。お酒の味がおかしいことに気づいたのかもしれない。セシルとビティに話したかもしれない。最高級のお酒のなかには、いぶしたようなにおいがするものがある。オーク材、メスキート——」

「クリ、カエデ、アカシア？」

「そう」

ウィルは、食堂の裏のトレイルで耳にした会話を思い出していた。「チャックがクリストファーに言っていた。〝大勢の人間がおれたちを頼りにしているんだ〟。チャックのソーシャルメディアにはストリップ・クラブがたくさん登場するとアマンダが言っていた」

「そういうところのほとんどが、最低二杯は注文することになっている」

「ドリューがビティに会いに行ったのは、一枚加わろうとしたんだろうか？」

「そうは思わない。わたしが好意的に解釈しすぎなのかもしれないけれど、ケイシャとドリューはここをとても気に入っているの。やめさせようとしたっていうほうが、ありそうな気がする。ケイシャは法的責任の話に触れた。わたしになにも飲むなって警告した。人が死ぬかもしれないようなことに、彼女が関わりを持つとは思えない。それに、彼女が情報を交換するって言ったことを考えてみて。彼女がドリューを裏切るわけがない。提供しようとしたのは密造の話よ」

「彼らの信用調査は問題なかった。現金を貯めこんでいるわけでもない」ウィルは顎をこすった。まだなにかが足りない。「納得がいかないのは、ドリューを殺せたのに、なぜマーシーとチャックを殺したかということだ」

「お金が動機だって考えたがったのはあなたよ」サラは言った。「マーシーとチャックがいなくなれば、いまあるお金はクリストファーのものになる。ビジネスそのもののもね。そして、殺人容疑をドリューにかぶせればいい」

ウィルは電話を取り出し、トランシーバーボタンを押した。「ケヴィン、その後は?」

「ふたりは湖のほとりに座って、ビールを飲んでいるだけだ」

ウィルはサラの不安そうな表情を見て取った。チャックの水には毒が仕込まれていて、そしていまチャックに一番近づきやすかった男が、ドリューにビールを振る舞っているのだ。「ケヴィン、ふたりになにも飲ませないようにしてほしい。だが、それを気づかれないようにするんだ」

「了解」

ウィルも湖に向かおうとしたが、サラのことを思い出した。

「行って」サラが言った。「わたしはここにいるから」

ウィルはベルトに電話を引っかけ、湖を目指して走りだした。分かれ道を過ぎ、見晴らしベンチを過ぎた。蒸留酒には詳しくなかったが、無認可でのアルコールの製造、輸送、流通、販売が州法と連邦法によって禁止されていることは知っていた。知るべき答えは、彼らがどうやって行っているかということだ。ここにあるアルコールをすべて分析するには何週間もかかる。酒類販売許可証を剝奪《はくだつ》され、多額の罰金を科されるリスクを賭けて、最高級ブランドの酒を安い酒と入れ替えている? それとも様々な州法と連邦法を犯して、自分たちで作っているんだろうか?

ウィルは用具小屋へと鋭く曲がるトレイルを進んだ。前方に湖が見えてきた。二脚あるローンチェアは空で、プラスチックのカップホルダーに缶ビールが入っている。ケヴィンが地面に倒れ、脚を押さえていた。クリストファーとドリューが彼を見おろすようにして立っている。ウィルは心臓を真空ホースで吸われたような気持ちになったが、ケヴィンがふたりにビールを飲まさないようにしているのだとすぐに気づいた。

ケヴィンはウィルの手を借りて、起きあがった。「すまない、脚がひどくつったんだ」

ドリューは疑わしそうな顔になった。「フィッシュ、わたしは戻るよ。ビールをありがとう」

クリストファーは帽子を軽く持ちあげ、ドリューはトレイルのほうへと歩きだした。ウィルはうなずいて、ケヴィンにあとを追うように指示した。ウィルと話をしたとケイシャから聞いたら、ドリューは不機嫌になるだろう。

「それで?」クリストファーが訊いた。「どういうことだ? デイヴは自白したのか?」

情報はすでに広まっているだろうとウィルは考えた。「デイヴはきみの妹を殺していない」

「そうか」クリストファーの表情は変わらなかった。「結局は逃げおおせるだろうと思っていたよ。ビティがアリバイを証言した?」

「いいや、マーシーだ」少しは驚くだろうと思っていたが、クリストファーはなんの反応も見せなかった。「きみの妹は死ぬ前にデイヴに電話をしていた。彼女のボイスメールで彼の容疑は晴れた」

クリストファーは湖に目を向けた。「そいつは驚きだ。マーシーはなんて?」

「デイヴに助けを求めていた」

「それも驚きだな。マーシーが生きていたとき、デイヴは一度たりとも助けなかったのに」

「きみは助けたのか?」

クリストファーは返事をしなかった。腕を組んで、水面を見つめている。

ウィルもまた無言だった。これまでの経験から、人は沈黙に耐えられないことを知っていた。

だがクリストファーは平気らしかった。腕を組み、視線を湖に向け、口は相変わらず閉じられたたままだ。

彼を揺さぶるほかの方法を見つける必要があった。

ウィルは用具小屋を振り返った。ドアが大きく開いている。ナイフは以前に見たときと同じ場所にあったが、明るいところではその刃はより鋭く見えた。ウィルが気にかけていたのはナイフだけではなかった。パドルで頭を殴られたり、ネットの木の柄で腹に一撃食らったりすれば、かなりのダメージになる。当然ながら、チャックのポケットに入っていたものと同じ釣り道具を、クリストファーもおそらく持っているだろう。折り畳み式のラインカッター。折り畳み式の釣り用マルチツール。格納式リール。ポケットナイフ。

ウィルは片手しか使えない。もう一方の手は、感染について語っていたサラの言葉どおりに熱を持ってずきずきと痛んでいた。だが感染していないほうの手は、スミス・アンド・ウェッソンの銃身の短いリボルバーにすぐ届く。

小屋に入った。派手に音をたてながら、キャビネットや引き出しを開け始めた。見るからに動揺したクリストファーが、泡を食ったように飛びこんできた。「なにをしているんだ？　触らないでくれ」

「この地所の捜索令状がある」ウィルは乱暴に引き出しを開けた。「令状を読みたければ、広場に戻ってぼくのパートナーに見せてもらうといい」

「待ってくれ！」クリストファーはひどくあわてていた。引き出しを閉めていく。「待ってくれ。なにを探しているんだ？　どこにあるかは、ぼくが教える」

「ぼくはなにを探しているんだろう？」

「わからない。だがここはぼくの小屋だ。ここにあるものは全部、ぼくが片付けたんだ」

クリストファーはそう言ったあとで、ウィルが探しているものがなんであれ、それは自分の所有物だと宣言したことに気づいたようだった。

ウィルは訊いた。「ぼくがなにを探しているんだと思う？」

クリストファーは首を振った。

ウィルは初めて見るもののように、小屋のなかを歩きまわった。突然の動きにも対応できるように、クリストファーから目は離さなかった。従順そうには見えるが、いつ気が変わってもおかしくない。ウィルが感心したのは、小屋にあるものすべてが元の位置に戻されていたことだった。今朝早く、デイヴを縛るものを探しに来たとき、ウィルは決して行儀よくはなかった。だが道具類は元通り、きれいに並べられ、ネットは奥の壁に等間隔に吊るされている。射しこんでいる日の光のおかげで、奥の部屋のドアの掛け金がよく見えた。使い古した南京錠も。

「もういいか」クリストファーが言った。「客はここには入っちゃいけないんだ。外に出よう」

ウィルは彼に向き直った。「きみは家のそばに、面白い種類の木を保管しているね」

クリストファーの喉がごくりと音をたてた。汗ばみ始めた。これが新たな目薬の登場でないことを、ウィルは心の底から願った。早く話を進めたかったから、賭けに出ることにした。

「ゆうべ、ぼくたちみんなが夕食のために食堂に入ったとき、きみとマーシーはデッキに残っていた」

クリストファーは無表情のままだったが、「それで?」と訊き返してきた。

ウィルは賭けに勝ったらしいと思った。「なんの話をしていたんだ?」

クリストファーは答えなかった。視線を床に落とした。

ウィルは繰り返した。「マーシーとなんの話をしていたんだ?」

クリストファーは首を振ったが、こう言った。「売却の話に決まっているじゃないか。パパとビティからあんたも聞いているはずだ」

ウィルはうなずいたが、実のところまだふたりと話はしていない。「ふたりからぼくがほかになにを聞いたのか、知っているのか？」

「みんな知っていることさ。マーシーは売却に反対していた。彼女はぼくに賛同してほしがったが、ぼくはもう疲れた。もうやりたくないいんだよ」

「きみはそうチャックに言ったんだな？」ふたりがトレイルで交わしていた会話は、ウィルの脳に刻みこまれていた。「きみは、そもそもやりたくなかったんだと言った。マーシー抜きでは成り立たない、彼女が必要だと」

クリストファーはさすがに驚いた顔になった。「チャックが話したのか？」

ウィルは彼の顔を観察した。本当に驚いているように見えるが、潜在的サイコパスを信用すべきでないことは、痛い目に遭って学んでいる。「きみは、本当は売却の金を必要としていない。違うか？」

クリストファーは唇をなめた。「どういう意味だ？」

「きみには充分な金がある」

「あんたがなにを言いたいのか、わからないね」

「口座に数十万ドル入っているし、学生ローンも完済している。チャックもそうだ。いったいどうやった？」

クリストファーは再び顔を伏せた。「ぼくたちはうまい投資で儲けたんだ」

「だがきみの名前の投資口座も証券口座も見つからなかった。どこかの企業の役員というわけでもない。ここのフィッシング・ガイドがきみの唯一の仕事だ。あれだけの金をどうやって稼いだ？」

「ビットコインだ」

「税金の申告書にもそう書くのか？」

クリストファーは音をたてて咳払いをした。「家族信託の支払い明細書がある。ぼくの利益配当の一部だ」

マネー・ロンダリングの証拠が出てきそうだとウィルは考えた。マーシーが関わってくるのは、そのあたりだろう。「デイヴも家族信託の一員だったな？　彼の金はどこだ？」

「だれがなにをもらうかを管理するのはぼくじゃない」

「だれなんだ？」

クリストファーはまた咳払いをした。

「マーシーは利益配当をもらっていなかった。銀行口座を持っていなかった。クレジットカードも運転免許も持っていなかった。なにも持っていなかったんだ。なぜだ？」

クリストファーは首を振った。「ぼくにはわからない」

「あそこにはなにがある？」ウィルは壁を叩いた。ネットが木材に当たって音をたてた。

「このドアをこじ開けたら、そこにはなにがある？」

「壊さないでくれ。頼む」クリストファーは床を見つめたまま言った。「ぼくのポケットに鍵がある」

彼が本当に従おうとしているのか、それともなにかの罠なのかウィルには判断がつかなかった。誇示するようにリボルバーの台尻に手を置いた。「ポケットの中身を全部、ベンチに出すんだ」

クリストファーはまずフィッシング・ベスト、それからカーゴパンツのポケットの中身を出していった。カウンターに並べていく道具類は、チャックがポケットに入れていたものとブランドも色もまったく同じだった。カーメックスのリップクリームまであった。足りないのは、イーズ・クリアの目薬だけだ。

クリストファーがカウンターに最後に置いたのは、キーリングだった。四本の鍵がついていて、ロッジのドアにはどれも鍵がかけられていないことを考えれば、妙だ。ひとつは、フォードのイグニッションキーだった。バレルキー（中空のパイプ形の鍵）は、金庫の鍵だろう。残りのふたつは小さめの南京錠の鍵で、持ち手が黒いプラスチック製だった。ひとつには黄色い点、もうひとつには緑色の点がついていた。

ウィルはリボルバーに手を当てたまま、壁から離れた。「開けるんだ」

クリストファーはうつむいたままだった。顔の表情から意図が読み取れないことははっきりしていたので、ウィルは彼の手から目を離さなかった。クリストファーは黄色い点のある鍵を選び、南京錠の鍵穴に差し入れ、掛け金をはずし、ドアを開けた。

まずウィルが気づいたのは、古い煙のにおいだった。次に目に入ったのがアルミ箔《はく》で、その上で木材を組み合わせたものを試験的に燃やしたらしい。オーク材の樽《たる》があった。銅のタンク。らせん状のパイプとチューブ。彼らは安い酒を高級品のボトルに詰め替えていたわけではなかった。自分たちで作っていた。

「鍵は二本ある」ウィルは言った。「もうひとつの蒸留室はどこだ?」

クリストファーは伏せた顔をあげようとはしなかった。

もう一度、彼を揺さぶる必要があった。手首にかけられた手錠の冷たい金属の感触ほど、人を怖がらせるものはない。手錠は持ってきていなかったが、クリストファーがどこに結束バンドを保管しているかは知っていた。ウィルは引き出しを開けた。

今朝早く、ウィルは結束バンドをばらばらのまま残しておくのを申し訳なく思った。その後、何者かが結束バンドをひとつにまとめていた。それは、空になった六本のイーズ・クリアの目薬の容器を引き出しに残していった人物と同じだろうと、ウィルは考えた。

18

　フェイスはもう一度シャワーを浴びたくてたまらなかった。全身、汗まみれだからというだけではない。嫌悪感たっぷりのまなざしをケイシャから向けられて、世界中のくそ警官の代表になったような気分にさせられたからだ。

　息子にＦＢＩやＧＢＩやそのほかあらゆる警察組織に入ってほしくないのは、それが理由だ。いまはもうだれも警察を信用していない。なかにはもっともな理由のある者もいるが、それ以外は悪徳警官の話をうんざりするほど聞かされているからだ。もはや腐ったリンゴどころの話ではない。部署すべてが腐った樽になっている。もしももう一度やり直せるなら、消防士になるだろうとフェイスは思っていた。木から降りられなくなっている猫を助ける人間に、だれも怒りをぶつけたりはしない。

　フェイスは首を振りながら、ループ・トレイルの下半分を進んだ。どうにもできない事柄を思い悩んでも仕方がない。いまは、二件の殺人事件とひとりの容疑者に集中することだ。ウィルは、クリストファーの尋問をフェイスに主導させたがっている。彼はチャックのインセルっぽい考えに影響されているようなので、女性に尋問されればひどくいらつくだろうというのがウィルの考えだった。フェイスもその戦略にのった。クリストファーはずいぶんと落ち着いているようだ。彼をすくみあがらせる手段を見つける必要があった。幸いなことに、攻撃材料はたっぷりあった。

ジョージア州では、水、エッセンシャルオイル、酢以外のものを作る蒸留室は重罪だ。それに流通、輸送、販売が加われば、クリストファーは州刑務所でかなりの期間を過ごすことになる。だが彼の問題はそれだけではなかった。国内のアルコールの売り上げの一部は、連邦政府に収めなければならない。

仮に二件の殺人の罪に問われなかったとしても、クリストファーは脱税で残りの人生を刑務所で過ごすことになるだろう。

「ハイ」サラが階段の一番下で待っていた。「ウィルとケヴィンはまだ湖よ。ふたつ目の蒸留室を見せるために、クリストファーがふたりを桟橋に連れていっている」

フェイスはにやっと笑った。ウィルはリードをつけた犬のようにクリストファーを連れまわしているから、フェイスが尋問する番になったときには、彼は自分の無力さをひしひしと感じているだろう。「いいタイミングだったよ。あたしが母家を出てくる直前に、デイヴが現れたの。だからマーシーを殺したのが彼じゃないって、もうみんなが知っている」

サラは顔をしかめた。「彼はどうやってここまで来たの？」

「ダートバイク」フェイスが答えた。「おケツがさぞかし痛いんじゃない？」

「病院を出てすぐに、フェンタニルを手に入れたんでしょうね」サラが言った。「ナディーンに電話をして、チャックのことを伝えた。問題は、死亡者が出たせいで、ロッジの道路を修復する順番があがったっていうこと。ここが孤立しているのも、あと少しよ」

「もっと悪い知らせがある。電話とインターネットが復活したから、ここはもうキャボット・コーヴ（アメリカのテレビドラマの舞台となった架空の町）じゃなくなっちゃったの」

サラは心配そうだ。「ジョンは隣のコテージに隠れているのよ。デイヴが戻ってきたって伝えるべきでしょうね。おそらく、家に帰る理由を探しているだろうから」

「どうかしら。家に帰ってなにが待っていると思うの？」フェイスには別の考えがあった。バッグの横を叩きながら言った。「九番コテージからじゃ、ジョンはどっちにしろネットにはつながらない。地図を見てもらえる？　クリストファーに関する情報をウィルがくれるのを待っているあいだ、空白を埋めるのを手伝ってもらえないかな」

「もちろんよ」サラはついてくるようにと合図をすると、階段をあがった。

フェイスはその前に身なりを整えなくてはならなかった。サラのヨガパンツを借りているのだが、彼女には三十センチばかり長すぎて、二・五センチばかり窮屈すぎた。クロッチが膝までさがってこないようにウェスト部分を三回折り曲げなくてはならなかったし、裾はすぼめた唇みたいにふくらはぎのところまで巻きあげなくてはならなかった。これではとても、男性の目を引けそうにない。

フェイスがシャワーを浴びたあとで、コテージは清掃されていた。サラが片付けたのだろう。それともペニーかもしれない。オレンジの香りがしていたし、サラはきれい好きだけれど、ここまできれい好きではないからだ。

サラが訊いた。「なにを見ればいいの？」

「マーカーで色をつけたところと、報復の意思」フェイスはソファに腰をおろし、バッグをかきまわして地図を捜した。テーブルに広げた。「Ｗｉ‐Ｆｉのシグナルを確かめるために、携帯電話を見ながら地所を歩いてみたの。黄色の線が、だいたいの受信可能エリアよ。デイヴに電話をかけるためには、マーシーはこの線の内側にいる必要があった」

サラはうなずいた。「一番コテージから五番コテージ、七番と八番、母屋と食堂が含まれるわけね」

「食堂の中継機が展望台とチャックが死んだフィッシュトファー・トレイルの半分ほどをカバーしている。反対側は、展望台の下の少し先まで電波は届く。あまり奥のほうまでは行きたくなかったのよ。だれもあたしがそこにいることを知らないんだもの。それにいやっていうほど鳥もいたから」

「死体はふたつとも水のなかで見つかったのが興味深いわね」

「クリストファーは水が好きよ。フィッシュトックって知っている？」

「父がやっているわ」

「クリストファーも。彼はニジマスに夢中なのよ。ここから始めようか」フェイスはマーシーの死体が見つかった地点を指さした。「ロスト・ウィドウ・トレイルは、バチェラーコテージと食堂をつないでいる。あなたたちがナディーンと一緒にマーシーの事件現場に行くときに、使ったルートがこれ。一度目と二度目の悲鳴の方角を目指してウィルが走っていったときも、最後はこのトレイルを使った。ここまではいい？」

サラはうなずいた。

「このトレイルは峡谷のまわりを曲がりくねって延びているから、下まで行くのに十分から十五分かかる。でも、食堂からバチェラー・コテージまでの地図には載っていない近道があるの。アレハンドロが教えてくれた。ロープ・トレイルって呼ばれている。ロープがあって、峡谷の脇を制御されつつ落ちていくっていう感じね。マーシーが命の危険を感じていたなら、そっちのルートを取ったはずよ。五分くらいでおりられるってアレハンドロが言っていた。時間を計るにはウィルの手助けがいる。クリストファーがどんな話を持ち出してくるにせよ、その情報が使えるわ」

「つまりあなたは、遠ぼえみたいな最初の悲鳴は食堂からで、そのあとの二度の悲鳴がバチェラーコテージからだって言っているのね」サラは地図を見た。「筋は通るわ。でもゆうべは、二度の悲鳴はだいたいこっちのほうから聞こえたくらいしかわからなかった。高低差のせいで、ここでは音の伝わり方がおかしいのね。湖はくぼ地にあるのよ」

フェイスは自分のメモを見つめた。「助けを求める二度目の悲鳴を聞いたとき、あなたはジョンと一緒に広場にいたのよね？」

「そうよ。短い会話を交わしたところで、悲鳴を聞いた。一拍の間があって、次の声——

お願いって聞こえた。ジョンは家に駆け戻った。わたしはウィルを捜しに行った」

「家に駆け戻った」フェイスが繰り返した。「つまり最初にジョンを見たときは、家から出てくるところだったの？」

「初めは彼だってわからなかったのよ、暗かったから。バックパックを持って階段をおりてきた。そうしたら膝をついて、吐いたの」

「なにを話したの？」

「ポーチに座ろうって言った。失せろって言われたわ」

「いかにも酔っぱらったティーンエイジャーみたいね。でも二度の悲鳴を聞いたとき、あなたはジョンを見ていたわけだから、彼はリストからはずれるわね」

サラは驚いた顔になった。「いままでは載っていたの？」

フェイスは肩をすくめたが、彼女のリストには、ラスカルを除いたここにいるすべての男性が載っていた。

「ジョンの証言が欲しいってアマンダが言っていた」サラが言った。「タイムラインの作成に役立つだろうって。夕食であんなことがあったから、マーシーはその後の彼の様子を確かめたはずよね」

「そうとも限らない」フェイスが反論した。「そっとしておこうって思ったかもしれない」

「どちらにしろ、あまり役にはたたないと思うの。ひどく酔っぱらっていたから、なにも覚えていないんじゃないかしら」サラは地図を指さした。「ほかの人たちがどこにいたかは、わたしが助けになれるわ。投資家のシドニーとマックスは一番コテージ。チャックは二番。ケイシャとドリューは三番コテージ。ゴードンとポールが五番。モニカとフランクが七番。Ｗｉ‐Ｆｉはその全部に届くから、マーシーはどのコテージからでもデイヴに電話ができた。ポールによれば、マーシーは十時三十分にトレイルにいた」

「ポール・ポンティチェロって、ペッパピッグ（子供向けアニメの主人公）の友だちみたい」フェイスはタイムラインが記されているページを開いた。「なにが起きたにせよ、始まったのは十一時十分ってことね？　マーシーは十二分のあいだに五回、デイヴに電話をしている。取り乱しているか、怯えているか、怒っているか、もしくはその全部でないかぎり、そんなことはしない。マーシーは十一時二十八分にボイスメールを残しているから、それまでに犯人と話をしたことがわかる。〝デイヴがじきにここに来る。なにがあったのか、彼に話したから〟って彼女は言ったのよ」

「なにがあったの？」

「それを突き止めなきゃいけないのよ。クリストファーが犯人だって仮定してみる？　彼はマーシーを殺し、チャックを排除し、ドリューをはめてケイシャを黙らせた。それで一切合切、万々歳ってね」

ウィルの声がした。「それはずいぶんと複雑だな」

フェイスは振り返った。彼は包帯を巻いた手を心臓の上に当てて、戸口に立っていた。ウィルが皮肉を言ったのではないことはわかっていた。たいていの犯罪は、至極単純だ。

望みどおりの順で望みどおりの人間をドミノ倒しのように排除していくのは、漫画の世界の悪党だけだ。

フェイスはウィルに告げた。「デイヴは母屋にいる。ダートバイクで来たの」

ウィルは返事をしなかった。サラが水の入ったグラスを持って戻ってきた。錠剤をふたつ差し出した。ウィルは口を開けた。サラは錠剤を彼の口に入れ、グラスを渡した。ウィルは水を飲んだ。グラスをサラに返した。サラはキッチンに入っていった。フェイスは地図を畳み、なにもおかしなところはないふりをした。

フェイスが尋ねた。「マーシーのノートはどうにかなるのか、鑑識はなにか言ってきた？」

フェイスはサラに尋ねたのに、サラはウィルを見ている。妙だ。鑑識はサラの領域なのに。

ウィルはこわばった顔で首を振った。「ノートに関してはなにも聞いていない」

「わかった」フェイスは妙な状況を無視しようとした。「妊娠の件は？　予備検死で性的暴行の有無がわからなかったのは知っているけれど、クリストファーが父親である可能性は考えている？」

サラはぞっとしたような顔になったが、やはりなにも言おうとはしなかった。

フェイスはさらに言った。「いずれ胎児のＤＮＡでわかることだけれど、マーシーはほかの男たちとも寝ていた。クリストファーの弁護士は、その相手である何者かが彼女が妊娠したことを知って、嫉妬にかられて彼女を刺殺したって主張してくるでしょうね」

ウィルは再び厳しい表情で首を振ったが、それは答えとしてではなかった。「サラ、もう一度ジョンと話をしてくれないか？　きみと彼の関係は悪くない。彼はここでたくさんのことを見てきたんだと思う。人は、子供がそばにいることを忘れがちなんだ」

サラは訊き返した。「わたしが？」

「そうだ。きみもチームの一員だ」

サラはうなずいた。「わかった」

ウィルはうなずいた。「頼む」

フェイスは、ほかのだれも入りこめない彼らだけの世界で見つめ合うふたりを見ていた。自分は、彼らのロマンチック・コメディに登場する愉快な仲間にすぎない。けれど、そうしようと思えばできたのにサラのスーツケースをのぞかなかった報酬はもらってもいいような気がした。

フェイスはウィルに訊いた。「もういいの？」

「ああ」

フェイスが先に階段をおりられるように、ウィルはうしろにさがった。紳士らしい振る舞いではあるが、落ちたときにフェイスの下敷きになってくれる人間がいないということだから、危険でもある。フェイスは腕に止まった蚊を叩いた。日光は網膜に突き刺さるレーザービームのようだ。さっさとここから出ていきたくてたまらなかった。

トレイルを歩いているあいだ、ウィルはいつもよりくつろいだ様子だった。左手をポケットに突っ込んでいる。右手は胸に押し当てたままだった。

さりげない言い方を思いつかなかったので、フェイスは端的に言った。「子供のころのあなたとデイヴのことを聞かせて」

フェイスに目を向けたウィルは、明らかに説明を求めていた。

「デイヴは児童養護施設から逃げた。彼がアトランタでしていたことを、ここでクリストファーにもしていたかもしれない」

ウィルはうめくような声をあげたが、それでも答えた。「彼はばかげたあだ名をつけた。物を盗んだ。自分がした悪事を人のせいにした。人の食べ物に唾を吐いた。人を困らせていた」

「勝ち組みたいに聞こえるね」フェイスはやはり、慎重な言い回しを見つけることができなかった。「デイヴはだれかに性的暴行を働いていた？」

「セックスはしていたが、それはよくあることだ。性的暴行を受けた子供は、人との関係を結ぶためにセックスにこだわる傾向がある。それにセックスは気持ちがいいから、続けたがるんだ」

「相手は男の子？　女の子？　それとも両方？」

「女の子だ」

彼のこわばった顎のラインを見て、デイヴはウィルの元妻とそういう関係を続けていたのだろうとフェイスは判断した。彼は部外者ではなかったわけだ。

「子供のころ性的暴行を受けたからといって、だれもが大人になってから子供に性的暴行を働くわけじゃない。だとしたら、世界の半分は小児性愛者になってしまう」

「それはそうね」フェイスは応じた。「でも、統計からデイヴははずしたほうがいいと思う。ロッジに来たとき、彼は十三歳だったのに十一歳っていうことにされた。十三歳なのに十一歳として扱われるのは、幼児化よ。デイヴは怒りやいらだちを感じただろうし、困惑しただろうし、骨抜きにされたって思ったはず。でも同時に彼はマーシーを手なずけていた。彼女が十五歳、彼が二十歳のときにはすでにセックスしていたのよ。デイヴが自分の妹をレイプしていたとき、クリストファーはどこにいたの？」

「彼女を守らなかったって言いたいのか？」

「そうじゃなくて、クリストファーもデイヴを怖がっていたっていうこと」

「クリストファーがデイヴを殺していたなら、それは確かに大きな動機になる」

「母屋に戻ってみたら、彼は胸に爆弾をくくりつけていて、あなたはそれが爆発する前に信管をはずさなきゃいけないかもしれない」

　ウィルはちらりと彼女を見た。

「しっかりしてよ、デンジャードッグ。あなたはすでに燃えている家に飛びこんだし、もう少しで滝から落ちるところだったのよ」

「報告書にはそんなふうに書かないでおいてくれるとありがたいね」

ウィルは、別の急勾配の小道へとフェイスを案内した。まず見えてきたのが湖だ。地獄からのミラーボールのように、日光が湖面にきらきらと反射していた。彼女は、まぶしすぎる光を手で遮った。ケヴィンが用具小屋の脇に立っていた。地面にカヌーが置かれていて、クリストファーが中央に座っていた。結束バンドで手首をカヌーの中央の棒につながれている。

ウィルが言った。「その棒はヨークと呼ばれているとサラが言っていた。上の縁はガンネルというそうだ」

フェイスは、ウィルが初めてサラと会ったときのことを思い出した。彼女の名前を口にするだけのことに、彼はばかばかしい理由を必要としたのだ。

「やあ」ケヴィンが駆け寄ってきた。

フェイスが訊いた。「弁護士を要求した？」「まだ音《ね》をあげない」

「いいや。ミランダ警告を告知したところは、ビデオを撮っておいた。やつはカメラをまっすぐに見て、弁護士はいらないと言った」

「よくやったわ、ケヴ」

「下働き捜査官は職務を続けるよ」彼はポケットからキーリングを出した。「金庫を見つけたら、連絡する」

ウィルは彼を見送ってから、フェイスに訊いた。「彼は、下働きの冗談できみに怒っているの？」

「どうかしら」ケヴィンは、二年前にしばらく付き合ったあと、突然連絡を絶ったフェイスに怒っているのだ。「わたしがクリストファーと話をしているあいだ、あなたは恐ろしい顔でうしろのほうに待機していて」

　ウィルはうなずいた。

　フェイスはカヌーに近づきながら、クリストファーを観察した。小屋の奥にある違法な蒸留室のドアは開け放たれ、そこがよく見えるように、湖に背を向ける格好で座らされていた。見た目は普通の男だ。チャックと同じで、筋肉質ではないが、太ってもいない。青いTシャツの下の腹は少し出ている。黒い髪はうしろだけがいくらか長かった。

　フェイスは彼の脇を通り過ぎ、湖を眺めながら大きく息を吸った。何匹ものブヨが浮き桟橋の近くで渦を巻くように飛んでいる。鳥たちが旋回している。フェイスは満足そうにため息をつくふりをした。「ああ、ここは本当に素晴らしいわね。自然を仕事場にできるなんて想像できない」

　クリストファーはなにも言わない。

「コースタル州立刑務所を検討してほしいって、弁護士に頼むといいわ。サヴァンナにあるの。風向きによっては、未処理の下水に交じって潮風のにおいがすることがあるそうよ」

　クリストファーは無言のままだ。

　フェイスはカヌーに戻った。ウィルは威圧的な態度で、開いたままの小屋のドアにもたれている。フェイスは彼に向かってうなずいてから、クリストファーに向き直った。彼はふたつあるシートのひとつに座っている。背中が丸まっているのは、両手をヨークにつながれているせいだ。もうひとつのシートは小さめで、カヌーの後部にしまいこまれていた。

フェイスはそれを指さして尋ねた。「これは船首なの？ それとも右舷？」

クリストファーは間抜けを見るような顔で彼女を見た。「右舷っていうのは右側のことだ。船首は前。あんたが立っているのは船尾だよ」

「尻尾なんてないのにね」フェイスは冗談を言った。カヌーに乗りこんだ。船体が岩場に沈み、ファイバーグラスがこすれる音をたてた。

「やめろ」クリストファーが言った。「ハルが傷む」

「ハルね」フェイスが腰をおろすと、カヌーはさらにきしんだ。「わたしを水の上に出さないほうがいいわよ。ヨックとガンヌルの区別もつかないんだもの」

「ヨークとガンネルだ」

「あら、間違っていたのね、ごめんなさい」フェイスは、男性に間違いを正されたのは初めてのふりをした。金属の輪に結んであるロープを手に取った。「これはなんていうの？」

「ロープだ」

「ロープ。船乗りになったみたいな気分」

クリストファーは、してやられたと言いたげなため息をついた。顔の向きを変えた。地面を見つめた。

「食べるものはもらった？　お腹はすいていない？」フェイスはバッグを開けて、ウィルのスニッカーズを一本取り出した。「チョコレートは好き？」

彼が反応した。

フェイスは包み紙を破いた。申し訳なさそうな顔で、差し出された彼の手にスニッカーズをのせた。彼は気にしていないようだ。包み紙をカヌーの床に落とした。スニッカーズを立てて持つのではなく、両手で端と端を持った。前かがみになって、トウモロコシを食べるようにかじりついた。

彼が食べているあいだ、フェイスはなんと言って話しかけるのが一番いいだろうと考えていた。間違えそうなカヌーの部位の名前はもうそれほどない。普段であればウィルは、容疑者から事実を引き出すのに不機嫌そうな沈黙を利用するが、身長が百九十センチあって、黙っていても恐ろしく見えるから、それが通用するのだ。フェイスには、口を開くたびに男性にものすごく気まずい思いをさせられるという特殊な才能があった。クリストファーがスニッカーズに大きくかぶりつくのを待って、フェイスは最初の質問をした。

「クリストファー、あなたは妹とやっていた？」

彼はカヌーが揺れるくらい、激しく咳きこんだ。「きみは、正気か？」

「マーシーは妊娠していたの。あなたが父親？」

「あ、あんたは、からかっているのか？」彼は言葉につまった。「よくもそんなことをぼくに訊けるな」

「わかりきった質問でしょう？　マーシーは妊娠していた。あなたの父親とジョンを除けば、ここにいる男性はあなただけだもの」

「デイヴがいる」彼は肩で口を拭った。「デイヴはいつもここにいる」

「マーシーは、虐待する元夫とやっていたって言いたいの？」

「そうだ、そう言っているんだ。昨日も家族会議の前、ふたりは一緒だった。動物みたいに床の上で転げまわっていたよ」

「どこの床？」

「四番コテージだ」

「家族会議は何時だったの？」

「正午だ」近親相姦を疑われたことにまだ動揺しているのか、彼は首を振った。「まったく、そんなことを訊いてくるなんて信じられないよ」

「デイヴはあなたとやろうとしたことがある？」

今回のショックはそれほど強烈ではなかったようだが、それでも彼は気分を悪くしたようだ。「あるわけないだろう。彼は弟だ」

「デイヴはあなたの妹とファックしたのに、兄とはしなかったってこと？」

「なんだって？」

「たったいま、デイヴは彼の妹とファックしたって言ったじゃない」

「その言い方はやめないか？　女性が使う言葉じゃない」

フェイスは笑った。アマンダですら、彼女に恥ずかしいと思わせることができないのだから、クリストファーには到底無理だ。「わかった。あなたの妹は乱暴にレイプされて殺されたのに、あなたはあたしが〝ファック〟って言ったことにこだわるわけね」

「そのことと酒の密造とどういう関係があるんだ？　あんたたちは現場を押さえたじゃないか」

「ファックって答えればいい？」

クリストファーは、腹立ちを抑えようとするかのように息を吐いた。ウィルに顔を向けた。「サー、こいつを終わらせてもらえないか？　ぼくが責任を取る。ぼくのアイディアだったんだ。蒸留室はふたつともぼくが作った。全部の責任者はぼくなんだ」

「ねえ、おばかさん」フェイスは指を鳴らした。「彼と話すのはやめて。あたしと話しなさいよ」

クリストファーの頬が怒りに赤く染まった。

フェイスは手を緩めなかった。「あなたのささやかな蒸留酒事業にチャックがどっぷりつかっているのはわかっているの。彼の背中には、それを証明する刺青まであるものね」

クリストファーの鼻孔が広がったが、すぐに白旗をあげた。「わかった、チャックのことを話すよ。それがきみの望みか？」

フェイスは両手を大きく広げた。「話して」

「チャックとぼくは酒に詳しいんだ。ぼくたちはウィスキーやスコッチやバーボンに目がない。自分たちで飲むために、少量から始めた。一度にほんの少しだ。こくを出すために、いろいろな珍しい木や味を試した」

「それで？」

「パパの自転車事故があった。マーシーがロッジを変え始めた。バスルームを改装した。カクテルを提供しだした。より多くの金が入ってくるようになった。大金だ。主にアルコールからだった。仲買人を使うのをやめて、代わりにぼくたちの安酒を使ったらどうだろうとチャックが言いだした。ぼくたちが作った酒をボトルに詰め替えていることをマーシーは最初のうち知らなかったんだが、やがて気づいた。彼女は気にかけなかった。利益をあげられることをパパに見せつけられれば、彼女はそれでよかった」

「ロッジだけじゃないよね。チャックはアトランタのストリップ・クラブにも売っていた」

クリストファーは追い詰められたように見えた。フェイスは自分で言っているよりはるかに多くを知っているのだと、ようやく理解したらしかった。

「あなたの親は知っているの？」

「まさか」

「でもドリューとケイシャは知っている」

「ぼくは――」彼は首を振った。「それは知らなかった。彼らはなんて？」

「質問するのはあなたじゃない」フェイスは告げた。「マーシーの話に戻るよ。自分だけお金をもらえずにのけ者にされたことを、マーシーはどう考えていたの？」

「のけ者になんてしていない。マーシーは妹だ。ぼくはジョンのために信託を設立した。口座に金を入れた。ジョンは二十一歳になったら、引き出せるんだ」

「どうしてマーシーに渡さなかったの？」

「デイヴが強欲な手を突っ込んでくるからだ。マーシーはデイヴにいやと言えないんだ――言えなかったんだ。あいつはマーシーからすべてを吸いあげていた。彼女から奪えないものなんて、なにひとつなかった。それに彼女は妊娠していたって？　一生、あいつにつきまとわれることになっていたわけだ」クリストファーは不意に悲しそうな表情を見せた。「つきまとわれていたんだろう？　マーシーはあいつから逃げることもできずに、死んだ」

　彼の息遣いが整うまで、フェイスは数秒待った。「あなたがジョンのために作った信託をマーシーは知っていたの？」

「いいや。おれはチャックにすら話さなかった」彼が身を乗り出したので、結束バンドがぴんと張った。「あんたは、ぼくの話を聞いていないんだな。どういう仕組みなのかを教えてやるよ。マーシーはいずれデイヴに話すだろう。そうしたらデイヴは、信託が空になるまで、ジョンにつきまとう。あいつが気にかけることはふたつしかない。金とマーシーだ。その順番でね。両方をコントロールするためには、あいつはなんだってやるんだ」

　フェイスは気を取り直して訊いた。「仕組みを話して。あなたはどうやってお金を合法化していたの？」

彼は体を起こした。両手を見つめた。「ロッジを通じてだ。マーシーは簿記が得意だった。オンライン口座を開いて、そこに給料を振り込んだ。ぼくたちにきちんと税金を払わせた。帳簿やらなんやらはみんな事務室の金庫に入っているよ」

「マーシーはお金に強かったっていうけれど、自分の名前では一セントも持っていなかった」

「彼女がそうしたんだ。ぼくは彼女が欲しがるものはなんでも渡していたが、銀行に金があったら、あるいはクレジットカードやデビットカードを持っていたら、デイヴがいずれ勘づくってことを彼女はわかっていた。彼女は生活のすべてをぼくに頼っていたんだ」

マーシーがどれほど無力だったかを考えて、フェイスはなにかに押しつぶされそうな、閉じ込められたような気持ちになった。

「夕食の前にぼくたちが話していたのはそういうことだよ」クリストファーはまたウィルを見た。「マーシーは、投資家の申し出を断れとぼくに言った。彼女には失うものはなにもないと。ぼくは彼女の残りの人生を奪えるんだって言い返した。実際にそうだったのかもしれないな。ぼくは口座から全部引き出して、マーシーに渡すべきだったのかもしれない。そうすれば、手遅れになる前に彼女はデイヴと距離を置いていたかもしれない。違うか？」

彼はフェイスに尋ねていた。フェイスには答えられなかった。彼女が知っているのは統計だけで、そこにあるのは心を押しつぶされそうな数字だった。虐待されている女性は、平均七回逃げ出そうと試みている。もし相手に殺されていなければ。

フェイスはクリストファーに訊いた。「チャックはどうなの?」

「言っただろう、彼はジョンの信託のことは知らない。ぼくよりもデイヴを怖がっているんだ」

「チャックはどうなのって訊いたのは、どうしてチャックを殺したのかっていう意味よ」

今回、クリストファーはなんの反応も示さなかった。ただぼんやりと彼女を見つめただけだ。「なんだって?」

「チャックは死んだの。でもあなたは知っているよね。彼の水筒に目薬を入れたのはあなただもの」

クリストファーはフェイスを見つめ、それからウィルに視線を移し、またフェイスを見た。「嘘だ」

「いますぐ彼のところに連れていってあげる」フェイスは申し出た。「キッチンの外にある冷凍庫で、彼の死体を保管しなきゃならなかったの。いま彼は、ビーフの半身みたいに吊るされているよ」

彼女が笑いだすのを、冗談だと言うのを待つかのように、クリストファーはフェイスを見つめていた。フェイスがどちらもしないことがわかると、あえぐように息を吸った。がくりとうなだれて、泣き始めた。マーシーのときよりも悲しみは深そうだ。

フェイスは、泣いている彼を見ていた。ここまではいじめっ子を演じていた。いまからは母親役だ。彼に近づき、慰めるように背中を撫でた。「どうしてチャックを殺したの?」

「違う」クリストファーは首を振った。「ぼくは殺していない」

「あなたは蒸留酒ビジネスから手を引きたかった。彼は続けさせようとした」

「違う」クリストファーは首を振り続けている。「違う、違う、違う」

「マーシーなしではビジネスは成り立たないってあなたはチャックに言った」

彼があまりに激しく首を振るので、ハルに揺れが伝わってきた。

「クリストファー、本当のことを話すまであとほんの少しよ」フェイスは彼の背中を撫で続けた。「ほら、大丈夫だから。全部話してしまえば、楽になるから」

「彼女はあいつを憎んでいた」ささやくような声だった。

「マーシーはチャックを憎んでいたの?」フェイスは母親のような口調を崩さないようにしながら、彼の肩を軽く叩いた。「クリストファー、顔をあげて。なにがあったのかを話して」

クリストファーはゆっくりと顔をあげた。彼の冷静さがはがれ落ちていくのがわかった。押しこめていたあらゆる感情が解き放たれたみたいだった。「チャックはみんなの前でマーシーに恥をかかせた。ぼくは——ぼくは彼女の味方だった。彼を懲らしめてやりたかった」

「どうして?」

「彼女にちょっかいを出すのをやめさせるためだ。理解できないよ。彼はどうやって死んだんだ？　前と同じ量を使ったのに」

フェイスは容疑者がなにを言おうとそう簡単に驚きはしないのだが、今回ばかりはすぐに反応できなかった。「前にもチャックの水筒になにかを仕込んだことがあるの？」

「そうだ、そう言っている。ぼくは酒造家だ。計量は正確だ。彼の水に入れたのは前のときと同じ量だ」

「前のとき？　何度彼に毒を飲ませたの？」

「毒じゃない。胃の具合が悪くなる。腹を壊す。それだけだ。チャックがなにかぶしつけなことをマーシーに言ったら、ぼくは彼を懲らしめるために水に数滴入れることにしていた」クリストファーは心底困惑しているようだ。「彼はどうやって死んだんだ？　なにかほかのものが原因のはずだ。どうしてあんたはぼくに嘘をつく？　そんなことが許されているのか？」

フェイスは現場でサラの仮説を聞いていた。チャックは目薬で死んだのではない。川に転がり落ちて、溺死したのだ。

訊かなければならないことがあった。「クリストファー、チャックがマーシーを殺したの？」

「違う」

彼の声は確信に満ちていた。なにか妄想的な言葉がそのあとに続くのだろうとフェイスは考えた。チャックはマーシーを愛していたんだ。どうして彼女を殺したりする？　だが違った。

「ぼくが彼を眠らせたからね」

「え？」

「ぼくたちは毎晩、寝酒をする。あいつがばかなことをしでかさないように、飲み物にザナックスを入れた。チャックはｉＰａｄで本を読んでいたが、そのうち寝たよ」クリストファーは肩をすくめた。「二番コテージの寝室の窓は、母屋のキッチンの脇にある階段の窓から見えるんだ。ぼくは寝る前に彼の様子を確かめた。彼はコテージを出ていないよ」

フェイスはしばし、言葉を失った。

「ぼくは妹を愛していた。だがチャックは親友だ。彼もマーシーを愛することを止められなかった。だからぼくは彼を食い止めていた。ぼくにできる唯一の方法で、マーシーを守っていたんだ」

フェイスは再び言葉につまりそうになった。「あなたが薬を盛っていたことをチャックは知っていたの？」

「それはどうでもいいんだ」クリストファーは複数回の重罪になる行為を、さらりと受け流した。「マーシーはぼくに優しかった。だれも優しくしてくれない世界で、それがどんなふうに感じられるか、あんたにわかるか？　自分が変わり者なのはわかっているが、マーシーは気にしなかった。ぼくの面倒を見てくれた。ぼくとパパのあいだに何度も立ちはだかってくれた。パパがマーシーを叩きのめすところを、ぼくが何度見てきたと思う？ こぶしでじゃないぞ。パパはロープで彼女を打った。腹を蹴った。骨を折った。病院には行かせなかった。そしてマーシーの顔——顔の傷——は、パパのせいなんだ。彼はマーシーにすべての重荷を背負わせて——」

彼が再び顔を伏せる前、フェイスはその目に恐怖を見て取った。喋りすぎたと思っているのだろう。だが、口が滑ったわけではないのかもしれない。クリストファーは、フェイスが真実を引き出してくれるのを望んでいるのかもしれない。彼が理解していないのは、フェイスが実際に真実を引き出すまでふたりともこのカヌーからは降りないということだ。

「あなたの妹の顔の傷は悪魔のカーブの自動車事故が原因だって、ペニー・ダンヴァースから聞いた。マーシーは十七歳だった。彼女の親友が死んだ」

クリストファーはなにも言わない。

「マーシーの傷がどうしてあなたのお父さんのせいなの？」

クリストファーは首を振った。

「彼女の傷にお父さんはどんな責任があるの？」

フェイスは待ったが、彼はやはり答えなかった。

「お父さんはどんな重荷をマーシーに背負わせたの？」

それでも彼は答えない。

「クリストファー」フェイスは身を乗り出し、彼のパーソナルスペースに侵入した。「自分にできる最善の方法でマーシーを守ろうとしたって、あなたは言った。信じるよ。本当だと思う。でも、どうしてあなたがいまお父さんを守ろうとしているのかは理解できない。マーシーは無残に殺された。あなたの家族の土地で、血を流したまま放置された。彼女を安らかに眠らせてあげてくれない？」

クリストファーはさらに数秒間無言だったが、素早く息を吸うと、言葉を吐き出した。

「彼だった」

「彼って？」

「パパだ」クリストファーは一度顔をあげたが、またすぐにうつむいた。「ギャビーを殺したのはパパなんだ」

ウィルの神経が張りつめるのをフェイスは背中で感じた。彼女もひとつ息を吸わなければ、口をきくことができなかった。「いったい――」

「ギャビーはとてもきれいだった。優しかった。親切だった。ぼくは彼女を愛していた」クリストファーの声が甲高くなり、彼はフェイスの目を見つめた。「みんなに笑われたよ、ぼくにはまったく望みはないってね。でもぼくは心から彼女を愛していたんだ。純粋な愛だった。なにもそれを汚すことなんてできなかった。だからチャックがマーシーをどんなふうに思っていたかが理解できたんだ。彼にはどうすることもできなかった」

フェイスは落ち着いた口調を崩さないようにした。「ギャビーになにがあったの？」

「パパがしたんだ」甲高い声は消えていた。いつもの生気のなさが戻ってきた。「パパは、美しい蝶みたいに世界を軽やかに飛んでいるギャビーが我慢できなかった。彼女はいつも喜びに満ちていた。内側から輝いていた。客に思わせぶりな態度を取った。彼らのばかげた冗談に笑った。マーシーを愛していた。心から愛していたんだ。マーシーも彼女を愛していた。だれもがギャビーを愛した。だれもが彼女を欲しがった。だからパパは彼女をレイプした」

フェイスは口に砂を詰めこまれたような気がした。言葉にできないほどのことを語る彼の口調は淡々としていた。「それはいつのこと？」

「いわゆる事故が起きた夜だ」

フェイスはなにも言わなかった。これ以上、彼を促す必要はなかった。クリストファーはようやくすべてを語る気になっていた。

「ぼくは大ミミズを集めに出かけていた。パパはぼくのベッドでギャビーをレイプした。ぼくに見つけさせるために、そこに彼女を放置した。なんであろうと、だれにも自分より先に手に入れさせるつもりはないってパパは言った」

フェイスは口のなかの砂を飲みこもうとした。

「彼はただギャビーをレイプしただけじゃなかった。顔を殴っていた。彼女の美しさ、完璧さ、すべてなくなっていた」クリストファーはもう一度鋭く息を吸った。「マーシーを呼びに行ったが、彼女は腕に針を刺したまま寝室の床で意識をなくしていた。彼女はあまりにたくさんの苦痛を抱えていた。逃げたくてたまらなかった。彼女とギャビーは、夏の終わりには出ていくつもりにしていたんだ。でも……」

最後まで言ってもらわずとも、フェイスにはわかっていた。ふたりの計画はペニー・ダンヴァースから聞いていた。ギャビーとマーシーはアトランタに引っ越して、一緒にアパートを借りて、ウェイトレスの仕事をしながらたくさんお金を貯めて、ティーンエイジャーだけができるやり方で楽しく暮らすつもりだった。

けれどギャビーは死んで、マーシーの人生は永遠に変わってしまった。

「パパは――パパはぼくにマーシーを車まで運ばせた。そうしたらパパは、ゴミ袋みたいに彼女を後部座席に放りこんだよ。それからぼくたちはギャビーを前の席に座らせた。彼女は身動きひとつしなかった。ショックのせいか、何度も頭を殴られたせいか――わからない。そのときにはもう死んでいたのかもしれない。そのあと起きることを彼女が知らなくてよかったよ」

クリストファーは泣き始めた。息を整えようとしている彼の鼻が鳴る音をフェイスは聞いていた。ペニーが教えてくれた別の話を思い出した――ギャビーの死後、クリストファーはひどく打ちのめされて、何週間もベッドから出られなかった。

「家に入っていろとパパに言われて、ぼくはそのとおりにした。寝室の窓から車が出ていくのを見ていた。そのまま寝てしまった」クリストファーはまたひゅっと息を吸った。

「三時間後、車のドアが閉まる音がした。ハーツホーン保安官だった。母さんが部屋に入ってきた。ひどく泣いていて、まともに話もできないくらいだった。ぼくたちはキッチンに行った。パパもそこにいた。ギャビーは死んで、マーシーは病院に運ばれたと保安官から聞かされた」

「お父さんはなんて？」

　クリストファーは苦々しげに笑った。「〝くそっ、いつかマーシーはだれかを殺すとわかっていた〟と」

　これで終わりだと言いたげな口ぶりだったが、フェイスはここでおしまいにするつもりはなかった。「その夜、ビティはなにも聞いていなかったの？」

「パパがザナックスを飲ませていたんだ。なにをしても起きなかっただろうな」クリストファーは身をかがめて、腕で鼻を拭った。「母さんが知っていたのは、マーシーがハイになって、車で事故を起こして、ギャビーを死なせたってことだけだ。ぼくたちはだれも、詳しい話は聞かなかった。知りたくなかった」

　フェイスはペニーから公式の見解を聞いていた。悪魔のカーブに続くジェットコースターのような丘をくだる車を運転していたのはマーシー。救急車のなかでマーシーはハイエナみたいに笑っていたと、救急救命士たちは報告した。ロッジの前に車を停めていたとマーシーは主張した。腕に針を刺したまま眠ってしまったとき、彼女は自分の寝室にいたわけだから、その主張はもっともだ。彼女には車まで運ばれたという記憶がなかった。

　いまフェイスに推測できるのは、セシル・マッカルパインはギアをニュートラルに入れて、重力が彼の娘と殴りつけてレイプした若い女性を始末してくれることを願ったのだろうということだけだった。

彼女はクリストファーに言った。「車は峡谷を六メートルほど落ちた。マーシーはフロントガラスから外に放り出された。そのときに顔を削られた。ギャビーの頭はつぶれていたけれど、それは事故の前に起きたことだった。あなたのお父さんの親しい友人であるハーツホーン保安官は、事故が起きたとき、彼女はダッシュボードに足をのせていたって言った。彼女の頭蓋骨は粉砕されていたって検死官から聞いている。解剖の際、歯科記録で身元を確認しなくてはならなかった。まるでだれかが大きなハンマーで頭を殴りつけたみたいだった」

クリストファーの唇は震えていた。彼はフェイスの目を見ることができずにいたが、彼が多くの人の目を見られないことをフェイスは知っていた。

「ギャビーのフルネームは？」

「ガブリエラ」彼はぼそぼそと答えた。「ガブリエラ・マリア・ポンティチェロ」

19

ウィルの脳はひたすら自己批判を繰り返していた。ポールは最初から目の前にいた。偽名でチェックインしたことを、問い詰めるべきだった。ポールの過去をもっと調べるべきだった。マーシーの死から一時間もしないうちに、ディライラはギャビーのことを教えてくれていた。ポールの胸の刺青の意味がわかっていたのだと思うと、気分が悪くなった。その言葉が大切でなければ、心臓の上に永遠に刻みこんだりはしない。

ウィルはそれを見ていたのに、読むことができなかった。

フェイスがポールとギャビーの関係を確認するのに、電話で一分もかからなかった。アトランタ・ジャーナル・コンスティテューション紙のアーカイブから、死亡記事が見つかった。ガブリエラ・マリア・ポンティチェロの両親はカルロスとシルヴィア、そして弟がポールだった。

「ケヴィン」フェイスが切り出した。「向こう側に回ってくれる？　ゴードンを四番コテージに連れていってほしい。彼が口にすることをよく聞いておいて。あたしたちがポールから聞き出した話と、あとで比較するから」

ケヴィンは驚いた様子だったが、敬礼をして言った。「了解」

強く嚙みしめすぎて、ウィルの歯が痛み始めた。フェイスがケヴィンに尋問を任せたのは、ウィルの面倒を見る必要があると感じたからだ。

彼女を責めることはできない。ウィルはもうすでにかなりの失態を犯しているのだ。

母屋のドアが開いた。最初に出てきたのはディライラだ。階段を駆けおりた。ビティがセシルの車椅子を押してポーチに出た。デイヴがそのうしろにいる。彼は煙草に火をつけると、家の裏の車椅子用のスロープへと移動するふたりのあとを煙を吐きながらついていった。

フェイスはウィルの服の袖を引っ張って、森のなかへといざなった。彼らは、コテージが空になるのを待っていた。クリストファーはボートハウスの水かき車に結束バンドでつながれている。サラはジョンと一緒にいる。カクテルパーティーは五分前に始まっていた。モニカとフランクが最初にコテージを出た。次にドリューとケイシャ。家族がいま出ていったから、残っているのはゴードンとポールだけだ。五番コテージの明かりはついているが、ふたりはまだ出てきていない。出てくるだろうか？　ウィルのせいで、ポールは殺人罪から逃げおおせたと考えているのだ。

ウィルはこれ以上黙っていられなくなった。「ぼくがしくじった。すまない」

「なにをしくじったのか、教えて」

「ポールは胸に刺青がある。ギャビーと書いてある。見たんだが、すぐに読めなかった。

彼はタオルで胸を隠したんだ」

フェイスの返答は、一拍遅れた。「あなたにはわからなかった」

「わかっていた。きみもわかっていた。アマンダもわかっただろう。サラも——」ウィルは胃がディーゼル油でいっぱいになった気がした。「ポールとゴードンは朝食に遅れてきたとケイシャは言った。ポールはそのときに、彼らのトイレタンクに折れたナイフの柄を隠したんだ。ぼくは意味もなく彼女とドリューを死ぬほど震えあがらせた。彼らは撃たれるのを恐れていた。チャックはきっといまも生きていた。クリストファーは今朝、客のガイドをしているはずだった」

「それは間違い。マーシーの件で、アクティビティはキャンセルされたのよ」

ウィルは首を振った。いまさら、どうでもいいことだ。

「ペニーが自動車事故のことを話してくれた。わたしは何時間も前に、その追跡調査ができた。ギャビーの名前を知っていたんだから、ポールを含めてほかの客の名前と相互参照することができた。死亡記事はそうやって見つけたんだから」

彼女がわらにもすがろうとしていることはわかっていた。「ポールから自白を引き出さなきゃいけない。ぼくのミスのせいで、彼を逃がすわけにはいかない」

「逃がさないわ」フェイスは言った。「わたしを見て」

ウィルは彼女を見られなかった。

「クリストファーはかなり長い刑になる。彼の証言を使って、ギャビー殺害でセシルを逮捕する。マーシー殺害容疑でポールを逮捕する。アトランタのどれくらいのストリップ・クラブがチャックから密造酒を買っていたのかはわからないけれど、そのせいでモニカが危うく死にそうになった。あなたがここにいなければ、どれも判明しなかったのよ。ビスケットがマーシーの殺人を捜査したと思う？　ポールが捕まるのはあなたがいたからよ。クリストファーも。セシルも」

「フェイス、きみがぼくの気持ちを楽にしようとしてくれているのはわかるが、口から出る言葉のひとつひとつが、哀れみに聞こえるよ」

五番コテージのドアが開いた。まずゴードンが、それからポールが姿を見せた。これから自分たちにどんな地獄がやってくるのかを知らないから、なにが面白いのか笑っている。

ウィルが言った。「行こう」

彼は広場を走った。ケヴィンが反対側から現れた。ゴードンの腕をつかんだ。

「なんだ？」ゴードンが訊いたが、ケヴィンはすでに彼を引きずるようにして歩きだしていた。

「おい！」ポールが彼のあとを追おうとした。ウィルはその胸に毅然として手を当てた。

ポールが視線を落とした。今回は意味ありげな冗談を言うことはなかった。口が一本の線になった。

フェイスが言った。「わかった。やろうじゃないか」「なかに入るわよ」

彼が逃げ出そうとしたときに備えて、ウィルはポールのすぐうしろに立った。ケヴィンはゴードンを四番コテージへと連れていった。明かりがついた。ドアが閉まる直前、ゴードンはゆるぎないまなざしをポールに向けた。フェイスも気づいたとウィルには確信があった。

ふたりはぐるだ。

居間は安酒場のようなにおいがした。半分空になった蒸留酒のボトルとひっくり返ったグラス。ゴミ箱はポテトチップの袋と飴《あめ》の包み紙であふれていた。ウィルはマリファナのにおいに気づいた。椅子の脇に灰皿がある。数えきれないほどのマリファナ煙草の吸殻でいっぱいだった。

フェイスが言った。「ずいぶんと楽しんでいたみたいだね。なにかお祝いしたいことでもあった？」

ポールは片方の眉を吊りあげた。「あんたも招待してほしかったのか？」

「がっかりよ」フェイスはソファを指さした。「座って」

ポールは不機嫌そうに腰をおろした。腕を組んで、うしろにもたれた。「どういうことだ？」

フェイスが訊き返した。「やろうっていったのはあなただと思ったけれど。あたしたち、なにをするの？」

ポールはウィルを見た。「刺青を見たんだな」

ウィルは金属の大きな釘を胸に打ちこまれた気がした。

ポールが言った。「あんたたちが一日中うろついているのを見たよ。マーシーか？　死ぬ前に、彼女がなにか言ったのか？」

フェイスが訊いた。「なにか言わなきゃいけないことがあったわけ？」

ポールはシャツのボタンをはずし、前をはだけて胸を露わにした。刺青は赤いハートと色とりどりの花で飾られた華やかなものだった。この距離からでは、ウィルに判別できるのはGの文字だけだったが、それもすでに名前を知っているからかもしれない。

フェイスは顔を近づけた。「うまいね。なにを探しているのかを知らなければ、名前はほとんど見えない。いいかしら？」

フェイスがiPhoneを取り出すと、ポールは肩をすくめた。

フェイスは何枚か写真を撮ってから、ため息と共に椅子に座った。

ポールが訊いた。「おれは容疑者なのか？　それとも目撃者？」

「混乱するのはわかる。だってあなたはそのどちらでもないみたいに振る舞っているもの」

「白人男性の特権ってやつか？」ポールは酒のボトルに手を伸ばした。「飲まなきゃやってられないな」

「あたしならやめておく。それ、オールドリップじゃないもの」

「アルコールに変わりはないさ」ポールはボトルから直接、がぶりと飲んだ。「あんたたちはなにを探しているんだ？」

フェイスは、あとはあなたの番よとでも言いたげにウィルの顔を見た。ウィルは、黙っていればフェイスが根をあげるだろうと考えたが、今回はそうはならなかった。

ポールが言った。「どうした？　目撃者／容疑者のお出ましだぞ。だれかいるのか？」

ウィルは顔が熱くなるのを感じた。これ以上、失敗を重ねるわけにはいかない。「マーシーはきみの刺青を見たのか？」

「見せたよ。それがあんたの訊きたいことならな」

「いつだ？」

「そうだな、チェックインしてから一時間後くらいかな。おれはシャワーを浴びた。寝室で服を着ようとしていた。窓の外を見た。マーシーがおれたちのコテージに近づいてくるところだった。〝いいんじゃないか？〟とおれは思った」ポールは両手でボトルをもてあそんでいる。「腰にタオルを巻いて、待った」

「どうして彼女に刺青を見せたかったんだ？」

「おれが何者なのかを彼女に知らせたかった」

「ギャビーに弟がいたことをマーシーは知っていたのか？」

「だと思う。ふたりは夏の数カ月、親しくしていただけだったが、ほんの短いあいだに強い絆が生まれていた。ギャビーが家に送ってきた手紙は、マーシーのことと、ふたりでどれほど楽しい時間を過ごしているかということばかりだった。まるで――」ポールはそこで口をつぐみ、ふさわしい言葉を探した。「若いときにだれかと会って、意気投合して、まるで磁石がぴったり合わさったみたいに感じた覚えはないか？　彼らと出会う前の暮らしがどんなだったのか思い出せなくて、その後の人生を彼らなしで生きていたくないと思うような？」

　ウィルは訊いた。「ふたりは恋人同士だった？」

「いいや、完璧で美しいただの友人だった。そして、それが壊された」

「きみは偽の名前でロッジにチェックインした。ギャビーの弟だということをマーシーに知らせることができたのに」

「彼女の家族に知られたくなかった」

「なぜだ？」

「それは——」ポールはもうひと口飲んだ。「くそっ、こいつはひどい。これはいったいなんだ？」

「密造酒」フェイスは手を伸ばして彼の手からボトルを奪った。床に置いた。ウィルが続けるのを待った。

　ウィルは、まるで自動操縦のように口が勝手に動くのに任せた。「なぜだ？」

「なぜマッカルパイン一家に知られたくなかったかって？」ポールはため息をつき、もう一度考えた。「おれとマーシーのあいだだけのことにしておきたかった。そうしたかったのかどうかすらよくわかっていなかったが、彼女を見かけて、そして……」

　ポールは最後まで言う代わりに、肩をすくめた。

ウィルは部屋を満たす沈黙に耳を澄ました。自分の両手を見つめた。怪我をしているほうの手まで、こぶしを作ろうとしている。歯を食いしばっていた顎は、骨の奥のほうが痛んだ。彼の体は怒りに慣れていた。学校では、黒板の文章を最後まで書かなかったといって、教師にひどく叱られたときに怒りを感じた。児童養護施設では、上手に字が読めないといってデイヴにからかわれたとき、怒りを感じた。ウィルは、そういうときに意識を逸らす方法を学んでいた。ランプのコードを抜くように、体から心を切り離すのだ。

だがいまはもう教室のうしろに座っているのではない。いまはもう児童養護施設にいるのではない。殺人事件の容疑者と話をしている。パートナーは彼を頼りにしている。なにより重要なことに、彼はジョンに責任がある。ウィルは、マーシーの心臓の最後の鼓動を聞いた。犯人に裁きを受けさせると、心のなかで彼女と約束した。ジョンから母親を奪った男に罰を受けさせて、彼に安心を与えると約束した。

ウィルはコーヒーテーブルからソファに移動した。ポールの正面に座った。「昨日の午後、きみはトレイルでゴードンと言い争いをしていた」

ポールは驚いたようだ。サラがふたりの話を聞いていたのを彼が知るはずもない。

「きみはゴードンに〝きみがどう考えようとどうでもいい。あれは正しい選択なんだ〟と言った」

「おれらしくないな」

「ゴードンはこう応じた。〝いったいいつからきみは正しい選択を気にするようになったんだ？〟」

「カメラがあるのか？　ここは盗聴されている？」

「ゴードンになんて言ったか、覚えているか？」

ポールは肩をすくめた。「教えてくれ」

「きみは〝彼女がどんな暮らしをしているのかを見てからだ〟と答えた」

ポールはうなずいた。「うん、そっちはおれらしい」

「ゴードンは、放っておかなきゃいけないときみに言ったが、きみは放っておかなかった。そうだな？」

ポールはシャツの裾を細かいプリーツのように折っている。「おれはほかになんて言った？」

「教えてくれ」

「そうだな、〝ジム・ビームを樽でやりながら話そう〟とか」

「ゆうべの十時半ごろ、トレイルでマーシーを見かけたときみは言った」

「ああ」

「彼女は巡回していたと言った」

「そうだ」

「彼女と話をしたか？」

ポールはプリーツをほどき始めた。「ああ」

「なにを話した？」

「信じないだろうが、あんたには近づくなってゴードンに言われたよ。半分の理由があればだれでも逮捕したがる、ただの間抜け刑事だってね」

「きみには半分以上の理由がある。ゆうべトレイルで、マーシーになんて声をかけたんだ？　彼女は巡回の仕事中で、きみは十時半にコテージから外に出て彼女と話をしたわけだ」

「そのとおりだ」

「なんて言った？」

「おれは――」彼はもう一度長いため息をついた。「彼女を許すと」

ウィルは、またプリーツを作り始めたポールを眺めた。

「おれは彼女を許した。うんざりするくらい長いあいだ、おれはマーシーを責めてきた。だがそういう感情は、人を内側から食い尽くす。ギャビーはおれの姉だ。あの事故が起きたとき、おれはほんの十五歳だった。おれから盗まれた彼女の人生――ふたりの人生――はたくさんある。本当の人間としての彼女をおれは知ることがなかったんだ」

「だからマーシーを殺したのか？」

「おれは殺していない。だれかを殺すには、そいつを憎まなきゃいけない」

「姉の死に責任がある女性を、憎んでいなかったのか？」

「長いあいだ、憎んでいたよ。でもおれは真実を知ったんだ」ポールは顔をあげてウィルを見た。「マーシーは車を運転していなかった」

ウィルは彼の顔を見つめたが、そこにはなにも書かれていなかった。「彼女が運転していなかったって、どうしてわかるんだ?」

「セシル・マッカルパインが姉をレイプしたことを知ったのと同じ手段で」

ウィルは、部屋中の酸素が使い果たされてしまったように感じた。フェイスの様子を確かめた。彼と同じくらい動揺しているのがわかった。

ポールはさらに言った。「セシルとクリストファーが、マーシーと一緒にギャビーを車に乗せたのも知っている。そのときにはギャビーが死んでいたことを願うよ。あそこで目を覚ましたなんて考えたくない。車が急カーブに猛スピードで突っ込んでいくところを見ていて、どうあがいても止められないことがわかっていたなんてね」

ウィルはもう一度フェイスに目をやった。彼女は椅子の端に体をずらしていた。

「骨盤も折れていた」ポールは言った。「母が去年、教えてくれたよ。母は死を目前にしていた。膵臓癌、プラス認知症、プラスひどい尿路感染症。モルヒネを高用量、投与されていた。母の脳——美しい脳——はギャビーが死んだ夏に囚われてしまっていた。山に行く彼女の荷造りを手伝い、ふさわしい服を入れたことを確認し、父の運転で出かける彼女に手を振った。それから電話を取った。交通事故のことを聞かされた。ギャビーが死んだことを知った」

ポールは体をかがめて、床からボトルを拾いあげた。時間をかけて飲んでから、言葉を継いだ。

「母に付き添っていたのはおれだけだった。父は二年前に心臓発作で死んだ」ポールはボトルを胸に抱き寄せた。「認知症には決まった形がない。くだらなさすぎるちょっとしたことが、ふっと頭に浮かぶらしいんだ——ギャビーが熊のぬいぐるみを持っていくのを忘れたから、送ってやったほうがいいかもしれないとか、マッカルパインの人たちがギャビーにちゃんと食べさせてくれているといいんだけれど。いい人たちよね？　とか。ギャビーがインターンシップに応募したとき、母はここの父親と電話で話をした。セシルという名前だが、だれもがパパと呼んでいる。ギャビーが死んだことを知らせる電話をくれたのは、彼だった」

ポールはまた酒を飲もうとしたが、気が変わったようだ。ボトルをウィルに渡した。

「セシルからのあの電話——あれが母の頭にこびりついていたんだ。パパは事故のことを微《び》に入り細《さい》を穿《うが》ち説明した。事実をありのまま話すことでおれたちの力になろうとしたんだろうと母は考えていたが、実はそうじゃなかった。彼は暴力を追体験しているだけだった。女性の子供をレイプして殺しておいて、彼女に電話をしてその話をするなんて、どんなサイコパスならそんなことができるんだ？」

ウィルはその手のサイコパスなら知っていたが、セシル・マッカルパインがその仲間だとはたったいままで気づかなかった。

「あの電話が、母に墓までつきまとった。人生最期の数時間、母が話すのはそのことばかりだった。ギャビーのヴァイオリンの発表会や、陸上競技会や、おれが医学部に入ってみんなを驚かせた話みたいな幸せだったときのことじゃなくて、ギャビーの死についてむごたらしい話を語ったセシル・マッカルパインの電話のことだった。この世で母と過ごせる最後の時間だったから、おれはそれを全部聞かなきゃならなかった」

窓の外に視線を向けたポールの目は光っていた。

フェイスは尋ねた。「セシルがあなたのお姉さんを殺したって、どうしてわかったの?」

「母の死後、書類を整理しなくちゃならなかった。父の分もだ。母は手をつけていなかったんだ。父のファイルキャビネットの奥にフォルダーがあった。事故にまつわる書類すべてが入っていた。たいして見るものはなかった。四ページの警察の報告書。十二ページの解剖報告書。おれは形成外科医だ。交通事故の患者の治療をしてきた。刑事裁判や民事裁判で障害について証言してきた。どの事件でも、書類がいっぱいに入った箱がいくつも並んでいた。死人が出ていない事件ですらそうだ。ギャビーは死んだ。マーシーは死にかけた。それがたったの十六ページ?」

ウィルもそれなりの数の解剖報告書を読んできた。彼の言うとおりだ。「毒物検査は行われたのか?」

「あんたはただのハンサムってわけじゃないんだな」ポールの笑みは悲しげだった。「目立ってたのがそれだ。ギャビーの体内からは、マリファナと高濃度のアルプラゾラムが検出された」

「ザナックスだ」ウィルが言った。マッカルパイン一家はこの薬が好みらしい。「ギャビーはマリファナを吸っていたが、ハイになるのが好きだったんだ。アデロール、MDMA、手に入るときにはコカインといった、覚醒剤をやっていた。依存症ではなかった。ただ盛りあがるのが好きだっただけだ。父が彼女をロッジのインターンシップに行かせた理由のひとつがそれだ。募集を見つけたのが父だった。新鮮な空気と重労働と運動が、彼女を正しい軌道に戻してくれると考えたんだ」

「マーシーは事故についてなんの罪にも問われなかった。きみの両親は妙だと思わなかったのか？」

「おれの父親は、真実と正義とアメリカのやり方を絶対的に信じていた。なにもおかしなことはないと警察官が言ったら、なにもおかしなことはないんだ」

　フェイスは咳払いをした。「どの警察官？」

「ジェレマイア・ハーツホーン一世。いまは二世が仕事を引き継いでいる」

「彼と話をしたのか？」

「いいや。私立探偵を雇ったよ。電話をかけたり、家を回ったりして調べてもらった。町の半分の人間は、彼と話すことを拒んだ。もう半分は、マーシーの名前を出したとたんに激しい怒りを露わにした。彼女は売女で、ジャンキーで、人殺しで、ひどい母親で、くずで、魔女で、悪魔に取りつかれているってね。だれもがギャビーを殺したといって彼女を非難したが、問題はギャビーじゃなかった。彼らはただマーシーをひたすら憎んでいただけなんだ」

ウィルは尋ねた。「実際になにが起きたのかを、どうやってつかんだ?」

「情報提供者が接触してきた。まるでスパイ小説だ」ポールの笑みは苦々しいものに変わった。「一万ドルかかったが、ようやく真実が聞けたんだからその価値はあったよ。当然だが、だからといっておれはなにもできなかった。そのろくでなしは、金を受け取ったたん口をつぐんだ。証言はしてくれない。記録に残すことも拒んだ。おれたちはそいつを調べた。口先だけのくそ野郎だった。そいつの証言では、横断禁止のところを渡ったと言ってジェフリー・ダーマーを刑務所送りにはできそうにないね」

答えはわかっていたが、それでもウィルは尋ねた。「その情報提供者というのは?」

「デイヴ・マッカルパイン。あんたたちは彼をマーシー殺害容疑で逮捕したが、なんらかの理由で釈放した。彼がマーシーの元夫っていうだけじゃないのは知っているんだろう?義理の兄でもある」

ウィルは顎を撫でた。デイヴが触れたもので、厄介な羽目にならなかったものはなにひとつない。「ゆうべ、トレイルでマーシーになにを言ったんだ?」

ポールはゆっくりと息を吐いた。「まずはあんたたちに、ギャビーの手紙のことを知ってもらう必要がある。彼女は週に一度は手紙をよこしていた。彼女はマーシーをすごく愛していた。ふたりはアトランタでアパートを借りるつもりで、そして――十七歳のころ、自分がどれほどばかだったか覚えているだろう?　マカロニチーズだけ食べていれば、一週間十セントで暮らしていけるなんて考えるんだ。ギャビーは友だちができてものすごく喜んでいた。学校ではうまくいっていなかったんだ。さっきヴァイオリンの話をしたが、彼女は楽団に入っていた。ずっといじめられていた。年頃になって、きれいになって、ようやく人生らしいものが始まった。そしてマーシーはその人生の一部で、彼女にとっての初めての友情だった。特別だった。完璧だった」

「ふたつ目は？」

「ギャビーはセシルのことも書いていた。彼がマーシーを傷つけていると感じていた。肉体的に暴力をふるっていて、ほかにもなにかしていると。詳しいことはわからない。そこまで書いていなかったからね。表現できる言葉がなかったんじゃないかと思う。ギャビーは恐怖を知らずに育っていた。インターネットがおれたちの無垢《むく》さを奪う前の話なんだ。レイプされて殺される若くて美しい女性を話題にした、無数のポッドキャストなんてなかった」

その声には悲しみが満ちていた。ひとつはっきりしているのは、ポールは姉を愛していたということだ。とはいえ、彼はまだ最初の質問に答えていない。「きみはゆうべトレイルでマーシーになんて言ったんだ？」

「おれがだれなのか知っているかと訊いた。彼女は知っていると答えた。おれは、彼女を許すと言った」

ウィルは待ったが、ポールはそこで口をつぐんだ。

フェイスが促した。「それで？」

「おれは長いスピーチを用意していた。彼女がどれほどギャビーを愛していたかも、ふたりが親友だったことも知っている、事故はマーシーのせいではなくて、すべて彼女の父親の仕業で、彼女はなにひとつ罪の意識を感じる必要はない——そういったことを言おうと思っていた。だがマーシーはおれになにひとつ言わせてくれなかった」ポールは作り笑いを浮かべた。「おれに唾を吐いたんだ。文字どおりの意味だよ。たまっていたものを吐くみたいにね」

「それだけ？」フェイスが訊いた。「彼女はなにも言わなかったの？」

「言ったさ、とっとと失せろってね。それから母家へと戻っていった。おれは彼女がなかに入ってドアを閉めるまで眺めていた」

「それから？」

「それから——それだけさ。もちろんおれは茫然《ぼうぜん》としていた。彼女を追っていくつもりはなかった。彼女がどう感じているのか、はっきり教えてもらったからね。だからおれもコテージに戻って、いま座っているところに座った。ゴードンは全部聞いていた。正直なところ、おれたちはどちらも言葉を失っていたよ。記念すべき一瞬なんてものを期待していたわけじゃないが、少なくとも話はできるだろうと思っていた。どちらも気持ちの区切りをつける助けになるんじゃないかと」

その声から悲しみは消えていた。いまは当惑しているようだ。

「わかった、少し時間を戻すわね」フェイスもウィルと同じように疑念を抱いているのがわかった。「マーシーがあなたに唾を吐いた。あなたはなにもしなかったの？」

「おれになにができる？　おれは彼女に腹を立ててはいなかった。気の毒だと思っていた。ここで彼女がどんな暮らしをしていたか、見ただろう？　町のだれもが彼女を軽蔑していた。彼女はこの山に閉じ込められていた。親友を殺した罪を彼女にかぶせた父親がいるこの山に。家族全員が彼女の仕業だと考えていた。父親のせいで顔を失った。考えてみてくれ。マーシーの実の父親が彼女の顔を奪った。だが彼女は彼と一緒に暮らし、彼と一緒に働き、一緒に食事をし、彼の面倒を見ていたんだ。そのうえ、彼女の元夫だか兄だかなんとでも好きなように呼べばいいが、そいつは事実と引き換えにおれから一万ドルを受け取っておきながら、彼女には実はなにがあったかを話していないんだぞ。こんなに悲しいことがあるか？」

ウィルが訊いた。「デイヴはどうやって真実を知ったんだろう？」

「それはおれにはわからない」ポールは肩をすくめた。「もう一万ドル払うんだな。あいつは断らないいさ」

ウィルは、デイヴにはあとで話を訊こうと思った。「今朝、マーシーが刺殺されたと告げたとき、きみは動揺している様子がなかった」

「おれはひどく酔っていて、ひどくハイになっていたんだ。酔いをさますため、ゴードンがおれをシャワーに突っ込んだ。あんたが見たとき、おれは本調子じゃなかったんだよ。

水がとんでもなく冷たくてね」

フェイスが訊いた。「ギャビーの死が父親のせいだってことをマーシーは知らなかったって、どうして断言できるの？」

「元夫／兄がそう言ったからさ。それだけじゃない、その話をしているときの彼は傲慢ぶったくそ野郎だった。おれは彼女が知らないことを知っているのさ、おれがどれほど頭がいいかわかったかってね」

いかにもデイヴらしかった。

「マーシーと最初に言葉を交わしたときに、彼女は本当に知らないんだとおれは気づいた。彼女から情報を得ようとしたんだ。父親がしたことを本当に知らないのかを突き止めようと思った。ここで得られる収益のことや、ここがどれほど素晴らしいかを話題にした。彼女もぐるなのか、もしくは父親をかばっているのかもしれないと考えた」

「で？」

「顔の傷のことを訊いたら、彼女は両手で隠そうとした」ポールは首を振った。「そのときのことを思い出すと、平静ではいられないようだ。「マーシーはものすごく恥ずかしそうだった。わかるか？　ただ恥ずかしいんじゃなくて、魂が体から叩き出されてしまったみたいな恥ずかしさだ」

ウィルはその種の恥ずかしさを知っていた。デイヴがマーシーにその恥ずかしさを押しつけ、自分の子供の母親を罰するためにその恥ずかしさを利用したという事実は　信じられないほど残酷だ。

「おれとゴードンがトレイルで言い争いをしていたのはそういうわけだ。彼女に本当のことを話さなきゃいけないのはわかっていた。話そうとしたが、彼女は明らかに興味がなかった。ゴードンは正しかった。おれはもう姉と両親を亡くしている。このめちゃくちゃな家族を修復するのはおれの仕事じゃない。そもそも、修復なんて不可能だ」

フェイスは両手を膝に当てた。「ゆうべのマーシーについて、ほかに覚えていることはない？　家族のことでもいい。なにか見なかった？」

「おれもポッドキャストの聞きすぎかもしれないが、重要だと思わなかったことが、最後は重要になるっていうのはよくある話だ。だから――」ポールは肩をすくめた。「マーシーが家に入ってドアを閉めたあとも、おれはまだ茫然としていた。信じられずに、その場に立ち尽くしていた。そうしたら、ポーチにだれかがいるのを確かに見たんだ」

「だれ？」フェイスが訊いた。

「間違っているのかもしれない。暗かっただろう？　だがセシルのように見えたんだ」

「どうして間違いかもしれないって思うの？」

「ドアが閉まったあと、彼は立ちあがって歩いてなかに入っていったんだ」

20

サラは足を引きずるようにして歩くジョンにペースを合わせて、ループ・トレイルを食堂に向かっていた。十六歳の少年をカクテルパーティーに連れていくつもりはなかったから、出発を遅らせた。九番コテージのドアをノックしたとき、ジョンがひどく酔っていたことを考えれば、ばかげた線引きだったかもしれない。ポテトチップの袋と二本のスニッカーズ――あとでウィルが文句を言うだろう――と引き換えに、ロッジに入れてもらった。

父親の無実の知らせを聞いたジョンは、ショックのあまり声もなかった。この二十四時間の出来事で、明らかに打ちのめされている。涙を隠そうともしなかった。サラが事実を伝えているあいだ、手を震わせ、下唇を震わせながら、信じられずにただ彼女を見つめていた。デイヴは無実だ。ほかの容疑者がいるという以上の事実を、サラが勝手に伝えるわけにはいかなかった。

祖父母のところまで送っていくとサラは申し出たが、フェイスの言葉は正しかった。ジョンには急いで家に帰る理由はない。サラはできるかぎり、彼に付き合った。木々やトレイルや彼の母親が殺された以外のことならなんでも話題にした。彼の話し方――たいていのティーンエイジャーがよく使う〝めっちゃ〟や〝超〟が出てこない——を聞けば、大人ばかりに囲まれて育ったのがわかるとサラは思った。その大人たちがマッカルパインの苗字を持つ人間だったのは、とても運が悪かったのだ。

ジョンが道に落ちていた小石を蹴ると、泥に足で引っ掻いたような筋ができた。見るからに神経をとがらせている。彼は、食堂が近づいていることをサラよりもよくわかっている。これほど長いあいだ隠れていたあとで姿を見せれば、騒ぎになると考えているのだろう。最後に食堂に行ったとき、彼は泥酔していて、大嫌いだと母親に向かって叫んだのだ。

「本当にそうしたいの？　あなたたちだけじゃないのよ。お客さんも大勢いるのよ」

ジョンはうなずき、髪がぱさりと目の上に落ちた。「彼もいるの？」

デイヴのことだとサラにはわかっていた。「多分。でもあなたが戻ってきたって、わたしが家族のみんなに言いに行ってもいいのよ。あなたは家で待っていればいい」

ジョンは首を振り、別の小石を蹴った。

これっきり黙りこむのだろうとサラは思ったが、ジョンは咳払いをした。ちらりとサラを見てから、地面に視線を落とした。

「あなたの家族はどんななの？」

どう答えようかとサラは考えた。「娘を持つ妹がいる。助産師になる勉強をしているの。妹の話よ、姪じゃなくて」

ジョンの口の端が笑みを作りかけた。

「父は配管工なの。母は父の仕事の経理とスケジュール管理をしている。市民活動と教会の活動に関わっていて、わたしも行くように言われるの」

「お父さんはどんな人？」

「そうね――」ジョンと父親の関係が複雑なものであることは承知していた。代理でデイヴに恥をかかせたくはない。「親父ギャグが大好きなの」

ジョンの視線が再びサラに向けられた。「どんな親父ギャグ？」

サラは父親が彼女のスーツケースに忍ばせたカードを思い出した。「父は今週わたしが山に行くことを知っていて、鹿のパーティーがあるかもしれないからって一ドル持たせてくれたの」

「鹿のパーティー？」

「そう、出席するのに一ドル《バック》必要だから（バックには男鹿という意味もある）」

ジョンは鼻で笑った。

「お金《ドゥ》が手元にあるようにしてくれた（鹿やヤギなどの雌のことをドゥという）」

ジョンは声をあげて笑った。「ずいぶんとつまらない冗談だ」

サラはそれなりに面白いと思っていた。ジョンを不運だと言うのなら、サラはこのうえなく幸運だ。「ウィルについてわたしが言ったことを忘れないでね。あなたのお母さんについて話をしたがっているの。あなたに伝えることがあるそうよ」

ジョンはうなずいた。彼はまだ地面を見つめている。サラは昨日会った若者を思い出した。自宅の玄関前の階段をおりてきたとき、彼は自信にあふれていた。ウィルが身の程を思い知らせるまでは、そんなふうだった。いまジョンは緊張して、怯えているように見えた。

小児科医であるサラは、子供の二面性をよく知っていた。とりわけ少年は、大人になる方法を必死になって見つけようとする。だがあいにく、彼らはしばしば間違った男性をロールモデルにしてしまう。ジョンのモデルは、セシル、クリストファー、デイヴ、そしてチャックだった。日常的に親友から毒を盛られているインセルはいいモデルとは言えないが、もっとひどいモデルもいる。

「サラ？」

フェイスが展望台で彼女を待っていた。ひとりだ。食堂の明かりはついている。銀器が当たる音や低い話し声が聞こえていた。尋問のために客がひとりまたひとりと呼び出されているあいだ、全員が何時間も隔離されていた。おそらくキッチンのスタッフは、冷凍庫のなかの死体について彼らに話しただろう。クリストファーの姿はどこにも見当たらない。デイヴの登場は原子爆弾が爆発したみたいだった。ゴードンとポールはカクテルには現れなかった。あれこれと仮説を話し合っているのだろうとサラは考えた。

ジョンに訊いた。「わたしを待って、一緒に入る？」

「いいえ、大丈夫です」ジョンは肩をそびやかして、ドアをくぐっていった。よろいをまとっているのがわかった。彼のいまにも砕けそうな勇気を見て、サラの胸は痛んだ。

「サラ」フェイスが再び彼女を呼んだ。「こっち」

　サラは彼女のあとについてチョウ・トレイルを進んだ。ケヴィンとウィルがクリストファーをボートハウスで拘束しているあいだに、フェイスは彼が明らかにした事実をサラに伝えてあった。今度はサラがつかんだことをフェイスに伝える番だ。「ナディーンから電話があった。川の水は引いたそうよ。道路に二トンの砂利を敷いたから、彼女は一時間以内に来るわ。ここから出ていけるという知らせが広まるのは時間の問題ね。みんな、すでに話をしているもの。ひとりに言ったことは、全員に話したも同然だわ」

「解剖の話を聞かせて」

　サラはすぐには要点をまとめられなかった。「妊娠のこと？　それとも――」

「どんなサンプルを鑑識に送ったの？」

「膣内の精液。尿と血液。太腿、口、喉、鼻を綿棒で拭って、唾液、汗、タッチＤＮＡを採取した。数本の繊維も見つけた――ほとんどが赤いものだったけれど、マーシーの服とは一致しない黒いものもあった。毛包が損なわれていない毛髪を数本。爪の下の残留物。それから――」

「うん、わかった。ありがとう」

　フェイスは柄にもなく静かだった。頭のなかで様々な考えが渦巻いているのだろう。なにが起きているのかはじきにわかるはずだとサラは考えたが、トレイルの最後のカーブを曲がってウィルを見たときに、それが現実となった。

彼はフェイスが目印をつけた地図を眺めていた。その疲れた表情を見て、ポールの尋問が思ったとおりに進まなかったことをサラは悟った。

サラは尋ねた。「彼じゃなかったの？」

「ああ。ポールは、セシルが彼女の姉を殺したことを知っていた。ゴードンの話もほぼ同じだった。彼じゃない」

サラが驚きから立ち直る間もなく、フェイスが訊いた。「医者として、セシルになにか気づいたことはある？」

サラは首を振った。ずいぶん唐突な質問だ。「もっと具体的に言って」

「彼は車椅子からおりられる？」

サラはもう一度首を振ったが、今回は頭をはっきりさせる意味合いが強かった。「彼の怪我の範囲は知らないけれど、車椅子ユーザーの三分の二は程度の違いはあれど歩行能力を有しているとされている」

「つまり？」

「完全に麻痺《まひ》しているわけじゃないの。短い距離なら歩けるけれど、慢性の痛みや損傷や疲労のせいで、もしくは肉体的にそのほうが楽だから、車椅子を使っている」サラは、カクテルパーティーでセシルとつかの間話をしたときの記憶をたぐった。「彼は右手は使える。ゆうべ、握手したわよね？」

ウィルが応じた。「力強い手だった」

「そうね、でも全身の検査もなしにそのデータだけで推定はできない」サラはじっくり考えてみたが、役にたてそうにはなかった。「彼のカルテを見て、主治医と話をしないかぎり、彼が歩けるかどうかはなんとも言えない。その場合でも、意志の力は驚くべきものなのよ。あれほど何度も刺されたマーシーが、どれほど生き続けたかを考えてみて。科学はすべてを説明できるわけじゃない。ときに肉体は、ありえないことを実現させるの」

フェイスが訊いた。「意志の力は勃起も可能にする?」

その質問がなにを意味するかを悟って、サラは衝撃を受けた。フェイスたちはセシルを疑っている。

ウィルが言った。「もっと情報が欲しいわ」

「きみは母屋に行ったね。セシルがどこで眠っているのか、知っている?」

「一階にある居間のひとつを寝室にしていた」サラが答えた。「彼は病院のベッドじゃなくて、ごく普通のベッドを使っている。でも——なんの意味もないことかもしれないけれど、ポータブルトイレがあるはずだと思った。一階のトイレは車椅子には狭すぎる。バスタブには移動用のシートはなかった。今朝、フロントポーチで見かけたとき、彼はボクサーパンツをはいていた。畜尿袋はつけていなかった。バスルームにカテーテルはなかった。それに、トイレの上の棚に男性用の洗面用具が置いてあるのを見たわ。たとえバスルームに入れたとしても、車椅子からではあそこには届かない」

「駐車場に車椅子で乗れるバンがないのは変だって、あなたは言ったわよね」フェイスが言った。

「変だとは言っていない。トラックを乗り降りするときには、だれかが手助けするんだろうって言ったのよ。ひとりでするには、ビティは小さすぎる。ジョンかクリストファーに頼めばいいことよ。もしくはデイヴに」

「ちょっと待ってくれ。ぼくがベルを鳴らしたとき、最初に出てきたのがセシルだった。それからビティが見えたが、彼女は車椅子を押してはいなかった。まずセシルが現れて、それからビティが現れた。クリストファーが姿を見せたのはもっとあとだ。ジョンは現れなかった。ゴードンとポールのコテージからぼくが戻ってきたとき、ディライラはまだ二階にいた。きみが自分でそう言ったんだ。ビティがセシルを持ちあげられるはずがない。彼女は身長百五十センチもなくて、体重は四十五キロくらいだろう。だとしたら、セシルはどうやって車椅子に乗ったんだ？」

「立って、歩いた」フェイスが答えた。

サラはこれ以上、この議論を続けられなかった。「ポールがなにを言って、こういう話になったの？」

ウィルが答えた。「ポールが十時三十分にマーシーを見たのは本当だが、彼女はトレイルには向かわなかった。家に入ったんだ。ポールはセシルがポーチから立ちあがって、マーシーのあとを追うようになかに入るのを見た」

サラは言葉を失った。

「マーシーがデイヴにかけた最初の電話は10：47だった」フェイスが言った。「デイヴは出なかった。マーシーはいらだった。次に彼女は父親と話をしに行った。セシルは、マーシーがまたポールと話をしたら、ギャビーが本当はどうやって死んだのかを知るだろうと考えてパニックを起こした。セシルはその十分ほどのあいだに、マーシーになにをしたのかしら？」

サラは片手を喉に当てた。セシル・マッカルパインになにができたかという話なら聞いている。

「セシルとのあいだに起きたことで、マーシーは激しく動揺した。10：47、11：10、11：12、11：14、11：19、11：22に、デイヴに電話をしている。電話をかけたときにはWi－Fiが飛んでいる区域のどこかにいたのはわかっている」

ウィルはサラにも見えるように地図を持ちあげた。「電話をかけ始めたとき、マーシーはおそらくまだ家のなかにいた。バックパックに服やノートを詰めた。食堂まで走っていった。そのあいだも、デイヴに連絡を取ろうとしていた」

「キッチンの奥に事務室の金庫があるの」フェイスが言った。「ケヴィンがクリストファーの鍵で開けたんだけれど、空だった」

「マーシーがボイスメールでこう言ったんだ。〝デイヴがじきにここに来る〟」

サラは地図を見つめ、母屋と食堂、そして食堂とバチェラーコテージの距離を測った。

「セシルは食堂までは行けたかもしれないけれど、バチェラーコテージまでは無理。ロープ・トレイルは彼には使えないし、オールド・ウィドウは時間がかかりすぎる。あれだけの回数、マーシーを刺すだけの体力があるかどうかは言うまでもないわ」

「だから彼は、彼女を処理するためにだれかを行かせた」

彼らがなにを言わんとしているのかを正確に理解するのに、サラはしばしの時間を必要とした。彼女はウィルを見た。彼のげっそりした表情の意味を悟った。「セシルには共犯者がいるって考えているのね？」

ウィルが答えた。「デイヴだ」

サラはすべてがあるべき場所に収まるのを感じた。「マーシーは売却を阻止しようとしていた。彼女がいなくなれば、デイヴがジョンの票をどうにでもできる。彼にはお金という動機があった」

「それだけじゃない」ウィルが言った。「彼は以前にも、セシルの尻ぬぐいを手伝ったことがあるんだ」

フェイスがあとを引き取った。「デイヴは、セシルが自動車事故をでっちあげたことを知っていた。彼は去年、お金と引き換えにそのことをポールに話した。見て――」

フェイスは携帯電話の画面をスワイプして、郡の地図を表示させた。

「悪魔のカーブは、町郊外の採石場の近くにある。ロッジから車で四十五分ほどの距離よ。セシルがギャビーとマーシーを乗せた車で出発してから、事故のことを知らせに保安官がやってくるまで、三時間かかったってクリストファーが言っていた。セシルが三時間で歩いて戻ってこられるわけがない。ふたつの地点のあいだには、山がそびえているんだから。車で彼を連れ帰った人間がいる」

サラが指摘した。「デイヴね」

「十四年前、デイヴは、セシルのギャビー殺害隠蔽に手を貸した」フェイスが言った。「そしてゆうべ、デイヴはまた、マーシーを殺してそれをごまかそうとするセシルを手伝った」

サラは納得した。「これからどうするの？　なにか計画は？」

ウィルが告げた。「きみは、ジョンをここから連れ出す方法を考えてほしい。ぼくはデイヴを揺さぶるつもりだ」

「デイヴを揺さぶる？」サラはその響きが気に入らなかった。「どうやって揺さぶるの？」

ウィルはフェイスに言った。「しばらくふたりにしてくれ」

フェイスがトレイルを遠ざかるのを見ながら、サラはうなじの毛が一本残らず逆立つのを感じていた。「デイヴにセシルを裏切らせる必要があるのね」

「そうだ」

「だからあなたはデイヴをあおって、なにかばかなことを言わせようとしている」

「そうだ」

「彼はおそらく、あなたを傷つけようとする」

「そうだ」

「彼はおそらく別のナイフを持っている」

「そうだ」

「ケヴィンとフェイスはそれを止めようとしない」

「そうだ」

サラは相変わらず胸に押しつけたままの彼の右手を見た。包帯は擦り切れ、泥と汗となんだかわからないもののせいで、黒くなってしまっている。視線を下へとおろしていった。アマンダが渡したリボルバーは見当たらない。左手は体の脇に垂らしている。結婚指輪が目に入った。

ウィルの最初のプロポーズはプロポーズとは言えなかった。彼に訊かれていなかったから、サラも答えてはいない。それは、驚くようなことではなかった。ウィルは驚くほど不器用な男だ。ともすればうなったり、黙りこんだりする。たいていの人間よりは犬と一緒にいるほうを好む。壊れた物を修理するのが好きだ。どうして壊れたかは話したがらない。けれど彼はサラの話を聞いてくれる。彼女の意見を尊重してくれる。彼女のアドバイスを評価してくれる。それが、サラが深く、絶対的に彼を愛している理由の核心だった。ほかのだれもが座っているときに、ウィルは必ず立ちあがる。

サラは言った。「彼を叩きのめして」

「わかった」

サラは不安を抱えながら、食堂へと向かった。指の結婚指輪をくるくると回した。守りたいのはジョンだったから、彼のことを考えた。この二十四時間は若者にとってとんでもなく衝撃的なものだっただろう。彼は泥酔した。母親と言い争いをした。見知らぬ人たちがいる自分の家の前庭で吐いた。さらに多くの見知らぬ人たちに囲まれたなかで、母親が殺されたと知らされた。そして父親が逮捕され、やがてその容疑が晴れ、そしていまウィルはデイヴをそそのかして、自分の子供の母親を殺したことを喋らせようとしている。

そうなる前に、サラはジョンをここから連れ出すつもりだった。

フェイスはまた展望台で彼女を待っていた。ケヴィンが合流した。

「キッチンのスタッフは外に出した。こいつが終わるまで四番コテージで待機させている。客はどうする?」ケヴィンが訊いた。

「成り行き任せだ。デイヴにはショーを開いてもらわなきゃいけない。観客がいたほうがいいかもしれない」

サラはウィルの顔を見た。「ジョンを連れ出せなかったら、どうする?」

「その場合彼は、聞くべきことを聞くことになる」

サラは大きく息を吸った。受け入れるには難しい現実だ。うなずいた。「わかった」

フェイスが警告した。「ビティから目を離さないで。一本ねじがはずれたデイヴの元恋人みたいに振る舞っているってあたしが言ったのを忘れないで。予測できないことをするかもしれない」

その点はサラにも心構えはできていた。ここでなにが起きようと、もう驚きはしない。

「さっさと終わらせましょう」

　ケヴィンがドアを開けた。

　サラが先頭に立って食堂に入った。見覚えのある光景だ。ふたつあるダイニングテーブルのうち、使われているのはひとつだけだった。夕食はすでに給仕されていた。デザートは食べ終わっていた。ワイングラスの中身は半分になっていた。彼らはひとかたまりになるのではなく、客たちはそれぞれグループを作っていた。フランクとモニカは、ドリューとケイシャと一緒だった。ゴードンとポールはディライラと座っている。セシルの車椅子はテーブルの上座に止められていた。ビティは彼の左側で、その横にデイヴがいた。ジョンの席はセシルの右側で、祖母の真向かいだった。

　サラは自分に視線が集まっていることを意識しながら、ジョンの隣に腰をおろした。父親がすぐ近くにいるせいで、彼の勇気はすっかり搾り取られてしまったようだ。膝の上できつく両手を握りしめている。シャツには汗の染みができていた。顔は伏せていたが、テーブルの向かい側にいるデイヴに向けられた激烈な憎しみは、サラにも感じられた。

「ジョン」サラは彼の腕に触れた。「外で話ができる？」

「お断りだ」デイヴが言った。「あんたたちはそれでなくとも、おれが息子と過ごす時間を奪っているんだぞ」

　ビティが言った。「そのとおりよ。道路が通れるようになったらすぐに、みんなここから出ていってちょうだい」

「静かにしろ」セシルが命じた。右手でフォークを握っている。ケーキに突き刺した。静まりかえった部屋に彼の咀嚼《そしゃく》音が響いた。

ジョンはうつむいたままだ。彼の苦悩は、怒りと同じくらいはっきりと伝わってきた。サラは彼をすっぽりと腕でくるんでここから連れ出したがったが、捜査の邪魔をするわけにはいかない。ウィルとフェイスはすでにそれぞれの位置についていた。ケヴィンは入り口をふさいでいる。フェイスはテーブルの反対側の端に立った。ウィルはデイヴの近くに陣取ったが、そこはキッチンのドアからも近かった。三人は完璧な三角形を作っていた。

「で？」セシルが大声をあげた。「どういうことだ？」

ビティが訊いた。「息子はどこ？」

フェイスが答えた。「クリストファーは、違法にアルコールを製造し、流通し、販売した罪で逮捕された」

つかの間の沈黙を破ったのはデイヴの笑い声だった。

「おやまあ、でかしたぞ、フィッシュトファー」

「乾杯だ」ポールがグラスを掲げた。「フィッシュトファーに」

モニカは乾杯に加わろうとしたが、フランクがそれを押しとどめた。サラはビティを見た。彼女はじっとデイヴを見つめていた。

彼の態度は変化していた。なごやかなひとときにはならないことを理解している。こつこつと指でテーブルを叩きながらケヴィンを、それからフェイスを見、そして最後にウィルに顔を向けた。「よう、トラッシュキャン。手はどうだ?」

「おまえのタマよりましだ」

ジョンがくすりと笑った。

「ジョン」サラは声を潜めて言った。「外に出ない?」

デイヴがジョンに命じた。「その椅子から動くんじゃないぞ」

彼の鋭い口調にジョンは体を硬くした。ビティは舌を鳴らした。サラは銀器を見つめた。二種類のフォークとナイフとスプーン。そのいずれも武器になりうる。ウィルも同じことを考えたとわかっていた。彼の視線はデイヴの顔ではなく、手に注がれている。サラもビティの手を見た。テーブルの上で組んでいる。

「それで?　なにがわかった、トラッシュキャン?」

フェイスが答えた。「監察医から電話があった。マーシーの解剖でいくつか証拠が見つかった」

ビティが不機嫌そうに言った。「ここは、そんな話をするのにふさわしい場かしら?」

ポールが口をはさんだ。「今夜は、おれたち全員が真実を聞く素晴らしい夜になりそうだ」

サラは、フェイスが視線で彼を黙らせたことに気づいた。

「そうじゃないかも」ポールはグラスをテーブルに戻した。

フェイスが説明した。「監察医はマーシーの爪の下を調べた。皮膚の一部が見つかった。

それはつまり、マーシーは彼女を襲った人間を引っ掻いたということ。ここにいるすべての人間のDNAが必要になる」

デイヴが笑った。「幸運を祈るよ、レディ。それには令状が必要だ」

「フラミンガム判事がいまサインしている」フェイスが威厳たっぷりに言ったので、サラももう少しで信じるところだった。「判事は知っているでしょう、デイヴ？　あなたの何度かのDUIを取り仕切った人よ。あなたの運転免許証を没収したのも彼」

デイヴは皿の横に置かれたフォークを指でなぞった。「ここで全員のDNAを採取するつもりか？」

「そのとおり。ひとり残らずね」

ドリューが言った。「そんなことはさせない。わたしたちを疑う理由は――」

「おれのDNAは必要ないだろう」セシルが言った。「おれは彼女の父親なんだからな」

サラのなかで怒りが爆発した。まずギャビーが脳裏に浮かび、それからマーシーのことを考えた。

「ミスター・マッカルパイン」フェイスの声は落ち着いていた。「タッチDNAと呼ばれているものがあるんです。マーシーと肉体的接触をした人間は、それがビティであれディライラであれあなたであれジョンであれ客のだれかであれ、彼女の体に遺伝物質を残すという意味です。犯人のDNAを特定するためには、全員のデータが必要になります。キッチンスタッフとペニーはすでにサンプルを提供してくれました。それほどの手間はかかりません」

「わかった」意外なことに、ディライラが最初に口を開いた。「あたしはマーシーの手を握った。夕食の前だったけど、あたしはやるよ。どうやるの？　唾？　綿棒？」

「くそったれ」ケイシャがテーブルを叩いた。「これ以上黙っていないから。こんなの茶番よ」

「黙っているってなにを？」ディライラが訊き返した。

フェイスが答えた。「マーシーは妊娠十二週だった」

ビティが息を呑んだ。その視線がデイヴに向かった。

サラもデイヴを見た。明らかに動揺している。

フェイスが言った。「マーシーが何人かの客とセックスしていたことはわかっています」

テーブルの端がざわついたが、サラは、デイヴを落ち着かせるように腕に手をのせたビティだけを見ていた。彼の顎はこわばっている。こぶしを握りしめたり、緩めたりを繰り返していた。

デイヴが言った。「おれの妻のことをなんて言った？」

口を出すのはいまだとウィルは思った。「マーシーはおまえの妻じゃない」

デイヴは強くこぶしを握った。ウィルを無視し、怒りのすべてをフェイスに向けた。

「その汚らしい口で、いまどんなたわごとを吐いた？」

ウィルはさらに言った。「客だけじゃない。マーシーは定期的にアレハンドロともやっていた」

デイヴが勢いよく立ちあがったので、椅子が倒れた。今度こそウィルを見た。「くそったれは黙ってろ」

サラを含め、テーブルについている全員の神経が張りつめた。ふたりは互いを殺しかねない勢いで向かい合っている。

「デイヴ」ビティが彼のシャツの背中の部分を引っ張った。「座りなさい、ベイビー。令状があるなら、見せてくれるわ」

デイヴの口が下品な笑みを作った。「そうだな。見せてみろよ、トラッシュキャン」

「おまえのDNAが手に入らないと思うのか？　おまえは煙草の吸殻を捨てたり、コーラの瓶を放ったり、便座に尻をこすりつけたりするだろうから、おれはおまえのあとをついてまわってやるさ。おまえにはどうにもできない。触ったものすべてにおまえの悪臭がこびりついているだろうな」

「ぼくは煙草は吸わない」常に争いを避けようとするフランクが割って入った。「だが、ぼくのあとをついてまわる必要はない。喜んで唾だろうが、綿棒だろうが提供するよ」

ゴードンも続いた。「もちろんだ。おれも提供する」

ポールが訊いた。「なにを提供するかは選べるのか？」

ジョンが両手で顔を覆ったことにサラは気づいた。甲高い泣き声をあげながら、立ちあがった。ケヴィンにぶつかりそうな勢いで、ドア口へと駆けていく。彼の背後でドアが勢いよく閉まった。静まりかえった部屋にその音が反響した。彼を追っていくべきなのか、ここにとどまるべきなのか、サラはどうすればいいのかわからずにいた。

「わたしの大事な子」沈黙が続くなか、ビティがつぶやいた。

デイヴは母親を見おろした。ビティはテーブルに身を乗り出し、空になったジョンの椅子に手を伸ばしていた。彼女はゆっくりと座り直した。両手を組んだ。デイヴの視線はジョンがたったいま出ていったドアに向けられた。その顔には無防備とも言えるなにかが浮かんでいた。下唇が震え始めた。目に涙が浮かんだ。

そして唐突に、それは消えた。

デイヴの表情の変化があまりに速すぎて、サラは手品を見たのではないかと思った。いま打ちひしがれていたかと思ったら、次の瞬間には激怒している。

デイヴはひっくり返った椅子を蹴った。壁に当たって木材が裂けた。

「おれのDNAが欲しいのか、トラッシュキャン？」

「ああ、欲しいね」ウィルは答えた。

「マーシーの腹に仕込んだ赤ん坊から取るんだな。ほかのだれも彼女には触れていない。そのガキはおれの子だ」

「そうか、たいした父親だ」

「ああ、そうだとも」

「おまえはでたらめばかりだ。ジョンの本当の親はマーシーだけだよ。彼女はジョンを守った。ジョンを養った。住む場所を与え、食べ物を与え、愛を与えた。そしておまえはそれを奪ったんだ」

「おれたちがジョンに与えたんだ！」デイヴが叫んだ。「おれとマーシーで。いつだっておれと彼女だった」

「おまえが十一歳のときからか？」

「黙れ」デイヴは威嚇するようにウィルのほうに一歩踏み出した。「おれたちのことはおまえにはわからない。マーシーはガキのころからおれを愛していた」

「かわいい妹のように？」

「ふざけんなよ。おまえだってわかっているんだろうが。彼女が愛したのはおれだ。彼女が大事に思っていたのはおれだ。彼女とやっていたのはおれだけだ」

「ちゃんとやれていたみたいじゃないか」

「もういっぺん言ってみろ。面と向かってもう一回言ってみろ、このくそ野郎。おまえのために書いてやろうか？　綴《つづ》りを言ってほしいのか、トラッシュキャン？　マーシーはおれを愛していた。彼女が大事に覆っていたのはおれだけだ」

「それなら、どうして彼女はおまえのことをなにも言わなかった？　ぼくがたどり着いたとき、マーシーはまだ息があったんだ、デイヴ。話をした。おまえの名前すら出てこなかった」

「嘘だ」

「だれに刺されたのかとおれは訊いた。頼むから答えてくれと言った。彼女がなんて言ったと思う？」

「おれじゃないって言ったんだろう」

「いいや、違うね。彼女は自分が死ぬことを知っていた。彼女が最後まで気にかけていたのはジョンだ」

「おれたちのジョンだ」彼はこぶしで自分の胸を叩いた。「おれたちの息子だ。おれたちの子供だ」

「ジョンをおまえから逃げさせたがっていたよ。彼女が真っ先に言ったのがそれだ〝ジョンはここにいちゃいけない。彼をここから逃がして〟とね。おまえから彼を逃がせってことだ、デイヴ」

「嘘だ」

「ふたりは夕食で言い争いをした。マーシーは売却に反対していたから、ジョンは腹を立てていた。祖母とおまえと一緒に暮らしたいとジョンは言った。彼の頭にそんな考えを吹きこんだのはだれだ、デイヴ？　ぼくをトラッシュキャンと呼べと彼に教えたのと同じろくでなしだろうか？」

　デイヴは首を振り始めた。「でたらめを言うな」

「ジョンを許すと伝えてくれとマーシーはぼくに頼んだ。言い争いをしたことで罪悪感を持ってほしくなかったんだ。それが彼女の口から出た最後の言葉だった。おまえのことじゃないよ、デイヴ。おまえだったことは一度もない。マーシーはろくに話せなかった。ひどく出血していた。胸にはナイフが刺さったままだった。肺に空いた穴から、息が漏れるのが聞こえた。そして彼女は残った最後の力で、文字どおり最後の息で、ぼくの目を見て三度続けて言ったんだ。三度だ。彼を許す。彼を許す。彼を――」

ウィルの声が途切れた。恐怖の表情でデイヴを見つめた。

「なんだ？　彼女はなんて言った？」

なにが起きているのか、サラは理解できずにいた。ウィルが大きく息を吸い、ゆっくりと吐き出すにつれ、彼の胸が上下した。その視線はデイヴの顔に据えられたままだ。なにかがふたりのあいだで伝わった。共有する過去かもしれない。ふたりはどちらも父親がいない。ジョンは父親のいない息子として育てられた。そしていま母親も死んだ。ふたりはどちらも、本当に独りぼっちになるのがどういうことなのかを、たいていの人間よりもよく知っている。

ウィルは言った。「マーシーの最後の言葉は、〝許すとジョンに伝えてほしい〟だった」

デイヴはなにも言わなかった。頭をうしろに反らし、口を結んで、ウィルを見つめた。わずかに顎を引いて、小さくうなずいた。そしてまた手品が起きたが、今回は逆だった。デイヴは風船のようにしぼんだ。肩が丸まった。こぶしから力が抜けた。両手を体の脇に垂らした。唯一変わらなかったのは、悲しそうな表情だけだった。

彼は訊いた。「マーシーがそう言ったのか？」

「そうだ」

「そのとおりに言ったんだな？」

「そうだ」

「わかった」デイヴは心を決めたかのように、一度だけうなずいた。「わかった、おれだ。おれが彼女を殺した」

ビティが息を呑んだ。「デイヴィー、だめ」

デイヴはテーブルから紙ナプキンを手に取った。目を拭いた。「おれがやった」

「デイヴィー、なにも言わないで。弁護士を呼ぶから」

「いいんだ、ママ。おれがマーシーを刺した。彼女を殺したのはおれだ」デイヴはドアに向けて手を振った。「行ってくれ。詳しい話を聞く必要はない」

サラはウィルから目を離せずにいた。彼の目に浮かぶ痛みがたまらなく辛かった。湖でマーシーといたウィルを見た。彼女の死が彼からなにを連れ去ったのかはわかっていた。ウィルは怪我をした自分の手を見た。その手をまた胸に戻した。サラは彼に駆け寄りたくてたまらなかったが、それができないことはわかっていた。彼女にできるのは、人々が部屋を出ていくなか、どうすることもできずただ座っているだけだった。まず客たちがいなくなり、それからビティが立ちあがり、セシルの車椅子を押して出ていった。

ウィルがようやくサラを見た。首を振った。フェイスに言った。「あとは頼む」

すれ違いざま、ウィルはサラの肩に手をのせた。ここにいろと言うように、その手に力を込めた。彼はひとりの時間を必要としていた。与えなくてはならなかった。

フェイスの動きは素早かった。グロックを構えた。ケヴィンが距離を詰めていた。フェイスはデイヴに言った。「ナイフを出して。ゆっくり」

デイヴはブーツからバタフライナイフを出した。テーブルに置いた。「マーシーがだれかれとなくやっているのは知っていた。妊娠しているのは知っていた。酒の密造は知らなかったが、金を持っているのはわかっていたのに、あいつはおれにくれなかった。おれたちは言い争いをした」

「どこで？」

「キッチンだ」デイヴは財布と携帯電話を出した。「金庫を空にした。だからあんたたちはなにも見つけられなかった」

「なにが入っていたの？」

「金。みんなに支払うために、マーシーがごまかしていた帳簿」

フェイスはさらに訊いた。「ナイフはどうなの？」

「どうとは？」デイヴは大げさに肩をすくめた。「赤い柄。折れたところから金属が突き出ている」

「どこで手に入れたの？」

「マーシーが机の引き出しに入れていた。封筒を開けるのに使っていたんだ」

「どうして彼女はバチェラーコテージに行き着いたの？」

「おれは、ロープ・トレイルを逃げる彼女を追った。彼女を刺して、放置した。おれの痕跡を消すために火をつけた」

「マーシーはコテージのなかにはいなかった」

「気が変わったんだ。ジョンに、遺体を残してやりたかった。埋葬できるように。湖まで彼女を引きずっていった。水が証拠を洗い流してくれるだろうと思った。彼女がまだ生きていたとは知らなかったよ。知っていたら溺れさせたのに」デイヴは肩をすくめた。「それから古いキャンプ場に隠れた。魚を釣って、調理した」

「彼女をレイプした？」

デイヴはごくわずかに躊躇《ちゅうちょ》した。「ああ」

「ナイフの柄をどうしたの？」

「トラッシュキャンがベルを鳴らしたあと、三番コテージに忍びこんだ。客が来る前におれが直したのがそこのトイレだ」また肩をすくめた。「そうすれば、ドリューが疑われるだろうと思った。だがあんたはおれを捕まえたわけだがね」

デイヴは両手を持ちあげ、フェイスが手錠をかけられるように手首を差し出した。

「まだよ」フェイスが言った。「セシルのことを話して」

デイヴはまた肩をすくめた。「なにが知りたい？」

21

　ウィルは森のなかを走っていた。再びトレイルをはずれ、ループを横断して進んでいた。低く垂れた枝が顔に当たって皮膚が切れた。腕をあげて目をかばった。ゆうべのことを思い出した。悲鳴が発せられた場所を探しながら、右も左もわからず困惑していた。建物の配置も地形もまだ把握していなかった。ふたつの異なる方向に誘導されて、向きを変えた。燃えているコテージの煙のにおいを嗅いだ。マーシーを探して、なかに飛びこんだ。彼女を助けるために湖畔に急いだ。彼女を助けようとして自分の手を刺した。そして、聞きたかった言葉を聞いた。

　彼を許し……彼を許し……

　ウィルは足音をたてないようにしながら、フロントポーチの階段をあがった。ドアはわずかに開いていた。ゆっくりとなかに入った。新たな嵐を予感させる雲が月を隠しているせいで、あたりは暗かった。寝室に人影が見えた。引き出しが荒らされていた。スーツケースは床の上で広げられていた。

　デイヴはウィルより数分早く気づいていた。理解したその一瞬で、ジャッカルはゲームをおりた。彼は子供のころからマーシーを知っていた。彼は彼女の兄だった。彼女の夫だった。彼女の虐待者だった。

同時に彼は狡猾で、明敏で、人を操るのがうまかった。

デイヴの自白は非の打ちどころのないものだろう。だがそれは偽りだ。彼はこの十二時間で、フェイスのあらゆる質問に答えられるくらいの情報を集めたはずだ。ウィルが鳴らしたベルで、ロッジにいたすべての人間が目を覚ました。マーシーが湖で見つかったことをビスケットは知っていた。焼け落ちたコテージのそばでディライラはマーシーの遺体に付き添っていた。ケイシャは折れたナイフの柄を見ていた。デイヴはおそらく、凶器として使われる前のナイフがどこにあったのかを知っていたのだろう。キッチンスタッフはケヴィンが開けた金庫が空だったのを見ている。マーシーがそこになにを保管していたのかを推測するのは難しいことではない。デイヴはＷｉ－Ｆｉがどこまで飛んでいるのか、どこでなら電話ができて、どこでならできないのかを知っている。

彼を許して。彼を許して。

湖でウィルは膝をつき、ジョンのために生きろとマーシーに懇願した。彼女が咳きこんで吐いた血が彼の顔に飛んだ。彼女はウィルのシャツをつかみ、彼を引き寄せ、彼の目を見て、最後の言葉を口にした。だが死ぬ間際の彼女の願いは、ジョンに向けたものではなかった。ウィルに対するものだった。

彼を許して。

警察官のあなたが、わたしを殺したわたしの息子を許して。

ジッパーを開く音がした。さらにもう一度。ジョンはサラのバックパックを必死になって探っている。サラがお金を渡して引き取ったベイプペンを探しているのだ。食堂でウィルが語った言葉は、そのペンからはＤＮＡが採取でき、採取したＤＮＡはマーシー殺害と彼を結びつけると告げているのも同然だった。

ウィルは、ジョンが前側のポケットに入っている保存袋を見つけるまで待った。明かりをつけた。

ジョンの口があんぐりと開いた。

「ぼ、ぼ、ぼく――」ジョンは口ごもった。「ぼく、その、えーと、気持ちを落ち着けるものが欲しくて」

「もう一本のベイプペンはどうしたんだ？　きみのうしろのポケットに入っているそれは？」

ジョンはポケットに手を伸ばしかけて、やめた。「壊れているんだ」

「見せてごらん。ぼくが直せるかもしれない」

ジョンの視線がこっそりと部屋のあちこちに向けられた――窓、ドア。バスルームのほうに向きを変えかけたのは、彼が十六歳で、まだ少年のような考え方をするからだ。

「やめておけ」ウィルが諭した。「ベッドに座るんだ」

ジョンはマットレスの隅に腰をおろした。床にしっかりと足をつけているのは、万一逃げるチャンスができたときのためだろう。自分の命がそれにかかっているとでもいうように、ビニールの袋を握りしめている。確かにそれは事実だった。

セシルの共犯者はデイヴではなかった。

ジョンだった。

サラはもう少しで、殺害直後に彼を捕まえるところだった。ジョンは山をおりるつもりで、バックパックを持っていた。闇にその姿は隠れていた。サラは多分彼だろうと思って、名前を呼んだ。彼が吐いたのは酔っているからだと彼女は考えた。母親を殺したばかりだと彼女が知っているはずもなかった。

ジャッカルがウィルより先に気づいたのは、驚くことではない。彼が息子のために自分を犠牲にしようとしたのは、彼の人生におけるたったひとつの善行だった。

ウィルはジョンの手から保存袋をもぎ取った。テーブルにそれを置き、椅子に腰をおろした。「なにがあったのか、話すんだ」

ジョンの喉ぼとけが上下した。

「きみのお母さんが助けを求めて叫んだとき、きみが目の前にいたとサラから聞いた」ウィルが言った。「マーシーは即死じゃなかった。気を失った。意識を取り戻した。苦痛にもだえ、混乱し、恐怖に囚われていただろう。だから彼女は助けを求めた。だからお願いと叫んだ」

ジョンはなにも言おうとはせず、親指の甘皮をむしり始めた。どうにかしてここから逃れられないかと、彼の目があちこちに向けられていることにウィルは気づいていた。

「きみはお母さんになにをしたんだ？」

ジョンの甘皮のまわりから血が出てきた。

「きみは黒っぽいバックパックを持っていたとサラは言っていた。なにが入っていたんだ？　血で汚れた服？　ナイフの柄？　金庫に入っていた現金？」

ジョンは爪を押して、血を絞り出した。

「助けを求めるマーシーの叫び声を聞いて、きみは家に駆け戻った」ウィルは一度言葉を切った。「どうして家に入ったんだ、ジョン？　だれかが待っていたのか？」

ジョンは首を振ったが、セシルが寝室として使っている部屋が一階にあることはわかっていた。

「ぼくが見たとき、きみの髪は濡れていた。シャワーを浴びるように言ったのはだれだ？　だれが服を着替えろと言った？」

ジョンは血を親指から手の甲に塗りつけた。ようやく口を開いた。「母さんはいつも彼のところに戻った」

ウィルは黙って待った。

「母さんが気にかけていたのはデイヴだけだった。別れてくれって、ぼくは頼んだ。ぼくたちふたりだけでいいって。でも母さんはいつも彼のところに戻る。ぼくは――ぼくにはだれもいない」

　ウィルは彼の言葉だけでなく、その口調にも耳を傾けていた。無力さが感じられた。信頼できない大人の気まぐれに翻弄される子供の苦悶《くもん》なら、ウィルはよく知っていた。「デイヴがなにをしようと」ジョンは言葉を継いだ。「殴ろうと、首を絞めようと、蹴とばそうと――母さんはいつも彼に戻るんだ。いつだって、ぼくより彼を選ぶんだ」

　ウィルは座ったまま身を乗り出した。「いまのきみが理解するのは難しいだろうが、マーシーとデイヴの関係はきみとは関係ないんだ。虐待というのは複雑なんだよ。なにがあったにせよ、彼女は心のありったけできみを愛していた」

　ジョンは首を振った。「ぼくは母さんの罪の烙印なんだ」

　ジョンがその表現を自分で考えついたのではないことはわかっていた。「だれがそう言った？」

「みんなさ。生まれてからずっと」ジョンは挑むようなまなざしをウィルに向けた。「あんただってそう言ったじゃないか。マーシーは客とやっていた、アレハンドロとやっていた、また妊娠した。町の人間に訊いてみるといいさ。みんな同じことを言うよ。マーシーは悪い人間だ。少女を殺した。売春婦だ。酒と麻薬をやっている。自分の子供を人に育てさせている。元夫に殴られるがままになっている。ばかな売女だ」

「彼女をそんなふうに言えば、楽になるかい？」

「なにが楽になるの？」

「きみが何度も彼女を刺したという事実が」

ジョンは否定しなかったが、視線を逸らすこともなかった。

「きみのお母さんはきみを愛していた。チェックインしたとき、きみたちふたりを見たよ。きみがそばにいると、マーシーは文字どおり輝いていた。彼女はきみの親権をディライラおばさんと争った。酒をやめた。自分を変えたんだ。きみのために」

「母さんは勝ちたかっただけだ。大事だったのはそれだけなんだ。ディライラを負かしたかった。ぼくは戦利品だった。手に入れたぼくを棚に飾って、もう見向きもしなかった」

「それは違う」

「そうさ」ジョンは言い張った。「デイヴに一度、腕を折られたことがある。入院したよ。知っていた?」

こんなに驚きたくはなかったとウィルは思った。「なにがあったんだ?」

「彼を許さなきゃいけないって母さんは言った。悪かったと思っているし、二度と手は出さないと約束したって。でも結局ぼくを守ってくれたのはビティだった。今度ぼくを傷つけたら、二度とここには来させないってデイヴに言ったんだ。本気だった。だから彼はその後、ぼくに手を出さなかった。ビティがそうしてくれたんだ。ぼくを守ってくれた。いまも守ってくれている」

ウィルは、どうして彼の祖母は同じ方法で実の娘を守ろうとしなかったのかとは尋ねなかった。

「ビティはぼくを助けてくれた。ビティがいなかったら、ぼくはどうなっていたかわからないないよ。きっとデイヴに殺されていた」

「ジョン――」

「母さんのせいでぼくがどうなったと思うの？」最後の言葉でジョンの声が裏返った。

「きっとぼくはここで消えていたんだ。ぼくは何者でもなくなっていた。ぼくを愛してくれたのはビティだけだ。ぼくを失ったと知って初めて、母さんはぼくが大事だって言いだしただけなんだ」

ウィルは、ジョンの自白の必要性と彼のメンタルヘルスを天秤《てんびん》にかけなくてはならなかった。この少年を粉々に砕くわけにはいかない。ジョンはおそらく残りの人生を刑務所で過ごすことになるだろうが、いつか自分がなにをしたのかを振り返るときがくるだろう。彼は母親の最後の言葉を知っているべきだ。

「ジョン。ぼくが見つけたとき、マーシーはまだ生きていた。話ができたんだ」

ジョンの反応はウィルが予期していたものとは違っていた。口があんぐりと開いた。顔が青くなった。全身がこわばった。息すら止まった。

彼は恐れおののいていた。

「なんて――」パニックがジョンの言葉を奪った。「なんて――母さんはなんて――」

ウィルは心のなかで、数秒前の会話を再現した。マーシーを殺しただろうと指摘したとき、ジョンは反応しなかった。なにが引き金になった？　彼はなにに怯えている？

「母さんが見たのは――」ジョンは過呼吸になりそうなほど、あえぎ始めた。「あれは

——ぼくたちは——」

ウィルはゆっくりと椅子の背にもたれた。

母さんのせいでぼくがどうなったと思うの？

「そんなつもりは——」ジョンは唾を飲んだ。「母さんはいなくならなきゃいけなかったんだ。ぼくたちを放っておいてくれたらよかったのに——」

ぼくを失ったと知って初めて、母さんはぼくが大事だって言いだしただけなんだ。

「頼むよ——ぼくは——頼むよ——」

脳より先にウィルの体が事実を受け入れた。皮膚が熱くなった。耳の奥に大きな音が響いた。悪夢のメリーゴーラウンドのように、あのときの食堂の様子が頭のなかで再現された。ジョンがドアから駆けだしていったときのデイヴの困惑の表情。ゆっくりと変わっていった彼の態度。わかったというようなずき。突然の降伏。デイヴが自白したのは、ジョンが出ていったからではない。ビティのつぶやきを聞いたからだ。

わたしの大事な子。

ビティは一本ねじがはずれたデイヴの元恋人のように振る舞っているとフェイスは冗談を言った。だがそれは冗談ではなかった。児童養護施設から逃げたとき、デイヴは十三歳だった。だがビティは彼を十一歳ということにした。彼を子供扱いした。彼は怒り、いらだち、牙を抜かれ、困惑した。性的虐待を受けた子供のすべてが大人になって虐待をする側に回るわけではないが、性的虐待をする人間は常に新しい犠牲者を探している。

「ジョン」ウィルはかろうじてその名前を口にした。「マーシーはなにかを見たからデイヴに電話をした。そうだな？」

ジョンは両手で顔を覆った。泣いているのではない。隠れようとしていた。恥ずかしさで死にそうになっている。

「ジョン。きみのお母さんはなにを見た？」

ジョンは答えない。

「教えてくれ」

彼は首を振った。

「ジョン」ウィルは繰り返した。「マーシーはなにを見た？」

「わかっているくせに！」ジョンが叫んだ。「ぼくに言わせないでよ！」

ウィルは千もの剃刀の刃で胸を切り裂かれる気がした。彼はとんでもなく愚かで、自分が聞きたいことだけを聞いていた。

マーシーはウィルに、ジョンは**ここ**から逃げなくてはいけないと言ったのではなかった。

彼女から逃げなくてはいけないと言ったのだ。

殺人の三十七分前

マーシーは玄関ホールの細長い窓から外を見た。スポットライトのように鮮やかな月の光が敷地を照らしている。ポール・ポンティチェロはおそらく五番コテージで、恋人に愚痴をこぼしているだろう。かの有名なマーシーの短気はまるでライオンが吠《ほ》えるように爆発して、そしていま彼女は後悔に襲われていた。実を言えば、ポールが許すと言ってきたことに動揺したのだ。

ギャビーを殺したマーシーにふさわしいものは数あれど、そのなかに許しはなかった。

マーシーは指で目を押さえた。頭痛がひどい。なにがあったかを話すためにかけた電話にデイヴが応答しなかったのは、幸いだった。彼はマーシーの癇癪話を好んだが、聞いてもらってもさらにいらだちが増すだけだっただろう。

体はそろそろ限界だった。むくみが不快だ。そろそろ生理が始まるのだろう。マーシーは自分の周期を知るための携帯電話のアプリを使うのをやめていた。警察がそのデータを取得したり、クレジットカードを相互参照したりして最後にタンポンを買った日付を調べているといった恐ろしい話をインターネットで読んだからだ。フィッシュに彼の財務記録を徹底的に確認させなければいけない。コンドームを使うように、デイヴにもう一度話をしなくては。今度こそ、本気だ。彼がどれほどどすねようと、兄に対するリスクには代えられない。

正確を期するなら、彼はデイヴの兄でもある。

マーシーは再び目を閉じた。今日一日の出来事が不意にのしかかってきた。そのうえ、親指が激しく痛んだ。あれもばかなミスだった。ジョンに怒鳴られてグラスを落とすなんて。キッチンを片付けたとき、縫合した箇所が濡れた。デイヴに絞められた首は、痣になりひりひりひりと痛んだ。タイレノールより強い薬を飲むことはできなかった。

そのうえ、あの医者に話をするなんてわたしはいったいなにを考えていたんだろう？サラはとても感じがよくて、おかげで気持ちが落ち着いて、彼女の夫が警察官であることを忘れてしまうほどだった。ウィル・トレントはすでにデイヴと一戦交えている。ＧＢＩの捜査官に地所を嗅ぎまわられるのは、マーシーがもっとも避けたいことだった。幸いにも嵐がやってきている。新婚旅行のふたりが残りの日々をコテージにこもって過ごすのに、たいした理由はいらないはずだとマーシーは考えていた。

今朝ばかなチャックが、ドラッグを吸うためのホイルを用具小屋の外に置きっぱなしにしていたことを思った。彼は注意散漫で、大量の密造酒を急いで醸造しているせいで品質管理ができなくなっている。フィッシュはもう何カ月も、やめたいと言い続けている。密造酒だけではない。代々のマッカルパインたちがプライドからではなく、悪意で作りあげたこの狭苦しい牢獄《ろうごく》から自由になりたがっているのだ。

自分もまた出ていきたいと思っていることに気づいて、マーシーはショックを受けた。家族会議で家族を脅したのは、形だけにすぎなかった。パパの怒りを詳しく記した子供のころの日記はだれにも見せるつもりはなかった。パパが実の姉を斧で襲ってロッジの主導権を握った話は、だれにも知られずに終わる。ビティの罪は時効と共に消える。デイヴからの虐待について書いたジョン宛のマーシーの手紙が、日の目を見ることはない。フィッシュは酒の密造から足を洗い、水の上で人と交わることなく暮らしていけばいい。

マーシーは悪循環を断つつもりだった。ジョンはこんな呪われた土地に縛りつけられるべきじゃない。投資家たちへの売却に同意しよう。十万ドルだけ受け取って、残りはジョンのために信託に預けよう。ディライラに管理者になってもらえばいい。デイヴはできもしないのに、信託からお金を引き出そうとして必死になっていればいい。ジョンが学校を終えられるようにわたしは町で小さなアパートを借りて、その後はいい大学に彼を送り出そう。ひとりで暮らしていくのにどれくらいのお金が必要なのかはわからないけれど、前のときは仕事を見つけた。また見つければいい。彼女には丈夫な体がある。真面目に働く意欲がある。人生経験がある。わたしにはできる。

そしてもし失敗したら、いつでもデイヴのところに戻れる。

「だれかいるのか？」パパの声がした。

マーシーは息を止めた。とっととと失せろとポールに言ったとき、父親はポーチにいた。詳しい話を聞きたがったが、マーシーは拒否した。彼がベッドから起きあがる音がした。ジェイコブ・マーレイ（『クリスマス・キャロル』に最初に登場する幽霊）の鎖のように脚を引きずりながら、じきに玄関ホールにやってくるだろう。マーシーは彼に見つかる前に階段をあがった。

明かりは消えていたが、廊下の両端にある窓から月の光が射しこんでいた。マーシーは廊下の右側を歩いた。これまでも何度となくこっそり家を出入りしていたから、どの床板がきしむのかはわかっている。廊下の突き当たりにあるバスルームに目を向けた。ジョンが床にタオルを置きっぱなしにしている。閉じたドアの向こうから貨物列車のようなフィッシュのいびきが聞こえる。ビティのドアはわずかに開いていたが、スズメバチの巣に顔を突っ込むことはない。

ジョンの部屋のドアは閉まっていた。ドアの下から柔らかな光がこぼれている。

さっきまで感じていた不安が戻ってきた。息子とのこれまでの喧嘩の度合いを考えれば、今夜のものは最悪とは言えないが、あれほどの言い争いを人前でしたことはなかった。ジョンが彼女に向かって大嫌いだと大声で叫んだ回数は数えきれないほどだ。その後の彼の気持ちが落ち着くまで、一日か二日かかるのが常だった。人を殴っておきながら相手が怒りだすと不機嫌になるデイヴとは違う。

マーシーは、自分はいい母親だと考えたことはない。ビティよりははるかにましだが、それは痛ましいほどに低すぎる基準だった。マーシーは普通の母親だ。息子を愛している。彼のためなら自分を犠牲にする。天国の門は彼女のためにに開いてはくれないだろうが――あれだけの人々を傷つけて、大切な命を奪ったあとでは――ジョンに対する純粋な愛は、煉獄《れんごく》に居心地のいい場所を提供してくれるかもしれない。

ジョンに売却の話をしなくてはいけない。彼の望みどおりになると知れば、怒っていられなくなるだろう。一緒にどこかに行ってもいい。アラスカかハワイか、あるいは彼がたくさんの夢を抱えたお喋り好きの少年だったころに、言ってみたいとよく話していた何十という場所のひとつで休暇を過ごしてもいい。

いまなら、その夢のどれかをかなえてやれる。

マーシーはジョンのドアの外に立った。オルゴールの軽やかな音が聞こえた。マーシーは眉を寄せた。ジョンが聞くのはブルーノ・マーズやマイリー・サイラスであって、《きらきら星》ではない。小さくドアをノックした。ローションの瓶を手にしたジョンはもう見たくない。ゆっくりと近づいてくるはずの聞き慣れた足音を待った。だが聞こえるのは、回転するシリンダーが金属の板をはじくかすかな音だけだった。

なにかが、もうノックはするなと彼女に告げた。ノブを回した。ドアを開けた。

ギャビーを殺した自動車事故は、マーシーの記憶のなかで空白になっていた。彼女は自分の寝室で眠りこんだ。救急車のなかで目を覚ました。覚えているのは、そのふたつだけだ。けれど時折、体が記憶を呼び覚ますことがあった。神経が一瞬にして焼きつくような恐怖。血を凍りつかせる冷たい絶望。心臓が粉々に砕けるような衝撃。

それはまさに、自分の母親が自分の息子とベッドにいるのを見たときに覚えた感覚だった。

猥雑《わいざつ》な感じはなかった。ふたりとも服を着ている。ジョンはビティの腕のなかで横たわっている。ビティの唇はジョンの頭頂部に押し当てられていた。オルゴールがかかっている。ジョンの肩には、赤ん坊のころに使っていた毛布がかけられている。ビティはジョンの髪を指に巻きつけ、彼の脚に自分の脚をからませ、彼のシャツをたくしあげたその手はゆっくりと腹を撫でていた。ジョンがほぼ大人の男で、ビティが彼の祖母でなければ、いたって普通の光景だったかもしれない。

ビティの表情が、わずかな疑念すら消し去った。その顔に浮かぶ罪悪感がすべてを物語っていた。彼女はあわててベッドを出ると、ローブの前を握りしめながら言った。「マーシー、説明させて」

よろめきながらバスルームに向かう途中で、マーシーの膝が崩れた。彼女はトイレに吐いた。跳ね返ってきた水と吐物が顔に当たった。便器を両手で抱えこんだ。再びえづいた。

「マーシー」ビティがドア口をふさぐように立っていた。ジョンの赤ん坊のころの毛布を胸に抱きしめている。「話をしましょう。あなたが考えているようなことじゃないから」

話す必要はなかった。すべてがよみがえってきた。ビティがどんなふうにジョンを扱っていたか、どんなふうにデイヴを扱っていたか。甘ったるい表情。しきりに触れていたこと。執拗《しつよう》な子供扱いと甘やかし。

「母さん……」ジョンが廊下に立っていた。全身を震わせている。ズボンに漫画が描かれているパジャマはビティが着せたものだ。「母さん、お願いだから……」

マーシーは口のなかの吐物を飲みこんだ。「荷造りしなさい」

「母さん、ぼくは――」

「部屋に戻るの。着替えて」マーシーは彼の向きを変えさせると、自分の部屋へと押しこんだ。「荷物を詰めて。必要なものは持っていくのよ。ここには二度と帰ってこないんだから」

「母さん――」

「いいから！」マーシーは彼の顔に指を突きつけた。「聞いているの、ジョナサン？ 荷物を詰めたら、五分後に食堂に来なさい。でないと、この家を叩き壊すからね！」

マーシーは自分の部屋に駆けこんだ。充電器から電話をつかんだ。デイヴにかけた。あのくそったれ。彼は最初からビティのことを知っていたのだ。

「マーシー！」セシルが怒鳴った。「いったい何事だ？」

マーシーは呼び出し音が四回鳴るまで待った。留守番電話になる前に電話を切った。部屋を見まわした。ハイキングブーツがいる。今夜、山をおりるのだから。こんな堕落したところには二度と戻らない。

「マーシー！」パパが叫んでいる。「返事をしろ！」

床の上に紫色のバックパックがあった。マーシーは服を詰め始めた。なにを入れているかは気にしなかった。どうでもよかった。もう一度デイヴにかけた。

「出て、出て」呼び出し音が一度。二度。三度。四度。「ファック！」

部屋を出ようとしたところで、ノートのことを思い出した。ジョンに宛てた手紙を思い出した。ベッドの前に膝をついた。マットの下に手を伸ばした。不意に、肺から空気が消えた。ジョンの子供時代の思い出が、体じゅうの細胞を駆け巡った。彼女の息子。優しくて、繊細な少年。マーシーはノートを胸に当て、赤ん坊のように抱きしめた。あのころに戻りたかった。すべての手紙のすべての文字を読み返して、なにを見逃していたのかを知りたかった。

泣きたくなるのをこらえた。ここにいる怪物はデイヴだけではなかった。マーシーはその兆候を見逃していた。彼女が眠っているあいだに、すべてはこの家のなかで、この廊下の先で起きていたのだ。

バックパックにノートを押しこんだ。中身がいっぱいで、ジッパーがなかなか閉まらなかった。立ちあがった。

ビティがドア口をふさいでいた。

「マーシー！」パパがまた叫んだ。

マーシーはビティの腕をつかんで、乱暴に揺すぶった。「あんたは最低のろくでなしよ。今度わたしの息子に近づいたら、殺してやるからね。わかった？」

ビティを壁に突き飛ばした。ジョンの部屋に向かいながら、デイヴに電話をかけた。ジョンはベッドに座っていた。「立って。いますぐ。荷造りするの。本気だから。わたしはあなたの母親で、あなたはわたしが言ったとおりにしなきゃいけないの」

ジョンは立ちあがった。ぼうっとして部屋を見まわした。

マーシーは電話を切った。ジョンのクローゼットに近づいた。服をつかみだしていく。シャツ。下着。短パン。ハイキングブーツ。ジョンが荷造りを始めるまで、マーシーが部屋を出ていくことはなかった。ビティはまだ廊下にいた。床がきしむ音がした。フィッシュが自分の部屋の閉じたドアの向こうに立っている。

「そこにいて！」マーシーは兄に警告した。彼に見せるわけにはいかない。「ベッドに戻るのよ、フィッシュ。朝になったら話すから」

マーシーは彼がベッドに戻るのを待って、奥の階段に向かった。鼻水と涙が顔を伝うのがわかった。階下ではパパが待っていた。両手で手すりをつかんで体を支えていた。

マーシーは彼に指を突きつけた。「地獄で悪魔にやられればいい」

「このアマが！」セシルは彼女の腕に手を伸ばしたが、つかんだのはハイキングブーツの靴紐だった。マーシーはハイキングブーツを彼の顔に投げつけると、ドアを走り出た。車椅子用のスロープを駆けおりた。もう一度デイヴに電話をかけた。呼び出し音を数える。

ファック！

チョウ・トレイルまでやってきたところで、膝から力が抜けた。地面に倒れこんだマーシーは、砕いた石に額を押し当てた。ビティの姿ばかりが浮かんでくる。ジョンではなく――それはあまりにも苦しすぎた――デイヴといるところだ。彼を見かけるたび、頰にキスを要求するビティの仕草。シンクでビティの髪を洗い、彼女の服を選ぶデイヴ。癌がきっかけでそれが始まったのではなかった。デイヴはビティの朝のコーヒーを運び、足をさすり、彼女のお喋りに耳を傾け、爪にマニキュアを塗り、膝に頭をもたせかけ、髪をもてあそぶ彼女に身を任せていた。パパが彼を家に迎え入れた瞬間から、ビティは彼の調教を始めていた。彼はものすごく感謝していた。ものすごく愛に飢えていた。

マーシーは地面に座りこんだ。なにを見るともなく暗闇を見つめた。

デイヴがジョンのことを知らなかったら？　マーシーが気づいていなかったように、彼も気づいていなかったとしたら？　デイヴは体育の教師にいたずらをされていた。彼は母親の顔を知らない。生まれてからずっと傷ついた人々に囲まれていた。普通がどんなものかを知らない。知っているのは、生き残るすべだけだ。

マーシーはもう一度彼の番号にかけた。四回呼び出し音が鳴るのを待って切った。デイヴはおそらくバーにいるのだろう。それとも女性と一緒かもしれない。それとも腕に注射針を刺しているのかもしれない。それともラムのボトルを片手に、ひと握りのザナックスを飲んだのだろうか。すべてを記憶にしてしまえるなにか。逃避できるなにか。

マーシーは息子を同じ目に遭わせるつもりはなかった。

立ちあがった。チョウ・トレイルを進み、展望台を通り過ぎた。金庫を開ける必要があった。小口現金は五千ドルしか入っていないが、それを持ってジョンと山をおり、ひと息ついて頭が冷えたらこれからどうするかを考えよう。

食堂のキッチンの明かりがすでについているのを見て、マーシーはほんの少しだけ安堵した。ジョンは裏道を通ってきたのだろう。マーシーは落ち着けと自分に言い聞かせながら建物へと入り、顔から苦悩の色を消しつつドアを開けた。

「くそ」酒がのったカートの前にドリューが立っていた。手には醸造酒のボトルを持っている。アンクルニアアレスト。マーシーは喉を焼くそのなめらかな味が恋しくてたまらなくなった。

ドアの脇にバックパックを置いた。こんなことをしている時間はない。「気づいたのね。それは偽物。大きな蒸留室は用具小屋、小さなほうはボートハウスにある。パパに言えばいい。警察に言えばいい。かまわないから」

ドリューはカートにボトルを戻した。「だれにも言うつもりはないよ」

「そうなの？　夕食のあと、あなたがビティを脇へ連れ出すのを見たわ。話したい事柄があるって彼女に言っていた。グラスに残った水の染みのことで文句を言うのかと思っていたのに。なんなの？　あなたとケイシャも一枚加わりたいの？」

「マーシー」ドリューは落胆したようだ。「わたしたちはここが好きだ。やめてほしいだけなんだ。これは危険だ。だれかを殺してしまうかもしれない」

「そんなに簡単にすむなら、くそったれのビティの喉に全部のボトルの中身を空けてやるのに」

ドリューは明らかに戸惑っていた。言いたいことは言ったが、これ以上どうすればいいのかわからないらしい。

「もう行って」マーシーは彼のためにドアを開けた。

ドリューは首を振りながら、彼女の前を通り過ぎた。マーシーは彼について外に出ると、ジョンがそこにいるかどうかを確かめるため展望台に向かった。キッチンの裏側から物音がした。心臓が飛び出しそうになった。ジョンはフィッシュトファー・トレイルを使ったようだ。

だが外に置かれている冷凍庫の横に立っていたのは、ジョンではなかった。

「チャック」マーシーは吐き捨てるようにその名を口にした。「なんの用？」

「心配だった」チャックがあのばかみたいで恥ずかしそうな表情を浮かべたので、マーシーは気分が悪くなった。「寝ていたら、セシルが怒鳴るのが聞こえた。そうしたら、きみが庭を走っていくのが見えたんだ」

「彼はあなたを怒鳴っていた？　そう？　違うよね？　だったら来た道をさっさと戻って、人のことは放っておいてよ」

「おれは行儀よくしようとしている。なんだってきみはいつもそんなに喧嘩腰なんだ？」

「知っているくせに、この変態」

「ちょっと待てって」チャックは狂犬病にかかった動物をなだめるみたいに、両手をあげた。「落ち着いて。なにも嫌な女になることはないさ」

「その嫌な女が十番コテージに行ったらどうなるかしらね？　赤毛の女といるのは警察官なの。彼を連れてきてほしい？　あなたがアトランタでやっているちょっとしたサイドビジネスの話をしてほしい？」

彼は手をおろした。「きみはくそったれのあばずれだな」

「よくできました。ようやくわかったのね」マーシーはキッチンに入ると、乱暴にドアを閉めた。時計を見た。家を出たのが何時だったのかはわからない。五分後にここに来るようにジョンには言ったが、一時間はたっているような気がした。

ホールに駆けこんでジョンを捜したが、そこにはだれもいなかった。心臓が喉までせりあがった。展望台。峡谷は死の落とし穴だ。ジョンが彼女と顔を合わせられないと思っていたとしたら？　自ら命を絶とうと考えたとしたら？

マーシーは外に走り出た。手すりをつかんだ。斧の刃が山肌をすっぱりと切り取ったかのような十五メートルの急斜面を見おろした。

雲が月明かりを遮った。峡谷に影が落ちた。なにか聞こえないかとマーシーは耳を澄ました――すすり泣き、わめき声、苦しそうな息遣い。限界に達したときの感覚は知っている。痛みが激しすぎたとき、体が疲れ果てたとき、望むのは闇に抱かれることだけになったとき。

笑い声が聞こえた。

マーシーは手すりから離れた。オールド・バチェラー・トレイルに女性がふたりいる。ディライラの長く白い髪が見えた。あの女が家のなかにいたことすら、マーシーは気づいていなかった。首を伸ばし、ディライラがだれと手をつないでいるのかを確かめようとした。

シドニーだ。馬の話が止まらない投資家。

「まったく」マーシーはつぶやいた。今夜はどうでもいい人間ばかりが現れる。

だれもいないホールからキッチンに向かった。バスルームを振り返ると、事務室まで見えた。酒の密造を始めたとき、フィッシュは壁に金庫を埋めこんだ。その上からカレンダーを吊るしてある。マーシーは急いで事務室に戻り、机の引き出しをかきまわして鍵を捜した。フィッシュの古いバックパックがほこりまみれで部屋の隅に置かれていることに気づいた。金庫から取り出したのは、彼女とジョンを自由へと近づけてくれるものばかりだ。

すべて二十ドル札で五千ドル。密造の台帳。給料の控え。ロッジの帳簿がふた組。マーシーが十二歳のころにつけていた日記。そのすべてをフィッシュの茶色いバックパックに入れた。ジッパーを閉めた。これからすることを考えようとした――どこにジョンを隠せばいいのか、どうやって彼を助ければいいのか、お金はどれくらいもつのか、どこで仕事を見つければいいのか、小児精神科医はいくらかかるのか、だれに頼ればいいのか、警察なのかソーシャルワーカーなのか、話ができるくらいジョンが信頼できる人間を見つけることはできるのか、わたしは見たものを表現する言葉を見つけることができるのか……

考えることが多すぎて、彼女の脳が処理できる範囲を超えていた。一度にひとつずつ考えよう。夜に山を歩くのは危険だ。バックパックの前ポケットにマッチ箱を入れた。机の引き出しから赤い柄のナイフを出した。手紙の封を切るのに使っていたのだが、刃はまだ鋭い。万一トレイルでなにかの動物に遭遇したら、必要になるだろう。うしろのポケットにナイフを突っ込んだ。刃が当たって縫い目が裂け、鞘《さや》のようになった。ハイキングに必要なものはわかっていた。安全と水と食料。マーシーはキッチンに戻った。フィッシュのバックパックを彼女のバックパックと並べて閉じたドアの前に置いた。二本の水筒に水を入れた。冷蔵庫にトレイルミックスが入っていた。ジョンの分も必要だ。

マーシーは顔をあげた。

わたしはなにをしているの?

キッチンにはだれもいない。ホールに戻った。やはりだれもいない。マーシーは落胆しながら、再びキッチンに戻った。パニックは落ち着いていた。現実が貨物列車のように襲いかかってきた。

ジョンはこない。

ビティが出ていかないように説得したのだ。彼をひとりにするべきではなかったのに、マーシーはショックを受け、むかつき、怖くなり、そして例によって厳然とした事実を見つめるのではなく、感情に身を任せてしまった。これまで千回もそうしてきたように、今回もまた息子を失望させた。母家に戻ってジョンをビティの手から引き離さなくてはいけない。これからのことにひとりで立ち向かうのはとても無理だ。

手がひどく汗ばんで持てそうになかったので、電話をカウンターに置いた。最後にもう一度デイヴにかけた。呼び出し音が鳴るごとに、絶望感が膨れあがっていく。彼はやはり出なかった。彼女の魂を腐らせるこの吐き気をなんとかするためには、メッセージを残さなくてはいけない。なにを言おうか、見たもののことをどう説明しようかとマーシーは考えたが、四度目の呼び出し音のあと彼の声が流れると、パニックにかられた声が彼女の口からほとばしった――

「デイヴ！」マーシーは叫んだ。「デイヴ！　ああ、どうしよう、どこにいるの？　お願い、お願いだから電話して。信じられない――ああ、神さま、わたしには――お願いだから電話して。お願い。あなたが必要なの。わたしのためになにかしてくれたことは一度もないってわかっているけれど、でもいまは本当にあなたが必要なの。あなたの助けがいるのよ、ベイビー。お願いだから電話――」

マーシーは顔をあげた。ビティがキッチンに立っていた。ジョンの手を握っていた。マーシーは喉をこぶしで殴られたような気がした。ジョンは床を見つめている。自分の母親の顔を見られずにいる。ビティはほかの人たちを壊したように、ジョンのことも壊したのだ。

マーシーはかろうじて声を絞り出した。「ここでなにをしているの？」

ビティは電話に手を伸ばした。

「やめて！」マーシーが警告した。「デイヴがじきにここに来る。なにがあったのか、彼に話したから。彼はいまこっちに向かっている」

マーシーが言い終える前に、ビティは画面をタップして電話を切っていた。「いいえ、来ない」

「来るって言った――」

「彼はなにも言っていない」ビティが告げた。「デイヴは宿泊小屋に泊まっているの。あそこでは電話は使えない」

マーシーは口に手を当てた。ジョンを見たが、彼はマーシーを見ようとはしなかった。

マーシーの指が震え始めた。息が苦しくなった。怖かった。どうしてこんなに怖いんだろう？

「ジ、ジョン……」口ごもった。「ベイビー、わたしを見て。大丈夫だから。わたしがあなたをここから連れ出すから」

ビティがジョンの前に立ちはだかったが、それでもうつむいた彼の顔は見えていた。

Tシャツの襟に涙がたまっていた。

「ベイビー、こっちに来て。いい？　わたしのところに来るの」

「あなたとは話したくないんですって」ビティが言った。「あなたがなにを見たと思っているのかは知らないけれど、ずいぶん感情的になっているのね」

「自分がなにを見たかくらいわかってるわよ、くそったれ！」

「言葉に気をつけなさい」ビティがぴしりと叱りつけた。「大人として話し合う必要があるわね。家に戻っていらっしゃい」

「あのくそみたいな家には二度と足を踏み入れない。あんたは怪物よ。わたしの目の前にいるのは悪魔」

「いますぐ黙りなさい」ビティが命じた。「どうしていつもことを面倒にするの？」

「わたしは見たの――」

「なにを見たの？」

マーシーの脳があの光景を再現した。からまる脚、ジョンのシャツをまくりあげる手、彼の頭頂部に押し当てられた唇。「自分がなにを見たのかはよくわかっているわ、お母さん」

マーシーの口調の鋭さにジョンがたじろいだ。まだ彼女を見ることができずにいる。マーシーの心が張り裂けた。恥ずかしさに顔を伏せるのがどういうものなのか、彼女は知っていた。あまりに長いあいだそうしていたせいで、いまはもうどうやって顔をあげればいいのかも思い出せないくらいになっている。

「ジョン、あなたのせいじゃないのよ、ベイビー。あなたはなにも間違ったことはしていない。だれかに助けてもらおう、ね？　なにもかもうまくいくから」

「だれに助けてもらうの？」ビティが訊いた。「だれがあなたを信じるの？」

その質問は、常にマーシーの頭のなかで反響していた。パパがロープで彼女の背中を打ったとき。ビティが木のスプーンで思いっきり彼女を突いて、腕を血が伝ったとき。デイヴが真っ赤に燃える煙草の火を彼女の胸に押しつけ、自分の肉が燃えるにおいに吐いたとき。

マーシーがだれにも話さなかったのには理由があった。

だれがあなたを信じるの？

「だと思った」ビティの顔には完璧な勝利の表情が浮かんでいた。手をおろし、ジョンの指に自分の指をからめた。

ジョンはようやく顔をあげた。目が赤い。唇が震えている。

彼がビティの手を口元に持っていき、優しくキスをするさまをマーシーは恐怖におののきながら眺めた。

動物のように叫んだ。

これまでの人生のすべての痛みが、言葉にならないうなり声として口からあふれ出た。どうしてこんなことになったの？　どうしてわたしは息子を失ったの？　ジョンをここに置いておくわけにはいかない。ビティに彼を食い殺させるわけにはいかない。

自分がなにをしているかに気づいたときには、マーシーの手にはナイフがあった。ジョンからビティを引きはがし、カウンターに押しつけると、ナイフの先端を彼女の目に突きつけた。「ばかなくそばばあ。今朝、わたしが言ったことをもう忘れた？　その骨ばった尻を連邦刑務所に送りこんであげるから。わたしの息子とやったからじゃなくて、帳簿をごまかした罪でね」

ビティの顔から傲慢さがはがれ落ちていくのを見るのは、マーシーのこれまでの人生で最高に甘美なひとときだった。

「キャビネットの奥に帳簿を見つけたの。パパはあんたの裏金のことを知っているの？」ビティの愕然《がくぜん》とした顔が、父はなにも知らないと教えていた。「あんたが心配しなきゃいけないのは、パパだけじゃない。何年も脱税していたよね。逃げられると思うの？　政府は大統領だって追いかけるのよ。干上がった小児性愛者のばあさんに手加減なんてしないでしょうね。とりわけ、わたしが証拠を提供すればね」

「あなた──」ビティの喉がごくりと鳴った。「あなたはそんなこと──」

「もちろんするから」

話は終わった。マーシーはナイフをポケットにしまい、背後にあったふたつのバックパックをつかむと両方とも肩にかけた。再び振り返り、行くわよとジョンに声をかけようとしたが、彼は身をかがめてビティの言葉に耳を傾けていた。

マーシーの口に苦いものがこみあげた。脅しの時間は終わりだ。床に倒れこむくらい強く、ビティを突き飛ばした。それからジョンの手首をつかみ、無理やり引っ張って部屋を出た。

ジョンはその手を振りほどこうとはしなかった。マーシーの足取りを緩めさせようとはしなかった。彼の手首をかじのように使って進んでいくマーシーに逆らおうとはしなかった。マーシーは彼の荒い息遣いを、重たげな足音を聞いていた。ビティがついてこられないところに行くという以外、なにも考えはなかった。

ロープ・トレイルと記された石はなんなく見つかった。目を離さないでいられるように、ジョンを先に行かせた。ふたりは一本のロープから次のロープへと素早くつかまり、峡谷を滑るようにしておりていった。やがてまた足元が平らな地面になった。マーシーは再び先に立ち、ジョンの手首をつかんだ。速度をあげて、走りだした。ジョンがうしろからついてくる。わたしはここを出ていく。本当にここを出ていく。

「母さん……」ジョンがか細い声で言った。

「いまはだめ」

ふたりは森を走った。枝がマーシーの体を打った。無視した。止まるつもりはなかった。月明かりで方向を確かめながら、走り続けた。今夜はバチェラー・コテージに泊まろう。朝になれば、デイヴが仕事に現れる。それとも、いますぐジョンをデイヴのところに連れていってもいい。岸に沿って進み、カヌーに乗って湖を渡る。デイヴが宿泊小屋で眠っているのなら、釣り竿や燃料や毛布や食料があるだろう。デイヴは生き延びるすべを知っている。彼ならジョンを言い聞かせて、ジョンを守ることができる。わたしは町まで歩いていき、弁護士を見つけよう。ロッジをあきらめるつもりはなかった。日曜日にここを出ていくつもりはかけらもなかった。両親には、明日の正午までに荷造りをして出ていってもらおう。フィッシュは残ってもいいし出ていってもいいが、どちらにせよ、マーシーとジョンがここを守る最後のマッカルパインになるのだ。

「母さん」ジョンが再び声をかけた。「どうするつもり?」

マーシーは答えなかった。トレイルの先に月明かりが反射する湖が見えた。トレイルの終わり部分は、枕木で階段状に仕上げられている。バチェラー・コテージまであと数メートルだ。

「母さん」ジョンが言った。催眠状態から目覚めたような口調だった。彼はついに抵抗を始め、マーシーの手を振りほどこうとした。「母さん、頼むから」

マーシーは彼の手首を握る手に力を込め、背中の筋肉が張りつめるのがわかるくらい強く彼を引っ張った。開けた場所に出たときには、ここまで彼を引きずってきたせいでマーシーは息を荒らげていた。

バックパックをふたつとも地面におろした。いたるところ煙草の吸殻だらけだ。デイヴは嵐に対する準備をしていなかった。なにもかもが彼が置いたところにそのままになっている。木挽き台、道具類、蓋があいたままのガソリン缶、横向きに倒れた発電機。作業場のひどい有様は、デイヴがどんな人間なのを如実に思い出させてくれた。人間を大切にしないデイヴが、物を大切にするはずもない。自分の後始末さえしようとしないのだ。その点について、彼は信用できなかった。

だがいま彼女はひとりだ。

「母さん、お願いだからやめようよ。ぼくを帰らせて」

マーシーはジョンを見た。泣き止んでいたが、つまった鼻で息をする音が聞こえていた。

「ぼく――ぼく、帰らなきゃいけない。帰ってきてもいいってビティが言ったんだ」

「だめよ、ベイビー」マーシーは彼の胸に手を当てた。肋骨越しに感じられるくらい、心臓が激しく打っている。マーシーはすすり泣きを止めることができなかった。さっきの出来事の非道さが、いきなり現実となって襲いかかってきた。彼女の母親が彼女の息子にしたとんでもないこと。彼女の家族を牛耳《ぎゅうじ》ってきた腐敗。

マーシーは言った。「ベイビー、わたしを見て。あなたは戻らない。これは決まったこと」

「ぼくは――」

マーシーは両手で彼の顔をつかんだ。「ジョン、聞きなさい。わたしたちは助けを求めに行くの。いい？」

「いやだ」ジョンは彼女の手を顔から引きはがした。一歩、さらにもう一歩あとずさった。「ビティにはぼくしかいないんだ。ビティはぼくが必要なんだ」

「わたしはあなたが必要なの！」マーシーの声はしわがれていた。「あなたはわたしの息子よ。わたしの息子でいてほしいの」

ジョンは首を振った。「彼と別れてって、ぼくは何度頼んだ？　ぼくたちは荷造りをしたのに、その翌日に母さんがまた彼とやっていたことが何度あった？」

事実には反論できなかった。「そのとおりね。わたしはあなたを失望させた。でもいまその埋め合わせをしているのよ」

「もうなにもしてくれなくていいよ。ぼくをかばってくれたのはビティだ。ぼくを守ってくれたのはビティだ」

「なにから守るの？　あなたを傷つけているのは彼女よ」

「デイヴがぼくになにをしたのか、母さんは知っているじゃないか。ぼくはほんの五歳だった。彼はぼくの腕を折ったのに、許さなきゃいけないって母さんは言ったんだ」

「なにを言っているの？」マーシーの体が震えた。それは事実ではない。「あなたは木から落ちたの。わたしはその場にいた。デイヴはあなたを受け止めようとしたのよ」

「母さんはそう言うだろうってビティから聞いているよ。ビティは彼からぼくを守ってくれた。母さんは、彼を許さなきゃいけない、彼が腹を立てないようになんでもやりたいようにやらせなきゃいけないってぼくに言った」

　マーシーは思わず両手で口を押さえた。ビティは最低の嘘をジョンに吹きこんだ。

「ジョン――」マーシーは最初に頭に浮かんだことを口にした。「十番コテージに行くわよ」

「え？」

「十番コテージにいる夫婦」マーシーはようやく出口を見つけた。答えは最初からそこにあった。「ウィル・トレントはジョージア州捜査局の人なの。彼はビスケットが隠蔽するのを許さない。彼の妻は医者よ。なにがあったかをわたしが彼に話しているあいだ、彼女にあなたを見ていてもらえばいい」

「トラッシュキャンのこと？」ジョンは驚いて訊いた。「そんなのだめだ――」

「だめじゃないし、そうするの」マーシーがこれほどなにかに確信を持てたのは初めてだった。ウィルを信頼しているし、彼は善人だとサラは言っていた。彼が解決してくれる。彼がふたりを助けてくれる。「わたしたちはそうするの。行くわよ」

マーシーはバックパックに手を伸ばした。

「ひとりで行けよ」

その声の冷たさに、マーシーは動きを止めた。ジョンを見た。その顔は、大理石から削り出したみたいに冷ややかだった。

「あんたがこだわっているのは勝つことなんだ。ぼくを手に入れられないってわかったから、ぼくを欲しがっているだけなんだ」

細心の注意を払う必要があるとマーシーにはわかっていた。怒っているジョンはこれまでにも見ているが、こんな怒り方は初めてだ。怒りのあまり、瞳がほぼ黒になっている。

「ビティがそう言ったの？」

「そうだってぼくが知っているんだ！」ジョンの口から唾が飛んだ。「自分がどんなに哀れだかわかっている？　あんたはぼくを守ろうとしているんじゃない。あんたがあのおまわりのところに行こうとしているのは、幸せにしてくれる人をぼくが見つけたことが受け入れがたいからだ。ぼくを大切にしてくれる人を。ぼくだけを愛してくれる人を」

彼の口調があまりにもデイヴそっくりだったので、マーシーは息を呑んだ。あの底なしの穴、果てしない砂地獄。彼女の息子はずっと彼女と並んで走っていたのに、マーシーは気づこうともしなかったのだ。

「ごめんね。見ているべきだった。気づいているべきだった」

「ごめんなんてくそくらえだ。いらないよ、そんなもん。ファック！」彼は両手を宙に振りあげた。「ビティが言っていたとおりだ。あんたを止めるにはどうすればいい？」

「ベイビー――」マーシーは再び彼に手を伸ばしたが、彼はぴしゃりとその手を払いのけた。

「ぼくに触るな。触っていい女性は彼女だけだ」

マーシーはわかったというように両手をあげた。ジョンを怖いと思ったことはなかったが、いまの彼は怖かった。「息をして。いい？　落ち着いて」

「あんたか彼女かだ。ビティはそう言った。ぼくが決めなきゃいけない。あんたか彼女か」

「ベイビー、彼女はあなたを愛していない。操っているのよ」

「違うね」ジョンは首を振った。「黙れ。考えたいんだ」

「彼女は捕食者よ。彼女は若い男の子にこういうことをするの。彼らの頭のなかに入りこんで、ひどく彼らを傷つける――」

「黙れ」

「彼女は怪物。あなたのお父さんがあんなひどい人になったのはなんでだと思うの？　アトランタで彼の身に起きたことだけが原因じゃない」

「黙れ」

「聞いてちょうだい」マーシーは懇願した。「あなただけが彼女にとって特別なんじゃない。彼女があなたにしていることは、デイヴにしたこととまったく同じなの」

なにが起きているのかマーシーが気づくより早く、ジョンが彼女に覆いかぶさっていた。伸びてきた彼の手が首に巻きついた。「その口を閉じろ」

マーシーは空気を求めてあえいだ。彼の手首をつかみ、喉から引きはがそうとした。彼は強すぎた。胸に爪を立て、彼を蹴とばそうとした。まぶたが震えるのを感じた。彼はデイヴよりはるかに強かった。首を絞めるその手はあまりに強かった。

「哀れなくそばばあ」ジョンの声は恐ろしいほど静かだった。彼は、不要な音をたてないことを父親から学んでいた。「今夜ここを出ていくのはぼくじゃない。あんただ」

マーシーは頭がぼうっとするのを感じた。視界がぼやける。ジョンは彼女を殺そうとしている。うしろのポケットに手を伸ばし、赤いプラスチックの柄のナイフに指をからめた。

時間の流れが遅くなった。なにをするかを思い浮かべた。ナイフを取り出す。彼の上腕を切る。動脈はそこにあった？　筋肉は？　ジョンに損傷を与えるわけにはいかない――それでなくても、取り返しがつかないくらい傷ついているのだ。ナイフを見せればいい。

脅すだけで充分だ。それで彼はやめる。

そうはならなかった。

ジョンはマーシーの手からナイフを奪った。頭上に振りあげ、彼女の胸に突き立てようとした。マーシーはしゃがみこみ、地面に膝をついてそれをかわした。ナイフの刃が顔から数センチのところを切り裂き、空気が揺れた。次の一撃があるのはわかっていた。バックパックをつかみ、盾のように掲げた。厚い防水加工の布地に刃がはじかれた。マーシーはさらなる攻撃の時間を与えなかった。バックパックで顔を殴りつけると、彼はあとずさった。

本能が彼女を駆り立てた。バックパックを胸に抱えて、走りだした。ひとつ目のコテージ、そしてふたつ目を通り過ぎた。ジョンはすぐあとを追ってきていて、その距離は縮まっていた。マーシーは最後のコテージの階段を駆けあがった。彼の目の前でドアを閉めた。震える指で掛け金をかけた。堅い木材にこぶしを打ちつける大きな音が聞こえた。

マーシーはあえぎ、大きく胸を上下させながら、彼がポーチをうろつく音を聞いていた。まるで心臓が喉に移動してきたみたいだ。ドアにもたれて目を閉じ、息子のゆったりした足音に耳を澄ました。なにも聞こえない。風が顔に当たり、汗が乾いていくのを感じた。窓はすべて板を打ちつけてある。一箇所を除いて。月が粗削りの壁の木目を、床を、彼女の靴を、手を青く照らした。

マーシーは顔をあげた。

三番コテージの板が腐っていると言ったデイヴの言葉は嘘ではなかった。寝室の奥の壁が完全にはがれていた。ジョンは間柱のあいだから部屋に入ってきていた。手にナイフを持って立っていた。

マーシーはうしろ手にドアを探った。掛け金を開けた。ノブをひねった。勢いよくドアを開けた。向きを変えたとたん、肩甲骨のあいだを大きなハンマーで殴られたような衝撃があった。ジョンがナイフを根本まで突き立てていた。

一瞬、息ができなくなった。マーシーは恐怖に口を開き、湖を見つめた。

ジョンはナイフを引き抜き、再び突き刺した。そしてもう一度。さらにもう一度。

マーシーはポーチから落ち、横向きに階段に倒れこんだ。

ナイフが彼女の腕を切り裂いた。乳房を。脚を。ジョンは彼女に馬乗りになって、彼女の胸に、腹にナイフを突き立てた。マーシーは彼を振り落とそうとし、身をよじって逃れようとしたが、なにをしても彼を止めることはできなかった。ジョンは体を前後に揺らしながら、ナイフで彼女の背中を突き刺し、引き抜き、再び刺した。マーシーは骨が砕け、内臓が破裂し、体内に尿と便と胆汁が広がるのを感じていたが、やがてジョンは刺すのをやめて、こぶしで殴り始めた。マーシーの胸のなかで刃が折れてしまったからだ。

唐突にジョンが手を止めた。

マラソンを走り終えたみたいに、彼は荒い息をついていた。疲れ切っていた。立っているのがやっとだ。よろよろと彼女から離れた。マーシーは息を吸おうとした。顔は土の上だ。少しずつ体を横向きにした。体のあらゆる箇所で痛みがあふれていた。マーシーは階段から落ちていた。足はまだポーチにのっている。頭は地面の上だった。

ジョンが戻ってきた。

液体がはねる音がしたが、それは岸に打ち寄せる波音ではなかった。ジョンがガソリン缶を持って階段をあがっていく。コテージのなかに燃料を撒《ま》いている。ジョンは証拠を燃やそうとしている。マーシーを燃やそうとしている。ジョンはマーシーの足の横に空になった缶を放った。

ジョンが階段をおりてきた。マーシーは顔をあげなかった。彼の指から滴る血を眺めた。町でビティが彼のために買った靴を見つめた。ジョンが彼女を見つめているのがわかった。そこに悲しみや哀れみはなく、彼女が兄のなかに、父のなかに、夫のなかに、母のなかに、自分自身に見ていたある種の無関心さがあった。ジョンはどこまでもマッカルパイン家の人間だった。

マッチを擦ってコテージに投げ入れたときの彼は、まさにそうだった。

ボッという音と共に、熱風がマーシーの肌を撫でた。ジョンの血まみれの靴が土の上を遠ざかっていくのをマーシーは見ていた。彼は家へと戻っていく。ビティのところに戻っていく。マーシーはぜいぜいと息を吸った。まぶたが震え始めた。喉の奥に血が流れこんでいく。浮いているような感覚に包まれた。意識が体を離れていく。予期していたような平穏や解放される感覚はなかった。冬に湖が凍っていくように、端から忍び寄る冷たい闇があるだけだった。

そしてギャビーが現れた。

ふたりはどちらも宙を舞っていたが、天使になったわけではなかった。悪魔のカーブで車から投げ出されたのだ。マーシーはギャビーの顔を見ようとしたが、そこには血まみれのなにかが残っているだけだった。眼窩から垂れさがる眼球。皮膚から飛び出した砕けた歯と骨。彼女を呑みこもうとする焼けつくような強烈な熱。

「助けて！」マーシーは叫んだ。「お願い！」

目を開けた。咳きこんだ。地面に血が飛び散った。マーシーは依然として、ポーチの階段に横向きでだらりと倒れていた。あたりは煙が充満している。炎の熱はすさまじく、流れ出した血が乾いていくのが感じられるほどだった。マーシーはかろうじて顔の向きを変え、近づいてくるものを見た。炎はポーチにまで延びている。じきに階段にまでやってきて、彼女を呑みこむだろう。

マーシーはさらなる痛みを覚悟しながら、ごろりと転がって腹ばいになった。肘を使って、階段から体を引きずりおろした。胸のなかの折れたナイフが、自転車のスタンドのように土を引っ掻いた。迫りくる炎に脅されて、マーシーは進み続けた。足はただ引きずられるだけで役にたたない。ジーンズがずれ始めた。生地に土がたまり、足首までずり落ちた。すぐに限界が来た。視界が再び揺れた。気を失うなとマーシーは自分に命じた。マッカルパインの人間は簡単には死なないとディライラが言っていた。山の向こうに日がのぼるまでは生きられないだろうが、あの湖にはたどり着ける。

その最後の時間も、それまでと同じくらい困難なものだった。マーシーは何度も意識を失い、目を覚まし、前進を続け、また意識を失った。顔に水を感じたときには、腕は震えていた。残った最後の力を振り絞って、仰向けになった。満月を見ながら死にたかった。月は完璧な円で、真っ黒な背景にぽっかり空いた穴のようだった。体から血液をゆっくりと押し出す心臓の音に耳を澄ました。耳のまわりで揺れる水音を聞いていた。

死がそこまで近づいていること、止めるすべはないことはわかっていた。走馬灯のように浮かんできたのは、自分の人生ではなかった。

ジョンの人生だった。

ディライラの庭で小さな木のおもちゃで遊んでいた。裁判所が指定した初めての面会にマーシーが訪れたとき、部屋の隅で小さくなっていた。裁判所の前で、ディライラの腕からマーシーが強引に引き離した。フィッシュの運転で山に向かうとき、マーシーの膝に座った。デイヴがひどく酔ったときにはマーシーと一緒に隠れた。気を紛らすためにアラスカやモンタナやハワイの本を持ってきた。何度となくマーシーが荷造りするのを見ていた。デイヴがマーシーのために詩を書いたり、花を贈ったりしたあと、まとめた荷物をほどくのを見ていた。マーシーがコテージのどれかにデイヴと閉じこもるあいだ、ビティに託された。骨折したり、傷が治らなかったり、縫合した跡がふさがらなかったりしてマーシーが病院に行かなければならなくなると、ビティの元に残された。

マーシーの母親に、彼の祖母に、彼を犯した人間に、ジョンは絶えず預けられていた。

「マーシー……」

頭のなかでだれかがささやくみたいに、マーシーは自分の名前が呼ばれるのを聞いた。顔の向きが変えられるのを感じ、望遠鏡を反対側からのぞいているかのようにあたりが見えてきた。顔が視界に入った。十番コテージの男。赤毛の女性と結婚した警察官。

「マーシー・マッカルパイン」通り過ぎていくサイレンのように、彼の声が小さくなっていく。彼はマーシーを揺すぶり続け、あきらめることを許さなかった。「ぼくを見るんだ」

「ジ、ジョン……」マーシーは咳きこみながらその名を口にした。言わなくてはいけない。手遅れではない。「あの子に……伝えて……に、逃げなきゃだめって、か、か……」

ウィルの顔が視界のなかで揺れた。彼が見えたと思うと、次の瞬間には消えていた。するとと彼が叫んだ。「サラ！　ジョンを連れてくるんだ！　急いで！」

「だ、だめ……」マーシーは体の奥が震えるのを感じた。痛みは耐えがたいほどだったが、いま屈するわけにはいかない。正しいことができるのはこれが最後だ。「ジ、ジョンは……あの子は……ここにいちゃだめ……逃げないと……逃げないと……」

ウィルがなにか言ったが、マーシーはその言葉を理解できなかった。わかっていたのは、ジョンをこのままにしておくわけにはいかないということだった。伝えなくてはいけない。

「あ、愛して……あの子を愛してる……こ、心から……」

マーシーは心臓の鼓動が遅くなっているのを感じた。息が浅くなっている。このままあきらめるのは簡単だが、彼女は抗った。愛していたことをジョンに伝えなくてはいけない。これは彼のせいではないことを。彼が重荷を背負っていく必要はないことを。この砂地獄から逃げ出せることを。

「ご、ごめんなさい……」それはジョンに言う言葉だった。面と向かって彼に言うべきだった。けれどいま彼女にできるのは、最後の言葉を彼に伝えてほしいとこの男性に頼むことだけだった。「彼を……ゆ、許し……彼を許し……」

ウィルに強く揺すぶられて、意識が引き戻されるのを感じた。彼はマーシーに覆いかぶさるようにしていて、顔がすぐ目の前にあった。この警察官。この刑事。この善人。彼のシャツを握りしめて自分のほうに引き寄せると、魂が見えたと思えるほど深く目の奥を見つめた。

息を吸い、言葉を絞り出した。「か、彼を許し……」

彼がうなずいた。「わかった――」

聞かなければならなかったのはそれだけだった。マーシーはシャツから手を離した。頭が再び水につかった。完璧な美しい月を見つめた。波が体に打ち寄せるのを感じた。彼女の罪を洗い流している。彼女の人生を洗い流している。ようやく、圧倒的な静謐《せいひつ》さと共に平穏が訪れた。

生まれて初めて、マーシーは安らぎを感じていた。

ひと月後

ウィルはアマンダのオフィスで彼女と並んでソファに座っていた。コーヒーテーブルに、彼女のパソコンが開いて置かれている。ふたりは、ジョンの尋問の様子の録画を見ていた。彼は黄褐色のジャンプスーツに身を包んでいる。彼が収容されているのは刑務所ではなく、少年向けの精神科病棟だったから、手錠はされていなかった。ディライラはアトランタで最高の刑事事件弁護士を雇った。ジョンは病院に送られることになったが、おそらく一生ということはないだろう。

ビデオのなかでジョンは言った。「ぼくは意識を失いました。そのあとなにがあったのかは、覚えていません。わかっていたのは、彼女がデイヴのところに戻るっていうことだけです。いつだって彼のところに戻っていた。いつだってぼくを置いていった」

「だれのところに？」フェイスの声はかすかだった。彼女の姿は映っていない。「だれのところにあなたを置いていったの？」

ジョンは首を振った。ビティは死んだというのに、彼はいまも祖母を巻きこもうとはしない。逮捕されるのを待つことなく、ビティはモルヒネを大量に飲んだ。解剖の結果、彼女は末期の癌を患っていたことが判明した。彼女は不正に裁きを逃れただけではなかった。時間のかかる苦痛に満ちた死からも逃れていた。

フェイスが言った。「あの夜に話を戻すわね。出ていくっていうメモを残して、あなたはどこに行ったの？」

「あの夜は馬の放牧場にいて、翌朝に九番コテージに行きました。だれもいないってわかっていたから」

「ナイフの柄はどうしたの？」

「デイヴが……」ジョンの声がか細くなって途切れた。「デイヴがトイレを修理するって聞いていたから、彼に対する証拠になると思ったんです。だって、彼はもうマーシーの殺害で逮捕されていたから。どうしたって彼は刑務所に行かなきゃいけないんだ。マーシーが言ったことは本当じゃなくて、彼はぼくの腕を折ったんです。児童虐待だ」

「わかった」フェイスははぐらかされなかった。骨折についての病院の報告書は、すでにふたりとも読んでいた。ジョンは木から落ちたのだ。「デイヴが逮捕されたとき、あなたはすでに家を出ていた。なにがあったのかをだれに聞いたの？」

ジョンは首を振った。「ぼくは選ばなきゃいけなかった」

「ジョン――」

「ぼくは自分を守らなきゃいけなかった。ほかにはだれもぼくの面倒を見てくれる人はいなかった。ほかのだれも気にかけてはくれなかった」

「話を逸らさないで——」

「これからだれがぼくを守ってくれるの？　ぼくにはだれもいない。だれも」

ジョンが泣きだしたところで、ウィルは画面から視線をはずした。彼と最後に交わした会話を思い出した。ふたりは十番コテージの寝室に座っていた。虐待は複雑だとウィルはジョンに言ったが、いまはいらだたしいほど単純に思えた。

子供を傷つけてはいけない。

アマンダが言った。「こういうことよ。わかったでしょう？」

彼女はパソコンを閉じた。数秒間ウィルの手をつかんでいたが、やがてソファから立つと自分の机に向かった。

「密造酒の件はその後どうなっているのか、報告して」

感情を揺さぶられる時間が終わったことにほっとして、ウィルは立ちあがった。「支払いの詳細を記したマーシーの台帳があります。チャックのパソコンの集計表には、販売先のすべてのクラブが記されていました。アルコール・煙草、火器局《ATF》と国家歳入庁犯罪捜査局《IRS-CI》と連携して動いています」

「なるほどね」アマンダは机の向こうに腰をおろした。電話を手に取った。「それから？」

「クリストファーはチャックに薬を盛った件について、過失致死を申し立てています。父親のガブリエラ・ポンティチェロ殺害で証言をすれば、十五年の刑というところでしょう。さらにロッジには、セシルを脱税であげられるもうひと組の帳簿がありました。彼はなにも知らないと言っていますが、金は彼の口座に入っていました」

アマンダは携帯を操作している。「それから？」

「ポール・ポンティチェロと彼が雇った私立探偵は、デイヴがふたりに話したことについての宣誓陳述書を提出しています。ですがこれは伝聞証拠なので、確実にするためには、我々はデイヴを見つける必要があります」

「我々？」アマンダは顔をあげた。「あなたはその件には関わっていないのよ」

「わかっています、でも——」

アマンダは鋭いまなざしで彼を黙らせた。「デイヴは、母親が自殺を図った翌日に姿を消した。ジョンに連絡を取ろうとはしていない。電話はつながらない。自分のトレーラーには戻っていない。キャンプ場にはいない。北ジョージア現場事務所は彼を手配した。いずれ見つかるわ」

ウィルは顎を撫でた。「彼は散々つらい目に遭ってきているんです、アマンダ。彼が知るたったひとつの家族が、崩壊してしまったんですよ」

「まだ息子がいる。それに彼が自分の妻になにをしたのかを忘れないことね。肉体的な虐待や暴言だけじゃない。デイヴは、マーシーにギャビーの死の責任がないことをずっと前から知っていた。彼女をコントロールするためにそれを隠していたのよ」

その点に反論はできなかったが、言いたいことはほかにもたくさんあった。「アマンダ――」

「ウィルバー、デイヴ・マッカルパインは突然、善人にはならない。彼はジョンが必要とする父親には決してならないの。どんな論議や賢明なアドバイスや人生の教訓やたくさんの愛でも、彼という人間は変えられない。彼があいった人生を生きているのは、彼がそれを選んだからよ。自分がどういう人間なのか、彼は充分承知している。それを受け入れている。彼は変わりたくないから、変わらないの」

ウィルはまた顎を撫でた。「ぼくも子供のころ、同じことを多くの人に言われましたよ」

「でもあなたはもう子供じゃない。大人よ」アマンダは携帯電話を机に置いた。「いまこの場にいるためにあなたがなにを乗り越えなくてはならなかったのか、わたしはたいていの人より知っている。あなたは幸せを自分でつかんだ。あなたにはそれを楽しむ権利があるから。ほかのだれかを助けようとする見当違いの試みで、それを全部捨てさせたりはしないから。その相手が、助けてほしいと思っていないならなおさらよ。だれもふたりの主人に仕えることはできないの。だからスーパーマンはロイスと結婚しなかったのよ」

「ふたりは一九九六年の『スーパーマン：ザ・ウェディング・アルバム』で結婚しています」

アマンダは電話を手に取った。再び操作を始めた。

ウィルは彼女がなにか言うのを待った。やがて、彼女は会話を終わらせるのがうまいことを思い出した。

ポケットに両手を突っ込んで、階段をおりた。ジョンには解明すべきところがたくさんあるが、ウィルはそれを追求するよりは、行動する立場の人間だ。怪我をしているほうの手でドアを開けた。ナイフの傷は跡が残った。感染を恐れていたサラの言葉は大げさではなかった。ひと月たったいまも、彼はホローポイント弾ほどの大きさの薬を飲んでいた。

彼のオフィスがある階は暗かった。厳密に言えば勤務時間外だったが、アマンダは遅くまで残っている彼を叱らなかった。彼は間違っていると告げただけだ。ウィルはスーパーマンよりはバットマンに近いからというだけではなかった。

変化は可能だ。ウィルは十八歳の誕生日を救護施設で、十九歳は拘置所で迎え、二十歳になったときには大学に入学していた。宿題をしてこなかった罰として日課のように居残りさせられていた小学生が、刑事司法の学位を取って大学を卒業した。ウィルとデイヴの唯一の違いは、ウィルには見守ってくれる人がいたということだ。

「ハイ」フェイスが自分のオフィスから声をかけた。

ウィルはオフィスをのぞいた。フェイスは粘着クリーナーでズボンについた猫の毛を取っているところだった。彼女はマッカルパイン家にいた猫を保護施設に入れるため、アトランタまで連れてきた。エマがその猫を見てしまい、一匹がキャリーバッグから逃げ出して鳥を殺した。そういうわけでフェイスはいま、エルキュールとアガサという名前の二匹の猫を飼っている。

フェイスが言った。「どこかのばかな子供が託児所でエマにティックトックを見せたのよ。おかげでエマってば、しきりにあたしの電話を盗もうとするの」

「遅かれ早かれ、起きることとさ」

「もう少し時間があると思っていたのに」フェイスは粘着ローラーをバッグに放りこんだ。「かと思ったら、ジェレミーの申請を効率よく処理するためだって言って、ＦＢＩが家まで訪ねてきたのよ。どうしてなにもかもこんなにあっという間に進んでいくわけ？　冷凍食品だって電子レンジに一分は入れておかなきゃならないのに」

ウィルの腹が鳴った。「ジョンの尋問を見たよ。よくやったね」

「ええ」フェイスはバッグを肩にかけた。「マーシーがジョンに宛てた手紙を読んだ。胸が押しつぶされそうになった。わたしはとてもジェレミーにあんな手紙は書けない。エマにも。マーシーはいい母親になろうとしたのよね。いつかジョンがあれを読めるようになるといいんだけれど」

「なるさ」そうなってほしいという願望が、ウィルにそう言わせていた。「マーシーの日記はどうだった？」

「義理の兄に恋をしていて、虐待する父親を怖がっている十二歳の少女の日記、そのものね」

「クリストファーについてはなにか？」

「なにが起きていたのか知らなかったって言い続けている。ビティがそんなふうに彼に触ったことはなかったらしいわ。タイプじゃなかったんでしょうね」フェイスは肩をすくめたが、話を終わらせるためではなかった。簡単に終わらせられる話ではない。「マーシーは、デイヴとビティを見ていたのよ。日記に少し書いてある。手紙にはたくさんあった。マーシーが部屋に入っていくと、ビティがデイヴの髪を撫でていたとか、ビティの膝にデイヴが頭をもたせかけていたとか。あるいはデイヴがビティの足を撫でていたり、肩をもんでいたりね。妙なことだけど——マーシーが妙だって書いていたの——彼女はその意味を理解することはなかった」

「虐待者は被害者を手なずけるだけじゃない。被害者のまわりにいる人間の心理を操って、なにか言いだそうものなら、そっちがおかしいと思いこませるんだ」

「なにがおかしいのかが知りたければ、ビティとジョンがやりとりしていたメールを読むのね」

「読んだよ」読んだあと吐き気を催して、昼食を抜いたのだった。

「ビティは赤ん坊を嫌っていたの。自分の子供を抱いたことすらないって、ディライラが言っていたのを覚えている？　汚れたおむつのまま放っておいた。そこにデイヴがやってきて、彼はまさにタイプだったのね。それともタイプに仕立てあげるために、年を下にごまかしたのかもしれない。彼女がずっとジョンを虐待していたのを、デイヴは知っていたと思う？」

「あの日食堂で初めて気づいて、息子を助けるために彼にできることをしたんだと思う」

「そう信じておく。でなきゃ、彼が自白したのはビティを守るためだってことになるもの」

ウィルはそのシナリオを受け入れたくなかった。眠りを妨げる事柄は、ほかにもたくさんあるのだ。「ポールの刺青に気づかなくてすまない」

「やめてよ。実際そうだったことにも気づかずに、ビティは一本ねじがはずれたデイヴの元恋人みたいいって言い続けていた間抜けはわたしなんだから」

この話はもうやめたほうがよさそうだ。「二度とこんなふうにしくじらないことだな」

「そうね」フェイスはにやりと笑った。「アガサ・クリスティーの密室ミステリにV・C・アンドリュースのひねりが加わってくるとはね」

ウィルは顔をしかめた。

「まだ無理？」

ウィルはアマンダを真似て会話を終わらせると、廊下を自分のオフィスへと戻った。ドアを開け、ソファにサラが座っているのを見ると、いつものように胸のなかが浮き立つようだった。彼女は靴を脱いでいた。足の小指を撫でている。

彼を見て顔を輝かせるサラが好きだった。

サラが言った。「ハイ」

「ハイ」

「椅子に爪先をぶつけたの」サラは靴を履き直した。「尋問を見た？」

「見たよ」ウィルは彼女の隣に腰をおろした。「ディライラとのランチはどうだった？」

「話し相手がいるのはよかったと思う。彼女は、ジョンのためにできることをすべてしているの。でも彼は助けを受け入れようとしないから、いまは辛いわよね。彼女が面会に行っても、彼は一時間床を見つめているだけなんですって。そして彼女は帰り、翌日にまた行っても、やっぱり床を見つめているって」

「ジョンは彼女がいることをわかっている。デイヴがジョンの面会に行ったら、助けになるだろうか？」

「その点は専門家に任せたいわね。ジョンには向かい合わなきゃいけない傷がたくさんある。デイヴにはデイヴの傷がある。息子を助ける前に、彼自身、助けが必要ね」

「デイヴは助けてもらいたくないんだってアマンダが言うんだ。壊れていることが彼だからって」

「彼女の言うとおりなのかもしれないけれど、ジョンについてはあきらめるつもりはないわ。ディライラは長期戦の構えよ。彼女は本当に彼を愛している。こういう状況では、それが大きな違いを生むんだと思う。希望は広がるから」

「それがきみの医学的意見？」

「わたしの医学的意見を言うと、今夜、夫とわたしは仕事をこれくらいにして、ピザをうんと食べて、『バフィー～恋する十字架』に熱中して、ぶつけるのがわたしの爪先だけじゃないようにすべきだと思うわ」

ウィルは笑った。「ぼくはこの報告書を送らなきゃいけないから、家で待っていてくれ」

サラはたっぷりとキスをしてから帰っていった。

ウィルは机の前に座った。キーボードをタップして、画面を点灯させた。イヤホンを耳に入れようとしたちょうどそのとき、机の上の電話が鳴った。

スピーカーのボタンを押した。「ウィル・トレント」

「トレント捜査官」男の声だった。「チャールトン郡のソニー・リビター保安官です」

ジョージア州最南端の郡から電話をもらったのは初めてだった。

「テールランプが壊れている車を止めたんです。そうしたら座席の下にテープで留めてあるヘロインの塊が見つかりまして。北ジョージア現場事務所から手配されている男だったんですが、そいつがあなたに電話するようにと言うんです。罪を軽減してもらうことと引き換えに、情報を提供できると言っています」

彼が言い終える前から、ウィルにはその後の展開がわかっていた。

「名前はデイヴ・マッカルパイン。こっちに来られますか？　それとも現場事務所に連絡したほうがいいですか？」

ウィルは指にはめた結婚指輪を回した。この細い金属の輪はあまりに多くのものを内包している。サラがそばにいると感じる胸の内が浮き立つような思いにどう対処すればいいのか、彼はいまだによくわかっていなかった。こんなふうにずっと続く幸せをいままで感じたことはない。結婚式から一カ月がたつが、式のあいだに覚えた高揚感は少しも薄れていなかった。それどころか、一日たつごとに高まっていく。サラが彼に微笑んだり、彼のばかげた冗談に笑ったりすると、まるで心臓が蝶になったようにはためくのだ。

アマンダはやっぱり間違っていた。

人間を変えられる一定量の愛は存在する。

「現場事務所に電話してください」彼は保安官に言った。「ぼくにできることはありません」

謝辞

最初の感謝の言葉はいつものように、ごく初期のころから共にいてくれたヴィクトリア・サンダーズとケイト・エルトンに捧げます。またわたしの同志であるバーナデット・ベイカー＝ボーマン、ダイアン・ディケンシャイドとＶＳＡのみなさんにも感謝します。ヒラリー・ザイツ・マイケルとＷＭＥの仲間たちにもお礼の言葉を。アトランタでのディナーを実現させ、魔法を現実にし、そのうえダン・トムセンをわたしの人生に連れてきてくれたリズ・ヘルデンスには心から感謝しています。みんな、最高よ。

ウィリアム・モロー社のエミリー・クランプ、リアーテ・シュテーリク、ハイディ・リヒター＝ジンジャー、ジェシカ・コッツィ、ケリー・ダスタ、ジェン・ハート、ケイトリン・ハリー、シャンタル・レスティヴォ＝アレッシ、ジュリアナ・ヴォイチックに心からのお礼を言わせてください。世界各地のハーパーコリンズ社では、ヤン・ヨーリス・カイツァ、ミランダ・メッツ、キャスリン・チェシャー、そして最後になったけれどもっとも大切で素晴らしくて不屈のリズ・ドーソンに感謝します。

デイヴィッド・ハーパーはわたし（とサラ）に、長いあいだ医療面でのアドバイスを惜しみなくくださっていて、彼の忍耐と親切心には感謝の言葉しかありません。とりわけ、グーグルの穴にはまりこんでしまったときは助かりました。唯一無二のラモン・ロドリゲスは親切にも、プエルトリコ人のシェフが調理するであろういくつかのメニューを提案してくれました。トニー・クリフのおかげで地図が現実味を帯びました。ドナ・ロバートソンはＧＢＩに関するいくつかの質問に答えてくれました。もちろん、なにか間違いがあったとすればそれはわたしの責任です。

最後に、いつもそこにいてくれる父とわたしの大事な人であるＤ・Ａに感謝します。いつでもわたしを信じていてね。わたしはずっとあなたを信じているから。

訳者あとがき

カリン・スローターの作品を訳すのには、普段以上のエネルギーがいる。彼女の書くものの中心には〝暴力〟と〝痛み〟が据えられているからだ。物語に引き込まれるほどにその痛みがのしかかってきて、ときに訳すことが辛くなる。実を言うと、あまりの辛さに耐えられなくなって、〈ウィル・トレント〉シリーズをともに担当する訳者である鈴木美朋さんに泣き言のメールを送ったことが過去に一度ある。けれど本書『報いのウィル』（原題：*This is Why We Lied*）においては（暴力と痛みの重さは変わりなかったにもかかわらず）さほど辛さを感じずにすんだ。おそらくそれは、ウィルとサラの互いへの揺るぎない信頼感に支えられたからだと思う。ふたりの過去を考えればそれも当然なのだろうが、（未読の方のために簡単に説明しておくと、警察官だったサラの前夫は殉職、ウィルは児童養護施設で共に育った女性と結婚したものの、散々振り回され、傷つけられただけで終わっていた）これまではどちらも相手を深く愛しながら、いま一歩踏み込めていないところがあった。とりわけウィルは自己肯定感が低いため、自分はサラにはふさわしくないという思いを拭いきれずにいたが、本作ではサラという素晴らしい女性が自分を選んでくれたという事実を素直に喜んでいる。一方のサラは、〝……わたしは、あなたの行かれる所に行き　お泊まりになる所に泊まります。あなたの民はわたしの民　あなたの神はわたしの神（新共同訳ルツ記一章一六節より）〟という聖書の一節を読んで号泣する。『スクリーム』（ハーパーBOOKS）で著者があとがきで記していたとおり、このシリーズはラブストーリーでもあるのだと本書を読んで改めて強く感じた次第である。

　前作『暗闇のサラ』（ハーパーBOOKS）で、サラは癒えたと思っていた傷と対峙せざるを得なくなったが、あの事件の真相を知ることで本当の意味ですべてを過去のものとした。そして本書で過去と向き合うことになったのがウィルである。結婚式を終え、ふたりが向かった新婚旅行先は山中を二時間歩かなければたどり着けないロッジだった。携帯電話もインターネットも通じない、もちろんテレビもない、あるのは自然だけというそのロッジで仕事を忘れ、ふたりきりの一週間を過ごすはずだったが、到着早々、ウィルは思いもかけない人物と再会する。児童養護施設で共に育ち、彼に散々いやがらせをし、〝ゴミ箱ゴミ箱《トラッシュキャン》〟というあだ名をつけたデイヴだ。そのあだ名は、ウィルを守るために母親が彼をゴミ箱に隠したという事実を皮肉ったものだったから、彼は否応なく過去へと引き戻された。そしてその夜、瀕死状態の女性を見つけ、彼女の息子への最後の伝言を託されると、ウィルは犯人を捜し出すことしか考えられなくなる。新婚旅行をだいなしにさせたくないと案じるアマンダ（ウィルを大切に思っていることを決して表に出そうとしない彼女だが、今回ばかりは特別だったらしい）の言葉にも耳を貸そうとしなかったのは、その女性に自らの母親を、彼女の息子に自分を重ねていたからだろう。ウィルは児童養護施設時代のことをサラにさえもあまり語ろうとしないが、デイヴとの再会をきっかけとして改めて自分の境遇に思いをはせる。当時の同居人の多くがなにかの依存症であり、いまは刑務所か墓のなかにいる者も多いと文中には記されている。かつてはデイヴにいじめられる側だったウィルだが、再会時にその立場は逆転していた。ディスレクシアというハンディを背負いながら大学に進学し、ＧＢＩ特別捜査官となり、傷つけ合うだけの共依存だった元妻と決別し、愛する伴侶を得たウィルと、家族を持つことさえできればすべてが解決すると言っていたはずなのに、その家族を傷つけることでしか自分を認められないデイヴ。〝人生にはその人なりの報いが待っている〟という台詞が文中にあるが、まさにそのとおりの結果となっていた。自分とデイヴを分けたものはなんだったのか。事件が終結したのち、過去から目を逸らすのではなく、過去があるからこそいまの自分があるとウィルが認められるようになったのは、その答えを悟ったからなのだろう。

本書の舞台となっているロッジは山中にあり、嵐で道路が寸断されたため、はからずもクローズドサークルとなっている。そこで殺人が起きるわけだが、居合わせた人々は当然のようにだれもが怪しく、だれもがなにかを隠しているように見える。次第に明らかになっていくこの家族の秘密が悲惨なものであるのは、スローターの読者であれば予測がつくところだ。一度、密室ミステリを解決してみたかったと、著者はウィルのパートナーであるフェイスに言わせているが、これはおそらく著者本人の言葉なのだろう。

すでに多くの方がご覧になっているとは思うが、〈ウィル・トレント〉シリーズをベースとしたテレビドラマ『GBI特別捜査官　ウィル・トレント』が米ABC（日本ではDisney+やDlife）で配信されている。原作とは設定がいささか異なるものの、シリーズの作品の一部を元にしたエピソードもいくつかあり、本シリーズを読んでくださっている方々にも楽しんでいただけることと思う。本国でも人気を博していて、来年一月からシーズン3が配信になる。現在日本で配信されているシーズン2はストライキの影響で短くなってしまったようだが、シーズン3は全十八話になるとか。日本での配信開始を楽しみに待ちたい。

結婚という形で一段落したウィルとサラの物語は今後どう続いていくのだろうか。こちらも楽しみに待ちたいところだ。

田辺千幸

二〇二四年十一月

訳者紹介　田辺千幸

ロンドン大学社会心理学科卒、英米文学翻訳家。主な訳書にスローター『忘れられた少女』『ざわめく傷痕』『凍てついた痣』『グッド・ドーター』『贖いのリミット』(以上、ハーパーBOOKS)、トルジュ『血の魔術書と姉妹たち』(早川書房)、ボウエン『貧乏お嬢さまと毒入りタルト』(原書房)がある。

ハーパーBOOKS

報《むく》いのウィル

2024年12月25日発行　第1刷

著　者　カリン・スローター

訳　者　田辺千幸《たなべちゆき》

発行人　鈴木幸辰

発行所　株式会社ハーパーコリンズ・ジャパン
東京都千代田区大手町1-5-1
04-2951-2000(注文)
0570-008091(読者サービス係)

印刷・製本　中央精版印刷株式会社

定価はカバーに表示してあります。

ISBN978-4-596-72006-1

カリン・スローターの好評既刊
〈ウィル・トレント〉シリーズ

暗闇のサラ

鈴木美朋 訳

暴行され亡くなった女性の最期の言葉を
託された医師サラ。
ウィルが捜査を始めるなか、
事件は15年前のサラの悪夢を呼び覚まし――
シリーズ最高峰!

定価1480円（税込）
ISBN978-4-596-53199-5